눈사자와 여름

눈사자와 여름

하지은

장편소설

황금가지

목차

프롤로그

　그날은 날씨가 환상적이기로 유명한 그레이힐의 여름 중에서도 유독 화창한 날이었다. 햇볕은 뜨거웠지만 그늘 아래로는 시원한 바람이 불었다. 멀리 보이는 바닷가에선 많은 사람들이 일광욕을 즐기고 있었다.

　드넓은 하늘 아래 벽돌길을 따라 걷는 내 손엔 날씨에 어울리는 여름 들꽃이 들려 있었다. 이걸 건네받고 향기를 맡아볼 사람의 모습을 떠올리니 콧노래가 절로 나왔다. 주머니 속엔 6개월치 봉급을 털어서 산, 그리 비싼 건 아니지만 싸구려도 아닌 반지가 들어 있었다.

　오늘로 그녀를 쫓아다닌 지 3년. 나는 주변 사람들로부터 간이고 쓸개고 다 빼서 갖다 바치는 모자란 놈이란 소릴 들을 정도로 그녀에게 헌신과 열정을 바쳤다.

　처음에 그녀는 나를 불쾌해하고, 거부하고, 심지어 벌레를 본 것처럼 질색하기도 했다. 그러나 시간이 지남에 따라 그래도 불쾌해하지는 않고, 거부하지도 않고, 더 이상 질색하지도 않았다.

게다가 어쩐 일인지 요즘은 내게 차를 내어 주거나 함께 산책을 가기도 하고, 내 말에 황홀하게 웃어 주기도 했다.

그래서 나는 '어쩌면'이란 기대를 가졌고 그 '어쩌면'은 일주일 만에 '혹시나'로 발전했다. 그리고 또다시 이틀 만에 '설마'가 되었고 그로부터 만 하루 뒤에는 '정말?'로 최종 모습을 바꾸었다.

의혹이 확신으로 바뀌는 순간의 격정을 이기지 못하고 나는 가게로 달려가 즉시 반지를 샀다. 그놈이 바로 지금 내 주머니 속에 들어 있는 것이다. 물론 그녀와 나는 집안으로 보나 경제적 능력으로 보나 차이가 크지만, 그럼에도 불구하고 사랑이란 이름으로 모든 게 해결될 것임을 믿어 의심치 않았다.

잠시 후 그녀가 살고 있는 극장에 도착했다. 마침 행사가 끝난 참이라 사람들이 로비에 잔뜩 몰려 있었다. 그중에서 금세 그녀의 모습을 발견했다. 그녀는 어디에서건 그렇게 쉽게 눈에 띄는 사람이었다. 사교계에서 인기도 많은지라 주변엔 늘 친구들과 구혼자들로 가득했다.

그걸 보고도 나는 자신만만하기만 했다. 내가 그들 모두를 물리치고 그녀를 차지할 사람임을 믿어 의심치 않았다. 벌써부터 뿌듯함이 느껴졌다. 오늘 이 자리에 있는 수많은 사람들은 우리의 사랑이 맺어지는 걸 지켜보는 증인들이 될 터였다.

그렇게 확신하며 그녀에게 다가가 발밑에 무릎을 꿇고 꽃을 바쳤다.

"오늘도 참 아름다우시군요, 세라바체 양."

사람들의 시선이 나에게 쏠렸다. 그녀도 나를 내려다보았다. 그대로 꽃을 받아 주기만 하면 곧바로 반지를 꺼낼 생각이었다.

잠시 침묵이 흐른 뒤 그녀가 꽃을 받았다. 나는 가슴 가득 환희가 차오르는 걸 느끼며 주머니 속에 손을 집어넣었다. 손안에 들어오는 상자의 감촉이 잠시 낯설게 느껴졌다. 당시 내 머릿속엔 이걸 어떤 방식으로 건네야 조금이라도 더 멋있어 보일까 하는 생각뿐이었다. 곧바로 이어질 일에 대해서는 상상조차 하지 못했다.

머리가 흔들릴 정도로 강한 충격이 뺨에 느껴짐과 동시에 시야가 확 돌아갔다. 너무 놀라 한동안 움직이지 못했다. 잠시 후에야 얼굴을 손으로 감싸고 고개를 돌렸다. 내가 사랑하는 사람의 손이 높이 올라가 있는 게 보였다. 그걸 봤는데도 방금 무슨 일이 일어난 건지 이해하지 못했다.

"세라바체 양……?"

멍하니 그녀를 올려다보았다. 그녀는 아무 말도 하지 않고 몸을 돌려 사람들을 헤치고 가 버렸다. 손에는 여전히 내가 준 꽃을 들고.

주위에는 수많은 사람들이 있었지만 믿기지 않을 정도로 긴 정적이 흘렀다. 나는 여전히 무릎을 꿇은 채 뺨을 감싸 쥐고만 있을 뿐 그 이상의 일은 생각할 수 없었다. 엄두가 나지 않았다. 방금 일어난 일이 무언지 이해하는 것이, 그걸 이해하고 움직이는 것이.

"괜찮나?"

마침내 누군가 다가와 이렇게 물었다. 헛웃음이 나왔다. 괜찮
으냐고? 어떻게 그런 잔인한 질문을 던질 수가 있단 말인가.

"괜찮고말고요."

누가 이런 대답을 하나 싶어 고개를 들어 보니, 그건 나 자신
이었다.

사람들이 지켜보는 가운데 아무렇지 않게 자리에서 일어나
무릎을 툭툭 털었다. 그리고 그곳을 벗어났다. 나중에서야 반지
가 어디론가 사라져 버린 걸 알았지만 그때는 그런 걸 생각할
겨를이 없었다.

다시금 화창한 하늘 아래 벽돌길을 걸으며 나는 다시는 그녀
의 이름을 입에 담지도, 그녀의 모습을 머릿속에 떠올리지도 않
겠노라 맹세했다. 그 맹세는 놀라울 정도로 잘 지켜졌다.

그로부터 1년 뒤 그 사건이 일어나기 전까지는 말이다.

1. 죽은 대문호의 마지막 원고

게으르기 짝이 없는 속도로 오후가 흘러가고 있었다.

옆자리의 손튼은 금붕어 세 마리가 든 어항에 밥을 주고는 자기가 몇 알이나 떨어뜨렸는지 열심히 세고 있었다. 칸막이 너머의 반장님 같은 경우엔 본인은 안 보인다고 생각하시겠지만 내 자리에서는 훤히 보이는 가운데 거울을 보며 코털을 뽑고 있었다. 그리고 머독 경위는…… 뭘 하는지 별로 상상하고 싶지 않다.

참으로 심심한 도시다. 이곳 그레이힐 시티는.

법을 수호하는 사람으로서 범죄가 일어나길 기대해서는 안 되지만, 한 달 동안 강력3반에 떨어진 사건이 고작 자작가의 7살짜리 후계자를 앙하고 물어 버린 강아지를 현장에서 체포하는 일이 다였다는 것도 조금 맥 빠지는 일이다.(다행히 너그러우신 후계자께서 그 강아지의 버릇을 직접 고치겠다며 입양하는 것으로 서로 원만한 해결을 보았다.)

아무튼 나는 내 일을 사랑하고 시간을 죽일 방법을 생각하는 데 온 시간을 할애하는 동료들도 사랑한다. 이런 곳의 이런 사람들이 아니라면 대체 누가 가장 바빠야 할 월요일 오전 11시에 자리에서 벌떡 일어나…….

"우리 가위바위보 해서 진 사람 딱밤 맞기 하죠!"

라고 외치겠느냔 말이다. 그것도 막내가.

"자다 꿈이라도 꿨냐, 손튼? 이참에 영원히 자게 해 주랴?"

내 핀잔에도 손튼은 지지 않고 대꾸했다.

"지금 뭐라도 하지 않으면 어차피 죽을 거예요. 질식해 죽는다고요! 삶의 권태가 저를 짓눌러요, 선배님. 스러진 제 청춘이 비명을 지르고 있어요. 전 젊음에게 죄를 짓고 있다고요……."

감성이 좀 과도하게 충만한 이 녀석은 자칭 꿈이 시인이었다.

"진심으로 널 위해서 하는 말인데, 경시청 관두고 시인이 될 생각일랑 하지도 마라. 굶어 죽어서 한 달 후에 집에서 변사체로 발견된다, 틀림없이."

"그거 재밌겠네!"

갑자기 칸막이 너머에서 반장님이 벌떡 일어나며 외치는 바람에 나는 그분에 대한 내 존경심을 의심하지 않을 수 없었다. 아무리 쓸모없고 막내 주제에 건방지고 눈치마저도 없어서 하루에도 몇 번씩 내 손으로 직접 죽이고 싶다는 생각을 하는 녀석이지만, 그래도 변사체로 발견되는데 재미있겠다니?

"딱밤 맞기 그거 하지. 누구누구 할 건가, 응? 참가할 사람들이리 나와 봐."

……아, 그쪽. 아니, 그쪽도 문제지만.

"제가 참가하겠습니다, 반장님!"

반대쪽 책상에서 빛과 같은 속도로 손을 들고 튀어나오는 녀석은 머독 경위다. 나랑 같은 계급이긴 한데 어느 경찰 학교의 어느 기수인지 죽어도 말을 안 하는 놈이다. 그래서 나는 녀석에 대한 애정을 담아 '낙하산'이라고 부르고 있었다. 이 낙하산 님은 반장님한테 잘 보일 기회만 있으면 절대 놓치지 않았다.

"전 빠지면 안 되나요? 맞는 거 무서운데."

머독의 옆에서 슬그머니 눈치를 보는 건 우리 강력3반의 유일한 여성 직원 쥬안 양이다. 남자들 사이에 혼자 여자이니 쉽게 눈에 띌 법도 한데, 가끔 우리 모두 그녀를 빼놓고 식사하러 갈 만큼 존재감이 별로 없었다.

"어, 그래. 쥬안 양은 하고 싶은 대로 해. 어이, 레일미어. 얼른 이리 와. 안 할 건가?"

반장님이 나를 향해 손짓했다. 나는 심각한 표정으로 한숨을 내쉬며 고개를 절레절레 흔들었다. 아무리 조직 사회고 계급 사회라지만 윗사람이 시킨다고 해서 이런 일에 강제로 참가하는 건 옳지 않다고 본다.

하지만 난 매우 하고 싶으니까 상관없지!

"지금 갑니다. 반장님과 머독에게 딱밤 놓을 기회를 놓칠 수야 없죠."

"어, 그래그래. 승부니까 공평하게 하자고. 윗사람이라고 막 살살 때리고 그런 거 없는 거다, 알았지?"

"그럼요. 가위바위보 앞에 계급장 같은 건 없는 거지요."

우리 모두 머리를 맞대고 모였다. 반장님을 필두로 네 남자가 주먹을 앞으로 내밀었다. 그 상태로 서로의 시선을 천천히 훑는다. 쳐다본다고 해서 알 리 없는데 자꾸만 상대방의 눈을 보게 된다. 긴장된 침묵이 흐르는 가운데 마치 생사를 건 결투인 양 비장함마저 더해졌다.

"자, 가위…… 바위…… 보!"

나 참, 가위바위보 따위에 뭐하는 거람.

그렇게 말하고 싶지만 사실 주먹을 내는 순간 너무 흥분해서 눈이 튀어 나갈 뻔했다.

결과는 특별히 언급하지 않겠다. 다만 사색에 질린 머독이 하극상의 끝을 보여 주려는 순간, 웬 제복 입은 남자가 나타나 반장님과 머독을 구원했다고만 말해 두겠다.

"저, 신고할 게 있어 왔습니다만."

남자는 이 말을 하고 나서 상당히 떨떠름하다는 표정으로 우리들을 훑어보았다.

어깨에 계급장도 붙인 머리 희끗희끗한 분이 젊은 부하 둘에게 팔이 붙들려 있고, 또 다른 부하 하나는 감히 상사의 이마에 손가락을 튕길 준비를 하고 있었으니 그런 표정이 부당하다고는 말 못 하겠다.

우리 모두 빛의 속도로 제자리로 돌아갔다. 그러곤 책상 위에 있는 게 무엇이든 열심히 뒤적거리며 온갖 바쁜 척을 했다. 손님맞이 담당인 손튼이 공손한 표정으로 남자에게 다가갔다.

"아, 네. 신고하러 오셨다고요. 먼 길 오느라 고생 많으셨습니다. 일단 앉으실까요. 차는 어떤 걸로 하시겠습니까? 커피, 홍차, 코코아까지 없는 게 없답니다."

"아뇨, 괜찮습니다. 그보다 빨리 말씀드릴 게……."

남자는 손튼의 친절한 태도에 약간 어리둥절한 듯 보였다. 본인이 한 달 만에 강력3반에 나타난 신고자라서 어떻게든 붙잡으려는 우리 심정을 알 리 없을 것이다.

손튼이 그 남자와 마주 앉아 이야기하는 동안 나와 반장님, 머독과 수줍음 많은 쥬안 양까지도 그 남자를 훔쳐보았다. 남자는 대저택의 하인들이 입을 법한 정복 차림을 하고 있었다. 옷차림이 그 정도로 고급스러운 걸로 봐선 대단한 재력가나 귀족 가문에 소속된 게 분명했다.

그렇다면 틀림없이 시시한 사건이 아니렷다? 예전부터 돈 많은 사람이나 귀족이 관련된 사건치고 흥미롭지 않은 게 없었다.

나는 책상 위에 널려 있던 종이 중 아무거나 하나 집어 들고서 칸막이 너머의 반장님에게 걸어갔다.

"반장님, 이 문서 말입니다만……."

그러곤 종이를 제출하는 척하면서 속삭였다.

"이 사건, 뭐가 됐든 저 주십시오."

반장님은 예상하고 있었던 듯 느긋하게 응수했다.

"글쎄다. 생각 좀 해 보자."

그러면서 손가락을 까딱거리는 것이, 원하는 게 분명히 있는 눈치였다. 내가 내놓을 수 있는 게 뭘까 고민하고 있을 때 아니나 다를까 머독도 책상 위에 있던 화분을 들고 이쪽으로 걸어왔다.

"반장님, 이 증거 물품 말인데요."

그는 칸막이 너머로 건너오자마자 내게 빠르게 말했다.

"새치기하면 쓰나. 일은 순서대로 분담해야지. 지난번 사건은 네가 맡았으니 이번엔 내 차례야. 안 그렇습니까, 반장님?"

"사건? 머독 경위님은 이도 안 난 강아지가 손가락을 물었다고 엉엉 우는 자작가의 후계자를 달래 주는 일도 사건이라고 부릅니까?"

"그러게 누가 그때 우겨서 네가 맡으시라고 했습니까?"

반장님이 눈살을 찌푸리며 손을 휘저었다.

"아, 그만 그만. 우리 공평하게 하자. 이번엔 손튼 차례야."

"손튼이요?"

"손튼이요?"

같은 말을 동시에 내뱉은 머독과 나는 서로를 불쾌하게 쳐다보았다. 금세 포기하고 자리로 돌아가는 머독과 달리 나는 아직 미련이 남아 있었다.

"반장님, 손튼은 경험이 많이 부족합니다. 그럼 이렇게 하면 어떨까요? 제가 사건을 맡는 대신 손튼을 보조로 쓰겠습니다."

"흠……. 하긴 손튼 혼자로는 부족하지."

내가 회심의 미소를 짓는 순간 반장님이 말했다.

"그럼 순서대로 머독이 사건을 맡고 손튼을 보조로 쓰면 되겠군. 조언 고맙네, 레일미어 경위."

아오, 우리 반장님 참 다정하기도 하시지.

포기하고 자리로 가 앉았을 때, 대략적인 질문이 끝났는지 손튼이 수첩을 들고 반장님에게 걸어가는 게 보였다. 표정을 봐서는 진짜 심각한 일이라도 생긴 것 같았다.

칸막이 너머에서 손튼이 몇 마디를 했지만 너무 작아서 들리지 않았다. 반장님은 한숨을 푹 내쉬었다. 그러곤 일어서서 우리 모두를 향해 말했다.

"오세이번 경께서 돌아가셨단다."

나도 모르게 자리에서 벌떡 일어났다. 맞은편 쥬안 양의 경우엔 작게 비명까지 질렀다.

"그래…… 대문호께서 가셨어."

잠시 사무실 안에 침묵이 흘렀다. 그 짧은 애도의 시간을 깬 것은 머독이었다.

"그럼 살인 사건입니까?"

어, 그런 건가? 우리 모두의 시선이 반장님의 얼굴로 쏠렸다.

"아니, 의사는 일단 심장 마비인 것 같다고 했단다. 예전부터 심장이 안 좋으시다는 말이 있었잖아."

그 대답에 적잖이 안도했다. 누군가 그분을 죽이려 했다는 건 생각만으로도 참을 수가 없으니까.

"그럼 일반적인 사망 확인 절차겠군요. 그 정도라면 손튼 혼자서도 충분히⋯⋯."

"아니, 다른 문제가 더 있다."

우리 모두 그분의 입에서 나올 다음 말에 주목했다.

"도난당했단다. 그분이 쓰던 마지막 원고를."

머독이 탄식을 흘렸다.

"그걸 찾아 달라고 온 거야. 저 남자는 조 마르지오 극장의 문지기다."

조 마르지오 극장, 대문호가 속해 있던 곳이다. 이번 원고가 완성되는 즉시 그걸 가지고 공연을 하기로 되어 있었다. 여기까지 떠올린 순간 자연스레 연상되는 무언가가 있었다.

고개를 들어 반장님을 쳐다보았다. 역시나 그분도 나를 보고 있었다. 그래서 나는 최대한 다정한 미소를 지어 보였다.

"아, 그렇군요. 이 사건엔 역시 머독 경위가 제격이겠습니다. 제가 아까 계속해서 추천해 드렸다시피 말입니다."

"레일미어 경위."

"손튼도 잘 보조할 겁니다. 그럼 전 갑작스런 생리 현상으로 화장실에 좀⋯⋯."

"이 사건, 네가 맡아라."

오, 신이여.

아무리 고대해 마지않았던 사건이라지만, 조 마르지오가 관련된 것만큼은 싫었다. 그 극장이 죽도록 싫다고. 어느 남자가 자기를 공개적으로 차 버린 여자가 있는 장소를 좋아하겠느냔 말이다!

"괜찮을 거야. 세라바체 양도 지금쯤이면 다 잊어버리지 않았을까? 아, 물론 사람들이 잔뜩 몰려 있던 극장 로비에서 짝 소리가 나도록 뺨을 때린 남자를 잊기란 쉽지 않겠지만 말이지."

머독이 진심으로 안됐다는 표정으로 내 어깨에 손을 짚어서 곱게 쳐내 주었다.

"잘된 거 아니에요, 선배님? 예전에는 그 여성분 만나겠다고 별의별 방법을 다 동원하셨잖아요. 벽을 타고 기어오르다가 떨어져서 다리가 부러진 적도 있고, 하수구를 통해 들어갔다가 하마터면 오물에 숨이 막혀 죽을 뻔했던 적도 있고. 이젠 당당히 들어가실 수 있잖아요."

손튼이 짐짓 다정한 말투로 나의 흑역사를 아무렇지 않게 폭로했다. 이 말을 들은 이후부터 신고하러 온 조 마르지오의 문지기는 나를 아주 이상하게 쳐다보았다.

나는 극장으로 가서 만나 봐야 할 사람들의 명단을 작성하고 있었는데, 공교롭게도 명단 안에는 그날 그 자리에서 내가 뺨 맞는 장면을 본 사람들이 대다수였다.

이쯤 되면 반장님이 나를 골탕 먹이기 위해 일부러 내게 사건을 맡겼다고 생각할 수도 있다. 그러나 존경하는 반장님은 아무 의미 없이 그런 짓을 하지 않는다. 아마 내가 세라바체 양의 마음을 얻기 위해 극장을 들락날락거리면서 쌓아 둔 인맥 때문에 이러는 것일 터였다.

"자, 누구 내기할 사람? 레일미어가 찾아가는 순간 또 뺨 맞는다, 아니다. 난 맞는다에 걸지!"

신이 난 반장님이 외쳤다. 저 양반이, 막 두둔해 주고 있었는데!

머독도 맞는다에 한 표, 그래도 의리를 아는 손튼만이 안 맞는다에 동전 하나를 걸어 주었다. 그리고 뒤늦게 쥬안 양이 소심하게 본인도 안 맞는다에 걸겠다고 했을 때 우리 모두 그녀가 아직 퇴근하지 않았다는 사실에 잠깐 놀랐다.

"뭐 농담이고, 잘해 주길 바라네, 레일미어. 손튼도 얼마든지 보조로 쓰도록 하고."

"농담이라면서 내기 돈은 왜 다 주머니로 넣으십니까, 반장님?"

"자네는 분명히 잘 해낼 거야."

"왜 주머니로 넣으시냐니까요?"

"그럼 잘 다녀오게!"

나는 반쯤 울음을 터뜨릴 듯한 심정으로, 그때까지 극도의 인내심을 가지고 기다리던 문지기와 손튼과 함께 경시청을 나왔다.

"우리 아가씨가 뺨을 때렸다던 소문의 그 경위님이 당신이었
군요."

차를 타고 가면서 문지기가 꺼낸 이 말에 난 다시 경시청으
로 돌아가서 사표를 제출하고 싶은 심정이었다.

차는 잠시 후 우리를 조 마르지오 극장 앞에 데려다놓았다.
갈색의 고풍스러운 건물 외벽에는 곧 상연될 공연의 포스터와
남녀 주연 배우의 초상화들이 잔뜩 붙어 있었다. 「존재의 존재
에 관한 고찰」, 지금 공연되고 있는 연극인 듯했는데 조 마르지
오의 이미지를 잘 말해 주고 있었다.

극장으로 들어서면서 손튼은 먼저 대문호가 돌아가신 방에
가 보기로 하고 나는 극장장을 만나기로 했다.

"극장장님 방으로 가는 길은 조금 까다롭습니다. 계단이 워
낙 여러 개라……."

"아, 걱정 마세요. 여기 구조라면 다 꿰고 있으니까요."

문지기는 의심스럽다는 눈빛이었지만 정말로 내가 그의 안내
없이 척척 찾아가자 놀랍다는 표정을 지었다. 당신도 한 여자한
테 미쳐서 3년을 낭비해 보시라. 이 정도는 하게 되지.

기억이란 참 알 수 없는 놈이다. 지금의 나한테는 죽도록 잊
고 싶은 창피한 일인데도 과거의 흔적들을 따라가고 있자니 이
상하게 그리움이 밀려들었다. 한밤중에 극장장의 눈을 피해 그
녀에게 편지를 전해 주러 갔던 기억도 새록새록 떠올랐다.

그건 생애 처음으로 이성에게 쓴 편지였다. 그걸 쓰겠다고 수백 장의 종이를 낭비하고 며칠 밤을 꼬박 새웠던 걸 생각하면……. 하지만 편지를 받고 난 그녀의 반응은 그다지 좋지 않았다. 심지어 내가 그걸 전해 준 뒤 벽을 타고 내려가다 떨어져 2주간 병원에 입원했는데도 병문안은커녕 답장조차 주지 않았다.

그런 우울한 기억들을 떠올리며 계단을 올라간 끝에 극장 꼭대기에 있는 극장장의 방에 도착했다. 오래간만에 그를 만난다고 생각하니 이상하게 긴장이 되었다.

"극장장님, 도슨입니다."

안에서 간단히 들어오라는 대답이 들렸다. 도슨은 문을 열어 주곤 뒤로 물러났다. 안으로 들어가자 조 마르지오의 주인, 로만 아이넨의 모습이 보였다.

로만은 그레이힐에서 모르는 사람이 거의 없을 정도로 유명인사였다. 8살 때 조 마르지오의 검표원 소년부터 시작해서 지금의 자리에 오른 일화는 거의 전설적이었다. 그레이힐 시티의 주인이라 할 수 있는 뱀파이어 백작과도 친분이 있고 소문에 따르면 왕족과도 연이 닿아 있다고 했다.

스스로 그 모든 걸 일군 사람답게, 그의 첫인상은 보는 사람 누구나 압도하는 분위기가 있었다. 심지어 오랜 시간 함께해 온 동료이자 친구인 대문호를 잃은 지금도 표정에 별다른 동요가 없었다. 물론 로만 같은 사람이 타인 앞에서 함부로 감정을 드러내진 않겠지만.

"레일미어, 설마 자네가 올 줄이야. 오랜만에 보는군. 세라한 테 공개적인 망신을 당한 뒤로 처음이지, 아마?"

뜻밖에도 나를 본 그의 목소리에는 일말의 반가움이 담겨 있었다. 딸을 두고 숱하게 나와 반목한 사람답지 않게 말이다.

"굳이 그 이야기는 꺼내지 말아 주십시오. 제 의지로 온 게 아니라고요."

"정말인가? 이걸 기회라고 생각하고 또다시 딸애를 괴롭히려 는 건 아니겠지?"

나는 실연당한 젊은이의 슬픔을 과장되게 표현하며 말했다.

"정말 아닙니다. 사람들 앞에서 그런 일을 한 번만 당해 보십 시오. 헛된 망상일랑 싹 사라진다니까요."

"3년간의 노력을 망상으로 치부할 생각인가. 뭐, 좋아."

로만은 자기 책상에서 걸어 나와 술병들이 놓인 장식장으로 갔다.

"아직도 위스키 마시나?"

"주십시오."

그는 두 개의 잔에 술을 따르며 과거에 잠긴 목소리로 말했다.

"자네와 이걸 처음 마셨을 때가 떠오르는군. 나한테 잘 보이 겠다고 익숙한 척하려고 애썼지만, 한눈에 처음 마셔 본다는 걸 눈치챘지."

"저런, 혼신의 힘을 다한 연기였는데 아깝네요."

"극단에서 보낸 세월만 한평생일세. 그 정도에 속을 것 같나?"

그가 잔을 건네주었다. 나는 알싸한 술 냄새를 맡으며 말했다.

"그 망신의 자리엔 대문호께서도 계셨죠. 그날 그분이 제게 술을 사 주신 걸 아십니까? 그러면서 위로의 말씀도 해 주셨죠. '젊은이여, 상처받을 수 있을 때 마음껏 상처받게. 언젠가 마음은 상처받는 것에 둔감해지고 그러면 사랑하는 것에도 똑같이 둔감해지고 말지. 그때가 되면 오늘을 그리워하게 될 거야. 그러니 지금의 상처를 사랑하시게나.' 그런 말씀을요. 물론 그때는 웬 늙은이가 헛소리를 한다고 생각했지요."

로만은 메마른 웃음소리를 내고 나와 잔을 부딪쳤다.

"오세이번을 위하여."

"대문호를 위하여."

언제 마셔도 그가 주는 위스키는 독하기만 하다. 나는 잔을 내려놓고 물었다.

"어떻게 돌아가신 겁니까?"

"그의 방에서 홀로, 조용한 죽음이었지. 처음에는 너무도 평온한 모습이어서 그저 기력이 없어 쓰러진 줄로만 알았어. 하지만 만져 보니 이미 차갑더군. 의사가 와서 보고는 심장 마비인 것 같다고 했네. 평소에 먹던 약이 주변에 흩어져 있더군."

"평온 속에 잠드시길. 한데 그분의 원고가 사라졌다고요?"

"그래. 한동안 정신이 없어서 조금 전에야 사라진 걸 알았지. 의사와 유가족한테 연락하고 오세이번의 시신을 병원으로 옮기고 나서 혼자 방을 둘러보다가 금고가 열려 있는 걸 본 거야."

"금고라고요?"

"오세이번이 원고를 넣어 두는 금고. 그는 방을 비울 때 항상 원고를 거기에 보관해. 예전에 한 번 도둑맞은 이후로 원고 관리를 철저히 하거든."

"대문호께서 어디 다른 곳에 두셨을 가능성은요?"

"없어. 혹시 몰라 그의 작업실과 방 모두 뒤져 봤지만 없었네. 유가족들도 집에는 원고 비슷한 것도 없다고 했어. 그리고 범인이 존재한다고 말할 만한 확실한 근거가 있네."

그렇게 말한 로만이 서랍 속에서 뭔가를 꺼냈다. 그걸 본 나는 깜짝 놀랐다.

"뭐죠, 그게. 장미?"

"그래. 이게 원고 대신 금고 안에 남아 있었네."

"연극에서 쓰인 소품 같은 건가요?"

"아니, 이런 건 본 적이 없어. 오세이번이 언급하는 걸 들어 본 적도 없고. 그러니까 이건 범인이 남기고 갔을 가능성이 높아."

나는 로만으로부터 조심스럽게 그것을 넘겨받았다. 말할 수 없이 신비스럽지만 어째서인지 조금 섬뜩하기도 한 그것은 푸른색의 장미였다.

"흰 장미에다 물감을 칠한 건가 했지만 아니더군. 이건 말 그대로 푸른색 꽃을 피운 장미야."

"그렇다면 무척 희귀한 것이겠군요."

"그 전에 존재 가능한 것인가부터 의문이지."

나는 위스키 잔을 비우고 대신 물을 따라 왔다. 그리고 거기에 장미를 꽂아 두었다.

"이건 제가 가져가도 되겠습니까? 범인에 대한 중요한 단서가 될 것 같아서요."

"그렇게 하게."

정말로 묘한 일이었다. 원고를 가져가는 대신 놓아둔 걸까? 이제 궁금증이 원고에서 범인의 정체로 옮겨 갔다.

"설마 범인이 대문호를 해치고 원고를 가져간 걸까요?"

"그럴 가능성은 낮다고 보네. 의사가 오세이번의 몸에 딱히 외상은 없다고 했고 방도 정갈했어. 원고를 가져가려는 범인을 오세이번이 그냥 뒀을 리 없으니 몸싸움이 벌어졌다면 그럴 수는 없을 테지. 혹시 몰라 부검을 한다고 했지만 가족들이 반대하고 있어. 나도 같은 의견일세. 오세이번을 살해한다니, 누가 그런 생각을 하겠나?"

나도 존경받는 대문호이자 아이들과 초콜릿을 사랑한 그 소박한 노인을 누군가가 죽였을 거라 생각하고 싶진 않았다. 하지만 여기 평화로운 그레이힐 시티에 오기 전까진 아주 하찮은 이유로도 사람이 사람을 죽이는 경우를 종종 본 터였다.

"그분의 원고를 가져간 이유는 뭘까요?"

"아마 암시장에 팔 생각이겠지. 이제 마지막 유작이 되었으니 얼마나 높은 가격에 팔리겠나. 오세이번의 미공개 친필 원고라

탐내는 자들이 많을 거야."

"하긴, 언제나 돈이죠."

"언제나 돈이지. 그리고 그의 원고를 마무리해서 자기가 쓴 것처럼 발표할 가능성도 있어."

"그쪽은 원고가 아니라 양심을 팔아먹는 쪽이군요. 더 죄질이 나쁜데요."

"양심? 그런 건 허구적인 단어야, 레일미어."

로만이 끌끌거리고 웃고는 이어 말했다.

"마지막으로 이쪽은 별로 생각하고 싶지 않지만, 그저 간직하기 위해서였을 수 있지."

"그저 간직한다고요?"

"오세이번을 지나치게 존경하는 팬이라면 충분히 그럴 수 있어. 이 경우 결과는 매우 암담할 거야. 원고는 절대로 다시 세상 밖으로 나오지 않을 테니까."

"하지만 팬이라면 대문호가 쓰러져 있는 걸 보고 그냥 지나쳤을 리 없죠. 사람들에게 알리는 대신 원고부터 먼저 챙긴다는 게 가능할까요?"

"그의 죽음을 슬퍼하는 것과 원고를 소유하는 건 별개의 감정이야. 아니, 오히려 그의 죽음을 목격했기 때문에 어느 때보다 원고를 소유하고 싶다는 생각이 강했을지도 모르지. 팬들은 가끔 사랑한다는 이유로 이해하지 못할 짓을 저지르기도 하니까. 그 유명한 쉬머 자작부인 자해 사건 모르는가? 사랑을 받아 주지 않았다는 이유로 듀 세비어의 면전에서 자기 목을 그어 버렸지. 뭐, 세비어만큼은 아니지만 오세이번에게도 몇몇 과격한 팬들은 있었네."

조 마르지오의 전속 배우 듀 세비어는 그레이힐에 연극 붐을 일으켰다고 말해도 좋을 정도로 인기 있는 배우였다. 그를 지나치게 흠모한 나머지 몇 년 전 자해를 했던 쉬머 자작부인 사건은 아직까지도 입에 오르내릴 정도로 유명했다.

나는 그것도 수첩에 적어 두고 로만을 향해 말했다.

"그리고 한 가지 가능성이 더 있겠습니다."

"뭐지?"

"그 원고가 공개되는 것 자체를 막고 싶었다. 즉, 이득을 위해서가 아니라 파기하기 위해 훔쳐 간 경우 말입니다."

로만은 고개를 갸웃거리며 나를 바라보았다.

"그건 무슨 말이지?"

"대중에 공개되면 곤란할 내용이 원고에 담겨 있었다거나 하는 거죠. 혹시 원고 내용에 대해서 대문호께서 언급하시던가요?"

"아니, 그는 글이 완성되기 전까진 누구에게도 말하지 않아. 그러니 자네가 말한 것 같은 일은 희박해. 아무도 원고 내용을 알지 못하니까."

"단 한 명도 모른단 말씀이십니까?"

"내가 알기론 그렇지만 확신할 순 없지. 제자인 하우스만에게는 말했을지도."

하우스만은 오세이번 경을 모시며 글을 배우는 아마추어 작가였다. 그를 만나 봐야겠다고 생각했다.

나는 로만에게 몇 가지 더 질문하고 세세한 것까지 모두 수첩에 받아 적었다. 질문이 끝난 뒤에도 그는 의외로 나와 좀 더 대화를 하고 싶어 하는 기색을 내비쳤다. 하지만 빨리 수사를 시작해야 했다. 시간을 오래 끌수록 원고를 찾기가 더 힘들어질 터였다.

"아직 극장 내부에 있을지 모르니 대대적인 수색부터 하겠습니다. 허가해 주시면 곧바로 인원을 충원해 오도록 하지요. 혹시라도 오늘 아침 이후 이 극장을 나간 사람은……."

"없네. 내가 바로 폐쇄령을 내렸지. 경시청으로 보냈던 문지기 도슨을 제외하고는 없어. 물론 내보내기 전에 도슨의 몸도 철저히 수색했고."

역시 로만 아이넨다운 처사였다. 내가 그대로 방을 나서려할 때 그가 덧붙였다.

"그 원고는 정말로 중요해. 많은 돈이 걸려 있기도 하지만 오세이번의 마지막 유산이야. 꼭 찾아 주게. 이번 일에 우리 사이에 있었던 개인적인 감정은 접어 둘 거라 믿네."

"개인적인 감정을 접으라고요? 설마요."

로만의 눈썹이 꿈틀거렸다. 나는 왠지 모르게 그의 표정을 그런 식으로 변화시킬 때가 좋았다.

"대문호께는 저도 진 빚이 있어서요. 개인적으로 최선을 다해 찾아볼 생각입니다."

로만이 메마른 웃음소리를 냈다. 나는 경시청 모자를 들었다 놓으며 인사하고 나왔다.

경시청에 연락해서 비번인 사람들까지 모든 인력을 동원해 달라고 했다. 그들이 오길 기다리는 동안 대문호의 방으로 가서 안을 살펴보았다. 손튼이 주변에 접근 금지 표지를 붙이고 기다리고 있었다.

로만이 묘사했던 대로 방 안은 단정했고 책장 아래 있는 금고의 문만 활짝 열려 있었다. 다른 곳은 뒤진 흔적도 없었다. 범인은 거기에 대문호의 원고가 있다는 걸 처음부터 알고 있었던 게 분명했다.

그렇다면 외부 사람일 가능성보다는 내부 사람, 그것도 금고의 존재와 비밀번호를 알고 있을 정도로 친분이 있는 사람의 소행일 가능성이 높다. 푸른색 장미를 남겨 둔 것도 자신과 대문호만의 어떤 연결 고리를 뜻하는 걸지도 몰랐다. 하지만 그토록 친분이 있었다면 대체 왜 죽은 대문호를 내버려 두고 원고부터 챙긴 걸까?

거기까지 생각했을 때 뒤에서 누군가가 나를 불렀다. 문지기인 도슨이었다.

"경시청에서 사람들이 나왔습니다."

밖으로 나가 보니 오세이번의 사망 소식은 그새 퍼져 나가 많은 기자들과 팬들이 극장 앞에 몰려와 있었다. 수색 인원 중 일부를 차출해서 극장 주위를 막아서야 할 지경이었다.

"왜 우리를 들여보내 주지 않죠? 우리도 그분의 모습을 보고 싶다고요!"

"원하는 게 대문호의 주검이라면 여기 없습니다. 벌써 병원으로 옮겼다고요."

하지만 사람들은 믿는 눈치가 아니었다. 울기도 하고 촛불이나 꽃을 든 채 하염없이 극장 앞에서 기다렸다.

조 마르지오는 넓은 극장이었지만 투입된 인원이 많았기에 다섯 시간 정도 지나자 내부 수색은 대부분 끝이 났다. 경관들이 대문호의 방과 금고에서 열심히 지문을 채취했지만 큰 기대는 하지 않았다. 그러는 동안 대공연장에는 오전부터 극장에 와 있던 배우와 스태프, 하인들이 모여 있었다.

아침부터 계속 갇혀 있어야 했던 그들은 불평이 이만저만이 아니었다. 하지만 대부분 말없이 감내하거나 오세이번의 죽음을 애도하며 기다렸다. 다만 본인의 명성에 자부심이 넘치는 사람들, 예를 들어 유명한 배우 프리실라 양 같은 경우에는 도저히 참을 수 없어 했다.

"극장장님, 집에는 언제 갈 수 있죠? 오세이번 경의 죽음은 나도 슬프지만 공연이 코앞인데 이래서는 컨디션을 유지할 수가 없어요."

그녀는 나긋나긋한 어조로 끊임없이 투덜거렸고 로만은 그런 그녀를 조용히 타이르거나 달랬다. 아무래도 프리실라는 극장장이 자신에게 신경 써 주는 걸 즐기는 것 같았다.

반면에 마찬가지로 유명하고 인기 많은 배우 듀 세비어 같은 경우엔 한마디도 하지 않고 무대 한쪽에 그림처럼 서 있었다. 나는 같은 남자인데도 왜 자꾸 그에게 시선이 가는지 알 수가 없었다.

그리고…… 내내 존재를 부정하기 위해 애쓰고 있지만 그 자리에는 내 뺨을 시원하게 날렸던 세라바체 양도 있었다. 나는 세비어를 한참 보다가 질릴 때쯤 그녀를 힐끗 보고, 다시 세비어를 보다가 질릴 때쯤 그녀를 힐끔거렸다. 수심에 잠겨 있는 그녀는 사람들이 있는 자리에서 슬픔을 드러내지 않기 위해 애쓰고 있었다.

그렇게 들키지 않고 꽤나 잘 훔쳐보고 있다고 생각했는데, 마침내 투덜거리는 것에도 지친 프리실라가 입을 다물자마자 로만이 내게 걸어왔다.

"그러다 눈 돌아가겠네, 레일미어."

"……티 났습니까?"

"부자연스러울 만큼 듀를 쳐다볼 때부터 눈치챘지. 차라리 그냥 대놓고 보게. 내 딸이지만 예쁜 건 나도 인정하니까."

"하하, 아버님도 참. 따님 자랑은 여전하시군요."

"아버님이 아니라 극장장님이겠지."

제길. 돌아가자마자 내 입을 꿰매 버릴 테다.

"버릇이란 게 무섭지? 3년 내내 자네가 나를 그렇게 불렀을 땐 나도 진짜 아들이 생긴 것처럼 착각할 지경이었지. 그래서 만반의 준비를 하고 있었네. 내가 준비해 둔 수많은 훌륭한 가문의 자제들을 무시하고 세라가 자네와 결혼하겠다고 나설 때를 대비해서 말이야."

"무서운데요. 극장장님 같은 분이 과연 무슨 대비를 하셨을지."

"여러 가지가 있긴 하지만 별로 재미는 없어. 뭐, 대부분 자네를 살해한다는 계획이었지."

……뭐냐, 그거. 농담이냐 뭐냐. 표정만 봐서는 진짜 모르겠다. 게다가 대부분이 살해라면 나머지는 대체 뭐란 말이야?

로만은 굳어 있는 내 어깨를 툭툭 두드리며 씩 웃었다.

"물론 지금에 와서는 다 쓸모없게 되었지만. 역시 내 딸의 안목은 훌륭하다니까."

그때 경관 한 명이 우리 쪽으로 다가와 말했다.

"내부 수색이 전부 끝났지만 찾지 못했답니다. 이제 여기 계신 분들의 소지품밖에 남지 않았는데요."

그 말은 몸수색을 해야 한다는 뜻이었다. 곤란하다는 얼굴로 로만을 바라보았으나 의외로 그는 간단하게 고개를 끄덕였다.

나는 헛기침을 하고 모여 있는 사람들을 향해 말했다.

"극장 수색이 끝났지만 원고는 찾지 못했다고 합니다. 따라서 부득이한 일이지만 여러분의 몸을 수색해야겠습니다."

예상했듯이 여기저기서 원성이 터져 나왔다. 모독적인 일이라며 소리치는 사람이나 불쾌한 표정으로 입을 가린 채 수군거리는 사람들도 있었다. 나는 잠잠해질 때까지 기다린 뒤 입을 열었다.

"압니다. 불쾌하고 치욕스러우시겠지요. 하지만 불가피한 일입니다. 여러분들도 오세이번 경의 원고를 찾고 싶으시지요? 그렇다면 협조하는 게 조금이라도 빨리 집으로 돌아갈 수 있는 방법입니다."

원성이 조금 잦아들었다. 하지만 아무리 그래도 선뜻 나서는 사람이 없었다. 무작위로 골라내야 하나 망설이던 그때 바로 옆에 있던 로만이 나섰다.

그는 내게서 가장 먼저 몸수색을 받았다. 극장장이 그러는 모습을 본 다른 직원들은 더 이상 불만을 표하지 못했다. 그다음부터는 순조로웠다. 물론 몸수색을 하는 동안 날 알아보는 사람들로부터 한마디씩 듣는 건 전혀 순조롭지 않았지만.

"어, 레일미어 아니야. 오랜만이네? 아가씨한테 뺨 맞고 차였다고 극장엔 통 안 오고 말이야."

"오랜만이네요, 경위님. 그때 우리 아가씨한테 뺨 맞고 나서 처음이죠?"

"어, 그때 그 경위님이다. 아가씨한테……."

결국 나는 참지 못하고 모두를 향해 외쳤다.

"그래요! 뺨 맞고 차인 그 경위가 납니다, 나라고요! 이제 됐죠?"

그다음부터는 아무도 더 이상 묻지 않았다. 이거 진짜 등에 다 써 붙이고 다니든가 해야지, 원.

어쩌다 보니 잘생기고 인기 많은 듀 세비어의 몸수색도 내가 맡게 되었다. 한때 이 도시를 휩쓸고 지나갔던 쉬머 자작부인의 자해 사건이 다시금 떠올랐다. 확실히 그 조용한 부인이 정신을 잃을 만큼 잘생기긴 한 것 같단 말이야.

어째서인지 수색을 받는 내내 그가 나를 똑바로 쳐다봐서 거북할 지경이었다. 극장을 드나들면서 그하고도 몇 번 마주치긴 했지만 따로 교류는 없었던지라 좀 의아했다. 뺨 맞은 그 사람이 내가 맞는지 자기도 물어보고 싶은 건가? 아니면 설마…… 내가 아까 너무 빤히 쳐다봐서 이상한 오해라도 하나?

진실이야 알 길이 없고, 그를 보내고 나서 다음 세 사람도 아무 문제없었다. 마지막 차례의 인물이 내 앞에 설 때까진 말이다.

"……에, 저, 아가씨. 여성분은 저쪽에 있는 여성 경관에게 수색받으시기 바랍니다."

"당신에게 받고 싶은데요."

그녀는 당당히 말하곤 두 팔을 벌렸다. 나는 난감하게 서 있다 애써 외면해 온 그녀의 얼굴을 드디어 마주 보았다.

여전히 아름답고 여전히 빛나는 얼굴이다. 사람들이 수군거리다시피 로만이 괜히 그녀를 귀족에게 시집보내겠다고 키운 게 아니다. 그녀는 주홍빛의 신비한 두 눈으로 나를 똑바로 바라보았다. 1년 전 많은 사람들 앞에서 내 뺨을 때리기 직전 그러했듯이.

"의도를 모르겠군요, 세라바체 양. 사람들이 보는 앞에서 제게 몸수색을 받고 싶으시다고요?"

"그래요."

그녀는 나를 놀리는 건가, 시험하는 건가?

우리는 말없이 한동안 서로를 바라보았다. 다른 사람들도 모두 이쪽을 지켜보고 있었다. 뺨을 때리고(혹은 맞고) 헤어진 지 1년 만에 재회한 우리들이니 큰 관심을 보이는 것도 당연했다.

그때 로만이 재빨리 다가와 딸을 향해 나직이 윽박질렀다.

"뭐하는 거냐, 세라. 여성들의 몸수색은 저쪽에 가서 받기로 되어 있다."

"같은 여자라고 해도 모르는 사람이 제 몸을 더듬는 건 참을 수 없어요. 차라리 제게 익숙한 사람한테서 받겠어요."

"사람들이 보는 눈이 있다. 어서 저쪽으로 가."

"거부하겠어요, 아버지. 저는 성인이니 제 뜻대로 할 권리가 있어요. 지금 이 상황을 남녀 간의 개인적인 문제로 몰고 가지 마세요. 이분은 경시청에서 온 직원이고 저는 용의자 중 한 사람일 뿐이니."

그녀가 그렇게 강경하게 나오자 로만은 이제 끔찍한 표정으로 나를 쳐다보았다. 왠지 이 모든 게 내 탓이라는 것처럼.

"그럼 저는 여기서 몸수색하는 걸 거부할 권리가 있다고 말해야 하는 겁니까?"

"됐네. 빨리 끝내게."

로만은 돌아서서 사람들에게 강한 경고의 눈빛을 보냈다. 그러자 구경하던 사람들 모두 눈을 돌려 딴청을 피우기 시작했다. 하지만 그런다고 제대로 수색할 수 있을 리가! 바로 옆에 그녀의 아버지가 있는 데다 적게 잡아도 수십 명의 사람들이 안 보는 척 다 보고 있는데 그녀의 몸을 함부로 건드릴 수 있겠느냔 말이다.

민망함에 내 얼굴만 확확 달아오를 뿐 오히려 세라바체 양은 태연했다. 나는 의도치 않게 천하의 나쁜 놈이 된 것 같은 기분을 느끼며 대충 수색을 끝내고 그녀에게서 물러났다.

"없군요. 아무 문제가 끝났습니다. 가세요, 얼른."

나는 무슨 말을 하는지도 모르고 중얼거렸다. 세라바체 양은 보일 듯 말 듯한 미소를 짓곤 나를 지나쳐 갔다. 옅은 재스민 향기가 나는 것도 같았는데 내 착각이었는지도 모르겠다.

"원고는 나오지 않았군."

몸수색이 다 끝나자 로만이 의외로 덤덤한 말투로 말했다.

"수색이 미흡했던 게 아니라면 아무래도 오세이번 경이 돌아가시고 발견되기 전 몇 시간 사이에 빼돌린 모양입니다."

"그래, 신속하기도 하군."

"오세이번 경을 마지막으로 보신 게 언제죠?"

"어제 저녁 식사 때였네. 8시쯤이었던가. 별다른 기색이 없었고 원고가 아주 잘되어 간다는 말까지 했으니, 적어도 저녁 식사 전까지는 제자리에 있었던 게 분명해."

"그럼 그때부터 오세이번 경이 돌아가신 채로 발견되기까지 극장을 오간 사람들의 명단을 알 수 있겠습니까?"

"도슨이 알걸세. 어젯밤 당직을 섰던 게 그였으니까."

내가 그를 만나 보겠다고 하자 고개를 끄덕여 허락한 로만이 이런 말을 중얼거렸다.

"문득 이런 생각이 들기 시작하는군. 어쩌면 범인은 오세이 번이 저녁 식사 때 자리를 비운 사이 원고를 훔쳤을지도 몰라. 방으로 돌아간 오세이번이 비어 있는 금고를 발견했고 그 충격 때문에 심장에 무리가 온 거라면……."

마지막에 덧붙인 말은 거의 속삭임에 가까웠다. 그의 곁에 있던 나만이 똑똑히 들을 수 있었다.

"우리가 찾는 건 도둑이 아니라 살인자인 셈이야, 레일미어."

"네, 제가 당직이었습니다. 저녁 8시부터 오늘 아침 8시까지였 죠. 보통 12시간씩 교대로 일합니다."

도슨이 무척 피곤한 어조로 말했다. 그럴 만도 했다. 어제부 터 당직을 서고 오늘은 경시청으로 신고를 하러 오느라 잠 한 숨 자지 못했을 테니. 나도 일단 쉬게 하고 내일 물어보고 싶었 지만 기억이란 게 워낙 빨리 사라지고 변하기 때문에 어쩔 수 없었다.

대신 경시청으로 그를 데려가지 않고 극장에 있는 그의 숙소에서 질문을 했다. 책상과 옷장, 침대 하나가 전부인 그의 방은 단출했다.

"극장에는 밤에도 여러 사람들이 왔다 갔다 합니다. 다들 생활 패턴이 제각각이라서요. 하지만 어제는 공연 연습이 없어서 비교적 적은 숫자였습니다. 다섯 명이에요."

"다섯이요? 숫자를 정확히 기억합니까?"

"네. 공연이 없는 날은 저녁 6시 이후로 극장을 오가는 모든 출입구를 잠그기 때문에 제가 따로 열어 줘야만 출입할 수 있습니다. 그래서 모두 기억하죠."

그 말이 사실이라면 원고를 찾는 데 큰 도움이 될 터였다.

"그 사람들 이름을 말씀해 주시겠습니까?"

도슨이 기억하는 다섯 명의 출입자는 다음과 같았다.

— 듀 세비어, 프리실라 모드레: 조 마르지오 극장 소속 주연 배우들. 저녁 9시 30분쯤 둘이 함께 같은 차를 타고 극장을 나감.

— 잉기스 후에르 백작: 그레이힐 시티의 주인이자 대문호의 후원자. 뱀파이어 백작이란 별명이 있다. 자정 무렵 잠시 방문. 30분쯤 머물다 나감.

— 러세스 카일: 조 마르지오 극장 소속 조연 전문 배우. 집이 따로 없어 극장에서 방을 얻어 지낸다. 밤 10시쯤 나갔다가

새벽 2시에 술에 취해 들어옴.

— 게레 하우스만: 대문호의 유일한 제자. 새벽 2시쯤 나가다 극장으로 들어오던 러세스 카일과 부딪힘. 둘이 말다툼을 시작했고 도슨이 말림. 기분 나쁜 표정으로 극장에서 나감.

"이렇게 다섯 명입니다. 물론 항상 극장에 상주하고 계시는 극장장님과 그 따님은 제외했습니다."

"시간까지 상당히 자세하게 기억하고 계시네요?"

도슨은 아무 대답 없이 눈을 깜빡이며 나를 바라보았다. 떠 보는 듯 들렸나? 나는 멋쩍게 다시 말했다.

"경시청에 와서 얘기하실 때도 그렇고, 침착하고 조리 있게 말씀을 잘하셔서요."

도슨은 시선을 돌리며 말했다.

"기억력이 남들보다 비상한 편이라는 소리는 듣죠. 예전엔 세 라바체 아가씨의 가정 교사이기도 했습니다."

"가정 교사요?"

"네, 꽤 오래전 일입니다. 아가씨께서 어릴 때요. 경위님께서 아가씨를 쫓아다니기도 한참 전의 일이지요."

왠지 모르게 비꼬는 것처럼 들려 쳐다봤지만 그의 담담한 표 정을 보니 내가 착각한 듯싶었다.

"아가씨가 다 자라서서 더는 곁에 있을 수 없게 되었죠. 극장 장님께서 저를 다른 곳에 보냈다가 1년 전 다시 문지기로 불러

주셨습니다."

"하지만 아직 젊어 보이는데, 그 정도 경력이라면 다른 저택에서 더 좋은 자리를 구할 수도 있었을 텐데요."

"별로 이곳을 떠나고 싶지 않아서요."

그는 그렇게만 말하고 자리에서 일어나 문을 열어 주었다. 그만하고 싶다는 뜻이 그보다 더 분명할 수 없었기에 나는 그에게 푹 쉬라고 말해 준 뒤 방을 나왔다. 이제 수첩에 적어 둔 사람들을 내일부터 하나씩 만나 이야기를 들어 봐야 할 터였다.

하지만 그 전에 먼저 만나야 할, 누구보다도 의심스러운 사람이 하나 있었다.

방으로 찾아가 문을 두드려 봐야 열어 주지 않을 거라는 걸 알기에 나는 극장 벽을 타고 올라갔다. 밤바람을 맞으며 벽을 기어오르니 옛 기억들이 새록새록 떠올랐다. 언젠가 손튼이 언급했던, 세라바체 양을 만나려고 기어오르다 떨어진 벽이 바로 이 벽이었다.

목적지에 도착해 방 창문을 두드렸다. 어둡던 방에 불이 켜지더니 커튼이 걷히면서 창문 너머로 세라바체 양의 얼굴이 나타났다. 급히 지우긴 했지만 얼굴에 남은 자국으로 봐서는 울고 있었던 듯했다. 문득 그녀가 오세이번 경을 몹시도 따랐던게 생각났다.

세라바체 양은 별로 놀라지 않았는지 나를 보고 다만 한숨을 내쉬었다. 그러곤 창문을 반만 열고서 내게 말했다.

"이런 일은 예전에 그만두신 줄 알았는데요."

"그러게요. 저도 다시 할 줄 몰랐네요."

"이번엔 무슨 일이죠?"

"아까 허리춤에 감춰 두셨던 물건이 뭐죠? 딱 우리가 찾던 종이 뭉치처럼 느껴졌는데요."

세라바체 양은 대답하지 않고 가만히 있었다. 나는 잠시 기다렸다가 다시 물었다.

"그래서 나한테 몸수색을 받은 거였죠? 혹시 대문호의 원고입니까? 당신이 가지고 있었나요?"

"아니에요, 그건…… 들어와요."

그녀가 문을 열어 줘서 안으로 들어갔다. 예전에는 한 번도 허락되지 않은 일이었다. 게다가 이 야심한 시각에 방에서 단둘이라. 가슴이 멋대로 두근거리기 시작했다. 그렇지만 나는 일 때문에 왔다. 정말이다. 일에만 집중할 거다, 집중.

"미리 말해 두지만 서랍엔 총이 들어 있어요. 총알도 다 차 있고 장전도 해 뒀죠. 혹시라도 허튼짓을 하면 바로 꺼내서 쏴 버릴 거예요. 그러니 창문 근처에서 떨어지지 마세요."

살짝 뗐던 발을 얼른 도로 제자리에 놓았다. 나는 그때부터 창문에 딱 붙어 있었다.

세라바체 양은 내 행동을 한동안 주시하더니 잠시 후 서랍장으로 걸어가서 열쇠로 열고 뭔가를 꺼내 왔다. 얇지만 고급스러운 가죽으로 장정된 책이었다. 모양을 봐서는 수제로 제작한 듯싶었다.

"이거예요. 수색 도중 발견되면 오해를 살까 봐 내가 가지고 있었어요. 이건 대문호의 미공개 원고니까요."

"미공개 원고요? 이번에 사라진 원고와는 다른 겁니까?"

"완전히 다른 거지요. 손으로 직접 만든 거라 세상에 단 하나뿐이고, 본 사람도 나와 그분밖에 없어요."

"정말입니까? 그게 무슨 원고인데요?"

그녀는 잠시 망설이다가 말했다.

"동화요. 그분이 저를 위해 쓰신 단 한 권의 동화책이에요."

그녀의 말에 꽤나 놀랐다. 오세이번이 쓴 단 한 권의 동화책이라니. 언론이나 그의 팬들이 이 사실을 알게 된다면 어떤 반응을 보일지 궁금해졌다. 책을 별로 읽지 않는 나조차 호기심이 동할 지경이었으니까.

나는 세라바체 양으로부터 그걸 받아 앞뒤로 살펴보았다. 제목이나 작가의 이름은 쓰여 있지 않고 열어 볼 수 없도록 앞면과 뒷면을 이은 자물쇠가 걸려 있었다.

"당신 아버지도 모르고 있는 겁니까?"

"아무도 몰라요. 당신과 나밖에는."

고작 그런 말에 잠깐이지만 왜 가슴이 설레는지 알 수가 없다.

"그렇다면 증명할 방법이 없는 셈이군요. 이게 대문호의 잃어

버린 원고가 아니란 걸 어떻게 확인하죠?"

나는 일부러 차갑게 말했다. 세라바체 양은 마치 저지르지도 않은 잘못 때문에 꾸중을 들은 아이처럼 불만스러운 얼굴로 나를 보았다.

"내가 당신에게 그걸 증명해야 하나요?"

"물론이지요, 세라바체 양. 전 당신 아버지의 신고에 따라 사라진 오세이번 경의 원고를 찾기 위해 이곳에 파견된 사람입니다. 원고를 훔쳐 간 범인을 붙잡아 그걸 돌려받는 게 최우선 목표고요. 현재 가장 의심스러운 행동을 하고 있는 게 당신이니, 스스로 결백을 증명하셔야 할 것 같은데요."

"증명하지 않으면요?"

"그럼 정말 무례한 일이 되겠지만, 어쩔 수 없이 당신을 경시청으로 연행하고 그 책은 증거품으로 압수해야겠죠."

세라바체 양은 두 손을 허리에 얹으며 나를 바라보았다.

"그럼 한밤중에 숙녀의 방에 몰래 침입하려 한 당신의 행동은 어떤가요? 내가 소리를 지르면 어쩔 거죠?"

"그럼 저도 같이 연행되겠지요. 유치장에 나란히 앉아 화기애애하게 대화나 나누면 되겠네요. 옛날 얘기는 어때요? 제가 머저리같이 따라다니다가 어느 날 뺨을 맞고선 차여 버린 이야기."

대화는 거기서 잠시 중단되었다. 세라바체 양은 물론이겠지만 나도 별로 마음이 좋지 않았다. 왜 이제 와 새삼 그녀에게 화가 나는지 알 수 없었다.

세라바체 양은 간신히 무언가를 참는 표정이었다. 애꿎은 왼손만 오른손으로 꾹꾹 누르고 있었다. 3년간 쫓아다닌 내 경험으로 보면 그건 그녀가 무척 불안해하고 있다는 증거였다. 나 때문에, 아니면 이 책 때문에?

잠시 후 그녀는 결정했는지 내게 다가왔다. 그러곤 작은 열쇠를 꺼내 내가 들고 있던 책의 자물쇠를 열었다. 그러는 동안 살짝, 내 착각인지도 모를 정도의 찰나 동안 우리 둘의 손이 닿았는데 그 순간 내 몸은 얼어붙었다.

세라바체 양은 그런 내 상태를 아는지 모르는지 내 두 손을 받침 삼아 앞면을 펼쳐서 보여 주었다.

"내용은 절대로 보여 드릴 수 없어요. 설사 당신이 날 연행한다 하더라도요. 대신 대문호께서 쓰신 헌사를 보여 드리겠어요."

나는 가까스로 정신을 차리고 책의 맨 앞장에 쓰인 문구를 들여다보았다. 손으로 직접 쓴 것이었다.

《눈사자와 여름》

사랑하는, 소중한, 아름다운 세라에게.
나는 이제 늦겨울에 접어들었지만
너는 실로 찬란한 여름이로구나.
열여덟 번째 생일을 축하한다.

— 게오르그 F. 오세이번

사실 더 읽어 볼 필요도 없는 내용이었지만 꼼꼼하게 세 번을 다시 읽었다. 세라바체 양은 충분한 시간을 줬다고 생각했는지 네 번째 읽으려는 순간 책장을 탁 덮었다.

　"이 정도면 됐나요? 아시다시피 제 열여덟 번째 생일은 3년 전이었어요. 그러니 어제까지 쓰시던 원고일 수 없는 거죠."

　"그렇군요."

　내가 순순히 수긍하자 그녀는 안도하는 듯했다. 노트를 도로 걸어 잠그고 서랍 속에 넣기 위해 돌아서서 걸어갔다. 그때 내가 덧붙였다.

　"사실 잃어버린 원고가 아니라는 건 아까부터 알고 있었습니다. 어제까지 빈 원고지에 쓰고 있던 게 하루아침에 뚝딱 장정된 책으로 나타날 수 없는 게 당연하죠."

　세라바체 양은 다소 황당하다는 듯 나를 돌아보았다.

　"그럼 왜 보여 달라고 한 거죠?"

　"그냥 어떤 책인지 궁금해서요."

　나는 그녀가 소리를 지르거나 화를 낼 것을 예상하며 기다렸다. 하지만 의외로 그녀는 별 반응을 보이지 않았다. 다만 나를 잠시 바라보다가 돌아서서 책을 서랍 속에 넣었다. 그러곤 침착하게 다른 것을 꺼냈다.

　"자, 잠깐…… 세라바체 양?"

　"네, 왜 그러시죠?"

　"지금 레이디의 손에 다소 어울리지 않는 물건이 들려 있는 거 같은데요."

"이 총이요? 네, 그럴지도요."

"아까 그 말 농담 아니었습니까?"

"농담이요? 전 그런 거 할 줄 모르는데요."

진짜다, 진짜 총이다! 그것도 경시청에서 지급하는 내 허리춤에 달린 낡은 리볼버보다 훨씬 매끈하고 좋은 라이플이었다!

"이건 부당합니다. 약속대로 여기서 한 발짝도 안 움직였다고요!"

"글쎄요, 제가 보기엔 조금 움직이신 거 같은데요. 한 발짝은 아니고 이만큼, 딱 반의반 발짝 정도?"

"잘못했다고요. 사과하면 되잖아요! 자, 자세가 진짜 쏠 자세야. 한두 번 해 본 솜씨가 아니잖아요!"

"제가 말씀드린 적 없나 보네요. 열다섯 살까지는 아버지를 따라 함께 사냥을 다녔는걸요. 경위님만 한 노루도 한 번 잡아 본 적 있고."

뭐라고? 내가 쫓아다니던 시절에는 전혀 몰랐던 부분이다. 그랬으니 낡은 총도 총이랍시고 허리에 차고 으스대던 내 모습이 얼마나 하찮게 보였을까.

그녀는 진심 어린 동작으로 장전까지 했고 나는 얼른 돌아서서 창밖으로 나갔다. 그러곤 도마뱀도 감탄할 만한 속도로 거의 뛰어내리듯이 빠르게 벽을 타고 내려왔다.

땅을 밟자마자 헉헉대며 창문을 올려다보니 그녀가 보일 듯 말 듯한 미소와 함께 나를 내려다보고 있었다.

"잘 가요, 경위님."

그녀는 창문을 닫고 다시 커튼을 쳤다.

나는 한동안 그 자리에 선 채 심장이 진정될 때까지 기다려야 했다. 그게 공포 때문이었는지, 그녀가 보여 준 아찔한 미소 때문이었는지 알 길이 없다.

2. 유명 배우와의 나인볼 게임

전날 늦게까지 일한 탓에 다음 날 아침 일어날 때는 내가 아는 모든 욕이 동원되어야 했다. 나는 유독 아침에 일어나는 일에 약했다.

만약 신이 내게 '세상에서 단 한 사람을 사라지게 해 주겠다. 누가 사라지길 원하지?' 하고 묻는다면 나는 주저 없이 '아침을 만든 놈이요.'라고 대답할 것이다. 그러면 신은 방긋 웃으며 이렇게 말하겠지. '나다, 인마.'

아래층에서 풍겨 오는 고소한 커피 냄새와 빵 냄새 덕분에 조금 정신을 차렸다. 방음도 잘 안 되는 데다 온갖 벌레가 들끓고, 걸을 때마다 나무판자에서 요란한 소리가 나는 하숙집이지만 그럼에도 계속 여기서 사는 이유는 바로 집주인인 로빗 부인의 요리 때문이다.

대야에 물을 붓고 얼굴을 푹 담갔다가 일어난 몰골 그대로 아래층으로 내려갔다. 부엌에는 예상대로 진수성찬이 차려져 있었다.

"와. 사랑해요, 로빗 부인."

"으응? 뭐라고, 레일미어? 잘 잤냐고?"

"사─랑─한─다─고─요!"

"그럼, 잘 잤지."

로빗 부인은 미소 지으며 대답하곤 느릿느릿 오븐을 향해 움직였다. 아이고, 내가 돈을 조금만 잘 벌었어도 진작 보청기를 사다 드렸을 텐데.

"얼굴 좀 닦지 그래. 보기 추하거든."

이미 식탁에 앉아 있던 머독이 커피를 호록 마시며 말했다. 나는 친절하게 응수했다.

"내 몰골이 보기 싫다면 방법이 하나 있어. 이 집에서 나가는 거지."

"내가 왜? 이 집은 여러모로 하숙하기에 편리한 곳이야. 경시청에서 가깝지, 요리도 맛있지, 부인도 친절하시지."

"맞아. 너만 없으면 정말로 완벽한 하숙집일 텐데 말이야."

머독이 처음 경시청으로 발령받았을 때 그 순진한 척하는 모습에 속는 게 아니었다. 왠지 모르게 시세에 어둡고 어리바리한 것이, 집도 못 구하고 비싼 여관에서 머물고 있다기에 불쌍해서 이 집을 소개시켜 줬다. 그런데 고마워하기는커녕 처음에는 어찌나 더럽고 낡았다고 욕을 하던지.

근데 더 웃기는 건 딱 일주일 만에 적응하고서는 나하고 사이가 틀어진 지금도 나갈 생각을 안 한다는 거다.

"토스트와 계란은 여기 있단다. 오늘은 특별히 사과 잼도 준비했어요."

"로빗 부인이 만든 잼은 진짜 맛있어요. 가게를 하나 내셔야 한다니까요."

"아니 아니, 가게에서 사 온 게 아니야. 내가 직접 만들었다니까."

"제 말이 그 말…… 잘 먹겠습니다."

우리는 다 같이 식탁에 앉아 식사를 했다. 빵은 따뜻한 데다 쫄깃쫄깃하고 잼은 적당히 달짝지근하고, 설탕을 넣은 커피는 말할 수 없이 달콤하니 그 이상 행복할 수가 없었다.

그때 머독이 아주 궁금하지만 전혀 궁금하지 않다는 티를 내려고 애쓰며 물었다.

"원고는 찾았는지 모르겠군."

"이봐, 낙하산. 나도 일하는 건 좋아하지만 식사 시간에까지 일 얘기를 하고 싶진 않아. 궁금하면 경시청에 가서 물어보라고. 물론 가서도 말해 주진 않을 거지만."

"뭐, 마음대로. 어쨌든 말해 줘야 할걸."

"내가 왜?"

"글쎄, 왜인지는 경시청에 가 보면 알게 되겠지."

머독이 얄미운 얼굴로 미소 지었다. 나는 그에게 복수하는 심정으로 잼 그릇을 비우다시피 왕창 떠다가 빵에 치덕치덕 발랐다. 예상대로 그의 표정이 변했다.

"뭐 하는 거야? 다른 사람 먹을 것 좀 남겨."

"억울하면 먼저 뜨면 되잖아."

"진짜 별걸 다 가지고 치사하게……."

그때 옆에서 꽈당 소리가 나서 나와 머독 둘 다 입을 다물었다. 고개를 돌려 보니 로빗 부인이 귀에 손을 댄 채 몸을 이쪽으로 기울이고 있었다. 그 때문에 설탕 통이 넘어지며 난 소리였다.

"우리 아이들이 싸우는 소리가 들린 것 같았는데. 아마도 내가 잘못 들은 거겠지, 으응?"

"아하하, 싸우긴요. 절대 그런 일 없죠."

그렇게 말하며 머독을 노려보자 그도 어색한 미소를 지었다.

"신성한 부엌에서 다툴 리가요. 음식이 너무나도 맛있다는 이야기를 하고 있었습니다."

"그래그래, 충분히 다툴 수는 있어요. 하지만 형한테 너무 대들면 안 된다, 율프레드. 알겠니?"

율프레드는 머독의 이름이었다. 그의 얼굴은 보기 좋게 일그러졌고 나는 배를 움켜잡고 소리 없이 웃느라 아침 식사를 마치기까지 상당한 시간이 걸렸다.

집도 같고 직장도 같다 보니 출근길도 머독과 함께였다. 하지만 서로를 완벽하게 무시한 채 떨어져서 걸었다. 병에 담긴 푸른색 장미꽃을 들고 가는 나를 머독이 잠깐 한심하다는 듯 바라보았을 뿐이다.

경시청 입구에 세워진 세드릭 경 동상의 머리를 두어 번 쓰다듬어 주고 강력3반으로 들어갔다. 한데 평소와 다르게 어쩐 일인지 다들 제자리에 앉아서 열심히 일하는 척을 하고 있었다.

"왜 그래요? 안 어울리게 다들……."

그때 머독이 뒤에서 헛기침을 했다. 나는 본능적으로 입을 다물고 천천히 사무실 안을 둘러보았다. 예상대로 반장님이 계신 칸막이 너머에 사람 형체가 하나 더 있었다. 손님이 있는 모양이었다.

나는 차분히 내 자리로 걸어가 옆자리의 손튼에게 속삭였다.

"뭐야, 누구 왔어?"

"시장님이요."

"또? 이번엔 왜?"

"대문호 사건 때문이겠죠."

그래서인가? 하긴 중대한 일이긴 하지.

하지만 그것 때문만이라고 하기엔 시장님은 너무 자주 경시청을 방문했다. 특히 우리 강력3반을. 반장님하고 특별히 친분이 있는 것처럼 보이지도 않는데.

"그럼 부탁하고 가겠네. 오세이번 경의 유작은 우리 시의 재산이기도 하네. 반드시 찾아야 해."

"물론입니다. 우리 강력3반에는 유능한 인재들만 있으니 걱정

안 하셔도 될 겁니다."

반장님의 목소리와 함께 칸막이 너머에서 두 사람이 걸어 나왔다. 시장님은 나를 보더니 눈동자가 반달 모양으로 휘었다.

"아, 레일미어. 오랜만이로군."

"여전히 젊어 보이시네요, 시장님."

"그렇지? 운동을 한 게 효과가 있는지 그런 소릴 자주 듣는다네."

허허 웃는 시장님은 모두가 알아차리는 흔한 아부도 진심으로 좋아하는 순진한 양반이었다.

"머독 경위도 잘 지냈는가?"

"네, 안녕하십니까."

"그래그래. 별일 없지? 힘든 점이나 그런 거 없고? 혹시 오세 이번 경의 원고를 찾는 데 내 도움이 필요하면 언제든지 말하게. 무엇이든 도울 테니."

"말씀만으로도 감사합니다."

형식적인 대화가 오고 간 다음에도 시장님은 어째서인지 자리를 뜨지 않고 머뭇거렸다. 결국 우리 모두 서먹해질 만한 시간이 지나서야 아차 싶었는지 말했다.

"내가 바쁜 사람들을 붙잡아 뒀군. 그럼 이만 가 보겠네."

"아닙니다. 언제든 부담 없이 찾아 주십시오."

"그래, 무슨 일 있으면 꼭 나한테 말하고. 알았지?"

시장님은 어째서인지 안절부절못하며 강력3반을 나갔다.

도대체 뭐지, 저 태도는? 오히려 이쪽에서 시장님이 와 주는데 황송해하고 아부해야 할 지경인데. 이건 꼭 시장님이 우리한테 잘 보이려고 애쓰는 것만 같단 말이야.

그래서 나는 반장님을 쳐다보았다.

"어느 쪽입니까? 불륜, 횡령, 탈세?"

"뭔 소리냐?"

"시장님이 자꾸 우리 강력3반에 오셔서 눈치를 보는 게 아무래도 이상하다고요. 반장님이 약점을 잡지 않고서야 그럴 수가 없지 않습니까."

"시끄럽다. 어제 일 보고나 해라."

나는 사건 일지를 꺼내서 펼쳐 보았다.

"에, 그러니까 모든 인원을 동원해 수색했지만 원고는……."

"그거 말고."

반장님은 두 손을 비비며 몹시 기대에 찬 눈빛으로 물었다.

"가서 세라바체 양 만났냐, 안 만났냐?"

"……안 맞았어요. 안 맞았다고요, 뺨!"

"이런 제길!"

반장님은 욕설을 내뱉더니 어제 주머니에 넣었던 꼬깃꼬깃한 돈을 꺼냈다. 그러곤 손튼에게 건넸다. 머독도 뭐 씹은 얼굴로 손튼에게 지폐를 쥐여 주었다. 덕분에 손튼만 희희낙락했다. 그 내기 진짜였냐!

"그래서 원고는 찾았고?"

"아직요."

나는 간략히 어제 있었던 일들을 반장님께 보고했다. 그리고 푸른 장미꽃도 보여 줬다. 내 예상과 달리 반장님은 별로 신기해하지 않았다. 다만 희한한 도둑이라고 중얼거렸을 뿐이다.

"고생했다. 그리고 이번 사건은 사안이 워낙 중대하다 보니 강력3반 인원 전부 달려들기로 했다. 레일미어랑 머독이 같이 주도하고, 손튼은 보조해."

"네에?"

머독이 회심의 미소를 지어 보였다. 아침에 했던 얘기가 이거였나?

"어떻게 그러실 수가 있어요, 반장님?"

"그럴 만한 이유가 있어."

다음 말을 하기 전 반장님은 잠시 헛기침을 했다.

"조금 전에 시장님이 약속하고 가셨는데, 이번 일을 해결하는 사람은 1계급 특진이다."

헉, 뭐라고? 순간 사무실에 있는 모두의 눈이 번뜩였다고 내가 장담한다.

"그래서 모두에게 공평한 기회가 주어져야 한다고 생각했다. 그렇다고 너무 경쟁하지들 말고 서로서로 도와서……."

하지만 내 귀엔 다음 말이 들리지 않았다.

난 사실 일을 하는 게 좋을 뿐 승진에는 큰 의미를 두지 않지만, 만약 이번 일을 머독이 해결한다면? 그럼 나보다 계급이 높아질 테고 그의 명령을 들어야겠지. 무려 어디서 굴러 들어 왔는지도 모를 낙하산한테.

절—대—로 먼저 찾아내고야 말겠어.

"저, 그런데 전 뭘 하면 될까요?"

그때 사무실 구석에서 누군가가 슬그머니 일어서며 손을 들었다. 그제야 우리들 모두 사무실에 쥬안 양 또한 있었음을 깨달았다.

"맞아, 쥬안 양이 있었지. 글쎄, 뭘…… 할까? 나랑 같이 사무실 지킬까?"

반장님의 땀 흘리는 반응을 봐서는 그분도 쥬안 양의 존재를 잊고 있었던 게 분명했다. 쥬안 양은 안도의 한숨을 내쉬었다.

"그럼 전 사무실에서 정보 수집 쪽을 맡도록 할게요."

그녀는 다시 자리에 앉아 없는 사람처럼 고개를 수그렸다.

쥬안 양은 바깥에서 돌아다니며 사람들을 만나기엔 수줍음을 너무 많이 탔다. 좀 안타깝기도 하고 답답하기도 한데, 그렇다고 내가 참견할 일은 아니지.

아무튼 울며 겨자 먹기로 내 사건 일지를 모두에게 보여 줬다. 머독은 가만히 훑어보더니 의아하다는 듯 물었다.

"용의자 명단에 쉐비악은 왜 없어?"

"어? 쉐비악?"

"당연히 최우선순위 아니야?"

그게 그렇게 되나? 일단 악명 높은 밤도둑이라서?

내가 대답 없이 서 있자 머독은 속 터진다는 표정을 지었다.

"설마 모르는 거냐? 쉐비악은 오세이번의 광팬이야. 이미 두 번이나 대문호의 작업실에 침입해서 다 쓴 펜이나 쓰다 버린 종이, 잉크병 등을 훔친 적이 있다고."

다 쓴 펜이나 쓰다 버린 종이, 잉크병이라니…… 갑자기 밤도둑들의 제왕인 괴도 쉐비악의 격이 뚝 떨어지는 느낌이었다. 하지만 머독은 그게 무슨 멋있는 이야기라도 된다는 듯 허공을 보며 주먹을 불끈 쥐었다.

"평상시엔 부자들한테서 비싼 물건을 훔쳐서 어려운 사람들 집에 놓고 가면서 말이야. 대문호 또한 그를 '그래도 초콜릿을 남기고 가는 예의 바른 도둑'이라고 불렀지. 두 사람의 관계는 아주 특별해."

"흠, 그래? 적어도 대문호의 방에 마음대로 드나들 수 있다는 건 증명한 셈이네. 하지만 그것만으로 용의자로 올리기엔 무리가 있어."

"그거야 네 판단이고, 난 쉐비악을 중심으로 수사하겠어."

"마음대로 시간 낭비하시구려. 그 미끈한 강박증 환자를 따라다니고 싶다는데 누가 말려."

반장님이 외투를 입으며 말했다.

"나는 암시장 쪽을 알아보고 나서 시신이 안치된 병원에 들를 테니, 너희 둘은 용의자들부터 만나 봐. 손튼은 혹시 모르니까 극장 주변 돌아보고 뭐라도 알아내면 즉각 보고부터 해. 넌 특히 절대 혼자 판단하고 움직이지 마."

"쳇, 반장님은 맨날 나한테만 그래요."

손튼은 입을 삐죽거렸지만 난 반장님의 마음을 충분히 이해했다. 증거를 혼자 분석해 보겠다고 불에 태워 버리는 녀석을 어떻게 믿겠어.

경시청을 나오자마자 머독이 뛰쳐나가며 외쳤다.

"대문호의 제자인 하우스만은 내가 만나러 간다!"

"야, 내가 먼저 만나려고 했단 말이야!"

"먼저 가는 사람이 임자지."

그가 힘차게 뛰어가는 걸 보며 나는 분하다는 표정을 힘껏 지어 보였다. 그리고 그가 사라지자마자 몸을 돌려 경시청으로 다시 들어갔다.

바보 녀석, 좋은 힌트는 다 던져 놓고 애먼 데를 찾아가네.

사실 아까 머독이 괴도 쉐비악에 대한 얘기를 꺼냈을 때 가슴이 철렁했다. 듣고 보니 정말로 그만한 용의자도 없었다. 평상시 대문호의 팬이었고 극장을 제집처럼 어렵지 않게 들락날락거렸다면 그분의 마지막 유작을 훔쳤을 가능성도 충분히 있었다. 게다가 범죄의 현장에 푸른색 장미를 남긴다라, 왠지 딱 괴도가 할 법한 행동이잖아?

경시청 2층 끝에 괴도전담반이 있었다. 몇 년 동안 귀족과 부

자들로부터 수많은 물건들을 훔쳤는데 잡기는커녕 정체조차
제대로 알지 못해서 결국 전담반이 만들어져야 했다.

'괴도전담반'이라는 문패가 붙은 사무실 문을 열고 살짝 들
여다본 나는 깜짝 놀랐다. 분위기가 우리 강력3반과 별반 다르
지 않았던 것이다. 다들 책상 위에 널브러져 있거나 퀭한 얼굴
을 한 채 멍하니 소파에 누워 있었다. 바쁘게 뛰어다니며 일할
거라 예상했던 나는 적잖이 실망했다.

"저기, 실례합니다."

문을 열고 들어가자 가장 가까운 곳에 앉아 있던 직원 하나
가 두려움 가득한 눈으로 나를 쳐다보았다.

"또, 또 뭐죠? 쉐비악이 뭘 훔쳐 간 거죠?"

"예? 아뇨, 전 강력3반 경위입니다만."

내가 이 말을 하자마자 사무실에 있던 모두가 고개를 휙 돌
려 나를 노려보았다. 다시 한번 말하지만, 노려보았다! 내가 뭘
잘못했다고?

"아하, 그러세요. 똑같은 월급 받으면서 하루 종일 놀─고─
먹─는 강력반 경위님이시라고요."

처음 내게 말을 걸었던 직원이 이를 갈면서 말했다. 뭐지, 이
부당한 반응은. 하루 종일 놀고먹진 않는데. 반나절 정도는 머
독이랑 싸우거나 손튼을 괴롭히거나 반장님의 말 상대도 해 드
려야 한단 말이다.

"예? 하하, 설마요. 요즘 돌아가신 오세이번 경의 원고를 찾기

위해 불철주야 근무하고 있는데요."

"헛소리 그만하시고, 용건이 뭡니까?"

……참자. 협조가 필요한 쪽은 이쪽이니까, 저쪽이 갑이니까 참자.

"다른 건 아니고요. 원고를 가져간 용의자 명단에 괴도 쉐비악이 올라와 있어서요. 평상시에 대문호의 광팬이었다고 하던데, 맞나요?"

"대문호의……."

그는 잠시 넋 나간 표정을 짓더니 고개를 돌려 맞은편에 있던 동료에게 물었다.

"그랬던가?"

"어…… 아마 그럴걸."

"그런가 보네요. 그런데요?"

"그가 혹시 그저께 밤에 나타났었나요?"

"그저께……."

그는 말끝을 흐리며 땅바닥을 내려다보았다. 그리고 그대로 잠이 든 거 아닌가 싶을 정도의 시간이 지난 뒤에야 고개를 들었다.

"아마도요. 뉴리치에 나타났던 거 같은데, 맞지?"

그가 다시 동료를 향해 묻자 동료는 대답할 힘도 없다는 듯 고개만 끄덕였다.

"맞아요. 자정쯤 뉴리치 타운에 나타나서 한참을 쫓아다녔죠. 그대로 동이 틀 때까지…… 계속, 쉼 없이…… 끝없이."

그는 당장에라도 울 듯한 표정을 지었다.

"그리고 그 전날도, 그 전전날도! 정말 엿 같은 게 뭔지 압니까? 괴도는 주말이 없다는 거예요. 우린 주말에도 못 쉰다고요. 이건 불공평해. 이 세상은 부당해!"

그렇게 외친 그는 갑자기 증오의 눈빛을 내게 돌렸다. 마치 내가 괴도라도 되는 것처럼 말이다. 나는 천천히 한 발자국씩 물러났다.

"아, 예. 정말 노고가 많으시군요. 심심치 않은 위로의 말씀을 전합니다. 답변 감사드립니다. 그럼 전 이만……."

"망할 강력반 잉여 인력들! 당신들도 한번 겪어 봐야 돼. 뭐, 원고? 웨언고? 나도 종이 뭉치 따위나 찾으러 다녔으면 좋겠다. 으악, 해가 지고 있어, 해가 지고 있다고! 또 시작이야! 밤이 끝나질 않는다고오오!"

나는 얼른 전담반을 나와 문을 쾅 닫았다. 그러고는 땀을 닦았다. 우와, 다신 여길 오나 봐라. 안에서 들려오는 소리는 흡사 공포 소설에 나올 법한 좀비들의 괴성과 같았다. 근데 정말 강력반에서 심심하다고 생각했던 건 사죄해야겠다.

그나저나 자정부터 보이기 시작했다면 저녁 8시부터 4시간은 공백이었다. 그도 용의자란 말인가? 하지만 전담반조차 몇 년을 잡지 못한 사람을 어찌 찾을지 감이 잡히지 않았다.

그럼 일단 쉐비악은 놔두고 다음으로 만날 만한 사람이……

대문호가 쓰러진 걸 처음 발견한 러세스가 적당할 것 같았다. 내가 세라바체 양을 쫓아다닐 당시 편지를 전해 주거나 하며 도와준 적이 있어서 그와는 어느 정도 친분이 있었다.

클럽 뮤즈는 예술가들이 주로 모이는 곳이다. 그레이힐 미술관에 붙어 있는 별관이 근거지였는데, 클럽 멤버라면 누구나 와서 쉬거나 작업할 수 있었다. 러세스는 듀 세비어와 함께 그곳의 멤버였다. 사실 듀 세비어 정도 되는 배우면 귀족들이 모이는 클럽으로 갈 수도 있었지만(뜨자마자 바로 클럽 헤라로 옮겨 버린 프리실라 양처럼) 그는 러세스와 함께 뮤즈에 남았다.

클럽으로 들어가려는데 입구에서 말끔하게 차려입은 문지기가 막아섰다.

"회원증을 보여 주셔야 합니다."

대신 경시청 배지를 보여 주었다.

"수사 때문에 만나 봐야 할 증인이 있어서요. 러세스 카일 안에 있습니까?"

"아뇨, 카일 씨는 오늘 안 나오셨는데요."

"이런……."

이 시간이면 분명히 클럽에 있을 거라 생각했는데 내 짐작이 틀린 모양이었다. 그렇다면 극장에 있다는 건데. 지금쯤 조 마르지오에서 머독이 하우스만에 이어 러세스까지 만나고 있을 생각을 하니 분이 차올랐다.

"듀 세비어 씨는요?"

"그분은 계시긴 합니다만……."

"그럼 잠시 들어가겠습니다. 중요한 사건의 참고인이거든요."

러세스를 빼앗겼으니 듀라도 만나야겠다 싶었다. 듀 세비어는 대문호가 아끼던 배우였다. 남자 주인공 자리는 항상 그를 위해 비워 놨다고 해도 과언이 아니었으니까. 그러면 원고에 대해서도 뭔가 알지 않을까?

별관 안으로 들어서니 매캐한 담배 연기가 먼저 나를 맞이했다. 좀 무식하게 들릴지 몰라도 내게 예술가란 어쩐지 쉴 틈 없이 담배 연기를 뿜어내는 사람들이었다. 생각보다 수가 많진 않았다. 다들 대문호의 죽음에 조의를 표하러 간 걸까?

남아 있는 사람들조차 오세이번 경의 죽음에 대해 얘기하고 있었다. 아직 원고가 도둑맞은 사실까지는 모르는 듯했다. 경시청 제복을 입은 내가 지나가자 잠시 의아하다는 눈으로 쳐다봤을 뿐이다.

듀 세비어는 좀 더 안쪽의 조용한 응접실에 자리를 잡고 있었다. 곁에 동료로 보이는 다른 남자도 있었다.

"세비어 씨."

내가 다가가자 듀가 잘생긴 얼굴을 들었다. 나를 보고 약간 놀라는 기색이었다. 나는 절대로 외모 때문에 기죽지 않겠다고 다짐하며 말했다.

"저 누군지 아시죠? 레일미어 경위입니다. 오세이번 경과 관련해서 몇 가지 여쭤볼 게 있는데 잠시 시간 좀 내주시죠."

"아, 네. 그러시죠."

그는 약간 긴장한 듯 보였다. 옆에 있던 동료가 나를 경계하며 물었다.

"무슨 일이야, 듀?"

"별일 아니야. 잠시 실례하지."

우리는 사람이 없는 방으로 자리를 옮겼다. 카드 테이블과 당구대가 있는 곳이었다. 그걸 보니 몸이 근질근질해졌다. 난 당구대를 보고 절대로 그냥 지나치는 법이 없었다.

일하는 중이라는 것도 잊고 큐대를 만지작거리고 있자니, 듀가 소리 없이 걸어와 당구대를 사이에 두고 맞은편에 가서 섰다. 본래 마른 체형이지만 눈 밑에 그늘까지 드리워진 것이 어딘가 기운 없어 보였다.

"칠 줄 아십니까?"

내가 묻자 듀는 당구대를 내려다보더니 담담히 대답했다.

"어느 정도는요. 러세스한테 말고는 져 본 적이 없습니다."

"저도 극장 다닐 때 종종 그와 쳤었죠. 러세스와 견줄 정도라면 꽤 실력이 좋으시겠군요."

그렇게 말하며 큐 끝에다 백묵 가루를 묻혔다. 그러곤 듀를 바라보며 물었다.

"어떠십니까, 저와 한 게임 하는 것이? 그냥 대화만 나누기도 무료할 테니 말이죠."

사실은 내가 무료했다. 듀는 그제야 처음 미소를 보이며 큐대를 하나 골라잡았다.

"저한테 도전하시는 건가요? 하지만 전 내기 없인 게임을 하지 않습니다."

"승부를 아시는 분이군요. 내기라, 뭘 걸면 좋을까요?"

"공 하나를 넣을 때마다 서로에게 질문을 하나씩 던지는 건 어떨까요? 무조건 솔직하게 답하기로 하고요."

하마터면 사레들릴 뻔했다. 아니, 무슨 그런 내기를 한담? 좀 낯간지럽긴 하지만 좋은 걸 배운 기분이었다. 나중에 강력반 사람들한테도 써먹어야지. 특히 머독의 낙하산 이야기는 꼭 들어야겠다.

"좋습니다. 각오하시죠. 듀 세비어의 사생활을 낱낱이 파헤친 뒤 신문사에 팔아 버릴 테니까요."

듀는 웃기만 했다. 내가 먼저 시작이었다. 좋아, 얼굴만 잘생긴 도련님에게 이 몸의 실력을 보여 주지. 경시청 강력3반의 명예를 걸고!

큐를 힘 있게 당겨 치면서 모여 있는 공을 깰 때까진 느낌이 좋았다. 그런데 다른 공은 다 멀쩡히 흩어지고 애꿎은 흰 공만 들어가 버렸다.

"하하, 오랜만이라 손이 좀 덜 풀렸네요."

듀는 예의 바른 미소를 지었다. 물론 창피하고 꼬인 내 심정으론 그게 비웃음으로 보일 뿐이었지만.

그는 1번 공 앞에 흰 공을 놓고는 가볍게 툭 쳤다. 매끄럽게 들어가 버렸다.

"제가 물어볼 차례인 거 같네요."

"뭐, 그러시죠. 저한테 궁금한 게 있기나 할지 의문입니다만."

"세라바체 양을 아직 사랑하십니까?"

내 목은 그대로 꽉 막혀 버리고 말았다. 뭐지, 이거? 뭔가가 직격으로 와서 가슴을 때린 기분. 혹은 멍하니 있다가 아군에게 등을 차인 기분.

놀리려는 건가 싶었지만 듀는 전혀 웃지 않고 진지하게 나를 바라보고 있었다.

"그게…… 궁금하시다고요?"

"그러니 물어봤겠죠."

"대답…… 해야 하고요?"

"그게 규칙이었죠."

그는 물러설 기미가 없었다. 결국 나는 잠시 침묵하다 입을 열었다.

"전 그날 뺨을 맞은 이유를 아직 알지 못합니다."

듀는 아무 말도 하지 않고 기다렸다.

"별다른 일도 없었고 예의에 어긋나는 짓도 하지 않았죠. 언제나처럼 극장으로 찾아가 인사를 했을 뿐이에요. '오늘도 아름다우시군요, 세라바체 양.' 3년 동안 그녀를 만날 때마다 그러했

듯이 말이에요. 그런데 갑자기 뺨을 맞았습니다."

나는 한 손으로 그때 맞은 부위를 감쌌다. 마치 방금 전에 그런 일이 있기라도 했던 것처럼.

"사람들 모두 쳐다보고 전 저대로 정신이 없는 와중에…… 그녀의 눈이 보였죠. 저를 덤덤히 바라보고 있는 눈이요. 아무 감정도 유감도 없어 보였습니다. 그냥, 이제 끝이야, 레일미어. 놀이는 끝났어. 그렇게 고하는 것 같았죠. 그때 깨어난 것 같습니다. 혼자 착각하고 혼자 좋아하고 혼자 행복했던 동화 속에서 말이죠."

말을 마치고 듀를 바라보았다. 그는 주의 깊게 내 이야기를 듣고 있었다.

"이 정도면 대답이 됐습니까?"

"네, 충분하군요. 솔직하게 말해 줘서 고맙습니다."

다시 자기 차례가 된 듀가 자세를 잡았다. 조금 전까지 반쯤 장난이었던 우리의 당구 내기는 이제 사뭇 진지한 분위기가 되어 있었다.

조금, 아니 많이 의외였다. 그는 왜 그걸 물어봤을까? 정말 가까운 사이가 아니면 입도 떼기 어려운 걸 아무렇지 않게 물어봤다. 그리고 나는 아무렇지 않게 대답했다. 뭔가 묘했다.

그는 다음 공을 넣지 못했다. 내 차례가 되었다.

"각오하시는 게 좋을 겁니다. 이제 봐 드리지 않을 거니까요."

듀는 미소 지으며 어서 치라는 시늉을 할 뿐이었다. 사실 그가 흰 공을 홀 근처에 가져다 놨기에 다음 공은 식은 죽 먹기였다. 나는 2번 공을 집어넣었다.

"제 차례군요."

"갑자기 무서워지는데요."

그에게 물어볼 것은 참 많았다. 대문호가 돌아가셨던 날 프리실라 양과 함께 어딜 간 것이냐, 대문호를 마지막으로 본 게 언제냐, 그의 사라진 원고에 대해서 뭐 아는 거 없느냐······.

"왜 아까 그런 질문을 하신 겁니까?"

하지만 내 질문은 그중 어느 것도 아니었다. 듀는 어깨를 으쓱했다.

"세라바체 양은, 세라는 제 친구입니다. 내색하진 않았지만 그녀는 당신이 쫓아다니는 3년간 꽤 힘들어했습니다. 아니, 피곤해했다는 말이 더 맞겠군요. 당신이 아직도 세라한테 마음이 남아 있어서 이번 사건을 계기로 또 같은 짓을 하지 않을까 염려되었습니다."

대답을 듣고 싶어서 질문한 건 내 쪽이지만 그의 말에 충격을 받았다. 피곤해했다고? 내가 안하무인도 아니고, 그녀의 마음을 무시한 채 무작정 밀어붙이려 한 것도 아닌데······. 정말 그게 성가시고 싫었다면 처음부터 솔직히 말해 줬어도 좋았을 것이다. 그럼 나도 그렇게 오랫동안 시간과 감정을 낭비하지 않았을 텐데.

"그런 줄은 정말로 몰랐습니다. 세라바체 양에게 미안하군요."

"그러지 마십시오. 이제는 그녀도 다 잊어버렸으니까요. 당신도 극복한 것 같아 다행입니다. 다음 공을 치시죠."

그의 말대로 공을 치긴 했는데 그저 기계적인 행동이었다. 이미 마음은 다른 곳에 가 있었다.

그럼 내가 쫓아다니면서 애정을 갈구하는 동안 그녀가 웃고, 가끔은 짜증을 내고, 드물게 황홀한 미소를 보여 줬던 것도 모두 거짓이었나?

보지도 않고 대충 쳤는데 손쉽게 3번 공이 들어가 버렸다.

"오세이번 경께서 돌아가시기 전날 뭘 하셨습니까?"

정신을 차리고 이번엔 망설임 없이 물었다. 듀는 잠시 기억을 더듬다가 대답했다.

"늘 비슷하죠. 곧 있을 공연에 대해 이야기를 나눴고 이야기가 끝나자 집으로 돌아갔던 걸로 기억합니다."

"그게 몇 시였죠?"

"저녁 식사가 끝나고 곧장 나왔으니 밤 9시가 조금 넘었을 겁니다."

문지기인 도슨이 말한 것과 비슷했다.

"프리실라 양하고 같이 나가셨고요?"

"질문을 벌써 세 번째 하고 계신 것 같네요. 그 대답은 다음 공을 넣으면 해 드리죠."

그렇게 말한다면 넣어 드리지.

나는 집중해서 4번 공을 겨냥했다. 하지만 중간에 8번 공이

가로막고 있었다. 그렇다면 8번을 때려서 4번을 치도록…… 8번이 4번을 치긴 했다. 하지만 아슬아슬하게 홀 끝에 맞고선 되돌아 나왔다. 듀는 뒤이어 흘러나온 4번 공을 쳤고, 들어갔다. 그는 재미있다는 표정으로 나를 바라보았다.

"사실 물어보고 싶은 건 아까 그게 다였는데, 뭘 더 물어야 할지 고민이군요."

"질문 없으면 그냥 넘기셔도 됩니다."

"첫 키스는 누구랑 했습니까?"

우, 우와. 이 사람 보게? 과연 잘나가는 배우는 뭐가 달라도 달라. 완전 또라이라고!

"하하…… 참 곤란한 질문을 아무렇지 않게 던지는 분이시군요."

"엉뚱하다는 얘기는 가끔 듣죠."

"으음, 첫 키스라."

나는 필사적으로 머리를 굴렸다.

"그게 제가 어릴 때였는데, 상대로부터 불시의 습격을 받아서 말이죠. 제 의지로 한 것도 아니었습니다."

"저돌적인 여성이었나 보군요."

"저돌적이었던 건 맞는데 여성은 아니었습니다. 남자였죠. 공립 학교에 다니던 시절 키스하는 느낌이 궁금하다고 반 친구 하나가……."

듀는 다 듣지 않고 고개를 돌렸다. 그러곤 아무것도 못 들었다는 표정으로 다음 공을 겨냥했다. 그러나 큐대가 빗나가며 틱 하고 흰 공만 건드렸다.

후후후, 이제 더 이상 첫 키스니 사랑이니 이런 거 못 물어볼걸? 그럼 내가 진짜 솔직하게 대답할 줄 알았냐. 세상은 그렇게 만만하지 않다고, 도련님!

나는 5번 공을 넣고 연이어 6번 공도 넣었다. 이제 이쪽에서 부담 없이 사적인 질문을 마구 던질 차례였다.

"밤 9시면 늦은 시간인데 프리실라 양하고 같이 어딜 가신 거죠?"

듀는 당황한 듯 시선을 피하며 대답했다.

"프리실라 양을 집까지 데려다주고 저도 집으로 돌아갔습니다."

"집으로 가셨단 말이죠? 다른 곳은 들르지 않고요."

"네."

"그거 이상하군요. 제가 알기론 당신 집이 극장에서 더 가까울 텐데요. 프리실라 양의 집은 좀 멀지 않습니까. 굳이 빙 돌아서 데려다줘야 할 이유라도?"

"늦은 시간이니 숙녀를 집까지 데려다주는 게 배려라고 생각했습니다."

"애초에 따로 갔으면 될 일 아닌가요?"

듀는 조금 지친 듯 한숨을 내쉬었다.

"프리실라 양은 혼자 가는 걸 좋아하지 않습니다."

"과연, 귀한 몸이시니."

프리실라 양이라면 충분히 듀를 졸라 집까지 바래다 달라고 우겼을 만했다. 듀가 거절했으면 러세스한테 부탁했겠지.

"한 가지 더 물어봐도 되죠? 마지막으로 오세이번 경을 뵌 건 언제입니까?"

"저녁 식사 때였습니다."

대문호를 떠올린 그의 표정이 조금 어두워졌다.

"그때까지만 해도 아무 기색을 못 느꼈습니다. 평소처럼 농담 도 주고받았죠. 제가 다음번에 맡게 될 역할에 대해서도 살짝 언질을 주셨습니다. 식사를 마치고 담배를 피우면서 더 얘기하 자고 하셨는데, 프리실라가 피곤하다고 하는 바람에……"

듀의 얼굴엔 아쉬운 기색이 가득했다. 하지만 나는 드디어 중 요한 단서를 발견한 기분이었다.

"다음번 역할에 대해 말씀하셨다고요? 사라진 원고에 등장 한 캐릭터 말입니까?"

"네. 집필이 거의 다 끝났다고 하셨기에 슬슬 배역에 대해서 도 논의할 시점이었죠. 그분은 언제나처럼 제게 남자 주인공 자 리를 주려 하셨습니다."

"혹시 내용에 대해서도 뭔가 언급하셨나요?"

"아니요. 그분은 원고가 완성되기 전에는 어떤 내용인지 절대 말씀하지 않습니다. 다만 이번 원고는 사람들이 꽤 놀랄 거라고 만 하셨지요. 제 역할이 무척 의미심장하다는 말씀도요."

그는 그 의미심장한 배역을 연기하지 못하게 된 것이 가장 유감스럽다는 듯 말했다. 프로 배우다운 반응일까. 그런데 뒤이어 생각지도 못했던 말이 나왔다.

"물론 러세스는 굉장히 못마땅해했지요. 저 때문에 항상 조연 역할만 한다고 생각했으니까요. 대문호께서 돌아가시기 이틀 전 그분과 말다툼을 했던 것도……."

"네? 말다툼이요?"

내 반응이 너무 컸는지 듀가 의아하다는 표정을 지었다.

"예, 러세스하고 배역 문제로…… 하지만 러세스는 곧 후회했습니다. 어제 아침 제일 먼저 오세이번 경을 만나러 갔던 것도 사과드리기 위해서였다고 하더군요. 그러다 쓰러져 계신 그분을 발견한 겁니다."

과연, 배역 문제로 불만이 있었단 말이지.

사건 요약. 러세스는 대문호와 다툼이 있었다. 곧 후회했고 사과하러 방문했다. 거기서 쓰러진 대문호를 발견한다. 하지만 사람들에게 알리기 전, 그가 써 왔던 원고를 감춰 버리기로 한다. 왜? 내가 주연이 아닌 원고니까.

이건 도무지 말이 안 된다. 원고 도난은 절대로 충동적인 범죄가 아니었다. 푸른 장미꽃을 놓아둔 것부터가 그걸 증명하고 있지 않은가.

"죄송하지만 한 가지 더 물어야겠군요. 혹시 푸른색 장미에 대해 아는 게 있습니까?"

"네? 푸른색 장미요?"

듀 세비어는 기억을 더듬듯 눈동자를 움직였다.

"글쎄요. 뭔지 잘 모르겠군요. 혹시 어떤 비유입니까?"

"아닙니다. 답변 감사합니다."

나는 연이어 7번, 8번, 9번 공을 모두 넣었다. 듀는 눈을 크게 뜬 채 내가 하는 것을 보고 있었다.

"덕분에 즐거운 게임이었습니다."

"네, 저도."

우리는 큐를 내려놓고 악수를 했다. 방을 떠나기 전 그가 불안한 얼굴로 말했다.

"혹시 러세스를 의심하는 건 아니겠죠? 제가 괜한 말을 한 게 아닌지 모르겠습니다."

"그건 아닙니다. 그런데 혹시 러세스 지금 어디 있는지 아십니까?"

"글쎄요. 극장에 있겠죠."

나는 고맙다고 중얼거리고 클럽을 빠져나왔다.

조 마르지오 극장에 도착하기 전까지 내가 상상한 광경은 머독이 러세스를 가둬 놓고 윽박지르고 있거나 매달아 놓고 고문하는 모습 등이었다. 하지만 도착해서 본 광경은 그중 어느 쪽도 아니었다.

"뭐야, 머독. 무슨 일이야?"

러세스의 방 근처에 도착한 나는 머독이 복도에 주저앉아 있는 것을 보고 한달음에 달려갔다. 손수건으로 이마를 짚고 있었는데 거기에 피가 묻어 있었다. 그리고 곁에서 세라바체 양이 상처를 살펴보고 있었다.

"젠장, 놓치고 말았어. 아무튼 범인은 찾았어. 러세스 카일이야."

"러세스? 그걸 어떻게……."

"아니에요."

우리 둘 다 그렇게 말한 사람을 쳐다보았다. 단호한 얼굴을 하고 있는 세라바체 양이었다.

"러세스는 그럴 사람이 아니에요."

"당신 눈에는 이 상처가 보이지 않습니까? 그가 제 이마를 이렇게 만들었단 말입니다."

"그건 아마도…… 당황해서 그랬을 거예요."

머독은 기가 차서 말이 안 나온다는 표정이었다. 나는 그를 다그쳐 물었다.

"뭐가 어떻게 된 건데?"

한숨을 쉬고 머독이 말해 준 바에 따르면 상황은 이랬다.

극장에 도착한 그는 곧장 오세이번 경의 제자인 하우스만을 찾아갔다. 하지만 하우스만은 방에 없었다. 하는 수 없이 다음으로 러세스를 찾아갔다. 이때 방의 위치를 알려 준 사람이 세라바체 양이었고 어쩌다 보니 함께 동행하게 되었다.

러세스의 방에 도착한 머독이 문을 두드렸다. 한데 안에서 부스럭거리는 소리가 들리다가 갑자기 조용해지더란다. 수상한 낌새를 느낀 머독이 안에 있는 거 안다고 나오라고 소리치자 갑자기 방문이 벌컥 열렸다. 방에서 뛰쳐나온 사람은 머독의 머리를 뭔가로 가격했고 이 답답한 낙하산님은 속절없이 쓰러졌단다. 그리고 그의 상처를 세라바체 양이 살피는 사이 범인이 도망을 갔다는 것이었다.

"확실히 러세스였어?"

"나야 워낙 순간적으로 본 데다 그의 얼굴을 모르니 알 수 없지. 하지만 옆에 있는 아가씨가 맞는 것 같다고 하더군."

세라바체 양은 고개를 끄덕였다.

"러세스가 왜 그랬을까?"

"이유야 하나밖에 더 있겠나. 원고를 숨기고 있다가 내가 찾아오니 당황한 거지. 가지고 도망쳤을 거야. 그러니 다른 곳에 숨기거나 파기하기 전에 얼른 찾아야 돼."

정말 러세스가 그런 짓을 했다고? 하지만 세라바체 양의 얼굴을 보니 그녀는 러세스의 결백을 믿는 눈치였다. 그나저나 이 와중에 그녀의 손수건으로 머독의 이마를 짚고 있는 게 신경 쓰였다.

"그럼 꾸물거릴 때가 아니잖아. 그만 일어나라고."

그의 한팔을 잡아 일으켰다. 머독이 끙 소리를 내며 일어섰다. 그러곤 손수건을 돌려주려 했지만 세라바체 양이 만류했다.

"아직 피가 나잖아요. 가지고 계세요."

머독은 그녀를 내려다보더니 고맙다고 중얼거렸다.

세라바체 양과 헤어지고 머독을 부축한 채 계단을 내려가는데 아래쪽 계단에서 누군가 허겁지겁 뛰어 올라오는 게 보였다. 손튼이었다.

"선배님! 제가, 제가 드디어 해냈어요. 제가 해냈다고요!"

손튼이 손에 든 것을 맹렬히 흔들었다. 얼핏 종이처럼 보였다. 그걸 보는 순간 심장이 쿵 내려앉았다.

"설마! 원고 찾은 거냐?"

"머저리 손튼이 드디어!"

나와 머독은 전장에서 돌아온 연인을 맞이하는 것 같은 태도로 달려 나가 우리의 자랑스러운 막내를 껴안았다. 손튼은 매우 상기된 얼굴로 자기가 들고 온 종이를 내밀었다.

"이것 좀 보세요! 제가 사인받았어요. 배우 프리실라한테요! 와, 전 이제 죽어도 소원이 없어요. 이거 가보로 물려줄 거예요!"

"……."

"……."

나는 머독을 바라보았다. 그도 나를 바라보았다. 우리 사이에 이처럼 뜨거운 동질감이 흐르기란 처음이었다.

다음 순간 우리는 손튼의 몸을 붙잡아 계단 너머로 떨어뜨리려 했다.

"으악, 우왁, 우와아! 선배님들, 선배님들! 왜 이러십니까?"

"그 사인지를 당장 대문호의 원고로 바꿔 놓지 않는 이상 네게 목숨이란 없다!"

"하지만 다른 중요한 것도 알아 왔단 말입니다!"

"진짜냐? 아니면 다시 떨어뜨린다?"

"네, 네! 진짭니다!"

우리는 그를 내려 주었고 손튼은 잠시 숨을 돌렸다. 그 와중에도 사인지를 구겨지지 않게 잘 접어서 안쪽 주머니에 넣고 있었다. 내가 눈을 번뜩이자 막내가 얼른 입을 열었다.

"주변 상가에 뭐 아는 거 없나 물어보러 다녔습니다. 골목이랑 하수구 주변도 좀 뒤져 봤고요."

"그런데?"

"원고는 못 찾은 대신 재미있는 얘길 들었습니다. 무려 5만 제르랍니다!"

"5만 제르?"

"보상금이요! 대문호의 원고를 찾으면 준대요. 대문호의 후원자였던 뱀파이어 백작이 내걸었어요. 내일이면 모든 신문에 대서특필될 거예요!"

하아, 우리 막내는 어쩌면 이렇게 사건에서 엇나간 정보만 잘 알아 오는지. 게다가 겨우 5만 제르라니, 저명한 대문호의 마지막 유작치곤 좀 적은 거 아냐? 고작 경시청 경위 20년치 연봉밖에 안 되는데 말이야. 이제 조용히 수사하긴 다 틀렸다. 그것도 나름대로 큰돈이라고 온갖 나부랭이들이 몰려들어 여기저기 들쑤시고 다닐 테니. 아니, 로만 아이넨은 왜 그걸 막지 못한 거야?

"어딜 슬금슬금 도망가시나, 레일미어 경위?"

머독이 차디찬 표정으로 나를 바라보고 있었다.

"응, 무슨 소리야? 누가 슬금슬금 간다고 그래."

"어라, 선배님? 언제 1층까지 내려가셨습니까? 선배님? 선배……."

걸음아 나 살려라. 아니, 구원해라! 20년치 월급! 20년 동안 반장님한테 잔소리 안 들어도 돼. 머독 따위에게 동기 소리 안 듣고 떵떵거리며 살 수 있어. 아니지, 제일 먼저 우리 하숙집을 사 버린 다음 머독은 내쫓고 로빗 부인이랑 알콩달콩 단둘이 살 테다!

미안하지만 러세스, 극장이 아니라면 자네가 도망갈 곳이야 뻔하지. 아무것도 모르는 머독은 자넬 찾아보겠답시고 극장 주변이나 클럽을 뒤지겠지만, 자네가 있을 곳은 거기가 아니잖나?

그레이힐의 음지에서 성황 중인 사업이 있다. 바로 도박이다.

현명한 여왕 폐하께서는 도박이 사회적으로 큰 문제가 될 것임을 알았고 관료들을 시켜 금지할 수 있는 법안을 만들도록 지시했다. 그러나 이미 여왕의 행보를 눈치챈 도박업자들이 관료들에게 온갖 뇌물을 바친 뒤였다. 그래서 관료들은 도박이란 것의 정의를 최대한 빡빡하게 내리기로 결정했다.

주사위 세 개를 가지고 굴리면 도박이지만 두 개 이하는 아니라는 식이었다. 한 번에 거는 돈의 액수도 얼마 이상이면 도박이지만 그 단위를 나눠서 여러 번 조금씩 거는 것은 도박이 아니었다. 이렇다 보니 도시 뒷골목에서 얼마든지 도박 사업을 지속할 수 있었다.

그들의 주 고객 중 한 명이 바로 러세스였다. 그가 아직도 집을 못 얻고 조 마르지오에 얹혀사는 건 도박 때문에 돈을 제대로 모으지 못하는 이유가 컸다.

나는 조 마르지오가 있는 올드리치 구역을 벗어나 뉴리치 타운으로 들어섰다. 새롭게 생겨난 이 신시가지는 젊은 사람들이 놀기에 안성맞춤이었다. 술집, 노천카페, 무도회장, 좀 더 으슥한 곳으로 들어가면 도박장과 스트립클럽까지. 노는 데 필요한 건 없는 게 없었다.

자, 그럼 이중 어느 곳에 내 한심한 도박중독자 친구가 있으려나?

"어, 안녕하세요. 오랜만에 오셨네요?"

'쿠세의 주사위'라는 도박장 앞에 이르렀을 때 문지기 하나가 나를 보고 인사했다. 나는 주변을 둘러보며 헛기침을 하고 점잖게 말했다.

"오랜만이라니, 무슨 소린지 모르겠는데."

"레일미어 경위님 아니세요? 옛날에 저희 도박장에 오셔서 석 달치 월급을 몽땅 날리신 다음 지배인님의 다리를 붙잡고 사정했던⋯⋯."

나는 재빨리 그의 입을 막고 다정한 미소를 지어 보였다.

"기억력이 아주 쓸데없이 좋다는 소리 종종 듣지 않나?"

"아, 네네. 제가 잘못 본 것 같습니다. 죄송합니다."

"그렇지? 여왕 폐하의 법을 준수하고 이 도시의 질서를 지켜야 할 경시청의 경위가 이런 곳에 출입할 리 없잖아."

"그럼요, 그렇지요. 공무 때문에 오신 거겠지요."

"그래그래. 러세스 안에 있나?"

"러세스라면, 조 마르지오의 배우요? 있을 리가 없죠. 뉴리치에 나타나는 순간 모가지가 이렇게 될 텐데요."

문지기가 목이 잘리는 시늉을 해 보였다. 이건 또 무슨 소리람?

"무슨 일 있었어?"

"그 작자 빚 많이 진 거 모르세요? 저희 도박장에서 빌려 간 것만 해도 2천 제르예요."

"2천 제르?"

"네. 여기만이 아니고 이 근방에 빚 안 진 곳이 없어요. 다들 이를 갈고 있죠."

"이상하네. 그 친구는 가진 돈만 털리면 곧바로 손 떼는 성격이었는데. 빚지면서까지 하진 않았어."

"그게 도박이죠, 뭐. 처음에야 이만큼만 쓰고 말아야지 하지만 어디 그게 되나요. 아무튼 조 마르지오의 전속 배우이기도 하고 신용도가 높아서 위에서 많이 융통해 줬는데, 다 털리고서는 안 나타나요. 돈 받으러 가려고 해도 그 극장이 워낙 경비가 삼엄해야죠."

이거 낭패다. 점점 러세스에 대한 의심이 깊어진다. 빚도 져서 곤란하겠다, 대문호의 방에 우연히 들어갔는데 대문호의 몸은 이미 차갑게 식어 있지, 이때다 하고 원고를 훔쳐서 달아난 거라면?

이거 20년치 연봉이 어쩌고 할 때가 아니다. 진지하게 임하지 않으면 진범을 놓치고 말지도 모른다.

"말해 줘서 고마워. 그럼 수고."

"온 김에 주사위 한번 굴리고 가시지 왜요?"

"난 같은 실수는 두 번 안 해. 도박은 결코 손을 대면 안 되는 분야라는 걸 배웠다고."

나는 너그러이 그의 어깨를 툭툭 쳐 주고 도박장을 떠났다.

사실 나도 러세스처럼 될 뻔했다. 지배인의 다리를 붙잡고 매달렸던 그날, 분에 차서 다음 달 월급을 미리 받아 도박장에 다시 갈 생각까지 하고 있었다.

그때 날 구해 낸 게 바로 세라바체 양이었다. 도박장으로 향하다 조 마르지오 앞에서 그녀를 처음으로 봤으니까. 그리고 그때부터 그녀 외의 다른 생각은 거의 할 수도 없었지. 이러니 여러모로 봤을 때 운명이라고 불러도 손색이 없는 거 아닌가?

······아닌가.

경시청으로 돌아오니 병원에 들렀는지 머리에 붕대를 감고
있는 머독이 보였다.

"뭘 그런 걸 가지고 붕대씩이나."

"일곱 바늘이나 꿰맸다고. 의사가 한동안 현기증이 날지도
모르니 조심하라더군."

"어이구, 연약한 우리 경위님이 현기증까지 있으시다니 그거
큰일이로구먼."

내 빈정거림이 끝나자마자 뒤에서 무언가가 내 머리를 강타
했다. 별이 반짝이는 걸 보고 머리를 감싸며 돌아보았다.

"아파요!"

"아프냐? 어이구, 우리 연약한 레일미어 경위가 딱밤 한 대에
머리가 아프시다니 정말 큰일이로구먼."

"맨날 머독 편만 들고 나쁜 반장님······."

"싸우지 말고 사이좋게 지내. 앞으로 서로한테 시비 거는 놈
들은 딱밤으로 다스려 줄 테니."

그렇게 우리를 제압한 반장님이 회의 탁자에 앉았다. 그건
자동적으로 강력3반 사람들 전부 모이라는 지시였다.

당연히 항상 반장님의 눈치를 살피는 머독이 가장 빠른 속
도로 반장님 곁에 찰싹 붙어 앉았다. 그 옆에 손튼이 앉았고

어째서인지 오래간만에 보는 듯한 쥬안 양도 와서 모여 앉았다.

한데 반장님은 바로 시작하지 않고 어울리지 않게 무게를 잡았다.

"저, 차라도 마시면서 할까요?"

쥬안 양이 조심스럽게 입을 열었다. 다들 외근을 나갔다 와서 피곤하고 배고픈 상태였으므로 그녀의 말은 더없이 반가웠다.

"좋지."

반장님이 미소와 함께 말하자 쥬안 양이 일어서서 탕비실로 들어갔다. 손튼도 거들기 위해 따라가서 나와 머독, 반장님까지 셋만 남았다. 왠지 모르게 불편한 침묵이 흘렀다. 이런 때 건드리기 만만한 것은 역시 머독밖에 없다.

"어이, 낙하산."

반장님이 곧장 주먹을 들어 올렸기에 나는 재빨리 말을 정정했다.

"머독 경위, 이제 상처에 붕대도 감았겠다 아까 그 손수건은 필요 없을 것 같은데 나한테 넘기는 게 어때? 극장에 들를 때 돌려주게."

"손수건?"

눈동자를 굴리던 머독은 곧 뭔가를 알아챈 듯 회심의 미소를 지어 보였다.

"아, 세라바체 양이 나한테 준 손수건."

"응? 이게 무슨 소리야. 우리 레일미어의 뺨을 보기 좋게 날

렸던 그 아가씨가 우리 머독한테 손수건을 줬다고?"

반장님이 대번에 흥미를 보이며 물었다.

"저, 그 뺨 어쩌고 하는 수식어는 제발 좀 빼 주시면 안 될까요. 이제 그만 잊고 싶은데."

"빨리 말해. 무슨 손수건인데? 응?"

머독이 아까의 상황을 대략 설명했다. 다 듣고 난 반장님의 얼굴에는 음흉한 미소가 번졌다. 그 미소 그대로 반장님이 나를 바라보며 말했다.

"이거 일이 묘하게 돌아간다? 젊은 청년이 숙녀한테서 손수건을 받다니 말이야."

"묘하긴 뭐가요. 눈앞에서 피 흘리는 사람이 있는데 어쩔 수 없이 준 거죠."

"이게 인연이 되어 앞으로 어찌 흘러갈지 흥미진진한걸."

"아, 인연은 무슨 인연이요! 로맨스 소설 좀 그만 봐요, 반장님."

내가 아무리 부정해 봐도 두 사람은 똑같은 표정으로 싱글거리며 나를 바라볼 뿐이었다. 어유, 아주 신나셨어. 부하 직원 놀려 먹는 재미가 아주 쏠쏠하시겠다고. 쳇!

"내가 손수건을 넘겨주면 넌 뭘 줄 거지?"

"치사하게 그런 걸로 뭘 받아 내려고 하냐. 뭐가 필요한데?"

"흐음, 앞으로 나한테 낙하산이라고 부르는 짓 그만두는 거."

"뭐?"

그렇게 나오기냐, 정말? 도와 달라는 의미에서 반장님을 쳐다보았지만 반장님은 오히려 재미있어 죽겠다는 얼굴로 말했다.

"머독을 낙하산이라고 부르는 게 세라바체 양의 손수건보다 소중한 거냐? 그런 거야?"

으으, 하지만 어디서 굴러먹다 온 놈인지도 모르는데. 나처럼 경찰 학교를 나온 것도 아니고 낙하산으로 들어왔는데. 그런 놈을 내가 같은 경위라고 불러야 한다고? 고작 손수건 하나 때문에? 이대로 비굴하게 굴복할 셈이냐, 레일미어!

"알……았어."

"뭐라고? 잘 안 들리는데."

"알았다고, 경위님! 우리 위이이이대하신 머독 경위님! 됐냐?"

반장님과 머독은 배를 부여잡고 꺼이꺼이 웃었다. 주머니에서 손수건을 꺼내 건네주는 머독은 아예 눈물까지 흘릴 기세였다.

나는 구시렁거리며 그걸 받아 주머니에 넣었다. 이거 하나 얻겠다고 내가 왜 그랬는지 모르겠다. 아직 미련이 남은 건 아니겠지? 내가 그 정도로 머저리는 아니기를 빈다.

"차 드세요."

쥬안 양이 근사한 향이 나는 홍차 주전자를 들고 왔다. 손튼의 손에는 간단히 먹을 수 있는 스콘과 비스킷 접시가 들려 있었다. 덕분에 우리는 직장 한가운데에서 근무 시간에 한가로이 티타임을 즐길 수 있었다. 이 모습을 보면 괴도전담반 사람들이 우릴 씹어 먹으려 들겠지. 응, 그럴 거야. 분명히.

차를 한 모금 마신 반장님은 술이라도 되는 것처럼 크 하는 감탄사를 내뱉고 말했다.

"병원에 들렀더니 혈액 검사 결과가 좀 이상하다고 하더구나. 가족들을 간신히 설득해서 부검에 들어갔다."

"네? 검사 결과가 이상하다니 설마……."

내가 '살' 자로 시작하는 단어를 내뱉기 전에 반장님이 손을 들어 막았다.

"결과가 나올 때까지 섣부른 판단은 하지 말자. 우선 원고 얘기부터. 장물아비 말로는 암시장엔 아직 나오지 않았단다. 나오기만 하면 수집가들이 줄을 설 거라고 하더구나."

머독이 수첩에 뭔가를 끼적이곤 말했다.

"장물로 나오지 않았다라. 그럼 돈을 노린 게 아닌 걸까요?"

"우리가 수색할 게 뻔하고 아직 시끌시끌하니까 잠잠해질 때까지 기다리는 걸 수도 있지."

그때 차를 한 모금 마신 나는 도로 뱉어 내고 말았다. 모두 나를 쳐다보았다.

"왜 그래?"

"아, 아뇨. 차가 좀 써서요."

"난 괜찮은데?"

다들 괜찮은 듯 보였다. 하지만 내 차는 정말로 너무 쓴데? 쥬안 양을 바라보자 그녀가 황급히 사과했다.

"죄송해요. 거기에만 우유 타는 걸 깜빡 잊었나 봐요."

그러고선 내 찻잔에 우유를 부어 주었다. 다시 마셔 보니 좀 나왔다. 나는 그녀에게 고맙다고 인사했고 머독이 다시 입을 열었다.

"러세스에 대해서는 어떻게 생각하십니까? 절 공격하고 도망간 것도 그렇고 대문호의 주검을 처음 발견했다는 점도 수상한데요. 과연 신고를 바로 했을까요? 일단 원고를 빼돌린 다음 신고한 걸 수도 있지 않습니까."

그의 말에 나도 좀 보탰다.

"러세스가 자주 가는 도박장에 들러 봤는데요. 요즘 빚을 많이 지고 잠수 중이랍니다."

"빚을 져? 그럼 돈을 노리고 원고를 훔친 걸까."

"그것뿐만이 아니에요. 듀 세비어한테서 들었는데 대문호께서 돌아가시기 전날 배역 문제로 다툼이 있었다더군요."

"흐음, 동기가 두 가지라."

반장님이 생각에 잠긴 표정을 지었다. 한편 머독은 내 말에 차갑게 대꾸했다.

"아까 5만 제르 이야길 듣자마자 뛰쳐나가더니 열심히도 찾아다녔군."

"5만 제르 때문이 아니야. 하루빨리 대문호의 유작을 찾아 사람들에게 공개해야 한다는 도의적 사명 때문에……."

"5만 제르는 또 무슨 소리야?"

반장님이 눈살을 찌푸리며 묻자 손튼이 냉큼 대답했다.

"제가 주변을 탐문하러 돌아다니다가 들은 거예요. 물론 기가 막히게 아름다운 프리실라 양의 사인을 받기 전의 일이지요. 참, 반장님께 제가 사인 보여 드렸던가요?"

발그레한 얼굴로 주머니에서 사인지를 꺼내려던 손튼은 반장님의 표정을 보고는 슬그머니 도로 집어넣었다.

"에, 아무튼 사인받고 돌아오는데 극장 문지기가 그러더라고요. 내일이면 모든 신문에 대서특필될 거래요. 대문호의 후원자인 후에르 백작님이 현상금을 내건다고요. 누구든 원고를 찾아오면 무려 5만 제르를 준대요. 5만 제르!"

손튼은 모두 감탄해 주길 바라는 눈치였지만 생각보다 싸늘한 반응에 입을 다물었다. 듣고 난 반장님만이 한숨을 내쉬었을 뿐이다.

"조용히 수사하기는 틀렸군. 이제 소문이 퍼지면……."

"어중이떠중이 다 달려들어 도시를 들쑤시고 다니겠죠. 찾는 사람이 많아질수록 원고는 더 깊이 숨을 거고요."

내 말에 반장님은 고개를 끄덕였다.

"5만 제르는 그 정도로 큰 금액이지. 뭐, 긍정적으로 생각하자. 사람들이 그 정도로 열심히 찾으면 곧 발견되지 않겠냐."

"글쎄요. 저는 아무래도 푸른 장미가 마음에 걸립니다."

"푸른 장미?"

내 말에 모두 사무실 한쪽에 놓여 있는 꽃병을 바라보았다. 아직 시들지 않은 신비로운 푸른색의 장미가 들어 있었다.

"꽃을 놓아둔 이유는 대문호를 추모하기 위해서라고밖에 생각할 수 없어요. 범인은 분명 대문호가 쓰러져 있는 걸 봤을 겁니다. 하지만 사람들을 부르는 대신 원고를 훔치고 대신 꽃을 놓아두었죠. 로만 아이넨도 말했습니다. 제일 걱정되는 건 대문호를 너무나 사랑하는 팬이 원고를 가져가 버린 경우라고. 그게 사실이라면 원고는 영원히 세상에 나오지 않을 겁니다."

내 말에 반박한 건 머독이었다.

"어째서? 팬이라면 오히려 자기가 사랑하는 작가의 작품을 대중에게 공개해야 하는 것 아닌가?"

"그런 팬도 있을 수 있겠지만 자기만 보고 싶어 하는 팬도 있을 거야."

"글쎄, 난 잘 이해가······."

그때 자칭 시인이 꿈인 문학청년 손튼이 말했다.

"전 이해할 것도 같아요. 팬들에게는 소유욕이란 게 있으니까요."

"소유욕?"

"대문호의 마지막 유작을 자신이 갖게 되는 거잖아요. 만약 대중들에게 공개하고 나면 그건 유족들에게 빼앗길 테니 혼자 소유하고 싶어서 훔쳐 간 것일 수도 있어요."

손튼의 말이 머독의 말보다는 더 그럴듯하게 들렸다. 쥬안 양이 고개를 끄덕이곤 혼잣말처럼 중얼거렸다.

"그 정도로 대문호를 사랑하고, 아무도 모르게 조 마르지오에 침입해 뭔가를 훔칠 수 있는 사람이라면 역시 괴도 쉐비악이······."

"아, 쉐비악 얘기가 나와서 말인데 아까 제가 괴도전담반에도 찾아가 봤습니다."

반장님이 대견하다는 듯 나를 봄과 동시에 머독은 배신감에 치를 떠는 표정을 지었다. 나는 유능한 부하로서의 모습을 한껏 과시하며 말했다.

"원고가 사라졌던 날 자정부터 모습을 드러냈다나 봐요. 하지만 저녁 시간에는 못 봤답니다."

"그때 들어가서 훔쳤을 가능성이 있다는 건가? 후, 용의자가 너무 많군. 게다가 그놈은 붙잡아서 물어볼 수도 없잖아."

"그러게요. 그놈이 정말로 훔쳤다면 찾을 방도가 없겠죠."

잠깐 침묵이 흘렀다. 그때 다 마신 찻잔을 정리하던 쥬안 양이 지나가는 말로 입을 열었다.

"하지만 만약 범인이 괴도가 아니라면 오히려 우리의 강력한 아군이 되어 줄지도 몰라요."

"아군?"

"그는 대문호를 엄청나게 사랑했고 광팬임을 자처했잖아요. 만약 범인이 다른 사람이라면 그의 자존심상 가만히 있을까요? 누군가 대문호의 마지막 원고를 훔친다면 그건 자신이었어야 한다고 생각할걸요."

"오호, 그렇게는 생각 안 해 봤는데 쥬안 양의 말대로라면 정말 재미있겠는걸. 스스로를 밤도둑들의 왕이라고까지 지칭하는 도둑이니까 말이야. 좋아, 이걸 이용해 보자."

"어떻게요?"

"내일 신문에 5만 제르 말고 사설 하나 더 실으라고 해. 대문호의 원고가 사라질 동안 밤도둑들의 왕이라는 자는 무얼 했는지 궁금하다는 식으로. 훔쳐 간 게 본인이라면 코웃음 치며 무시할 테고 아니라면 어떻게든 반응이 있겠지. 한번 자극해 보자고."

반장님의 말이 끝나자마자 우리 모두 그분을 빤히 바라보았다. 반장님은 고개를 갸웃거렸다.

"왜?"

"언론을 이용하실 생각을 다 하다니 존경스러워서요."

"도대체 너넨 평소에 너희 반장을 뭐라고 생각하는 거냐?"

아무튼 그렇게 해서 손튼이 언론사에 찾아가기로 했다. 머독은 메모를 마친 다음 물었다.

"러세스는요?"

"잡아 와야지. 원고를 훔쳐 간 범인이든 아니든 감히 경시청 직원을 건드렸는데 곱게 놔둘 수야 있나."

"알겠습니다. 그놈은 제가 잡아 오지요."

머독이 이를 갈며 말했다. 흠, 아무래도 안면이 있는 내가 가려고 했는데 하는 수 없지.

"레일미어는 내일 꽃집을 돌아다니며 푸른 장미의 출처에 대해 알아봐라. 나머지 용의자들도 만나 보도록 하고. 누가 남았지?"

"그날 극장에 있었던 사람들 중에 아직 안 만나 본 게…… 오세이번 경의 제자인 하우스만과 배우 프리실라 양, 그리고 5만 제르의 거금을 내거신 잉기스 후에르 백작이 있군요."

"저요! 저요!"

갑자기 손튼이 손을 번쩍 들었다.

"저도 레일미어 선배님하고 같이 갈게요. 언론사는 오늘 퇴근하면서 들르면 되니까요."

손튼이 저러는 이유야 뻔했다. 아무래도 우리 막내가 프리실라 양한테 단단히 빠진 모양인데, 저러다 내 꼴이 나지 않기만을 바랄 수밖에.

"쥬안 양은 앞으로 괴도전담반과 협력해서 괴도에 대한 정보 수집을 부탁해. 그 정도는 경시청 밖으로 나가지 않아도 되니까."

"네, 반장님."

"좋아. 다들 수고했고 그만 퇴근하자."

여기저기 많이 돌아다녀서 피곤했기에 반장님의 말은 더없이 반가웠다. 다들 자리에서 일어나 정리하고 막 사무실을 나가려던 참이었다. 누군가 다급히 사무실로 들어오다 반장님과 부딪칠 뻔했다. 경시청에서 비상연락 업무를 맡고 있는 직원이었다.

"아, 저……."

그는 사색이 된 채 우리 모두를 둘러보곤 떨리는 목소리로 말했다.

"병원에서 연락이 왔습니다. 대문호의 시신을 부검한 결과 위장에서 독이 검출됐대요. 대문호께서 살해당하셨답니다."

3. 첫사랑과 단둘이 벽장 안에 갇힌 사연

"지금 당장 경관들 이끌고 가겠습니다."

"안 돼, 레일미어. 잠시만 생각해 보자."

"어째서요? 이건 살인 사건입니다. 가서 현장을 외부와 완전히 차단하고 증거부터 수집해야 합니다."

"그래, 맞아. 하지만 소란스럽게는 안 돼. 우리가 움직이는 걸 알면 아직 안에 있을지도 모르는 범인이 증거를 훼손해 버릴 수가 있다."

"안이라고요? 지금 시간에 극장에 남아 있을 사람이라고 해 봐야 로만 아이넨과……."

반박하던 나는 반장님의 말뜻을 이해했다.

"독이 나왔다면, 즉 오세이번 경의 죽음이 타살이라면 극장에 있는 모든 사람들은 이제 절도 용의자가 아니라 살인 용의자다. 로만 아이넨도 믿을 수 없어."

반장님은 우리를 둘러보며 즉시 명령을 내렸다.

"레일미어, 머독. 우선 둘이서 최대한 조용히 조 마르지오 극장으로 가라. 대문호께서 돌아가셨던 날 감식반이 다녀가긴 했지만 그때는 다들 단순 절도 사건이라 생각했었지. 다시 대문호의 방과 작업실, 주방과 식당 등을 돌아보고 수집할 수 있는 증거란 증거는 모두 찾아. 쥬안 양은 당장 감식반 소집해서 극장으로 가라고 해. 그들이 도착할 때까지는 로만 아이넨에게 비밀로 하되, 혹시 발각되더라도 사라진 원고에 대한 조사라고 둘러대라. 독에 대한 이야기는 절대 입 밖으로 내지 마."

"알겠습니다."

"저는요?"

손튼이 묻자 반장님은 잠시 생각하다가 말했다.

"너는 예정대로 신문사로 가. 대문호가 정말로 독살당한 거라면 괴도가 범인일 가능성은 낮지만 어쨌든 시도는 해 보자고."

"알겠습니다."

우리 모두 경시청을 나와 조용하고 신속하게 흩어졌다. 차를 타고 조 마르지오로 향하는 동안 머독이 혼잣말처럼 중얼거렸다.

"누가 그분을 살해할 생각을 한 거지? 원고가 그 정도로 중요했던 건가?"

"어쩌면 원고를 훔쳐 간 건 눈속임일지도 몰라. 본래 목적이 살해였는데 우리의 주의를 돌리기 위해서 그런 걸지도."

"가능성 있군."

극장에 도착했을 때는 벌써 밤 10시에 가까웠다. 대문호의 장례식이 끝날 때까지 잠정적으로 문을 닫은 상태였기에 인기척 하나 없이 조용했다.

"로만 아이넨이 눈치채지 못하게 조용히 움직이자고. 대문호의 방은 위쪽에 있으니까……."

"레일미어, 넌 그쪽으로 가. 나는 주방 쪽으로 가 보지."

"이봐, 같이 행동하는 게 나아."

"시간도 촉박한데 굳이 몰려다닐 필요 없잖아. 왜, 여긴 네 앞마당이나 다름없다더니 자신 없나?"

머독이 비웃는 어조로 말하곤 말릴 새도 없이 자리를 떴다. 아오, 얄미운 녀석. 뭘 먹고 자라면 저렇게 정이 뚝뚝 떨어지는 행동만 하는 거지?

결국 나 혼자 조심스레 계단을 올라갔다. 괜히 긴장이 되었다. 로만 아이넨이라면 왠지 극장 안의 구석구석까지 모든 곳을 볼 수 있을 것만 같단 말이지.

대문호의 방엔 여전히 접근 금지 표지가 붙어 있었다. 하지만 범인이 증거를 치우려고 마음먹었다면 이런 표지쯤은 아무 소용없었을 거다. 방 자체는 처음 봤을 때와 달라진 것이 없었다. 원고가 들어 있었던 금고도 열린 채로 그대로였다.

대문호는 언제 어디에서 독에 중독된 걸까? 적어도 저녁 식사 때 먹은 음식에서는 아닐 것이다. 그날 함께 식사한 사람만 해도 여럿이니까. 그렇다면 아마도 식사 후 대문호가 혼자 먹은 무언가였을 가능성이 크다.

그분이 평소 좋아했던 거라면 커피와 초콜릿이 있다. 대중에게도 잘 알려진 사실이니 범인도 이를 이용했을 것이다.

우선 대문호의 책상 서랍부터 뒤져 보았다. 대체로 잡동사니들이 들어 있을 뿐 초콜릿 같은 먹거리는 없었다. 쓰레기통도 마찬가지였다. 흔한 초콜릿 포장 껍질 하나 없었다. 예전에 지나가다 한번 들여다봤을 때의 기억으론 대문호의 책상 위는 늘 아무렇게나 까서 버려 둔 간식과 포장 껍질들로 난잡했었다. 한데 이토록 깨끗하다니.

다음으로 책장 옆에 있는 벽장으로 다가가는데 문밖에서 발소리가 들려왔다. 머독이 벌써 주방을 둘러보고 올라온 걸까? 하지만 아닐지도 모른다. 혹시라도 범인이 수색의 기미를 눈치채고 아직 없애지 못한 증거를 처리하기 위해 오는 거라면?

마침 눈앞에 벽장이 있었다. 몸을 숨기기에 적당할 듯싶었다. 램프를 끄고 그대로 안으로 들어가기 위해 문을 여는 순간이었다.

"……!"

심장이 뚝 떨어진다는 건 이런 때 쓰는 표현이 아닐까? 벽장 안엔 이미 누군가가 있었다. 그것도 내가 아주 잘 아는 사람이.

내가 입을 열자마자 그 사람이 내 입을 턱 틀어막았다. 그러곤 나를 벽장 안으로 끌어당긴 뒤 문을 닫았다. 이게 도대체 무슨 상황인지 이해할 수 없어 머리가 어질어질했다. 도대체 세라바체 양이 왜 이 시간에 대문호의 방 벽장 속에 숨어 있단 말인가?

상황을 파악할 새도 없이 삐걱하고 밖에서 작업실 문이 열리는 소리가 들려왔다. 드디어 발소리의 주인이 들어온 모양이었다. 세라바체 양은 대담하게도 벽장의 문을 살짝 열었다. 내가 만류하듯 팔을 잡아당겼지만 그녀는 괜찮다는 의미로 고개를 저었다. 설마 이런 식으로 나도 지켜보고 있었나?

세라바체 양과 함께 문틈으로 밖을 엿보았다. 방으로 들어온 사람이 램프를 들고 있어 누군지 알아보는 것은 어렵지 않았다. 바로 대문호의 제자인 하우스만이었다.

머독이 오늘 만나러 다녔지만 극장이고 집이고 어디에도 없었다고 했다. 하루 종일 그렇게 모습을 감췄던 사람이 한밤중에 죽은 스승의 방에 나타난다라. 어딘지 굉장히 수상쩍은 냄새가 났다.

그런 내 의심에 보답이라도 하듯 하우스만이 품 안에서 종이 뭉치, 달리 말하면 원고와 비슷한 것을 꺼내 들었다.

세라바체 양이 희미하게 숨을 들이켜는 소리가 들렸다. 나도 그녀와 마찬가지로 놀랐다. 대문호의 마지막 유작이 도난당한 지금 대문호가 죽은 방에서 그의 제자가 꺼낸 원고라니. 누가 봐도 범인으로 생각하기 딱 좋은 상황이 아닌가.

조금 전까지와는 다른 의미로 가슴이 쿵쾅거리기 시작했다. 지금이라도 당장 뛰쳐나가 그를 붙잡아 원고가 뭔지 확인하고 싶었다. 하지만 조금만 더 참기로 했다. 이대로 하우스만이 스스로 범인임을 증명하는 어떤 행동을 해 준다면 더할 나위 없었기 때문이다.

하우스만은 아무도 없는 방을 괜히 두리번거리고는 대문호의 금고 쪽으로 다가왔다. 벽장 바로 앞에 금고가 있었으므로 그가 하는 행동은 훤히 보였다. 그래, 거기 어디에 증거가 남아 있는 거지? 이제 범인으로서 어떤 결정적인 행동만 해 주면…….

그러나 하우스만은 내가 전혀 상상하지 못한 일을 했다. 이미 열려 있는 금고 안쪽에 손을 넣고 몇 번 만지더니 금고 밑바닥을 또 연 것이다. 세상에, 금고 속의 금고라니. 바깥쪽 금고는 단지 눈속임이었던 거다.

그러나 실망스럽게도 밑바닥의 공간 또한 비어 있었다. 그럼 뭘 위해 연 거지? 그때 하우스만이 들고 있던 원고를 그 밑바닥에 넣는 모습이 보였다. 잠깐, 설마 지금 대문호의 마지막 유작을 훔쳤다가 일이 커지니까 도로 돌려놓는 건가?

맞닿아 있던 세라바체 양의 몸이 가볍게 떨리는 게 느껴졌다. 그녀 또한 원고를 훔쳐 갔던 범인을 확인하곤 분노하는 듯했다.

하우스만은 밑바닥을 다시 잘 덮고는 금고 여기저기를 쓸면서 이상이 없는지 확인했다. 그러곤 금고 바깥쪽 문도 닫으려다가, 원래 열린 상태였다는 것을 상기했는지 다시 열어 두고는 자리에서 일어났다.

그렇게 그는 성공적으로 원고를 되돌려 놓고 방을 떠날 수 있을 것처럼 보였다. 하지만 물론 그렇게 놔둘 생각이 없었다.

이제 벽장문을 박차고 나가 총을 겨누면서 그에게…….

"거기 멈춰요, 하우스만 씨!"

하고 외쳐야 할 사람은 나란 말이에요, 세라바체 양!

세라바체 양이 내가 해야 할 대사를 대신 외치며 벽장문을 박차고 뛰쳐나갔다. 어쩔 수 없이 나는 그녀의 뒤를 따르는 상당히 멋없는 자세로 벽장에서 걸어 나가야 했다.

뒤를 돌아본 하우스만은 말 그대로 제자리에서 펄쩍 뛰었다. 도망치지 못하도록 내가 얼른 총을 꺼내 겨누었다.

"허튼 생각은 마시죠."

"자, 잠깐만요. 이게 다 뭡니까? 여, 여기서 뭘 하고 있는 거죠?"

당황했는지 그는 횡설수설하며 문손잡이를 잡고 돌리려고 했다. 그 모습을 보며 나는 총을 장전하고 말했다.

"그 자리에 멈추십시오. 안 그러면 후회할 겁니다."

그제야 그가 동작을 멈췄다. 그러곤 두 손을 천천히 위로 들어 올렸는데 불쌍할 만큼 덜덜 떨고 있었다. 나는 그에게서 눈을 떼지 않으며 세라바체 양에게 말했다.

"세라바체 양, 미안하지만 제가 이 친구를 겨누고 있는 동안 금고에서 원고를 가져와 주시겠습니까? 대문호의 원고가 맞는지 확인해야겠습니다."

"네? 아…… 네."

세라바체 양이 뒤로 돌아가서 금고를 만지는 소리가 들렸다. 그리고 잠시 뒤 원고 뭉치를 가지고 되돌아왔다.

"저 대신 확인을 부탁드립니다. 대문호의 원고가 맞나요?"

그녀는 말없이 원고를 넘겨 보았다. 조금 기다려도 반응이 없자 힐끔 고개를 돌렸는데 세라바체 양이 심각한 표정을 짓고 있는 게 보였다.

"맞나요?"

"맞는 것…… 같아요. 그분은 타자기로 원고를 쓰기 때문에 필체는 확인할 수 없지만 언제나 원고 앞장에 서명을 해 두시거든요. 그런데 여기 그분의 서명이 있어요."

"역시 그랬군요. 하우스만!"

내가 소리를 버럭 지르자 하우스만이 움찔했다. 그는 여전히 어쩔 줄 몰라 하며 시선을 이리저리 회피하고 있었다.

"대문호를 살해하고 원고를 훔쳐 간 죄로 당신을 체포하겠다."

"네?"

"뭐라고요?"

하우스만과 세라바체 양이 동시에 반문했다. 나는 그제야 세라바체 양이 아직 대문호가 독살당해 죽은 것을 모른다는 사실을 깨달았다.

"오늘 부검이 끝나고 밝혀진 사실입니다. 대문호께서는 심장마비로 돌아가신 게 아닙니다. 독에 의해 살해당하셨어요. 이놈이 대문호를 해치고 원고를 가져간 겁니다."

비틀거리던 세라바체 양이 책상을 붙잡고 간신히 제자리에 섰다. 나는 그녀의 얼굴에 떠오른 순수한 절망을 보았다.

"자, 잠깐만요! 살해라니요? 전 절대, 절대…… 스승님께서 정말로 살해당했단 말씀입니까?"

"모르는 척하지 마. 당장 두 손 바닥에 대고 엎드려!"

"아닙니다. 전 정말 아니에요. 그 원고는, 그게 아니라, 그게……."

그가 어쩔 줄 몰라 하며 흐느꼈다. 하지만 동정심은 전혀 들지 않았다.

"그런 변명은 경시청에 가서 해. 한 번 더 경고하겠다. 지금 당장 두 손을 바닥에 대고 엎드리지 않으면……."

"아, 아니에요. 사실대로 말하겠습니다. 저는 절대…… 제가 어떻게 스승님을 죽인단 말입니까? 제가 어떻게요?"

그렇게 외친 하우스만이 바닥에 엎드려 엉엉 울기 시작했다. 당황스러웠지만 이러다 그가 도망갈지도 모른다는 생각에 총을 거두지 않았다. 그때 세라바체 양이 한 걸음 앞으로 나서더니 하우스만에게 다가갔다.

"세라바체 양?"

살인 용의자이기에 위험하다고 말하려 했지만 그녀는 고개를 저었다. 총구 안에 그녀가 들어오자 얼른 총을 치웠다. 하우스만의 어깨를 짚은 세라바체 양은 손수건을 건네려는 듯 품속을 뒤적였지만 그녀가 찾고 있는 손수건은 머독의 손을 거쳐 내 주머니 속에 있었다. 그리고 그걸 절대로 하우스만에게 건네줄 생각은 없었다.

그녀도 잠시 후에야 없다는 걸 깨달았는지 손수건 찾기를 그만두고 대신 하우스만의 등을 토닥였다. 거기서 그쳤으면 좋았으련만, 갑자기 하우스만이 복받친 설움을 토해 내며 그녀의 품으로 안기려고 하기에 내가 얼른 가서 그를 떼어 놨다.

"그만 울고 입을 여시죠. 사실대로 말한다면서요. 지금 시간 끄는 겁니까?"

"아, 아닙니다."

한동안 끅끅거리던 하우스만이 간신히 울음을 그쳤다. 추레한 소매로 눈물과 콧물로 범벅이 된 얼굴을 닦아 냈다. 그러고 나서 나를 보는 눈빛이 별로 마음에 들지 않았다. 이제 다 울었는지 냉정을 되찾고 머릿속으로 뭔가 계산하는 듯 보였던 것이다.

"제가 사실대로 말하면 보내 주실 겁니까?"

"그럴 리가요. 어쨌든 원고를 훔쳐 갔던 범인인데요. 당신이 살해한 게 아닐지라도 절도의 책임을 물을 겁니다."

"제가 훔쳐 간 게 아니더라도요?"

"무슨 소리를 하는 겁니까?"

그러나 하우스만은 쉽게 대답하지 못하고 한참을 머뭇거렸다. 슬슬 인내심이 바닥을 드러낼 때쯤 그가 다시 입을 열었다.

"그게…… 아닙니다."

"네?"

"그건 그분의 원고가 아니라고요."

이건 또 무슨 소리지? 나는 세라바체 양으로부터 원고를 건네받아 맨 앞장을 넘겨 보았다. 거기엔 분명히 세라바체 양이 확인해 준 대로 대문호의 서명이 있었다.

"여기 서명이 있는데요?"

"서명만 그분 겁니다."

"그럼 뒤에 붙어 있는 이 원고들은요?"

하우스만이 또다시 침묵하기에 내가 인상을 썼다. 그러자 그가 얼른 말했다.

"그건 제…… 제 원고입니다."

"뭐라고요?"

하지만 하우스만은 더 이상 말하지 않고 고개를 떨어뜨렸다. 이게 도대체 무슨 소리지? 그때 곁에서 세라바체 양의 한숨 소리가 들려왔다.

"왜 그런 짓을 했나요? 가엾은 사람."

"미안합니다, 아가씨. 내가 당신을 실망시켰겠지요. 미안합니다……."

"아니요. 이 일로 가장 실망한 사람은 나도, 당신의 스승님도 아닌 당신 자신일 거예요."

하우스만은 소리 없이 어깨를 들썩였다. 뭐지, 내가 모르는 걸 둘이서만 공유하는 것 같은 이 분위기는? 어쩐지 자존심이 상한 나는 세라바체 양에게 물었다.

"이게 다 무슨 얘기입니까?"

"이 원고, 오세이번 경의 마지막 원고가 아니에요."

"그럼요?"

"그분의 원고로 가장하고 싶었던 원고지요."

음, 그러니까 그녀가 지금 하고 있는 말이 우리 말인 것 같긴 한데…… 다행스럽게도 내가 다시 묻기 전에 세라바체 양이 말을 이었다.

"하우스만 씨는 자기 원고를 가져다 놓은 거예요. 맨 앞장에만 대문호의 서명이 적힌 종이를 붙여서요. 그렇게 하고 몰래 금고에 넣어 두려 했던 거죠. 밑바닥에 숨겨진 공간이 있는 걸 보셨지요? 아무도 그런 게 있다는 걸 몰랐어요. 만약 다시 수색해서 이 원고를 찾았다면 어떻게 되었을까요?"

나는 잠시 생각해 보곤 대답했다.

"하우스만의 원고가 대문호의 마지막 유작으로 둔갑했겠군요."

"맞아요."

"하지만 왜 그런 짓을 하죠? 그렇게 해서는 5만 제르도 받을 수 없는데요."

5만 제르라는 말에 세라바체 양은 침묵을 지켰지만 하우스만은 어리둥절한 표정을 지었다. 아하, 신문에 나오는 건 내일이었지? 이 친구는 그걸 몰랐군.

"이 원고에는 내일 현상금이 걸릴 예정이었습니다. 대문호의 후원자였던 후에르 백작이 내건 5만 제르지요. 그 돈 때문이 아니었다면, 당신은 대체 왜 당신 원고를 대문호의 원고로 둔갑하려 한 겁니까? 그래서 얻는 게 뭐죠?"

얼굴을 일그러뜨리는 하우스만 대신 세라바체 양이 대답했다.

"작가로서의 자존심, 대리 만족, 자기기만 등이겠죠."

원고 둔갑 하나로 얻는 게 그렇게나 많다고? 자, 그럼 세라바체 양이 답은 모두 주었으니 머리로 이해해 보자.

대문호의 제자 하우스만은 대문호의 마지막 원고를 훔치지 않았다. 다만 마지막 원고가 도난당했다는 사실을 알고 자기 원고를 대문호의 마지막 원고인 것처럼 가장하여 되돌려 놓으려 했다. 왜?

그 원고가 발견된다면 당연히 사람들 모두 기뻐할 것이고, 오세이번 경의 마지막 유작이니만큼 모두가 소중히 여길 것이고, 사람들에게 칭송받으며 오래도록 읽힐 것임이 분명하기 때문……

"세상에, 정말 파렴치하군."

마침내 하우스만의 의도를 깨달은 나는 치를 떨면서 말했다.

내 말이 그의 몸을 깊이 찌르기라도 한 것처럼 하우스만이 움찔 떨었다. 그러면서 상처 입은 동시에 묘하게 반항적인 눈으로 나를 노려보았다.

"이해할 거라곤 생각하지 않습니다. 더군다나 경위님처럼 이 분야에 문외한인 사람이."

"내가 문학에 있어선 문외한일지 몰라도 인간적인 도리에 대해선 당신보다 더 잘 알 것 같은데요. 정말 이런 짓을 해서 자기만족을 얻을 수 있을 것 같았습니까? 더 비참해지지 않고요? 게다가 그분은 당신의 스승이었지 않습니까!"

하우스만의 표정이 분노로 바뀌었을 때 곁에 있던 세라바체 양이 입을 열었다.

"경위님 말이 맞아요. 당신이 무엇을 기대했을지 알겠군요, 하우스만 씨. 평소 그런 말들을 하셨죠. 당신의 작품이 사람들로부터 사랑받지 못하는 이유는 스승님의 그늘에 가려져서라고. 스승님만큼의 명성만 있다면 당신의 작품도 대성공을 거둘 거라고요."

"여전히 그렇게 생각합니다, 세라바체 양. 저와 한번 실험을 해보실까요? 제 원고를 대문호의 유작으로 발표해 주십시오. 그러고 나서 사람들의 반응을 보면 알 테니까요. 장담하건대 대중은 그게 스승님의 글이 아니라는 걸 알아보지도 못할 겁니다."

"뭐? 당신 정말……."

가슴에서 뭔가 욱하고 올라와 앞으로 나가려는 순간 나보다 먼저 그걸 행동으로 표출한 사람이 있었다.

세라바체 양은 무릎 꿇고 앉아 있는 하우스만의 뺨을 세차게 때렸다. 가슴이 통쾌할 만큼 시원한 동작과 소리였다. 그러나 동시에 1년 전 내가 뺨을 맞았던 기억 또한 떠올랐다. 하우스만이 자기 얼굴을 감싸 쥐는 순간 나도 모르게 똑같은 행동을 하고 말았다.

"당신이 사랑받지 못하는 이유는 스승님의 그늘에 가려져서가 아니에요. 당신의 그 비겁한 발상, 그리고 대중을 우습게 보는 마음 때문이에요. 사람들이 정말로 모를 것 같나요? 처음 한동안은 단지 원고를 찾았다는 기쁨에 그럴지도 모르죠. 하지만 시간이 지나면 누군가는 알아차릴 거예요. 그리고 의문을 제기하겠죠. 대중은 당신이 생각하는 것처럼 바보가 아니에요. 당신이 바보이기 때문에 바보로 보이는 것뿐. 당신의 이 엉터리 연극은 금방 들통이 났을 거예요. 지금 우리에게 들킨 것과 마찬가지로요."

버릇 못된 어린아이를 혼내듯 단호하게 훈계하는 세라바체 양의 뒷모습은 이상하게 멋있었다. 왠지 미래에 우리 아이들에게 엄하고도 자상한 그런 어머니가 될 것 같단 말…… 어이구, 내가 드디어 돌았구나.

하우스만은 한동안 말없이 세라바체 양을 바라보았다. 어쩌면 자존심에 상처 입은 그가 세라바체 양을 갑자기 공격할지도 모른다는 생각이 들어 언제라도 달려갈 수 있게 잔뜩 긴장했다. 하지만 다행히 아무 행동도 하지 않았다. 다만 슬그머니 고개를 돌리며 이렇게 말했다.

"제 원고를 그만 돌려주십시오."

"이제야 이게 자기 원고란 말이 나오나 보지?"

나는 아낄 것 없이 원고 뭉치를 하우스만의 앞에 던져 주었다. 그는 쓸쓸한 동작으로 흐트러진 종이를 줍더니 자리에서 일어났다.

"스승님께서 독살당하신 줄은 정말로 몰랐습니다. 알았다면 이런 짓은 하지 않았을 겁니다. 물론 어떻게 말해도 변명으로밖에 안 들리겠지요. 미안합니다, 세라바체 양. 누구보다 당신에게 가장 미안합니다. 이제 이 극장엔 오지 않을 겁니다. 아버님께 그렇게 대신 전해 주십시오."

그러고서 가려 하기에 내가 얼른 붙잡았다.

"잠깐, 어딜 가요? 아직 당신 혐의는 벗겨지지 않았습니다."

"그래요? 내가 스승님을 죽였다고요? 어디 증거를 대 보시죠."

아까와는 다르게 냉정하고 당당한 모습이었다. 윽, 분하지만 아직 그의 말대로 제시할 증거가 없다.

"금고 안에 숨겨진 공간이 있다는 건 어떻게 알았습니까?"

"언젠가 우연히 본 적이 있습니다. 스승님께서는 제가 안다는 걸 모르셨지만요."

"그럼 그분의 마지막 원고를 본 적도 있겠군요. 어떤 내용이었습니까?"

하우스만이 분하다는 눈으로 나를 쏘아보았다.

"전 다른 사람의 원고나 훔쳐보는 그런 비열한 짓은 하지 않습니다. 더군다나 금고에까지 넣어 두며 그렇게 철저히 지키는 원고를요. 오늘 처음으로 열어 본 거란 말입니다!"

참 나, 저 이야기를 믿는 건 둘째 치고 하우스만의 입에서 비열한 짓 어쩌고 하는 얘기가 나오니 좀 어이가 없다.

"그럼 당신 말고 비밀 공간이 있다는 걸 또 누가 압니까?"

"그걸 제가 어떻게 알겠습니까? 하지만 저처럼 우연히 보지 않은 이상 아무도 모를 겁니다. 제자인 제게도 말하지 않았는데 스승님께서 다른 누군가에게 그걸 말했을 거라곤 생각하지 않습니다."

그렇게 대답한 하우스만은 기분 나쁘다는 듯 내 손을 뿌리쳤다. 붙잡아야 하는 거 아닌가 싶은 생각도 들었지만 달리 무슨 혐의를 붙여야 할지 알 수 없었다. 대중 기만죄? 대문호의 원고에 대한 명예 훼손?

"조만간 다시 정식으로 소환할 겁니다. 불응하면 어떻게 되는지는 말 안 해도 알겠죠? 도시를 떠날 생각은 하지도 마십시오."

하우스만은 대답 대신 최대한 반항하는 표정으로 나를 노려보곤 몸을 돌려 작업실을 나갔다.

"이대로 보내도 되는 건지 모르겠군요. 저 모습이 다 연기는 아닐지."

그의 뒷모습을 보며 중얼거리자 세라바체 양이 옆에서 대답했다.

"그건 아닐 거예요. 연기였다면 다른 거짓말을 했을 거예요."

"그걸 어떻게 압니까?"

"저 사람은 작가니까요. 그는 작가로서 자기 자존심을 다시는 회복할 수 없는 말과 행동들을 했어요. 거짓으로는 그런 말들을 결코 못 해요."

잠시 후 경관들과 감식반이 도착했다. 그들이 극장을 들쑤시는 동안 나는 세라바체 양을 방까지 데려다주었다. 그녀는 방 앞에서 바로 들어가지 않고 나를 돌아보았다.

"오세이번 경께서는 정말로…… 살해당하셨나요?"

"네. 유감이지만."

세라바체 양은 두 손으로 잠시 얼굴을 가렸다가 떼었다. 그러곤 슬프게 눈을 내리깔며 말했다.

"도대체 누가 그런 짓을 했을까요?"

"짐작 가는 사람이 아무도 없습니까? 평소 그분과 사이가 안 좋았다거나 원한을 진 사람이요."

"제가 알기론 없어요. 그분은 누구하고나 잘 지내셨어요. 다들 그분을 좋아했고 또 존경했고요."

"그럼 원한 때문이 아니었을지도 모르겠군요."

"그럼 무엇 때문이죠?"

그녀가 절박하게 나를 올려다보았다. 나도 대답할 수 있으면 좋겠다. 책망하듯 나를 바라보는 그녀의 푸른 눈동자를 슬쩍 피하며 대답했다.

"글쎄요. 사라진 원고를 찾아야 실마리가 보일 것 같다는 생각이 드는군요."

"원고 때문에 살해당하신 거라고 생각하는 건가요?"

"가능성 중 하나죠."

그녀의 고운 미간이 살짝 일그러졌다. 자 그럼, 별로 하고 싶진 않지만 그녀에게도 묻지 않을 수 없군.

"그런데 세라바체 양, 당신은 왜 아까 대문호의 방에 왔던 겁니까?"

"그건 왜 물으시는 거죠?"

"석연치 않은 구석이 있어서요. 나야 수사 중인 모습을 들키고 싶지 않아 숨었다지만, 당신은 왜 거기 숨어 있었던 겁니까?"

그녀가 믿을 수 없다는 얼굴로 나를 보았다.

"날 의심하는 건가요?"

"어쨌든 그날 극장에 있었던 모든 사람들이 용의자이다 보니……."

세라바체 양이 눈을 내리깔더니 입술을 꾹 다물었다. 두 주먹까지 꽉 쥐고 무언가를 열심히 참아 내듯 침묵을 지키고 서 있었다. 아이고, 화를 내는 그녀에겐 미안한 말이지만 저 표정은 정말이지 귀엽군.

왠지 그녀의 머릿속에 지금 떠도는 말들이 보일 것만 같았다. 모욕, 부당한 대우, 어떻게 나에게 이럴 수가, 죽어 버려, 레일미어…… 응?

"여긴 제 집이에요. 제가 어딜 가든 경위님이 상관할 바는 아니라고 생각하는데요."

"여긴 당신의 집이겠지만 이제 살인 사건의 현장이기도 합니다. 그러니 용의자 중 한 분인 당신이 어딜 가는지 제가 몹시 상관해야 할 것 같은데요."

"용의자라고요? 오세이번 경은 제게 가족이나 다름없는 분이셨어요. 그분이 떠난 게 그리워 그분의 방을 다시 찾은 것도 잘못인가요?"

"정말 그게 전부입니까? 증거 같은 걸 없애기 위해서는 아니고요?"

그녀는 대답하지 않고 한동안 나를 노려보다가 말했다.

"당신이 정말 싫어요."

가슴이 뜨끔.

"저를 싫어하시는 거랑 이번 사건을 취조하는 건 별개의 문제인데요."

"정말로 제가 가족과도 다름없는 그분을 해치고, 그분의 원고를 가져다 숨겼다고 생각하신다면 이 자리에서 지금 저를 체포하세요."

그녀가 두 손을 모아 내밀며 나를 바라보았다. 물론 나는 아무것도 할 수 없었다.

이건 너무 부당하잖아. 나도 세라바체 양이 대문호를 해쳤을 거라곤 생각하지 않았다. 하지만 왠지 모르게 그녀가 다 말하지 않고 있다는 생각이…… 아니면 단지 그녀의 곁을 떠나기 싫어 내가 고집을 피우는 건가?

"그렇게는 생각, 안 합니다."

마침내 내가 항복을 선언했다. 그녀는 놀랄 것도 없다는 듯 두 손을 내렸다. 그러곤 인사도 없이 몸을 돌려 방으로 홱 들어가 버렸다. 냉정한 사람이라니까, 정말.

왠지 심술이 나서 문에 대고 외쳤다.

"그나저나 아까 벽장 속에서 같이 보냈던 시간은 정말 즐거웠습니다. 덕분에 어느 때보다도 당신과 가까워질 수 있었던……."

그때 문 너머에서였지만 분명히 철컥하고 라이플을 장전하는 소리가 들려왔다. 나는 낼 수 있는 최대한의 속도로 뛰기 시작했다.

다리야, 네 주인을 살려라! 아름답지만 자비라곤 없는 여인으로부터!

극장을 나와 병원에 도착해 보니 검시실 바깥에서 졸고 있는 손튼이 보였다.

"손튼, 퇴근 안 했냐?"

"음, 네에. 선배님들 다들 고생하시는데 저 혼자 갈 수야 있나요."

"신문사 일은 잘 풀렸고?"

"네. 그런데 이미 대문호께서 독살당했다는 것도 알고 있던데요."

"뭐? 대체 그걸 무슨 수로 알았대?"

"말 안 해 주더라고요. 하지만 병원 직원 중 하나가 흘린 것 같아요."

"젠장."

머독과 내가 조용히 극장으로 갔던 것도 다 소용없는 일이었는지 모른다. 뭐, 덕분에 하우스만의 의심스러운 행동을 목격하긴 했지만.

"머독은?"

"여기서 반장님 만나고 곧장 가시던데요."

"그놈 혼자서 퇴근했다고?"

"어디 들를 데가 있다고 했어요."

잠시 서성거리던 나는 손튼 옆에 털썩 앉았다.

"안으로 안 들어가세요?"

"반장님 나오실 때까지 기다리지, 뭐."

"보기 싫으신 거죠?"

손튼의 질문에 대답하지 않았다. 하지만 녀석은 혼자 고개를 끄덕이곤 말을 이었다.

"저도요. 그분의 그런 모습 보고 싶지 않아요."

나야 그분을 개인적으로 만난 적이 있기 때문이지만, 꿈이 시인이자 감수성 풍부한 문학청년인 이 녀석도 대문호의 죽음을 다른 사람들보다 민감하게 받아들이는지도 모르겠다. 그래서 가엾은 막내의 어깨에 팔을 얹었다.

"꼭 잡자. 잡으면 되는 거야."

"네. 만나면 물어보고 싶어요. 왜 그랬는지요."

손튼은 시선을 허공에 멍하니 고정한 채 말을 이었다.

"대답에 따라서는 저, 그 사람을 체포하는 대신 죽일지도 모르겠어요."

평소 순해 빠진 우리 막내의 말에 놀라 아무 말도 못 하고 있을 때 검시실의 문이 열렸다. 안에서 나 못지않게 피곤한 기색의 반장님이 나왔다.

"사인은 독극물 중독에 의한 급성 심장 마비다. 식물 성분의 독이라는데 아직 정확한 성분은 알 수 없고 검사가 더 필요하다는구나. 소화 상태로 볼 때 돌아가신 시간대는 밤 10시에서 자정 사이로 추정된다고 하니, 이 시간에 섭취한 무언가 때문일 가능성이 크다."

그 말을 다 받아 적고 나자 반장님이 물었다.

"넌 뭐 발견한 거 없냐, 레일미어?"

"없어요. 작업실은 깨끗하던데요. 머독은 뭐 찾은 거 있대요?"

"대문호가 쓰던 커피잔을 발견해서 가져왔더구나. 주방 담당 하녀의 말에 따르면 그분은 항상 그 잔으로만 차나 커피를 마셨다고 하는데, 대문호가 돌아가시고 극장 수색이 이뤄지는 등 정신이 없어서 운 좋게도 아직 설거지를 하지 못한 상태였다."

머독이 한 건 했군. 나도 하우스만의 이야기를 할까 고민하고 있는데 반장님의 입술이 둥글게 올라갔다.

"오호라, 이놈 표정 봐라. 극장에서 무슨 일 있었지? 그 아가씨 만났냐?"

"아 좀, 저를 보면 그것밖에 생각 안 나십니까?"

"당연하지. 3년 동안 네가 좀 요란했냐? 세상에 그 아가씨 말고는 없는 것처럼 행동하고 다녔잖아."

"에이, 과장도 심하십니다. 그 정도는 아니었다고요."

"진짜야, 인마. 너 내가 경고했지? 그렇게 밀어붙이기만 해서는 오던 마음도 달아나 버린다고. 그 아가씨랑 같이 있을 때 입만 헤벌쭉 벌어져서는 혼자 사방팔방 떠들더구나. 주위에서 사람들이 수군거리고 아가씨는 곤란해하는데 그것도 모르고 말이야."

오늘 가슴이 여러 번 뜨끔하네.

"제가 그랬다고요?"

"그래."

"왜 안 말리셨어요!"

"참 나, 내 이럴 줄 알았지. 옆에서 아무리 경고해 줘도 못 알아듣더구먼. 뭐 사랑이란 게 그렇기는 하다. 제 마음밖에 안 보이는 법이지. 특히 너처럼 사랑에 서툰 애들은."

나는 가슴을 곧게 폈다.

"서툴긴요. 한창때의 제 연애 경력을 대체 뭐로 보시고……."

"전무."

"아, 아니에요!"

혼신의 힘을 다해 항의했지만 반장님은 들은 척도 하지 않았다. 곁에 있던 손튼도 눈을 게슴츠레하게 뜨며 나를 바라보았다.

"선배님, 설마 정말로……."

"넌 퇴근이나 해!"

해가 뜨기까지 얼마 남지 않은 시각 나는 드디어 로빗 부인의 안락한 하숙집으로 돌아올 수 있었다. 머독이 돌아왔나 싶어 방 앞을 기웃거렸지만 불이 꺼져 있어 자는 건지 아직 안 온 건지 알 수가 없었다.

그런데 이렇게 깊은 밤중에 대체 어딜 들른다는 거야?

사내놈이 밤중에 뭘 하는지 궁금해해 봐야 시간 낭비였으므로 내 방으로 들어와 침대에 몸을 던져 누웠다. 온몸은 말할 수 없이 피곤한데도 왠지 잠은 쉽게 오질 않았다.

당신이 정말 싫어요.

아아, 깊은 밤 잠들기 전의 시간은 후회와 부끄러움의 것이라고 누가 말했던가. 아무도 그런 말 안 했던가? 어쨌든 오늘 있었던 여러 가지 일들이 떠올라 머릿속을 괴롭혔다.

주위에서 사람들이 수군거리고 아가씨는 곤란해하는데 그것도 모르고 말이야.

나는 정말로 몰랐다. 그 당시의 나를 눈치 없는 바보에 둔한 놈이라고 불러도 할 말이 없긴 하지만, 나로서는 뜨겁디뜨거운 내 마음을 그녀에게 증명해야 한다는 생각밖에 머릿속에 없었다.

그녀는 당신이 쫓아다녔던 3년간 꽤 힘들어했습니다.

그러고 보니 듀 세비어도 그런 말을 했었지. 결국 나는 사랑에 빠져 앞뒤 분간 못 하는 머저리였던 건가. 상대방의 기분 따위 아랑곳하지 않고 부담과 불쾌감만 주던.

가슴 한쪽이 아릿해져서 옆으로 돌아누웠다. 한때 조 마르지오에서 연극을 관람하며 대문호의 작품에 등장하는 불멸의 사랑의 주인공이 바로 나라고 생각했던 적이 있다.

그것이 지금은 한없이 부끄럽다.

많이 피곤했음에도 짧은 시간 깊이 잤는지 찌뿌둥한 느낌은 별로 없었다. 나는 벌떡 일어나 세수를 하고 부엌으로 내려갔다.

"안녕히 주무셨어요, 로빗 부인."

가장 먼저 로빗 부인의 두 뺨에 입을 맞추곤 그녀가 굽고 있던 베이컨을 하나 집어서 입 속에 넣었다.

"저런, 버릇없는 레일미어. 접시에 놓을 때까지 기다리지 못하겠니?"

"죄송해요."

사과하고 자리에 앉는데 어째 집 안이 좀 조용했다. 머독은 아직도 자는 건가? 베이컨을 다 구운 로빗 부인도 그걸 알아차린 듯했다.

"우리 율프레드가 왜 안 내려올까? 가서 동생 좀 데려오겠니, 레일미어?"

"네에."

다시 계단을 올라간 나는 머독의 방문을 다소 거친 방식으로, 즉 발로 두드렸다.

"이봐, 손수건 하나 때문에 어쩔 수 없이 같은 경위라고 불러야 하는 낙하산. 밥 다 됐으니 빨리 나와. 로빗 부인이 기다리셔."

그러나 대답이 없었다. 늦게 자서 못 일어나나?

"곱게 말로 하는 건 여기까지다. 내가 들어가면 물병에 있는 물을 머리에 부어 줄 거야."

그래도 대답이 없었다. 설마?

문을 열고 들어가 보니 방 안이 싸늘했다. 아무도 없었다. 머독은 어제 돌아오지 않은 것일까? 대체 어딜 갔기에? 설마 혼자 조사하다가 무슨 일이 생긴 건…… 아냐, 그럴 리 없지. 괜한 걱정이다.

다시 식당으로 내려오니 로빗 부인이 걱정스러운 얼굴을 하고 있었다.

"율프레드는?"

"방에 없어요. 아무래도 어제……."

안 들어왔다고 하면 분명히 걱정하리라. 그래서 어쩔 수 없이 거짓말을 했다.

"일이 있어서 아침도 못 먹고 일찍 나간 모양이에요. 요즘 대문호께서 돌아가신 일 때문에 많이 바쁘거든요."

"아직도 잔다고?"

"벌—써—나—갔—다—고—요!"

"그럼 자게 놔두렴. 성장기에는 푹 자야지. 내가 나중에 따로 깨워서 아침을 주면 돼요."

아오, 눈물 나겠네. 다음 달 월급 타면 꼭 보청기인지 뭔지 사다 드려야지.

경시청으로 출근한 나는 머독이 자기 자리에 태연히 앉아 있는 모습을 보고 기가 막히기도 하고 화가 나기도 해서 그의 목덜미를 턱 잡아챘다.

"이봐, 머독 경위."

"이걸 지금 아침 인사라고 하고 있는 건가?"

"다음부터 외박을 할 때는 로빗 부인에게 꼭 이야기하라고. 너 때문에 만든 음식이 그대로 남았잖아. 이따가 점심시간에라도 잠깐 들러서 별일 없다고 얼굴 비치고 와."

"내가 왜 그렇게까지 해야 하는지 모르겠군."

"너 인마, 귀도 잘 안 들리시는 분이 네 걱정을 하고 있다는데……."

그때 차가운 뭔가가 내 가슴 쪽을 때렸다. 돌아보니 쥬안 양이 새파랗게 질린 얼굴로 서 있었다.

"죄, 죄송해요, 선배님. 여기 계신 걸 보지 못하고…… 어쩌죠?"

그녀가 손에 들고 있던 물병을 내게 쏟은 것이었다. 당황스럽기도 하고 기껏 다려 입은 경시청 제복이 젖어 엉망이 되었지만, 진심으로 미안해하는 그녀에게 화를 낼 수도 없었다.

"괜찮아. 햇볕도 좋은데 말리면 되지."

"정말로 죄송해요."

"괜찮대도. 정 미안하면 차 한 잔만 부탁해."

"네네, 준비할게요."

나는 상의만 벗어서 창가에 널어 두었다. 그러고서 잠깐 창밖의 세드릭 경 동상을 보고 있는데 뒤에서 머독의 퉁명스러운 목소리가 들려왔다.

"쥬안 양은 하녀가 아니야. 차 같은 건 네놈이 직접 끓여 먹지 그래."

"무슨 소리야. 내가 언제 하녀 취급이라도 했어?"

"방금 차 끓여 오라고 시켰잖아."

"한 번 그랬다, 한 번. 평소에는 쥬안 양이 마실 거냐고 물어봐서 그러겠다고 한 거고. 네놈도 같이 마셔 놓고선 왜 이래?"

머독은 대답 없이 나를 노려보다가 고개를 돌렸다. 이거 분위기가 왠지 모르게 좀 이상하네. 그냥 나한테 시비가 걸고 싶었던 건가?

"그런데 너 어제 어디 갔었어?"

"내가 그걸 너한테 왜 말해야 하지?"

"그냥 궁금해서. 하우스메이트끼리 물어볼 수도 있는 거잖아."

"알 필요 없어."

"거참 눈물 나게 진한 동료애로구만."

다행스럽게도 말다툼이 정말로 서로의 감정을 상하게 하기 직전 반장님이 사무실 안으로 들어왔다. 짧은 시간이었지만 깊이 잔 나와는 달리 반장님은 아직도 피곤한 얼굴이었다.

"어젯밤 대문호의 유족들이 병원에 와서 한바탕했다. 부검도 끝났으니 예정대로 장례식을 치르겠다며 주검을 돌려받아 갔어. 오늘 왕자님이 조문을 올 거라나 뭐라나. 그게 살인범을 찾는 일보다 중요해 보이더구나."

그 말에 자기 자리에서 졸고 있던 손튼이 눈을 번쩍 떴다.

"왕자님이 온다고요? 진짜요?"

"왕족이 뭐라고 그리 호들갑이냐."

"하지만 왕족인데요? 기껏해야 신년 축제 때나 돼야 수많은 인파 틈에서 저 멀리 개미만 한 크기로 볼 수 있는 그 왕족인데요? 게다가 왕자님이면 미래의 왕이 되실 거잖아요."

"그렇긴 하지. 오세이번 경 정도 되는 인사의 장례식이다 보니 왕가에서도 공식적으로 조의를 표하려는 모양이다."

그러자 손튼이 반장님의 팔을 붙잡고 초롱초롱한 눈빛을 보내기 시작했다.

"그러고 보니 저 아직 오세이번 경의 조문을 못 다녀왔어요. 지금 갔다 와야겠어요."

"오늘 아침에 거기 들렀다 왔다고 하지 않았냐?"

반장님이 의심스럽다는 듯 묻자 손튼이 나를 홱 돌아보았다.

"선배님!"

막내가 무대 위의 연극배우처럼 두 팔을 벌리고 비극적으로 외쳤다.

"반장님! 그리고 찻잔을 들고 오시는 쥬안 양! 어째서 사람은 조문을 단 한 번만 가야 하는 걸까요? 두 번은 왜 안 되는 거죠? 어째서 세상은 돌아가신 분에 대한 그리움과 슬픔을 표현할 기회를 단 한 번밖에 주지 않는 걸까요? 세상이 원망스럽습니다. 하늘도요!"

반장님은 들고 있던 신문으로 막내의 머리를 내리쳤다.

"가라, 가! 갔다 와!"

손튼이 그러는 것을 보던 머독은 퉁명스레 한마디 했다.

"왕족한테 그렇게 꼬리가 흔들고 싶냐? 노예 근성이로군."

그러는 본인이야말로 맨날 반장님한테 꼬리치면서 무슨 소리람. 하지만 손튼은 그러거나 말거나 해맑게 웃고 있었다. 저게 그러니까 어젯밤 살인범을 만나면 체포하는 대신 죽여 버리겠다고 한 그 우리 막내가 맞는 거지?

그때 반장님이 나를 돌아보았다.

"레일미어, 가는 김에 너도 같이 다녀와라."

"전 별로 왕자님 구경하고 싶은 생각 없는데요."

"누가 구경하러 가랬냐? 가서 유족들 만나 보고 혹시라도 대문호와 원한을 진 사람이 있었는지, 근래에 수상한 사람이 기웃거리진 않았는지 물어보고 와. 원고에 대해서도 알아보고."

"아, 네."

"그리고 뭔가 빠진 거 같은데…… 그렇지, 머독 경위."

머독이 재빨리 차렷 자세를 취했다.

"네, 반장님."

"그 배우 만났다. 네 머리를 치고 달아났다던 배우. 유족들하고 같이 병원에 와서는 누구보다도 큰 소리로 당장 주검을 내놓으라고 하더구나."

"러세스요? 러세스가 거기 있었단 말입니까? 그런데 왜 체포해 오지 않으셨습니까?"

반장님은 신문지 끝으로 코끝을 긁으며 말했다.

"뭔가 오해가 있었던 모양이더라고."

"오해요?"

"자긴 그런 짓 안 했다더라. 극장엔 가지도 않았다는 거야. 어제 하루 종일 대문호의 집에서 장례식 준비하는 걸 도왔대. 유족들도 그 점은 확인해 줬다."

나는 머독을 바라보았다. 그도 어리둥절한 표정으로 나를 보았다.

"아니, 그럼 절 공격하고 달아난 건 누구란 말입니까?"

"그거야 모르지. 너도 못 봤다면서."

"하지만 곁에 있던 세라바체 양이……."

"그 아가씨가 분명히 러세스라고 말했단 말이지?"

"분명히라고는 하지 않고, 그런 것 같다고 말하긴 했습니다만."

"하지만 그렇게 가까운 거리인 데다 잘 아는 사람인데 헷갈릴 수가 있을까?"

반장님의 질문에 우리는 잠시 침묵을 지켰다. 이건 또 예상하지 못한 변수인데. 잠시 후 머독이 입을 열었다.

"그럼 둘 중 누군가는 거짓말을 하고 있다는 거군요."

"러세스일 확률은 적어. 그쪽엔 증인이 너무 많아."

"그럼 세라바체 양이……."

견디다 못한 내가 입을 열었다.

"세라바체 양이 굳이 거짓말을 할 이유는 없잖습니까?"

스스로 느끼기에도 어조가 너무 날카로웠다. 사건에 개인적인 감정이 끼어들어서는 안 되는데.

반장님은 착잡한 눈길로 나를 바라보았다.

"한 가지 있을 수 있지. 머독 경위를 공격하고 달아난 상대를 보호하기 위해."

"그녀가 그럴 이유는……."

"충분히 있어. 대답해 봐라, 레일미어. 만약 세라바체 양이 거짓말을 했다면 이유가 뭐겠냐?"

나는 어젯밤 방 앞에서 단호하게 두 손을 내밀던 세라바체 양의 모습을 떠올렸다. 그런 그녀가 거짓말을 했다고? 하지만 왜?

"그 상대가 자기가 아끼는 사람일 경우……겠죠."

"그래, 정말로 착각한 게 아니라면 말이지."

하지만 세라바체 양이 거짓말을 해서까지 보호할 만한 상대가 대체 누굴까? 게다가 그 상대는 어째서 러세스의 방에 들어가 있다가 경시청 직원이 나타나자 자기 정체를 숨기고 도망친 걸까?

가장 먼저 머릿속에 떠오른 인물은 로만 아이넨이었다. 하지만 이내 고개를 저었다. 그런 방법은 로만답지 않다. 그라면 매끄러운 말로 충분히 자기가 그 방에 있던 이유를 설명할 수 있었을 것이다.

그 외에 세라바체 양이 아끼는 사람이라면…… 모르겠다. 그녀가 누굴 아끼는지 정말로 모르겠어.

"오늘 시간 되는 대로 그 여자한테도 좀 들르는 게 좋겠다."

"알겠습니다."

"아니, 너 말고 머독."

"네? 왜요?"

반장님이 눈을 가느다랗게 뜨고 나를 바라보았다.

"정말로 몰라서 묻냐?"

"아니, 물론…… 하지만 제가…… 감정은 이제……."

그러나 반장님의 표정이 단호했기에 어쩔 수 없이 고개를 숙였다.

"알겠어요, 젠장."

"그럼 손튼과 레일미어는 대문호의 집에 가고, 머독은 극장에 가서 그 아가씨하고 하인들을 만나서 이야기 좀 들어 봐라."

"네."

"그럼 이제 문제는 그놈의 뱀파이어인지 뭔지 하는 백작인데…… 어떻게 만나야 할지 감이 안 잡힌다. 밤이 아니면 절대

모습을 드러내지 않는다고 하고, 나랏일을 하는 사람들한테도 만나고 싶으면 몇 주 전에 약속을 잡으라고 하니."

"가서 약속 잡았다고 우기면 되죠. 오늘 밤에 제가 가겠습니다. 대신 차 한 대는 내주세요. 그 절벽 꼭대기까지 걸어서 올라가고 싶진 않다고요."

내가 선수 쳐서 말했으나 머독도 한 걸음 앞으로 나섰다.

"제가 가겠습니다. 귀족을 상대할 때는 제가 레일미어 경위보다 낫지요."

반장님은 손을 들어 우리를 진정시켰다.

"야근을 꼭 시켜 달라는 너희들의 의지에 눈물이 날 지경이구나. 알았다. 경시청 차량 빌려줄 테니까 둘이서 같이 가라. 그게 제일 좋겠다."

반장님의 말이 끝나고 그만 나가려는데 누군가 내 앞을 가로막았다. 찻잔을 들고 있는 쥬안 양이었다. 그제야 그녀에게 차를 타다 달라고 했던 게 기억이 났다.

"아, 미안. 그런데 아무래도 지금 바로 나가야……."

그런데 기분 탓인지 뒤통수가 무척 따가웠다. 또 머독인가? 내가 지금 이걸 안 마시면 하녀 취급해 놓고 또 무시하는 천하의 나쁜 놈이 되는 건가?

어쩔 수 없이 그 뜨거운 차를 단숨에 들이켜야 했다. 입천장이 다 까지고 목구멍까지 홀라당 타는 기분이었다.

"컥, 고마워. 잘 마셨어."

"별말씀을요."

나는 눈물까지 그렁그렁 맺힌 채 쥬안 양에게 감사 인사를 했다.

아니, 그런데 또 써. 차가 또 쓰다고. 뭔지 몰라도 내가 쥬안 양한테 무슨 큰 잘못을 저지른 게 틀림없다. 도대체 나 왜 미움 받는 거냐고!

4. 왕자님의 조문과 푸른 장미

"선배님이요? 글쎄요. 쥬안 양한테 특별히 실수한 건 없어 보였는데."

대문호의 집으로 가는 동안 전차 안에서 조심스레 손튼에게 물어보았지만 손튼은 전혀 감을 못 잡겠다는 표정이었다.

"어쩌다 보니 실수가 겹쳤나 보죠. 쥬안 양이 아무 이유 없이 누구 미워하고 그럴 사람으로 보이진 않는데요."

"그런 거지? 내가 과민한 거겠지?"

"네. 아무래도 3년간의 짝사랑이 선배님을 많이 소심하게 만든 거 같네요. 뺨 맞은 충격이 크셨던 건지……"

"그 소심한 선배의 주먹맛 좀 보고 싶냐?"

실없는 소리들을 하며 대문호의 집에 도착한 우리는 그 앞에 줄을 서 있는 어마어마한 인파를 보고 놀라지 않을 수 없었다.

"설마 이 많은 사람들이 다 조문객이야?"

"아무래도 그런 거 같은데요."

우리는 저택으로 들어가기 위해 인파를 헤치고 가야 했다. 줄을 서 있던 사람들은 신경질을 내다가 우리가 입은 제복을 보고는 눈빛을 달리했다. 그중 한 여성은 이렇게 묻기도 했다.

"대문호께서 독살당했다는 게 사실인가요?"

"아직은 아무것도 말씀드릴 수 없습니다, 부인."

"말할 수 없기는, 우리도 신문이란 걸 본다고요."

"그럼 신문에 나온 대로 믿으시면 되겠네요."

간신히 그들을 헤치고 입구에 도착하고 나서야 사람들이 그렇게 모여든 이유를 어느 정도 알 수 있었다. 진을 치다시피 입구에서 기다리고 있던 남자들이 이런 대화를 나누는 소리가 들렸기 때문이다.

"확실히 왕자님이 오시긴 하는 거야?"

"그렇다니까. 알 만한 사람들은 벌써 다 안다고."

"그나저나 자네도 보물찾기에 동참할 건가? 상금이 무려 5만 제르라는데……."

겨우 집 안으로 들어가고 나서야 손튼이 퉁명스레 중얼거렸다.

"사람들은 이 모든 게 축제라도 되는 것처럼 여기네요."

"너도 왕자님 보고 싶다고 여기 왔잖아."

"그렇긴 하죠. 하지만 보물찾기라니, 오세이번 경의 마지막 원고는 결코 값을 매길 수 없이 높은 문학적 가치를 지니고 있는……."

손튼이 하는 말을 반쯤 흘려들으며 고인이 계신 방으로 향했다. 멀리 반만 열린 관 뚜껑 아래로 오세이번 경의 얼굴이 보였다. 부검 때문에 걱정했는데 다행히 정갈하게 옷을 입혀 놓은 상태였다.

유족들이 관 옆에 서서 조문 온 사람들에게 하나하나 인사하고 있었다. 사람들은 들고 온 꽃이나 초콜릿 등을 내려놓았다. 모두가 나가면서 울고 있었다. 그때 훌쩍거리는 소리가 들려 고개를 돌려 보니 방금 전까지 멀쩡하던 손튼이 줄줄 울고 있는 게 보였다.

"손튼, 인마. 우리 일하러 왔다."

"알아요. 아는데……."

나는 유족들 가운데 누군가 잠시 자리를 뜨지 않나 확인할 겸 손튼이 울음을 그칠 때까지 기다렸다. 그때 유족들 가운데 한 사람이 우리를 발견하고 다가왔다. 검은 옷을 입은 중년 여성이었다.

"경시청에서 또 무슨 일로 오신 거죠?"

검시 때문에 마찰이 있었던 탓인지 그녀의 어조는 다소 퉁명스러웠다.

"몇 가지 여쭤볼 게 있어서요. 잠깐 시간 되십니까?"

그녀는 유족들을 돌아보더니 고개를 끄덕였다.

손튼을 장례식장에 남겨 놓고 그녀와 함께 옆방으로 자리를 옮겼다. 우선 나에 대한 불신을 해소시켜야 할 것 같아 몇 가지

의례적인 말부터 꺼냈다.

"저는 경시청 강력3반 경위인 레일미어 플린트입니다. 함께 온 친구는 경사인 손튼이고요."

"란돌 부인이라고 부르세요."

"실례지만 고인과는 어떻게 되는 사이죠?"

"둘째 여동생이에요."

"그렇군요. 삼가 조의를 표합니다."

"고맙습니다."

그대로 잠깐 기다렸다가 내가 다시 물었다.

"오세이번 경께서 독살당하셨다는 건 아시죠?"

"물론이죠. 범인은 찾았나요?"

"아직입니다. 그러니 저희를 좀 도와주셨으면 좋겠는데요."

"어떻게요?"

"혹시 범인으로 짐작 가는 사람 없습니까? 평소 고인과 사이가 안 좋았거나 최근 다툰 일이 있었던 사람이요."

란돌 부인은 잠시 생각하는 표정을 짓다가 말했다.

"솔직히 말씀드려 잘 모르겠어요. 대문호께서는 거의 집에 오지 않으셨어요. 극장에서만 살다시피 했죠. 가족들은 그분이 거기서 뭘 쓰고 계셨는지, 어떻게 지내셨는지도 잘 몰라요."

"음, 실례지만 평소 가족분들과의 사이가……."

"나쁘다곤 할 수 없지만 그렇게 살가운 사이도 아니었어요. 대문호께선 원래 가족 일은……."

그녀는 말끝을 흐렸다. 자신의 말이 고인에게 어떤 좋지 않은 영향을 미칠까 염려하는 듯했다. 그나저나 친오빠인데도 꼬박 꼬박 대문호라며 존칭을 붙이는 게 신기했다. 그만큼 낯설다고 해야 할지, 자부심을 느끼고 있다고 해야 할지.

"대문호께서는 무엇보다도 극장과 일을 중요시하셨어요. 그러니 극장에 있는 사람들한테 물어보는 편이 나을 거예요. 극장 장님이나 듀 세비어 씨한테요. 아니면 그 여자도 있겠네요."

"그 여자요?"

"세라바체 아이넨."

란돌 부인은 마치 그 이름이 불쾌한 무엇이라도 되는 양 눈살을 찌푸리며 말했다. 서로 좋지 않은 일이라도 있었나?

"그 밖에는 모르겠습니다. 별 도움이 되지 못해 미안하군요."

"아닙니다. 바쁘고 심란하실 텐데 이런 일로 불러내서 죄송합니다."

"일을 하실 뿐인데요. 장례식이 끝나고 조금 안정되고 나면 다른 가족들에게도 한번 물어보겠습니다. 알려 드릴 만한 것이 있으면 말씀드리러 가지요. 그럼."

그렇게 대화를 끝내고 방을 나오는데 밖에서는 그야말로 예상하지 못한 풍경이 나를 기다리고 있었다. 현관 안으로 막 로만 아이넨과 세라바체 양, 듀 세비어와 프리실라 양까지 들어선 것이다.

딱 마주친 탓에 네 사람 다 나를 바라보았고 나도 그들을 보왔다. 그중 로만 아이넨이 가장 먼저 입을 열었다.

"자네도 와 있었나?"

"여기서 또 뵙는군요."

"마침 잘 만났네. 묻고 싶은 게 있네만 그건 조문 이후로 하지. 기다려 줄 수 있겠나?"

"그러죠."

왠지 무서워지네. 뭘 물어보려고 그러지?

로만 아이넨이 나를 지나쳐 장례식장 안으로 들어갔고 그 뒤를 듀 세비어가 따라가면서 가볍게 목례했다. 나도 그에 화답하고 프리실라 양에게 인사를 건네려 했지만 그녀는 도도하게 무시하고 지나갔다. 마지막으로 세라바체 양이 뒤따랐는데 그녀의 얼굴을 보는 순간 여러 생각이 떠올랐다.

가장 먼저 든 생각은 어째서 머독을 공격한 사람에 대해 거짓말을 했냐는 것이었다. 그러나 입 밖으로 꺼내 묻기 직전 문득 '아가씨가 곤란해하는 것도 모르고 말이야.'라는 반장님의 목소리가 떠오르면서 나를 얼어붙게 만들었다.

"안녕하세요, 레일미어 경위님."

그 순간 세라바체 양이 내 곁을 지나가며 인사했다. 그러나 내 머릿속은 '또다시 눈치 없게 굴면 안 돼. 그녀를 곤란하게 하면 안 돼.'라는 생각으로 가득 차 있어서, 도대체 왜 그랬는지 스스로도 알 수 없지만 인사는커녕 고개를 돌려 그녀를 외면하고 말았다.

순간이지만 억겁 같은 시간이 지나고 나서, 내 인사를 잠시 기다리던 세라바체 양은 그만 걸음을 옮겨 장례식장 안으로 들어가 버렸다. 그제야 얼어붙어 있던 내 몸도 풀렸다.

"와, 다시 봤어요, 선배님."

대체 언제부터 보고 있었던 건지, 울음을 그친 손튼이 다가와 말했다.

"난 그래도 아직 선배님 마음이 남아 있을 줄 알았는데 이제 다 잊으셨나 봐요. 완전히 대놓고 무시하시던데요. 그래도 너무한다, 인사 정도는 받아 주시지."

"무, 무시? 역시 그렇게 보였냐?"

"당연하죠. 누가 봐도 '당신 같은 사람 난 이제 관심 없음. 알은척하지 마시오.'라고 말하는 태도였는데요."

맙소사, 그러려던 건 전혀 아닌데. 나는 장례식장 안으로 들어가 버린 그녀를 돌아보았지만 이제 와 다시 가서 인사하기엔 너무 늦었다. 정말 왜 이렇게 꼬이는 거람.

그때 바깥에서 웅성거리는 소리가 들려왔다. 창밖을 내다본 손튼이 말했다.

"왔네요, 선배님. 도착했어요."

드디어 왕자님이 도착하신 모양이었다. 그렇게 기대할 땐 언제고 손튼의 목소리가 생각보다 담담했다. 우리는 그럴 생각이 전혀 없음에도 왠지 모르게 마중을 나가는 듯한 모습으로 현관의 커다란 문을 열어젖혔다.

"어?"

아니, 저게 뭐야. 대체 저게 뭐냐고?

내가 상상한 왕자님의 등장은 왠지 검소한 모습으로, 검은색 차에서 단출하게 시종 하나만 데리고 멋쩍은 듯이 내리는 장면이었다. 그런데 전혀 아니었다!

갈라선 인파 사이로 차들이 줄지어 늘어서 있는데 적어도 스무 대는 넘어 보였다. 맨 앞에 서 있는 차만 해도 최고급 종인데다 왕가의 깃발에 왕가의 문양에…… 게다가 그 뒤의 차들도 만만치 않은 화려함을 자랑하고 있었다.

운전기사들이 먼저 차에서 내리더니 차 입구에서부터 붉은 양탄자를 굴려 길게 쫙 깔았다. 그중 하나가 대문호의 집 현관까지 뻗어 오는 것을 보고 나는 할 말을 잃었다.

"과연 왕족은 뭐가 달라도 다르네요."

손튼이 순수하게 감탄하는 소리를 냈다. 저게 감탄할 만한 일이냐? 이게 장례식에 어울리는 풍경이냐고?

흰 가발에 고급 정장을 입은 시종들이 양탄자의 양옆에 쭉 정렬했다. 그들 중 특출하게 더 귀족스러워 보이는, 시종장으로 추정되는 남자가 맨 앞에 서 있던 차의 뒷문을 공손히 열었다.

약간의 시간을 두고 드디어 번쩍거리는 검은 구두 하나가 모습을 드러냈다. 차의 발판을 차분히 밟으며 내려선 그 검은 구두의 주인은…… 어라, 저 사람이 왕자?

한 올 한 올 셀 수 있을 정도로 결 좋은 은발의 머리카락을 휘날리는 우리의 왕자님은 생각보다 나이가 지긋해 보였다. 여왕님께서 장수하고 계시긴 하지만 동화책에 나오는 젊은 금발의 왕자를 상상했던 내겐 약간 뜻밖이었다. 기분 탓인지 사람들의 웅성거림도 잠깐 수그러든 것처럼 느껴졌다. 하지만 그러거나 말거나 왕자님은 제법 침중한 얼굴로 대문호의 집을 올려다보았다.

그때 저택에서 누군가, 아니, 누군가들이 나를 밀치며 뛰쳐나왔다. 그러곤 마치 누가 더 자기 무릎을 맹렬히 박살 낼 수 있는지 경쟁하는 듯한 기세로 양탄자 위에 무릎을 꿇었다.

"존엄하고 존귀하고 강명하신 분께서 누추한 곳까지 친히 방문하여 주셨으니 이를 가문의 무한한 영광으로 생각하는 바입니다. 돌아가신 저희 형님도 하늘에서 무척 기뻐하고 계실 겁니다. 그를 대신하여 감사의 말씀을 올립니다."

대문호의 유가족들이었다. 아무리 왕족이라도 조문을 온 사람에게 저 정도로 굽힐 필요는 없을 텐데, 왠지 좀 불편한 기분이 들었다.

"일어나시오. 이렇듯 요란한 모습으로 등장하여 미안하게 생각하오. 오세이번 경은 온 국민의 사랑을 받았던 위대한 작가이고 그 죽음은 말할 수 없이 커다란 국가의 손실이오. 해서 궁의 관료와 귀족들 모두 그분을 조문하기 위해 앞다투어 달려온 까닭이라오."

"거듭된 영광이옵니다."

아하, 뒤에 줄지어 있는 차들은 그래서였군.

귀족들은 왕자님 뒤에 열을 맞춰 붉은 양탄자를 밟고 서 있었다. 적당한 인사말을 나눈 왕자님은 유족들의 안내를 따라 집으로 들어갔다. 귀족들까지 뒤를 이어 다 들어가고 나자 왕실 경비병들이 현관문을 쾅 닫고는 양옆에 늘어섰다. 마치 들어갈 사람 있으면 들어가 보란 듯한 태도였다.

줄을 서서 조문을 기다리던 방문객들은 불만을 제기하기는 커녕 화려한 차와 시종들의 제복을 구경하느라 정신이 없었다.

"우리도 들어가자, 손튼."

"그래도 될까요?"

"경시청 직원이라는 직함은 이럴 때 쓰는 거야. 나도 갑자기 왕자님 구경하고 싶어졌다."

그렇게 하여 우리는 경비병들에게 당당히 신분증을 제시하고 대문호의 독살 및 원고를 찾기 위한 수사를 명목으로 안으로 들어갈 수 있었다.

왕자님을 비롯한 귀족 무리는 오세이번 경의 관 주위에 줄을 서 있었다. 가장 먼저 조문을 마친 왕자님은 유족들에게 다가가 잠시 이야기를 나누었다. 그러다 무슨 이야기를 했는지 란돌 부인이 눈물을 훔치는 모습이 보였다.

"굉장히 매너 좋은 왕자님 같네요."

"실망 안 했냐?"

"실망이요? 생각보다 근사해서 놀랐는걸요. 사실 웬 얼굴만 미끈한 녀석이 거들먹거리며 나타나 형식적으로 얼굴 비치곤 사라질 거라 생각했어요."

"너 인마, 왕자님 구경하고 싶다더니 그런 걸 보고 싶었던 거야?"

손튼은 어깨만 으쓱였다. 그의 말마따나 겉보기에 왕자란 사람은 친절한 노신사처럼 보였다. 그래도 말은 해 봐야 아는 거고, 뭐 그럴 기회도 없겠지만.

그때 왕자가 로만 아이넨과 따로 인사를 나누는 모습이 보였다. 그러고 보니 로만은 궁에서 몇 번 공연을 한 적이 있으며 왕가와도 친분이 있다고 했다. 내가 아는 사람이 왕자와 아는 사이라니 기분이 이상했다. 그런데 다음 순간 왕자가 세라바체 양의 손에 진하게 입을 맞추었다.

"저, 저, 어디서 늙은 입술을 귀한 손에다 갖다 대는 거야?"

"선배님, 왕자님한테 늙은 입술이 뭐예요."

"아직도 안 떼고 있어!"

"흐음. 선배님, 분명히 마음 다 접으셨다고 하지 않았어요? 지금 보니까 도저히 그 말을 믿을 수가……."

나는 못 들은 척하며 장례식장 안으로 들어갔다. 왠지 왕자의 태도가 거슬리는 데다 도대체 무슨 이야기들을 나누는지 궁금했던 것이다. 별로 품위 있는 행동은 아니지만 사람들을 탐문하는 척하며 엿듣기로 했다. 왕자님은 듀 세비어와 이야기를 나누고 있었다.

"자네가 듀 세비어로군. 자네 아버지를 어찌나 빼닮았는지 한 눈에 알아볼 수 있었네."

"그렇습니까?"

"그래, 그의 젊은 시절과 정말 꼭 닮았어. 로디 세비어 경은 참으로 대단한 배우였지. 궁에 와서도 몇 번 공연을 했는데 나는 언제나 빠뜨리지 않고 참석했다네. 폐하께서 그에게 명예 작위를 하사할 때 나도 곁에 있었지."

"영광스러운 일이군요."

그렇게 대답하는 듀 세비어의 얼굴은 그러나 전혀 영광스러워하는 표정이 아니었다. 나만 그렇게 보이나?

"그러고 보니 요즘은 통 연극을 보지 못했군. 로만, 왜 요즘은 궁에 오지 않는 건가? 내 극장은 언제나 자네에게 열려 있다네."

"부름이 있었다면 언제든 달려갔을 것입니다."

로만이 간단히 응수하자 왕자님이 멋쩍은 표정을 지었다.

"부르지 않은 내 잘못이다 이거군. 조만간 공식적으로 초청을 하지 않으면 안 되겠는걸."

"지극히 감사한 말씀입니다. 오세이번의 죽음에 대한 수사가 끝나고 극장이 안정되면 곧바로 찾아뵙도록 하겠습니다."

"수사라, 그렇군. 독살당했다는 이야기는 나도 오늘 아침에 들어 알았네. 대체 누가 그분에게 앙심을 품었단 말인가?"

그때 왕자님이 문득 시선을 돌리다가 근처에서 서성거리던 나를 발견했다.

"마침 여기 경시청에서 나온 사람이 있군. 그대가 이번 사건을 담당하고 있소?"

"예, 그렇습니다."

사람들 모두 나를 쳐다보았고 얼떨결에 왕자님 앞으로 불려 갔다. 그는 친할아버지라고 착각해도 좋을 만큼 인자한 표정으로 나를 바라보았다.

"수사가 어떻게 진행되고 있는지 말해 줄 수 있겠소?"

"현재 사건 당일 섭취한 독을 확보해 성분을 분석 중에 있습니다. 어떤 경로를 통해 중독되었는지 증거를 수집하여 알아보는 중입니다. 그리고 당시 극장에 남아 있던 사람들을 대상으로 탐문 조사하는 중이고요."

"그렇군. 수사가 제대로 진행되는 것 같아 다행이오. 아무쪼록 하루빨리 우리로부터 소중한 분을 앗아 간 범인을 검거해 주길 바라오."

"미력하지만 최선을 다하겠습니다."

"혹시라도 도움이 필요한 일이 있다면 주저 말고 말하도록 하시오. 왕가에서도 도울 수 있는 일이라면 도울 테니까."

왕가에서라. 글쎄, 아마 그냥 형식상 하는 말이겠지.

"왕자님께서 이렇듯 격려의 말씀을 해 주시는 것만으로도 충분합니다. 현재 경시청 내의 모든 인력이 이 사건에 매진하고 있으니 곧 해결될 것입니다. 너무 심려치 마십시오."

"그것참 든든하군. 국가를 위해 봉사하는 이들이 이와 같이 유능하니 내가 다 뿌듯한 기분이오."

"황송할 따름입니다."

으하하, 내가 생각해도 정말 매끄러운 대답이었다. 자랑스러워하던 나는 로만 아이넨의 가느다란 눈초리와 마주쳤다. 가만있자, 저 표정은…… '이 말만 앞서는 아부쟁이'와 '왕족만 보면 꼬리를 흔드는 머저리' 중에 어떤 거려나. 둘 다인가?

왕자님은 내 어깨를 두드려 주곤 다시 로만 아이넨을 향해 돌아섰다.

"로만, 잠시 따로 할 이야기가……."

왕자님이 로만 아이넨과 함께 사람들이 없는 곳으로 걸어가 이야기를 나누었다. 사실 극장장이 왕가와 친하다는 말은 약간 과장이 들어간 줄 알았는데 저 모습을 보니 진짜인가 보다. 왠지 모르게 전에는 몰랐던 어떤 현실적인 벽이 느껴졌다. 저 사람은 결코 나 같은 사람을 사위로 삼지는 않을 거라는.

"매끄럽게 말씀 잘하시는군요."

곁에 있던 듀 세비어의 말에 나는 그저 어깨만 으쓱했다.

"왕자님치곤 늦었어. 난 실망이에요."

프리실라 양이 작게 투덜거렸다. 내가 그 말에 농담으로 응수하려 할 때 누군가 선수를 쳤다.

"그런 말도 왕실 모독에 해당되지 않을까요? 아마 좀 더 크게 말해 본다면 알 수 있을 텐데요."

나와 듀 세비어, 프리실라 양의 시선이 모두 그녀에게 향했다. 세라바체 양은 마치 '하늘이 참 맑네요.'와 같은 말을 한 사람처럼 평온한 모습이었다.

"뭐야, 그냥 느낌을 말한 것뿐이잖아요."

"여기서조차 당신의 어린애 같은 투정을 듣고 싶지 않아요. 자리를 봐서라도 말을 조심하는 게 어떨까요."

"아이, 짜증 나. 내가 하고 싶은 말도 마음대로 못 해요? 당신한테 말한 게 아니라 듀한테 말한 거라고요. 듀, 당신은 내 의견을 듣고 싶었죠? 그렇죠?"

프리실라 양이 듀 세비어의 팔을 붙잡고 매달리며 애교를 부렸다. 듀는 난감한 얼굴로 말했다.

"두 숙녀분께서는 다툼을 그만하시죠. 조문객들이 바라봅니다."

프리실라 양은 입술을 삐죽 내밀었고, 세라바체 양은 듀 세비어를 힐끗 보더니 자리를 옮겼다. 그리고 내 쪽은 쳐다보지도 않고 지나쳐 귀족들 틈바구니 속으로 들어가 버렸다.

허어, 이거 숙녀분들 사이가 별로 좋지 않네. 내가 세라바체 양을 쫓아다니던 때엔 못 느꼈던 부분인데, 그 후에 틀어진 건가?

나는 설명을 요구하는 눈으로 듀 세비어를 바라보았다. 하지만 그는 관여하고 싶지 않다는 표정으로 고개를 돌릴 뿐이었다. 하기야 그하고는 고작 나인볼을 한 번 쳐 봤을 뿐이니 나중에 러세스나 다른 사람에게 물어봐야겠다.

잠시 후 왕자님과 로만 아이넨이 되돌아왔다. 왕실에서 공식 초청을 받았으니 기뻐할 줄 알았는데 로만 아이넨의 표정은 아까보다 굳어 있었다. 아무튼 자기 감정 안 드러내는 사람이라니까.

"이제 그만 돌아가야겠군."

"벌써 가십니까?"

"다른 조문객들의 시간 빼앗는 일은 그만해야지. 나 때문에 다들 밖에서 기다리고 있잖나. 다들 만나서 즐거웠다오."

왕자님은 남자들과는 악수를 하고 프리실라 양의 손에는 입을 맞추었다. 그러곤 잠시 누군가를 찾듯 주위를 두리번거렸다. 눈치를 챈 것인지 로만 아이넨이 손짓으로 저만치 가 있던 세라바체 양을 불렀다.

그 짧은 사이 기분을 가라앉힌 건지 세라바체 양이 무표정한 모습으로 돌아왔다. 왕자님은 그녀의 이름을 부르곤 부담스러우리만치 길게 손에 입을 맞췄다……라는 건 아마도 질투심이 불러일으킨 내 착각이겠지.

귀족들은 들어왔을 때와 마찬가지로 줄을 지어 왕자님의 뒤를 따라 나갔다. 유족들도 맞이했을 때와 마찬가지로 바깥까지 배웅을 나갔다. 그사이 운전기사들이 대체 무슨 신묘한 솜씨를 부린 건지 차의 방향이 올 때와 정반대로 바뀌어 있었다. 사람들도 잔뜩 몰려 있는 그 좁은 골목에서 차를 어떻게 돌린 거지? 대단하다. 왕궁은 운전기사들도 일반 사람들과 다른가 보다.

차가 출발하자 사람들이 손을 흔들었다. 유족들도 차가 사라질 때까지 제자리에서 미동 없이 바라보고 있었다. 나도 별생각 없이 그 모습을 보고 있는데 옆에서 다 죽어 가는 목소리가 들려왔다.

"선배니임……."

"어, 손튼. 어디 있었냐?"

"어디 있었냐고요? 선배님 바로 옆에! 뒤에! 근처에서 내내 서성거렸는데 혼자만 왕자님하고 인사하고, 혼자만 왕자님하고 악수하고! 다 이를 거야. 선배님이 왕자님 앞에서 누구보다도 아양을 떨었다고 강력반에 돌아가서 다 말할 거예요!"

"입 다물어, 손튼. 제발 이런 데서 소리 지르고 그러지 마."

"선배님은 왕가의 읍! 읍읍읍읍!"

알아, 다 안다, 네 마음. 무슨 말하는지 다 들리는 것 같아.

돌아가는 길에 대화를 나눌 겸 로만 아이넨이 차에 태워 주겠다고 했다. 나도 북적북적한 전차를 또 탈 생각을 하니 지치던 참인데 반가운 이야기였다.

첫 번째 차에는 나와 로만 아이넨과 세라바체 양이 타고 손튼은 두 번째 차에 듀 세비어와 프리실라 양과 함께 타기로 했다. 손튼은 그 이야길 듣고 기절할 듯한 표정을 지었다. 제발 손튼이 차 안에서 경시청 직원의 품위를 떨어뜨릴 만한 행동(침을 흘린다든가)을 하고 있지 않기만을 바랄 뿐이다.

"요즘 꽤 바쁘게 뛰어다니는 것 같더군, 레일미어."

"그렇죠. 이제 단순한 도난 사건이 아니니까요."

"어젯밤에 극장에 왔던 것도 그 때문이었나?"

나도 모르게 시선이 세라바체 양에게 향했다. 하지만 그녀는 대화에 전혀 관심 없다는 태도로 창밖을 내다보고 있을 뿐이었다.

"겸사겸사죠."

"수사가 전부가 아니었단 말이로군. 세라도 만나고 간 건가?"

"일부러 그런 건 아니고 어쩌다 보니 마주쳤습니다. 설마 한밤중 둘만의 밀회를 아버님께 말씀드렸을 줄은 몰랐습니다만."

세라바체 양이 시선을 잠시 내리깔았다. 하지만 여전히 우리 쪽은 바라보지 않았다. 로만 아이넨은 표정 하나 변하지 않고 말했다.

"딸애는 말하지 않았어. 방금 내 질문에 자네가 세라를 쳐다보는 것을 보고 알았지."

젠장, 능구렁이 같으니.

"별일은 없었습니다. 사건에 대해 몇 가지 물어본 게 다예요."

"용건이 뭐든 다음부터 극장에 방문할 때는 내게 미리 말해 줬으면 좋겠네. 특히 그런 야심한 시각에 방문할 땐 말이지."

"글쎄요, 그런 약속은 못 드리겠습니다만."

로만 아이넨의 눈썹이 꿈틀거렸다.

"못 하겠다고?"

"아시다시피 지금은 살인 사건을 수사 중이라서요. 현장을 방문할 때마다 일일이 허락을 받을 수는 없습니다."

"왜, 미리 알리면 내가 증거라도 감출까 봐?"

대답하지 않고 바라보자 로만이 입가에 가느다란 미소를 띠었다.

"그날 그 자리에 있었던 누구라도 용의자가 될 수 있다는 걸 아네."

"그걸 안다면 이해해 주시죠."

"레일미어, 레일미어. 실망스럽게 굴지 말게. 자네도 3년 동안 극장을 들락거렸으니 잘 알 거 아닌가. 내가 지금 내 친구를 살해하고 그의 원고를 감춘 다음 자네에게 찾아 달라고 부탁하는 것처럼 보이나?"

"누구든 극장장님을 잘 안다고 말하는 건 교만일 겁니다. 제가 보기엔 절대로 파악할 수 없는 분이거든요."

"칭찬은 아니로군."

그 순간 세라바체 양이 고개를 홱 돌려 나를 똑바로 노려보았다. 나는 그 눈빛에 움찔했다. 자기 아버지를 나쁘게 말해서 화가 난 건가?

"이해하세요, 아버지. 여기 계신 레일미어 경위님은 만나는 사람은 누구든 일단 범인으로 의심하고 보는 분이시니까요."

"……제가 경위로서의 직무를 다하려는 것이 그리도 거슬리셨습니까?"

하지만 그녀는 대답하지 않고 다시 창밖으로 고개를 돌렸다. 로만은 딸의 모습을 생경하다는 듯 쳐다보다가 다시 내게로 시선을 돌렸다.

"보아하니 세라마저 의심했던 모양이군. 알겠네. 자네가 단지 자네 일에 열심일 뿐이라면 관여하지 않겠어."

"이해해 주셔서 감사합니다."

"하지만."

로만 아이넨의 목소리에 힘이 들어갔다. 이게 본론이로군. 나는 긴장한 채 그의 다음 말을 기다렸다.

"만약 우리의 시계가 4년 전으로 되돌아간다면 말이지……. 전에도 말했지만 그때는 내가 자네에게 계획했던 것들을 실행할 거야."

등 뒤로 식은땀이 흐르는 기분이었다. 그때 극장에서 그가 뭐라고 말했더라? 대부분 살해한다는 계획?

"허, 허허. 경시청 경위를 상대로 농담도 심하십니다."

"농담하는 것처럼 보이나 보지?"

로만 아이넨은 눈도 깜빡이지 않고 나를 바라보았다. 제발 그렇게 무표정하게 바라보지 않았으면 좋겠다. 최소한 미소를 짓든지, 아니면 눈동자에 장난기라도 띠었으면 좋겠다. 그 말이 진심이라고 믿기 전에.

"대문호께 평소 좋지 않은 감정을 가진 자가 극장 내에 있었습니까?"

내가 대답 대신 뜬금없이 질문을 던지자 로만 아이넨이 눈살을 찌푸렸다.

"갑자기 무슨 소리야?"

"살인 사건에 대한 정보를 묻고 있는 중입니다만."

"그런 사람은 없네. 내가 알기론."

로만 아이넨은 내게서 시선을 거두곤 자동차 시트에 몸을 깊이 기대었다. 문득 우리들의 과거에서 빠져나와 다시 현실로 돌아온 듯한 느낌이었다.

"돈이 관련되어 있다든가, 어떤 다른 이해관계는요?"

"이해관계라고 하자면 계약주인 나 정도겠지. 나에 대한 의심이 점점 깊어지는 건가."

"모든 가능성을 생각해 봐야 하니까요. 참, 그리고 5만 제르는 어떻게 된 겁니까? 왜 우리가 찾게 놔두지 않고요?"

"난들 백작님의 마음을 알겠나. 아마 조바심이 난 거겠지."

"원고가 백작에게 그렇게 중요합니까? 그러고 보니 대문호께서 돌아가신 그날 밤 백작도 극장에 방문했더군요. 그때 누굴 만나러 왔던 겁니까?"

"날 만나러 왔었다네. 하지만 또 모르지. 돌아가는 길에 잠깐 오세이번의 방에 들렀는지도."

"그분과 헤어졌을 때가 몇 시쯤이었죠?"

내가 수첩을 꺼내 받아 적을 준비를 하자 로만이 쓴웃음을 지었다.

"대화가 아니라 취조를 하러 차에 탔구만. 가만있자, 자정이 조금 넘은 시각이었던가. 확실치 않군."

"방문 목적은요?"

"개인적인 일이네. 그것까지 말할 필요는 못 느끼겠군."

그렇다면 어쩔 수 없지. 자정이 조금 넘은 시각이라. 문지기인 도슨은 백작이 자정에 극장에 도착해 반 시간 정도 있다가 돌아갔다고 말했다. 그렇다면 로만과 만났다가 금방 헤어지고 나서 약간의 시간이 있다는 건데.

하지만 도슨의 기억이 분 단위로 정확하다고 볼 수도 없고 로만도 마찬가지다. 어느 정도 오차를 생각한다고 해도 길어야 5분에서 10분 정도의 시간이 비어 있을 뿐이다. 그 시간 안에 대문호를 살해하고 원고를 가지고 도망친다는 게 가능할까?

불가능하지는 않다. 만약 사전에 철저히 계획해서 미리 독을 준비해 가고 금고 속에 비밀 공간이 있다는 걸 알았다면 말이다. 하지만 백작씩이나 되는 사람이 정말로 누군가를 죽일 마음이었다면 직접 자기 손을 썼을까?

"그런데 혹시 알고 계셨습니까? 대문호의 금고에 비밀 공간이 있다는 걸요."

기습적으로 질문을 던지며 로만의 표정을 주의 깊게 살폈다. 그의 얼굴에 드물게 놀라움이 떠올랐다.

"무슨 소린가, 그게? 비밀 공간?"

그제야 세라바체 양도 고개를 돌려 우리 대화에 귀를 기울였다.

"금고 속에 또 다른 공간이 있더군요. 겉으로 보이는 금고는 눈속임이었습니다."

"그건 몰랐네. 거기에 원고가 있던가?"

"아뇨, 없었습니다."

"저런."

로만은 탄식하듯 한숨을 내쉬더니 잠시 후 말했다.

"그럼 범인은 그 사실을 알았단 말인가? 나도 몰랐던 사실을?"

"그런 것 같습니다. 그렇기 때문에 생각보다 매우 가까운 인물일 수 있는 거죠."

"유족들, 유족들은 조사해 보았는가?"

"그들은 그날 극장에 방문한 적이 없습니다. 문지기 도슨이 확인해 줬습니다. 그리고 관계가 소원한 정도였지 특별히 원한을 진 일은 없다던데요. 무엇보다 어차피 원고는 유족들의 손에 떨어질 텐데 왜 굳이 훔쳐 간단 말입니까."

몸을 내 쪽으로 기울이고 있던 로만은 실망스러웠는지 뒤로 물러났다. 내 생각에 교류가 거의 없었다는 유족들은 혐의점이 없다. 나는 개인적으로 범인이 극장 내의 누군가일 거라고 확신하고 있었다. 하지만 로만에게 굳이 그것을 말해 주진 않았다.

"그런데 자넨 그걸 어떻게 알아냈지? 금고 안에 비밀 공간이 있다는 거 말이야."

세라바체 양이 긴장한 듯 나를 바라보았다. 나는 잠시 그녀의 눈치를 살피다 대답했다.

"혼자 조사하다가 우연히 알아냈습니다."

"그런가?"

로만은 어딘지 석연치 않다는 눈으로 나를 바라보았지만 더 이상 아무것도 묻지 않았다.

차는 대문호의 시신을 부검한 병원 앞에 나를 내려 주었다. 로만에게 고맙다고 인사하고 세라바체 양에게도 작별 인사를 건넸으나 역시 태연하게 무시당했다. 아까 내가 본의 아니게 인사를 받아 주지 않은 일 때문인 거 같은데, 저 분노가 언제까지 갈지 생각하면 무섭다.

"선—배—님, 세상은 왜 이렇게 아름다운 걸까요?"

프리실라 양과 듀 세비어의 차에서 내린 손튼은 혼잣말을 중얼거리면서 제자리에서 빙글빙글 돌고 있었다. 아무래도 나와는 달리 마차 여행이 퍽 즐거웠던 모양이었다.

"좋았나? 대화 많이 했고?"

"아뇨, 한마디도 안 했는데요. 듣기만 했어요."

"뭐? 그날 알리바이에 대해서라도 물어보지 그랬어."

"그냥 보고 있는 것만으로도 머릿속이 새하얘지더라고요. 선배님은 모르시죠? 프리실라 양이 말할 때 억양이 얼마나 귀여운 줄 아세요? 귀가 녹아 버리는 것만 같아아야야야."

나는 사랑하는 후배의 녹아 버린 귀를 꽉 붙잡고는 병원 안으로 들어갔다. 마침 대기실 앞에 반장님이 서 있었다.

"벌써 왔나?"

"성분 결과는 나왔어요?"

"식물성 마약 성분이라는데 치사량을 한참 넘겼단다. 더군다나 심장이 약하신 분이니 감당할 수 없었겠지. 먹자마자 금세 반응이 왔을 거래."

"수집한 증거품 중에서 같은 성분이 나온 건요?"

"단 하나, 여기에서만 나왔다."

반장님이 투명한 봉지에 든 뭔가를 보여 줬다. 커피 잔은 아니고 구겨진 종이 쪼가리 같은 것이었다. 그걸 보는 순간 짐작 가는 바가 있었다.

"초콜릿 껍질인가요?"

"그래. 재밌는 게 뭔지 아냐? 그날 감식반이 대문호의 방에서 수집한 것 중에 초콜릿 껍질은 하나도 없었어. 이 껍질은 대문호가 죽을 당시 입고 있던 옷 주머니 속에 딱 하나 남아 있던 거야. 초콜릿을 먹고 무심코 집어넣은 거지. 검시관이 말하길 초콜릿 하나로는 그 정도 치사량이 나오기 어렵다더라. 즉 대문호는 몇 개의 초콜릿을 더 섭취했을 거란 말이지. 그렇다면 나머지 껍질들은 어디로 갔을까? 휴지통에도 없었다는데."

"범인이 먼저 치운 거군요. 오세이번 경의 죽음이 알려지기 전에."

"그래. 어쩌면 대문호에게 초콜릿을 건네고 그걸 먹는 모습까지 지켜보고 있었는지도 모르지. 그분이 돌아가신 뒤 원고와 증거를 챙겨 나왔을 테고."

"역시 극장 안의 누군가일 겁니다."

"아직 속단하지는 말자. 이 초콜릿을 추적해 보면 단서를 얻을 수 있을 거야. 껍질에 가게 이름이 쓰여 있더라."

내가 증거품을 살펴보는 동안 반장님이 물었다.

"푸른 장미에 대해서는 알아봤나?"

"아직이요. 갑자기 살인 사건이 되는 바람에 경황이 없어서…… 초콜릿 가게를 찾는 김에 꽃집도 들를게요."

반장님의 말에 뜨끔해서 변명하는데 문득 옆에 있던 손튼이 해맑은 얼굴로 말했다.

"그건 안 하셔도 돼요, 선배님. 제가 그거 어디서 났는지 알거든요. 신문사에 가는 길에 어떤 숙녀분께서 똑같은 걸 들고 있길래 물어봤어요. 그랬더니 샹 드 렐라 극장에서 받은 거래요."

"샹 드 렐라?"

거긴 조 마르지오의 맞은편에 있는 극장이었다.

"잘됐네요. 거기 극장장님과 아는 사이니까 초콜릿 가게 가는 김에 들를게요."

고전과 전통을 중시하는 올드리치의 상징이 조 마르지오라면 새로움과 변화인 뉴리치의 상징은 샹 드 렐라다. 두 극장은 운영 방식이나 상연하는 공연도 극과 극이었다. 따라서 당연히 극장장들 사이도 좋지 않은데, 예전에는 둘도 없는 친구였다는 점이 또 아이러니하다.

조 마르지오가 고풍스러운 고성 같다면 샹 드 렐라는 현대를 상징하듯 휘황찬란하다. 이른바 신기술인 네온이라는 것이 간

판에 달려 있는데, 낮이며 밤이며 쉬지 않고 빛을 발했다.

샹 드 델라가 문을 열던 날 수많은 사람들이 극장 앞에 몰려들어 입을 벌린 채 그 네온이라는 것을 구경했다. 나도 그 무리 중 하나였고.

"우와, 선배님. 저것 좀 봐요. 어떻게 저런 빛이 날까요?"

옆에는 나와 마찬가지로 농땡이 치고 나온 손튼도 있었다.

"흥, 별것도 아니구만. 눈 아프게 저런 건 왜 달아 놨나 몰라."

어째서인지 구시렁거리는 주제에 계속 네온 간판을 쳐다보고 있는 머독도 있었고.

"이야, 저게 뭐냐? 야, 레일미어. 저거 어떻게 저렇게 빛이 나냐? 응? 그것도 몰라? 이런 쓸모없는 경시청 인력 같으니."

나를 타박하는 반장님도 계셨다. 아무튼 처음 봤을 때 그렇게 몰려가서 구경할 정도로 모두가 신기해했다.

다시 봐도 여전히 눈을 떼기 어려운 샹 드 델라의 명물인 네온 간판을 지나 안으로 들어갔다. 입구로 들어서면 일단 지름이 5미터 정도 되는 대형 크리스털 샹들리에가 사람들의 시선을 빼앗는다. 낮이나 밤이나 찬란하게 불이 밝혀져 있는 사치품이다.

2층으로 오르는 계단 양옆에는 약간 뜬금없긴 하지만 이국에서 들여온 사자상이 자리하고 있었다. 그 나라에서는 상당히 귀한 고대 유적이라고 하는데, 그걸 들여오기 위해 극장을 팔아치울 뻔했다고 극장장이 웃으며 말한 적이 있었다.

그렇게 구경하다가 마침 2층에서 내려오던 샹 드 델라의 극장장인 제이 포스모 씨를 만났다. 예전보다 한층 더 푸근해진 배를 내민 채 그가 심드렁하게 말했다.

"조 마르지오가 어떻게 돌아가나 좀 보려고 창밖을 내다보니 자네가 걸어오는 게 보이더구먼. 날 기억하긴 하나? 자네, 사람이 그러는 거 아니야. 우리 세라를 쫓아다닐 때는 그렇게 와서 나한테 조언도 구하고 그러더니만, 사랑이 끝나고 나니까 나도 필요 없다 이거야?"

"아하하, 그런 건 아니고요. 마음을 추스르느라 좀 바빴어요. 죄송합니다."

"미안하면 들어와서 차 한잔하든지 말든지. 괘씸한 자네에게 내 최고급 홍차를 대접할 생각을 하니 벌써부터 속이 쓰리지만 말이야."

포스모 씨는 짐짓 화난 표정을 지었지만 악의 없는 말임을 알기에 나는 웃었다.

샹 드 델라의 주인 포스모 씨는 과거 로만 아이넨과 둘도 없는 친구였다. 하지만 지금은 사이가 틀어져 서로를 원수 취급한다. 사람들은 그가 조 마르지오 바로 건너편에 경쟁 극장을 내버린 까닭일 거라고 짐작하지만 실상은 전혀 그렇지 않다. 나는 아마 사건의 진실을 알고 있는 몇 안 되는 사람 중 하나일 것이고, 진실을 말한다 해도 사람들은 믿으려 들지 않을 거다.

그 일은 거의 10년 전으로 거슬러 올라가는데…… 두 사람은 호형호제할 정도로 굉장히 절친한 사이였기 때문에 로만 아이넨의 딸인 세라바체 양도 포스모 씨에게 조카나 다름없었다. 당시 로만 아이넨은 딸을 귀족가에 시집보낼 만한 숙녀로 만들기 위해 무척 엄하게 키웠고, 그런 아버지 때문에 속상할 때마다 세라바체 양이 찾아간 것은 언제나 자신을 상냥하게 대해주는 포스모 씨였다.

그는 세라바체 양이 원하는 건 모두 들어주었고, 사 달라는 것도 먹고 싶다는 것도 모두 가져다주었다. 이런 사실을 알 리 없는 로만은 자신의 엄한 교육에도 불구하고 딸이 점점 어리광쟁이가 되어 가는 것을 이해할 수 없었다.

그러다 그녀가 12세가 되던 해에 드디어 일이 터지고 말았다. 로만 아이넨의 훈육을 참다못한 세라바체 양이 폭발해서 아버지에게 이렇게 선언해 버리고 만 것이다.

"나 숙녀 안 해! 귀족한테 시집 안 갈 거라고요! 누구하고 결혼할지 이미 결정했어요."

로만 아이넨은 딸의 이 폭탄선언에 하늘이 거의 노랗게 보일 지경이었다.

"결혼 상대를 이미 결정하다니? 대체 어떤 자식…… 아니, 어떤 남자 말이냐?"

그러자 어린 세라바체 양은 수줍게 얼굴을 붉히면서 이렇게 말했다고 한다.

"포스모 아저씨요."

당시 세라바체 양의 나이를 생각하면 정말로 그를 이성으로 봤을 리는 만무하고, 단순히 자신에게 다정한 사람이라서 '나 커서 아빠랑 결혼할래.'와 다름없는 의미였을 것이다.

하지만 어쨌든 로만 아이넨의 이성을 뒤집어 놓기엔 충분했다. 그는 그날로 바로 포스모 씨를 찾아가 절친한 친구에게 이렇게 선언했다.

"다시는 내 딸한테 접근하지 마라, 이 파렴치한 놈아!"

"엉? 대체 무슨 소리야. 왜 그래, 로만?"

"왜 그러냐고? 정말 몰라서 물어? 머리도 벗어져 가는 늙은이가 감히 누굴 넘보는 거야!"

"내 머리 이야기가 지금 왜 나오는…… 아니, 대체 내가 누굴 넘봤는데?"

그러나 머리끝까지 화가 난 로만 아이넨은 자세한 설명 대신 친구에게 폭언만 퍼부었고, 하나같이 포스모 씨에게 아픈 구석이었기에 기어이 포스모 씨도 화가 나고 말았다.

두 사람은 그 후로 다시는 말을 섞지 않았고 그건 포스모 씨가 로만의 오해에 대해 알게 된 후로도 마찬가지였다.

"먼저 사과하러 오기 전엔 나도 먼저 안 찾아가. 흥."

이렇게 두 나이 먹은 아저씨들의 유치한 싸움이 10년이 다 되어 가는 지금까지도 지속되고 있는 것이다.

포스모 씨를 따라 그의 방으로 들어선 나는 전보다 더 화려해진 내부를 보고 놀랐다. 포스모 씨는 돈이 남아도는 만큼 뭐든 최고급을 선호했다. 샹 드 델라는 아마 그의 취향의 궁극적인 형태라고 봐도 무방할 것이다.

집사에게 차 두 잔을 부탁한 포스모 씨는 호랑이 가죽이 깔린 대형 안락의자에 앉으면서 물었다.

"그래, 어떻게 지냈어? 통 소식이 없길래 나는 어디 가서 스스로 목숨이라도 끊은 줄 알았지."

"설마요. 전 연극에 나올 법한 그런 감수성 많은 청년이 못 됩니다."

"그거 아쉽구먼. 그래도 자네 제법 주인공 같았는데 말이야. 세라는 더할 나위 없이 여주인공감이고."

"지금 제가 자살 안 했다고 아쉬워하시는 거예요?"

포모스 씨는 껄껄 웃곤 문득 창밖을 내다보았다.

"근래 도시가 참 정신없이 돌아가더구먼. 오세이번 경의 죽음은 크나큰 손실이야."

"그렇지요. 하지만 포모스 씨에게는 경쟁 극장의 극작가가 사라진 거나 다름없을 텐데요."

"그래서 내가 기뻐하기라도 할 거 같아? 그분은 세라에게 가족이나 다름없는 분이셨어. 그러니 내게도 마찬가지란 말이야."

그의 논리는 막무가내였지만 잠자코 고개를 끄덕이기로 했다.

"그분이 너무 대단해서 우리 극장 작가들이 기를 못 편 건 사실이지. 하지만 이제 달라질 거야."

이렇게 말하며 그가 특유의 표정을 지었다. 입꼬리가 올라간 채 입을 빼쭉 내밀면서 간신히 웃음을 참는 표정이었다. 저 표정이 의미하는 바는 이러했다. '왜냐하면 내가 지금 뭔가 대단한 걸 숨기고 있기 때문이지. 뭔지 궁금하지? 제발 궁금하다고 말해 줘!'

일부러 물어보지 않음으로써 포스모 씨를 놀려 주는 건 꽤나 재밌는 일이지만, 시간이 별로 없으므로 빨리 물어봐 주기로 했다.

"왜 달라진다는 거죠?"

"엄청나게 실력 있는 작가를 새로 영입했거든! 으하하, 로만 아이넨 그놈의 얼굴이 일그러지는 꼴을 하루빨리 보고 싶구먼. 상상도 못 할걸? 오늘 아침 우리 극장에 누가 와서 자기 원고를 주고 갔는지."

나는 그럴 만한 극작가가 이 도시에 남아 있나 정말로 궁금해져서 물었다.

"누군데요?"

"하우스만이라네! 대문호의 제자 말이야."

나도 모르게 신음이 터져 나왔다. 당장이라도 졸도하고 싶은 심정이었다. 포모스 씨는 이런 내 반응을 아는지 모르는지 흥분한 채로 말을 이었다.

"내가 대본을 읽어 보진 않아서 잘은 모르지만 당연히 잘 쓰겠지, 응? 대문호의 하나뿐인 제자니까 말이야. 어때, 레일미어. 자넨 혹시 본 일 있나? 어때?"

어쩌냐고? 정말 뻔뻔하다! 어젠 다시는 이 도시에 모습을 안 드러낼 것처럼 쓸쓸하게 사라지더니, 하루 지나자마자 경쟁 극장으로 와서 계약을 하고 가?

하지만 저렇게나 좋아하며 눈을 빛내는 어린아이 같은 포모스 씨를 보고 있자니 도저히 사실대로 말할 수가 없었다.

"아쉽지만 저도 들은 바가 없어서요. 좋은 작가인지 아닌지 모르겠군요. 아마 판단은 샹 드 델라에 있는 전문가들이 더 잘 하겠지요."

"그래, 그렇겠지? 그가 생각보다 많은 계약금을 요구하긴 했지만 쾌척했다네. 이런 투자에는 자고로 돈을 아끼지 않는 법이니까. 사람은 통이 커야 돼. 로만 아이넨이 이 소식을 듣고 분통을 터뜨릴 생각을 하면 얼마나 통쾌한지. 하하하!"

생각보다 많은 계약금이라…… 으으, 인내심이 한계에 다다르는 기분이다.

"물론 약간 치사하기는 하지. 하지만 지금이야말로 더할 나위 없는 기회라고. 조 마르지오에 적절한 대본이 없는 동안 샹 드 델라에서 크게 연극을 공연하는 거야. 돈을 많이 들여서 무대도 화려하게 하고, 배우도……."

꿈에 부풀어 이것저것 이야기하던 포스모 씨의 얼굴에 갑자기 그림자가 드리워졌다.

"배우가 문제야. 배우가 씨가 말랐어. 더도 말고 덜도 말고 딱 듀 세비어 같은 배우가 나타나 준다면 좋을 텐데 말이야."

"그런 사람이 둘이긴 어렵죠."

"확실히 그 자작부인이 이성이 나갈 만하지. 그녀가 듀 세비어의 면전에서 자기 사랑을 증명하겠다고 목을 그어 버린 거 아냐?"

"알죠. 한동안 얼마나 떠들썩했는데요."

"더 놀라운 건 쉬머 자작이야. 그런 일이 있었는데도 부인을 버리지 않고 끝까지 돌봤다니까. 참 속도 좋지. 그런 게 진정한 사랑일까? 난 모르겠어, 레일미어."

나도 잘 모르겠다. 만약 내가 세라바체 양의 남편인데 세라바체 양이 그런 짓을 했다면 쉽게 용서할 수 있을까? 물론 전제 조건부터가 불가능한 상상이긴 하다만.

"아무튼 듀 세비어는 콧대가 너무 높아. 내가 아무리 높은 가격을 불러 줘도 오질 않는다니까."

"벌써 영입을 시도해 보셨군요?"

"흠흠, 프리실라는 어떻게 잘 설득하면 넘어올 것도 같은데 말이야. 그렇지만 듀 없이는 의미가 없어서."

그의 말을 듣다 보니 문득 러세스가 생각나서 물었다.

"러세스는요? 그에게 남자 주연 자리를 제안하면 설득할 수 있을지도 모릅니다. 조 마르지오에서는 계속 듀 세비어에게 밀리고 있어서요."

"러세스라. 뭐, 나쁘진 않다만 이미 다이아몬드를 발견한 자가 금가루에 관심이 가겠나."

불쌍한 내 친구. 고작 금가루 취급이로군.

"그나저나 수사는 좀 진전이 있어? 독살이라는 얘길 듣고 깜짝 놀랐어."

"조금은 있다고 할까요. 사실 그것 때문에 방문드린 것이기도 합니다. 이곳에서 손님들한테 푸른 장미를 나눠 준다는 게 사실입니까?"

"푸른 장미?"

포스모 씨가 놀란 듯 반문했을 때 집사가 마침 트레이를 들고 나타났다. 홍차 주전자와 찻잔, 간단한 간식거리, 그리고 내가 찾던 바로 그 푸른 장미가 장식으로 놓여 있었다.

"이거예요! 이 꽃 어디서 난 겁니까?"

집사에게 묻자 그가 어리둥절한 표정을 지으며 포스모 씨와 나를 번갈아 보았다. 포스모 씨가 의아하다는 듯 물었다.

"그건 왜?"

"대답부터 해 주세요."

"화이트헤븐 해변가에서 샀어. 며칠 전 산책을 나갔다가 이걸 파는 노숙자를 발견했거든. 노숙자 주제에 아주 건방져. 매일 정해진 양만 팔고, 돈을 아무리 많이 준다고 해도 더는 안 판다니까? 어쨌든 신기하고 예뻐서 사다가 장식용이나 손님들에게 나눠 주는 용도로 쓰고 있어."

"그럼 혹시 대문호나 조 마르지오 극장의 누군가에게 이걸 주신 적이 있습니까?"

"대문호? 없지. 조 마르지오에 나는 출입 금지인걸. 그런데 왜 묻는 건데?"

설명할 시간도 없을뿐더러 대문호의 금고에서 푸른색 장미가 발견됐다는 사실은 극소수의 몇 명만 알고 있으므로 이야기하지 않기로 했다. 나는 그에게 감사의 말과 사과의 말을 동시에 읊조리고, 뜨거운 홍차를 단번에 마셔서 또다시 입천장을 홀라당 태우고는 샹 드 델라를 나왔다.

눈부실 만큼 새하얀 모래들로 가득한 화이트헤븐은 그레이힐의 관광 명소로 이름날 만큼 아름답다. 하지만 본래 뾰족한 돌덩이밖에 없던 버려진 해안가에 해수욕장을 만드느라 많은 돈이 들어갔다. 세금을 내느라 시민들이 허덕이는데도 시장이 멋대로 강행한 탓에 결국 그는 여왕에게 불려가 이런 벌을 받았다.

"그대가 시작한 일이니만큼 해변의 수명이 다할 때까지 그대가 언제까지고 지켜봐야 할 것이네."

시장은 그날부로 해임당하고 대신 해변가 청소부가 되었다. 요즘도 화이트헤븐 근처에 가면 옛 시장님을 만나 볼 수 있다. 처음에는 사람들도 그를 욕하고 놀렸지만 요즘은 너무 안되어 보여 종종 동전을 던져 주기도 하는 모양이다.(물론 시장님 입장에서는 그게 더 기분 나쁠 수도 있겠다.)

내가 해변가에 도착했을 때는 점심시간이었는지 예전 시장님은 없었다. 대신 산책을 즐기는 사람들이나 대낮부터 밀회를 즐기는 연인들이 몇몇 있을 뿐이었다. 푸른 바다는 부드러이 넘실거리고 멀리 보이는 하얀 절벽들은 언제나처럼 아름다웠다.

바닷바람이 얼굴을 때리고 지나갈 때 문득 작년 봄의 일이 생각났다. 세라바체 양으로부터 뺨을 맞기 바로 얼마 전으로, 스무 번쯤 졸라서 간신히 이곳 해변가로 같이 산책을 나왔을 때였다.

당시 세라바체 양은 아끼던 개가 죽는 바람에 깊은 수심에 잠겨 있었다. 그런 그녀를 달래 주기 위해 일부러 해변가에서 예쁜 강아지들을 모아 놓고 파는 개장수에게 갔다. 새 강아지를 사 주고 싶어서였다.

한데 예뻐하며 고르기는커녕 그녀는 화를 내며 강아지들을 외면하고 지나갔다. 내 딴에는 신경 써서 데려온 건데 그녀가 그런 태도를 보이니 나도 마음이 좋지 않았다. 그렇게 서로 침묵을 꾹 지킨 채로 모래를 밟으며 걷는데 어디선가 사람들의 외침이 들려왔다.

"괴도다! 쉐비악이다!"

그 외침에 고개를 돌려 보니 정말로 쉐비악이 우리가 있는 쪽을 향해 뛰어오고 있었다. 흑백 사진으로만 봤지 실제로 괴도를 본 건 그때가 처음이었다. 밤도둑에 어울리지 않게 화려하게 튀는 옷차림이었는데 금색 실로 수를 놓은 흰옷에 흰 망토,

얼굴에도 흰색의 가면을 쓰고 있었다.

인상적인 건 옷차림이 아니라 그의 동작이었다. 바닷물을 튀기며 도망가는 주제에 움직임이 말할 수 없이 부드럽고 우아했던 것이다. 그래서 괴도도 아무나 하는 게 아니구나 하고 심드렁하게 생각했다.

"저 사람이 쉐비악인가 보네요. 신문으로만 봤는데."

세라바체 양은 괴도가 점점 가까워지는데도 전혀 놀라거나 겁먹지 않고 태연히 중얼거렸다. 그래, 그때부터 아무렇지 않게 총을 뽑을 아가씨라는 걸 알았어야 했는데.

"그렇군요. 그 괴도 쉐비악이네요. 운 좋게 유명 인사를 다 만나는데요?"

"경위님도 도와서 잡아야 하는 거 아닌가요?"

"제 담당이 아닌걸요. 저기 뒤에서 꽁지 빠지게 쫓아오는 사람들 보이시죠? 경시청의 괴도전담반이랍니다. 저 사람들 몫이죠."

"그래도 같은 경시청 직원이잖아요."

"우린 업무 분업이 꽤나 철저하답니다. 그리고 솔직히 말하면, 강력반을 무시하는 괴도전담반 녀석들은 별로 도와주고 싶지 않아요."

그녀는 '흐음.' 하고 고개를 갸웃거리더니 나를 보면서 말했다.

"무시해도 할 말이 없는 거 아닌가 싶네요. 저분들이 저렇게 열심히 뛰어다니는 동안 경위님은 저와 이렇게 노닥거리고 있으니. 그것도 한창 근무 시간인 평일 오후에 말이죠."

그녀의 지적에 할 말이 없어졌다. 아무튼 그렇게 빤히 지켜보는 가운데 괴도는 우리 옆을 여유롭게 지나쳐 갔다. 손에 금과 조가비로 장식된 고급스러운 보석 상자가 들려 있었는데, 나중에 들은 바로는 듀 세비어 사건으로 유명한 쉬머 자작부인이 애지중지하던 것이라고 한다.

지나가면서 괴도가 우리 쪽을 힐끗 보았다. 하지만 곧 관심 없다는 듯 고개를 돌리곤 우아하게 사라져 갔다.

괴도를 본 바로 그 자리에서 나는 포스모 씨가 말한 노숙자를 발견했다. 옷차림은 지저분했지만 얼굴은 나름대로 반질반질했다. 반쯤 널브러진 자세로 모래 위에 방만하게 앉아 있었는데 땅에 둔 바구니에 푸른 장미꽃이 열댓 송이 꽂혀 있었다. 꽃이 팔리든 말든 별 관심이 없다는 듯한 태도였다.

"실례합니다."

내가 다가가자 위를 올려다본 그는 대번에 귀찮다는 표정을 지었다. 나는 경시청 신분증을 보여 주곤 말했다.

"몇 가지 여쭤보려고요. 이 장미꽃 염료로 칠한 게 아니지요? 이런 꽃은 어디서 구해서 팔고 있는 겁니까?"

"그냥 널려 있길래 꺾어 온 건데."

아니, 그런데 왜 반말이야?

"그게 어딘데요?"

"글쎄, 잘 기억이 안 나네."

그는 나를 외면하고 다시 팔짱을 낀 채 관심 없다는 듯 드러누웠다. 별수 없이 그가 기분 좋게 쬐고 있던 햇볕을 막아섰다.

"이런 식으로 나오면 곤란합니다. 저는 현재 살인 사건을 수사 중에 있습니다. 당신이 팔고 있는 그 파란 장미꽃은 꽤나 중요한 증거이고요. 어디서 났는지 알아야겠습니다."

노숙자는 갑자기 떼쓰는 어린애처럼 양팔과 다리를 마구 휘저으며 큰 소리로 신세 한탄을 하기 시작했다.

"아, 억울해라. 경시청의 경위라는 양반이 마음대로 장사도 못 하게 하시네. 나 같은 노숙자는 대체 어디 가서 먹고살아야 한담? 팔고 싶은 것도 마음대로 팔지 못하는 세상에 자유란 대체 어디에 존재하는 거지? 나란 놈은 정말 운도 없단 말이야."

사람들이 지나가며 키들거리거나 수군거렸고, 멋진 경시청 제복을 입고 있는 나로서도 슬슬 부끄러워지기 시작했다.

"이봐요, 그냥 장미꽃이 어디에서 났는지 그 출처만 말씀해 주시면 되는데요."

"내가 말해 주면? 당신도 가서 꺾어다가 팔 거 아냐. 이제 내 구역까지 침범하려고 하시네. 경찰이 불쌍한 노숙자를 억압해서 밥줄을 빼앗아 가려고? 어림도 없지, 어림도 없어."

"그런 생각을 단 1초라도 했다면 이 자리에서 벼락을 맞아도 좋습니다. 당신 밥줄을 내가 왜 빼앗아요?"

"아 몰라, 몰라, 몰라! 귀찮으니까 말 시키지 마."

막무가내로구만. 이쯤 되니 나도 직권을 남용하지 않을 수 없었다.

"그럼 미안하지만 경시청까지 동행해 주셔야겠습니다. 사실 노점상은 불법이거든요."

"하, 이럴 줄 알았지. 이제야 본색을 드러내는구먼."

그는 투덜거리며 자리에서 일어나 바지를 털었다. 그리고 땅에 놓아두었던 바구니를 다시 집었다. 그대로 그의 한쪽 팔을 잡고 연행하려는 순간, 불시에 노숙자가 바구니를 내 얼굴 쪽으로 휘둘렀다.

"억!"

바구니 자체는 그리 단단한 것이 아니었지만 예상치 못한 기습이었던 데다, 어디 가시에라도 찔린 건지 눈이 몹시 따가웠다. 간신히 한쪽 눈을 뜨고 보니 죽어라 내빼는 노숙자의 뒷모습이 보였다.

"저걸 그냥!"

바로 뒤쫓아 내달리기 시작했다. 한쪽 눈으로만 보면서 달리자니 속도도 나지 않고 자세도 부자연스러웠다. 아픈 눈에서는 의지와 상관없이 눈물이 줄줄 흘러내렸다. 그래도 어쨌든 해변가를 벗어나 절벽으로 오르는 언덕까지 겨우겨우 그를 쫓아갔다.

언덕을 지나자 절벽은 점점 가팔라지고 인적도 뜸해졌다. 사람 하나가 간신히 지나갈 수 있을 만큼 좁은 길도 있었다. 어느 정도 더 올라가던 나는 그만 제자리에 멈춰 서서 숨을 골랐다.

그를 놓친 것 같았다.

그때 어디선가 노숙자의 목소리가 들려왔다.

"아까 거긴 당신 동네겠지만 여긴 내 동네야, 경찰 나리."

"당장 이리 와! 감히 경시청 직원을 폭행하고 도망친 죄로……."

그러자 그가 소리 높여 깔깔거리고 웃었다.

"폭행? 여기서는 더한 일을 당하게 될지도 모르는데?"

고개를 들어 보니 노숙자는 나보다 한 단계 높은 절벽 위에서 나를 내려다보고 있었다. 나도 모르게 손을 뻗었다가 갑자기 강한 바닷바람이 몰아치는 바람에 하마터면 바다로 떨어질 뻔했다. 다시 바위를 붙잡은 다음부터는 결코 손을 뗄 엄두가 나지 않았다.

"지금이라도 순순히 협조한다면 총을 꺼내진 않겠다!"

"장미 가시엔 독이 있다는 걸 모르시나 보군. 그대로 두면 눈을 못 쓰게 될지도 모르는데."

"그래? 내가 눈을 잃으면 넌 뭘 잃게 될 것 같아?"

"글쎄…… 아무것도? 왜냐하면 난 이미 잃을 게 없거든."

그가 소리 높여 웃었다. 나는 위로 총을 겨누었다. 그러나 이미 노숙자의 얼굴은 사라지고 없었다.

절벽을 간신히 돌아 나와 안전한 언덕길로 올라갔다. 하지만 아까 노숙자가 서 있던 곳까지 올라왔을 때 첨벙하고 무거운 것이 물에 빠지는 소리가 들려왔다.

"안 돼!"

허겁지겁 절벽 끝으로 달려가 바다를 내려다보았다. 하지만 다행히도 추락한 사람의 시체 같은 건 없었다. 신나게 개헤엄을 치며 나로부터 멀어져 가는 노숙자의 모습이 보일 뿐이었다.

안도인지 뭔지 모를 한숨이 흘러나왔다. 더 이상은 쫓아갈 기력도 엄두도 나지 않았다.

경관들을 배치해야겠다고 생각하며 다시 아까의 해안가로 돌아왔다. 그 자리엔 떨어진 바구니와 엉망으로 흐트러진 푸른 장미꽃만이 남아 있었다. 나는 씁쓸한 기분으로 바구니에 꽃들을 주워 담고는 걸음을 옮겼다.

왼쪽 눈이 점점 부어오르더니 더 이상 떠지지 않았다. 노숙자의 말이 걸리기도 하고 병원에 가야 하는 게 아닐까 싶었지만 기왕 근처까지 왔으니 초콜릿 상점만큼은 찾아보고 가기로 했다. 그나저나 한쪽 눈은 부어올랐지, 제복 차림으로 꽃이 담긴 바구니를 들고 있지, 내 모습이 눈에 띄는지 사람들이 힐끔거리며 쳐다보았다.

그럼에도 꿋꿋하게 사람들에게 물어본 끝에 뉴리치 번화가에서 드디어 과자점을 찾을 수 있었다. 내게 그리 낯선 장소는 아니었다. 과자점 바로 옆에 '신의 눈속임' 도박장만큼이나 치부어린 기억이 섞인 가게가 있었기 때문이다.

'프라베리아'라는 이름의 그 식당은 뉴리치에서 가장 고급스러운 음식점 중 하나로, 웬만한 유명세나 직함 없이는 몇 달 전에나 예약해야 들어갈 수 있을까 말까 했다. 한창 세라바체 양에게 빠져 있던 나는 내 경제력은 생각지도 않고 여러 가지 일을 저지르곤 했는데, 이 음식점 예약도 그중 하나였다.

경시청 직함을 이용해서 반강제로 자리를 얻어 낸 것까진 좋았다. 가게 분위기는 물론이고 음식과 서비스도 무척이나 훌륭했다. 세라바체 양은 내 지갑 사정을 염려해서인지 가능한 한 적게 시키려고 했지만, 나는 먹고 싶은 건 다 먹으라며 무슨 요리인지도 모르는 메뉴들을 잔뜩 시켜 늘어놓았다. 마침 월급에 보너스까지 얹어 받았겠다, 못 시킬 게 뭐가 있냐고 생각하며.

순진해도 참 순진했지. 태어나서 그런 고급 레스토랑 따위 가 본 적 없는 나로서는 음식 가격이 어느 정도 하는지 짐작조차 하지 못했다. 레스토랑 메뉴에도 가격 같은 건 쓰여 있지 않았다. 비싸 봐야 구내식당보다 약간 비싼 정도, 그 정도가 내 상상력의 한계였다.

한데 다 먹고 나서 계산서를 보고는 할 말을 잃어버리고 말았다. 내가 생각한 음식의 가격은 간신히 팁이나 지불할 수 있을 정도였다. 계산서를 내려다보며 땀을 흘리고 있을 뿐 지갑을 꺼낼 기미를 보이지 않자, 세라바체 양과 매니저 모두 불안한 표정을 지었다.

"손님, 무슨 문제라도 있으신지요?"

"아뇨, 딱히. 음, 그러니까 그게 어디 있더라……."

필사적으로 주머니를 뒤진 나는 지갑 대신 경시청 배지를 꺼내 들었다.

"경시청 강력3반 레일미어 플린트의 이름으로 달아 두세요. 죄송합니다. 나중에 갚을게요!"

그러곤 세라바체 양의 손을 붙잡고 냅다 레스토랑에서 도망쳐 나왔다.

세라바체 양은 이름 있는 집안에서 곱게 자란 아가씨답게 이런 내 행동에 심한 문화적 충격을 받아 넋이 나가 버렸고, 나는 그런 그녀를 얼른 집에 데려다준 뒤 도망쳤다. 너무 창피해서 일주일간은 다시 찾아갈 엄두도 못 냈다.

물론 나중에 월급을 모아 다 갚긴 했지만, 좋아하는 사람 앞에서 그런 모습을 보였으니 아무리 좋게 포장해도 좋은 추억이라곤 못 하겠다.

나는 얼굴을 가린 채 프라베리아 레스토랑 앞을 지나 과자점으로 들어갔다. 과연 물가가 비싼 지역답게 휘황찬란한 가게였다. 2층짜리 건물의 전면이 전부 유리로 되어 있어 안의 모습이 훤히 비쳐 보였다. 창가마다 빼곡히 쌓여 있는 초콜릿과 과자들은 지나가는 아이들의 시선을 가차 없이 빼앗았다. 초콜릿과 호박이 박힌 쿠키, 색깔별로 과일이 올라간 타르트, 황금색으로 곱게 구워진 스콘 등 내가 보기에도 참 맛있어 보이는 것들이었다.

입구에 들어서자 예쁜 메이드복을 입은 종업원이 꾸벅 고개를 숙여 인사했다.

"어서 오십시오."

그녀는 나의 발끝에서부터 머리끝까지 순식간에 훑었다. 그러곤 그다지 매출에 도움이 될 만한 손님이 아니라고 판단했는지 미소가 약간 사라졌다.

"1층에는 과자와 초콜릿 메뉴가 준비되어 있으며 2층에는 빵 종류와 차 종류, 드시고 가실 수 있는 자리까지 마련되어 있습니다. 멀리 바다가 보이는 멋진 조망입니다. 어떤 걸 찾으십니까?"

"뭘 사러 온 건 아니고요. 현재 강력 범죄 사건을 조사 중인 경시청 경위입니다. 묻고 싶은 게 있어서 찾아왔습니다."

내 배지를 보여 주자 귀찮아할 거란 예상과 달리 그녀는 눈을 반짝였다.

"그러십니까? 어떻게 도와 드리면 되겠습니까?"

"다른 건 아니고요. 이것 좀……."

내가 주머니에서 초콜릿 봉지를 꺼내는 동안 그녀는 주의 깊게 내 눈을 들여다보았다.

"그런데 눈은 어쩌다 그렇게 되신 겁니까? 많이 다치신 것 같습니다."

"아, 괜찮습니다. 그런데 이 초콜릿 껍질, 여기 것 맞죠?"

초콜릿 봉지를 보자마자 그녀가 대답했다.

"네, 맞습니다. 저희 가게 제품입니다. 이쪽에 있습니다."

그녀가 안내한 곳으로 가자 과연 초록색 봉투의 한입 크기 초콜릿들이 가득 쌓여 있었다. 무심코 가격표를 본 나는 깜짝 놀랐다.

"하나에 50버트?"

"네, 그건 가격이 조금 나가는 제품입니다. 하지만 그만큼 고급 재료들로 만들어졌고 맛이 좋답니다."

"그렇다면 아무나 이곳에 들어와 사 갈 순 없겠군요."

그녀는 약간 곤란하다는 표정을 지었다.

"아무래도 조금 여유가 있는 관광객들이나 귀족분들이 하인을 시켜 사 가시는 편입니다."

"그럼 혹시 돌아가신 대문호께서도 이 가게에 자주 와서 초콜릿을 사 가셨습니까?"

"대문호라면, 오세이번 경 말씀이십니까? 제가 알기로 그분은 우리 가게에 오신 적이 한 번도 없으십니다. 오셨다면 틀림없이 기억했을 겁니다."

그럼 대문호가 산 초콜릿을 독이 든 것과 몰래 바꿔치기한 건 아니라는 얘기다. 처음부터 누군가에게 선물을 받았을 것이다.

"최근에 혹시 이 초콜릿을 다량으로 사 간 사람이 있습니까?"

"다량으로라…… 글쎄요. 대부분의 손님들께서 이것저것 섞어서 사 가시기 때문에 정확히 기억하기 어렵습니다."

"판매 장부라든가 그런 건 없습니까? 부탁입니다. 중요한 일이에요."

내 말에 그녀의 얼굴에 불안감이 떠올랐다.

"신문에서 대문호께서 독살당해 돌아가셨다는 기사를 봤는데, 설마 저희 가게의 초콜릿이 관련된 건 아니겠지요?"

"아직은 말씀드리기 어렵습니다. 이것저것 가능성을 조사해 보고 있는 중이에요."

"사장님께서는 아실지도 모릅니다. 위층에 계시니 올라가 보시면 됩니다."

"고마워요. 참 친절하시네요."

나는 바구니에 담겨 있는 꽃 중에 그나마 온전한 것을 꺼내 그녀에게 내밀었다. 증거품이긴 하지만 아직 많이 남았으니 상관없겠지. 꽃을 받아 든 그녀는 꽃이 무색할 만큼의 화사한 미소를 지었다.

위층으로 올라가자 코가 흐물흐물 녹아 버릴 것 같은 빵 냄새가 풍겨 왔다. 냄새에 반응하듯 배에서 요란한 소리가 났다. 그제야 여태껏 한 끼도 제대로 먹지 못했다는 걸 깨달았다.

아무래도 여기서 식사를 해결하면서 사장의 말을 들어야겠다고 생각한 순간 빵의 가격표가 눈에 띄었다. 영수증을 끊어서 공금으로 처리해 달라고 할까 잠시 생각했지만, 그랬다간 돈 대신 반장님으로부터 딱밤이나 받게 될 게 뻔했다.

"여기 사장님 어디 계십니까?"

위층에도 마찬가지로 메이드복 차림의 종업원들이 있었다. 그들은 일제히 주방 쪽을 가리켰다. 내 목소리를 들었는지 거기서 한 중년 여성이 걸어 나왔다. 다른 직원들과 달리 격식 있는 옷차림을 하고 있었다.

"전데요. 무슨 일로 그러시죠?"

"경시청에서 나온 레일미어 경위라고 합니다. 몇 가지 여쭤볼 것이 있습니다만."

미심쩍게 나를 바라보던 그녀는 2층 구석에 있는 자기 사무실로 나를 안내했다. 사무실 의자에 앉은 나는 신분증을 보여 주고 대강의 사정을 설명한 뒤 초콜릿 봉지를 보여 줬다. 그녀도 고개를 끄덕여 확인했다.

"우리 가게의 것이 맞습니다. 하지만 아래층 파베 양의 말대로 대문호께서는 우리 가게에 오신 적이 한 번도 없어요. 오셨다면 물론 큰 영광이었겠지만요."

"그럼 달리 이 초콜릿을 사 갈 만한 사람이 있습니까?"

"이 초콜릿은 인기 제품이에요. 가게에 오신 분들은 꼭 한두 개씩 같이 사 가는 제품이죠. 너무 많아서 누군가를 특정할 수 없어요."

"그럼 혹시 조 마르지오 극장의 누군가는요? 배우라든가 거기 직원이요."

"조 마르지오라…… 아, 그렇군요. 거기 소속되어 있는, 이름이 뭐더라. 예쁘장한 여자 배우가 한 명 있는데."

"프리실라 양이요?"

"아, 네. 그분이 저희 가게의 사탕을 무척 좋아하시거든요. 종종 하녀를 보내 사탕을 사 가신답니다."

프리실라 양이라니, 의외의 이름이 나와서 놀랐다. 일단 수첩에 적긴 했지만 그녀에게 혐의를 두기는 어려웠다. 내가 알기로 그녀와 대문호의 관계는 좋다고도 나쁘다고도 할 수 없이 그저 일로 맺어진 관계였다. 하지만 극장에 발길을 끊은 지도 1년이 넘었으니 그사이 내가 모르는 뭔가가 있었을 수도 있지.

"그녀가 최근 선물용으로 이 초콜릿을 사 간 적은 없습니까?"

"그런 적은 없군요. 그분은 초콜릿을 좋아하지 않아요."

"그 외에 다른 사람은 없고요?"

"그 극장에는 없지만……."

사장이 말하기 전에 뭔가 망설이는 기색을 보였다. 내가 다그치려는 찰나 노크 소리와 함께 사무실의 문이 열렸다. 안으로 들어온 것은 아래층에서 나를 안내했던 종업원이었는데, 너무나 반갑게도 손에 음식을 들고 있었다. 이름이 파베 양이라고 했던가? 그녀는 찻잔과 케이크 접시를 내 앞에 놓아 주었다.

"고맙습니다."

내가 인사하자 그녀도 무릎을 살짝 굽혀 인사하곤 밖으로 나갔다.

"드시죠. 우리 가게에서 가장 인기 있는 제품이랍니다."

"사실 공무 중에 사적인 호의를 받아들여선 안 되지만 감사히 잘 먹겠습니다."

나는 그야말로 포크질 몇 번 만에 케이크 한 조각을 다 먹었다. 비싸다는 걸 알고 먹어서인지 배가 고파서인지는 모르겠지만 눈물이 날 만큼 달콤하고 맛있었다. 약간 씁쓸한 홍차와도 잘 어울렸다.

"굉장하네요. 제 월급이 조금만 풍족했어도 단골이 됐을 겁니다."

"감사한 말씀입니다."

다음으로 담백한 쿠키를 한 조각 씹었는데 그 순간 눈이 칼로 찌르는 것처럼 아파 왔다. 나도 모르게 눈가를 탁 짚으며 신음 소리를 내자 사장이 물었다.

"왜 그러시죠?"

"아, 아닙니다. 그보다 아까 하시던 말씀 좀 마저 해 주실 수 있습니까?"

"네. 조 마르지오 극장에선 제가 알기론 그분 외에 다른 분은 오시지 않았습니다. 하지만 대신 팬들이 많이 사 가는 편이죠. 배우에게 줄 선물이나 대문호께 드릴 선물로요. 아시다시피 오세이번 경이 초콜릿을 좋아한다는 건 대중에도 널리 알려진 사실이라……."

"그럼 혹시 최근에 있었습니까? 대문호께 드릴 거라면서 초콜릿을 사 간 사람이요."

"있었지요."

"그게 누굽니까?"

사장은 손가락으로 탁자를 몇 번이나 두드리다가 말했다.

"쉐비악입니다."

나는 하마터면 과자를 통째로 삼킬 뻔했다. 한동안 캑캑거리다가 겨우 물었다.

"괴도요?"

"네. 그분은 우리의 주요 고객이랍니다. 하지만 이젠 더 이상 오지 않겠지요……."

"잠깐, 괴도가 이렇게 사람 많은 대로에 당당히 나타나 초콜릿을 사 간다고요?"

"경시청 분들에게는 범죄자일지 몰라도 일반 시민들에겐 꽤나 인기가 많답니다."

그거야 어느 정도는 알고 있던 사실이다. 시민들은 궁에서 녹을 받아먹으며 호의호식하는 귀족들을 별로 좋아하지 않는다. 그런 귀족들의 가장 소중한 물건만 털어가 버리니 대리 만족이라도 느끼는 것이리라.

"하지만 범죄자가 가게 안으로 태연히 들어오는데 아무런 조치도 취하지 않으셨단 말입니까?"

"솔직히 말씀드리자면 그는 매상을 꽤 많이 올려 주는 편이고, 신고를 해도 괴도전담반이 과연 잡을 수 있을지 의문이더군요. 쉐비악을 놓치게 되면 우리에게 보복할 것도 걱정되었고요."

괴도전담반의 무능함이야 만천하에 널리 알려졌으므로 할 말이 없긴 했다. 보복으로부터 자유롭지 않다면 누가 위험을 무릅써 가며 신고를 하겠는가.

"그렇군요. 아무튼 괴도가 얼마 전에 이 초콜릿을 사 갔단 말이지요?"

"네, 그건 확실합니다. 그는 종종 여기로 와서 대문호께 드릴 초콜릿을 사 갑니다. 하지만…… 제 개인적인 생각입니다만, 범인이 쉐비악일 거라고는 생각하지 않습니다."

솔직히 말해서 나도 그랬다. 원고만 사라진 줄 알았을 때는 쉐비악이 유력했지만, 대문호를 살해했다면 이야기는 달라진다. 쉐비악은 누구보다도 대문호를 좋아했다. 과격한 팬들이 종종 애정을 쏟는 상대에게 파괴적인 마음을 품기도 한다지만 그동안 쉐비악이 보인 행동에서 그런 부분은 찾아볼 수 없었다.

두 사람은 원한 관계도 아니고 오히려 대문호는 그를 '착한 도둑'이라고 부르는 등 특별한 관계를 유지해 왔지 않은가. 지금 이 순간 대문호가 살해당하고 원고를 도난당한 것을 누구보다도 분노하는 이가 있다면 그게 바로 쉐비악일 터.

"저도 사장님과 비슷한 생각입니다. 하지만 어쨌든 해석은 증거 위주로 해야 하는 거니까요."

"그렇겠지요. 한데 정말로 우리 가게의 초콜릿에 독이 들어 있었던 겁니까?"

나는 대답하지 않았지만 사장은 내 표정에서 대답을 읽은 모양이었다.

"맙소사."

"사장님 탓이 아닙니다. 범인은 아마도 독이 든 초콜릿으로 내용물만 바꿔치기했을……."

나의 서툰 위로의 말을 끊으며 사장이 다급하게 말했다.

"이 사실은 비밀로 해 주세요."

"네? 아, 네. 물론 그럴 겁니다만……."

"이 사실이 알려지면 절대로 안 돼요. 가게 문을 닫아야 할
거예요. 반드시 비밀 지켜 주셔야 해요. 반드시요!"

그녀의 강력한 주장에 그러겠다고 대답하고 사무실을 나오
긴 했지만 어째 조금 씁쓸했다. 가게를 지켜야 하는 입장에서
는 당연한 반응인 걸까?

그대로 계단을 내려가는데 문득 왼쪽 눈에 참을 수 없는 통
증이 밀려왔다. 눈을 감싸면서 계단에 주저앉고 말았다. 아무래
도 상태가 심각한 것 같은데 그냥 병원에 먼저 가는 것이 나았
을까?

신음을 참으며 통증이 가라앉길 기다리는데 눈을 감싼 손에
차가운 감촉이 느껴졌다. 고개를 들며 다른 쪽 눈을 떠 보니 아
까 케이크를 가져다줬던 파베 양이 물에 적신 수건을 들고 서
있었다.

"괜찮으십니까? 눈에 이걸 대면 좀 나아질지도 모릅니다."

"고맙습니다. 아까부터 계속 호의를 받기만 받네요."

차가운 수건을 대니 조금이나마 통증이 가라앉는 것 같았다.
하지만 눈 속을 칼로 난도질하는 것 같은 감촉은 사라지지 않
았다. 나는 걱정스레 쳐다보고 있는 파베 양에게 부탁했다.

"죄송하지만 제가 병원에 가야 할 것 같은데 차 좀 불러 주시겠습니까?"

"아, 네. 그러겠습니다."

그녀는 고객을 대하는 일정한 톤으로 대답하고는 계단을 내려갔다. 눈 속이 쑤시면서 두통까지 생기는 것 같았다. 문득 가게 안의 조명이 너무 밝게 느껴졌다. 젠장, 조금만 어두운 곳으로 갈 수 있다면……

그때 딸랑하면서 가게 종소리가 들려왔다. 별달리 큰 소리도 아닌데 귀를 자극함과 동시에 왼쪽 눈에 지금까지와는 비교도 할 수 없는 극심한 고통이 밀려왔다. 날카롭고 뾰족한 칼이 눈 가운데를 정통으로 찌르고 들어오는 것 같았다. 나도 모르게 비명을 질렀다. 균형 감각도 잃어버렸다.

세상이 데굴데굴 굴렀고 내 몸 여기저기에 둔탁한 고통이 느껴졌다. 잠시 후 굴러가던 세상이 멈추고 바라던 어둠이 모든 곳에 내렸다.

5. 장례식과 괴도와 뜻밖의 병문안

그날은 가벼운 봄비가 내리던 날이었다. 괴도전담반 사람들은 언제나처럼 바쁘게 뛰어다녔지만 강력3반 사람들은 언제나처럼 한가했다. 그 무렵 내가 어딜 들락날락거리는지 잘 아는 반장님은 나를 예의 주시했지만, 그분이 볼일을 보러 잠깐 나간 사이 강력3반을 무사히 탈출할 수 있었다.

우산을 든 채 이 도시의 명물이라 할 수 있는 아트웨이의 대로를 따라 걸으면서 룰루랄라 노래를 불렀다. 멀지 않은 곳에 봐도 봐도 신기한 샹 드 델라의 네온 간판이 보였다. 그대로 거길 지나 뉴리치의 도박장 '신의 눈속임'으로 향할 참이었다.

그때 어떤 광경이 내 눈을 사로잡았다. 흰색의 자그마한 개 한 마리가 대로 한가운데에서 비를 맞으며 떨고 있었다. 아무래도 버려진 개 같았다. 양옆으로 자동차들이 지나다니고 있어 이리저리 눈치를 볼 뿐 움직일 생각을 못 했다.

나는 얼른 그쪽으로 방향을 바꿨다. 하지만 내가 가서 구출하기 전에 누군가가 선수를 쳤다.

"아가씨, 위험해요!"

누군가 말리는데도 한 여성이 아랑곳하지 않고 대로를 건넜다. 달리던 자동차들이 급작스럽게 브레이크를 밟는 소리가 들려왔다. 그녀는 그러거나 말거나 개가 있는 쪽으로 가서 작은 몸을 조심스레 안아 들었다. 흰색의 고급스러운 드레스가 비와 흙탕물에 젖었는데도 얼굴엔 미소를 띠고 있었다.

"얼마나 무서웠을까. 춥지? 들어가서 따뜻한 불 쬐자. 우유도 데워 줄게."

그러곤 개를 안고 대로를 벗어났다. 나는 그녀가 마지막으로 조 마르지오 극장으로 들어가는 것을 보았다.

잠시 후 걸음을 돌려 다시 도박장으로 향했다. 나도 모르게 얼굴에 미소가 그려졌다. 비 맞는 개를 구해 주는 아름다운 아가씨라. 가는 내내 그녀의 얼굴이 뇌리에서 떠나질 않았다. 차들이 달려드는데도 아랑곳 않고 개를 안아 드는 모습이며, 온 신경이 가엾은 개한테 쏠려 집중한 얼굴이며, 정말로 다정하게 그 개를 돌봐 줄 것만 같은 미소 같은 게 말이다.

그렇게 그녀의 얼굴을 그리며 걷던 나는 한참 후에야 도박장을 지나쳐 버린 것을 깨달았다. 투덜거리며 다시금 길을 거슬러 갔다. 그러다 바보같이 또 그 아가씨를 떠올렸고, 다시 도박장을 지나쳐 샹 드 델라까지 되돌아오고 말았다.

아까 개가 주저앉아 있던 거리를 보면서 나는 어이없이 웃어 버리고 말았다. 이게 도대체 무슨 우스운 짓이야? 누가 보면 저런 천치도 없겠다고 생각하겠네.

다시금 몸을 돌렸지만 어째 길을 되짚어 도박장으로 가는 게 몹시 피곤해졌다. 아니, 귀찮아졌다고 해야 하나, 시시해졌다고 해야 하나.

어떤 아리따운 아가씨는 오늘 불쌍한 개를 구해 줬는데 나는 어두컴컴하고 구석진 방에 들어가 고작 주사위를 던지고 카드나 돌리는 행위에 내 석 달 치 월급을 날리려고 하고 있는 건가?

나는 도박장에 가는 대신 경시청으로 돌아갔다. 갑자기 도박 따위와는 비교도 할 수 없이 중요한 목표가 생겨 버렸다.

다음 날 꽃을 한 아름 안고 조 마르지오 극장으로 찾아갔다. 그때까지 나는 그녀가 누구인지도 몰랐고 조 마르지오에 들어가 본 적도 없었다. 그날은 공연도 없는 날이라 문지기는 날 수상하게 여겼지만, 내가 입고 있는 제복 때문에 함부로 날 막지 못했다. 그래서 한산한 극장 안으로 들어가 마음껏 안을 둘러보았다.

나는 멋대로 그녀가 배우일 거란 생각을 품고 있었다. 그 정도로 아름다운데 당연히 유명한 배우겠지. 마침 공연장 안에서는 배우들이 한창 리허설을 준비 중이었다.

"메디아는 아직도 안 온 거야?"

연출가가 신경질적으로 주위를 둘러보며 물었다. 배우들은 고개를 끄덕거렸다.

"아, 정말. 이번에야말로 극장장님께 말씀드려서 새 배우를 찾든가 해야지, 매번 늦고 말이야. 신인일 때는 그렇게 부지런할 수가 없더니 역시 사람은 잘되고 나서 봐야 안다니까."

그래서 나는 곧 잘리게 될 배우가 어제 내가 만난 그 여성인 줄로만 알았다. 이름이 메디아였구나. 몇 번인가 그 이름을 중얼거리고 있는데 드디어 무대 뒤편에서 내가 찾던 그녀가 올라왔다.

지금까지 욕설을 하던 연출가가 단번에 미소를 띠고 그녀에게 다가갔다.

"리허설을 보러 오셨습니까?"

"방해가 되지 않는다면요."

"방해라니, 그럴 리가요. 그런데 아직 리허설을 시작하지 못했답니다, 세라바체 양. 배우 한 명이 지각을 해서 말이죠."

세라바체 양이라고? 늦었다는 배우는 그녀가 아니었구나. 왠지 다행스러웠다. 그럼 대체 뭘 하는 사람이지?

"그럼 메디아 양이 도착할 때까지 제가 대신 상대역을 할까요?"

"세라바체 양이요? 안 될 건 없습니다만, 대사가 꽤 많아서……."

"「펠라디아의 오후」 대본이라면 모두 외우고 있는걸요."

그녀의 말에 연출가는 물론이고 배우들도 놀랍다는 표정을 지었다.

"그럼 잠시 부탁드려도 될까요?"

연출가가 허락하곤 무대에서 내려갔다. 무대 배경이 바뀌고 소품들이 놓였다. 다른 배우들은 무대 뒤로 물러났고 이제 무대 위에는 세라바체 양과 상대역으로 보이는 한 남자(비인간적으로 잘생겼다고 생각했던 그 남자 배우는 나중에 알게 되지만 듀 세비어였다.)만이 남았다.

조명이 모두 암전되고 무대 위만 푸르스름하게 떠올랐다. 배경은 밤의 정원이었다. 여자는 벤치에 앉아 하늘을 올려다보고 있었다. 잠시 그녀를 지켜보던 남자가 곧 덤불 속에서 걸어 나왔다. 여자가 그런 그를 바라보며 물었다.

"당신도 바람을 쐬러 나왔나요?"

"그렇다고 봐야겠죠. 이 아름다운 밤과 저 달빛이 당신의 것만은 아니니까요."

"언제나처럼 심술궂게 말씀하시는군요. 독차지하고 싶은 생각은 없으니 여기 앉으세요."

남자는 여자의 곁에 앉았다. 그러곤 잠시 둘이 같은 하늘을 바라보았다. 여자가 시선을 하늘에 고정한 채 물었다.

"오늘따라 달이 참 밝아서 예뻐요. 당신은 저기 그려진 그림이 뭐라고 생각하세요? 사람들이 말하는 대로 토끼일까요?"

"저건 그냥 지면의 모습이에요. 토끼 같은 것일 리가 없죠."

"당신은 너무 현실적이에요. 조금은 동화적으로 생각해 봐도 되잖아요?"

"동화적인 것은 사람들을 쓸데없이 감상적으로 만들 뿐이에요."

여자는 약간 기분이 상한 듯 남자의 옆모습을 바라보았다.

"낭만이라고는 조금도 없는 분 같으니. 그러고 보니 언젠가 그런 말씀을 하셨던 게 기억나네요. 당신은 사랑 같은 것도 쓸모없다고 하셨죠. 사람을 바보로 만들어 버린다고요."

"그 말은 지금도 맞는다고 생각합니다. 정말로 바보가 되어 버리니까요."

"바보가 되면 좀 어떤가요. 대신 행복을 얻는데."

남자가 시선을 내려 여자를 지그시 바라보았다. 반항적인 눈으로 시선을 받아 내던 여자는 잠시 후 고개를 돌렸다.

"무슨 말씀을 하시려는지 알겠어요. 내가 또 혼자 고집을 부린다는 거지요. 내가 생각하는 것만이 진실일 리 없는데 항상 남에게 그것을 강요한다고요. 알아요. 고치려고 하고 있지만 잘 안 될 뿐이에요."

"고치라고 하진 않았는데요. 그것도 당신 나름의 매력이니까요. 당신에게 그걸 고치라고 한다면 나는 내가 한 말과 모순된 행동을 하는 거겠죠. 내가 하는 말 또한 항상 진실일 리 없으니까요."

"당신은 자기 자신에 대해서도 냉정하고 객관적이시군요. 어떻게 늘 그럴 수가 있나요?"

"글쎄요."

남자는 슬며시 웃었다. 여자는 잠시 후 두 팔로 어깨를 감쌌다. 여자가 추워한다고 생각했는지 남자는 웃옷을 벗어 주었다.

여자는 그걸 보고 미소를 띠었다.

"이런 가식적인 매너는 싫다고 하셨던 분이 아닌가요?"

"가식이 아니니까 괜찮아요. 당신에게 진심으로 옷을 덮어 주고 싶군요."

그러면서 남자는 옷을 꼼꼼하게 덮어 주었다. 그러는 동안 여자는 낯설고 부끄러운지 남자를 잘 쳐다보지 못했다. 잠시 어색한 침묵이 흐른 뒤, 남자가 한가로운 태도로 입을 열었다.

"나는 과거에 내가 했던 행동이나 말을 잘 후회하는 성격이 아닙니다. 하지만 요즘은 때때로 후회를 하게 되더군요."

"당신이 후회란 걸 한다고요? 정말로 그런 걸 한다고 해도 쉽게 인정하실 분이 아닐 텐데요. 어떤 일에 관해서 그렇게나 후회를 하실까요?"

남자는 미소를 짓더니 여자의 눈을 들여다보며 말했다.

"주로 당신과 관련된 일이지요."

여자는 약간 놀란 듯 그 시선을 받아 내다가 가까스로 고개를 돌렸다. 그러곤 옷깃을 더 꽉 여미면서 물었다.

"나와 관련해 무엇을 후회하실까요? 설마 우리 만남 자체를 시간 낭비라고 생각하시는 건가요? 물론 당신은 충분히 그럴 만한 분이시긴 하지만……"

"펠라디아 양, 부디 내 이야기를 먼저 들어 줘요. 오늘이 아니고 지금이 아니라면 다시 말할 수 있을 것 같지 않군요."

여자는 입을 다물고는 긴장한 기색이 역력한 모습으로 남자의 말을 기다렸다.

"그래요. 당신에게 했던 말은 모두 사실이랍니다. 사랑 때문에 눈이 멀고, 사랑 때문에 냉정을 유지하지 못하는 사람들을 한심하다고 생각했어요. 나는 그동안 가문의 지위나 재산을 높이면서 만족감, 충족감 혹은 우월감 등을 느꼈지요. 사람들이 말하는 소위 행복이란 것이 그런 감정들의 근사치 어딘가라고 생각했습니다. 사랑으로 얻는 행복이라는 게 무언지 이해할 수 없었어요."

그렇게 말한 남자는 지금까지와는 달리 감정이 담긴 그윽한 눈으로 여자를 바라보았다.

"하지만 전혀 다르더군요. 이런 것은 느껴 본 적이 없어요. 그래요, 정말로 바보가 되어 버리더군요. 당신이 날 그렇게 만들었어요."

여자는 놀란 듯 그를 돌아보았다. 대답은 한참 후에야 나왔다.

"무슨 말씀을 하시는 건지, 잘 이해할 수가……."

"당신은 똑똑한 사람이니까 내 말을 충분히 이해했을 거예요."

여자는 빠르게 숨을 몰아쉬었다. 그러곤 다분히 도전적인 태도로 말했다.

"그래서 제가 원망스러우신 거군요. 당신은 냉정을 잃고 감정에 휘둘리는 걸 가장 싫어하시는 분이니까, 또 제 탓을 하시는 거예요."

"펠라디아 양, 펠라디아 양."

남자가 가볍게 달래듯 부르고는 여자의 손에 자신의 손을 얹었다. 여자는 흠칫 놀라는 듯했지만 그에게서 손을 빼진 않았다.

"나는 고맙다고 말하는 거예요. 이런 감정을 알게 해 줘서, 나를 그런 행복한 바보로 만들어 줘서요."

여자의 얼굴이 새빨갛게 변했다. 두 사람의 얼굴이 점점 가까워졌다.

그들의 연기에 심취해 있던 나는 퍼뜩 정신을 차렸다. 설마 지금 정말로…… 키스하려고?

세라바체 양이 갑자기 자리에서 벌떡 일어났다. 순간 연극도, 가상 세계의 인물들도 모두 사라지고 현실이 무대 위로 내려앉았다. 듀 세비어는 놀라며 약간 물러섰다. 여전히 새빨간 얼굴로 세라바체 양이 더듬더듬 중얼거렸다.

"다, 다음 대사를…… 잊어버렸어요."

그러고선 듀 세비어의 웃옷을 걸친 채로 빠르게 무대에서 내려가 버렸다. 잠시 멍하니 있던 듀 세비어도 곧 일어나 아무 일도 없었다는 듯 무대에서 내려갔다. 무대 아래에서 연출가가 중얼거리는 소리가 들려왔다.

"그다음엔 대사가 없는데……."

눈보다 마음이 아픈 것 같은 이상한 기분으로 깨어났다. 흰색의 천장이 보이고 주위에서 두런두런 이야기를 나누는 소리가 들렸다. 한동안 멍하니 있던 나는 이야기를 나누는 목소리가 내가 아는 사람들의 것임을 깨달았다.

"반장님?"

"어, 레일미어. 깼냐?"

반장님의 얼굴과 별로 보고 싶지 않은 머독의 얼굴이 동시에 보였다. 머독은 나와 눈이 마주치자마자 코웃음을 쳤다.

"나도 머리 맞았을 때 기절은 안 한 거 같은데. 고작 눈을 찔렸다고 하루를 꼬박 기절하냐?"

"하루?"

머독의 말에 창밖을 보니 벌써 해가 중천에 떠 있었다. 어제 과자점에 들른 게 저녁 시간 무렵이었는데 그때부터 여태까지 기절해 있었다고? 눈가를 만져 보니 커다란 반창고 같은 게 느껴졌다.

"의사가 뭐래요?"

"가시에 눈을 찔려서 알레르기가 일어난 거래. 소독하고 주사도 놨으니까 곧 가라앉을 거란다. 그래도 혹시 모르니 오늘까진 병원에 있어라."

"괜찮아요. 이젠 아프지 않은데요."

반창고를 떼어 내고 눈을 떠 보았다. 밤을 새웠을 때 충혈된 것처럼 아프긴 했지만 보이긴 보였다. 두 눈으로 다시 자세히 보니 머독과 평소 헐렁하게 입고 다니던 반장님까지도 정복을 차려입은 게 보였다.

"오늘 무슨 일 있어요? 옷차림이 왜 그래요?"

"몰랐냐? 오늘 대문호의 발인이 있는 날이었잖아."

"아, 장례식! 벌써 끝났어요?"

"아침에 다 끝났다."

꼭 가 볼 생각이었던 나는 낭패감을 느꼈다. 고작 이런 상처 때문에 그분의 운구 행렬에 참석하지 못하다니. 내가 속상해하는 걸 눈치챘는지 반장님이 말했다.

"사람들이 너무 많이 몰려서 정신만 없더라. 다들 울고불고, 기절해서 실려 나가는 사람도 있었어. 그리고 괴도도 왔었다."

그 말에 내가 놀라자 반장님은 거기서 본 광경을 말해 주었다.

아침 일찍 경시청장님을 비롯해 경시청 인원 대부분이 정복을 입고 대문호의 장례식에 참석했다고 한다. 강력3반 인원들도 나를 제외하고 모두 참석하려 했지만, 쥬안 양만은 도저히 갈 수 없다고 해서 사무실에 남았다.

대문호의 관이 유족의 집에서 나와 운구차에 실릴 때 수많은 사람들이 오열을 터뜨렸다. 관을 옮긴 것은 대문호의 형제들과 조카, 그리고 절친한 친구였던 로만 아이넨 등이었다. 차가 묘지로 향하는 동안 수많은 인파가 그 뒤를 따랐다. 너무 복잡해서 경시청 사람들은 중간에 다들 흩어졌다.

땅에 관을 내리고 신부님은 조사의 말을 읊고 성수를 뿌렸다. 바다가 내려다보이고 해가 따스하게 드는 안온한 절벽 위였다. 그 주위를 가족과 친지, 친구들을 비롯해 경시청장님, 시장님 같은 직함 높은 사람들이 둘러싸고 있었다. 반장님은 세라바체 양의 근처에 있었다고 했는데 검은색 베일로 얼굴을 가리고 있어 표정을 볼 순 없었다고 한다.

그때 하늘에서 뭔가가 후드득 떨어졌다. 사람들은 처음에 우박인 줄로만 알았다. 한데 우박이라고 하기엔 너무 크고 색깔도 이상했다.

허리를 굽혀 하나를 집어 든 반장님이 의아하다는 듯 중얼거렸다.

"초콜릿?"

사람들은 동시에 하늘로 눈을 돌렸다. 때를 맞춘 듯이 검은색의 형체가 나무에서 뛰어올라 사람들의 머리 위를 지나갔다. 조용하고도 우아한 비행이었다. 그러곤 관 주위의 땅 위로 부드럽게 안착했다.

절벽을 등진 채 서서히 일어서는 그 형체는 사람이었다. 처음에는 뒷모습만 보이는 데다 온통 검은색이라 누군지 알 수 없었다. 그러나 마침내 상체를 다 일으킨 순간 그가 쓰고 있는 검은색의 고풍스러운 가면으로 누군지 알 수 있었다.

"쉐비악이다!"

누군가의 외침과 함께 쉐비악이 내려선 땅 주변에 있던 사람들이 다급히 뒤로 물러났다. 특히 그를 싫어하고 두려워하는 귀족들은 얼른 자신의 허리춤이나 차고 있던 보석 등을 가렸다. 쉐비악이라는 웅성거림이 여기저기서 들려왔다.

관 주위에 있던 사람들은 뒤로 물러나고 뒤쪽에 있던 사람들은 쉐비악을 보기 위해 앞으로 우르르 몰려드는 바람에 하마터면 어마어마한 압사 사고나 추락 사고가 날 뻔했다.

"잠깐만요, 여러분. 이러다 큰일 납니다. 진정들 하십시오!"

하필 그 중간에 끼어 있던 반장님은 숨이 막혀 외쳤지만 아무도 말을 듣지 않았다. 총이라도 뽑아서 하늘에 대고 쏴야 하나 고민하던 그때 벼락처럼 커다란 외침이 울려 퍼졌다.

"조용히들 하시오! 그레이힐에서 가장 고결한 분의 장례식이오!"

그러자 거짓말처럼 침묵이 내려앉았다. 우왕좌왕하던 사람들도 곧 행동을 멈추고는 천천히 자기 자리로 되돌아갔다.

외침의 주인공은 로만 아이넨이었다. 그는 사람들을 둘러보곤 바로 곁에 있는 쉐비악에게 눈길조차 주지 않고 신부에게 말했다.

"계속 진행해 주십시오, 신부님."

신부는 얼떨떨한 얼굴이었지만 곧 정신을 차리고 조사를 이어 나갔다. 조사가 끝나자 관 주위에 있던 오세이번의 지인들은 흙을 한 줌씩 집어 뿌렸다.

쉐비악은 그 모든 걸 담담히 지켜보고만 있었다. 손만 뻗으면 누구나 잡을 수 있는 거리인데 아무도 그러지 않았다. 그 자리에는 경시청장님도, 괴도전담반 사람들도 몇 명 있었는데 말이다.

"잡아야 합니다, 반장님. 그는 이번 사건의 용의자이자 중요한 참고인입니다."

어느새 다가온 머독이 반장님에게 속삭였지만 반장님은 고개를 저었다.

"관둬라. 옷차림을 봐. 그도 장례식에 참석하러 온 거야."

쉐비악은 평소에 입는 화려한 옷 대신 망토와 가면까지 온통 검은색으로 치장하고 있었다. 밝은 대낮에 사람들이 잔뜩 몰려 있는 곳까지 올 정도로 겁이 없었던 건지, 아니면 그만큼 대문호의 죽음을 애도하고 싶었던 건지는 알 수 없었다. 하지만 반장님은 그가 솔직하게 슬퍼하고 있다고 말했다.

"가면 때문에 표정도 볼 수 없는데 어떻게 알아요?"

"잘 모르겠다. 이런 경우엔 그냥 알 수 있는 거 같다. 아마도…… 똑같이 슬프기 때문에."

잠시 후 모든 의식이 끝나자 흙을 덮기 시작했다. 떠나야 할 시간이 됐는데도 아무도 움직이지 않았다. 그때 어디선가 곱디고운 미성의 노랫소리가 들려왔다.

죽음이 너를 데려간다면 나는 죽음을 찾아가리
심연의 끝자락일지라도 악마의 발밑일지라도
죽음은 마땅히 나의 분노를 받아야 할 것이다
죽음조차 나의 분노를 피할 수는 없으리라

그건 오페라 「심연」에 나오는 유명한 아리아로 주인공이 죽은 연인에 대한 슬픔을 노래하는 내용이었다. 그 죽음이 타살이었다는 걸 알게 된 주인공은 복수의 화신으로 돌변한다.

아리아를 부르는 것은 다름 아닌 쉐비악이었다. 테너가 부르는 고음역대의 노래인데도 진짜 오페라 가수들보다도 더 잘 불렀다. 소름이 끼칠 만큼 절절한 목소리가 모든 곳으로 울려 퍼졌다.

그래서 사람들은 알았다고 한다. 누가 되었든 대문호를 죽인 살인자가 밝혀지는 순간 그는 쉐비악의 분노를 온몸으로 받게 될 것이라고.

한동안 노래에 홀려 있던 반장님은 문득 괴도가 아까 뿌렸던 초콜릿을 바닥에서 하나 집어 들었다. 그러곤 심각한 표정으로 옆에 있던 머독에게 물었다.

"독이 들었던 초콜릿, 이거랑 비슷하지 않았나?"

머독은 초콜릿 껍질을 자세히 보더니 놀란 표정을 지었다.

"비슷한 게 아니라 같은 건데요?"

두 사람은 잠시 서로의 얼굴을 보았다. 그리고 괴도를 바라보았다.

"자기가 죽여 놓고 자신에게 복수하겠다는 그런 뜻은 아니겠지?"

"그런 것으로 보이지는 않습니다만…… 아무래도 괴도를 잡아서 물어보려면 지금밖에 기회가 없을 것 같습니다. 어떻게 할까요?"

반장님은 착잡하게 주변을 돌아보았다. 대문호를 아끼고 슬퍼하는 사람들로 가득한 장례식이다. 분명히 망치고 싶지 않았을 것이다.

"할 수 있다면 해 봐, 머독."

반장님의 말에 머독은 굳게 고개를 끄덕였다. 그러곤 조심스럽게 사람들을 헤치며 괴도 쪽으로 다가갔다.

이 사실을 아는지 모르는지 괴도는 여전히 노래를 부르고 있었다. 그러나 아리아가 클라이맥스에 다다르는 순간 그는 노래 대신 울음을 토해 냈다. 듣고 있던 사람들도 모두 눈물을 흘렸다.

머독은 바로 그 순간을 노렸다. 잔인한 일일지 몰라도 괴도가 흐트러진 순간을 노리려면 그때밖에 없었다. 사람들 틈에서 뛰쳐나간 그는 곧장 괴도의 팔을 붙잡고 수갑을 채우려고 했다.

그러나 팔을 붙잡는 순간 괴도는 믿을 수 없을 정도로 빠르게 몸을 돌렸다. 그러곤 오히려 머독의 팔을 잡아채 뒤로 꺾어 버렸다. 머독은 억 소리를 내며 수갑을 떨어뜨렸고 주위에 있던 사람들은 이 소동에 놀라 뒤로 물러났다.

"이봐, 당장 머독 경위를 도와! 쉐비악을 잡으라고!"

시장님이 가장 먼저 소리쳤고 감상에 젖어 있던 경시청 사람들도 드디어 정신을 차렸다. 그들은 머독을 돕기 위해 사람들을 뚫고 다가오기 시작했다.

"길 좀 비켜 주십시오!"

"쉐비악을 놓치면 안 돼!"

장례식장은 순식간에 아수라장이 되었다. 다행히 로만 아이넨은 세라바체 양을 감싸 얼른 그 자리를 피했다.

자신에게 다가오는 경시청 사람들을 바라보던 괴도는 머독에게 이렇게 속삭였다.

"나한테 시간 낭비할 필요는 없어. 나는 범인이 아니야. 그리고 범인은 내가 잡는다."

머독이 그걸 어떻게 믿느냐고 반문하려 했지만 괴도는 그 말만 하고서 머독을 놓아주었다. 그러곤 상체를 홱 낮추더니 순식간에 도망치는 사람들 틈으로 섞여 들었다. 머독이 재빨리 그 뒤를 쫓아갔지만 얼마 가지도 못해 어디 있다 나타난 건지 손튼이 다가와서는 그를 붙들었다.

"선배님, 괜찮으세요? 선배님!"

"걱정할 시간 있으면 가서 괴도나 쫓아!"

이 대목에서 반장님과 나와 머독 모두 동시에 한숨을 내쉬었다.

"우리 막내가 늘 그렇지요. 그런데 손튼은 어디 갔습니까?"

내 말을 듣기라도 한 듯 타이밍 좋게 병실의 문이 벌컥 열렸다.

"선배니임!"

나를 애타게 부르며 달려온 손튼은 그대로 내 배를 깔아뭉갰다.

"어이쿠, 날 죽일 셈이냐?"

"선배님, 얼마나 걱정했다고요. 괜찮은 거예요? 선배님 이제 애꾸눈 되는 거예요?"

"애꾸눈이 되긴 왜 돼!"

그리고 그 뒤를 따라 쥬안 양이 쭈뼛거리며 다가왔다.

"괜찮으세요?"

나는 그녀를 보고 괜히 찔끔하며 대답했다.

"네, 괜찮습니다. 다들 이렇게 병문안 올 것까진 없는데……."

"병문안 아니야. 내가 불렀다. 기왕 이렇게 된 거 회의를 여기서 하려고."

반장님은 아무렇지도 않게 말했다. 저, 저 양반이 막 감동하려던 참인데!

내가 먼저 전날 샹 드 델라의 포스모 씨를 만난 것과 노숙자를 찾아 해변가에 갔다가 공격당한 사실 등을 설명했다.

"그 노숙자가 뭘 숨기고 있는 것만은 분명하군."

"네, 대문호의 금고에서 같은 장미꽃이 나온 게 우연은 아닐 거예요. 사람들을 풀어서 그를 수배해 보는 게 좋겠어요."

그리고 과자점에서 들은 이야기도 했다. 프리실라 양이 거길 다녔다는 말에 반장님은 나보다 더 큰 관심을 기울였다.

"둘 사이에 우리가 모르는 원한 관계라도 있었던 게 아닐까?"

반장님이 머독에게 고개를 돌리자 그가 입을 열었다.

"극장 직원들과 하인들을 만나 봤는데 그런 이야기는 없었습니다. 한결같이 입을 모아 대문호에게 원한을 가질 만한 사람은 아무도 없다고 말했습니다."

"그럼 원한 문제는 아닐지도 몰라. 돈은 어떨까? 대문호가 죽으면 그 유산은 누구에게 가는 걸로 되어 있지?"

"유언장은 장례식이 끝나고 유족들에게만 공개된다던데요. 지금쯤 공개하고 있겠군요."

"그 내용을 안다면 어느 정도 윤곽이 잡힐지도 모르겠군. 유산을 노린 자의 소행일 수도 있어."

"그럼 사라진 원고는요?"

반장님이 무슨 뜻이냐는 듯 나를 바라보았다.

"만약 범인이 유산을 상속받기로 되어 있는 사람이라면 굳이 그 원고를 훔쳐 갈 까닭이 없어요. 어차피 자기 것인데요."

"그것도 그런가?"

병실 안에 잠시 침묵이 내려앉았다. 이번 사건은 정말 범행 동기를 이해하는 일부터 난해했다. 그때 머독이 입을 열었다.

"애정이 얽힌 문제는 아닐까요? 종종 극작가들은 배우와 염문이 나기도 하지 않습니까. 대문호에게 혹시 숨겨진 연인이 있었던 건 아닐까요?"

"글쎄, 그분 나이에…… 아니, 그건 모르는 거지. 레일미어, 혹시 아는 거 있냐?"

오세이번 경에게 숨겨진 애인이라고? 생각만으로도 뭔가 불경해지는 기분이다.

"제가 알기로 그런 문제는 없었습니다. 하지만 또 모르죠. 저도 극장에 안 다닌 지 1년 가까이 되어서요. 이 문제는 대문호와 아주 가까운 사람만이 알 겁니다."

로만 아이넨이라면 뭔가 알지도. 그나저나 머독의 상상력에 박수를 보내고 싶은 심정이었다. 내가 생각하는 오세이번 경의 이미지로 봤을 때 가능성은 낮지만 말이다. 그 극장에는 그럴 만한 사람도…….

"머독, 그런데 세라바체 양은 왜 러세스에 대해 거짓말을 했다고 하더냐?"

"거짓말 아니랍니다. 자기가 잘못 본 것 같다고 태연하게 말하던데요. 누구 때문에 제대로 취조도 못 했습니다. 만나자마자 저한테 뭐라고 했는지 아십니까? 왜 자기가 빌려준 손수건을 돌려주지 않느냐고, 버린 건 아닌지 따져 묻더군요. 죄송하다고 몇 번이나 사죄해야 했습니다."

이렇게 말하며 머독이 슬그머니 웃어 버려서 문득 불안해졌다. 설마 저 녀석, 세라바체 양에게 어떤 마음이라도 품거나 그런 건 아니겠지? 아니지?

그때 쥬안 양이 앞으로 나서며 말했다.

"저…… 제가 혼자서 생각을 좀 해 보았는데요. 레일미어 선배님께서 말씀하신 대문호의 금고 말이에요."

쥬안 양이 자신의 의견을 피력하는 건 오랜만의 일이라 우리 모두 그녀를 바라보았다. 그녀는 어디선가 커다란 종이를 꺼내 들더니 그림을 그리기 시작했다.

"금고에 또 다른 비밀 공간이 있다고 하셨죠. 그럼 대문호께서 돌아가신 다음 날 우리가 한 수색은 의미가 없어져요. 수색하는 동안에도 그 원고는 어쩌면 금고 속에 들어 있었는지도 몰라요. 범인이 만약 그 비밀 공간에 대해 알고 있었다면 수색이 모두 끝나고 잠잠해졌을 때 꺼내 갔을 거예요."

"듣고 보니 그것도 그렇군."

반장님이 중얼거리는 소리를 들으며 나는 속으로 혼자 땅을 쳤다. 왜 그 생각을 진작 하지 못했지?

쥬안 양은 고개를 끄덕이고 말을 이어 갔다.

"초콜릿을 이용한 것도 금고에 대해 잘 알고 있다는 일종의 자신감이라고 볼 수 있어요. 솔직히 대문호께서 언제 초콜릿을 먹을지, 언제 독이 퍼져 쓰러질지 범인이 어떻게 알겠어요? 그럼에도 개의치 않은 이유는 그 비밀 공간에 대해 알고 있었기 때문이에요. 즉, 대문호께서 돌아가시고 사람들이 원고를 찾으려 애써도 그 원고가 발견되지 않을 거란 자신감이 있었던 거죠. 언제든 그걸 꺼내 갈 수 있는 것은 범인 자신뿐이었던 거예요."

어, 가만있어 봐라. 이거 점점 불안해진다. 그렇게 흘러가면 매우 많이 곤란한데? 쥬안 양은 내가 불안해한 바로 그 점을 짚었다.

"그렇기 때문에 제 생각에 범인은 금고의 비밀 공간에 대해 알고 있는 사람일 가능성이 매우 높아요."

"하지만 레일미어도 그 공간을 우연히 발견했다고 했잖아. 범인도 그랬던 것 아닐까?"

"아니에요, 젠장."

내 대답에 사람들 모두 나를 바라보았다. 머리가 지끈거리는 것을 느끼며 손으로 짚었다. 쥬안 양의 가설이 사실이라면 나는 범인을 눈앞에서 놓아준 꼴이 된다.

"무슨 소리야? 아니라니?"

"제가 발견한 게 아니에요. 사실 그 장면은 하우스만이 보여 줬어요."

"하우스만? 대문호의 제자?"

반장님이 펄쩍 뛰었다. 나는 어쩔 수 없이 그날 세라바체 양과 벽장 안에 숨어 있다가 목격한 사실을 모두 고백해야 했다.

"넌 그걸 그냥 보내 줬다고?"

"세라바체 양이 그건, 거짓말이 아닐 거라고……."

"이 멍청한 녀석! 세라바체 양이 관련되면 네 머리가 이성적으로 돌아가지 못한다는 걸 아직도 모르겠냐?"

반장님의 타박에 할 말이 없어진 나는 고개를 숙일 밖에 도리가 없었다. 자리에서 벌떡 일어난 반장님이 빠르게 명령했다.

"당장 출발해. 머독, 손튼, 가서 그 파렴치한 놈을 잡아 와라!"

"네."

나는 죄스러운 마음으로 떠나는 그들을 바라보았다. 머독의 얼굴에는 있는 그대로의 한심함이 드러나서 차라리 나았다. 하지만 손튼은 나를 마치 가련하다는 듯이 보고 있었다.

"죄송해요. 만약 하우스만이 범인이라면 어떤 처벌이라도 달게 받겠습니다."

"됐다. 네가 실수하긴 했지만 중요한 장면을 목격한 덕에 놈을 잡은 거야. 대신 이제 한 가지 약속하자, 레일미어."

반장님이 다가와 침대 끝에 걸터앉았다. 내가 바라보자 그분은 진지하게 말했다.

"세라바체 양한테 아직 미련 있는 거 아니면 적어도 이번 사건이 끝날 때까진 가까이하지 마라."

"네? 하지만……."

그런데 내가 대답을 끝내기도 전에 어딘가에서 다른 목소리가 들려왔다.

"그러신 줄도 모르고 제가 눈치 없이 괜한 걸음을 했군요."

나도 반장님도 휙 소리가 나게 병실 입구 쪽으로 고개를 돌렸다. 내가 지금 헛것을 보나? 하지만 입구 앞에는 분명히 검은 옷을 입은 세라바체 양이 서 있었다. 그녀를 본 반장님이 침대에서 벌떡 일어났다.

"세, 세라바체 양? 병문안 오신 겁니까?"

"아니요. 그저 지나가던 길입니다."

그대로 세라바체 양이 나가려 했으나 반장님이 달려가 그녀의 팔을 덥석 붙잡았다. 세라바체 양이 내려다보자 반장님은 본인도 놀랐는지 얼른 손을 떼었다.

"실례했습니다. 레일미어 경위가 많이 아픈 것 같은데 세라바체 양의 방문이 큰 위로가 될 겁니다. 난 이만 나가려던 참이었으니 이야기 나누시죠."

그래서 나는 급히 눈을 감싸 쥐며 최대한 아픈 척을 했다. 반장님은 병실 밖으로 쏜살같이 달려 나갔다 금세 돌아와서는 멍하니 서 있던 쥬안 양의 팔을 붙잡고 다시 쌩하고 나갔다.

병실 문이 닫히고 나서도 세라바체 양은 한동안 입구 앞에 서 있었다. 그러다가 내 쪽으로 천천히 걸어왔다. 한쪽 눈이 이상한 거지 다른 쪽 눈은 멀쩡한데 이상하게 그녀를 쳐다볼 수가 없었다. 가슴속에 날뛰는 망아지 한 마리가 들어 있는 것 같다. 진정해라, 이 녀석아. 제발 이젠 철 좀 들라고.

세라바체 양은 침대 옆 탁자에 과일 바구니를 놓고는 의자에 앉았다. 그러곤 묘하게 변명하는 듯한 말투로 말했다.

"장례식에서 소동이 있은 후 아버지와 반장님이 말씀을 나누시는 걸 들었어요. 아버지는 경위님이 왜 장례식에 오지 않았는지 물으셨고, 반장님은 경위님이 입원해 있다고 답하시더군요. 다치셨다는 이야기를 듣고 오지 않을 수 없었어요."

그랬구나. 소식을 들은 이상 병문안을 꼭 가야 한다는 그녀다운 책임감이다. 하지만 예전에 내가 그녀의 방에 기어오르다 떨어져 한 달간 입원했을 때는 얼굴을 비치지 않더니 조금 의외였다.

"눈은 괜찮으신 건가요?"

"예에, 알레르기가 장미 가시를 일으켜…… 아니, 가시에 찔린 알레르기에…… 눈이 조금 아파서요. 내일이면 낫는답니다."

"그렇군요. 걱정했는데 다행이네요."

걱정이란 말도 다행이란 말도 그렇게 쉽게 쓰지 않았으면 좋겠다. 망아지가 더욱 날뛰잖아.

여전히 그녀 쪽은 바라볼 수 없는 가운데 세라바체 양이 계속해서 말했다.

"원고 찾는 일 때문에 고생이 많으시네요."

"지금은 원고보다 살인범을 잡는 게 우선이죠. 어차피 살인범을 잡으면 원고도 저절로 찾게 되겠지만요."

"범인이 원고를 가져갔다고 생각하시는 건가요?"

"그럴 가능성이 큽니다. 바로 그렇기 때문에……."

하우스만에 대한 이야기를 해도 될지 고민이 되었다. 하지만 어쨌든 그녀도 나와 함께 하우스만의 행동을 목격한 사람이고 왜 그를 두둔했는지도 궁금해서 물어보기로 했다.

"하우스만이 범인일 가능성이 크다고 보고 있습니다."

"하우스만 씨요?"

예상대로 세라바체 양은 납득하기 어렵다는 표정을 지었다.

"그가 오세이번 경을 죽일 만한 동기는요?"

"그건 아직 짚이는 바가 없습니다만 붙잡아서 취조해 봐야죠."

"동기도 모른다면서 왜 그가 범인이라고 생각하시는 거죠?"

"그만이 대문호의 금고 속 비밀 공간에 대해 알았기 때문입니다."

나는 간략하게 쥬안 양이 말해 준 가설을 세라바체 양에게 들려주었다. 다 듣고 난 세라바체 양은 갑자기 자리에서 일어났다. 왜인지 약간 흥분한 듯이 보였다. 오른손으로 왼손을 꾹꾹 누르며 병실 안을 왔다 갔다 하던 그녀가 다시 입을 열었다.

"이해하기 어렵군요. 반드시 살인범이 원고를 가져갔을 거라 단정할 순 없어요. 또한 금고 속 비밀 공간에 대해 하우스만 씨 말고 또 알고 있는 사람이 있을 수 있고요."

"하지만 로만 아이넨도 모르는데 누가 그걸 알 수 있겠습니까? 제 생각에 대문호께서는 아무에게도 금고 속 공간에 대해 말하지 않았을 겁니다. 애당초 누군가에게 알릴 생각이었다면 그렇게 비밀스럽게 꾸몄을 리도 없죠. 하우스만처럼 우연히 알아낸 사람이 또 있다고 보긴 어렵습니다."

"하지만…… 좋아요. 하우스만 씨가 원고를 가져갔다고 해 보죠. 그렇다고 해서 그가 꼭 살인범이라고 볼 순 없잖아요."

"처음부터 목적이 원고가 아니었고 그가 살해하지도 않았다면, 존경하던 스승님께서 돌아가신 마당에 원고부터 빼돌리는 행동을 할 리가 없죠. 하우스만이 살인범이라고 생각하면 모든 게 간단해져요. 스승을 죽이고 그의 마지막 원고를 훔쳐 숨기고 그 자리에 대신 자기 원고를 넣은 겁니다. 그동안 무시당한 것에 대한 복수나 뭐 그런 거겠죠. 우리가 그 장면을 목격하지 않았더라면 스승의 드높은 이름으로 자신의 원고가 칭송받는 걸 보면서 쾌감을 느꼈을 테죠."

잠시 나를 보던 세라바체 양은 다시 병실 안을 왔다 갔다 하기 시작했다. 왜 저렇게 불안해하는 거지? 나도 그녀를 의심하고 싶진 않았다. 하지만 그녀만 관계되면 이성적으로 생각하지 못한다는 반장님의 말이 문득 떠올랐다.

좋아, 눈앞에 있는 저 혼란스러운 여인이 내가 사랑했던 여인이 아니라고 가정해 보자. 나와는 전혀 관계없는 타인인 거다. 그런 사람이 하우스만이 범인이란 말에 저토록 안절부절못하는 이유는 뭘까? 왜 하우스만을 두둔했던 것일까? 그녀는 머독을 공격하고 달아난 러세스도 두둔했었다. 러세스는 그럴 사람이 아니라고.

세라바체 양이 그토록 확신에 차서 그들이 범인이 아니라고 말하는 이유는 혹시 그녀가 이미 범인이 누구인지, 원고가 어디 있는지 알고 있기 때문은 아닐까?

"세라바체 양, 그날 정말로 머독을 공격한 게 러세스였습니까?"

"네? 아, 그건 제가 잘못 본 것 같더군요."

"잘못 볼 수가 있나요? 그렇게 가까운 거리에서요."

"저도 당황했기 때문에…… 이미 머독 경위님께 다 말씀드린 내용이에요. 또 묻지 말아 주세요."

"대체 누굴 보호하려는 겁니까?"

세라바체 양은 그만 걸음을 멈추고 나를 바라보았다. 어째서인지 요즘 자주 그녀를 화나게 만들고 있다는 생각이 들었다.

"이제 나를 보면 그저 범인이니 사건이니 그런 것밖에 안 떠오르시나 보군요. 나는 문병을 하러 왔지 취조당하러 온 것이 아닌데요."

"먼저 사건에 대해 물어본 쪽은 당신이었습니다만."

내가 생각하기에도 말투가 좀 냉정하게 나갔다. 사과하려는 순간 그녀가 나를 똑바로 쳐다보며 말했다.

"당신은 참 놀라운 사람이네요, 레일미어 경위님. 누군가에게 호감이 있을 때와 그렇지 않을 때 이처럼 말과 행동에서 차이를 보이시니 말이에요. 본래 이런 사람이셨나요?"

그녀의 직설적인 말에 나도 울컥하고 말았다.

"당신에게 깊이 호감을 느꼈던 시절이라고 해도 이처럼 중대한 사건에 연루되었을 때는 지금과 다르게 행동하지 않았을 겁니다. 사랑 때문에 뭐든 덮어 줄 수 있는 그런 사람이 못 되어 유감이군요."

세라바체 양의 몸이 흠칫 떨리는 게 보였다. 얼굴에 잠깐 드러난 표정은 모욕감인지 분노인지 판단하기 어려웠다. 또 뺨을 맞을 수도 있겠다는 생각이 들어 고개를 돌리며 눈을 감았다.

그러나 잠깐 기다려도 예상했던 느낌은 오지 않았다. 내가 다시 눈을 뜨자 그녀는 얼굴을 가리며 몸을 돌렸다. 그러곤 등을 보인 채로 말했다.

"그렇군요. 그렇다면 다행이에요. 앞으로도 그렇게 감정은 배제한 채 냉정히 수사해 주세요. 경위님은 꼭 범인을 찾아내실 거예요."

아무 대답도 할 수 없었다. 감히 그럴 수가 없었다. 그녀의 뒷모습에서 눈이 떨어지지 않았다. 곱게 땋아서 말아 올린 머리, 감정이 흔들리는 순간에도 등을 곧게 편 모습.

그렇게나 사랑했던 내 여인이 등을 보인 채 울고 있었다. 절망과 무력감이 가슴 가득 먹먹하게 차올랐다. 그녀에게 내뱉은 모든 말을 후회했다. 그녀가 내 연인이라면, 조금이라도 나를 허락했다면 당장이라도 달려가 뒤에서 안아 주었을 것이다. 하지만 감히 제자리에서 꼼짝도 하지 못했다.

누군가 병실 문을 두드린 것은 그때였다. 반장님이 벌써 돌아온 걸까? 세라바체 양은 황급히 얼굴을 매만지고는 옷매무새를 단정히 했다. 그녀가 감정을 추스를 만한 시간 동안 기다렸다가 대답했다.

"들어오세요."

문이 열리고 들어온 사람은 정말로 뜻밖의 인물이었다.

"경위님, 괜찮으십니까?"

내가 쓰러졌던 과자점의 종업원인 파삐 양이었다.

"파삐 양? 여긴 어쩐 일로……."

"어제 가게에서 쓰러지신 게 마음에 걸려 오게 되었습니다."

파삐 양은 세라바체 양을 힐끔 보더니 덧붙였다.

"먼저 오신 손님이 계시니 저는 다음에 오는 게 좋을 것 같습니다."

"아니에요."

세라바체 양은 언제 울었냐는 듯 금세 무표정한 얼굴로 돌아가서는 말했다.

"이만 떠나려던 참이었습니다. 두 분께서 말씀 나누세요. 그럼."

그녀는 차분히 등을 돌려 병실에서 나갔다. 파베 양에게는 미안한 말이었지만 그 순간에는 세라바체 양의 뒷모습 말고는 아무것도 눈에 들어오지 않았다. 이대로 보내야 하나? 붙잡아야 하는 것은 아닐까? 하지만 무슨 면목으로.

그렇게 속절없이 그녀를 떠나보냈고, 그러고 나서도 잠시 후에야 파베 양이 병실 안에 있다는 걸 자각했다.

"아, 정말 죄송합니다. 어제 가게에서 보인 행동만으로도 충분히 폐를 끼쳤는데 이렇게 병문안까지 와 주시다니요."

"아닙니다. 저야말로 두 분의 시간을 방해한 것 같습니다."

파베 양이 약간 새침한 말투로 말했다. 그나저나 가게에서 쓰는 말투를 바깥에서까지 쓰니까 약간 이상하게 느껴졌다. 조금 귀여운 것 같기도 하고.

"상처는 좀 괜찮으십니까? 어제 갑자기 쓰러지셔서 많이 놀랐습니다."

"예, 이제 괜찮아요. 경시청 경위로서 못 볼 꼴을 보여 드렸군요."

"그렇지 않습니다. 공사가 다망한 와중에 일어난 일이었잖습니까. 어제부터 계속 걱정하고 있었습니다."

"걱정해 주셨다니 정말 감사한 일이네요."

어제도 느꼈지만 참 상냥하고 친절한 아가씨다. 세라바체 양이 이 아가씨의 반만 내게 상냥해도 얼마나 좋을…… 관두자. 나야말로 병문안 와 준 사람을 울린 장본인이니까.

"과자와 빵을 좀 가져왔습니다. 어제 맛있게 드셨다는 말씀을 들었습니다."

"네, 정말 맛있더군요. 그런데 가게에서 이렇게 마음대로 가져오셔도 되나요?"

"괜찮습니다. 모두 제가 직접 사 온 거랍니다."

그녀는 웃으면서 바구니를 풀었다. 고소하고 달콤한 빵 냄새가 코를 자극했다. 이거 고맙기는 한데 뭐라고 말해야 할지 모르겠다. 가격이 꽤 비싸던데 괜찮은 걸까?

"좀 과분한 것 같지만, 아무튼 잘 먹겠습니다."

"잘 드셔 주시면 그걸로 좋습니다."

파베 양에겐 미안한 일이지만 그녀가 준 빵을 씹으면서도 계속해서 떠난 세라바체 양에 대해 생각했다. 역시 아까 그녀를 뒤에서 안아 줬어야 했다. 최소한 손이라도 내밀거나 아직 품에 간직하고 있는 이 손수건이라도 건넸더라면.

당신을 상처 내려고 한 것이 아닌데 자꾸만 상처 내는 나는 그때의 복수라도 하고 있는 걸까? 만약 그런 거라면 나란 놈은 정말로…….

"아까 그분은."

파베 양이 갑자기 입을 열어서 깜짝 놀랐다. 나는 씹던 빵을 간신히 삼키고 되물었다.

"네?"

"혹시 아까 그분은 경위님과 어떤 특별한 관계에 있는 분이십니까? 여쭤봐도 되는지 모르겠지만 말입니다."

물어보면서 파베 양은 어째서인지 수줍게 눈을 내리깔았다.

"아뇨, 특별하다고 말할 수 있는 사이는 아닙니다."

"그렇습니까?"

파베 양의 목소리 톤이 한층 올라갔다. 그녀는 얼굴이 상기된 채 바구니에서 초콜릿을 꺼냈다.

"이것도 더 드시기 바랍니다. 가게에서 정말로 유명한 초콜릿입니다."

"아, 네. 그럼 감사히."

파베 양은 그 후로 특별한 말은 하지 않고 내가 먹는 모습을 지켜보기만 했다. 음식이 어째 잘 목으로 넘어가질 않았다.

파베 양이 돌아가고 나서 침대에서 일어나 옷을 갈아입었다. 의사의 허락은 받지 않았지만 그대로 병실에서 혼자만의 시간을 갖게 되면 계속 세라바체 양의 울고 있던 뒷모습에 대해서만 생각할 것 같았다. 그러다 돌이킬 수 없는 짓을 저지를지도 몰랐다.

병실로 들어오던 반장님은 그런 나를 보더니 손가락 하나로 갑자기 옆구리를 푹 찔렀다.

"여어, 레일미어."

"······이 손가락은 뭡니까?"

"그렇게 안 봤는데 다시 봤다. 주변에 여자가 많더구나. 두 번째로 온 그 아가씨는 누구냐? 대체 누구야, 응?"

"어제 제가 쓰러진 과자점 종업원이요. 걱정이 돼서 왔나 봐요."

"단지 그런 이유로? 그렇게 예쁘게 차려입고 빵 바구니까지 들고?"

반장님은 궁금해서 미칠 지경인 듯 보였지만 나는 일부러 더 안달이 나라고 더 이상 얘기해 주지 않았다. 반장님은 투덜거리다가 다시 말했다.

"세라바체 양이 그래서 그렇게 빨리 돌아간 거로구나. 어쩐지 나가면서 표정이 좋지 않더라니. 네 작전이 잘 통했나 보다."

"무슨 작전이요?"

"원래 내 것이라고 생각했던 물고기에 다른 떡밥이 떨어지면 없던 질투심도 생겨나기 마련이거든."

"아니, 그러니까 대체 무슨 말씀이시냐고요."

"아무튼 넌 오늘 잘한 거다. 다시 봤어, 허허허."

언제는 세라바체 양만 관련되면 머리가 이성적으로 돌아가지 않는다고 가까이하지 말라더니, 참 우리 반장님답다.

경시청으로 돌아간 나는 머독과 손튼이 하우스만을 체포해 오기를 기다렸다. 기다리는 동안 가슴이 타들어 가는 것 같았다. 하우스만이 벌써 도주해 버렸을지도 모른다는 생각이 들었다. 그러고 보면 포모스 씨도 그에게 거액의 계약금을 지불했다고 했지. 그걸 가지고 이 도시를 떠나 버렸다면……

내 미래가 마치 연극 무대처럼 선명하게 그려진다. 곧바로 파면당하고 월세를 내지 못해 사랑하는 로빗 부인으로부터 쫓겨난다. 머독이 희희낙락하며 로빗 부인과 알콩달콩 사는 동안 노숙자가 된 나는 예전 시장님과 함께 화이트헤븐 주변에서 구걸이나 하며 살아가겠지. 산책 나온 세라바체 양은 그걸 목격하곤 역시 저런 남자는 차 버리길 잘했다며 수군거릴 것이다.

소리 없이 절규하고 있던 그때 드디어 강력3반 사무실의 문이 열렸다. 머독과 손튼인가 하고 달려 나가려던 나는 무시무시한 늙은 사자와 맞닥뜨리고는 황급히 걸음을 멈췄다. 늙은 사자는 강력1반 반장인 칼레보스를 가리키는 말인데, 짙은 금발 머리를 사자 갈기처럼 휘날리며 부리부리한 눈매를 자랑하기 때문에 붙은 별명이었다. 사자만큼 무섭기도 하고.

"잘 있었나, 강력3반 머저리들."

이 부름에 칸막이 너머에서 우리 반장님이 이마에 힘줄이 솟은 채 걸어 나왔다.

"이게 누구신가. 강력1반에 다 늙은 고양이 아니신가."

우리 반장님은 칼레보스를 결코 사자라고 부르고 싶어 하지 않았다. 늙은 사자는 아랑곳하지 않고 입을 열었다.

"비리비리한 강력3반에서 웬 살인 사건을 조사한다고 고생이 신가. 힘에 부치는 짓 그만두고 우리 부서로 넘기시지."

"허허, 여태 뒷짐 지고 구경만 하다가 사전 조사 다 끝내 놓으니 나타나서 가로채시겠다? 몸 쓰는 것 말고는 할 줄 아는 게 없는 강력1반에서 수사라는 걸 제대로 진행할 수 있으려나?"

"코털이나 삐져나온 대머리가 뭐라는 거야?"

"이젠 말귀도 못 알아먹냐? 귀까지 무식하게 근육으로 들어찼나 보구먼."

"다 피땀 흘려 가며 고생해서 생긴 근육이다! 맨날 놀고먹는 강력3반에서 알 턱이 있겠냐?"

"아이고, 그렇게 피땀 흘려 가며 고생하셔서 괴도 하나 못 잡았나 보지? 뭐가 자랑이라고."

사무실 안에만 폭풍우가 몰아치는 기분이다. 나는 슬그머니 일어서서 웃으며 말을 붙였다.

"차라도 한 잔 타 드릴까요? 드시면서 천천히 얘기하시죠."

"넌 조용히 해, 이 3년간 쫓아다니던 여자한테 뺨 맞은 놈아!"

늙은 사자의 일갈에 곧바로 내 자리에 다시 쭈그리고 앉았다.

"애먼 데다 화풀이하지 마. 우리 레일미어 경위는 범인의 뒤를 쫓다가 기습당해 부상까지 입은 몸이라고."

"우리 튼실한 1반 요원이었으면 부상 따윈 입지도 않았을걸?"

"태도가 그따위인데 협력을 하고 싶겠냐!"

"안 할 수가 없을 거다, 늙은이!"

칼레보스가 회심에 찬 동작으로 품에서 서류 한 장을 꺼내 들었다. 경시청장님의 직인이 찍혀 있는 그 서류에는 대문호 살인 사건 및 원고 도난 사건에 강력반 전체가 협력하여 줄 것을 당부(라고 쓰고 명령이라고 읽는다.)한다고 쓰여 있었다.

"봤지? 이렇게 됐으니 너희들은 원고 쪼가리나 찾아다녀. 살인범은 우리가 잡을 테니."

"저런, 한 발이 아니라 백 보가 늦으셨군. 이미 우리 유능한 강력3반 직원들이 범인을 체포해 오고 있다네."

늙은 사자의 눈썹이 꿈틀거렸다.

"과연 제대로 된 자를 체포해 오는 걸까?"

"물론이지. 자, 그럼 하던 대로 괴도 뒤꽁무니나 쫓아다니라고."

칼레보스는 정말로 사자처럼 으르렁거리고는 몸을 홱 돌려 강력3반을 나갔다. 반장님 또한 씩씩거리고 있었다.

"저딴 놈들과 협력을 하라니!"

"좋게 생각하세요. 빨리 범인을 검거하면 그만큼 더 좋을……."

반장님의 표정을 본 나는 재빨리 말을 바꾸었다.

"……리 없죠. 범인은 틀림없이 하우스만일 테니 걱정하지 마세요."

"그래, 그놈이야. 그놈이어야만 해."

반장님은 다시 칸막이 뒤로 가서 앉았는데, 그 와중에도 칼레보스의 말이 신경 쓰였는지 열심히 거울을 들여다보며 코털을 다듬기 시작했다.

얼마 지나지 않아 드디어 머독과 손튼이 강력3반으로 들어왔다. 걱정했던 것과 달리 그들의 손에는 하우스만이 붙들려 있었다. 나는 티 나지 않게 속으로 커다랗게 안도의 한숨을 내쉬었다. 머독과 손튼이 그토록 예뻐 보이기는 처음이었다.

"이게 대체 무슨…… 제가 여기 왜 끌려와야 합니까?"

억울하다는 듯 항변하던 하우스만은 나를 발견하더니 더 큰 소리로 물었다.

"이제 와서 이러는 이유가 뭡니까? 그때 분명 제가 아니라고 말씀드렸을 텐데요?"

"그거야 당신 주장일 뿐이고, 의심스러운 행동을 했던 건 사실이니 더 조사가 필요합니다."

"내가 스승님을 죽였다는 겁니까? 그래요?"

"정말로 결백하다면 우리가 묻는 질문에 성실히 답변해 주시면 됩니다."

그를 취조실로 들여보냈다. 그러곤 내가 따라 들어가려 했으나 머독이 막아섰다.

"내가 체포해 왔으니 내 몫이야."

"그 장면을 목격했던 건 난데?"

그러나 반장님이 우리 둘 다 취조실에서 밀어냈다.

"저놈을 취조하는 건 내가 맡으마. 너희 둘은 따로 할 일이 있을 텐데? 뱀파이어 백작을 만나고 오는 거 말이다."

"그건 어제 가기로 했던 거 아닙니까?"

"어제 너 쓰러졌었잖아."

"그러니까 머독이 혼자……."

나는 머독을 바라보았다. 그런데 그가 고개를 돌리며 헛기침을 했다. 반장님은 대견하다는 듯이 우리 둘을 번갈아 보며 말했다.

"너랑 꼭 같이 가겠다면서 오늘로 미뤘다."

설마 그럴 리가! 예상한 대로 머독은 자긴 죽었다 깨어나도 그런 말을 한 적이 없다는 표정을 결연하게 짓고 있었다.

"마침 해도 졌으니 지금 손 붙잡고 다녀오면 되겠네."

"하지만 반장님, 레일미어 경위는 현재 눈도 제대로 못 뜨는 부상자입니다만."

"머독 경위야말로 머리를 얻어맞아서 현기증이 난다는데 길이나 제대로 찾아가겠습니까?"

우리 둘이 서로에게 핀잔을 주던 그때 반장님이 갑자기 우리를 밀쳐 내며 버럭 소리를 질렀다.

"그만들 좀 해!"

머독도 나도 황급히 입을 다물었다. 아무래도 늙은 사자의 방문 때문에 반장님이 좀 예민해진 것 같다.

"아무리 서로가 싫어도 벌써 5년이다. 이 정도면 최소한 미운 정이 들 만도 하지 않냐? 도대체 동료라는 것들이 왜 그래? 이런 너희를 믿고 도대체 나더러 뭘 하라는 거냐?"

어째서인지 일순 사무실 안에 숙연한 분위기가 감돌았다. 손
튼은 약간 겁먹은 표정으로 우리를 바라보았고 쥬안 양도 한쪽
구석에서 눈치를 보며 서 있었다.

"죄송합니다, 반장님."

내가 사과하자 머독도 사과했다. 하지만 반장님은 그걸로 만
족하는 것 같지 않았다.

"일시적인 사과 따윈 필요 없다. 며칠 지나면 또 그대로 돌아
갈 거잖아. 아니야?"

"아닙니다."

"절대로 아닙니다."

"그럼 증명해 봐."

증명하란 말에 머독과 나는 서로를 마주 보았다. 뭘 하라는
거야?

"서로 포옹하고 그동안 미안했다고 잘 지내 보자고 말해."

으악, 머독이랑 그런 낯간지러운 짓을 하라고? 차라리 사표를
내 버릴까? 아까 실직자가 된 내 신세를 미리 그려 보지 않았다
면 정말 그랬을지도 모르겠다.

나는 머독을 향해 마주 보고 돌아섰다. 머독도 그렇게 했다.
하지만 마음속에서는 어쩔 수 없는 전투심이 솟구쳐 올랐다.
내가 지금 너와 포옹을 하고 사과를 하는 이유는 단지 잘리고
싶지 않아서일 뿐!

"미안해, 머독 경위. 이제 그만 다투고 서로 도와 사건을 해결

해 보자."

"나도 미안해, 레일미어 경위. 앞으로는 경쟁보다 협력을 하도록 할게."

아오, 일곱 살짜리 어린애가 책을 읽어도 이것보단 실감 나게 읽겠네.

나는 이를 부득부득 갈면서 머독에게 다가갔다. 녀석의 얼굴에도 혐오감이 떠올라 있었다. 기왕 할 거 미적거리지 말고 빨리 끝내고 싶단 생각에 녀석을 박력 있게 끌어안았다. 짧고 격한 포옹이 끝나자 머독은 입가를 가리며 떨어졌다. 이봐, 토하고 싶은 건 이쪽도 마찬가지라고!

"허허, 보기 좋구먼. 진작 그랬어야지. 또 한 번 내 눈앞에서 싸우면 그때 내가 뭘 시킬지는 너희들의 상상에 맡기마. 알았지?"

"이건 이중 잣대입니다! 반장님도 늙은 사자와 전혀 사이가⋯⋯."

"차 없이 걸어가고 싶냐?"

"다녀오지 말입니다."

쳇, 비굴해도 할 수 없다. 뱀파이어 백작이 사는 고성은 그레이힐에서 가장 높은 절벽 꼭대기에 있기 때문이다.

6. 뱀파이어 백작과 한밤중의 만찬

뱀파이어라고 불리는 잉기스 후에르 백작이 사는 고성은 도시를 한눈에 내려다볼 수 있는 서쪽 해안 절벽에 위치하고 있었다. 근처의 모든 해안가는 물론이고 도시 영토의 대부분이 그의 땅이었다. 따라서 시장님도 그의 눈치를 봐야 할 정도였다.

하지만 그는 그다지 도시 시정에 많이 간섭하는 인물이 아니었다. 사교계의 어떤 파티에도 참석하지 않고 공식적인 석상에 모습을 드러내는 일도 적었다.

그런 그에게 뱀파이어 백작이라는 별명이 붙은 건 오로지 해가 진 뒤에만 모습을 드러냈기 때문이다. 낮에는 성 밖으로 나오기는커녕 성으로 그를 만나러 갈 수도 없었다. 그와 약속을 잡으려면 무조건 밤 시간으로 해야 했다. 게다가 누군가의 믿기 힘든 증언에 따르면, 그는 20년 전이나 지금이나 늙지 않고 한결같은 외모를 유지하고 있다고 한다.

"그가 진짜 뱀파이어일 거라고 생각해?"

차를 타고 가는 동안 할 일도 없겠다 머독에게 말을 걸었다. 운전 중이던 머독은 퉁명스레 대답했다.

"그런 건 이야기 속에나 존재하는 거야."

"하지만 이상하잖아. 왜 밤에만 활동하는 걸까?"

"낮을 싫어하는가 보지."

그냥 말을 말아야지. 생각이 단순해서 좋기도 하겠다.

그나저나 어두운 해안 도로를 자동차 불빛에만 의지해서 달리려니 조금 으스스한 기분이 들었다. 절벽 밑엔 시커먼 잉크 같은 바닷물이 한가득이었다. 마치 저곳에 빠지면 다시는 헤어 나올 수 없는 심연으로 빨려들어 갈 것만 같다. 내가 그런 걸 무서워하는 성격이 아닌데 이상하게 이 근처에만 오면 한기 같은 게 느껴진다. 역시 뱀파이어 백작이 사는 곳답달까?

한동안 절벽 도로를 달린 우리는 성으로 들어가는 입구에 도착했다. 거대한 철문이 가로막고 있었기에 차를 세우고 벨을 눌러야 했다. 잠시 후 창백한 얼굴의 집사(이 집 하인들은 이상하게 얼굴이 다 창백하다는 소문이 있다.)가 문을 열어 주었다.

"누구십니까?"

"늦은 시간에 실례가 많습니다. 경시청에서 나왔습니다. 잠깐 백작님을 뵐 수 있을까요?"

집사는 마치 내가 지금부터 이 집을 털겠다고 말한 것처럼 분노 어린 표정을 지었다.

"약속도 없이 말입니까?"

"선약을 잡을 정도로 한가하지 못해서요. 살인 사건과 관련된 중요한 일이니 들여보내 주시죠. 강제로 열고 들어가고 싶진 않습니다."

이런 권세 높은 집안은 하인들도 콧대가 높아서 일부러 더 강하게 나갔다. 집사는 한동안 나를 노려보더니 문을 반만 열어 주었다.

"일단 들어오시죠. 여쭤보기는 하겠습니다만 백작님이 만남을 거부하시면 그땐 나가 주셔야 합니다."

"노력해 보죠. 장담은 못 드리겠습니다만."

집사가 안내한 성 안쪽은 과연 으리으리했다. 바깥에서 보기만 했지 한 번도 안으로 들어와 본 적 없던 나는 순수하게 감탄했다. 그동안 가 본 어떤 건물보다도 넓고 높았다. 의외로 실내 장식 같은 건 별로 없이 날것 그대로의 돌벽이었는데 오히려 더 유서 깊은 느낌을 주었다.

"여기서 기다리시죠."

집사는 응접실도 아닌 차디찬 홀에 우리를 세워 놓고 계단을 올라갔다.

"너무하네. 먼 길을 왔는데 차 정도는 내줘야 되는 거 아냐?"

"한밤중에 약속도 없이 쳐들어온 손님 주제에 바라는 것도 많군."

내가 투덜거리자 머독이 쏘아붙였다. 집사가 곧 돌아와 말했다.

"이야기를 들어 보겠다고는 하십니다. 하지만 직접 대면하고 싶진 않다고 하시는군요."

"네? 그게 무슨 말씀이신지……."

"저한테 말씀을 해 주시면 제가 가서 전달해 드리고 답을 받아 오겠습니다."

옆에 있는 머독을 바라보니 그도 황당하다는 표정이었다.

"어째서 그렇게 번거로운 절차를 거쳐야 하는 겁니까? 직접 대면하는 데 있어서 무슨 문제라도 있습니까?"

"백작님께서는 사람들 앞에 모습을 드러내는 걸 좋아하지 않습니다. 특히 여러분처럼 약속도 없이 한밤중에 찾아오시는 분들에겐 더더욱 그렇지요."

"한밤중에 찾아온 점은 죄송스럽게 생각합니다. 하지만 원래 밤이 아니고선 만날 수 없는 분이라고 들어 저희 나름으로는 시간대를 신경 써서 찾아온 겁니다."

머독이 차분히 설명하자 집사의 표정이 약간 누그러졌다.

"어쨌든 직접 만나고 싶진 않다고 하십니다."

"하지만 말이란 것은 워낙 미묘한지라 조금이라도 전달이 잘 못된다면 서로에게 돌이킬 수 없는 오해를 낳을 수도 있습니다. 그분에게도 소중한 오세이번 경의 죽음과 관련된 문제이니 양해를 바란다고 전해 주십시오."

그 말에 집사는 잠시 우리를 보다가 다시 계단을 올라갔다. 그리고 아까처럼 빠르게 되돌아왔다.

"올라오십시오."

그를 따라 위층으로 올라갔다. 올라가는 계단 정면 벽은 거대한 창문으로 되어 있어 달빛과 밤바다가 그대로 비쳐 들어왔다. 아름다웠다. 달빛 아래 묘하게 빛나는 바다를 홀린 듯 바라보던 나는 얼른 집사의 뒤를 쫓았다.

그가 우리를 안내한 곳은 2층 맨 구석에 있는 방이었다. 문틈에서 불빛이 새어 나오고 있었다. 집사는 문을 열어 주곤 우리를 들여보내며 말했다.

"방 안에 있는 가리개를 넘어가지 말아 주십시오."

이건 또 무슨 말인가 하고 들어가 보니, 방 한가운데에 대형 가리개가 놓여 있는 게 보였다. 그리고 실내에 있다고 보기엔 좀 많은 식물들이 우리를 둘러싸고 있었다.

"곧 차를 내오겠습니다. 그럼."

문이 닫히고 우리는 가리개 한쪽에 마련된 의자에 앉았다. 그러니까 백작은 저 너머에 있다는 거지? 거참, 얼굴 보이는 거 정말 싫어하는 성격인가 보다. 나는 허공에다 대고 말하는 바보가 된 것 같은 기분을 느끼며 가리개 저편으로 말을 걸었다.

"밤중에 찾아와 죄송합니다, 백작님. 저는 경시청 강력3반 소속 레일미어 경위라고 하고 옆에 있는 사람은 머독 경위입니다."

"반갑습니다. 레일미어 경위, 머독 경위."

마치 소년과 같은 가느다란 미성이 들려와 깜짝 놀랐다. 건너편에 있는 건 정말 백작이 맞는 건가? 궁금증을 참지 못한 내가 물었다.

"실례지만 왜 이런 가리개가 필요한지 여쭤봐도 되겠습니까?"

"불편하겠지만 양해를 부탁합니다. 나는 사람들 앞에 나서는 걸 무척이나 꺼립니다. 수줍음이 유독 많은 성격이라서요."

수줍음이 많은 뱀파이어 백작이라니, 농담도 지나치다. 하지만 옆에 있는 머독은 진지하게 대꾸했다.

"밤에만 활동하시는 것도, 사교계에 모습을 드러내지 않으시는 것도 다 그 이유 때문입니까?"

"그렇다고 말할 수 있겠군요."

"하지만 최근 조 마르지오 극장에는 오신 적이 있으시죠? 대문호께서 돌아가셨던 바로 그날 밤 말입니다."

건너편에서 침묵이 맴돌았다. 당장이라도 가리개를 걷어 내고 싶었지만 지나친 무례일 것 같아서 참았다. 머독도 긴장하며 대답을 기다리고 있었다.

"그랬습니다."

마침내 그가 한숨과 함께 말했다.

"나의 벗, 게오르그…… 그의 죽음은 자연스러운 이치에 따른 것이 아니라 악의적인 인위에 의한 것이었지요. 너무도 슬프고 가혹한 일입니다."

"그날 대문호를 만나 보셨습니까?"

"만나지 못했습니다."

만나지 못했다니 의외였다. 그 밤중에 일부러 극장까지 발걸음을 했는데 자기 벗이자 후원하고 있는 작가의 얼굴을 보지 않았다고?

"내가 그날 거기에 간 건 로만에게 볼일이 있어서였습니다. 게오르그와도 인사를 나누고 싶었지만 집필 중이던 원고가 막바지에 이른 상태라고 하기에 방해하고 싶지 않았습니다."

"그 원고 말입니다만, 혹시 한 번이라도 보신 적 있습니까?"

"본 적은 없습니다. 게오르그로부터 어느 정도 진척이 되고 있는지 간략하게 이야기만 듣곤 했습니다. 그는 원래 대본이 완성되기 전까지는 누구에게도 보여 주지 않고 내용도 말하지 않습니다."

그건 로만 아이넨에게 들어 이미 알고 있는 사실이었다. 하지만 후원자인 백작조차도 내용을 모른다니, 그럼 정말로 오세이번 경 외에 원고 내용을 아는 사람은 없다는 말이 된다.

"혹시 누군가 알고 있는 사람이 있지 않을까요? 제자인 하우스만이라든가……"

"게오르그가 하우스만에게 말했을 리는 없습니다. 그는 하우스만을 그다지 신뢰하지 않았습니다."

"그럼 로만도요?"

"말했다시피 본인의 입으로 들은 사람은 아무도 없을 겁니다. 그의 원고를 훔쳐보지 않는 이상은요."

하우스만은 어쩌면 훔쳐봤을 수도 있다. 전에 물었을 때 강하게 부정하긴 했지만. 내가 그의 말을 수첩에 적는 동안 머독이 물었다.

"대문호께서 하우스만을 신뢰하지 않았다고 하셨는데 무슨 이유라도 있습니까?"

"하우스만을 제자로 받아들인 건 그의 부친과 친구 사이였기 때문입니다. 처음에는 재능도 있다고 생각했지요. 하지만 도무지 조언을 받아들이지 않는 친구였습니다. 글은 점점 나빠졌고 그 탓을 항상 남 혹은 환경 탓으로 돌렸지요. 하지만 무엇보다 자꾸만 극장에 소속된 여성들에게 이상한 편지를 보내는 게 문제였습니다."

"이상한 편지요? 어떤 편지 말씀하시는 겁니까?"

백작은 잠시 침묵을 지키다가 아주 작은 목소리로 조심스럽게 말했다.

"사랑을 고백하는…… 그런 편지 말입니다."

그런 백작의 반응을 통해 한 가지 의문은 해소할 수 있었다. 나는 지금까지 집사가 했던 말이나 이 가리개가 모두 쇼에 불과하다고 생각했었다. 하지만 어쩌면 정말로 이 백작님은 수줍음이 많은 건지도 모르겠다.

"그런 편지가…… 음, 이상하다고만은 할 수 없잖습니까? 평범한 연애편지라면요."

"내용까지는 나도 알 수 없습니다만, 그와 같은 편지를 여러 명의 여성들이 동시라고 봐도 좋을 만큼 짧은 간격으로 받는다면 그건 이상한 일이지요."

머독은 웃음을 터뜨릴 뻔했지만 헛기침까지 하며 웃음을 참아 냈다. 하지만 난 그처럼 예의를 차리지 못하고 소리 내어 웃어 버렸다. 정말 알면 알수록 기가 막힌 양반이다. 극장에 있는 배우들에게 이리저리 집적댔단 말이지?

"신인 배우들은 무척 곤혹스러워했습니다. 그를 거절하면 배역을 얻는 데 불이익을 받는 줄 알았으니까요. 세라바체 양처럼 직접 거절할 용기가 있는 사람은 별로 없었지요."

"네? 그게 무슨…… 세라바체 양도 그런 편지를 받았단 말씀입니까?"

"누구보다도 그녀가 제일 많이 받았을 겁니다."

순간 머독이 내 팔을 꽉 잡았다.

"참아, 여기서 이성을 잃으면 안 돼."

"그럴 리가 있냐, 괜찮아."

괜찮고말고. 여기서야 괜찮지. 하지만 경시청에 돌아가는 순간 어떻게 될지 장담 못 한다.

"로만 아이넨은 이 모든 일들을 몰랐습니까?"

"알지 못했지요. 세라바체 양의 부탁도 있고 해서 게오르그나 나나 말하지 않았습니다. 그 사실을 알았다면 로만이 하우스만을 어떻게 했을지……."

확실히 상상하기 두려워지는 일이다. 기침을 그친 머독이 다시 진지하게 입을 열었다.

"대문호께서 많이 실망하셨겠군요."

"게오르그는 그를 안타까워했습니다. 어떻게든 잘 이끌어 보려고 했지요. 하지만 말씀드렸다시피 어떤 조언도 그에게는 소용이 없었습니다. 결국 얼마 전 하우스만을 내보내기로 결심했다는 이야기를 들었습니다."

나는 머독을 바라보았다. 그도 의미심장한 얼굴로 고개를 끄덕였다. 이건 어쩌면 동기가 될 수 있다. 이제 그만 나가라는 말에 울컥한 나머지 스승을 살해한다라.

얼핏 하찮은 이유처럼 보일 수도 있지만 하우스만처럼 남 탓하기 좋아하는 사람이 계속 글도 안 써지고 이성으로부터 거절당하는 등 자존감이 하락하는 일들의 연속이었다면, 그 말 한 마디로도 충분히 이성을 잃을 수 있다. 그에게는 대문호의 제자라는 직함만이 마지막 자존심이었기 때문이다. 그것을 빼앗기는 순간의 분노는 걷잡을 수 없었는지도 모른다.

그때 노크 소리가 들리고 집사가 트레이를 끌며 안으로 들어왔다. 우리 앞에 찻잔과 간식거리를 내려놓은 그는 가리개 너머의 백작에게도 뭔가를 내주었다. 그러면서 두 사람이 작은 목소리로 뭔가를 얘기했다. 하지만 내용까지 들리진 않았다.

집사는 다시 밖으로 나가 문을 닫았고 차를 음미하는 동안 백작이 말을 건넸다.

"그런데 당신의 이름은 익숙하군요, 레일미어 경위. 로만으로부터 들은 적이 있습니다. 세라바체 양을 오랫동안 흠모해 왔다고요."

하마터면 입에 머금은 차를 뿜을 뻔했다.

"아, 네. 뭐, 그런 적도 있었지요."

이쯤 되면 다음에 무슨 이야기가 나올지 감이 오는 것도 같은데.

"하지만 그렇게 상냥한 사람이 사람들 앞에서 뺨을 때리다니, 무슨 일이 있었던 건지 물어도 되겠습니까?"

역시나. 머독은 이번에는 참지 않고 비웃음 소리를 냈다.

"그게 제일 궁금한 사람은 아마도 저일 겁니다. 전 별다른 말도 행동도 하지 않았습니다. 그저 평소와 똑같이 찾아가 인사를 건넸을 뿐이에요."

특별한 행동이라면 인사 뒤에 하려고 했지만 어차피 하지 못했으니 상관없겠지. 며칠간 들은 이야기들을 생각해 보면 이제는 그녀가 왜 그랬는지 어느 정도 알 것 같다.

"아마 저에게 오랫동안 시달리다가 한순간 폭발해 버린 것이겠지. 저한테 하우스만을 비웃을 자격은 없었네요."

"그렇지 않습니다. 당신은 3년 동안 변함없이 한 사람만을 바라보지 않았습니까. 그 무렵 로만으로부터 당신과 세라바체 양에 대한 이야기를 듣는 건 꽤 즐거웠지요. 현실은 언제나 연극보다 재미있는 법이라서요. 로만은 당신을 미워하면서도 묘하게 정이 들어 버린 듯한 말투로 이야기하더군요. 더 이상 그걸 들을 수 없게 되어 유감입니다."

허, 그래? 로만 아이넨 이 아저씨가 남의 순애보를 가십거리로 만들었단 말이지. 하지만 묘하게 정이 든 말투였다니 생각보다 기분 나쁘진 않았다.

"레일미어 경위, 혹시 최근에 세라바체 양을 만나 보았습니까? 상심이 클 텐데 잘 견디고 있던지요."

"그런 것 같아 보였습니다만 알 수 없죠. 겉으로 감정 표현을 잘하는 사람이 아니니까요. 잠깐만요, 그럼 그 일 이후로 아직 못 보신 겁니까? 오세이번 경의 빈소에 조문하거나 장례식에 참석하지 않으셨다고요?"

"나는 한번 성 밖으로 나가려면 큰 결심이 필요합니다. 지금은 도시가 너무 어수선하고 어딜 가도 사람이 많아서 조금 진정될 때까지 기다리려고 합니다. 나중에 홀로 조용히 벗의 무덤을 찾아갈 생각입니다."

그래도 자기가 오랫동안 후원했던 작가이자 벗인데 정말로 장례식에도 안 갔다고? 뭐, 본인의 어떤 사정이 있을 것이므로 더 이상 캐묻지는 않기로 했다.

"그리고 사라진 원고 말입니다만, 전혀 감이 잡히시는 바가 없습니까?"

"아는 바가 있었다면 그처럼 큰돈을 내걸지 않았을 겁니다. 돈은 얼마가 들어도 상관없으니 원고만은 훼손되지 않은 상태로 찾고 싶군요. 게오르그의 마지막 유산이니까요. 혹시라도 두 경위가 그걸 찾아 준다면 가문의 이름으로 고마워할 겁니다."

가문의 이름보다는 5만 제르가 더 구미에 당기긴 하지만, 오세이번 경의 마지막 유산으로서 꼭 찾아야 하는 것도 맞았다.

정리해 보면 하우스만은 사소하지만 동기라고 볼 수 있는 사건이 있었고 유일하게 대문호의 금고에 있는 비밀 공간을 알고 있었다. 그리고 스승이 죽은 바로 다음 날 보통 사람들 같으면 아직 슬픔에 잠겨 있을 시간에 자신의 원고를 스승의 원고로 위장하려고 했다.

　이렇게 되면 그에 대한 의심이 깊어진다. 문제는 독살과 관련된 증거를 찾아야 한다는 것이다. 그리고 푸른 장미와 관계된 문제도 풀어야 했다. 하우스만은 푸른 장미를 왜 놓아두었던 걸까? 그리고 만약 하우스만이 놓아둔 게 아니라면 그 장미는 대체 왜 거기에 있었던 걸까? 장미를 팔고 있던 노숙자는 나를 왜 공격한 것이며……

　머리가 지끈지끈 아파 왔다. 나는 머독의 팔을 건드렸고 차를 마시던 그가 돌아보았다. 더 물어볼 거 없으면 그만 가자는 눈짓을 하자 그는 아쉽다는 듯 남은 차와 쿠키를 내려놓았다.

　"밤이 깊었으니 이만 돌아가도록 하겠습니다. 늦은 시간임에도 저희를 만나 답변해 주신 것에 감사드립니다."

　"잠시만요. 먼 길을 왔는데 그냥 돌아가게 하려니 내 마음이 편치 않군요. 곧 정찬을 들 생각인데 나와 함께 식사하는 것이 어떻겠습니까?"

　"정찬이요? 지금은 자정이 다 된 시각인데요?"

　"내 생활 방식은 남들과는 사뭇 다르지요. 지금부터가 주로 활동하는 시간입니다."

머독을 쳐다보니 그가 의외로 강하게 고개를 끄덕이는 게 보였다. 배가 많이 고팠나? 하긴 나도 저녁을 제대로 먹지 못한 상태였다.

"그럼 결례를 무릅쓰고 그렇게 하겠습니다."

집사는 얼마 지나지 않아 식사가 준비되었다고 알렸다. 백작은 우리에게 먼저 식당에 가 있으라고 말했다. 그렇게 얼굴을 보이기 싫어하면서 식사는 어떻게 같이 하려고 그러지?

식당에 도착하고 나서야 내 의문은 해소되었다. 그건 보통 식당이 아니라 무슨 거대한 홀 같은 크기였다. 식탁만 해도 50명은 충분히 앉을 수 있을 만큼 터무니없이 길었다. 그리고 그 긴 식탁의 양끝에 음식이 준비되어 있었다. 즉 서로 반대편에 앉아 식사하는 형태였다.

식당은 어둠에 잠겨 있고 백작이 앉을 부분만 창에 커튼이 드리워져 있어 확실히 우리 자리에서 그의 얼굴이 보일 염려는 없었다. 정말 지나치게 철저한 준비였다.

"대접에 감사드립니다. 서로 얼굴을 마주 보고 먹을 수 있다면 더 좋았을 테지만요."

내 말에 반대편에 앉은 백작에게서 웃음소리가 울리면서 날아왔다.

"우리의 친분이 더욱 돈독해진다면 언젠가 나도 경위 앞에 얼굴을 드러낼 수 있을 겁니다."

"궁금해서 여쭙는 건데, 백작님과 얼굴을 마주 보고 이야기할 수 있는 사람이 몇 명이나 됩니까?"

"많진 않지요. 조 마르지오 극장의 몇 사람, 사교계의 몇 사람 정도가 될까요. 그중 한 사람은 얼마 전 영원히 내 곁을 떠났지요."

오세이번 경을 말하는 거로군.

우리는 식사를 시작했고 그러는 동안 간단한 잡담을 주고받았다. 대화하면 할수록 백작이 전혀 까다롭지 않고 귀족이라며 으스대지도 않는 괜찮은 사람처럼 느껴졌다. 이런 사람에게 뱀파이어란 별명이 붙은 게 조금 부당하게 느껴질 정도였다.

식사도 더할 나위 없이 훌륭했다. 처음에는 양파와 향신료가 들어간 스프가, 다음으로 노르스름하게 잘 구운 관자 요리가, 메인 디시로는 마늘을 얹어 구운 거위간이 나왔다. 그러는 동안 곁에서 하인들이 끊임없이 와인을 따라 주었는데 입에 넣는 순간 몸이 녹아 버릴 것처럼 부드럽고 훌륭했다. 게다가 식당 안에도 백작의 서재처럼 식물들이 가득 있어 공기가 전혀 건조하지 않고 상쾌했다.

나는 점차 마음이 풀어졌고 저편에 있는 얼굴도 보이지 않는 백작이 정말 좋은 사람이라고 느끼기 시작했다. 심지어 식사가 끝나자 백작은 이렇게 권했다.

"식사 후 바로 돌아가기는 소화하기에도 부담이 될 테니, 함께 여송연이나 피우며 후식을 즐긴 후에 가는 게 어떻겠습니까?"

"그렇게 크게 폐를 끼쳐도 좋을지 모르겠습니다."

"폐라니요. 나는 거의 대부분의 시간을 성안에서 홀로 지냅니다. 외로움을 달래 줄 벗이 있다면 내게도 좋은 일이죠."

거절해야 하나 고민하고 있는데 머독이 또 군말 없이 대답했다.

"그럼 잠시 쉬었다가 가겠습니다."

그래서 우리는 다시 응접실로 안내되었고 거기서 또 기가 막히게 훌륭한 담배와 커피를 대접받았다. 한쪽에는 아까처럼 가리개를 쳐서 백작의 모습은 보이지 않았다. 하지만 천장으로 올라가는 연기로 그가 담배를 피우고 있다는 걸 알 수 있었다.

"당신들이 범인으로 짐작하는 사람은 있습니까?"

다시금 사건 이야기가 나오자 나도 모르게 긴장했다. 하지만 머독은 편안히 소파에 몸을 기댄 채 허공을 바라보며 담배만 피우고 있었다.

"용의자로 생각하는 사람이 몇 있기는 합니다만, 아직 조사 중인 단계라서 확실히 말씀드리기는 어렵군요."

"그렇습니까. 누가 되었든 그는 용서받기 어려울 겁니다. 만약 범인을 체포하게 된다면 당신들도 조심해야 할 겁니다. 사람들의 분노가 정도 이상으로 쌓이면 가끔 엉뚱한 곳을 향하기 마련이니까요."

"네? 그건 무슨 말씀이신지요."

"내가 산 밑으로 자주 내려가 보진 않지만 도시 사정에 대해서는 어느 정도 알고 있습니다. 오히려 멀리 떨어진 곳에서 보니 더욱 잘 보인달까요. 아이러니한 일이죠. 내가 보기에 그레이힐에는 지금 긴장이 팽배합니다. 사람들은 대문호를 살해한 범인이 누구인지 알게 되는 순간 그에게 모든 분노를 표출할 겁니다. 범인을 끌어내어 직접 처단하길 바랄지도 모릅니다."

설마 그런 일이 일어날 리가. 지금이 중세 시대도 아니고 사람들 모두 지각 있는 시민들인데. 그때 우리 대화를 듣는 줄도 몰랐던 머독이 입을 열었다.

"고견 새겨듣겠습니다. 조심하도록 하지요."

이 녀석은 정말 그런 일이 있으리라고 생각한 걸까, 아니면 단지 백작에게 잘 보이고 싶어 그렇게 대답한 걸까?

어디선가 시계 종소리가 들려왔다. 어느새 자정이 지나 있었다. 내가 운전하는 건 아니지만 차를 타고 절벽 도로를 내려갈 생각을 하니 문득 까마득해졌다. 여기 성도 넓어 보이는데 자고 가면 안 될까? 내심 기대하고 있던 그때 머독이 여송연을 끄면서 일어났다.

"이만 일어나야겠습니다. 너무 오랫동안 폐를 끼쳤군요."

"폐라고 생각하지 마십시오. 모두 게오르그를 위한 일이니까요. 언제든 다시 찾아와도 좋습니다. 두 경위는 이제 이곳에서 손님으로 환영받을 겁니다."

차를 타고 내려가는 동안 가뜩이나 어두운데 길까지 구불구불해서 몹시 불안했다. 운전하는 동안 자꾸 흘깃거리자 머독은 내가 대화하고 싶어 한다고 오해했는지 말을 걸었다.

"백작은 이상한 사람이더군. 그 칸막이는 정말로 낯가림 때문에 설치한 걸까?"

"본인이 그렇다고 하니 믿어야지. 얼굴에 보이기 싫은 흉터라도 있는 거 아닐까?"

"그런 소문은 들은 적 없어. 가끔 그를 목격한 사람들에 따르면 뱀파이어 백작은 나이에 비해 여전히 믿을 수 없을 정도로 젊은 모습을 유지하고 있다고 하더군."

"그 젊은 모습을 보이기가 부끄러운 건가. 말하는 걸 들어 보면 전혀 수줍음을 탄다고는 못 느끼겠던데 말이야. 하긴, 아까 연애편지에 대해 말할 땐 확실히 부끄러워하더라."

백작은 조 마르지오에서 열리는 대문호의 연극 초연만큼은 언제나 꼭 참석했는데 이때도 무척 유난을 떨었다. 가장 좋은 박스석 하나를 온통 밀봉하다시피 가리고 간신히 눈만 내놓을 정도의 공간을 남겨 두어 그 틈으로 관람했다. 혹시라도 그 틈이 보일 만한 위치에 있는 좌석은 로만이 일부러 모조리 공석으로 비워 둘 정도였다. 나는 지금까지 그가 그러는 게 본인이 뱀파이어로 불리는 걸 은근히 즐겨서라고 생각했었다.

"어쨌든 그 정도로 자기 모습을 드러내는 걸 좋아하지 않는다면 그 나이가 되도록 부인을 맞이하지 않은 것도 이해돼. 하지만 영지와 작위를 물려줄 후계자가 필요할 텐데, 이대로 국가에 돌려주기엔 너무나도 아까운 성과 땅이 아닌가."

머독이 안타깝다는 듯 말하기에 의아한 기분이 들어 물었다.

"그거야 백작 문제지. 왜 네가 걱정하냐?"

"백작은 좋은 땅 주인이니까. 세도 적게 받고 도시 일에 거의 간섭하지 않고 쓸데없이 화려한 파티 같은 것도 열지 않지. 사교계에서는 그가 너무 두문불출하는 것에 오히려 불만이 많은 모양이지만. 무엇보다 딸자식들을 둔 귀족들이 말이지."

"그건 그렇겠군. 그나저나 사교계 일을 그렇게 잘 알고 있는지 몰랐네."

"너도 세라바체 양과 관련된 거 말고 도시 사정도 머릿속에 넣어 두지 그래. 나중에 귀족들과 관련된 사건을 수사할 때 도움이 될 테니."

머독이 그렇게 말하니 조금 달리 보였다. 나는 지금까지 이 녀석이 상관에게 잘 보여서 어떻게든 승진하려는 기회주의자라고만 생각했다. 하지만 이제 보니 일에 대해 제법 진지하고 의욕도 있다. 흐음, 아무래도 반장님이 시킨 억지 포옹이 효과가 있었던 모양……

차멀미 때문만은 아닌지 속이 좋지 않아져서 그 생각은 그만두기로 했다.

"그래서 식사며 후식이며 모두 거절 안 한 거야? 백작에 대한 정보 좀 얻어 내려고?"

"그것도 있고, 조금만 더 버티면 하룻밤 묵고 가라고 하지 않을까 기대했었지. 그렇게 하면 밤 시간 동안 저택 안을 돌아보며 증거가 될 만한 것을 수집할 수 있으니까."

"증거? 백작이 의심스러워? 조금 전까진 좋은 땅주인이라고 말하더니."

"딱히 그런 건 아니지만 백작이 이미 대문호의 원고를 가지고 있을지도 모른다는 생각은 했다. 그걸 찾아볼까 했지만, 그렇게 융숭한 대접을 받고 그러는 것도 예의는 아닌 거 같아서 관둔 거다. 나중에 공식적으로 수색을 요청하면 모를까."

"백작이 원고를 가지고 있다고? 그렇게 생각한 이유는?"

"없어. 그냥 내 직감이다. 너무 빨리 큰돈을 공개적으로 내건 것 같아서."

나도 그게 좀 의외이긴 했다. 그만큼 원고가 중요하기 때문은 아니었을까 생각하지만.

차는 밤길 속을 조용히 달려갔고 시간이 시간인지라 피곤해서 슬슬 졸음이 몰려왔다. 차를 반납하는 건 내일 해도 되겠지. 이대로 로빗 부인의 하숙집으로 향해 푹신푹신한 이불 속으로 들어갈 수만 있다면……

끼이이이이!

엄청난 마찰음과 함께 몸이 앞으로 쏠린 건 그때였다. 머독이 핸들을 획 꺾으면서 급브레이크를 밟은 것이다. 차는 옆으로 미끄러지며 절벽의 끝자락을 향해 갔고 그 너머는 바다였다. 한

쪽 바퀴가 절벽 밖으로 빠져나갔고 동시에 차가 덜컹 기울었다. 떨어진다, 죽는다!

다행히 기울던 차가 우뚝 멈춰 섰다. 바퀴 하나만 나간 채로 선 것이다. 한참 동안 나와 머독 둘 다 아무 말도 못 했다. 침묵 속에 엇나간 바퀴가 헛돌다 멈추는 소리가 들려왔다. 어디선가 타는 것 비슷한 냄새도 났다.

잠시 후 정신을 차린 나는 머독에게 소리를 빽 질렀다.

"뭐 하는 거야! 그동안 있었던 일에 대한 복수냐? 아니면 갑자기 죽고 싶어진 거야? 그럴 거면 혼자 죽어!"

"하지만 뭔가가 앞에…… 못 봤어? 분명 차 앞으로 뛰어들었어."

횡설수설 중얼거리던 머독이 갑자기 차문을 열고 바깥으로 나갔다. 차가 기우뚱했기에 바다로 떨어질까 무서워 나도 얼른 차 밖으로 나갔다.

머독은 브레이크를 밟은 지점으로 예상되는 곳으로 걸어 올라갔다. 그리고 한동안 주위를 살폈다.

"이봐, 뭐가 있다는 거야? 난 아무것도 못 봤어. 졸긴 했지만."

"분명히 뭔가 있었어. 사람 같았는데……."

"너도 운전하다 존 거 아냐? 잘못 본 거 아니냐고."

"졸진 않았어. 생각에 잠겨 있긴 했지만."

머독은 미련을 버릴 수가 없는지 주변을 샅샅이 살폈다. 나도 도로 주변과 절벽 아래를 확인해 봤지만 아무것도 찾을 수 없었다. 근처에 조명이라고 할 만한 것도 없고 너무 깜깜했다.

"아무것도 없어. 동물 같은 게 지나갔나 보지."

"내가…… 친 건 아닐까?"

머독의 목소리에 드물게 두려움이 섞여 있었다. 평소 얄밉다고 생각했던 녀석이지만 그렇게 안절부절못하는 모습을 보니 좀 안되어 보였다.

"아냐, 뭔가 쳤다면 친 느낌이 있었겠지. 난 아무것도 못 느꼈어. 그리고 바닥에 핏자국도 없잖아."

머독은 그제야 좀 안심하는 듯했지만 차로 돌아가면서도 몇 번이나 뒤를 돌아보았다.

"그나저나 이거 어떻게 하지? 무사히 빼낼 수 있으려나?"

"앞에서 좀 밀어 봐."

"네가 말하는 그 앞은 절벽이야."

결국 머독이 운전석으로 들어갔고 나는 불안한 마음으로 지켜보았다. 다행히 차는 몇 번 덜컹거린 끝에 절벽에서 빠져나왔다. 차에 올라탄 나는 안전띠를 꽉 매고는 말했다.

"내 눈이 낫고 나서부터는 네놈이 운전할 생각일랑 절대로 하지 마라."

빌린 차를 반납할 겸 다음 날 머독과 함께 차를 타고 출근하는데 머독이 말했다.

"다음 달 월급 타면 로빗 부인께 보청기를 사 드릴까 한다. 너도 반 보태든가."

"뭐, 그러든가."

심드렁하게 대답하긴 했지만 속으로는 조금 놀랐다. 이 녀석은 로빗 부인을 그저 친절한 집주인 정도로 생각하는 줄 알았는데 그것만은 아니었나 보다. 왠지 모르게 머독에 대한 오해가 또 조금 풀어졌다.

강력3반으로 출근했을 때 어째서인지 둘 다 하얗게 재가 되어 버린 듯한 반장님과 하우스만을 만날 수 있었다.

"설마 밤새도록 취조하신 거예요?"

내 물음에 반장님은 거의 울 듯한 얼굴로 나를 보았다.

"아주 징글징글해. 정말이지 호락호락한 인물이 아니다."

"그러게 저희한테 맡기시라니까요."

반장님은 대꾸할 기력도 없는지 고개만 끄덕하고는 자기 책상에 머리를 박고 곧바로 코를 골기 시작했다.

별로 놀랍진 않았다. 반장님의 취조 실력은 바깥에 지나가는 행인 아무나 붙잡고 대신 시키는 게 차라리 나을 정도로 형편없으니까. 그리고 강력3반 내에서 이 사실을 모르는 건 반장님 본인뿐이다. 그건 방법을 몰라서라기보다는 낯선 사람만 만나면 주야장천 자기 이야기를 늘어놓는 걸 너무 좋아하기 때문이었다.(하지만 가끔 어떤 용의자들은 그걸 더 못 견뎌 하며 자백을 하기도 하는 모양이다.)

하우스만도 밤새 시달렸는지 다시 취조실로 데려가려 하자 차라리 자길 죽이라고 외쳤다. 들어가다가 머독을 돌아보았는데 웬일인지 그가 별반 토를 달지 않았다. 잠깐 고민하다가 그에게 말했다.

"같이 들어가든가."

머독은 잠깐 머뭇거리더니 서류를 챙겨 따라 들어왔다. 그리고 어째서인지 그날따라 기분이 좋아 보이는 쥬안 양이 우리에게 진한 홍차를 타다 주었다. 나는 두근두근하며 한 모금 마셔 보았는데, 다행히 이번에는 쓰지 않았다.

"자, 그럼 하우스만 씨."

"다 말했잖습니까! 왜 선량한 시민을 이렇게까지 괴롭히는 겁니까?"

"솔직히 말씀드리자면 당신이 현재 가장 유력한 용의자입니다."

내 말에 하우스만은 겁에 질린 표정을 지었다.

"제가요?"

"정황도 그렇고 증거도 그렇고, 하우스만 씨에게 꽤나 불리하게 돌아가는 점이 많습니다."

"무슨 그런…… 대체 어떤 증거가 있다는 겁니까?"

"스스로 생각해 보시면 알 텐데요. 오늘자 신문에 이런 기사가 나간다고 상상해 보죠. '대문호께서 돌아가신 다음 날 그의 하나뿐인 제자 하우스만은 자기 원고를 대문호의 마지막 유작으로 둔갑시키려는 파렴치한 짓을 저질렀다.' 사람들의 반응이 어떨 것 같습니까?"

하우스만은 한참이나 마른침을 삼켰다.

"전 정말이지, 그때는 스승님께서 살해당하신 줄 몰랐기 때문에……."

"하우스만 씨, 금고의 비밀 공간에 대해 알고 있는 사람은 당신뿐이었습니다. 당신만이 유일하게 그분의 원고에 손을 댈 수 있었어요. 살인범이 원고를 훔쳐 간 게 확실한 지금 당신이 가장 의심받는 게 당연하지 않은가요?"

"하지만 전 정말로 아닙니다! 제가 열어 보았을 땐 이미 그 자리에 원고가 없었다고요. 제 말을 어떻게 하면 믿어 주실 겁니까?"

나는 어깨를 으쓱하곤 머독을 바라보았다. 그가 차례를 이어받아 말했다.

"대문호께서 돌아가시기 얼마 전 당신을 내쫓을 결심을 하셨다죠. 혹시 그 일 때문에 앙심을 품고 대문호를 해친 것은 아닙니까?"

"전혀요! 차라리 거길 빠져나올 수 있어 홀가분했습니다. 내게는 전혀 득 될 게 없는 곳이었으니까요. 항상 말도 안 되는 조언으로 내 머리만 어지럽히고 호시탐탐 내게서 아이디어를 빼앗아 가려는 파렴치한 인간들이 있는 곳인데……."

나는 웃음도 나고 기가 막혀서 입을 열었다.

"아이디어를 빼앗아요? 그럼 대문호의 원고를 훔치고 자기 원고로 대신 바꿔치기한 당신은 뭔데요?"

"내가 훔치지 않았다고 몇 번을 말합니까!"

"너무 빨랐어요. 당신 행동이 너무 빨랐다고요. 무슨 말인지 알겠어요? 당신은 대문호의 원고가 없어진 지 이틀 만에 자기 원고를 대신 넣어 두려 했어요. 만약 대문호의 진짜 유작이 발견됐으면 어쩌려고 그랬습니까? 그토록 빠르게 행동에 옮긴 건 대문호의 유작이 발견되지 않으리란 자신감이 있었기 때문 아닙니까?"

하우스만은 일순간 허를 찔린 표정을 지었다. 옳지, 그래. 잡았다! 하지만 그는 넋 나간 말투로 이렇게 중얼거렸다.

"그게…… 그렇군요. 전 그 생각은 전혀 못 했습니다. 정말 스승님의 원고가 되돌아오면 금세 들통났겠군요."

하마터면 앉은 자리에서 비틀거릴 뻔했다. 그것도 생각을 못 했냐!

"그렇지만 전 정말 아닌데, 어떻게 하면 제 결백을 증명할 수 있을지……."

"우선 대문호께서 돌아가셨던 날부터의 행적을 알아야겠습니다. 하나도 빠짐없이 세세하게요."

하우스만이 더듬더듬 진술하는 동안 그의 말을 받아 적던 머독이 말했다.

"현재 거주하고 있는 집과 조 마르지오 극장의 당신 방을 수색하도록 하겠습니다."

"그건 또 왜요?"

"증거가 될 만한 물품을 찾기 위해서죠. 그렇게 하면 곤란할 일이라도 있습니까? 결백하시다면서요."

하우스만은 뭐라고 알아듣지 못할 말을 웅얼거렸다. 머독이 픽 웃고는 말했다.

"허락하신 걸로 알겠습니다."

잠시 후 취조실을 나온 머독이 말했다.

"그럼 나는 하우스만의 집을 수색하도록 하지."

"그럼 난 조 마르지오의 작업실 쪽을."

"참고인 중에 남은 프리실라 양하고 러세스는 어떻게 할 거지?"

"러세스는 극장에 머무니까 거기 있을 거야. 내가 만나 보지. 너는 프리실라 양을 만나 봐."

우리의 대화를 듣던 손튼이 입을 떡 벌린 채 다가왔다. 그러곤 나와 머독의 얼굴을 붙잡고 이리저리 돌려 보기 시작했다.

"대체 누구시죠? 아무리 봐도 우리 선배님들이 아닌 거 같은데요."

"그만두고 머리나 좀 다듬어라. 너도 머독하고 프리실라 양의 집으로 갈 거잖아."

"정말요? 같이 가도 돼요?"

손튼은 몹시 들뜬 기색으로 서랍 속에서 뭔가를 꺼냈다. 그건 곱게 접은 편지였다. 편지까지는 괜찮은데 그 위에 찍혀 있는 붉은색 봉인이 그러니까…… 커다란 하트 모양이었다.

"정말 예쁘죠? 이렇게 완벽한 하트 모양으로 봉인하기 위해 편지를 다섯 번이나 다시 써야 했답니다. 아아, 저는 정말이지 너무나 낭만적인 것 같아요!"

내가 아는 프리실라 양의 성격상 저걸 보는 순간 소름 끼친 다며 찢어 버릴 것 같지만, 막내의 여린 마음을 생각해서 그 말은 하지 않기로 했다.

조 마르지오에 도착한 나는 상당히 어안이 벙벙한 상황과 맞닥뜨렸다. 극장 문이 열려 있고 배우와 스태프들 모두 무대에 모여 리허설을 하고 있었던 것이다.

참 로만 아이넨답다고 해야 하나. 장례식이 끝나자마자 바로 극장 문을 열다니.

"다들 기운 차리고 해 보자고. 앞으로 적어도 3년간은 대문 호를 위한 추모 공연이 열릴 거야. 긴장 풀지 말고……."

연출가가 배우들을 독려하듯 외쳤다. 배우들 모두 대사집을 보며 도란도란 이야기를 나누고 있었는데 그중에는 손튼이 애타게 그리던 프리실라 양도 있었다. 불쌍한 손튼, 운이 없구만. 이왕 이렇게 된 거 내가 프리실라 양하고 이야기를 나눠야 하려나.

"레일미어."

귀에 익숙한 목소리가 들려와 돌아보니 오래간만에 만난 친구의 얼굴을 볼 수 있었다.

"러세스, 드디어 만나네."

"사건 때문에 여전히 바쁘게 돌아다니는 모양이군. 그런데도 어째 한 번도 마주치질 못했네."

"그러게. 잠깐 시간 돼?"

러세스는 연출가를 잠깐 보더니 말했다.

"그런 거 같군. 내 차례는 아직도 멀었으니. 혹은 아예 안 올 지도 모르고."

나는 그를 따라 대기실로 향했다. 러세스는 마지막으로 봤을 때보다 많이 수척해 보였고 얼굴도 더 어두웠다. 자조적이고 염세적인 성격의 그는 언제나 입가에 비웃음을 달고 살았다.

대기실에서 마주 앉자마자 그가 팔짱을 끼더니 말했다.

"뭐, 내가 보고 싶어서 온 건 아닐 테고. 이번 탐문 조사에 드디어 내 차례가 왔나 보지?"

"그렇게 말하지 말라고. 진작 만나야지 했는데 어떻게 틈이 안 났을 뿐이야."

"괜찮아. 차례가 밀려나는 건 익숙하니까. 심지어 이런 살인 사건 조사에도 큰 인물들부터 불려 나가는 모양이더군."

"러세스."

내가 진지하게 바라보자 그가 픽 웃음을 터뜨렸다.

"농담이야, 농담. 서운해서 그랬어. 자네가 3년 동안 극장을 들락거린 건 세라바체 양 때문이란 걸 알고 있음에도 난 우리가 친구라고 생각했거든. 한데 그 일이 있은 이후로 한 번도 오질 않더군."

"내 입장이 되어 봐. 다시 올 엄두가 나지 않았어. 특히 친분이 있는 사람들일수록 창피해서 도저히 만나고 싶지 않았다고."

"흐음, 듣고 보니 그것도 일리 있네. 그럼 용서하도록 하지."

"황송할 따름이야."

나는 대답하고 수첩을 꺼냈다.

"먼저 얼마 전까지 자네한테 큰 오해가 있었는데……."

"내가 경시청 경위를 공격하고 달아났다지? 그 이야길 듣고 얼마나 어이가 없었다고. 내가 대체 자네를 왜 공격한다는 거야?"

"내가 아니라 다른 동료 직원이야."

"그래? 아무튼 기가 막혀서. 난 대문호께서 돌아가신 날 이후로 계속 유족들 곁에 붙어 있었어."

"그렇다고 들었어. 이유를 물어도 될까?"

러세스의 표정이 순간 날카로워졌다.

"이유? 무슨 이유?"

"계속 유가족들 곁에 있었던 이유. 대체로 한 번씩 조문을 하고 돌아오기 마련인데 자넨 꽤 오랫동안 거기 있었잖아. 마치 가족인 것처럼."

러세스는 대답하지 않고 의자의 손잡이를 손가락으로 두드렸다. 잠시 기다리던 나는 조심스레 다음 말도 꺼냈다.

"대문호께서 돌아가시기 며칠 전 다퉜다고 들었어. 왜 그랬는지 그것도 말해 줬으면 좋겠군."

"빌어먹을 듀 세비어 자식."

그가 거친 말투로 내뱉었다. 듀 세비어가 그런 말을 해 줬다는 걸 어찌 알았는지는 모르겠지만 군이 부정하지 않았다.

"우리 대배우께서는 입이 참 가벼워. 분명 내가 뭘 크게 잘못했다는 듯이 말했겠지? 그게 그 자식의 처세술이야. 잘생긴 얼굴 하나 믿고 피해자인 척, 가련한 척 만나는 사람마다 온갖 아양을 떤단 말이지."

"이봐, 그런 식으로 말하지는 않았어."

"그놈이 그렇게 재수가 없어서 대문호하고 말다툼을 좀 한 거야! 로만 아이넨이고 오세이번이고 항상 그놈만 감싸고 들길래, 난 제발 다음 배역만큼은 좀 객관적으로 생각해 달라고 말했지. 그랬더니 그 늙은이가 그러더군. '자네야말로 객관적인 시각을 갖지 못하는 것이 지금 자네를 막고 있는 가장 큰 벽이라는 걸 알아야 하네.' 그딴 소릴 지껄였다고!"

러세스는 얼마나 억울한 일인지 너도 알아 달라는 듯 말했지만, 그 순간 슬프게도 나는 러세스가 대문호를 '그 늙은이'라고 불렀다는 사실과 '지껄였다.'라고 표현한 사실을 마음속에 새기고 있었다.

잠시 숨을 몰아쉬던 러세스는 본인도 말이 지나쳤다고 생각했는지 조금 수그러진 표정으로 말을 이었다.

"그래서 나도 뭐 퇴물 늙은이였나 그런 말을 내뱉었던 것 같

아. 자네도 알잖아. 난 원래 화가 나면 아무 말이나 내뱉으니까. 속이 안 풀려서 혼자 술을 마시러 나갔어. 하지만 술을 마시면서 곧바로 후회했지. 그래서 다음 날 아침 오세이번 경의 방으로 사과하러 갔던 거야. 그다음은 뭐, 자네도 알지?"

"쓰러져 계신 그분을 보자마자 바로 다른 사람들을 불렀나?"

"그랬지. 다른 사람들은 마치 그분이 잠든 것처럼 편안해 보인다고 했지만 난 아니었어. 보는 순간 뭔가 잘못됐다는 걸 알았다고."

"그때 혹시 기억나? 금고가 열려 있었는지 말이야."

"금고? 그런 건 볼 틈이 없었지. 나도 나중에야 원고가 도난당했다는 얘길 들었으니까."

그가 하는 말을 모두 받아 적었다. 러세스는 내가 뭘 그렇게 적는지 궁금하다는 듯 수첩을 힐끔거렸지만 자세히 들여다보진 않았다.

"아무튼 그래서였어. 그분하고 다퉜던 거에 대한 죄책감과 그분을 처음 발견했다는 책임감. 그 때문에 유족들의 곁에 있지 않을 수 없었던 거야."

"좋아. 그럼 러세스, 평소 자네의 날카로운 시각에 대해 익히 알고 있기 때문에 묻는 건데 누가 대문호를 죽였을 거 같나?"

"뭐?"

러세스는 눈살을 심하게 찌푸리더니 한동안 생각에 잠겼다. 이 친구는 평소 불만이 많고 모든 걸 삐딱하게 바라보는 경향이 있는데, 그 탓인지 모르겠지만 현실을 날카롭게 직시할 때가 있었다. 그래서 어쩌면 보통 사람들과는 뭔가 다른 시각으로 상황을 볼지도 모른다는 생각이 들었던 것이다.

"일단 난 아니라는 사실부터 말해 두겠어. 내가 대문호께서 돌아가시던 무렵 다퉜기 때문에 날 의심하는 거 같은데……."

"의심하지 않아. 만약 자네가 누군가를 죽이려고 마음먹는다면 그렇게 사람들이 보는 앞에서 대문호와 다투지 않았을 거야. 그냥 자네의 생각을 듣고 싶어서 그래."

"아, 그렇군."

그는 금세 안도하는 표정을 지었다.

"그렇다면 내 생각은 듀 세비어야."

러세스의 대답에 할 말을 잃고 말았다. 한 가지 잊고 있었다. 듀 세비어와 관련된 일에 있어서만큼은 이 친구가 기막힐 정도로 비현실적이란 걸.

"듀 세비어가 왜?"

"그야 질투 때문이겠지."

"질투?"

그 단어만큼은 내가 상상도 하지 못했던 것이었다.

"글쎄, 자네한테 이 이야기를 어떻게 해야 할지 참 난감한걸……."

러세스는 이렇게 운을 떼긴 했지만 내 반응이 기대되어 죽겠다는 기색이었다. 나는 그의 마음을 모르는 척 되물었다.

"왜? 대체 무슨 이야기인데?"

"그놈이 내가 대문호와 다툰 이야기를 자네한테 왜 들려줬는지는 뻔해. 날 모함하고 자기는 혐의에서 벗어나기 위해서였을 테지. 하지만 그놈이야말로 가장 유력한 용의자야."

"어째서?"

러세스는 갑자기 나를 딱하다는 듯 바라보았다.

"자네가 알지 모르겠어. 자네가 그토록 좋아하고 쫓아다니던 세라바체 양은 사실…… 듀랑 무척 가까운 사이지."

둘이 가까운 사이라는 거야 새삼스러운 일은 아니었다. 하지만 그건 애정이 얽힌 관계라기보다 친구 비슷한 걸로 알고 있었다.

"알아. 둘이 친하고 듀 세비어가 세라바체 양을 동생처럼 챙겨 준다는 거."

러세스는 혀를 찼다.

"이 순진한 친구야. 이성 간에 그렇게 아무 이유 없이 잘해 줄 턱이 있어?"

"음……"

하지만 듀 세비어와 세라바체 양이라니 전혀 그림이 그려지지 않는다. 겉모습으로만 따지자면 그 이상 잘 어울릴 수 없는 사람들이긴 한데, 뭐라고 말해야 할까. 그날 함께 나인볼을 치며 세라바체 양에 대해 이야기하던 듀 세비어의 모습은 연인에 대해 소유욕이나 질투심을 드러내는 게 아니라 진심으로 친구를 걱정하는 모습이었다. 하지만 일단 러세스의 말을 끊지 않기 위해 수긍하듯 고개를 끄덕였다.

"한데 대문호가 거기에 어떻게 관련되어 있다는 거지?"

"일단 말해 두지만 난 절대 고인을 욕보이려는 게 아니야. 그냥 내가 본 대로만 이야기하는 거라고. 세라바체 양이 최근 그러니까…… 아니지, 최근도 아니고 한동안 꽤나 이상할 정도로 자주 대문호의 작업실을 방문했어. 언제부터였더라? 아마 자네가 극장에 더 이상 오지 않게 된 순간부터였을 거야."

그가 그렇게 운을 떼자 점점 불안해지기 시작했다. 앞으로 러세스의 입에서 나올 말이 무엇이든 굉장히 불쾌할 것만 같았다.

"자네도 알잖아. 그분이 자기 작업실에 사람이 드나드는 걸 얼마나 싫어했는지. 심지어 일을 할 땐 문도 잠가 두고 말이야. 한데 세라바체 양은 아무렇지 않게 드나들었어. 그분의 방 열쇠까지 가지고 있었다고."

얼굴이 갑자기 뜨거워졌다. 수치심이나 그런 게 아니라 순전히 분노 때문에 달아오르고 있었다. 나는 눈앞에서 입을 떼는 친구의 얼굴을 치지 않기 위해 부단히도 노력해야 했다. 거기서 그만했으면 좋겠는데.

"러세스, 요점을 말해."

내 목소리가 꽤나 가라앉아 있어서인지 러세스가 슬쩍 눈치를 보았다. 그러곤 꼬고 있던 다리를 풀더니 진지하게 말했다.

"그래서 우리는 뒤에서 수군거렸지. 두 사람의 사이가 지나치게 가까운 것 아니냐고……."

나는 자리에서 벌떡 일어났다. 러세스가 말을 멈추고 나를 올려다보았다.

환기가 절실했다. 창문이, 공기가, 바람이 필요해. 하지만 거긴 극장 대기실이라 창문이 하나도 없었다. 그대로 나가 버릴까도 싶었지만 일이라고 생각하고 꾹 참고 다시 자리에 앉았다.

"괜찮아, 레일미어?"

"그래. 그건 단지 자네 생각일 뿐이니까, 그렇지?"

"어, 뭐……."

"그래서 듀 세비어가 어쨌다는 거지?"

"뻔하지. 우리 모두 그 소문에 대해 알았으니 듀도 프리실라한테서 들었을 거야. 세라바체 양을 그렇게나 아끼니 격분해서 대문호를 해친 게 아니겠어?"

결국 별다른 심증 없이 본인의 추측을 주장한 거였다.

"로만 아이넨은 그런 사실들을 몰랐나?"

"몰랐겠지. 알아도 이해하려 하지 않았을걸. 누가 상상이나 했겠어? 그런 관계는……."

"확실하지 않은 일 가지고 고인과 숙녀를 모욕하는 짓은 그만둬, 러세스."

러세스는 슬그머니 웃음을 지우더니 문득 시계를 보았다.

"슬슬 가 볼까나. 누군가는 나를 찾고 있을지도 모르잖아? 물론 내가 없어졌다는 사실조차 아무도 몰랐을 가능성이 크지만."

러세스를 따라 다시 리허설을 하는 공연장으로 돌아왔을 때 나는 무대 아래 서 있는 세라바체 양을 목격했다. 하필 타이밍 좋게 듀 세비어와 함께 있었다. 같이 대본을 보며 이것저것 얘기하고 있었는데, 그래서 그녀를 찾아 처음 조 마르지오 극장으로 왔을 때가 떠올랐다.

지각한 배우 대신 리허설을 돕겠다던 그녀가 듀 세비어와 연기할 때 보인 묘한 분위기는 착각이 아니었단 말인가? 하지만 그렇다면 왜 듀는 3년 동안이나 나를 내버려 두었던 것일까?

아냐, 그건 다 러세스만의 생각이다. 듀 세비어는 그렇다 치고 세라바체 양과 대문호라니, 몇 번을 생각해 봐도 내가 러세스의 얼굴을 치지 않은 게 기적이다.

"요새 자주 보는 것 같네요, 경위님. 날 만나고 싶다고요?"

객석에 앉아 있던 내게 프리실라 양이 다가왔다. 귀찮아하는 기색이 역력했다. 그런 기분은 나도 마찬가지였지만 수사 때문에 어쩔 수 없이 수첩을 열었다.

"네, 대문호 사건과 관련해서 몇 가지 물어볼 것이 있습니다. 잠깐 따로 얘기 좀 나눠도 될까요?"

"여기서 해요. 언제 무대에 올라갈지 모르니까."

객석하고 무대 간의 거리가 조금 있어서 그래도 별 상관없겠지 싶었다.

프리실라 양은 내 옆에 앉았는데, 한 손으로 머리를 받치고 가슴은 내 쪽으로 내민 도발적인 자세였다. 게다가 눈웃음까지 짓고 있어서 도저히 그녀의 얼굴을 마주 볼 수가 없었다. 나는 애꿎은 수첩에만 눈을 둔 채 말했다.

"평소 뉴리치에 있는 과자점에 자주 가신다고요."

"내가 가는 건 아니고 메이드가 다녀와요. 그런데 왜요?"

"혹시 거기서 이런 초콜릿을 구입하신 적 있습니까?"

나는 주머니에서 초콜릿 껍질이 든 봉투를 꺼내 그녀에게 보여 주었다. 극장 안이 조금 어두웠기에 그녀는 가까이 다가와서 봉투 안을 빤히 들여다보았다.

"흐음, 글쎄요. 나는 초콜릿은 안 좋아해요. 그런 건 오세이번경이 많이 먹었죠."

"그럼 이런 초콜릿이나 과자를 대문호께 드린 적은요?"

"없어요. 우린 별로 친하지도 않았는걸요."

그렇게 말하며 그녀가 무대 아래 세라바체 양을 쳐다보고는 의미심장한 미소를 띠었다.

"특별히 친한 사람은 따로 있었지요."

러세스의 말이 떠올라 순간 가슴이 쑤셨지만 애써 무시했다.

"그럼 대문호께서 돌아가신 날 말인데……."

"아, 그런데 경위님이 나 좀 보고 얘기했으면 좋겠다."

이렇게 말하며 그녀가 손가락 하나로 내 턱을 들어 고개를 돌리게 만들었다. 눈이 마주치자 그녀는 빙긋 웃었다.

"됐네."

"저, 손가락은 좀 치워 주셨으면……."

"얼굴 빨개지는 것 좀 봐. 우리 경위님 순진하기도 하지. 하긴
저 재수 없는 여자를 쫓아다닐 때부터 알아봤지만요. 경위님은
속은 거야. 저기 있는 저 세라바체 양은 절대로 사람들이 아는
것처럼 그런 요조숙녀가 아니란 말이지요. 주위에만 해도 구혼
자들이 얼마나 많은지 몰라요. 그런데 아직까지 누구도 결정하
지 않고 있다니까요. 즐기는 거야, 틀림없이."

"전 지금 세라바체 양에 대해 묻고 있는 게 아닙니다만."

어쩔 수 없이 목소리가 굳어졌다. 그러자 그녀가 손뼉을 치더
니 까르르 웃었다.

"화났어요? 내가 저 여자에 대해 안 좋은 말 했다고 화났나
봐. 아직도 좋아하는 거예요, 그래요?"

"프리실라 양, 집중 좀 해 주시죠."

하지만 그녀는 갑자기 두 손으로 내 얼굴을 감쌌다. 그러곤
부담스러우리만치 가까이 다가와 내 눈을 들여다보았다.

"순정적이야, 도슨도 그렇고. 그런 남자들 난 좋더라."

"도슨이요?"

조 마르지오의 문지기이자 맨 처음 원고 도난에 대해 신고하
러 왔던 사람, 그의 이름이 지금 왜 튀어나오는 건지 알 수 없었
다. 그러자 프리실라 양의 눈이 둥글게 휘어졌다.

"어머, 그거 몰라요? 경위님만큼이나 유명한 이야기인데. 저
여자가 말 안 했군요? 하긴 그럴 만도 하지."

"무슨 말입니까, 도대체?"

프리실라 양이 목소리를 낮추며 세라바체 양을 곁눈질했다.

"도슨이야말로 가장 오래된 구혼자일 거예요. 저 여자가 어릴 때부터 변함없이 충성을 바쳐 왔다고 하니까. 애초에 그 정도 경력이면 어디에서든 가정 교사를 할 수 있을 텐데 왜 문지기 따위를 하고 있겠어요?"

프리실라 양이 키득거리며 내게 얼굴을 가까이했다. 숨소리마저 들릴 만큼 가까운 거리였다.

"소문에는 저 여자의 가정 교사를 하다가 쫓겨날 때 거의 폐인이 되다시피 할 정도로 맞았대요. 자세한 내막은 나도 모르지만, 극장장님이 드물게 사람들 앞에서 이성을 잃었다나요. 이유가 뭐겠어요? 하나밖에 없지. 그럼에도 불구하고 1년 전 무슨 이유에선가 극장장님이 도슨을 다시 불렀고, 도슨은 거기에 또 냉큼 응해서 달려왔단 말이죠. 다만 거기에도 어떤 조건이 있는지 도슨은 저 여자에게 인사 말곤 어떤 말도 하지 않아요. 너무 가엾지 않아요? 난 듣고서 거의 울 뻔했어요. 그렇지만 우리 경위님한테는 별로 감동적인 이야기가 아니겠다. 질투 나죠, 그렇죠?"

질투라고? 난 다만 의아하다고 생각하고 있었다. 이성을 잃고 때려서 쫓아낸 사람을 로만이 다시 불렀다고? 도슨은 거기에 응하고?

"프리실라."

그때 풍부한 성량의 듣기 좋은 목소리가 들려왔고 동시에 프리실라 양이 내게서 떨어졌다.

"일하는 중에 뭐 하는 거야? 당신 차례야."

전과 달리 딱딱하게 굳은 듀 세비어의 얼굴이 보였다. 프리실라 양은 가볍게 코웃음을 치더니 자리에서 일어나 무대 쪽으로 걸어갔다.

그나저나 대체 언제부터 주목받고 있었던 건지, 공연장 안의 거의 모든 사람들이 이쪽을 바라보고 있었다. 나는 얼굴이 확확 달아오르는 기분이었다. 대체 어디서부터 본 거야? 그중 유일하게 내 시선을 끄는 세라바체 양만이 관심 없다는 듯 대본을 뚫어져라 보고 있었다.

"여긴 뭐 하러 오신 겁니까?"

듀가 날카로운 목소리로 물었다. 러세스에게 들은 이야기도 있겠다, 그에 대한 이미지가 좋을 리 없는 나도 반응이 공격적으로 나갔다.

"잘 알 텐데 물으시는군요. 살인 사건에 대한 조사 중입니다만."

"그게 조사였습니까? 난 또 극장 배우들과 노닥거리시는 줄 알았네요."

"뭐라고요?"

"그런 거라면 나중에 해 주시죠. 지금은 모두가 일하는 중입니다. 대문호의 추모 공연일까지 얼마 남지 않아 한시가 바쁜 사람들입니다."

그는 본인이 할 말만 그렇게 내뱉고 몸을 돌렸다. 거기까지만 말했더라면 나도 물러났을 거다. 하지만 내가 발걸음을 떼기 직전 듀가 덧붙였다.

"당신의 무능력을 증명한 건 그 3년으로 충분하지 않았습니까?"

정신을 차렸을 때 나는 이미 듀 세비어의 멱살을 쥐고 있었고 옆에서 러세스와 연출가가 뜯어말리기 위해 애쓰고 있었다.

"이봐, 이 배우 몸값이 얼만 줄이나 알아? 얼굴에 상처라도 냈다가는 가만 안 둬!"

"진정해, 레일미어! 진정하라고!"

얼마냐고? 그딴 게 궁금할 것 같아? 당장 이 자식의 얼굴에 흠집을 내 주지 않으면…….

그때 듀 세비어의 어깨 너머로 세라바체 양과 눈이 마주쳤다. 그녀는 커다란 눈으로 나를 원망하듯 바라보고 있었다. 순간 몸에서 힘이 빠져나갔다. 나는 잡고 있던 멱살을 놓고 뒤로 물러났다. 다시 세라바체 양의 얼굴을 볼 수 있을 것 같지 않았다. 수사고 뭐고 그 자리를 얼른 벗어나고만 싶었다.

몸을 돌려 공연장을 나서려는 순간 객석 맨 뒤 입구의 문이 쾅 하고 열렸다. 새하얀 빛이 쏟아져 들어오고 다들 눈을 가렸다. 그 사이로 누군가 뛰어 들어오면서 외쳤다.

"세라바체 아이넨!"

목소리만으로 당사자의 분노를 짐작할 수 있을 정도였다. 그 사람이 성큼성큼 계단을 내려오고 나서야 누구인지 알아보았다. 대문호의 장례식 때 나와 대화를 나눈 적 있는 란돌 부인이었다. 오세이번 경의 둘째 여동생 말이다.

"란돌 부인?"

세라바체 양이 그녀를 알아보곤 약간 놀란 듯 다가갔다. 란돌 부인의 목소리와 표정으로 봐서 직감적으로 좋지 않은 일임을 느꼈지만 세라바체 양을 말리기엔 너무 늦었다.

공연장 내에 크게 울릴 정도로 엄청난 소리가 났다. 란돌 부인이 오자마자 세라바체 양의 뺨을 세게 올려붙인 것이다. 모두가 입만 벌린 채 넋이 나갈 정도로 놀랐다. 나도 마찬가지였다. 아무도 움직이지 못하고 아무도 말을 하지 못했다.

상체가 휘청거릴 정도로 일격을 맞은 세라바체 양은 얼굴을 두 손으로 감싸고 있을 뿐 고개조차 들지 못했다.

"어째서 대문호께서 너한테 모든 원고를 남긴 거지? 어째서!"

란돌 부인의 입에서 거침없는 목소리가 터져 나왔다. 뒤에서 킥킥 웃는 소리가 들려 돌아보니 급히 입가를 손으로 가리는 프리실라 양의 모습이 보였다. 그녀는 공연장 내에 다 들리게 중얼거렸다.

"연극이 따로 있나. 이런 게 진짜 재미있는 거지."

울컥한 나와 달리 세라바체 양은 아무 말도 하지 않고 천천히 고개를 들어 란돌 부인을 바라보았다. 란돌 부인의 얼굴은 이성을 잃은 사람처럼 악에 받쳐 있었다. 그녀의 손에는 잔뜩 구겨진 종이 쪼가리가 들려 있었다. 설마 저게 대문호의 유언장인가?

정신을 차린 나는 그쪽으로 다가갔다. 그러곤 세라바체 양의 어깨를 한 손으로 감싸며 란돌 부인을 밀어냈다.

"지각 있는 분께서 이게 무슨 행동입니까? 점잖게 말로 하시죠."

"당신은 참견하지 말아요. 우리 일이니까."

"부당한 폭력을 눈앞에서 직접 목격한 경시청 직원으로서 참견하지 않을 수 없는데요."

란돌 부인이 문득 내 위아래를 눈으로 훑었다.

"이제 보니 작년에 떠들썩했던 그 사건의 경위님이시군. 경위라는 직권을 남용해서 옛 연인의 일을 개인적으로 해결하겠다는 건가요?"

나는 주머니에 있던 경시청 배지를 꺼내 그녀에게 집어던졌다.

"첫째, 세라바체 양은 내 옛 연인이 아닙니다. 한 번도 그랬던 적 없죠. 둘째, 내가 정말 이 일을 개인적으로 해결했으면 부인은 지금 거기 서 있지도 못해요. 셋째, 그럼 이만."

란돌 부인은 기가 막힌다는 표정으로 나를 쏘아보았다. 하지만 날 어떻게 바라보든 뭐라고 말하든 상관없었다. 내게 중요한 것은 내 품 안에 있는 사람일 뿐이다.

"괜찮습니까?"

세라바체 양은 여전히 얼굴을 감싼 채 나를 올려다보았다. 그러곤 미미하지만 고개를 끄덕였다.

나는 그녀를 데리고 무대 옆에 있는 통로로 나갔다. 뒤에서 란돌 부인이 악을 쓰는 소리가 들려왔다. 정신을 차린 연출가와 듀 세비어가 말리는 소리도. 그러다 둘 다 멀어졌다.

방까지 데려가는 동안 세라바체 양은 생각 외로 침착했다. 굉장히 놀라고 또 상처가 되었을 텐데 내가 옆에 있기 때문인지 몰라도 평소와 다름없이 행동하려 애쓰고 있었다. 다만 아직도 얼굴에서 손을 떼지 못했다.

나는 방문 앞에서 잠시 멈춰 섰다.

"당신의 방에 발을 들이는 걸 용서해 주기 바랍니다. 상처가 괜찮은지 보고 싶어요."

그녀는 아무 말도 하지 않고 문을 열어 주었다.

침대에 그녀를 앉히고 나서 조심조심 손을 떼 보았다. 맞는 모습을 봐서 짐작은 했지만 얼굴에 붉은 선이 생기고 벌써부터 부어오르고 있었다. 속에서 걷잡을 수 없는 분노와 동시에 미어지는 듯한 아픔을 느꼈다. 그보다 몇 배 더한 고통이라도 좋으니 차라리 내가 당했으면 했다.

"아무래도 며칠간은 부어 있겠네요. 다 큰 어른이 볼거리 하는 기분이겠는걸요."

애써 쾌활하게 말하고 손수건을 꺼냈을 때 그녀의 눈에서 눈물이 뚝 떨어졌다. 표정이 아까와 전혀 다름없었기에 처음엔 그게 눈물인지도 몰랐다. 그녀의 눈물과 동시에 내 심장도 뚝 떨어지는 걸 느꼈다.

"제발 울지 마요."

"나도 당신 앞에서 울고 싶지 않아요."

그녀는 간신히 그렇게만 말하고 입을 꾹 다물었다. 아까보다 훨씬 더 많은 눈물이 떨어졌다. 도저히 보고 있을 수도 안아 줄 수도 없어서 그녀의 곁에 앉았다. 그러곤 말없이 손수건을 내밀었다.

손수건을 받아 눈물을 닦던 그녀가 한참 후에 말했다.

"이건 내 거잖아요."

"그런가요? 몰랐네요."

세라바체 양이 나를 쳐다보는 게 느껴졌다. 하지만 나는 바닥만 내려다보면서 말했다.

"무슨 일인지 설명을 듣고 싶지만 말하고 싶지 않겠죠? 그렇다면 묻지 않을게요. 혹시 아까 당한 일을 되돌려 주고 싶은가요? 그렇다면 내게 말해 줘요."

그녀는 잠자코 있었다. 나는 잠시 기다렸다가 입술을 떼었다. 해도 되는 말인지 알 수 없었지만, 말하고 싶었다.

"뭐든지 할게요. 당신이 원하는 건 뭐든지요. 당신이 하라는 대로 하겠어요."

우리 둘 다 숨을 멈춘 건 아닐까 싶을 정도로 적막해졌다. 그녀가 무슨 말이든 해 주길 바랐다. 그게 어떤 말이든 상관없었다.

"전 그분을 원망하지 않아요."

마침내 세라바체 양이 조용히 입을 떼었다. 잠자코 듣고 있던 내 얼굴에 따뜻한 것이 닿았다. 그녀의 손이었다.

"이런 일이 일어나서 차라리 다행이에요."

"다행이라고요?"

내가 고개를 들고 바라보자 놀랍게도 그녀는 미소를 지었다.

"그거 알아요? 이제야 같아졌어요."

마지막으로 그 손이 내 얼굴에 닿았던 건 1년 전 그녀가 내 뺨을 때리던 순간이었다. 그때와는 다르게 이번에는 너무나 부드럽고 다정한 손길이었다.

"우린 이제 같은 상처를 갖게 된 거예요."

같은 상처.

이상한 일이다. 단지 그 말을 듣는 순간 마음속에 응어리졌던 무언가가 녹아내렸다. 그동안 응어리져 있는지도 몰랐던 것이었다.

그제야 알 수 있었다. 1년 전 수많은 사람들 앞에서 내 뺨을 때렸던 그녀는 나만큼이나 그 일을 괴로워하고 있었다는 것을.

가슴속에서 무언가가 출렁거렸다. 나는 다시 예전의 나로 돌아가 처음 그녀를 만났을 때와 비슷한 설렘을 느꼈다. 아니, 3년이란 시간 동안 겪었던 사랑과 고통과 이별을 모두 처음부터 다시 경험하는 기분이었다. 벅차오르고 마음이 아프고 마침내는 편안해졌다. 그리고 깨달았다.

아아, 나는 다시금 이 여자를 사랑하게 되었구나.

"레일미어 경위님, 그러니까 전……."

그녀가 하는 말, 단어 하나하나가 이제 모두 특별해졌다. 내가 그녀에게 귀를 기울이고 있을 때 갑자기 요란한 소리와 함께

문이 벌컥 열렸다. 안으로 뛰어 들어온 것은 로만 아이넨이었다.

"세라, 괜찮으냐?"

그는 나를 보더니 잠깐 눈살을 찌푸리고는 딸에게 다가와 상처를 살폈다. 그러곤 손이 부르르 떨릴 정도로 분노했다.

"내가 당장 그 여자를……."

"그러지 마세요, 아버지."

"감히 누구를…… 반드시 이 일을 후회하게……."

"아버지."

세라바체 양은 아버지의 손을 붙잡고 차분하게 말했다.

"대문호께서 제게 모든 원고를 남기셨어요. 그래서 화가 나신 거예요."

"오세이번이…… 뭐?"

"그분의 작품을 모두 제게 남기셨다고요. 제가 그걸 정리하고 관리해서 계속 무대에 올려 주길 바라신 거예요."

로만이 혼란스러운 표정을 지었다.

"하지만 어째서 너에게?"

나는 불안한 마음으로 세라바체 양을 지켜보았다. 하지만 물론 그녀의 입에서 러세스가 말한 것과 같은 내용이 흘러나오지는 않았다. 세라바체 양은 눈을 내리깔 뿐 대답하지 않았다.

"이유야 어쨌든 그 여자는 다신 여기 출입할 수 없을 거다. 빨리 병원에 가자꾸나."

"그럴 정도는 아니에요."

"하지만 얼굴이잖으냐!"

세라바체 양의 표정이 한순간 냉랭해졌다. 그녀는 자신의 얼굴을 보듬는 아버지의 손을 걷어 내며 말했다.

"잊고 있었네요. 아버지에겐 무엇보다 제 얼굴만이 가장 소중하다는 것을요."

로만의 표정이 이상하게 변했다. 하지만 그는 딸에게 뭔가 말하는 대신 애꿎은 내게 시선을 돌렸다.

"자넨 여기서 뭘 하는 건가? 살인범을 쫓아다녀야 하는 거 아닌가?"

"그러던 중이었습니다. 더 중요한 일이 생겨서 잠깐 와 본 거지요."

나는 로만 아이넨의 앞에서 세라바체 양을 거리낌 없이 바라보며 다음 말을 덧붙였다. 가슴이 뻥 뚫리는 기분이었다.

"2차전입니다, 아버님. 이번엔 각오하셔야 할 겁니다. 지난번 같은 포기는 없을 테니까요."

7. 푸른 장미의 주인

다음 날 경시청으로 출근하는 길은 아름답기 그지없었다. 매일 보던 하늘이 어째서 오늘은 다른 걸까? 왜 가슴 벅찰 만큼 푸른 거야? 코로 들어오는 공기는 또 어떻고. 맑고 상쾌한 가운데 달콤한 뭔가가 섞여 있는 것 같다.

그렇게 미친 사람처럼 실실거리고 웃으며 강력3반 사무실로 들어가자 가장 먼저 손튼이 보였다.

"손튼, 우리 사랑스러운 막내."

"서, 선배님? 표정이⋯⋯."

나는 막내를 꼭 끌어안고는 두 손을 맞잡고 빙글빙글 돌았다.

"세상은 정말 아름답지 않냐? 살아 있다는 건 참 행복한 일이야."

내가 놓아주자마자 손튼이 강력3반 사람들을 향해 외쳤다.

"레일미어 선배님께서 미치셨어요! 드디어 완전히 맛이 갔다고요!"

그러거나 말거나 나는 허허 웃으며 사람들에게 인사했다. 서류를 잔뜩 든 머독이 떨떠름한 표정으로 나를 보았는데 녀석의 얼굴마저 미워 보이지가 않았다. 그때 반장님이 남다른 통찰력을 발휘하여 말했다.

"잠깐, 이거 낯선 풍경이 아닌데? 저 녀석이 저런 표정으로 들어온 적이 그러니까…… 한 4년 전에 한 번 있었던 거 같은데."

"역시 존경하는 반장님이시군요. 그렇습니다, 저는 또다시 사랑에 빠지고 말았습니다! 하지만 지난번처럼 그렇게 서툴게는 안 할 겁니다. 이번에야말로 저 연극 무대 위의 주인공처럼 로맨틱하고 신사적으로 그녀의 마음을 얻을 거라고요."

그러자 나를 제외한 세 동료는 서로 모여 쑥덕거리기 시작했다.

"이번에도 뺨 맞고 차인다에 10제르 걸지."

"이번엔 뺨만으로는 안 될걸요? 중요한 부위를 걷어차인다에 20제르 걸겠습니다."

"콜! 그럼 전 받고 그 여성분의 아버지한테 살해당한다에 10제르 더 얹겠어요."

거기에 은근슬쩍 쥬안 양까지 현금 다발을 건넸을 때는 내 인내심도 한계에 다다르고 말았다.

"남의 순정을 놀음으로 삼지 말라고요! 도대체 국가의 녹을 먹는 공무원이라는 사람들이 말이야, 도박이란 걸 대체 왜 하는 겁니까? 네?"

반장님은 그게 지금 네가 할 말이냐는 표정으로 바라보았지만 나는 뻔뻔하게 외면했다.

"그래, 장난은 집어치우고. 하우스만의 작업실엔 뭐가 좀 있었나?"

"이미 다 치웠더라고요. 샹 드 델라와 계약하고는 완전히 나와 버린 모양이에요. 머독하고 손튼은 뭐 찾은 거 없대요?"

"이거."

머독이 아까부터 들고 있던 서류 뭉치를 자기 책상 위에 턱 내려놓았다.

"하우스만의 집에 있던 원고란 원고는 모두 가져왔어. 이 중에 혹시 빼돌린 대문호의 원고가 있을까 싶어서. 하지만 모두 타자기로 작성된 거라 필체를 구분할 수 없으니 어떻게 알아볼지 모르겠군."

그 말에 손튼이 냉큼 대답했다.

"아마 대문호 연구가나 문학 쪽에 오랫동안 몸담은 분들은 구별할 수 있을 거예요. 섭외해 볼까요?"

"아냐. 굳이 그렇게까지 안 해도 알아볼 수 있는 사람이 있어."

내 말에 모두의 시선이 쏠렸다. 으음, 괜히 아까 그런 표정으로 들어와 버리는 바람에 이 말이 사심처럼 들리면 안 되는데. 나는 헛기침을 하고 덧붙였다.

"세라바체 양이라면 충분히……."

"안 돼."

반장님이 딱 잘라 선을 그었다.

"이번 사건 끝날 때까진 가까이하지 말라고 몇 번을 얘기하냐? 그 아가씨 말고 다른 사람은 없어?"

"로만 아이넨도 알아보긴 하겠지요……."

"그럼 그 사람으로 하지. 머독, 극장에 연락해서 경시청까지 와 줄 수 있는지 알아봐."

머독이 전화를 하러 간 사이 나는 손튼을 옆으로 살짝 불러 냈다.

"너 저번에 프리실라 양한테 편지 썼던 거 말이야. 그거 봉인 어떻게 만들었냐?"

"하트 모양 봉인이요?"

손튼이 믿을 수 없다는 표정으로 나를 쳐다보았다.

"안 가르쳐 줄 거예요! 내가 얼마나 힘들게 만든 건데요? 따라 하지 마세요."

"야, 그거 하나 가지고 치사하게……."

내가 손튼을 구슬리고 달래고 반쯤 협박까지 하던 찰나였다. 한 경관이 누군가를 데리고 강력3반 안으로 들어섰다.

"여기 강력3반에 레일미어 경위님이라고 계십니까?"

나는 손튼의 목을 조이고 있던 손을 풀고 그에게 다가갔다.

"네, 접니다만. 무슨 일이시죠?"

경관이 데려온 사람을 내 쪽으로 내밀었다. 포박에 묶인 채 정신이 없는지 고개를 떨구고 있는 남자였다. 왠지 낯이 익다고 느끼는 순간 경관이 내게 쪽지 하나를 건넸다.

"세드릭 경 동상 앞에 이런 모습으로 쓰러져 있었습니다. 이 게 붙어 있더군요."

경시청 강력3반
레일미어 경위 앞으로 배달.
고마워할 필요는 없어.

쉐비악.

"괴도?"

나는 해롱거리는 남자의 얼굴을 들어 자세히 보았다. 그제야 누군지 알아볼 수 있었다.

"이거 그놈이에요. 화이트헤븐에서 푸른 장미꽃을 팔던 노숙 자요!"

내 말에 모두 놀란 듯 다가와 남자의 행색을 살폈다. 쪽지를 본 반장님이 심각한 목소리로 말했다.

"레일미어를 공격하고 도망갔다던 그놈? 그런데 괴도가 어떻 게 알고 잡아 온 거야?"

"글쎄요. 아무튼 도와주고 싶어 하는 것 같긴 한데……."

나는 노숙자를 취조실로 데려가 앉혔다. 그러곤 어깨를 흔들 었는데 쉽게 깨어나지 못했다. 그래서 하는 수 없이(반쯤은 과거 일을 복수 삼아) 얼굴을 세차게 두드렸다.

"아아, 더 때려 줘. 거기 말고……."

"뭐라는 거야?"

내 기분만 나빠져서 손을 떼자 쥬안 양이 다가오더니 말없이 물병을 들어 노숙자의 머리 위에 끼얹었다. 그제야 화들짝 놀라며 그가 깨어났다. 하지만 여전히 몽롱한 눈으로 우리 모두를 올려다보았다.

"누군데 다들 모여서 날 쳐다보고 있는 거요?"

나는 그의 멱살을 턱 붙들었다.

"이거 오랜만입니다. 내가 기억 안 난다고는 못 하겠죠?"

"음? 으음…… 아이고."

그가 앓는 소리를 내며 책상 위로 푹 고꾸라졌다.

"나 죽네, 나 죽어. 마침 잘됐구먼. 길 가다 괴도한테 아무 이유 없이 폭행당했다고. 그놈 좀 꼭 잡아 주쇼."

"쇼하지 말고 일어나요. 경시청 직원을 공격한 죄가 어떤 건지 압니까?"

노숙자가 내 눈치를 힐끔 보더니 말했다.

"거 미안하게 됐네. 눈에 맞힐 생각은 없었는데 휘두르다 보니까 그렇게 됐수다. 지금 보니 괜찮은 거 같은데 쩨쩨하게 굴지 말자고."

"고작 그런 말로 넘어갈 수 있는 문제가 아니거든요."

"어차피 말도 안 되는 형량을 뒤집어쓸 텐데, 뭐. 귀족을 건드리면 그렇게 되는 거 아닌가?"

응? 귀족이라니 이게 무슨 소리지? 강력3반 사람들 모두 날

보았고 반장님은 황당하다는 듯 물었다.

"너 귀족이었냐?"

"글쎄요, 금시초문인데요?"

우리의 대화에 노숙자가 벌컥 화를 냈다.

"당신들 말고 그 장미 주인! 지금 내가 장미 훔쳤다고 이러는 거 아냐?"

장미 주인? 훔친 장미라고? 머독이 뭔가 말하려 했지만 내가 손을 들어 막았다. 노숙자는 억울하다는 듯 말을 이었다.

"난 평소 괴도를 존경했는데 이번 일로 완전히 실망했소. 괴도가 경시청의 개일 줄 누가 알았겠어. 아니면 귀족의 개인가? 왜 애먼 날 잡아다 여기 갖다 놓느냐고."

잘만 구슬리면 다 말하겠다 싶어 내가 아는 척 물었다.

"귀족의 물건에 손을 대는 건 큰 죄니까요. 언제부터 그 장미를 훔쳤습니까?"

"얼마 안 됐수다. 뭐 어차피 흐드러지게 핀 거 몇 송이 갖다 팔았다고 이렇게까지 쩨쩨하게 나올 줄은 몰랐네. 나도 그렇게 쉽게 얻은 불로소득은 아니외다. 나름대로 죽을 고비를 넘기면서 훔쳐 왔다고. 지형도 지형인 데다, 이틀 전엔 거기까지 올라가다 하마터면 차에 치여 죽을 뻔했다니까?"

차에 치여 죽을 뻔했다고? 이틀 전에? 머독과 나는 서로를 마주 보았다. 서로의 머릿속에 불이 들어오는 게 보이는 것만 같았다.

"그래, 심지어 경찰차였어! 내가 훔치려고 거기 올라간 것만 아니었어도 당장 손해 배상부터 청구했지. 하마터면 해안가 절벽 꼭대기에서 굴러떨어질 뻔했단 말이야. 바로 당신 같은 사람들 때문에!"

우리는 그 푸른 장미의 주인이 누구인지 동시에 깨달았다.

"우연일까?"

차를 몰고 가는 동안 머독이 옆자리에서 물었다. 오늘은 그 절벽까지 올라가는 동안 운전을 내가 맡았다.

"모르겠어. 하지만 뭔가가 있어, 분명히."

"대문호와 그를 후원했던 백작, 대문호의 죽음 뒤 사라진 원고, 그 자리에 대신 놓여 있던 푸른 장미…… 그런데 장미의 주인이 백작이라. 이것 참 기가 막히는군."

"그냥 개인적인 선물이었는지도 몰라. 두 사람의 관계를 생각해 보면 놀라운 일도 아니고."

"하지만 꽃을 받아서 금고에 넣어 두는 사람이 어디 있어? 보통은 이렇게 해 놓지."

머독이 껴안다시피 들고 있는 꽃병을 바라보았다. 금고에 들어 있던 푸른 장미는 아직도 갓 꺾은 것처럼 신선했다. 비교해 보기 위해 가져가는 중이었다.

"게다가 뱀파이어 백작은 그날 대문호가 사망한 것으로 추정

되는 시각에 정확히 조 마르지오 극장에 있었어. 로만 아이넨을 만나고 돌아가는 길에 잠시 대문호의 작업실에 들렀는지도 몰라. 그리고 대문호에게 초콜릿을 건넨 거지. 한창 작업 중이었던 대문호는 그걸 받아 바로 먹었을 거야. 백작은 대문호가 쓰러지는 걸 보고 원고를 가지고 유유히 빠져나온 거고."

"하지만 그렇다면 뭐 하러 거기 장미를 남겨 뒀겠어? 푸른 장미가 흔한 것도 아니고, 자기가 의심받기 딱 좋을 텐데."

내 질문에 잠시 생각하던 머독이 대답했다.

"그런 걸 키우고 있단 사실을 들키지 않을 자신이 있었는지도 모르지. 그래서 그의 성에 낮엔 아무도 갈 수 없는 게 아닐까? 우리 또한 밤에 갔기 때문에 정원이라든가 자세히 보지 못했잖아."

"그건 그렇지만 일부러 증거가 될 수 있는 물건을 남겨 뒀다는 게 영…… 그리고 동기라고 할 만한 게 아무것도 없잖아."

"모르지. 파고 들어가 보면 우리가 모르는 뭔가가 있을지도."

잠시 후 뱀파이어 백작의 성 근처에 도착한 우리는 진입로를 가로막은 거대한 철문과 맞닥뜨렸다. 낮에는 아무래도 막아 두는 모양인데 더 이상 차로 갈 수 없었다. 하는 수 없이 차에서 내려 둘이 같이 철문을 넘어갔다. 그 와중에 머독이 꽃이 쏟아지지 않도록 세심하게 신경 쓰는 걸 보고 좀 우습다는 기분이 들었다.

"가서 벨을 누르진 않을 거지?"

걸어가던 머독이 물었다.

"낮 시간에 누른다고 해서 열어 주기나 하겠어? 정원만 슬쩍 둘러보고 장미가 있으면 하나 꺾어 와야지. 조사는 정식으로 경시청에 소환해서 하고."

"현명한 방법일지 모르겠군. 조용히 살긴 하지만 후에르 백작은 결코 만만하게 볼 수 있는 인물이 아니야. 왕가와도 친분이 있다고."

우리 도시엔 왕가와 친분 있는 사람이 참 많기도 하군. 로만 아이넨도 그렇고 백작과 로만도 상당히 친하고. 서로서로 그런 식으로 얽힌 건가?

잠시 후 성으로 들어가는 입구에 도착했지만 문은 역시 굳게 닫혀 있었다. 하지만 처음부터 목적은 성문이 아니었다. 우리는 성벽을 따라 왼쪽으로 돌아갔다. 노숙자의 말에 따르면 그쪽에 비밀 통로가 있다고 했다.

얼마간 걸어가던 우리는 지면이 급격히 깎아지는 부분에서 멈춰 서야 했다. 그 바로 아래는 바다로 이어지는 낭떠러지였다.

"대체 통로가 어디 있다는 거야?"

"못 보고 지나왔는지도 몰라."

우리는 다시 성문까지 되짚어 돌아갔다. 하지만 여전히 통로 비슷한 걸 찾을 수 없었다. 노숙자에게 속았다는 생각이 들었다.

"이 자식을 그냥, 다시 경시청으로 돌아가기만 하면……."

"잠깐만."

그때 머독이 나를 불러 세우더니 성벽 한쪽을 가리켰다. 절벽과 이어지는 부분이었다.

"아무래도 저기로 올라간 것 같아."

지금 장난치나? 성벽은 어림잡아도 최소 어른 서넛의 키 정도 되었다.

"밧줄이나 사다리를 가져왔어야 하는 거 아냐? 하지만 이 아래는 받칠 만한 공간도 충분치 않은데……."

"노숙자는 그냥 올라간 것 같아. 자세히 보면 돌 틈 사이에 손과 발이 들어갈 만한 공간이 있어."

머독이 가리키는 곳을 바라보니 정말로 짚고 올라갈 수 있게끔 홈이 파인 게 보였다. 자세히 보지 않으면 거의 알아차리기 힘들 정도였다.

나는 한 걸음 너머의 낭떠러지를 힐끔 보곤 성벽을 다시 보았다. 그러곤 머독에게 손을 흔들었다.

"이번 일은 너그러운 마음으로 너한테 양보할게."

"그럴 줄 알았지. 거기 있다가 혹시라도 내가 떨어지면 붙잡아. 올라가 볼 테니."

장미를 내게 넘겨준 머독은 아슬아슬하게 성벽을 딛고 오르기 시작했다. 조금만 뒤로 균형을 잃어도 그대로 굴러떨어지기 십상이었다. 나는 5년간 쌓인 녀석과의 미운 정을 시험당하는 기분이었다. 머독이 떨어지면 정말 목숨 걸고 녀석을 받아 낼 수 있을까?

다행스럽게도 머독은 날 시험대에 올리지 않았다. 좁은 틈만 짚고도 잘 올라갔고 성벽을 훌쩍 뛰어넘었다. 낙하산치곤 제법인데? 그는 잠시 후 한심하다는 표정으로 성문을 열어 주었고 난 당당히 안으로 들어갔다.

낮에 보니 성벽 안쪽은 밤에 봤던 것보다는 제법 사람 사는 곳처럼 보였다. 그땐 집사만 뒤쫓아가느라 잘 몰랐는데 정원에도 온갖 식물들이 가득했다. 실내에도 식물이 그렇게나 많더니 아무래도 백작은 식물 애호가인 듯싶었다. 뱀파이어 백작과 식물이라, 뭔가 어울리지 않는 조합이다.

"푸른 장미는 없는데?"

"성 뒤쪽 정원에 있다고 했어."

우리는 조심스레 주위를 둘러보며 성벽을 따라 돌아갔다. 우릴 손님으로 맞아 주겠다고 했는데 이처럼 몰래 침입하니 왠지 미안한 생각도 들었다.

"레일미어."

머독이 낮은 목소리로 불렀다. 그가 가리킨 곳을 본 순간 나는 숨을 멈췄다. 정원으로 들어가는 통로와 돌벽이 온통 푸른 장미들로 가득했다. 내가 손에 들고 있는 이 한 송이를 보았을 때도 그랬지만 이처럼 생생하게 살아 있는 기묘한 색깔의 장미들을 보고 있자니 말문이 막혔다. 온통 푸른색이 눈을 기분 좋게 아프게 했다.

"정말 백작의 것이었군."

"그럼 이 장미가 왜 대문호의 금고에 있었는지 설명을 들을 차례로군."

그때 등 뒤에서 철컥하는 소리와 함께 이런 말이 들려왔다.

"설명을 들어야 할 것은 이쪽입니다."

뒤를 돌아본 나는 재빨리 두 손을 위로 들어 올렸다. 머독도 천천히 그렇게 했다. 후에르 백작가의 집사가 다른 것도 아니고 무려 기관총을 손에 든 채 우리를 겨누고 있었다.

"자, 잠깐만요, 집사님. 총은 일단 좀 치워 주시고…… 그거 허가는 받은 물건입니까?"

"당신들은 예의범절이라고는 모르는 사람들이로군요. 시의 권한으로 이 성에 허락 없이 들어온 사람은 언제든 사살할 수 있습니다. 잘 아시죠?"

맹세코 금시초문이다! 머독도 낯빛이 질린 채 입을 열었다.

"우린 살인 사건을 수사 중입니다. 여왕 폐하를 위해 일하는 사람들이고요."

"네, 그 이야기는 질리도록 들었습니다. 하지만 수사라는 걸 핑계로 감히 백작님의 성에 함부로 발을 들여놓다니요. 며칠 전 보여 준 무례로는 충분하지 않았던 겁니까?"

아무래도 그의 표정과 말투가 너무 침착한 게 마음에 걸렸다. 나는 애써 미소를 띠며 말했다.

"정말 죄송하게 됐습니다. 나중에 허락을 받고 다시 오도록 하지요. 그럼 저희는 이만……."

내가 발을 떼자마자 집사가 곧바로 나를 겨누었다. 나는 움찔하며 멈춰 섰다.

"여기 온 이유를 설명해 주시죠."

슬그머니 머독의 눈치를 살피자 그가 체념한 듯 고개를 끄덕이는 게 보였다.

"이 푸른 장미는 오세이번 경의 살인 사건에서 대단히 중요한 단서입니다. 백작가에서 이 장미를 봤다는 이야기를 듣고 와 본 겁니다."

"그래서요. 이곳에서 장미를 기르고 있으니 우리 백작님이 의심스럽단 말입니까?"

"아닙니다. 물론 이것만 가지고 용의자로 단정 지을 순 없지요."

"겨우 그런 문제였으면 전화나 전보로도 물을 수 있던 거 아닙니까. 왜 몰래 숨어 들어왔습니까?"

"그게, 낮이다 보니 다들 주무시고 계실 줄 알고……."

"그래요, 백작님께서는 주무시고 계십니다. 낮이 되어야 겨우 잠들 수 있는 분이라고요! 그분은 당신들을 손님으로 대접하라고 했지만, 이런 행동이나 보이는데 도저히 그럴 수가 없군요."

집사는 총을 우리 둘에게 번갈아 겨누며 계속 말했다.

"누가 알겠습니까? 멀리서 봤을 때 도둑인 줄 알고 쐈다고 말한다면요. 근래 계속 장미를 훔쳐 가는 파렴치한 도둑놈이 있었지요. 그놈인 줄 알았다고 말하면 됩니다. 아무도 당신들의 죽음에 의문을 제기하지 못하겠지요."

그렇게 말하며 집사가 나를 똑바로 바라보았다. 그 눈과 마주치는 순간 지금 하는 말들이 모두 진심이라는 걸 알 수 있었다. 설마라고 할 때가 아니었다.

"아무리 실수였다 한들 그런 불미스러운 일이 일어나면 백작님의 입장도 매우 곤란해질 겁니다."

머독이 주의를 끌며 말했다. 집사가 그를 힐끔 쳐다보았다.

"사고였다고 해도 나랏일을 하는 죄 없는 공무원들을 죽인 꼴이 되니까요. 백작님은 어떻게든 그 일에 책임을 져야 할 겁니다. 당신이 울컥해서 저지른 일 때문에요."

집사의 표정은 변하지 않았지만 손가락이 방아쇠 근처에서 머뭇거리듯 왔다 갔다 하는 게 보였다. 잘한다, 머독! 아무리 봐도 백작에 대한 충성심이 대단한 것 같으니 계속 그 부분만 건드리면……

"두 분 다 살고 싶다는 의지가 강한 건 잘 알겠군요. 그랬으면 처음부터 이런 무모한 짓은 하지 말았어야죠. 앞으로 계속 백작님을 성가시게 하도록 놔두느니 사고라고 말하고 내가 책임은 지는 게 나을 것 같습니다."

총구가 내 쪽으로 향하는 것을 본 순간 온 세상이 멎어 버리는 것 같았다. 잠깐만, 농담이지? 진짜 쏠 거라고? 이게 끝이라고?

그때 어디선가 다 죽어 가는 목소리가 나를 구원했다.

"그만두게…… 파셀."

집사가 흠칫하더니 고개를 돌렸고 우리도 그쪽을 바라보았다. 누군가 비틀거리며 벽을 붙잡고 걸어오고 있었다.

"백작님!"

집사가 부르짖더니 총을 던지고 남자에게 달려갔다.

"이 시간에 바깥에 나오시다니요! 얼른 들어가십시오. 빨리요!"

황급히 웃옷을 벗은 집사는 백작의 머리 위에 그것을 덮어씌
웠다. 그러곤 그를 업고 그늘을 따라 뛰기 시작했다.

멍하니 그 모습을 보던 나는 다리에 힘이 풀려 그대로 주저
앉았다. 머독도 마찬가지였는지 제자리에 아무 말 없이 굳어 있
었다. 잠시 후에야 얼어붙어 있던 입이 겨우 풀렸다.

"진짜 죽는 줄 알았네. 망할 늙은이, 기관총을 겨누는 법이
어디 있어?"

"충성심이라고 해도 도가 지나친 부분이 있군."

"그나저나 저 사람이 백작이라니, 어디 몸이라도 안 좋은 건가."

"글쎄, 일단 우리도 사정을 설명해야 하고 물을 것도 있으니
쫓아서 들어가 보지."

"다 좋은데 일단 총부터 주워."

머독이 걸어가 기관총을 주워 왔다. 집사가 저걸 들고 있을
땐 정말이지 오금이 다 저리는 기분이었다. 앞으로 누군가에게
총을 겨눌 땐 적어도 상대의 기분을 완벽하게 이해할 수 있을
것 같다.

성안은 모든 곳에 커튼이 쳐져 있어 밤인지 낮인지 헷갈릴
정도였다. 지난밤 후식을 먹었던 응접실로 가 보니 안락의자에

눕다시피 기대고 있는 백작을 볼 수 있었다. 백작은 땀을 몹시 흘리고 있었고 안색이 창백했으며…… 지금 상황에 어울리는 말은 아니지만 굉장한 동안에 미남이었다! 저 정도면 신화 속 요정이라고 불러도 믿겠는데.

백작을 내버려 두고 어딜 갔나 했더니 곧 집사가 얼음이 든 통을 들고 달려왔다. 그러곤 정성스레 얼음을 수건으로 싸서는 백작의 얼굴 여기저기에 갖다 대었다. 열을 식히려는 듯했다.

"도대체 밖에는 왜 나오신 겁니까? 이 무례한 작자들 때문이지요? 제가 저것들을 당장……."

주위를 두리번거리는 집사에게 머독이 손에 쥔 총을 조용히 들어 보여 주었다. 백작은 분개하는 집사를 말리고 입을 열었다.

"파셀의 무례를 용서해 주길 바랍니다. 그는 성정이 예민하고 나에 관한 일에 있어서는 더욱 그렇습니다. 당신들이 허락 없이 내 영지에 침입한 것을 용서할 테니 당신들도 그의 행동을 눈감아 줬으면 좋겠군요."

침입과 살인 미수가 동급이 되기는 어렵겠지만, 우리가 먼저 잘못한 것도 있으므로 고개를 끄덕였다.

"외람된 질문입니다만, 몸 어딘가 불편한 곳이라도 있으신 겁니까?"

머독이 조심스레 물었다. 얼음으로 열을 조금 식힌 백작이 대답했다.

"난 다른 사람들처럼 햇빛을 견디는 재주가 없습니다. 조금이라도 햇빛 아래 노출이 되면 피부가 상하고 몸에 열이 오릅니다. 심한 몸살처럼 현기증과 두통이 오고요."

그런 병이 있었다니, 그제야 왜 그가 밤에만 활동하는지 알 수 있었다. 수줍음 어쩌고 했던 건 병을 감추기 위한 거짓이었나 보다.

"그런 줄도 모르고 저희가 큰 결례를 저지르고 말았습니다. 사과드립니다."

백작은 괜찮다는 듯 손만 내저었다. 그나저나 지금은 가리개가 없이도 잘만 말하는데 전에는 왜 그게 필요했던 걸까?

"그런데 뭐랄까…… 생각보다 많이 젊어 보이시는군요."

나는 말을 돌려서 물어보았다. 내 말에 집사는 어디서 이런 무례한 게 굴러들어 왔는지 모르겠다는 눈으로 쏘아보았다. 하지만 머독 역시 진지하게 백작의 대답을 기다리는 걸 보니 녀석도 궁금했던 게 틀림없었다.

"그렇습니까?"

백작은 특별할 것 없다는 듯이 대꾸했다. 내가 알기로 백작의 나이는 마흔이 넘는데 저 모습은 뭔가 세상의 법칙에 어긋났다는 생각이 들 정도였다. 하나를 잃었기 때문에 하나를 얻은 건가?

"얼굴을 보이기 싫어하셨던 건 너무 젊어 보여서 부끄러우셨던 건가요?"

"그렇다기보다는 사람들의 입에 오르내리는 게 싫었기 때문이죠."

"입에 오르내린다고요?"

"내 병 때문이기도 하겠지만, 이 얼굴을 보면 다들 뭔가 잘못되었다는 듯이 얘기하니까요. 내게 어떤 별명이 붙었는지 잘 알 테지요. 나는 그 별명이 몹시 불쾌합니다."

뱀파이어 백작이란 별명 말인가? 하긴, 병 때문에 햇빛을 못 보는 것만으로도 충분히 억울할 텐데 아무것도 모르는 사람들이 그런 별명을 붙여 댔으니 백작의 입장에선 괴로울 수도 있겠다.

"알겠습니다. 그에 대해서는 저희도 함구하도록 하겠습니다. 한데 오늘 부득이하게 이곳에 와야 했던 건 백작님께서 키우고 계신 푸른 장미 때문입니다. 어떻게 이런 걸 만드신 겁니까?"

내가 손에 들고 있던 장미를 보여 주며 물었다. 장미를 본 백작의 얼굴이 조금 부드러워졌다.

"밤에 소일거리로 식물을 돌보고 있지요. 그 아이들은 햇빛을 먹고 자라니 대리 만족이라도 느끼는지 모르겠습니다. 그 장미는 세상에 없는 특별한 장미를 만들어 보기 위해 이리저리 실험한 끝에 탄생한 종이지요. 5년 만에 처음으로 꽃을 피워서 무척 기뻐하던 중입니다."

"그럼 혹시 이 장미를 대문호께 선물해 드린 적이 있습니까?"

"게오르그에게? 아니요, 그런 적은 없습니다만."

"그럼 하우스만에게는요?"

"물론 없지요. 내가 그 꽃을 선물한 사람은 단 한 사람뿐입니다."

"누구요?"

하지만 백작은 곧장 대답하지 못했고 대신 얼굴이 붉게 달아올랐다. 집사는 놀라서 다시 수건으로 꼼꼼히 얼굴을 문질러주었다. 하지만 내가 보기에 그건 햇빛 알레르기 때문이 아닌 것 같았다.

"세라바체 양입니다. 얼마 전 내 성에 방문했던 그녀가 그 꽃을 보고 무척 좋아하더군요. 그래서 선물로 몇 송이인가 꺾어주었던 걸로 기억합니다."

세라바체 양……이라고?

머독이 나를 바라보는 기색이 느껴졌다. 하지만 나는 녀석을 외면했다.

"이리 주십시오. 내가 꺾은 꽃이라면 알아볼 수 있습니다."

왠지 주고 싶지 않았다. 백작의 답을 듣고 싶지 않다는 기분이 강하게 들었다. 하지만 머독이 내 손에서 장미를 빼앗아 백작에게 가져다주었다. 백작은 자른 단면의 모양을 이리저리 살피고는 말했다.

"맞습니다. 자른 것도 다듬은 것도 내가 한 것입니다."

"하지만 정말 본인이 자르신 게 맞습니까? 이 장미를 훔쳐다 팔고 있는 도둑이 있던데, 그의 짓일 수도……."

그러자 백작의 얼굴에 처음으로 분노하는 기색이 서렸다.

"그는 식물을 배려하거나 생각할 줄 모르는 무뢰배입니다. 다른 꽃이나 줄기가 다치는 것도 아랑곳하지 않고 엉망으로 잘라 갑니다. 결코 내가 자른 것과 비교할 수 없습니다."

그렇다면 금고 속 장미의 주인이 세라바체 양이라는 건데. 이 건 대체 뭘 의미하는 거지?

"그런데 그런 건 왜 묻는 겁니까?"

"예? 아뇨……."

내가 얼버무리자 백작은 이상하다는 듯 나를 바라보았다. 그 때 머독이 자리에서 일어나며 말했다.

"협조 감사합니다. 이만 돌아가 보도록 하겠습니다. 다시 한 번 오늘의 무례에 대해 사과드립니다."

성을 나와 내려가는 동안 머독에게선 아무 말이 없었다. 왠 지 모르게 불안했다. 장미의 주인이 세라바체 양이라는 것에 대해 어떻게 생각하느냐고 녀석에게 물어야 했지만 묻기가 두 려웠다. 그녀가 장미와 관련이 있을 거라곤 조금도 생각해 보지 못한 일이었다.

"가는 길에 조 마르지오에 들르지."

머독이 그렇게 입을 떼는 순간 가슴이 덜컹 내려앉았다.

"왜?"

"물어봐야 할 거 아닌가. 장미에 대해. 이게 왜 거기 있었는지 에 대해."

가슴이 불안하게 두근거렸다. 세라바체 양을 만나러 가는 일이니 설레야 마땅한데 지금은 그렇지가 않았다.

"알았어. 그럼 내가 갈게. 너까지 갈 필요 없어."

"헛소리. 너야말로 빠져. 세라바체 양은 나 혼자 만날 거다. 넌 극장에 날 내려 주고 경시청으로 돌아가도록."

"그럴 거면 일단 강력3반에 가서 보고부터 하는 게……."

"소용없으니 그만둬, 레일미어. 난 그 여자를 만날 거다."

더 이상 녀석을 막을 수 있을 만한 말이 떠오르지 않았다. 그제야 내가 녀석을 막으려 하고 있다는 것도 깨달았다. 하지만 왜? 무엇이 불안한 걸까? 가장 의심스러운 용의자인 하우스만도 잡혀 있는 마당에 어째서 그 푸른 장미 한 송이가 이토록 나를 안절부절못하게 만드는 거지?

결국 차는 조 마르지오 극장 앞에 멈춰 섰고 머독은 망설임 없이 내려서 극장 안으로 들어갔다. 그대로 경시청에 돌아가야 했지만 도저히 그럴 수 없어 뒤따라 차에서 내렸다. 세라바체 양을 만나고 싶었다. 하지만 이제는 정말로 객관성을 유지할 자신이 없는데.

차 앞을 서성이던 나는 결단을 내리고 극장 안으로 들어갔다. 하지만 세라바체 양의 방문 앞에서 멈춰 섰다. 손이 총 근처에서 왔다 갔다 했다. 경우에 따라서 어쩌면 나는, 이 총을 범인이 아닌 동료를 향해 쏠 수도 있지 않을까?

한참을 망설이다가 결국 발걸음을 돌렸다. 머독이 당장 그녀를 어떻게 하진 않을 것이다. 세라바체 양은 어쩌면 무고할 수도 있다. 백작이 거짓말을 한 것일 수도 있고, 단순히 대문호에게 선물로 준 장미일 수도 있다.

생각에 잠겨 걸음을 옮기다 보니 어느새 대문호의 작업실 앞까지 와 있었다. 하우스만의 파렴치한 행위를 목격한 뒤로 다시 찾지 않았던 곳이다.

충동적으로 출입 금지선을 넘어 안으로 들어갔다. 처음으로 이 방에 왔다고 생각하고 하나하나 다시 살펴보았지만 특별히 눈에 띄는 건 없었다. 세라바체 양과 함께 숨었던 벽장도 감회가 새로운 기분으로 보다 문득 고개를 돌려 금고를 쳐다보았다. 금고는 여전히 활짝 열려 있었다.

확실히 열린 금고 속이 텅 비어 있고 거기에 꽃 한 송이만 남아 있었다면 누구라도 모든 걸 도난당했다고 생각했을 것이다. 하지만 로만이 도슨을 시켜 경시청에 신고하러 보내던 그 순간에도 어쩌면 원고는 이 아래 잠들어 있었을지도 모른다. 장미꽃은 단지 위장이었을지도.

나는 비밀 공간을 열어 보기 위해 금고 속을 이리저리 만져 보았다. 하지만 생각보다 쉽지 않았다. 하우스만이 여는 모습을 보긴 했지만 등으로 가려져 있어 무엇을 어떻게 조작하는지는 보지 못했다. 그에게 물어보고 올 걸 그랬다는 후회가 들었다. 한동안 더 만지작거리던 나는 곧 포기할 수밖에 없었다.

그거 이상하네. 세라바체 양은 금방 열어서 가져오던데.

순간 찬물을 뒤집어쓴 것 같은 기분이었다. 기억이 빠르게 며칠 전으로 돌아갔다.

하우스만을 겨누고 있는 동안 나는 세라바체 양에게 금고의 비밀 공간을 열어 원고를 가져다 달라고 부탁했었다. 그녀는 금세 열어서 가지고 돌아왔다.

아까와는 다른 의미로 가슴이 쿵쾅거리고 뛰기 시작했다.

자네도 알잖아. 그분이 자기 작업실에 사람들이 드나드는 걸 얼마나 싫어하는지. 심지어 일을 할 땐 문도 잠가 두고 말이야. 한데 세라바체 양은 아무렇지 않게 드나들었어. 그분의 방 열쇠까지 가지고 있었다고.

러세스의 신랄한 말들도 뒤이어 떠올랐다. 방 열쇠까지 맡길 정도의 사이였다는 건 어쩌면, 금고의 비밀번호와 그 속의 비밀 공간까지 알려 줄 정도로 가까웠던 걸까?

동화요. 그분이 저를 위해 쓰신 단 한 권의 동화책이에요.

대문호가 누구도 아닌 오직 세라바체 양을 위해 쓴 동화. 극장을 수색하던 날 세라바체 양은 뭔가를 허리춤에 감추고 있었다. 그녀는 그게 동화책이라고 말했지만, 그 말이 과연 사실이었을까? 그때 숨겨 두었던 것과 내게 보여 준 동화책이 서로 다른 것이었다면?

이해하기 어렵군요. 반드시 살인범이 원고를 가져갔을 거라 단정할 순 없어요. 또한 금고 속 비밀 공간에 대해 하우스만 씨 말고 또 알고 있는 사람이 있을 수 있고요.

세라바체 양은 그렇게 말했었다. 그건 설마, 자기 자신을 지칭하는 말이었을까?

어째서 대문호께서 너한테 모든 원고를 남긴 거지? 어째서!

잠시 후 정신을 차렸을 때 나는 대문호가 집필하던 의자에 앉아 있었다. 머릿속에서 멋대로 그려진 연결 고리들을 어떻게 해석해야 할지 알 수 없었다. 혹은 이미 알고 있음에도 이해하길 거부하고 있는 것이거나.

이럴 수는 없어. 이건 너무…… 부당해.

세라바체 양은 금고의 비밀번호뿐만 아니라 비밀 공간에 대해서도 알고 있었을 가능성이 높다. 게다가 뱀파이어 백작은 푸른 장미를 그녀에게만 선물했다고 했다. 그렇다면 금고에 남아 있던 장미 역시 그녀가 놓아두었을 가능성이 크다. 마지막으로 세라바체 양은 대문호가 죽은 날 수상한 종이 뭉치를 몸에 지니고 있었으면서도 유일하게 몸수색을 피해 갔다. 누구도 아닌 내 덕분에.

당신은 나를 이용한 건가?

속에서 뭔가 울컥하고 치밀어 올라 손으로 입을 틀어막았다. 지금 이 순간 내 마음이 진정으로 괴로운 까닭이 무엇 때문인지 알 수 없다. 세라바체 양이 범인일지도 모르기 때문에? 나를 이용했기 때문에? 아니면 사람들이 말한 대로 그녀가 단순히 오세이번 경과 가족 같은 순수한 관계가 아니었을지도 모른다는 사실 때문에?

왜 진작 이상하다는 생각을 하지 못했을까. 내 눈은 진실로 멀어 있었던 걸까? 오세이번 경이 단순히 그녀를 가족처럼 생각해서 자기 방의 열쇠를 주진 않았을 거다. 진짜 가족에게도 허락하지 않았으니까. 열쇠를 맡길 정도라면 금고의 숨겨진 공간에 대해서도 말했을 가능성이 크다. 마지막으로 그는 사후 자기 원고에 대한 권한까지도 가족이 아닌 그녀에게 주었다.

그건 단순히 친하다는 말로는 설명되지 않는다. 러세스나 프리실라 양의 말이 사실이든 아니든 두 사람의 관계는 내가 알고 있던 것 이상으로 가까웠던 게 틀림없다. 하지만 도대체 어떤 의미로 가까웠다는 말인가?

두 손으로 얼굴을 감싼 채 고개를 숙였다. 허탈한 웃음이 흘러나왔다.

나는 어제 그녀를 다시 사랑하게 되었다. 그리고 오늘 그녀에게 숨겨진 연인이 있었다는 사실을 알게 되었다.

허탈한 절망과 순수한 분노를 느끼고 있던 그때, 정신을 번쩍 들게 하는 총소리가 고요한 극장 안에 울려 퍼졌다.

8. 동화책의 비밀과 기이한 자백

자리를 박차고 작업실 밖으로 달려 나갔다. 하지만 복도엔 아무도 없었다. 어디에서 난 소리지?

누군가 요란한 소리를 내며 멀찌감치 떨어진 방에서 뛰쳐나왔다. 머독이었다. 거긴 세라바체 양의 방이었다.

"머독, 대체 무슨……."

동시에 머독의 뒤를 따라 세라바체 양이 방 밖으로 모습을 드러냈다. 그녀의 두 손에 들려 있는 것을 본 나는 숨을 들이켰다.

"숙여!"

머독의 외침에 나는 본능적으로 머리를 숙였고 또다시 어마어마한 총소리가 들려왔다. 쐈, 쐈어? 진짜 쐈어?

믿을 수가 없어 고개를 들고 세라바체 양을 바라보았다. 하지만 그녀의 표정도 썩 이성적이진 않았다.

"죽고 싶지 않으면 당장 그걸 돌려줘요!"

세라바체 양이 찢어지는 목소리로 외치며 표적을 바꾸었다.

내 모습은 눈에 들어오지도 않는 것 같았다.

"그럴 순 없습니다, 레이디. 이래 봬도 증거품……."

1층으로 내려간 머독이 손에 쥐고 있던 뭔가를 들어 올리며 말하는 순간 또다시 총소리가 들려왔다. 동시에 그 물건이 하늘로 솟구쳤다. 머독을 쫓아 달려가던 나는 허공을 가르며 날아가는 그것이 뭔지 깨달았다. 가죽으로 장정된 얇은 책. 오세이번 경이 세라바체 양에게 준 단 하나의 동화라고 말했던 그 책이었다.

내가 얼른 잡아채려고 했지만 책은 계단 너머의 1층 복도로 떨어졌다. 머독이 주우려고 달려갔지만 가는 길목마다 세라바체 양이 꾸준히 총알을 박아 넣었다.

"그 앞으로 오면 더 이상 바닥을 때리지 않을 거예요!"

그녀의 경고에 머독은 사색이 되어 멈춰 섰다. 소동에 놀란 경비들이 달려와 우리를 붙들었다. 오직 로만이 주는 돈만 받고 사는 그들은 우리가 경시청 직원이라고 아무리 외치고 배지를 보여 줘도 소용이 없었다.

"세라바체 양, 잠깐만요. 세라바체 양!"

내가 애타게 불렀지만 그녀의 안중에는 내가 없었다. 1층에 떨어져 있던 책을 소중히 안아 들었을 뿐이다. 다시 한번 그녀를 부르려는데 누군가 내 앞을 막아섰다. 문지기인 도슨이었다.

"이만 떠나시는 게 좋겠습니다."

"기다려요. 그녀에게 물어볼 것이……."

그러나 채 말을 끝내기도 전에 도슨이 내 멱살을 잡아 끌어당겼다. 나는 생각지도 못한 그의 힘에 놀랐다.

"다신 이곳에 오지 마십시오."

그렇게 말한 그가 경비병들에게 고갯짓을 했다. 직후 우리는 극장 바깥으로 말 그대로 내던져졌다.

"그냥 물어만 본다고 했잖아! 대체 세라바체 양한테 무슨 짓을 한 거야?"

"입 다물어. 죽을 뻔했단 말이다. 감히 경시청 직원한테 총을 쏘다니 제정신이야? 그 책 하나 때문에?"

그래, 그 책 하나 때문에 그녀는 경시청 직원을 향해 총기를 사용했다. 당장 체포되어도 할 말 없는 짓을 저지른 것이다.

"오세이번 경한테 받은 아주 특별한 선물이랬어."

도대체 왜 그랬는지 모르겠지만, 나는 그녀를 위해 변명하듯 내뱉었다. 기다렸다는 듯 머독이 고개를 획 돌려 나를 노려보았다.

"너, 그 책에 대해 알고 있었군?"

"그건……."

"됐어. 경시청에 가서 듣도록 하지."

그 말을 끝으로 차 안에 적막이 흘렀다. 옆에선 머독이 끊임없이 씩씩거렸고 나는 나대로 머리가 터져 버릴 것 같았다.

동화책이 그 정도로 그녀에게 소중했다는 말인가? 죽은 옛 연인의 유품이어서?

속에서 다시 뭔가 울컥 치밀어 올랐다. 이제는 그 느낌이 슬픔인지 분노인지 판단할 수조차 없다.

무지막지한 속도로 도시를 질주한 우리는 금세 경시청에 도착했다. 하지만 강력3반으로 들어갔을 때 그곳 역시 전혀 대화할 수 있는 분위기가 아니었다.

"아, 그러니까 왜 내 작가를 붙잡아 가느냐고! 증거 있어? 증인 있어?"

이 무시무시한 크기의 뻔뻔한 목소리는 설마…….

"포스모 씨?"

내 부름에 그가 돌아보았다. 샹 드 델라의 주인인 포스모 씨가 강력3반 한가운데에 떡하니 서 있었다. 엄청난 몸집을 자랑하는 그가 들어와 있으니 사무실이 비좁아 보였다.

"그래! 마침 잘 왔구먼, 레일미어. 자네가 어디 설명 좀 해 보라고. 한창 일해야 할 우리 극장 작가를 왜 붙잡아 온 거야, 응?"

"하우스만 씨는 이번 대문호 살인 사건의 중요한 참고인이라서 잠시 와 있는 겁니다."

"참고인? 참고인을 무슨 철창에 가둬 놔! 대답해 봐, 레일미어. 하우스만이 범인이야? 그래?"

"그건 아직 밝혀지지 않았습니다만……."

"그러면 죄 없는 사람을 가둬 놓으면 안 되지! 조 마르지오는 벌써부터 대문호 추모 공연을 준비 중이라고. 나도 하루빨리 새로운 공연 간판을 내걸어야 한단 말이야."

난감하게 주위를 돌아보니 반장님은 그저 신기하다는 듯 포스모 씨를 아래위로 살피고 있었고, 쥬안 양은 이 자리에서 없어져 버리고 싶은 것처럼 구석에 처박혀 있었다. 그리고 손튼은 결코 하우스만을 내어 주지 않겠다는 강경한 자세로 철창 앞을 가로막고 있었다. 그래 봤자 손튼의 몸집으로는 포스모 씨가 팔 한 번만 휘둘러도 날아가겠지만.

마지막으로 로만 아이넨의 경우에는…… 잠깐, 로만 아이넨?

그제야 하우스만의 집에서 압수해 온 원고들의 진위 여부를 확인하기 위해 로만을 부르기로 했던 걸 떠올렸다. 어쩐지 조금 전 극장에서 그런 소동이 났는데 모습이 보이지 않는다 했었다.

"징징거리는 어린애가 따로 없군. 혐의가 있으니 거기 갇혀 있는 거겠지."

로만의 입에서 싸늘한 목소리가 흘러나왔다. 하지만 시선은 포스모 씨를 향해 있지 않았다. 포스모 씨 또한 전혀 다른 곳을 보면서 귀를 후볐다.

"어디서 뭐가 앵앵거리는 소리가 난 것 같은데."

"별 파렴치한 놈도 다 있군. 쓸모도 없는 걸 그동안 오세이번의 제자라는 이유로 먹여 주고 재워 줬더니, 스승이 죽자마자 다른 극장으로 옮겨? 글 쓰는 재주도 없는 놈이었으니 차라리 다행이라고 할까. 그나저나 그런 놈을 받아 준 극장주도 참 안

됐군. 계약금을 얼마를 줬는지는 모르겠지만 틀림없이 돈 낭비일 텐데, 그렇게 사람 보는 눈이 없어서야."

신랄하게 말한 로만이 팔짱을 낀 채 혀를 쯧쯧거리고 찼다. 포스모 씨의 이마에 굵은 힘줄이 불끈 솟아올랐다. 가엾게도 포스모 씨에겐 그것을 숨겨 줄 만한 머리카락이 없었다.

"떠오르는 신인 작가를 경쟁 극장에 빼앗겼으니 그렇게라도 위안 삼아야겠지. 얼마나 작가가 없고 대본이 없으면 옛날 걸 다시 하겠대? 그렇게 시대를 역행하니 점점 관객들이 떨어져 나가는 거라고. 곧 있으면 내 샹 드 델라의 시대가 올 거란 말이야!"

"늙은이가 저렇게 착각이 지나쳐서야, 샹 드 델라의 미래가 보이는 것 같군. 돈밖에 없는 놈이 생각 없이 하는 일이 다 그렇지."

"내가 늙은이면 너는 뭔데! 나랑 동갑인 너도 마찬가지야!"

포스모 씨가 부르르 떨며 삿대질을 했으나 로만 아이넨은 우아하게 무시하며 우리 반장님을 바라보았다.

"내 도움이 필요하다고 해서 왔습니다만, 어떤 일을 해야 하는 겁니까?"

테니스 시합처럼 고개를 왔다 갔다 하면서 두 사람을 구경하던 반장님은 그제야 정신을 차렸다.

"아, 예. 우리가 하우스만의 집에서 압수한 원고들이 있습니다. 그중에 혹시 대문호의 것으로 추정되는 게 있는지 봐 주시면 됩니다."

하지만 로만이 대답하기도 전에 포스모 씨가 두 사람을 가로막았다.

"어딜 함부로 압수한다는 거요? 그건 내 작가의 원고란 말이야. 더군다나 경쟁 극장주인 로만에게 보여 준다니, 절대 안 될 말이오. 그가 아이디어를 베껴 갈지도 모르잖소!"

"하우스만 같은 놈의 원고는 수백 편을 보여 줘도 베낄 생각이라곤 눈곱만큼도 들지 않을 겁니다. 안심하시죠, 반장님."

로만이 태연히 응수했다. 반장님은 허허 웃긴 했지만 결코 편한 웃음이 아니었다.

"전부 타자기로 작성된 문서들입니다. 따라서 필체를 알아보실 순 없겠지만……."

"오세이번과 일한 세월만 30년 가까이 됩니다. 그의 원고라면 금방 알아볼 수 있을 겁니다. 걱정 마시죠."

반장님은 머독이 압수해 온 하우스만의 원고들을 가지고 로만과 함께 취조실로 들어갔다. 그나저나 이 와중에 내 쪽은 한번도 쳐다보지 않는 로만의 완벽한 무시에 감탄이 절로 나올 지경이었다.

그에게 세라바체 양과 대문호 두 사람의 관계에 대해 묻고 싶었지만 꾹 참았다. 로만이 알았을 것 같지 않았다. 알았다면 그는 절대로 그걸 가만히 좌시하진…….

잠깐, 좌시하지 않았을 거라고? 그렇다. 알았다면 로만 아이넨의 성격상 절대로 가만히 있지 않았을 거다. 대문호가 아무리 그의 절친한 친구라고 해도 자기 딸과 만약 그런 관계였다면…… 도슨도 죽을 정도로 때려서 내쫓았다고 하지 않았던가.

그때 포스모 씨가 나를 향해 말을 거는 바람에 상념에서 깨어났다.

"자네도 그러는 거 아니야. 도움이 필요할 때는 나한테 와서 그렇게 친한 척하더니, 내가 곤경에 빠졌을 땐 이처럼 모른 척해?"

"네? 아니, 저도 도와 드리고 싶지만 이번 일은……."

어른거리는 포스모 씨의 눈망울을 보고 있자니 마음이 약해졌다. 제발 이 자리에서 울지 않았으면 좋겠는데.

"난 자네와 세라가 잘되기를 바랐어. 진심으로."

이 와중에 그 이야기는 또 왜 나오는 걸까.

"저놈은 제 딸을 그저 귀족과의 연결 고리 정도로밖엔 생각 안 해. 세라의 행복 같은 건 뒷전이라고. 저런 놈은, 저런 놈은……."

그때 취조실 문 너머로 로만 아이넨이 이쪽을 바라보는 게 보였다. 나는 포스모 씨를 말리려고 했지만 다음 순간 그가 큰 소리로 외쳤다.

"저딴 놈은 아버지 자격도 없어!"

아이고, 내뱉어 버렸다. 나도 모르게 시선이 로만 아이넨 쪽으로 향했지만 그때 반장님이 나타나더니 취조실 문을 쾅 닫았다. 왠지 문 너머에서 엄청난 분노의 기운이 전해져 오는 것만 같다.

그러나 그렇게 말한 포스모 씨야말로 울먹거리고 있었다. 나는 다른 사람들에게 그의 얼굴이 보이지 않도록 얼른 그를 붙잡아 돌렸다.

"못된 놈."

포스모 씨는 그렇게 중얼거리더니 눈가를 훔쳤다. 그러곤 육중한 발소리를 내며 수사반 문을 박차고 나갔다.

뭔가 폭풍이라도 한 차례 휩쓸고 지나간 기분이었다. 사람들이 빠지고 나니 사무실 안이 썰렁해졌다. 계속 입구를 살피던 손튼은 마침내 한숨을 내쉬곤 철창에서 떨어졌다.

"대체 저 사람은 뭐죠? 깜짝 놀랐어요."

"샹 드 델라의 주인이야."

"아하, 그래서 새 작가니 계약이니 그런 말들을 했던 거군요. 생각하면 할수록 하우스만은 정말 어이가 없네요. 자기 원고를 대문호의 것으로 둔갑하려던 것도 모자라, 스승이 죽자마자 경쟁 극장과 잽싸게 계약했다 이거잖아요?"

"그렇지."

"그것참 행동이 빨라요. 그렇지 않나요, 선배님? 대문호께서 돌아가신 지 이제 겨우 며칠밖에 안 됐는데 말이에요. 정말 파렴치하네요."

"매우 파렴치하지."

철창 너머에서 다 죽어 가는 하우스만의 목소리가 들려왔다.

"다 들립니다, 경관님들……."

로만이 원고를 모두 훑어보는 데는 오랜 시간이 걸리지 않았다. 앞의 몇 문장만 봐도 그 원고에 대해 파악이 가능하다고 했다. 결론적으로 말하자면 '이런 허접쓰레기' 중에는 오세이번 경의 원고가 단 하나도 없다는 것이었다.

"협조에 감사드립니다. 그럼……."

"별말씀을. 내가 도울 일이 있다면 언제든 연락 주시죠."

로만이 또다시 나를 완벽히 무시한 채 돌아가자, 머독은 기다렸다는 듯 반장님에게 씩씩거리며 걸어갔다. 나도 얼른 그 뒤를 따랐다.

"머독, 표정이 왜 그래? 뱀파이어 백작이라도 만난 거야?"

"백작이 문제가 아닙니다, 반장님. 범인은 세라바체 아이넨 양입니다!"

머독이 이렇게 외치자 손튼과 쥬안 양도 자리에서 일어났다. 반장님은 내 얼굴을 한번 보더니 한숨과 함께 말했다.

"다들 모이자."

회의실에 앉자마자 머독이 빠르게 말을 쏟아 냈다.

"후에르 백작은 그 장미가 자신이 키우는 것이라고 말했고 단 한 번 누군가에게 선물한 적이 있다고 했습니다. 그건 세라바체 양이었죠. 그래서 곧장 조 마르지오로 세라바체 양을 찾아갔습니다. 하지만 방에 아무도 없더군요. 마침 수색하기 적당하다는 생각이 들어 뒤져 보다가 서랍 안에서 가죽으로 장정된 책을 한 권 발견했습니다. 자물쇠가 걸려 있는 데다 제목이나 작가 이름이 쓰여 있지 않아서 일기장인 줄 알았지요. 예의가 아니라는 건 알지만 사안이 사안이다 보니 자물쇠를 부수고 열어 볼 수밖에 없었습니다."

"그래, 그런데?"

"펼쳐 보니 맨 앞장에 오세이번 경의 이름이 적혀 있더군요. 그래서 이번에 잃어버린 유작인 줄로만 알았습니다. 하지만 읽어 보니 아니더군요. 그건 연극 대본이 아니라 동화였습니다."

"동화?"

"동화요?"

손튼과 쥬안 양이 동시에 물었다. 오세이번 경이 동화를 썼다는 것에 놀란 듯했다. 나도 그랬으니까.

"짧은 동화였지만 거기서 중요한 걸 발견했습니다."

"그게 뭔데?"

"동화에 나오는 주인공이 바로 푸른 장미입니다."

전혀 의외의 단어가 흘러나와 이번엔 나도 놀랐다. 푸른 장미, 우리가 본 그 푸른 장미? 동화에 그게 나온다고?

"무슨 내용인데?"

내가 묻자 머독이 못마땅하다는 듯 나를 보다가 입을 열었다.

영원한 겨울나라에 하얀 눈사자가 살고 있었다. 눈에 닿는 모든 새하얀 땅이 눈사자의 영역이었다. 눈사자는 매일 아침부터 해가 질 때까지 자신의 영역을 돌아보며 만족감을 느꼈다.

하지만 어느 창백한 달이 뜬 눈이 오던 밤, 하늘을 올려다보던 눈사자는 문득 외로움을 느꼈다. 이 광활한 영토 안에 사냥감이 아닌 다른 생물이 함께 살았으면 좋겠다는 생각을 했다.

다음 날 평소와 같이 영토를 돌아보던 눈사자는 예전에는 한 번도 맡아 본 적 없던 어떤 냄새를 맡았다. 그 냄새를 따라 가 본 적 없던 산골짜기의 길로 들어섰다. 그곳에도 눈이 가득 쌓여 있었다.

눈사자는 냄새를 따라 눈을 파헤쳤다. 그리고 그 안에 파묻혀 얼어 있는 작은 새싹을 발견했다. 겨울나라에서 그런 녹색의 생물은 처음 보는 것이었다. 눈사자는 얼어 있는 새싹을 녹여 주고 싶다고 생각했고, 그 자리에 누워 새싹을 품어 주었다.

며칠이 지난 뒤 자리에서 일어섰을 때 새싹은 녹아 있었다. 그뿐만 아니라 며칠 전보다 자라나 이제 잎사귀가 보였다. 눈사자는 점점 커 가는 그 생물이 무척 신기하다고 생각했다. 어디까지 자랄 수 있는지 보고 싶었다. 밤에는 잎사귀가 다치지 않도록 조심스레 품어 주고 낮에는 햇빛을 받을 수 있도록 한 걸음 물러나 있었다. 며칠간 사냥감을 잡지 않았는데도 이상하게 허기가 들지 않았다. 관심은 온통 그 생물에게만 가 있었다.

그렇게 셀 수 없는 시간이 지난 뒤 드디어 새싹은 꽃을 피웠다. 처음 봉오리가 생겼을 때 눈사자는 얼마나 놀랐는지 모른다. 동시에 눈이 내려 꽃이 얼지는 않을까, 바람이 너무 강하게 불어 꽃이 날아가 버리진 않을까 걱정했다.

마침내 봉오리를 활짝 연 그 꽃은 푸른색의 장미였다. 새하얀 눈 위에 오롯이 서 있는 눈부신 파란색에 눈사자는 감탄했다.

"당신인가요, 절 피워 주신 분은?"

푸른 장미가 눈사자에게 인사를 했다. 눈사자는 그렇다고 대답했다.

"이런 추운 땅에서도 태어날 수 있게 해 주시다니, 뭐라고 감사 인사를 해야 할지 모르겠어요."

눈사자는 그런 것은 필요하지 않다고 말했다.

"그런데 당신은…… 눈사자라고요? 당신의 모습은 굉장히 하얗고 멋지네요. 하지만 왜 그렇게 마른 거지요?"

장미를 꽃 피우기 위해 여러 날을 굶었기 때문이었지만 사실대로 말할 수 없었다. 단지 부끄러움을 느꼈다. 눈사자는 그 자리를 훌쩍 떠나 사냥감을 잡아 오래간만에 포식을 했다.

다시 장미에게 돌아갔을 때 장미가 추위에 떠는 목소리로 말했다.

"돌아오셨군요. 제 말이 당신의 기분을 상하게 한 줄로만 알았어요. 아까와는 다른 모습이 되었네요. 지금은 당당하고 무척 강해 보여요."

눈사자는 뿌듯한 기분으로 장미의 곁에 누웠다. 온기를 받은 장미는 다시금 화려하게 꽃봉오리를 열었다.

그 후로도 둘은 언제나 함께 지냈다. 말은 주로 장미가 했고 눈사자는 듣기만 했다. 그러다 배가 고파지면 잠시 자리를 벗어났다 되돌아오곤 했다.

하지만 겨울나라의 날씨는 너무도 혹독했고 장미는 점차 지쳐

갔다. 시간이 지날수록 눈사자의 온기만으로는 부족한 것 같았다.

"여긴 골짜기라서 햇빛이 너무 부족해요. 저를 옮겨 주시면 감사할 거예요. 저 언덕 위로, 낮 동안만이라도 햇빛이 잘 드는 곳으로요."

하지만 눈사자는 그럴 수 없다고 대답했다. 자신의 이빨이 장미를 다치게 할까 봐 걱정이 되었던 것이다.

"그렇다면 할 수 없지요. 처음부터 싹이 돋은 위치가 잘못되었는걸요. 여름나라에 있어야 할 제가 어떻게 여기까지 오게 됐는지 모르겠어요. 아마도 바람님의 심술 때문이었겠지요."

왜인지 눈사자는 그 말에 마음이 상했다. 푸른 장미도 그것을 느꼈는지 얼른 덧붙였다.

"하지만 원망하진 않아요. 덕분에 당신을 만나게 되었으니까요. 저는 이대로도 행복해요."

눈사자도 행복했다. 그대로 둘이 함께할 수 있는 겨울이 영원하기를 바랐다.

하지만 어느 날 눈사자가 사냥을 마치고 돌아왔을 때 푸른 장미는 힘없이 고개를 떨어뜨리고 있었다. 눈사자는 얼른 가서 장미를 품어 주었지만 장미는 좀처럼 고개를 들지 못했다. 그러다 가까스로 저녁때가 되어 정신을 차렸다.

"아…… 다행이에요. 적어도 당신에게 인사를 하고 갈 수 있게 되었어요."

무슨 의미냐고 눈사자가 물었다.

"오늘이 아마 마지막 밤이 될 거예요. 제겐 더 이상 추위와 바람을 견뎌 낼 힘이 남아 있지 않아요."

자신이 품어 주어도 안 되겠느냐고 눈사자가 반문했다. 대답 없이 가만히 있던 장미의 꽃잎에 이슬이 맺혔다.

"짧은 시간이었지만 당신과 함께해서 행복했어요. 여름나라에서 태어났더라도 이런 기분은 느끼지 못했을 거예요. 날 소중히 여겨 줘서 고마워요."

눈사자는 아무 말도 할 수 없었다. 그저 장미를 품에 안고 어떻게든 따뜻하게 해 주려고 노력했다.

그날 밤은 어느 때보다도 춥고 혹독한 겨울밤이었다. 눈사자마저도 추위를 느꼈다. 그는 장미를 품에 안은 채 고개를 들어 자신의 나라를 찬찬히 둘러보았다. 모든 곳이 새하얀 자랑스러웠던 그의 나라.

눈사자는 문득 깨달았다. 이 한 송이의 장미에 비하면 그 모든 건 아무것도 아니란 걸.

눈사자가 장미를 굽어보면서 말했다.

너를 옮겨 줄 수 없다면 내가 이곳을 떠나마. 겨울은 언제나 나를 쫓아다니지. 그러니 내가 떠나면 겨울이 나를 따라오고 대신 이곳에는 여름이 올 거야. 나의 왕국은 끝이 나겠지만 괜찮아. 너는 더욱더 화려하게 피어날 테니. 그것으로 된 거란다. 나의 계절이 끝나고 너의 계절이 오는 것뿐이야.

다음 날 아침, 푸른 장미는 눈을 떴다. 이상하게 주변이 따뜻하고 모든 곳에 온기가 돌았다. 고개를 든 장미는 눈부시게 내리쬐는 햇빛과 만났다.

"눈사자님?"

장미는 눈사자를 불렀지만 어디에서도 대답은 들려오지 않았다. 아마도 사냥을 하러 간 모양이라고 생각하며 장미는 주변을 둘러보았다. 그런데 더 이상 세상이 하얗지 않았다. 오히려 초록의 새싹이 가득 피어나 있었다.

"이럴 수가. 제가 여름나라에 왔나 봐요, 눈사자님?"

하지만 눈사자는 돌아오지 않았다. 해가 지고 밤이 되고, 다시 해가 뜰 때까지도 장미는 쉬지 않고 불렀지만 눈사자는 결코 대답하지 않았다.

"왜 나를 버렸나요. 왜 나를 떠나신 거죠?"

장미는 울면서 여러 날을 보냈다. 눈사자를 원망하기도 하고 잊어 보려고도 했지만 언제나 그리워했다. 곧 장미의 곁에 다른 아름다운 꽃들이 피어나 친구가 되어 주었지만 그래도 눈사자를 잊을 순 없었다.

눈사자가 다시는 돌아오지 않으리란 걸 깨달은 푸른 장미는 자신의 씨앗을 바람에 실어 날려 보냈다. 어딘가에서 홀로 겨울 속에 웅크리고 있을 눈사자를 생각하며, 그 씨앗들이 다시 눈사자의 친구가 되어 주길 바라며.

그러나 눈사자는 푸른 장미의 씨앗을 볼 때마다 그곳을 떠나 도망쳤다. 더 멀리, 더 깊숙한 곳으로. 마침내는 어떤 씨앗도 눈사자를 찾아올 수 없는 곳, 죽음으로.

아무것도 모른 채 여전히 씨앗을 날려 보내던 어느 날, 푸른 장미는 평소보다 햇볕이 더 따스한 것을 느끼고 고개를 들어 하늘을 보았다. 새하얀 태양이 그녀를 굽어보고 있었다. 이글거리는 열기는 사자의 갈기를 닮아 있었다. 그제야 장미는 깨달았다.

"거기 계셨군요. 당신은 언제나 제 곁에 있었어요. 나만 그것을 몰랐을 뿐이에요."

푸른 장미는 만족했다. 그리고 이제 더 이상 눈사자를 그리워하지도 않았다.

그곳은 이제 푸른 장미와 태양의 영원한 여름의 나라였다.

머독의 말이 끝나자마자 손튼이 입을 열었다.

"그건 기만 아닌가요? 이상한 결말이네요."

"그러게요. 해피엔딩인 것 같기도 하고 아닌 것 같기도 하고."

쥬안 양이 덧붙인 말에 나도 동감이었다. 오세이번 경이 왜 이런 이상한 동화를 써서 세라바체 양에게 선물한 것인지 알 수 없었다. 어떤 의미가 있는 걸까? 하필 그녀가 성인이 되는 해에 이런 동화를 선물했다는 건…….

"그나저나 그걸 한 번 훑어보고 다 기억하다니, 머독의 기억력은 역시 비상하구먼."

반장님의 말에 머독은 너무 으쓱하지 않으려고 애쓰는 표정을 지었다.

"자잘한 부분은 틀릴지 몰라도 내용은 거의 맞을 겁니다. 전 원래 한 번 보거나 들은 건 대충 다 기억하거든요."

손튼과 쥬안 양이 존경한다는 눈(쥬안 양의 시선은 더 나아가

서 거의 경외하는 눈빛이었다.)으로 그를 바라보았지만 나는 모두
가 들을 수 있도록 크게 콧방귀를 뀌었다.

"그래서, 그 아가씨를 범인이라고 단정 지은 이유는 뭐냐? 그
동화 때문에?"

"아닙니다. 다 읽고 나서 증거품으로 회수해 나오려는데 세라
바체 양이 나타나더군요. 제 손에 동화책이 들려 있는 걸 보고
그녀가 어떤 표정을 지었는지 상상도 못 하실 겁니다. 하지만
예상외로 침착하게 서랍장으로 걸어가길래 처음엔 단념하나 보
다 했지요. 그런데 서랍장에서 무려 장총을 꺼내 드는 겁니다.
전 침착하라고, 여기엔 다 이유가 있다고 말했죠. 그랬더니 무
슨 이유냐고 묻더군요."

말을 덧붙이기에 앞서 머독은 잠시 내 눈치를 보았다. 이거
어째 불안한 기분이 드는…….

"어쩔 수 없이 레일미어 경위가 시킨 짓이라고 말했습니다."

"야! 아무리 그래도 그렇지, 거기서 날 팔아넘기냐?"

"이쪽은 목숨이 걸린 문제였다고. 아무튼 그녀가 책을 다시
내놓으라고 하더군요. 줄 수 없다고 하니 총을 장전해서 절 겨
누었습니다. 아무리 그래도 증거품이니 줄 수 없고 그녀도 같이
경시청으로 가야 한다고 말했죠. 그랬더니 이렇게 대꾸하더군
요. '할 수 있으면 가게 해 보시죠.' 제가 수갑을 꺼내 드는 순간
눈앞에 불이 번쩍였습니다. 진짜로 발사했단 말입니다!"

머독의 말이 끝나자마자 쥬안 양이 그동안 한 번도 손을 댄

적 없던 허리춤의 총을 빼 들며 일어섰다.

"그래서, 그 레이디가 지금 어디 계신다고요?"

"쥬, 쥬안 양?"

그대로 뛰쳐나갈 기세라서 손튼과 내가 양옆에서 붙잡았다. 당황한 반장님이 말했다.

"일단 진정 좀 하고 앉지."

"감히 경시청 경위를 상대로 총기를 사용했는데 진정하라고요? 최근 며칠 사이 우리 강력반 인원들이 몇 번이나 공격당했는지 아세요? 이대로 가만히 있으면 시민들이 우릴 어떻게 생각하겠어요!"

쥬안 양이 이처럼 강경하게 나서는 건 처음이라 우리 모두 놀라 그녀를 바라보았다. 한동안 씩씩거리던 그녀는 문득 우리의 시선에 놀라더니 다시 총을 집어넣곤 원래의 수줍음 많은 모습으로 돌아갔다.

"어머, 죄송해요. 잠시 제가 흥분을 했나 봐요."

그녀의 이런 모습에 다들 말을 잇지 못하는 가운데, 쥬안 양은 어떻게든 화제를 돌려야겠다고 생각했는지 다른 말을 꺼냈다.

"그러고 보니 오늘 들은 건데요. 대문호의 유언장에 자신의 원고를 전부 세라바체 양에게 남긴다는 내용이 쓰여 있었대요."

극장에서 들어서 이미 알고 있던 나를 제외하고는 모두가 놀라워했다.

"원고를 전부? 왜 유족이 아닌 그 아가씨한테?"

"알 수 없는 일이죠. 하지만 혹시……."

쥬안 양이 말하다 말고 내 눈치를 보았다. 난 상관없다는 뜻으로 고개를 끄덕였다.

"머독 선배님께서 하셨던 얘기가 있잖아요. 원한 문제가 아니면 애정과 관련된 문제일 거라고요. 그래서 그냥 제 생각인데 어쩌면 그 아가씨가 대문호와 어떤, 그러니까……."

쥬안 양이 하지 못한 끝맺음을 내가 대신 맺었다.

"숨겨진 연인이었을 수 있다더군요. 극장에 가서 알아보니 러세스와 프리실라 양이 비슷한 말을 했어요."

모두의 시선이 내게로 모이는 게 느껴졌다. 하지만 나는 탁자만 내려다보며 방금 내가 한 말이 별것 아닌 척하려고 애썼다.

"어, 그건 좀 억측이 아닐까?"

반장님이 애써 대꾸했다. 물론 나도 처음에 들었을 땐 불쾌한 헛소문이라고 생각했다. 소문이 전부였더라면 얼마나 좋았을까.

"세라바체 양은 대문호의 방 열쇠도 가지고 있다고 하더군요. 게다가 하우스만과 마찬가지로 금고의 비밀 공간에 대해 알고 있었을 가능성이 크고요."

아까 대문호의 방에 다시 가 봤을 때 내가 열 수 없었던 그 공간을 너무나도 쉽게 열어 원고를 꺼내 가지고 왔던 세라바체 양의 행동에 대해 설명했다.

"그렇군, 확실히 열쇠까지 맡길 정도였다면. 하지만 왜 그녀에게만?"

이유를 묻는 반장님도 이미 답을 아는 듯 보였다. 다들 굳게 입을 다물고 있을 때 손튼만이 조심스럽게 반문을 제기했다.

"레일미어 선배님의 말에 따르면 두 사람은 가족이라고 할 만큼 가까웠다면서요. 대문호께서는 극장장님과도 막역한 사이였고요. 아마 그래서겠지요."

단지 그뿐이라면 얼마나 좋을까. 하지만 푸른 장미가 동화책에 등장하는 물건이니만큼 세라바체 양과 어떤 관계가 있다는 건 이제 확실하다.

반장님이 턱을 쓰다듬으며 말했다.

"어떤 관계인지 정확히는 몰라도 두 사람의 친분이 생각 이상이란 말이지. 그럼 오히려 세라바체 양이 대문호를 해칠 이유는 없는 거 아닐까?"

"두 사람의 관계에 문제가 생긴 거라면요?"

머독이 이의를 제기했을 때 손튼이 세라바체 양을 두둔했다.

"하지만 머독 선배님께 총을 쏠 정도로 그 동화책을 소중히 여겼다면서요. 그건 대문호에 대한 애정이…… 레일미어 선배님, 죄송해요. 여전하다는 뜻 아닐까요?"

그것도 맞는 말이었다. 여러 가지로 행적이 의심스럽긴 하지만 그녀가 정말로 사람을 죽일 수 있느냐고 묻는다면, 난 단호히 아니라고 말해 줄 수 있었다.

반장님이 한숨과 함께 결론을 내리듯 말했다.

"우선 경관에게 총기를 사용한 죄로 체포 영장을 발부받아 오마. 세라바체 양을 데리고 와서 이야기를 좀 들어 봐야겠다. 그리고 미안하지만 레일미어……."

"네, 이번 사건에서 빠지겠습니다."

내가 순순히 대답하자 반장님은 잠깐 나를 보았지만 다른 말은 하지 않았다.

하루 동안 너무 많은 일들이 있었다. 하숙집으로 돌아온 나는 저녁 식사도 거른 채 침대에 누워만 있었다. 할 수만 있다면 오늘 하루를 인생에서 지워 버리고 싶었다. 그러면 괴도가 노숙자를 선물이라며 보내 줬을 때, 나를 공격한 사람은 그가 아니라고 되돌려 보낼 것이다.

그럼 푸른 장미의 주인이 누군지 모를 거고, 우리가 그 극장으로 갈 일도 없을 거고, 내가 작업실에 들러 그런 사실들을 알게 되는 것도…….

스스로가 미련해서 한숨이 나왔다. 그렇게 따지면 끝없이 세월을 거슬러 올라가야 할 것이다. 어디까지 가야 하느냐고 묻는다면, 세라바체 양을 처음 만났던 날로. 그러면 나는 결코 그녀를 다시 사랑하지 않을 테니까.

언제부터였을까? 내가 한창 그녀를 쫓아다니던 시절에도 두 사람은 밀회를 즐기고 있었을까? 속으로는 비웃으면서 그 노인은 나를 위로해 줬던 걸까? 글만이 전부인 것처럼 행동하고 아이들과 초콜릿을 사랑한다던 말과는 다르게, 뒤에선 가족이나 다름없던 어린 아가씨를 욕심냈던 걸까?

빌어먹을 늙은이.

나는 아무 죄책감 없이 속으로 오세이번 경을 그렇게 불렀다. 그렇게 부를 수밖에. 내가 빰을 맞은 그날 그 늙은이는 내게 술을 사 주며 마음껏 사랑하고 마음껏 상처받으라고 말했다. 그 얼마나 오만한 말인가. 그 얼마나 잔인한 행동인가.

어둠 속에서 댕 하고 시계가 한 번 울렸다. 왠지 속이 좋지 않아 물을 마시기 위해 자리에서 일어났다. 그때 문밖에서 희미하지만 덜그럭하는 소리가 들려왔다. 머독인가? 이 시간까지 나처럼 고뇌로 밤을 지새우는 것도 아닐 텐데.

거절당할 가능성이 높지만 깨어 있으면 같이 술이나 마시자고 할 생각으로 방문을 열었다. 그런데 코를 찌르는 탄내가 났다. 주위도 마치 안개가 낀 것처럼 흐릿했다. 설마.

계단으로 달려간 나는 아래층에 이미 연기가 가득 차 있는 걸 볼 수 있었다.

"머독, 당장 일어나!"

녀석의 방문을 열고 들어가 아무 옷에나 물을 잔뜩 부어 적셨다. 머독이 투덜대며 뒤척이는 소리가 들렸다. 젖은 옷으로 코와 입을 막고 말했다.

"불이 났어! 난 로빗 부인을 깨울 테니까 얼른 집 밖으로 나가!"

나는 녀석이 대꾸할 틈도 주지 않고 방 밖으로 뛰쳐나갔다.

계단을 내려가니 부엌 쪽이 완전히 화염에 휩싸인 게 보였다. 시커먼 연기가 벽과 천장에서 쉴 새 없이 뿜어져 나오고 있었다. 단지 근처를 지나갈 뿐인데도 열기가 엄청났다.

로빗 부인의 방은 부엌에서 멀지 않은 곳에 있었다. 문가에도 어느 정도 불이 붙어 있었지만 발로 문을 걷어차 열고 안으로 들어갔다. 로빗 부인은 이 와중에도 태평하게 코를 골며 자고 있었다.

"로빗 부인, 로빗 부인! 불이 났어요. 당장 나가야 돼요!"

"으응, 영감이우?"

"영감님 아니고 저예요. 빨리 일어나세요!"

나는 로빗 부인의 팔을 어깨에 걸쳐 부축하려고 했다. 하지만 그녀의 무게는 혼자 지탱하기에 결코 만만치 않았다. 결국 뒤로 돌아서서 혼신의 힘을 다해 로빗 부인의 두 팔을 잡아당겨 등에 업었다. 잠이 덜 깬 부인의 목소리가 귓가에서 들려왔다.

"이 시간에 어딜 가려는 거요? 난 아직 갈 때가 안 됐어. 우리 아이들이 있는걸."

"이러다가는 정말로 가게 되실 거예요!"

상황은 급박하게 돌아가는데 태평한 로빗 부인의 목소리를 듣고 있자니 웃고 싶은 기분과 울고 싶은 기분이 동시에 들었다. 간신히 그녀를 업고 걸음을 옮겼지만 그사이 문간에 붙은 불이 더욱 커져 있었다.

혼자라면 달려들어 뛰어넘을 수 있겠지만 로빗 부인을 업은 채로는 무리였다. 결국 나는 다시 문을 닫고 로빗 부인을 침대 위에 잠시 내려놓았다.

"죄송하지만 창문 좀 깰게요."

침대 옆에 있던 탁자를 들어 창문에 힘껏 내던졌다. 요란한 소리와 함께 창이 깨지자 로빗 부인도 그제야 잠이 깬 모양이었다.

"왜 그러는 거니? 무슨 일이야, 레일미어?"

"집에 불이 났어요. 이리 오세요. 제가 밀어 드릴 테니 창문으로 넘어가셔야 해요."

창틀 쪽의 깨진 창문들을 모조리 쓸어서 치웠다. 그리고 이불과 침대보로 창틀을 꼼꼼히 덮었다.

"율프레드는?"

로빗 부인이 걱정스럽게 뒤를 돌아보았다. 머독이 2층에서 내려오는 소리는 아직 듣지 못했지만 이제 와 다시 올라가 볼 순 없었다.

"녀석은 알아서 빠져나갔을 거예요. 이쪽으로 오세요."

"그건 안 돼. 율프레드를 놔두고 갈 순 없어."

로빗 부인이 문 쪽으로 걸음을 옮겼다. 나는 그녀의 팔을 붙잡고 늘어졌다.

"제발요. 제가 가서 데려올 테니까 일단 나가시라고요!"

문틈으로 연기가 들어오고 있었기에 더는 지체할 틈이 없었다. 로빗 부인의 무게는 만만치 않았지만 결국 힘으로 내가 이겼다. 로빗 부인은 힘겹게 배로 기어서 창턱을 넘어갔다. 나도 뒤따라 넘어가 다시 로빗 부인을 부축했다.

화단을 지나 집으로부터 멀어지자 그제야 숨 막히는 열기로부터 벗어날 수 있었다. 뒤돌아보니 1층은 밖에서도 보일 만큼 큰불에 휩싸여 있었다. 2층은 아직 무사한 듯 보였지만 확실치 않았다. 그나저나 머독이 어디에도 없었다. 설마 아직도 안 나온 거야?

"율프레드, 율프레드!"

로빗 부인이 다시 집 쪽으로 가려던 그때 2층 복도 창문이 열렸다. 머독이 그 사이로 고개를 내밀었다. 안도와 함께 욕설이 튀어나왔다. 아래를 한번 내려다본 머독은 다리부터 바깥으로 내민 다음 뛰어내렸다. 나는 로빗 부인을 놓고 그에게 뛰어갔다. 화단 위로 넘어진 머독은 앓는 소리를 내고 있었다.

"이 자식아, 빨리 안 나오고 뭘 꾸물대냐?"

하지만 머독은 쉽게 일어서지 못했다. 보다 못한 내가 녀석의 팔을 붙잡아 끌어당겼다. 머독이 억하고 소리를 냈다.

"잠깐만, 다리……."

"설마 그 정도 높이에서 뛰어내렸다고 부러졌냐?"

머독은 눈살을 찌푸릴 뿐 대답하지 않았다. 내가 부축하자 녀석은 한쪽 발로 뛰면서 저택에서 벗어났다. 로빗 부인이 있는 곳까지 데려다주자 로빗 부인은 머독을 껴안고 하염없이 뺨을 만져 보았다. 잠시 그 모습을 보다 저택으로 눈을 돌렸다.

어쩌다 불이 난 거지? 로빗 부인이 화덕 불을 꺼 두지 않았던 걸까? 그때 머독이 나를 툭 치더니 어딘가를 가리켰다. 하숙집의 현관 부분이었다. 그런데 좀 이상했다. 안쪽에서 문이 열리지 않도록 쇠막대기 하나가 손잡이 사이에 끼워져 있었던 것이다.

"저래서 안 열렸던 거로군. 그래서 내가 다시 2층으로 올라갔던 거야."

"누가 일부러 우리가 나오지 못하게 현관문을 막은 거로군. 그렇다면 이 불은……."

"방화겠지."

머독이 나와 같은 생각을 하고 대답했다. 하지만 방화의 이유가 문제였다.

"원한일까?"

"로빗 부인이 누군가로부터 원한을 살 만한 분이라곤 말하지 않겠지. 그렇다면 레일미어 너 아니면 난데, 난 너 말고는 누군가로부터 미움받은 기억이 없어."

"그건 나도 마찬가지거든?"

"그럼 원한은 아니로군."

"원한이 아니라면 불을 지른 이유가 뭘까. 재미로? 그레이힐에서 이유 없이 누군가 방화를 저지른 적은 몇 년간 단 한 번도……."

"재미라고 생각할 수 있다니 의외인데. 아니면 일부러 모른 척 하는 건가?"

머독이 나를 쏘아보며 물었지만 난 정말로 그가 무슨 뜻으로 하는 말인지 알 수 없었다.

"수수께끼나 하고 있을 인내심 따위 없으니 그냥 본론을 말해."

"난 우리 수사 때문이라고 생각한다."

우리 수사라니, 대문호의 죽음과 사라진 원고에 대한 수사? 그걸 조사하던 경시청 경위 둘을 공격했다는 건…….

"설마, 우리가 꽤 근접했던 건가?"

"어디에 근접했느냐가 중요한 거지. 여태껏 우리가 돌아다닌 걸 생각해 봐. 정확히 누가 뭘 덮기 위해 이런 짓을 한 건지."

"가장 최근에 우리가 의심했던 사람을 생각해 보면 되지. 그 건……."

차마 머릿속에 떠오른 이름을 입 밖으로 내뱉을 수가 없었다. 머독은 내 표정을 보더니 코웃음을 쳤다.

"세라바체 양이라고?"

"아니면 우리가 하필 오늘 용의자로 특정한 사람이 그녀 말고 있었나? 난 총도 맞을 뻔했어."

하지만 세라바체 양이 이런 짓을 할 수 있는 사람이라고?

물론 그녀는 대담하고 총도 아무렇지 않게 쏠 수 있는 사람이다. 그러나 단지 의심받았다는 이유로 경시청 직원 둘과 죄 없는 하숙집 주인까지 죽일 수 있는 사람이냐고 묻는다면, 그건 내 모든 걸 걸고서라도 아니라고 말할 수 있었다.

"백작도 말했잖아. 푸른 장미를 선물한 건 그녀뿐이라고. 세라바체 양은 금고의 비밀번호와 숨겨진 공간에 대해서도 다 알고 있었어. 사건이 있던 날 대문호가 평소 좋아하던 초콜릿에 독을 묻혀 건네고 원고를 꺼내 간 거야. 대신 그 자리에 장미를 놓아두었고. 죽은 연인에 대한 마지막 추모거나 뭐 그런 의미겠지."

"하지만 동기가 결여되어 있어."

"관계를 정리하고 싶었지만 잘 안 됐나 보지. 혹은 다른 연인이 생겨서 한쪽이 질투한 걸 수도 있고. 아니면 그녀야말로 대문호의 광적인 팬이었을지 몰라. 그처럼 나이 차이가 많이 나는 사람한테 이성적으로 끌렸다기보단 대문호의 글과 재능을 좋아하고 존경했을 거야. 그게 지나쳐서 삐뚤어진 거고."

"그만해! 세라바체 양은 절대로 그런……."

그런 사람이 아니라고, 내가 그런 말을 할 자격이 있을까? 이제는 그녀에 대해 뭘 알기나 했는지 의심스러울 지경인데. 그러나 3년간의 기억들이 나와 함께했던 그 여인은 머독이 말한 사람과는 확실히 다르다고 이야기하고 있었다.

우린 이제 같은 상처를 갖게 된 거예요.

란돌 부인에게 맞은 상처를 감싼 채 그녀는 나를 보며 그렇게 말했다. 그 얼굴을 떠올리며 결론을 내리고 입을 열었다.

"세라바체 양이 대문호의 연인이었을 수는 있어. 하지만 살인자는 아니야. 난 오히려 이 화재로 그녀가 범인이 아니라는 걸 확신해."

머독이 그 말에 웃었을 때, 드디어 소방차가 도착해 소방관들이 불을 끄기 시작했다. 우리 둘의 대화는 거기서 끝났다.

머독은 병원에 가서 다리에 부목을 감았다. 부러지진 않았지만 무릎이 뒤틀렸다며 일주일 정도 걷지 않는 게 좋을 거라고 의사가 조언했다. 나와 로빗 부인도 일반적인 검진을 받았지만 다행히 별로 다친 곳은 없었다.

돌아갈 곳도 없고 해서 로빗 부인과 함께 병원에서 밤을 지새웠다. 앞일을 생각하니 막막한 기분이 들었다. 거의 다 타 버린 집은 수리를 한다고 해결될 문제가 아니었다. 어떻게든 지낼 곳을 찾아야 했다. 물론 로빗 부인까지 함께 책임지면서 말이다.

거의 잠을 못 잔 채 다음 날 경시청에 출근했다. 그리고 전날 밤의 사고와 머독의 부상 소식을 알렸다. 쥬안 양은 그 이야기를 듣고 거의 비명을 질렀다.

"얼마나요? 많이 다치신 거예요?"

"아뇨, 다리가 좀 뒤틀렸다나 봐요. 일주일 정도 걷지 않는 게 좋을 거래요."

"그게 많이 다친 거죠!"

쥬안 양은 소리를 빽 지르더니 자리를 박차고 사무실을 나가 버렸다. 왜 저렇게 요즘 머독 일에 과민 반응이지?

"대체 누가 그런 짓을 한 거야?"

"저도 모르겠어요."

반장님의 물음에 그렇게 대답하긴 했지만 왠지 거짓말을 하는 기분이 들었다. 머독이 의심하는 사람이 누군지 이야기해야 하는 걸까? 손튼도 걱정스러운 얼굴로 물었다.

"선배님은 그럼 이제 어떻게 해요? 지낼 곳은요?"

"당분간 여관이나 뭐 그런 데 있어야지."

"그러지 말고 우리 집으로 오세요."

"너희 집?"

"네, 비는 방 있어요."

손튼의 제안이 솔깃하긴 했지만 로빗 부인이 마음에 걸렸다.

"아냐. 하숙집 주인분도 챙겨 드려야 돼. 여관이 편할 거 같아."

"같이 오세요. 상관없어요. 비는 방 많아요."

"하지만…… 괜찮겠어? 네가 불편할 텐데."

"불편하긴요. 집에 사람이 많으면 좋은 거죠."

손튼은 아무 사심 없이 해맑게 웃으며 말했다. 문득 손튼이 이렇게 좋은 녀석이었나 싶었다.

"고마워, 손튼. 사랑해."

"으엑, 그런 말은 세라바체 양을 위해 넣어 두세요."

그녀의 이름을 듣는 순간 마음이 금세 가라앉았다. 나는 반장님을 쳐다보았다. 역시 말하는 게 좋을 듯싶었다.

"머독은 어제 화재도 그렇고 대문호를 죽인 범인이 세라바체 양이라고 생각해요."

"나도 여러 가지로 마음에 걸리는 게 많은 아가씨다. 그래서 오늘 영장 받아 데려오라고 한 건데……."

반장님이 말끝을 흐렸다. 머독이 없으니 내가 가야 하지만 그건 곤란하다는 눈치였다.

"손튼을 보내세요. 사람 하나 체포하는 일 정도는 하겠죠."

내 말에 반장님은 잠시 고민하다 고개를 끄덕였다. 손튼이 내 눈치를 보면서 일어나 사무실을 나갔다.

기다리는 동안 심장이 조금씩 타들어 갔다. 그녀를 다시 보면 도대체 무슨 말부터 건네야 한단 말인가. 세라바체 양은 범인이 아닐 거라 굳게 믿고 있지만 만에 하나라도 범인이 맞는다면 어떻게 될까. 그녀는, 그리고 나는.

다른 경관들과 함께 경찰차를 타고 갔던 손튼은 오래지 않아 되돌아왔다. 창가를 서성이던 나는 손튼이 차에서 내리는 것을 보고 고개를 돌렸다. 체포되어 수갑을 찬 채 들어오는 세라바체 양의 모습을 보고 싶지 않았다.

사무실에 앉아 어떻게든 아무렇지 않은 척하려고 애썼지만, 단지 서류 하나를 뒤적이는데도 손이 떨렸다. 아무것도 눈에 들어오지 않았고 계속 사무실 입구를 향해 귀를 기울이고만 있었다. 복도를 따라 사람들이 걸어오는 소리가 들리고 덩달아 내

심장이 쿵쾅대는 소리도 커졌다.

"이번 사건의 유력한 용의자를 체포해 왔습니다, 반장님."

마침내 들려온 손튼의 말에 반장님이 칸막이 너머에서 일어섰다. 나는 몇 초간 심호흡을 한 뒤 간신히 용기를 내어 고개를 돌렸다. 그리고 할 말을 잃어버리고 말았다.

"또냐, 손튼? 세라바체 양을 체포해 오라고 했잖아!"

반장님이 기가 막힌다는 얼굴로 손튼을 향해 호통을 쳤다. 그럴 만도 한 것이 손튼의 손엔 전혀 다른 사람이 붙들려 있었기 때문이다. 반장님의 불호령에 손튼이 억울하다는 듯 외쳤다.

"이번엔 실수한 거 아니에요! 극장에 갔더니 이분이 절 보고 자수했어요. 체포 영장을 보자마자 더 이상은 못 견디겠다고, 대문호를 해친 범인이 자신이라고 고백했다고요!"

조 마르지오의 문지기이자 한때 세라바체 양의 가정 교사였다던 사람, 도슨은 수갑을 찬 채 손튼의 말에 담담히 고개를 끄덕이고 있었다. 일이 도대체 어떻게 돌아가는지 알 수 없다. 도슨이라니? 그는 용의선상에 올라와 있지도 않았으며 누구도 그를 의심하지 않았다. 그런데 이제 와서 자수라고?

"사실입니까, 도슨 씨?"

내 질문에 그가 나를 보았다. 자수한 사람답지 않게 체념보다는 반항심이 섞인 눈을 하고 있었다.

"네, 경위님. 다 사실입니다."

"아니…… 그러니까 왜요?"

그때 반장님이 앞으로 나섰다.

"일단 취조실로 들어가서 얘기하자, 레일미어. 손튼도 수고했다."

반장님과 함께 취조실로 도슨을 데려가 앉히긴 했지만 무슨 말부터 꺼내야 할지 알 수 없었다. 그런 나를 대신해 반장님이 먼저 입을 열었다.

"도슨 씨, 이 안에선 거짓말하면 안 되는 거 아시죠?"

"거짓말 같은 건 하지 않습니다."

"그럼 손튼 경사가 한 말이 사실입니까? 당신이 오세이번 경을 해쳤다고요?"

"그렇습니다."

반장님이 한숨을 내쉬었다. 이번엔 내 쪽에서 물었다.

"어떻게요?"

도슨은 마치 지금부터 하려는 말의 무게를 가늠해 보듯 눈을 감았다. 잠시 후 눈을 뜨면서 이야기를 시작했다.

"우선 독을 구했습니다."

"어디서요?"

"올드리치의 뒷골목 상점에서요. 거기엔 없는 게 없고 뭘 사도 이유를 묻지 않습니다. 대략 30제르 정도 주고 독이 든 작은 병을 구입했습니다."

"그리고요?"

"초콜릿을 샀습니다. 뉴리치에 있는 과자점에서요. 하나에 50버트짜리 초콜릿을 열 개 샀습니다. 선물용으로 포장했고요. 주사기를 이용해 초콜릿 안에 독을 주입하고 다시 포장했습니다."

아직 대문호의 사망원인이 독이 든 초콜릿이었다는 사실은 외부에 알려지지 않은 상태였다. 범인이 아니고서는 알 수 없는 단서였다. 내가 고개를 끄덕이자 이번엔 반장님이 물었다.

"그 초콜릿을 오세이번 경에게 어떻게 전달했습니까?"

"그분이 극장 앞을 지나가실 때 전해 드렸습니다. 팬이 맡기고 갔다고 말했습니다. 좋아하시더군요."

"그날이 언제, 몇 시경입니까?"

"대문호께서 돌아가신 바로 그날입니다. 시간은 정확히 모르겠지만 오전이었던 걸로 기억합니다."

"그분을 해친 이유는요?"

여태껏 침착하게 진술하던 도슨의 눈빛이 처음으로 흔들렸다. 잠시 입술을 달싹이던 그가 한 글자씩 씹어 내뱉듯 말했다.

"그 늙은이는 세상에 알려진 것과 다르게 너무나도 추잡한 인간이기 때문입니다. 감히 우리 아가씨에게 불순한 손길을 뻗쳤습니다."

간신히 감정을 억누른 듯한 그의 목소리에서 이 말만은 진실임을 알 수 있었다. 프리실라 양이 도슨의 과거에 대해 해 준 이야기가 떠올랐다. 그 정도로 열렬히 세라바체 양에게 애정을 품었다면 충분한 살해 동기가 될 수 있다.

이러한 사정을 모르는 반장님이 재촉하듯 물었다.

"우리 아가씨라고 하는 건 누구를 말하는 겁니까?"

"조 마르지오 극장에 계신 세라바체 아이넨 양입니다."

반장님이 나를 흘끔거리며 조심스레 입을 떼었다.

"불순한 손길을 뻗쳤다는 말은 어떤 의미죠?"

"두 사람은 극장장님 몰래 밀회를 즐기던 사이였습니다. 물론 아직 어리고 순진한 아가씨께서 그 늙은이의 마수에 넘어간 것에 불과하지만요. 아가씨는 어려서부터 책을 무척 좋아했습니다. 고사리손으로 펜을 잡고 이야기 같은 걸 끼적이기도 했고요. 또 대문호를 무척이나 존경했습니다. 그 늙은이는 그걸 이용해 아가씨의 애정을 얻어 낸 겁니다."

일말이라도 남아 있던, 대문호와 세라바체 양이 그런 관계가 아닐지도 모른다는 희망은 그로써 모두 사라졌다. 어려서부터 그녀를 봐 왔다던 도슨까지 그렇게 말한다면 그건 돌이킬 수 없는 사실이리라.

새삼스러운 분노나 슬픔은 느껴지지 않았다. 오히려 마음이 완전히 가라앉았다. 그 상태로 도슨에게 물었다.

"그래서요. 당신은 왜 그 일에 그토록 분노한 겁니까?"

"전 아가씨가 어렸을 때부터 곁에서 지켜보고 돌봐 드렸습니다. 사정이 있어 한동안 떠나 있어야 했지만…… 그럼에도 아가씨를 위하는 마음은 변함이 없었습니다. 그런데 그런 늙은이가 감히 우리 아가씨를 탐내다니, 도저히 참을 수가 없었습니다."

나는 그의 표정을 주의 깊게 살피며 물었다.

"세라바체 양을 사랑했나요?"

도슨은 입을 열었지만 아무 말도 하지 않았다. 시선은 책상에 고정되어 있었다. 하지만 재촉하지 않고 기다렸다. 도슨은 잠시 후 고개를 들어 나를 똑바로 노려보며 물었다.

"사랑했느냐고요? 경위님은 자식을 둔 부모에게 그 자식을 사랑하느냐고 묻습니까?"

"당신의 감정이 부성이었다고 말할 셈인가요?"

"부성, 이성에 대한 사랑, 뭐라고 말하든 그건 아무 상관없습니다. 나는 모든 형태로 그녀를 사랑했으니까요."

이상하게도 그의 말에 가슴이 따끔했다. 나는 3년간 요란하게 쫓아다닐 줄만 알았지, 이 남자가 말하는 것만큼 그렇게 그녀를 열렬히 사랑했는지는 자신할 수 없었다.

"좋아요. 당신이 그 모든 일을 저질렀다고 치죠. 하지만 왜 이제 와서 자수하는 겁니까?"

"살인이라는 게 책에서 봤던 것처럼 쉬운 일이 아니더군요. 그날 이후로 한숨도 잘 수 없었습니다. 경시청 제복을 입은 사람들이 눈에 띄기만 해도 심장이 내려앉고, 이러다 미쳐 버릴 것 같았습니다. 무엇보다 본의 아니게 저 때문에 시달리는 아가씨와 극장장님께 너무도 죄송했습니다. 이제 마음만이라도 편해지고 싶습니다."

"살인의 목적이 그것 때문이었다면 대문호의 방에 있던 원고는 왜 빼 간 겁니까?"

반장님이 문득 생각났다는 듯 물었다. 도슨은 반장님을 바라
보며 대답했다.

"그건 저도 모르는 일입니다. 초콜릿을 전해 준 이후로는 그
분을 보지 못했습니다. 다음 날 사람들이 대문호께서 돌아가셨
다는 이야기를 해 줘서 제가 성공했다는 걸 알았을 뿐입니다.
원고가 없어진 건 저와 관련 없습니다. 저는 원고에 손대지 않
았습니다."

죽인 건 맞지만 원고는 훔치지 않았다라.

"만약 유죄로 인정되면 교수형을 언도받을 수도 있다는 건
알고 계시죠?"

반장님이 최후통첩을 하듯 그에게 물었다. 도슨은 반장님을
마주 보며 눈 하나 깜짝하지 않고 대답했다.

"네."

그를 유치장에 가두고 나서 반장님과 마주 보고 앉았다. 나
는 도슨의 말을 믿고 싶었다. 범인은 그라고 결론짓고 끝내고
싶었다. 그러나 솔직히 말해 그렇게 생각하지 않았다.

"어떻게 생각하나?"

"자백치고는 이상해요. 너무 침착해요."

"그래, 마치 대본을 읽는 것 같았지. 아까 들었냐? 세라바체

양과 대문호의 관계에 대해 말할 때는 그 늙은이라고 비하하는 지칭을 썼지. 하지만 그 외에는 그분이라고 존칭을 붙였다. 앞뒤가 맞지 않아."

"네, 마치 준비된 자백인 것처럼요. 도슨은 초콜릿을 전한 뒤 대문호를 다시 보지 못했다고 했습니다. 하지만 범인은 우리가 수색하러 가기 전에 이미 초콜릿 껍질을 치운 뒤였어요. 경시청에 신고하러 와야 했던 도슨에게 그런 시간이 있긴 어려웠을 겁니다."

안에서 누군가 돕지 않았다면 말이다. 반장님이 턱을 쓰다듬으며 말했다.

"좋아, 저게 거짓 자백이라고 가정해 보자. 하지만 왜? 누굴 보호하기 위해서 대신 뒤집어쓰는 걸까."

"누군지는 몰라도 자기 목숨을 내놓을 정도로 소중한 사람이겠죠."

"……세라바체 양?"

다른 건 몰라도 아까 세라바체 양에 대해 이야기하던 도슨의 말만큼은 진실로 들렸다. 모든 형태로 그녀를 사랑했다는 말.

"어제 너희 하숙집에서 일어난 화재도 그렇고, 체포 영장을 받아 가자마자 때를 맞춰 등장한 자수범이라니."

반장님의 중얼거림은 마치 이 모든 게 세라바체 양이 계획한 일이라는 듯했다. 하지만 나는 여전히 그녀가 대문호의 연인이었을지언정 살인범이라고는 생각하지 않았다.

"거짓 자백이 아닐 수도 있어요."

"정말로 그렇게 생각하나? 이래서 네가 빠져야 한다는 거야."

반장님이 실망스럽다는 듯 말했다. 나 또한 스스로에게 실망하고 있었다. 도슨이 범인이 아니라고 생각하면서도 이대로 끝나기를 바라는 게 내 솔직한 심정이었다. 세라바체 양이 이번 일과 아무 상관이 없기를 바랐다. 세라바체 양이 범인이 아니길 바랐다. 혹 그녀가 진범이라고 해도, 도슨이 원하는 대로 대신 죄를 받고 이대로 묻혔으면 싶었다. 애인이 있으면서도 내 애정을 마음껏 조롱한 사람인데 대체 왜?

헛웃음이 나왔다. 난 정말로 경위 자격이 없는 놈인가 보다.

도슨의 숙소를 수색하러 갔던 손튼은 곧 되돌아왔다. 증거품 중에는 주사기와 함께 액체가 든 작은 병이 포함되어 있었다. 모두 도슨의 침대 매트리스 아래 숨겨져 있었다고 했다. 하지만 난 마치 그게 찾으란 듯 전시되어 있었다는 말로 들렸다.

"자백만으로도 모자라 더없이 분명한 증거라니."

반장님이 의심스럽다는 듯 중얼거렸다. 병을 흔들어 보던 손튼이 말했다.

"혹시 모르니 의사 선생님께 가져다 드릴게요. 같은 성분이 맞는지 알아봐야죠."

"그게 좋겠다. 간 김에 머독 상태가 괜찮은지도 좀 보고 오고."

손튼이 나가자 반장님을 향해 물었다.

"같은 성분으로 나오겠죠?"

"아마도."

"정말로 도슨일지도 몰라요."

"아니면 진범이 시켰든가."

"그게 가능할까요? 아무리 많은 돈을 약속받거나 누군가를 사랑해도 자기 목숨을 내놓는다는 건 말처럼 쉬운 일이 아닙니다. 다른 사람도 아니고 존경받던 대문호의 살인자라는 오명인데 거짓으로 그 공분을 감당할 수 있을까요?"

"너라면 어떻겠냐, 레일미어. 세라바체 양의 죄를 덮기 위해 네 목숨을 내놓을 수 있겠냐?"

쉽게 대답할 수 있을 줄 알았는데 아무 말도 나와 주지 않았다. 반장님의 시선을 외면한 채 입을 다물었다. 낭만적인 젊은이라면 호기롭게 '네.'라고 대답할 수 있을지도 모른다. 하지만 나는 그런 젊은이가 아니었다.

모든 형태로 그녀를 사랑했던 도슨처럼, 그렇게 한 점 흔들림 없이는.

"레일미어."

"몰라요. 모르겠다고요."

"모르겠으면 해답을 네가 직접 찾아보도록 해."

반장님이 서랍에서 뭔가를 꺼내더니 내게 던졌다. 봉투에 들어 있는 두 통의 문서였다. 그중 하나를 열어 보았다. 그건 손튼이 좀 전에 되돌려 준 세라바체 양의 체포 영장이었다.

나머지 봉투도 열어 보았다. 고급스러운 봉투에 들어 있는 초대장이었다.

대문호 오세이번 경의 추모 만찬회
- •시간: 토요일 저녁 7시.
- •장소: 조 마르지오 극장 메인홀.
- •내용: 제1부. 추모 연주회.
      제2부. 만찬.
      제3부. 추모 연극 시범 공연.
※ 만찬회 동안 자선 경매와 모금 행사가 함께 진행됩니다.

초대장 맨 아래엔 잉기스 후에르 백작과 로만 아이넨의 공동 서명이 있었다. 두 사람이 함께 주최하는 모양이었다.

"거기 그 아가씨도 오겠지. 안 그러냐?"

나는 영장과 초대장을 번갈아 보다가 말했다.

"만나지 말라면서요."

"생각이 바뀌었다."

"반장님."

"레일미어, 틀에 박힌 말이긴 하다만 나는 너를 믿는다."

반장님은 평소의 장난기라곤 온데간데없이 나를 빤히 바라 보았다.

"너라면 그 아가씨한테 물어보고 거짓으로 답하는지 아닌지 알 수 있을 거야. 그리고 만약 거짓말을 한다면 네 손으로 직접 체포해 오는 게 가장 나을 것 같다. 네 생각도 그렇지?"

반장님이 잔인하게도 나를 시험하는 것처럼 느껴졌다.

"체포 안 하고 같이 도망가면요?"

농담이라도 한 것처럼 웃어 보려고 했지만 웃음이 나오지 않았다. 반장님은 골똘히 생각하더니 말했다.

"그거야 네 선택이지. 내가 할 수 있는 건 너한테 그 선택의 기회를 주는 것뿐이야."

그런 거 주지 말라고요. 난 원하지 않는다고.

반장님은 책상 옆으로 돌아 나와 내게 다가왔다. 그러곤 껴안으려는 건지 등을 토닥이려는 건지 알 수 없는 태도로 반쯤 껴안다가 등을 두드리고는 물러났다.

"뭡니까, 이거? 꼭 작별 인사 같잖아요."

"사람 일은 모르는 거잖냐. 넌 어젯밤에 죽을 수도 있었어."

그래, 무사히 빠져나오긴 했지만 정말로 죽을 수도 있었다. 내가 그 시간에 깨어 있지 않고 잠들어 있었더라면. 아니, 그 이전에 후에르 백작가 집사의 총에 맞거나 차가 절벽 아래로 굴러떨어졌더라면.

만약 내가 내일 죽을 운명이라면 오늘 무슨 일을 할까?

"……다녀오겠습니다."

"그래. 참, 파트너와 동행하는 거 잊지 마라."

"파트너요?"

"그럼 혼자 갈 생각이었냐? 촌스럽게. 왜 전에 문병 왔던 그 여자분 있잖냐."

"파베 양이요?"

세라바체 양을 만나러 가면서 다른 여자를 데리고 가라니, 도대체 반장님이 나한테 원하는 게 뭔지 모르겠다.

나는 거절해 주길 바라면서 과자점에 전화를 걸었다. 하지만 파베 양은 엄청나게 기뻐하는 목소리로 허락했다. 마침 내일 쉰 다는 것이었다.

한숨을 내쉬고 전화를 끊었다. 파베 양에게 못 할 짓을 하는 건지도 모른다. 하지만 달리 함께 갈 만한 아는 여성이 없었다.

손튼은 오후 늦게야 되돌아왔고 예상대로 독의 성분이 같다 고 말했다. 증거와 진술만 따지고 보면 재판을 받는 즉시 도슨 은 범인으로 인정되어 사형을 언도받을 터였다.

퇴근하고 병원에 들러 로빗 부인을 모시고 함께 손튼의 집으 로 향했다. 너무 폐를 끼치는 게 아닌가 싶었지만 의외로 손튼 은 콧노래까지 부르며 즐거워했다. 막내에게 고마움을 느끼며 나도 나중에 손튼이 어려울 때 도와야겠다고 생각했다.

손튼의 집은 뉴리치에 있었는데 바닷가에서 그리 멀지 않은 곳이었다. 집값이 꽤나 비쌀 텐데 경사 월급으로 감당할 수 있 을까 의문을 가지는 순간 손튼이 어느 대저택을 가리키며 천진 난만하게 말했다.

"저기가 우리 집이에요."

나는 휘황찬란한 대저택을 아래위로 훑은 다음 말했다.

"그래, 그러고 싶겠지."

하지만 손튼은 정말로 그 저택으로 걸어가 당당히 벨을 눌렀다.

"소, 손튼? 그런 장난을 하기엔 너무 늦지 않았냐?"

"무슨 장난이요?"

잠시 후 저택의 문이 열리고 안경을 쓴 근엄한 집사가 모습을 드러냈다. 당장이라도 '이놈들!' 하고 우리를 쫓아낼 것 같은 표정이었다.

"퇴근이 늦으셨네요, 주인님."

······무슨님?

"네, 집사님. 손님을 모셔 오느라고요."

손튼이 해맑게 말하더니 나와 로빗 부인을 돌아보았다.

"뭐해요? 얼른 들어오세요."

홀린 듯 대저택 안으로 들어가면서 이게 대체 어찌 된 영문인지 머리를 굴리지 않을 수 없었다. 빈방이 많다고 해서 난 창고 같은 게 비어 있나 했는데 이게 무슨 일이야. 손튼이 귀족가의 자제였나? 아니면 졸부 아들?

"손님이 오면 온다고 미리 말씀을 해 주셨으면 좋았을 텐데요, 주인님."

집사는 눈 하나 깜짝하지 않고 훈계하듯 말했다. 그러자 손튼이 웃으며 미안해했다.

"갑자기 결정된 거라서요. 당분간 우리 집에 머물 거예요. 손님방을 내어 드리고 각별히 신경 써 주세요."

"알겠습니다."

집사는 못마땅한 듯 나와 로빗 부인을 보고는 몸을 돌려 어디론가 걸어갔다. 어째 여기서 지내는 게 편치만은 않겠다는 생각이 들었다. 그런 기색을 알아차렸는지 손튼이 발랄하게 내게 말했다.

"걱정 마세요. 집사님이 겉으로는 저래도 속은 안 그래요. 책임감 있게 할 일 다 하시거든요. 필요한 게 있으면 저분한테 말씀하시면 돼요."

"으응. 그런데 너 설마 귀족이나 그런 거였냐?"

"귀족이요? 설마요. 그냥 부모님이 돌아가시면서 유산을 좀 많이 남겨 주셔서 그래요. 이 큰 집에 가족이라곤 없이 저 혼자 산다니까요. 그래서 선배님과 로빗 부인이 와 주셔서 정말 좋아요."

어째 가슴이 시큰해지는 대목이었다. 난 여태까지 그런 사정을 전혀 몰랐다. 함께 강력3반 생활을 한 지도 몇 년인데 동료에 대해 너무 무관심했나 보다. 왠지 반성해야겠다는 생각이 들었다.

"고마워. 집 구할 때까지만 신세 좀 지자. 나중에 꼭 갚을게."

"그러지 마시라니까요."

손튼은 쑥스러운지 어쩔 줄 몰라 하다가 갑자기 로빗 부인의 손을 덥석 잡았다.

"부인께서 요리를 그렇게 잘하신다죠? 레일미어 선배님께서 얼마나 자주 자랑하셨다고요. 저도 먹어 보고 싶어요. 같이 부엌에 가 보실래요?"

이상한 일이다. 손튼은 친절하기만 한데 왠지 모르게 전보다 조금 멀어진 느낌이었다.

혼자 집을 둘러보면서 그런 느낌은 더욱 강해졌다. 샹 드 델라를 연상시키는 높은 천장과 넓디넓은 응접실, 반짝거리는 바닥과 벽을 장식한 고급스러운 태피스트리들. 2층 응접실에선 바다가 내려다보이고 오가는 하인들이 입은 옷조차 내 평상복보다 훨씬 좋아 보였다.

"여기 계셨네요. 부인께 방을 안내해 드렸어요. 선배님 방도 가 보셔야죠."

손튼이 응접실에 나타나 말했다. 바다를 내려다보고 있던 나는 군말 없이 막내를 따라갔다.

"왜 그렇게 말씀이 없으세요? 세라바체 양 때문에요?"

"아니, 좀 놀라서. 네가 이렇게 부자인 줄 몰랐거든."

"부자라고 뭐가 다르다고요."

"그냥 궁금해서 그러는데, 경시청 일은 왜 하는 거야? 일 안 해도 될 거 같은데."

내 말에 손튼은 꾸밈없이 놀라는 눈으로 나를 보았다.

"선배님은 돈 때문에 일하고 있어요?"

"돈 때문만은 아니지만, 돈이 제일 큰 부분을 차지하긴 하지. 그리고 나한테는 이 일이 제일 잘 맞기도 하고."

"저도 비슷해요. 제일 적성에 맞아요."

글쎄다, 그건 증거도 태워 먹는 녀석이 할 말은 아닌 것 같은데.

손튼이 안내해 준 방에 도착했을 때 나는 애써 태연한 척했다. 조금이라도 방심했다간 입을 벌리고 이리저리 고개를 돌리게 될 것 같았다.

"뭐, 그런대로 괜찮네."

"그렇죠? 여기 침대도 보세요."

녀석은 왠지 모르게 신이 나서 나를 침대로 데려갔다. 거기엔 곱게 다려진 연미복이 있었다.

"이건 뭐야?"

"내일 과자점 아가씨랑 데이트 가신다면서요."

"데이트가 아니고……."

뭐라고 해야 하나. 범인 검거 작전이라고 해야 되나? 하지만 손튼은 내 말을 들은 척도 하지 않았다.

"선배님도 이런 옷을 입으면 아주 조금은 멋져 보일지도 몰라요. 내일 머리 만져 주는 사람도 불렀어요. 그러니 머리도 다듬으시고……."

"아주 조금은 멋져 보일지도 모른다는 건 무슨 뜻이냐?"

"구두도 새 거 있으니까 그거 신으시고, 향수도……."

"무슨 뜻이냐니까?"

손튼은 갑자기 시계를 보더니 탄성을 질렀다.

"식사 시간이에요! 늦으면 집사님이 화내요. 얼른 가죠."

식사는 후에르 백작의 성에서 대접받았던 것만큼 훌륭했다. 손튼은 작정이라도 한 듯 여러 놀잇감을 꺼내 와 한밤중까지 나를 놓아주지 않았다. 녀석이 그동안 혼자서 많이 외로웠구나 싶어 약간 짠한 기분이 들었다. 아니면 혹시 내가 혼자 상심에 빠져 있을까 봐 일부러 그런 걸까? 하지만 설마 손튼이 그렇게까지 섬세할 리야.

포만감과 약간의 취기를 느끼며 침대에 누웠을 때는 이미 자정이 넘은 시각이었다. 내일 일을 생각하자 잠이 오기는커녕 속이 울렁거렸다. 도대체 세라바체 양을 만나 무엇을 물어야 한단 말인가. 세라바체 양이 살인에 대해 부정한다면 어쩔 것인가. 혹은 더 곤란하게도 긍정한다면?

만찬에 참석한 수많은 사람들이 보는 앞에서 그녀를 체포하기라도 해야 하는 걸까? 일전에 수많은 사람들이 보는 앞에서 내 뺨을 때린 것에 대한 복수라도 하는 양.

"당신은 말뿐이군요. 나를 사랑한다는 말, 그게 경위님이 가진 전부인가요?"

"마음으로는 충분하지 않나요? 솔직히 말해 난 가진 게 없고 당신에 비하면 신분도 낮아요. 하지만 당신을 사랑하는 마음만큼은 누구에게도 뒤지지 않는다고 자신해요."

"마음이라고요. 그것만 보고 내가 당신을 사랑한다는 게 가능할까요? 그럼 당신보다 나를 더 많이 사랑해 주는 사람이 나타난다면 나는 그 사람을 사랑해야겠군요?"

"어…… 아뇨. 물론 선택은 세라바체 양이 하는 거죠."

"그럼 당신은 내게 선택받기 위해 무엇을 할 건가요?"

모든 걸 할 수 있다고 말해야 하는데 아무 말도 입 밖으로 나오지 않았다. 현실적으로 가능하지 않은 그런 말은 공허할 뿐이다. 달리 가진 것도 없고 신분도 낮은 내가 무얼 할 수 있겠는가?

그녀는 내게 이렇게 고하는 것 같았다. 그래, 아무것도 없지. 그러면서 나를 원한다고 어떻게 그렇게 당당히 말할 수 있지?

"극장에 배우가 되고 싶어 찾아오는 사람들 중에도 그런 이들이 있어요. 아직 아무것도 보여 주지 않았으면서 무턱대고 배역을 달라고 하는 사람들이요. 배역은 오디션을 열어 실력이 좋고 가능성이 보이는 사람에게 주는 거예요. 사실 세상사라는 게 다 그렇지요. 한데 어떤 사람들은 사랑만은 거기서 예외가 된다고 생각하더군요. 사랑은 그렇게 계산적으로 하는 게 아니라거나 마음이 먼저라는 둥…… 그렇지만 그 마음이란 것도 결국은 상대방의 매력이든 뭐든 끌리는 게 있어야 움직이는 거잖아요. 경위님은 방금 말했어요. 가진 것도 없고 신분도 낮다고. 그럼 내 마음을 움직일 수 있는 다른 건 뭐가 있나요?"

거기서 또 당신을 사랑하는 내 마음이라고 말하면 완전히 바보짓이었다. 하지만 달리 뭐가 있는지 알 수 없었다. 나 자신도 당황스러울 만큼. 그녀에게 내가 다른 이들보다 나은 사람이라고 증명할 만한 게 있긴 있던가?

결국 머릿속이 새하얘진 나는 다시는 주워 담을 수 없는 어처구니없는 말을 지껄이고 말았다.

"없어요. 아무것도. 그래도 그냥 나를 사랑해 줬으면 좋겠어요."

한참 지난 일인데도 지금도 얼굴이 달아오른다. 그럼에도 불구하고 세라바체 양은 비웃지 않고 나를 가만히 바라보았다.

그때의 나와 지금의 나는 무엇이 다를까? 지금은 그녀에게 줄 수 있는 게 있나?

하나 있었다. 그녀가 만약 범인이라면 그걸 숨겨 주겠다고 제안하는 것이다. 반장님은 나를 믿고 모든 걸 맡겼다. 내가 그녀가 아니라고 한다면 내 말을 믿을 것이다. 그리고 도슨을 기소한다.

상상만으로도 비참해지는 기분이었다. 도저히 내일 그 만찬회에 갈 수 없겠단 생각이 들었다. 파베 양에게는 미안하지만 아침 일찍 일어나서 전화로 취소하기로 마음먹었다. 반장님이

겁쟁이에 바보라고 불러도 할 말이 없다. 더 이상 이 일에 관련
되고 싶지 않았다.

9. 그날 저녁 정원에서 일어난 일

"다녀오세요."

손튼이 저택 정문에서 손을 흔들었다. 나는 녀석이 내어 준 최고급 정장을 입고 머리까지 말끔히 손질한 채 자동차에 올라타고 있었다.

"손튼, 다시 한번 말하지만 너……."

"저도 정말 안타깝지만 어쩔 수 없이 벌어진 일인걸요."

손튼은 미안해 죽겠다는 표정으로 한숨을 푹 내쉬었다.

"전화가 갑자기 안 된 건 고양이들이 전화선을 끊어 먹어서고, 저택 문이 안 열린 건 잠금장치가 고장이 나서 그런걸요. 그렇다고 한 장에 선배님 월급과 맞먹는 유리를 깨뜨리고 나갈 수도 없고…… 미용사도 여기까지 왔는데 그냥 돌려보낼 수는 없잖아요. 그 사람도 먹고살아야 하는데요. 그리고 기왕 비싼 돈 들여서 그렇게 단장을 다 했는데 만찬회에 안 간다고 하시면 제가 너무 서운하잖아요."

"내가 따져 묻기 전에 먼저 요약하고 결론 내지 말란 말이야!"

"잘 다녀오세요. 선배님도 그렇게 차려입으니까 의외로 제법 괜찮아 보이네요."

"너 이……."

그때 운전기사가 말없이 자동차를 출발시키는 바람에 나는 허공에 대고 화풀이를 한 꼴이 되었다.

그랬다. 아침부터 영문을 알 수 없는 일들이 연이어 벌어지면서 도저히 만찬회에 가지 않을 수 없게끔 되어 버렸다. 전화선이 복구되고 잠금장치가 풀렸을 때는 이미 취소하기엔 너무 늦은 시각이었다. 집에서 단장하고 날 기다리고 있을 파베 양을 생각해서라도 그건 사람이 할 짓이 아니었다.

손튼이 능글맞게 이 모든 일을 주도했을 수도 있다는 생각이 잠깐 들긴 했지만, 손튼이 설마 그렇게 치밀하게 행동할 수 있을 리야.

자동차는 잠시 후 속절없이 파베 양이 사는 거리에 나를 데려다 놓았다. 파베 양이 수줍어하면서 나타났는데 나는 잠깐이었지만 넋을 잃고 말았다.

"저 괜찮습니까? 그런 자리에 가도 좋은 차림인지 잘 모르겠습니다."

"괜찮고말고요. 아주 아름다우신데요."

내 말에 파베 양은 두 손으로 잠깐 얼굴을 감쌌다.

"경위님도 정말 멋지십니다. 그런데 이 차는 뭡니까?"

혹시라도 파베 양이 내 옷과 자동차를 보고 오해할 수 있으므로 솔직하게 말해 두기로 했다.

"친구가 빌려준 겁니다."

"그렇군요. 초대해 주셔서 굉장히 기쁘고 감사합니다."

그 말을 듣고 나서야 파베 양이 이 파티를 나와는 사뭇 다르게 생각하고 있음을 깨달았다. 나는 관 속으로 들어가는 기분이지만 이 아가씨에게는 설레는 파티인 것이다. 아무래도 제대로 신경을 써 주어야겠다는 생각이 들었다.

"그럼 가실까요?"

내가 팔을 내밀자 그녀는 조심스럽게 팔짱을 끼었다.

"조금 떨립니다. 폐가 되지 않게 잘해야 할 텐데."

"폐라니 그런 말씀 마세요. 파베 양이야말로 저한테 과분한 파트너입니다."

우리는 차에 타고 나서도 한동안 서로에 대해 미안해하고 서로를 칭찬했다. 나중에는 그런 점을 깨닫고 둘 다 웃어 버렸다. 덕분에 손튼의 집을 나설 때보다는 기분이 조금 나아졌다.

조 마르지오 극장에 도착했을 때 주변 도로는 자동차로 꽉 들어차 있었다. 생각보다 제법 많은 사람들이 오는 모양이었다. 하지만 막상 극장에 들어가 보면 손님의 숫자는 적지도 많지도 않은 딱 적당한 수준일 것이다. 다른 누구도 아닌 로만 아이넨이 주최한 일이니까.

문제는 그 와중에 언제 세라바체 양과 단둘이 말할 기회를 잡느냐는 것이었다. 안 그래도 이런 자리를 어려워하는 파베 양을 사람들 틈에 혼자 내버려 둘 수 없었다. 게다가 세라바체 양의 주변에는 언제나 사람들이 많았다.

차라리 기회가 오지 않았으면 하는 바람으로 차에서 내려 파베 양을 에스코트했다. 극장은 입구부터 파티장처럼 꾸며져 있었다. 하지만 지나치게 화려하지 않고 적당히 분위기를 띄우는 정도였다. 아무래도 돌아가신 분에 대한 추모가 목적이니 그 정도로 조절한 모양이었다.

우리는 팔짱을 끼고 메인홀로 입장했다. 중앙에 빈곤층을 위한 거대한 모금함이 설치되어 있었다. 그것을 보자마자 파베 양이 그쪽으로 걸음을 옮겼다. 그러곤 지갑에서 지폐를 꺼내 집어넣었다.

"많진 않지만……."

그녀가 다소 부끄러운 듯 중얼거렸다. 하지만 과자점에서 매일 서서 일하는 그녀에겐 상당한 액수일 터였다. 나는 그보다 훌륭한 마음 씀씀이는 없을 거라고 답해 주었다.

그때 화려하게 차려입은 한 남자가 모금함으로 걸어오더니 사람들을 향해 큰 소리로 외쳤다.

"이런 일은 언제나 나서서 하는 사람이 있어야죠. 자, 여기 제가 가진 돈 전부를 넣겠습니다. 다른 누구도 아닌 세라바체 양의 이름으로요."

그 이름에 나는 반사적으로 남자의 뒤쪽을 보지 않을 수 없었다.

세라바체 양이 거기 있었다. 여전히 대문호를 추모하듯 까만 드레스를 입었는데 수수하지만 그녀의 머리카락과 잘 어울렸다. 주변엔 역시나 듀 세비어를 비롯한 여러 남자들이 서 있었다. 이 와중에도 질투심이 솟구치는 나 자신이 놀라울 뿐이다.

곤란한 듯 남자를 보던 세라바체 양이 약간 시선을 돌렸고 그 순간 우리 둘의 눈이 마주쳤다. 그때 세라바체 양의 손에 들려 있던 샴페인 잔이 떨어졌다. 잔이 홀 바닥에 부딪쳐 깨지며 요란한 소리를 냈다.

"아, 미안해요."

"괜찮으니까 물러나요. 다치지 않았어요?"

듀 세비어가 그녀를 끌어당겼고 하인들이 얼른 달려와 깨진 유리 조각들을 치웠다. 한동안 그녀를 보고 있던 나는 파베 양이 팔을 잡아당기고 나서야 정신을 차렸다.

"저분은 누구십니까?"

"아, 이 파티를 주최하신 분의 따님입니다."

"그렇습니까? 어쩐지 무척 지체 높은 가문의 아가씨처럼 보인다 했습니다."

파베 양은 마치 자기와는 관련이 없는 다른 세상 이야기를 하는 것처럼 말했다. 그래서인지 나도 비슷한 기분을 느꼈다. 저기 귀족의 자제들과 섞여 그들의 관심을 한 몸에 받고 있는 사람은 내가 알던 사람이 아닌 것 같았다. 아니, 내가 그녀를 알고 이야기를 나누고 단둘이 만나기도 했다는 기억조차 사실이 아닌 것처럼 느껴졌다. 나는 그녀와 전혀 어울릴 수 없는 사람 같았다. 왜 전에는 그걸 몰랐을까?

"샴페인 마셔도 되겠습니까?"

"아, 네."

나는 쟁반을 들고 지나가는 하인에게서 샴페인 잔 두 개를 받아 하나를 파베 양에게 건넸다. 그녀는 잔을 이리저리 살피더니 호기심 어린 표정으로 쭉 마셨다. 그러곤 귀엽게 인상을 썼다.

"샴페인이란 게 이런 맛이었군요."

"처음 마셔 보는 거예요?"

"네, 마실 기회가 없었습니다."

"그다지 독한 술은 아니지만 많이 마시진 마세요."

그러자 파베 양이 나를 올려다보며 화사한 미소를 지었다.

"경위님, 정말 다정한 거 아십니까?"

"그…… 그런가요?"

"경위님을 처음 만났던 날도 그렇게 느꼈습니다. 어떤 손님들은 저를 가게의 종업원으로만 보고 하대할 때가 있습니다. 저란 사람이 감정이란 것 없이 무조건 그들의 비위를 맞춰 줘야 하는 것처럼 말입니다."

그녀의 말투가 시무룩하게 변했다. 어쩐지 안타까운 기분이 들어 그녀의 등에 손을 얹었다.

"무례한 사람들이네요."

"그런데 경위님은 처음 만난 날부터 저를 따뜻하게 대해 주셨습니다. 누군가로부터 꽃을 받아 본 건 그때가 처음이었습니다. 그건 정말로 예쁜, 말할 수 없이 신비로운 꽃이었습니다."

파베 양은 그게 무척 소중한 기억이라도 되는 것처럼 말했다. 죄책감에 가슴이 따끔거리기 시작했다. 사실 그 말을 듣기 전까지 나는 푸른 장미를 건넸다는 사실도 잊고 있었다.

"그런 생각지도 못한 배려에 감동하게 되는 것 같습니다. 아마 그래서일 거예요. 경위님을 이렇게 좋은 사람이라고 느끼는 건."

파베 양의 말투가 조금 전과 달라진 것을 깨달았다. 술 때문인지 다른 무엇 때문인지는 알 수 없지만 나를 바라보는 그녀의 시선이 한층 그윽하게 느껴졌다.

"이제 경위님이 아니라 레일미어라고 불러도 될까요?"

"아, 네. 얼마든지요."

그녀가 '레일미어'라고 조그맣게 말하더니 킥킥거리고 웃었다. 허, 이거 불안해진다. 샴페인 한 잔에 이 아가씨가 인사불성이 되는 일은 없어야 할 텐데.

파베 양이 다시 샴페인을 홀짝거리기 시작하자 나는 세라바체 양이 있던 곳으로 눈을 돌렸다. 하지만 그녀는 다시 내 쪽을 쳐다보진 않았다. 모여 있는 남성들과 이야기를 나누고 있었지만 표정이 그리 밝지도 않았다.

아까 나를 보고 잔을 떨어뜨린 건 왜였을까? 내가 온 걸 보고 그 정도로 놀랄 만한 이유가 있을까? 어쩌면 자길 추궁하러 온 거라 직감적으로 느꼈는지도 모른다.

그때 누군가 내 어깨를 건드렸다. 돌아보니 러세스가 프리실라 양과 같이 서 있었다.

"여전히 눈을 못 떼는군그래. 그런 일을 당하고도 정신 못 차린 거야, 레일미어?"

나는 러세스의 신랄한 말투를 좋아하지만 지금은 아니었다. 다른 파트너가 있는 자리에서 그런 말을 꺼낸 러세스의 행동은 신사적이라고 하긴 어려웠다. 그래서 무시하고 순서에 맞게 파베 양부터 소개시켰다.

"서로 인사해요. 이쪽은 나와 함께 온 파베 양, 이쪽은 조 마르지오 극장에 소속되어 있는 배우 러세스라고 합니다."

"만나 뵙게 되어 반갑습니다. 들어 본 적 있는 이름인 것 같습니다."

파베 양이 금세 직업적인 말투로 돌아가 대답했다. 이 말에 러세스는 미소 짓긴 했지만 눈살을 살짝 찌푸렸다.

"제 보잘것없는 이름을 들어 본 적이 있으시다니 무척 영광이군요, 레이디. 이쪽은 함께 극단에 속해 있는 프리실라 양입니다."

"네, 프리실라 양에 대해선 잘 알고 있습니다. 우리 가게에 종종 메이드를 보내 과자를 사 가시는 분입니다."

가게라는 말에 프리실라 양이 파베 양의 얼굴을 새삼스레 보았다.

"아, 그렇구나. 그 과자점에서 일하는 아가씨인가 보네?"

명백히 무시와 조소가 담긴 목소리였다. 난 속이 끓어올랐지만 파베 양은 미소만 지었다.

"이렇게 직접 뵙게 되어 반갑습니다. 정말 아름다우십니다."

"고마워요. 그쪽도 잘 차려입었네요."

프리실라 양은 이렇게만 말하고 러세스의 손을 놓으며 다른 곳으로 가 버렸다. 러세스는 그쪽을 힐끗 보더니 파베 양에게 사과했다.

"미안합니다. 파트너가 마음에 안 들어서 그래요. 자존심이 워낙 하늘처럼 높은 레이디라 저처럼 보잘것없는 놈은 성에 차지 않는 거죠. 듀 세비어와 함께 오길 바란 모양이지만 듀는 선약이 있더라고요."

러세스가 의미심장하게 내 얼굴을 보며 웃었다. 아무래도 듀가 세라바체 양을 에스코트하는 모양이었다.

"저기 계신 분이 그 유명한 듀 세비어입니까? 정말 그림같이 잘생겼습니다."

감탄하듯 말하던 파베 양은 '아.' 하더니 갑자기 내 곁으로 바싹 붙었다.

"그래도 전 제 파트너가 더 마음에 듭니다."

나도 모르게 웃음이 나왔다. 러세스도 씩 웃었다.

"멋진 파트너를 뒀군, 레일미어. 부러워지는데."

"나한테는 분에 넘치는 아가씨지."

"그나저나 이런 자리에 어인 행차야? 이것도 수사의 일환은 아니겠지?"

"수사관은 휴일도 휴일이 아니야. 사건에 대해 할 말이 있다면 언제라도 좋아."

러세스는 방어적으로 몸을 뒤로 뺐다.

"유감스럽게도 더 이상은 아는 바가 없어서. 조속히 해결하길 바라지."

특유의 무시하는 듯한 태도로 러세스가 몸을 돌려 사라지자, 파베 양이 입을 열어 솔직한 감상을 말했다.

"유명한 배우들이라서 그런가, 상당히 거만하네요."

왠지 그 말에 웃음이 나왔다.

"왜 웃으세요?"

"글쎄요. 파베 양이 하는 말들이 뭔가 재미있어서요."

"제가 우스우신 건 아니죠?"

그 말에 나는 정색하고 대답했다.

"그런 뜻은 아닙니다. 절 기분 좋게 만들어 준다는 얘기였어요."

"그런가요? 다행이네요."

"다행인가요? 제 쪽에선 아무 즐거움도 못 드리고 있는 거 같은데요."

"그렇지 않아요. 전 당신이 옆에 있기만 해도 기분이 좋은걸요."

이 말에 사레가 들려서 한참이나 기침을 했다. 파베 양의 말이 너무 직설적이라 낯 뜨거웠다. 하지만 나와 함께 있는 게 좋다고 솔직하게 말해 주는 사람이 싫을 리 없다. 문득 이 파티에 다른 목적으로 온 것이 그녀에게 너무나 미안해졌다.

"잠시 후 오세이번 경을 기리는 추모 연주회가 열릴 예정입니다. 파티에 참석하신 신사 숙녀분들께서는 제1극장으로 입장해 주시기 바랍니다."

극장 직원들이 그렇게 외치자 사람들은 대화를 멈추고 극장으로 줄지어 들어갔다. 나도 파베 양과 팔짱을 끼고 안으로 입장했다. 앉을 만한 적당한 자리를 찾아보고 있는데 저쪽에서 나를 부르는 외침이 들려왔다.

"레일미어, 이쪽이야."

러세스였다. 그가 앞쪽에 자리를 잡아 두고 있었던 것이다. 고맙다고 말하고 앉은 것까진 좋았는데 하필 우리 바로 앞 좌석에 듀 세비어와 세라바체 양이 앉아 있었다. 러세스를 돌아보니 싱글싱글 웃고 있는 게 보였다. 그럼 그렇지, 언제부터 이런 호의를 베풀어 주는 친구였다고.

"고마워, 러세스. 자리 한번 좋군."

일부러 한 글자 한 글자 강조해서 말하자 러세스도 내 감정을 알아차렸는지 더욱 심술궂게 웃었다.

"별말씀을. 사실 맨 앞자리를 구해 주고 싶었지만 한낱 조연배우 주제에 어디 그게 쉬워야지. 언제나처럼 나는 두 번째 줄이 어울린단 말이야."

러세스의 목소리가 제법 커서 충분히 앞쪽에도 들릴 만했다.

하지만 듀 세비어는 위엄 있게 무시했고 세라바체 양이 대신 돌아보고 타이르듯 말했다.

"곧 연주가 시작될 거예요, 카일 씨. 연주자들이 집중할 수 있도록 목소리를 조금만 낮춰 주시는 게 어떨까요?"

"죄송합니다, 레이디. 명령하신 대로 지금부터는 입을 꾹 다물고 있도록 하지요."

세라바체 양은 다시 고개를 바로 했다. 한 번쯤은 내 쪽을 쳐다볼 법도 한데 그러지 않았다. 그때 옆에서 파베 양이 내 팔을 꼭 잡으면서 속삭였다.

"이제야 기억났어요. 저 여성분은 그때 당신의 병실에 찾아오셨던 분 맞죠?"

그제야 파베 양이 병문안을 오면서 세라바체 양과 마주쳤던 게 생각났다.

"네, 맞습니다."

"그런데 왜 인사조차 나누지 않아요?"

그녀의 물음에 할 말이 없어졌다. 뭐라고 설명해야 할까. 나는 지금 세라바체 양을 살인 용의자로 여기고 있고 곧 체포해야 할지도 모른다고?

"사이가 안 좋아졌거든요."

"아, 네."

파베 양은 그때부터 입을 다물고 무대만 바라보았다.

잠시 후 연주자들이 무대 위로 올라오자 사람들이 뜨거운 박수를 보냈다. 그들은 가장 먼저 오페라 「심연」의 전주곡을 연주했다. 다음으로는 오페라 가수 바르바지오가 등장해 쉐비악이 대문호의 장례식에서 불렀던 아리아를 불렀다. 공연장 깊숙한 곳까지 닿을 것 같은 안정적인 중저음의 목소리는 가슴을 울리는 마력이 있었다.

한동안 아리아에 홀려 있던 나는 문득 세라바체 양의 옆자리가 비어 있음을 깨달았다. 무대 맨 앞 중앙인 위치로 보아 로만 아이넨의 자리인 듯한데 그가 오지 않은 모양이었다. 그러고 보니 아까 메인 홀에서도 보이지 않았다. 주최자인데 왜 자리를 비운 걸까?

그 사실이 눈에 들어오자 더 이상 음악에 집중할 수 없었다. 나는 파베 양에게 조그마한 목소리로 양해를 구하고 공연장을 빠져나왔다.

몇몇 하인들이 홀에서 분주하게 청소하고 있었다. 나는 그들을 지나쳐 극장장의 방으로 향하는 계단을 올랐다. 그러다 창너머로 극장 앞에 세워져 있는 고급스러운 자동차를 발견했다. 자동차 문에 그려진 문장은 후에르 백작의 것이었다. 해가 지긴 했지만 이렇게 사람들 많은 자리에 정말로 뱀파이어 백작이 왔다고?

직감적으로 지금 로만 아이넨과 만나고 있을 거란 생각이 들었다. 걸음을 서둘러 맨 꼭대기에 있는 극장장의 방에 도착했다. 하지만 차마 문을 열어 볼 엄두가 나지 않아 문가에 귀를 가져다 대 보았다. 아무 소리도 들리지 않았다. 방에 없는 건가?

그때 뒤에서 누군가 계단을 올라오는 발소리와 함께 도란도란 이야기를 나누는 소리가 들려왔다. 오래 들을 것도 없이 백작의 미성과 로만의 굵직한 목소리를 알아챘다. 나는 얼른 로만의 방문을 열고 안으로 들어가 숨을 만한 곳이 없나 둘러보았다. 방 한쪽에 있는 조그마한 바에 술병이 가득 진열되어 있었기에 그 뒤에 앉으면 보이지 않을 법했다.

문이 열리는 순간 나는 간신히 그 뒤로 몸을 숨겼다.

"……그랬다면 제가 백작님께 결례를 저지른 셈이군요. 솔직히 여기까지 직접 행차하실 줄은 예상하지 못해서 말입니다."

"주최자에 내 이름이 들어가 있으니 예의상이라도 걸음을 해야겠지요. 하지만 사람들 눈에 띄기 전에 성으로 돌아갈 생각입니다."

"언제나처럼이군요."

문이 닫히고 두 사람이 안으로 들어오는 소리가 들렸다. 로만은 역시나 바로 걸어와 술잔을 준비했다. 쪼르르 술을 따르는 소리가 머리 바로 위에서 들려와 심장이 쿵쾅거렸다.

"왜 그렇게까지 사람들의 시선을 꺼리시는지 모르겠습니다. 다소 불쾌한 별명이 붙어 있긴 하지만 오히려 그걸로 사람들에게 두려움을 심어 줄 수도 있을 텐데요."

"그러고 싶은 생각은 없습니다. 지금처럼 조용히 식물들을 가꾸며 사는 게 좋아요."

"식물이라, 그렇군요. 그 성은 백작님께서 하나하나 직접 가꾸시는 만큼 참으로 아름답지요. 그걸 후손에게 물려주고 싶은 생각은 없으신 겁니까?"

백작의 목소리는 잠시 뒤에야 이어졌는데 왠지 모르게 조금 긴장한 듯 느껴졌다.

"거기에 대해선 아직 생각해 보지 않았소."

"백작님의 외양만 봐서는 아무도 믿지 않겠지만 이제 나이가 제법 차신 걸로 압니다."

"올해 마흔넷입니다."

"그렇다면 더 늦기 전에 부인을 맞으셔야죠."

정말로 마흔을 넘긴 거였군. 그 나이에 저런 얼굴이라니 세상이 불공평하다고 느껴질 정도다. 그나저나 로만이 말하는 태도가 이상할 정도로 강압적이었다. 권유가 아니라 반드시 그렇게 하라는 것처럼 들렸다. 더 의아한 건 오히려 백작 쪽에서 대답하면서 쩔쩔맨다는 것이었다.

"내가 가진 병을 알고 있지 않습니까. 반려를 맞이하기에 적당할지 모르겠군요."

"약간의 불편만 감수한다면 큰 문제는 없어 보입니다만."

"그건 그대가 잘 알지 못해서 하는 말입니다. 나와 함께한다는 건 앞으로 일생을 밤낮이 뒤바뀐 채 살아야 한다는 뜻입니다. 또한 사교계를 즐기지 못하는 나 때문에 부인 또한 주로 성 안에만 갇혀 있어야 할 겁니다. 내 별명은 또 어떻습니까. 어느

레이디가 뱀파이어 백작부인이란 별명을 좋아하겠습니까?"

과연 백작의 말도 일리는 있었다. 하지만 그런 단점이 있다 해도 백작에겐 장점이 더 많았다. 일단 나이보다 젊어 보이고 잘생겼지, 돈도 많고 지위도 높지. 틀림없이 혼담이 오가긴 했을 것이다.

"세라는 그런 걸 신경 쓰지 않을 겁니다."

뭔가가 쿵 하고 가슴 아래로 떨어졌다. 세라라고?

"세라바체 양은…… 내겐 너무도 아까운 사람입니다."

"세라는 백작님을 좋은 분으로 생각하고 있습니다."

"어디까지나 친구로서입니다."

"세라는 제가 설득할 수 있습니다. 남은 건 백작님의 의향뿐입니다. 제 여식이 후에르 백작가의 안주인으로서는 많이 부족하겠지만……."

"부족하다고 생각한 적은 없소."

백작이 얼른 덧붙였다.

"그렇다면 다행이군요. 저도 어디 내놔도 남부끄럽지 않게 키웠다고 자부합니다."

"하지만 그녀의 마음이……."

"세라는 자신의 위치를 충분히 자각하고 있습니다. 숙녀로서 적다고 할 수 있는 나이도 아니고, 결혼하고 싶어 하는 마음도 충분합니다. 아직 달리 마음을 줄 만한 사람을 못 만났을 뿐이지요. 하지만 백작님께서 먼저 그 애를 살펴봐 주신다면……."

"하지만 레일미어 경위라는 사람은 어떻습니까?"

심장이 한 번 더 크게 출렁였다. 여기서 내 얘기가 왜 나오는 거야?

로만 아이넨이 불쾌함 가득한 목소리로 입을 열었다.

"신경 쓸 가치도 없는 나부랭이에 불과합니다. 세라가 설마하니 그런 자에게 마음을 줬을 거라 생각하시는 건 아니겠지요?"

"하지만 그녀는 내 성에 올 때마다 자주 그에 대해 이야기했습니다."

로만의 말에 불쾌해지려던 찰나 백작의 말에 귀가 쫑긋 솟았다. 세라바체 양이 그랬다고?

"세라가 대체 그 비천한 놈에 대해 뭐라고 말했을지 궁금하군요."

로만의 말투는 당장 얘기하라고 거의 협박이라도 하는 듯했다.

"내용은 귀찮고 성가시다는 게 대부분이긴 했지만, 상당히 자주 그런 말들이 반복되더군요. 우리가 성에서 나눈 대화의 대부분이 그 경위에 대한 것일 정도였습니다. 그래서 나는 마음이 있으면서도 없는 척하는, 사랑에 빠진 젊은이들 특유의 행동이 아닐까 했습니다."

그게 사실이라면 얼마나 좋을까. 하지만 백작도 나처럼 세라바체 양과 대문호의 관계를 모르고 있었던 게 분명하다.

"그럴 일은 없습니다. 세라가 귀찮고 성가시다고 말했다면 그게 진실이고 전부입니다."

로만이 칼같이 잘라 냈다. 아무리 그래도 상대가 백작인데 저렇게까지 그의 말을 무시해도 되는 걸까? 로만은 내 얘기를 건너뛰어 백작에게 단도직입적으로 물었다.

"제 하나뿐인 여식을 후에르가의 안주인으로 맞아 주시겠습니까?"

아무 대답도 들려오지 않았다. 소리도 시간도 모든 것이 멈춰 버린 듯했다.

대답을 기다리는 와중에 어느새 내가 속으로 이건 안 된다고 외치고 있다는 걸 깨달았다. 그 모든 일이 있고 나서도 여전히?

한참 후에 후에르 백작이 간신히 입을 떼었다.

"그건 내가 결정할 일이 아닌 것 같소. 그녀의 마음을 먼저 물어야지요."

"이제 와 발을 빼려 하는군요. 우리가 했던 약속을 상기시켜 줘야 하는 겁니까?"

로만은 더 이상 스스로를 낮추거나 존칭조차 붙이지 않으며 강압적으로 물었다. 백작의 인내심도 한계에 다다른 듯했다.

"나는 이 자리에 옛 친구를 잠시 추모하기 위해 왔을 뿐이오. 꼭 지금 이런 이야기들을 해야 합니까?"

"옛 친구라고요? 그 친구가 독을 먹고 쓰러져 죽어 갈 때 당신은 어디 있었는지 궁금하군요."

덜컹하면서 의자가 움직이는 소리가 들려왔다. 로만이든 백작이든 감정을 주체하지 못하고 자리에서 일어난 게 분명했다.

나는 로만의 말을 이해할 수 없었다. 대문호의 죽음이 마치 백작의 탓이라도 되는 것처럼 이야기하고 있지 않은가. 자기 딸과 결혼해 주지 않는다고 떼를 쓴다고 하기에는 뭔가…… 그러고 보니 로만은 '약속'이라고 언급했다. 마치 세라바체 양의 결혼을 빌미로 둘 사이에 모종의 거래라도 있었던 것처럼 말이다.

그때부터 대화를 한마디도 놓치지 않기 위해 열심히 귀를 기울였다.

"감히 나에게 그런 식으로 말하지 마시오."

"감히 나는 그런 식으로 말할 수 있습니다, 백작. 사내다운 구석이라곤 없는 다 늙은 병자에게 하나뿐인 딸을 보내겠다고 말하고 있는데, 그걸 거절하겠다고요? 얌전히 고맙다고 데려가도 모자랄 마당에 별 시답지 않은 자가 저 혼자 일으킨 스캔들을 핑계로 말입니까? 내 딸을 이렇게 모욕해도 될 거라 생각했습니까!"

"로만 아이넨, 그대의 무례를 참는 것도 여기까지요. 왕자의 총애를 받는다 해서 한낱 극장주에 불과한 그대가 나를 같은 선상으로 보는 건 참을 수 없소."

"이번 일에 연루된 이상 우리는 모두 같은 선상에 놓여 있는 거나 다름없습니다. 그걸 아셔야지요."

로만 아이넨의 말은 협박조나 다름없었다. 그나저나 함께 연루된 이번 일이라니, 대문호의 죽음을 말하는 걸까? 그것밖엔 없지 않은가!

속이 타들어 가며 백작이 뭔가 더 말해 주기를 바랐지만 그는 의외로 한발 물러서는 태도를 보였다.

"그대가 이런 식으로 무례하게 굴지 않아도 세라바체 양이 혼담에 찬성한다면 나도 그럴 생각이었소."

"딸애는 내가 설득할 수 있다고 분명히 말씀드렸습니다."

"그렇다면 더 이상 문제될 게 없겠군. 다 늙은 병자에게 귀한 딸을 허락해 줘서 고맙소."

냉기 가득한 목소리로 쏘아붙인 백작이 그만 방을 떠나는지 멀어지는 발소리가 들렸다. 로만은 아무 말도 하지 않았고 백작을 배웅할 생각도 없는지 제자리에 가만히 있었다. 문이 여닫히는 소리가 들리고 그 방에는 우리 둘만 남았다.

연달아 이어진 충격적인 일들로 머리가 멍했다. 그게 백작과 로만 사이에 모종의 거래가 있었다는 사실을 알게 되어서인지, 세라바체 양이 결혼하게 된다는 사실 때문인지는 알 수 없었다.

잠시 후 로만도 움직이는 소리가 들려왔다. 발소리가 멀어지더니 곧 문이 열렸다 닫혔다. 나는 잠시 기다렸다가 바에서 기어 나와 조심스레 그 방을 빠져나왔다.

공연장으로 다시 들어가자 파베 양이 질책하듯 나를 바라보았다. 그사이 상당한 시간이 흘렀던 것이다. 나는 미안하다고 속삭인 뒤 무의식중에 앞 좌석을 쳐다보았는데, 아까는 비어 있던 세라바체 양의 옆자리에 로만이 앉아 있었다. 내 시선을 느끼기라도 했는지 로만은 뒤를 돌아보았고 우리 둘의 눈이 마주쳤다.

매우 하찮고 귀찮은 것을 본다는 눈빛으로 나를 보던 로만은 가볍게 코웃음 치며 고개를 바로 했다. 아무래도 아까 백작의 말 때문에 나에 대한 호감이 더욱 바닥을 치는 것 같았다.

나를 사랑한다던 당신은 지금 어디에.
사랑은 말뿐이었네.

무대 위의 가수가 절절하게 노래를 불렀다. 옆에서 훌쩍거리는 소리가 들려 고개를 돌려 보니 파베 양이 눈물을 흘리고 있었다. 그녀에게 조용히 손수건을 건넸다.

공연이 끝나자마자 직원이 무대 위로 올라와 말했다.

"제2소극장에 만찬이 준비되어 있으니 그쪽으로 이동해 주시기 바랍니다."

만찬은 사람들의 숫자를 고려해 뷔페식으로 꾸며져 있었다. 메인 디시인 스테이크만이 접시에 담겨 모두에게 하나씩 돌아갔다. 사람들 수가 많다 보니 그렇게 한 모양인데 의외로 별로 거추장스럽지 않았다. 문득 이런 생각은 로만의 것일지 세라바체 양의 것일지 궁금해졌다.

"이렇게 맛있는 건 처음 먹어 봐요."

스테이크를 한 조각 잘라 입에 넣은 파베 양이 감탄하듯 말했다. 나도 한 조각 먹어 보곤 동감했다. 그나저나 만찬이 끝나면 연극 시범 공연이 있을 테고 그게 끝나면 파티도 끝이 날 텐데, 어떻게 세라바체 양과 단둘이 대화할 기회를 잡을 수 있을지 고민되었다. 이렇게 사람이 많은 곳에서 눈에 띄지 않게 그녀를 불러낼 자신이 없었다. 특히 로만 아이넨의 눈에 띄어서는 안 되는데.

그리고 결혼.

로만과 백작 사이에 오간 거래는 대체 무엇이었을까? 중간에 대문호를 언급한 게 결코 우연은 아닐 터였다. 빨리 강력3반 사람들에게 알리고 의견을 나누고 싶어 조바심이 났다. 하지만 일단 세라바체 양부터 만나 봐야 했다.

멀리 떨어진 원형 테이블에 로만 아이넨과 세라바체 양, 듀세비어와 몇몇 귀족들이 함께 앉아 있었다. 혹시라도 중간에 세라바체 양이 자리를 뜨지 않을까 종종 힐끔거렸다. 그때 옆에 있던 파베 양이 나이프를 내려놓으며 말했다.

"식사를 마치면 돌아가요."

"네? 벌써요?"

"이런 자리는 익숙지 않아서 역시 피곤하네요."

"하지만 아직 연극 공연이 남아 있습니다. 유명한 배우들이 나와서 공연할 텐데 보고 싶지 않나요?"

그러자 그녀가 힐책하는 눈으로 나를 바라보았다.

"연극이 보고 싶은 건가요, 아니면 따로 보고 싶은 게 있는 건가요?"

"네?"

모른 척 반문하긴 했지만 그녀나 나나 무슨 말인지 알고 있었다. 어떻게 알았냐고 하기엔 내 행동이 너무 티가 났을 게 뻔했다.

"난생처음 파티에 오는 것도 좋았지만, 무엇보다 경위님과의 첫 데이트라서 더 좋았어요. 오늘을 위해 얼마 되지 않는 주급을 모아 드레스와 구두도 샀죠. 그런데 경위님의 마음은 내 옆이 아닌 다른 데 가 있는 거 같아요."

그녀의 말은 모두 사실인 데다 반박할 수 없을 만큼 내 잘못이었다.

"미안해요, 파베 양. 사실은……."

"듣고 싶지 않아요."

파베 양이 내 말을 잘랐다.

"전 이것만 먹고 자리에서 일어나겠어요. 식사 도중 일어나는 건 예의가 아니니까요. 경위님은 연극 공연을 끝까지 보고 가세요."

"그럴 순 없어요. 집까지 바래다 드리겠습니다."

"호의는 고맙지만 거절하겠습니다."

호칭이 '레일미어'에서 '경위님'으로, 말투도 다시 가게에서 쓰는 말투로 돌아가 버렸다. 그녀에게 너무도 미안했지만 무슨 말을 해야 할지 알 수 없었다. 사건 때문에 온 거라고 하면 더 화를 낼 것 같았다. 그저 사과하는 수밖에.

"정말 미안해요."

그러자 파베 양의 입에서 흐느낌이 새어 나왔다. 나는 어쩔 줄 몰라 하며 품속을 뒤졌지만 손수건은 아까 연주회 때 그녀에게 줘 버린 터였다.

파베 양은 냅킨으로 입을 틀어막더니 자리에서 일어나 그대로 만찬장을 나가 버렸다. 망연히 있다가 곧 정신을 차리고 그녀를 따라 나갔다. 하지만 이미 모습이 보이지 않았다.

"잘하는구나, 레일미어. 상처 입는 기분이 어떤 건지 잘 알면서 남에게는 함부로 상처를 주다니."

그러면 안 되는 것이었다. 적어도 나는.

만찬장을 그처럼 요란하게 나왔으니 다시 들어가면 사람들의 시선을 받겠다 싶어 식사 시간이 끝날 때까지 극장 바깥에서 기다리기로 했다.

극장 건물 옆에는 손님들이 쉴 만한 작은 정원이 있었다. 조명 없이 어두운 벤치에 멍하니 앉아 있는 동안 대체 내가 여기서 뭘 하는 걸까 스무 번쯤 생각했다. 그리고 그 생각이 인생 자체에 대한 회의로 이어질 때쯤이었다.

"당신이었나요?"

단 한마디지만 나는 그녀의 목소리를 단번에 알아들었다. 동시에 자리에서 벌떡 일어났다.

어둠 속에서 얇은 숄 하나만 드레스 위에 걸친 채 세라바체 양이 나를 바라보고 있었다. 그녀는 손에 든 무언가를 내밀고 있었는데, 어두워서 내용은 보이지 않았지만 쪽지 같았다.

"이걸 보낸 게 당신이에요?"

그녀가 다시 물었다. 물론 난 그런 적 없지만 그 일을 대신해준 사람에게 백 번이라도 감사하고 싶은 심정이었다. 왜 진작 저 간단한 방법을 생각하지 못한 걸까?

"제가 보낸 게 아닙니다."

"정말인가요?"

세라바체 양이 의심스럽다는 듯 주위를 돌아보았다.

"여긴 당신 말고 아무도 없는데요."

"혼자 바람을 쐬러 나와 있었을 뿐입니다. 거기 뭐라고 적혀있는데요?"

그녀는 내가 연기를 하는 게 아닌지 분석해 보는 눈초리로 나를 보다가 쪽지를 읽었다.

"식사 후 연극이 시작되기 전 잠시 정원으로 나와 주시길. 긴히 드릴 말씀이 있습니다. 이게 다예요. 보낸 사람 이름은 없고요."

내용도 내용이지만 나는 그녀의 태도가 더 어처구니없었다.

"그래서 혼자 나왔다고요? 누가 보냈는지도 모르는 쪽지 하나만 믿고요?"

"전 경위님이 보냈을 거라고 생각했어요. 당신 말고 누가 있겠어요?"

부당한 오해라고 말하려는 순간 그녀를 쫓아다녔던 3년간의 내 행적이 머릿속을 스치고 지나갔다. 그래서 말을 바꿨다.

"예전에 제가 그런 쪽지를 보냈을 적엔 가볍게 무시하셨던 걸로 기억합니다만."

"당신한테 물어볼 게 있어요."

"그거 얄궂은 일이군요. 이쪽도 마찬가지거든요."

"사과부터 하세요."

"사과요?"

"동료 직원을 시켜서 제 동화책을 훔쳐 가려고 하셨잖아요. 부인하실 건가요?"

그런 일이 있었다는 게 왠지 까마득하게 오래전처럼 느껴졌다. 총알받이가 될 뻔한 머독과 그가 들려준 동화책의 내용이 떠올랐다. 내가 시킨 일은 아니었지만 그녀가 이처럼 확신을 가지고 밀어붙이니 변명하기 싫어졌다.

"아니요."

"실망스럽군요. 그때도 말했지만 그런 동화책이 존재한다는 건 경위님과 나, 둘만 아는 사실이었어요. 그렇게 남한테 함부로 떠벌리실 줄은 몰랐어요."

"전 그게 사라진 오세이번 경의 유작일지도 모른다고 생각했습니다."

세라바체 양이 어둠 속에서 분노 어린 표정을 지었다.

"여전히 나를 의심하고 있군요."

"솔직히 말씀드리자면 전보다 더욱 의심하고 있습니다."

"왜죠?"

러세스가 들려준 이야기와 푸른 장미, 열리지 않던 금고 등이 한꺼번에 떠올랐다. 무엇부터 꺼내야 할지 모를 지경이었다. 하지만 결국 내 입에서 나온 건 이 말이었다.

"당신은 도대체 대문호와 무슨 관계였습니까?"

말투부터 틀려먹었다. 냉정하게 심문하듯 묻고 싶었다. 하지만 내 말투는 내가 느끼기에도 그저 질투심에 사로잡힌 남자의 통명스러운 빈정거림에 지나지 않았다. 세라바체 양은 눈살을 살짝 찌푸렸다.

"어떤 관계였냐니, 경위님이 그걸 모를 리 없을 텐데요."

"안다고 생각했었죠. 하지만 내가 아는 게 다는 아닌 것 같더군요."

당장이라도 그녀가 성을 내며 무슨 말이냐고 따져 물을 줄 알았다. 그런데 의외로 그녀는 말없이 눈을 내리깔았다. 그리고 오른손으로 왼손을 꾹꾹 누르기 시작했다. 질문한 건 나인데 대답을 듣기도 전에 가슴이 조각조각 부서지는 기분이었다.

"어떻게…… 알았죠?"

근심하듯 묻는 그녀의 말로 인해 나는 선 자리에서 까마득하게 추락했다. 사실이었다. 모든 게 사실이었던 것이다. 결국 이렇게 끝나 버렸다. 남은 건 추잡한 진실뿐.

"당신은 금고의 비밀 공간에 대해서도 알고 있었죠."

내 목소리는 나한테도 낯설 만큼 딱딱하게 굳어 있었다. 그렇게 말하는 내가 마치 타인처럼 느껴졌다. '여기 레일미어라고 부르는 녀석이 이런 말을 하고 있군.' 그런 심정이었다.

"우리가 하우스만의 행동을 목격한 그날, 당신은 내가 원고를 가져다 달라고 하자 금고에서 쉽게 꺼내 왔어요. 그래서 비밀 공간이 누구나 쉽게 찾을 수 있도록 만들어진 형태인 줄 알았습니다. 하지만 내가 직접 시도해 보니 도저히 그 공간을 열 수 없더군요. 당신은 이미 방법을 알고 있었던 거예요."

세라바체 양에게선 대답이 없었다. 그녀는 내 시선을 피한 채 두 팔로 어깨를 감쌌다. 추운 듯 보였지만 삐뚤어진 심정으로 그녀가 동정심을 얻어 내기 위해 일부러 그러는 거라 생각했다.

"당신이 대문호를 죽였는지까진 알 수 없습니다. 하지만 적어도 원고는 가지고 갔을 거라 생각해요. 내 말이 틀렸나요?"

그녀는 대답하지 않았다.

"앞으로 당신이 오세이번 경을 죽였을 가능성이 가장 높다고 생각하고 수사할 겁니다. 도슨의 허위 자백에 속아 넘어갈 거라고 생각하지 마세요."

그 말에 드디어 세라바체 양이 나를 쳐다보았다. 놀란 듯 두 눈을 동그랗게 뜨고서.

"그게 무슨 말이에요? 도슨이 허위 자백을 하다니요?"

모르는 척하는 걸까? 그렇다면 연기가 제법이라고밖에 말할 수 없었다.

"도슨이 어제 오세이번 경을 죽인 건 본인이라고 자백했습니다. 상세한 정황을 다 알고 있고 증거품도 그의 방에서 나왔어요. 마치 미리 다 준비해 두고 온 것처럼요."

"도슨이 그런 짓을 했을 리 없어요!"

그녀가 강하게 외쳤다. 나는 그녀의 반응에 찬 미소를 되돌려주었다. 나 자신이 이렇게 냉정할 수 있나 싶을 정도로 마음이 가라앉아 있었다.

"그래요, 미리 연습해 두도록 해요. 곧 경시청에 소환되어 똑같은 말을 해야 할 테니까. 그땐 전처럼 총을 들고 저항하지 않는 편이 좋을 거예요. 그런 짓을 하면 가중 처벌이니까. 더 나쁜 경우에는 대응 사격을 받을 수도 있어요."

세라바체 양은 한 걸음 뒤로 물러났다. 그러면서 나를 아주 이상한 눈으로 바라보았다. 세상에 없던 생물을 보는 듯한 생경한 눈이었다. 그러나 그런 눈으로 그녀를 보아야 할 사람은 오히려 나였다.

"언제까지 멋대로 굴 수 있다고 생각하면 곤란합니다. 당신 남편 될 사람이 아무리 지위가 높아도 이번 사건은 워낙 중대하니 피해 갈 수 없을 거예요."

"남편이라니 그건 또 무슨 말이에요? 경고하는데 경위님, 나중에 후회할 말들은 하지 않는 게 좋을 거예요."

"후회라고요? 이미 기정사실화된 걸요. 당신 아버지한테 한번 물어보시죠. 오늘 저녁 탁상에서 5분 만에 결정해 버리시더군요. 당신은 곧 뱀파이어 백작과 결혼하게 될 거예요."

세라바체 양의 얼굴에 충격받은 표정이 그대로 떠올랐다. 그런데도 나는 가학적인 마음으로 그녀가 놀랐다는 사실에 즐거움을 느꼈다.

"가엾어서 어쩌죠? 앞으로 햇빛 보고 살 날도 얼마 되지 않겠군요. 그마저도 수사망을 빠져나갔을 때 얘기겠지만요. 어쩌면 결혼하자마자 수갑을 찬 채 감옥으로 들어가야 할지도 모르겠는걸요. 혹 더 나쁘면……."

다음에 내가 하려는 말을 깨닫고 퍼뜩 정신을 차렸다. 세상에, 지금 대체 무슨 말을 내뱉으려고 한 거야?

그때 세라바체 양이 성큼성큼 다가오더니 손을 들어 올렸다. 나는 얼떨결에 그녀가 내지른 손을 꽉 붙잡았다. 당혹스러우면서도 화가 났다.

"또 때리려고요? 우리가 같은 상처를 갖게 되어 다행이라고 말한 지 얼마나 됐다고요!"

"후회해요! 당신한테 그런 말을 한 것, 당신에게 그동안 내내 미안해했던 것 모두 후회한다고요! 당신이 미워요. 세상에서 제일 싫어요!"

그녀의 두 눈에 눈물이 가득 고였다.

"이렇게 잔인한 사람인 줄 몰랐어……. 이렇게 순식간에 돌변하고 자기 마음을 저버리고, 함부로 말을 내뱉는 사람인 줄 몰랐어요. 날 사랑하긴 했나요? 그 3년간 날 쫓아다니며 보였던 마음과 말들은, 눈빛은 모두 진심이 아니었나요? 아니었다면, 그저 장난이었다면 나는……."

"감히 그렇게 말하지 마요."

순간 머릿속이 뜨거워질 정도로 분노가 치솟았다.

"아무리 당신이라고 해도 그런 식으로 내 마음을 비웃는다면 참을 수 없어요. 그래요, 3년 동안 내가 아주 얼간이처럼 보였겠지요. 나도 후회하고 또 후회했습니다. 내가 그렇게 헛짓거리를 하는 동안 당신은 진짜 연인과 비밀리에 다정히 지냈겠지요. 쫓아다니는 날 비웃으면서요. 내가 이해할 수 없는 건 당신에게 이미 연인이 있고 내게 조금의 마음도 없었다면, 왜 진작 날 거절하지 않았느냐는 겁니다. 날 가지고 놀면서 즐거웠나요?"

"왜 자꾸 이해할 수 없는 말들을 하는 거예요. 내게 무슨 연인이 있었다는 거죠?"

"이미 다 실토해 놓고서 왜 아닌 척하는 거죠? 아, 곧 결혼해야 하니까 이제 와서 숙녀인 척하려고요?"

"레일미어 플린트!"

그녀가 내 이름을 부르는 순간 앞으로 성큼 걸어가 그녀의 어깨를 잡았다. 세라바체 양이 놀란 표정을 지었다. 소리를 질러 사람들을 부를지도 모른다는 생각이 들었다. 그러나 어찌 되어도 상관없었다.

"나는 보상받아야겠어요. 그 정도는 해 줄 수 있죠?"

대답을 기다리지 않고 그녀의 입술로 내 입술을 가져갔다. 하지만 나는 그 순간마저 세라바체 양을 잘못 보고 있었다.

분명 입술에 닿아야 할 것은 부드러운 감촉이었건만 대신 단단하고 차가운 게 와 닿았다. 세라바체 양의 입술이 상상과 달리 차가운 돌과 같다고 느끼는 순간 뭔가가 내 입가를 세게 쳤다. 나는 혀와 입술을 동시에 깨물며 신음을 내뱉었다. 입 안 가득 피 맛이 느껴졌다.

입을 가리고 고개를 드니 내 앞에서 이마를 짚은 채 끙끙거리는 세라바체 양의 모습이 보였다. 그제야 무슨 상황인지 이해가 되었다. 감히 자신에게 강제로 키스하려는 자의 입을 그녀가 이마로 받아 버린 것이다.

"당신, 죽여 버릴 거예요."

간신히 고통을 참는 목소리로 세라바체 양이 내뱉었다. 덕분에 정신이 든 나도 스스로의 행동에 경악하던 참이었다. 그녀의 말이 부당하다고 할 수 없었기에 피를 뱉어 내고 대답했다.

"부디 그래 줘요. 웬만하면 당신 손으로 직접이요. 감미로운 죽음이 되겠군요."

"감미로움 따위와는 거리가 멀걸요. 신대륙의 원주민들처럼 내 손으로 당신의 목을 따고 머리 가죽을 벗길 거니까."

"……그건 좀 잔인하군요. 부디 자비를 베풀어 주시겠습니까?"

세라바체 양은 대답하지 않고 품에서 손수건을 꺼내 내게 내밀었다. 염치가 없어 받지 않고 바라만 보자, 그녀는 스스로 손을 뻗어 내 입가를 닦아 주며 말했다.

"난 오세이번 경을 죽이지 않았어요."

내가 반문하려는 순간 그녀가 이어 말했다.

"그래요, 원고는 내가 가지고 있어요. 우리가 함께 벽장에서 하우스만 씨의 행동을 목격한 날 내 품 안에 원고가 있었어요. 당신이 오기 직전에 꺼낸 거였죠. 하지만 그럴 만한 이유가 있었어요."

가슴이 살짝 뛰었다. 내가 물으려고 할 때 그녀가 손으로 내 어깨를 가볍게 밀어냈다.

"행사가 끝나고 모두 돌아가면 내 방으로 혼자 와요. 자지 않고 기다릴 테니까. 그때 다 말해 줄게요."

이번엔 확실히 가슴이 세차게 반응했다. 등을 돌린 세라바체 양은 머리와 옷차림을 정돈하고 가벼운 걸음걸이로 극장으로 들어갔다. 그녀의 뒷모습을 지켜보던 나는 이게 독이 든 사과가 아닐까 생각해 보았다. 한밤중에 나를 혼자 불러내 살해한다면 진실을 아는 사람도 없어지는 거니까.

그러나 나는 내가 그 자리에 가리란 걸 알고 있었다. 열매란 그런 것이다. 독이 든 줄 알면서도 먹게 되는 것.

10. 수상한 쪽지와 한밤의 묘지

연극은 시범 공연이라고 하기엔 정식 공연과 다를 게 없을 정도로 대단했다. 앞으로 3년 동안 대문호를 위해 추모 공연을 진행한다고 하니 이 기회에 제대로 알리려는 것이리라.

듀 세비어는 사람들의 넋을 나가게 할 정도로 무대 위에서 더욱 빛이 났다. 프리실라 양도 마찬가지였다. 그녀의 성격은 별로 마음에 들진 않지만 연기를 잘한다는 것은 인정해야 했다.

그들이 무대 위에서 무언가 말하고 서로 어울리는 것을 보았으나 머릿속에서는 아까 정원에서 있었던 일만 계속 맴돌았다. 손수건을 통해서였지만 내 입술에 가만가만 닿던 그녀의 손의 감촉 하며…….

나는 결코 내 것이 될 수 없는, 다른 사람의 연인이었으며 이제 곧 다른 사람의 부인이 될 사람을 여전히 원하고 있다. 그 대가로 내 인생의 종말과 맞닥뜨리는 걸까? 잠시 후 세라바체 양의 방에 가게 되면 말이다.

이상하게도 별로 두려운 생각은 들지 않았다. 오히려 그녀의 방에 단둘이 있을 수 있다는 사실에 설레었다. 그녀는 과연 내게 어떠한 말들을 들려줄 것인가?

세라바체 양은 나보다 몇 줄 앞에 앉아 있었다. 사람들에 가려져 잘 보이진 않았지만 멀리 있음에도 나는 충분히 그녀를 느낄 수 있었다.

마침내 연극이 끝나고 우레와 같은 박수 소리가 터져 나왔다. 모두들 일어선 걸 보니 꽤나 좋았던 모양이다. 배우들과 연출가가 차례대로 인사한 뒤 로만 아이넨이 무대 위로 올라왔다.

"오늘 자리를 빛내 주신 모든 분들께 진심으로 감사드립니다. 존경하는 친구이자 이 시대의 거장인 오세이번 역시 천국의 문 안쪽에서 기뻐하고 있을 겁니다. 얼마 전 그는 이 시대로부터 퇴장하였지만, 그가 남긴 훌륭한 대본들로 말미암아 다음 시대에도 영원히 우리와 함께할 겁니다. 조 마르지오에서는 그를 추모하는 뜻에서 앞으로 3년간 오세이번의 원작이 아닌 다른 공연은 하지 않을 것입니다."

다시 한번 사람들의 뜨거운 박수 소리가 터져 나왔다. 로만은 감사 인사를 하고 작별을 고했다. 사람들은 웅성거리며 파트너의 팔을 잡고 하나둘 극장을 빠져나갔다. 나는 무의식중에 세라바체 양을 찾아보았지만 사람들 틈에 섞여 나간 건지 보이지 않았다.

언제가 적당할지 고민하며 시간이 지나길 기다렸다. 하지만 운전기사들이 한꺼번에 차를 꺼내 오고 사람들을 태우느라 줄이 길게 늘어졌다. 속이 타는 마음으로 로비를 서성이다 로만 아이넨이 나를 볼 수도 있다는 생각에 아까 그 정원으로 나와 어둠 속에 숨었다.

한동안 벤치에 앉아 있던 나는 무심코 허리춤에 매달린 총을 꺼내 보았다. 총알이 가득 들어 있었다. 그걸로 손바닥을 툭툭 두드리며 고민했다. 세라바체 양이 나를 겨누면 이걸로 내가 그녀를 쏠 수 있을까?

잠시 그대로 앉아 있던 나는 총을 덤불 속에 숨겼다. 그리고 극장 쪽을 살펴본 뒤 사람들이 다 나갔을 무렵 배수로를 타고 2층으로 기어 올라갔다.

세라바체 양의 방은 아직 불이 꺼져 있었다. 나를 기다리고 있을 거라 생각했는데 의외였다. 아직 방에 돌아오지 않은 걸까? 아니면 아버지나 다른 사람들의 방문을 피하려고 일부러 자는 척하는지도 몰랐다.

혹은 어둠 속에 숨어 나를 기다리는 걸 수도 있고.

나는 세라바체 양의 방으로 바로 가지 않고 창문을 통해 2층 복도로 들어갔다. 거긴 조용했다. 하인들 모두 떠들썩했던 1층 파티 장소들을 치우느라 정신이 없는 듯했다.

세라바체 양의 방으로 걸어가 문을 두드렸다. 그러나 대답이 없었다. 손잡이를 잡고 열기 전까지 무수한 고민들이 머릿속을 스쳤다. 하지만 결국 열기 전까진 알 수 없는 법이다.

문을 여는 순간 총을 맞을 수도 있겠단 생각을 하며 손잡이를 돌렸다. 이쪽은 밝은 조명 아래지만 저쪽은 어둠 속이다. 나는 상대를 볼 수 없지만 상대는 나를 똑똑히 볼 수 있을 것이다.

문은 소리 없이 열렸고 어둠에 잠긴 방 안이 보였다. 겁먹지 않겠다고 다짐했지만 발을 내딛는 순간 어쩔 수 없이 몸이 떨려왔다. 나는 최대한 문을 크게 열어 복도의 조명이 방 안을 비추게 만들었다. 하지만 얼핏 봐서는 아무것도 눈에 띄지 않았다. 어딘가에 숨어 있는지도 몰랐다.

방 안으로 들어와 문을 닫곤 잠시 그대로 서 있었다. 그러다 크게 숨을 들이쉬곤 말했다.

"저 왔습니다, 세라바체 양."

대답은 들려오지 않았다. 잠시 기다리던 나는 방 안에 아무도 없다고 판단했다. 세라바체 양은 아직 오지 않은 모양이었다. 어쩌면 아버지와 남아서 대화라도 나누거나 파티장을 치우는 걸 살펴보고 있는지도 몰랐다.

그제야 긴장이 풀렸다. 눈이 어느 정도 어둠에 익숙해지자 침대로 걸어가 걸터앉았다. 별 의미 없이 침대보를 쓸던 내 손에 뭔가가 잡혔다. 쪽지였다.

내게 남겨 둔 건가 싶어 눈앞으로 가져왔지만 글씨를 읽기엔 너무 어두웠다. 그러고 보니 아까 세라바체 양을 정원으로 불러낸 쪽지는 누가 보낸 것이었을까? 나에겐 메신저와 다름없는 일을 해 주었지만 말이다.

자세히 봐야겠다고 생각하며 침대 옆에 있는 램프의 불을 잠깐 켰다. 그리고 쪽지 내용을 보는 순간 그대로 숨이 멎었다. 동시에 막막한 감정이 밀려들었다. 도대체 왜? 어째서?

나는 쪽지를 바닥에 떨어뜨렸다. 대신 램프를 집어 들었다. 잠시 숨을 몰아쉬다 일어나 방 밖으로 뛰쳐나갔다.

한밤중의 묘지는 누구에게나 어느 정도 공포감을 주기 마련이다. 유령 같은 걸 두려워하지 않는 나도 을씨년스러운 기분을 느꼈다. 묘비를 하나 지나갈 때마다 누군가 뒤에서 지켜보는 것 같았다.

내 잘못이다.

오는 동안 수없이 반복한 그 말을 되뇌었다. 부주의했다, 그녀도 나도. 서로에게만 온 신경이 쏠려 있어서 쪽지를 보낸 사람이 우리를 지켜볼 수 있다는 생각을 하지 못했다.

그는 처음부터 세라바체 양을 목표로 하고 그 쪽지를 보냈을 것이다. 하지만 예기치 않게 내가 그 자리에 같이 있었고 그래서 숨은 채 우리 대화를 엿듣고 있었을 것이다. 덕분에 그는 확신을 가진 듯했다. 오세이번 경을 죽인 범인이 세라바체 양이라고.

제발 아직 그녀를 해치지 않았기를 바랐다. 세라바체 양이 범인이 맞는다고 해도 이처럼 개인적인 복수로 끝을 맺어서는 안 되었다.

그곳은 얼마 전 성대한 장례식이 열렸던 곳이다. 많은 사람들이 찾아와 슬픔과 애도를 표했다. 죽은 자의 흉상이 무덤 옆에 세워져 있었다. 나는 램프를 들어 흉상을 비춰 보았다. 제법 모델과 닮은 얼굴이었다.

"오랜만이군요."

오세이번의 흉상으로부터 물론 대답은 들려오지 않았다. 대신 등 뒤에서 다른 존재가 답했다.

"잘 찾아왔군."

나는 무의식중에 허리춤을 더듬었지만 총집은 텅 비어 있었다. 그제야 세라바체 양의 방으로 가기 직전 총을 덤불 속에 숨긴 게 생각났다.

"허튼짓하지 마. 소중한 아가씨잖아?"

하긴, 총이 있었어도 세라바체 양이 상대에게 붙잡혀 있는 이상 무의미했을 것이다. 나는 천천히 몸을 돌려 상대를 마주 보았다.

쉐비악은 예전 같은 화려한 흰옷 대신 검은색의 옷을 입고 검은색 가면을 쓰고 있었다. 장례식 때도 그런 차림으로 나타났다 했으니 아직 대문호를 추모하는 뜻으로 그러는 듯했다. 그는 대문호를 죽인 범인을 자신이 잡겠다고 공언했다. 그리고 지금 그 말을 실현시키려 하고 있는 것이다.

"잘못 짚은 것 같아 말해 두겠는데, 세라바체 양은 범인이 아니야."

나조차 확신하지 못하는 일이었지만 그녀를 살리기 위해서는 그렇게 말하는 수밖에 없었다. 괴도는 가볍게 코웃음 쳤다.

"난 자네 생각보다 가까이에서 수사 과정을 지켜봐 왔어. 자네가 알고 있는 건 나도 다 알고 있지, 레일미어 경위."

그가 내 이름을 알고 있다는 사실에도 별로 놀라지 않았다. 나를 공격하고 달아났던 노숙자도 대신 붙잡아 주지 않았던가.

"아직 그녀가 범인이라는 확실한 증거는 없어."

"증거라면 내가 가지고 있지."

괴도가 걸어와 내게 뭔가 넘겨주었다. 여기저기 닳고 해진 두툼한 종이 뭉치였다. 직감적으로 그것이 사라졌던 대문호의 원고임을 알았다. 머뭇거리던 나는 시간이라도 벌자는 심산으로 그걸 받아들었다. 괴도의 말이 이어졌다.

"그녀의 방에서 내가 발견했어. 원고를 가져간 자가 곧 범인이다, 자네도 그렇게 생각했었지?"

"……아니, 세라바체 양은 대문호의 죽음과는 상관없어. 원고는 대문호께서 돌아가신 다음 날 자기가 따로 꺼내 왔다고 했어."

"그걸 믿는 건 둘째 치고, 왜 그런 짓을 한다는 거지? 모두가 애타게 찾던 이 원고를 숨겨야 할 까닭이 뭐냔 말이야."

"네가 내 아가씨를 납치해 가지만 않았어도 나도 지금쯤 그 이유를 듣고 있었을 거야."

쉐비악의 가면 쓴 얼굴이 살짝 움직였다. 보이지 않음에도 나는 그가 미소 짓고 있다고 느꼈다.

"내 아가씨라니, 아직도야? 감동적인데."

그의 말에 묘한 기분을 느꼈다. 내가 세라바체 양을 쫓아다닌 거야 올드리치에 소문이 파다했으니 괴도가 안다 해도 놀랄 일은 아니지만, 내게 말하는 태도가 마치 친구 대하듯 너무나 친근했던 것이다. 나 또한 그와 대화를 나누는 게 처음임에도 별다른 위화감이 들지 않았다.

"정말 감동했다면 날 봐서라도 그녀를 풀어 줘. 세라바체 양에게 죄가 있다면 법의 심판을 받게 할 테니까."

"법의 심판이라. 그녀가 정말로 오세이번 경을 죽인 범인이라면 자네 손으로 직접 기소할 수 있겠어?"

나는 생각해 보지도 않고 대답했다.

"할 수 있어."

"아무리 사랑해도 덮어 줄 수 없다는 거야? 그건 실망스럽네."

쉐비악이 잠시 얼굴을 들어 밤하늘을 올려다보았다. 나는 조심스럽게 주변을 살폈다. 그는 지금 혼자였다.

"세라바체 양은 어디 있지?"

쉐비악은 대답하지 않았다. 그대로 침묵이 길어지자 문득 불안해졌다.

"제발 아직 해친 게 아니라고 말해 줘."

"아무리 밤중이고 사람들에게 잡히지 않을 자신이 있다지만, 그처럼 큰 짐은 들고 다니는 건 내게도 위험한 일이지."

나는 호흡이 가빠지는 걸 느꼈다. 납치범들이 바로 그런 이유 때문에 납치한 대상을 서둘러 죽이곤 했다. 하지만 쉐비악은 아니야, 허세를 부리고 있는 거다. 도둑은 영원히 도둑으로 남을 가능성이 많다. 도둑이 살인자가 되는 경우는 드물다.

머리로는 그렇게 생각하면서도 입에서 차갑게 말이 튀어 나갔다.

"만약 그녀를 해쳤다면 나는 평생을 걸고 널 쫓아다녀서라도 잡아 죽이고 말겠어."

"그거 재미있겠는걸. 하지만 아직은 죽이지 않았어. 범인이란 걸 확인하면 그렇게 하겠지만."

"네가 그걸 무슨 수로 확인할 건데? 고문이라도 할 거야?"

"이봐, 난 밤도둑들의 왕이야. 이래 봬도 신사라고. 증거는 나 대신 자네가 찾아야지. 일주일의 말미를 줄게. 진짜 범인이 따로 있다면 그 안에 찾아내도록 해. 만약 찾아내지 못한다면 나는 그 아가씨를 범인으로 단정하고 내 방식대로 처리하겠어."

어처구니가 없어 웃음이 나왔다.

"이 머저리 같은 친구야, 그게 가능하다고 생각해? 그런 막무가내 같은 말이 어디 있어?"

"말조심하는 게 좋아, 경위. 아직 무사히 데리고 있는 것만 해도 충분히 사정 봐주는 거야. 일주일 동안 내가 그녀를 어떻게 대접하는지는 자네 태도에 달려 있어."

분했지만 참는 것 외에 뭘 할 수 있을까. 그래, 먼저 비겁하게 나왔으니 이쪽도 똑같이 나가 주지.

"쓸데없는 짓을 하고 있는 거야. 진범이라면 이미 잡혀서 경시청에 있어."

"그렇게 나오면 실망스러운데. 자네도 도슨의 자백이 거짓이라고 확신하고 있잖아."

"도슨이 아니야."

"그럼 누굴 말하는 거지?"

"하우스만."

괴도가 한숨을 내쉬었다.

"장난치는 거야? 도슨으로 하여금 허위 자백을 하게 만들 수 있는 사람이 몇이나 된다고 생각하는 거지? 하우스만이 그럴 수 있을 리 없잖아."

"둘 사이엔 네가 모르는 뭔가가 있어. 나도 얼마 전에야 알게 된 거지만. 거기까진 미처 엿듣지 못했나 보지?"

쉐비악은 잠시 침묵을 지키다 물었다.

"둘이 무슨 관계인데?"

옳지, 물었군. 나는 조바심을 드러내지 않으려고 애쓰며 말했다.

"세라바체 양이 먼저야. 넌 지금 엉뚱한 사람을 붙잡아 괴롭히고 있어. 그것도 생전에 오세이번 경이 아주 소중히 여겼던 사람을. 그분이 지금 네 행동을 본다면 뭐라고 말할 것 같아?"

쉐비악은 대답 없이 가만히 있었다. 가면 속 표정을 볼 수 없으니 답답했지만 나는 최대한 태연한 척 서 있었다. 잠시 후 괴도가 어깨를 으쓱이더니 말했다.

"그거야 알 수 없지. 이미 돌아가신 분은 아무 말도 할 수 없어."

설마 그렇게 냉정히 말할 줄 몰랐기에 대꾸하지 못했다. 괴도는 기다려 주지 않고 몸을 돌리며 말했다.

"일주일이야. 네 말대로 하우스만이 범인이라면 내가 납득할 수 있을 만한 증거를 찾아와. 일주일 안에 제대로 된 범인을 기소하지 못하면 세라바체 양을 다시 만날 일이란 없을 거야."

그가 등을 보이자마자 나는 될 대로 되란 심정으로 달려들었다. 아까부터 내내 거슬렸던 가면부터 벗기려고 했지만 그는 믿을 수 없을 정도로 가볍게 몸을 피했다. 동시에 내게 다리를 걸었고 나는 호되게 넘어지면서 땅바닥에 턱을 부딪쳤다. 아무래도 오늘 입 근처가 여러 번 혹사를 당하는 기분인데.

"자네 태도에 따라 세라바체 양에 대한 대우가 달라질 거라고 말했어."

쉐비악은 마치 이 상황을 즐기는 것처럼 말했다. 그를 붙잡기 위해 일어서려는 순간 뭔가가 등을 가격했다. 나는 다시 속절없이 바닥에 쓰러지고 말았다.

"그리고 이 일은 자네와 나만 알고 있는 거야. 다른 사람들한테 말했다간 그날로 우리 약속은 없었던 일이 되는 거야. 내 귀가 얼마나 밝은지는 잘 알고 있지? 그럼 자네의 활약을 기대하지, 경위."

악을 쓰고 싶었지만 목소리가 나오질 않았다. 쉐비악이 떠나는 발소리가 들리고 동시에 빛이 사라졌다. 뒤늦게 일어나 주위를 허우적거렸지만 손에 잡히는 건 아무것도 없었다.

"야 이 개자식아!"

묘지가 떠나가라 고래고래 욕을 했다. 한참 후에야 냉정을 되찾고 달빛에 의지해 땅에 떨어진 원고를 주웠다. 말할 수 없이 처참한 기분이었다. 하지만 낭비할 시간이 없다. 일주일 안에 어떻게든 제대로 된 범인을 찾아야 했다. 아니면 쉐비악을 찾아내든가.

괴도전담반의 수많은 인력들이 몇 년간이나 해내지 못한 일을 나 혼자 일주일 만에 할 수 있을까? 차라리 없던 범인을 만들어 내는 게 쉬울 듯싶었다.

역시 하우스만에게 뒤집어씌우는 수밖에 없어. 어둠 속에서 넘어지지 않도록 조심조심 걸음을 옮기며 생각했다. 아니면 도슨의 자백이 허위가 아니라고 말하는 거야.

하지만 아까 괴도의 태도를 보니 그게 사실이어도 믿을 기세가 아니었다. 쉐비악은 대체 어디서 그런 정보를 알게 된 걸까? 도슨에 대한 거야 세라바체 양과 나의 대화를 엿들어서 그렇다쳐도, 나머지 사정들은 강력반 소속이 아니면 알 길이 없다. 그는 생각보다 가까운 곳에서 지켜보고 있다고 말했다. 하지만 얼마나 가깝다는 말인가?

반장님과 머독, 손튼과 쥬안 양의 얼굴이 차례대로 떠올랐다. 당연히 반장님은 그럴 리 없고 머독도 마찬가지다. 머독을 믿는다기보다는 녀석의 결벽증과 자존심을 믿는다. 손튼은 약간 맹

한 구석이 있긴 해도 어디 가서 함부로 사건에 대해 떠들 녀석
은 아니다.

그럼 쥬안 양밖에 남지 않는데.

사실 우리 모두 쥬안 양에 대해서는 거의 신경을 쓰지 않았다.
평소 존재감을 드러내지 않고 워낙 조용히 있다 보니 강력3반 안
에 있는지 없는지도 모를 지경이었다. 그녀가 만약 일부러 그래
온 것이라면, 사람들의 관심 밖으로 자연히 밀려나 자신의 뜻대
로 행동해 온 거라면…….

그러나 쥬안 양의 꾸밈없으면서 약간 겁먹은 듯한 표정을 떠
올리곤 고개를 저었다. 내가 지금 절박한 나머지 아무나 일단
의심하고 보는 게 분명하다. 이렇게 괴도의 장단에 놀아날 순
없었다.

괴도는 누구에게도 알리지 말라고 했지만 나 혼자서 이 일을
해결할 수 없다는 건 분명했다. 그렇다면 괴도가 아님을 확신하
는 사람, 지금 내가 믿을 수 있는 단 한 사람에게 이 일을 털어
놓고 도움을 구하는 수밖에 없다.

당직 간호사는 자고 있었는지 두 눈을 비비며 문을 열어 주
었다.

"의사 선생님은 퇴근하셨는데요."

"의사를 보러 온 게 아닙니다."

그녀에게 신분을 밝히고 안으로 들어갔다. 병실 불은 이미 꺼져 있었지만 예의를 논할 때가 아니었다. 문을 열자마자 누군가 내 목을 꽉 조이면서 밀어붙였다. 아까 괴도에게 맞았던 곳이 다시 한번 벽에 세게 부딪혔다. 숨이 턱 막힐 만큼 고통스러웠다.

이내 병실의 불이 켜지고 내 얼굴을 확인한 머독은 목을 잡고 있던 손을 놓았다.

"뭐야, 너였어? 불 지른 놈이 또 공격하러 온 줄 알고 놀랐네."

나는 한참이나 콜록거리다가 겨우 대답했다.

"놀란 건 이쪽이야, 이 자식아!"

"지금이 몇 신지 알고는 있는 거야? 노크라도 하고 들어오든가. 꼴은 또 왜 이래?"

머독의 말에 내 차림을 내려다보니 여태 경황이 없어서 몰랐을 뿐 옷이 여기저기 찢어지고 흙투성이였다. 말할 기운도 없어서 손을 내젓고 그의 침대 옆 의자에 앉았다. 머독은 별말 없이 물을 건넸고 나는 순식간에 다 들이켰다.

"괴도가 세라바체 양을 붙잡아 갔어."

간신히 그 말 한마디를 내뱉자 머독의 표정이 심각해졌다.

파티에서부터 있었던 일을 모두 설명했다. 이야기가 끝나고 나서도 머독은 한동안 팔짱을 낀 채 생각에 잠겨 있다가 입을 열었다.

"세라바체 양이 범인이 맞긴 한 건가?"

"뭘 들은 거야? 모른다니까. 듣기 전에 납치해 가 버렸다고. 하지만 자기 입으로는 분명 아니라고 했어. 원고를 가지고 있다는 건 쉽게 인정했는데도."

"그 점이 문제라는 거야. 사라진 원고를 그녀가 가지고 있었어. 역시 지금으로선 가장 수상하다고 할 수밖에……."

"그래서 그대로 괴도의 손에 죽어도 좋다는 거야?"

"그런 말은 안 했어. 하지만 세라바체 양이 범인이라면 괴도는 불가능한 일을 시킨 게 돼. 진범이 따로 없는데 어떻게 찾아내라는 거지?"

그에 대해선 이미 생각해 둔 바가 있지만 머독에게 말하려니 입이 잘 떨어지지 않았다. 분명히 경멸하겠지. 그래도 어쩔 수 없었다.

"다른 사람에게 덮어씌울 작정이야."

"뭐?"

"세라바체 양을 무사히 돌려받을 때까지만이야. 경시청에 붙잡혀 있는 하우스만이나 도슨 둘 중 하나를 범인으로 몰면 돼. 그 둘은 괴도가 해치지 않도록 우리가 지킬 수 있잖아."

"그러다가 일이 잘못되어서 나중에도 정말 범인으로 몰린다면 어쩔 거지?"

머독이 날카롭게 물었다. 솔직한 마음으로는 그런 것 따위 상관없다고, 지금 내게 세라바체 양의 목숨만이 가장 중요하다고 외치고 싶었다. 하지만 해서는 안 되고 할 수도 없는 말이었다.

"그러지 않도록 최선을 다하는 수밖에. 정말 미안하지만 어쩔수 없어. 이쪽은 목숨이 달린 일이니까."

머독은 아무 말도 하지 않았다. 녀석이 돕지 않겠다고 거절할까 봐 걱정되었다. 우스운 일이다. 이 녀석에게 매달릴 수밖에 없다니.

한참 후에야 머독이 얼음장 같은 표정을 풀고 입을 열었다.

"나도 괴도가 하는 행동이 마음에 들진 않아. 경시청을 무시하고 독단적으로 범인을 처벌하면 우리 명예도 땅에 떨어지고말 거야. 어떻게든 하지 않으면 안 되겠군."

"고마워, 머독! 너라면 도와줄 거라고 생각했어."

"하지만 네 방법은 별로 마음에 들지 않아. 다른 누군가에게덮어씌우진 않겠어."

"그럼 어쩌자고?"

"세라바체 양을 한번 믿어 보지. 그녀의 말대로 그녀가 범인이 아니고 진범이 따로 있다고 생각하는 거야. 우리가 지금까지해 온 것처럼 진짜 범인을 찾아내는 거지."

머독다운 발상이었지만 나는 의구심이 들었다.

"만약 찾아내지 못하면?"

"그럼 어쩔 수 없지."

"이봐!"

"별수 있어? 최선을 다해 보는 수밖에. 그 이상 무언가 한다는 건 어차피 우리 힘으론 불가능해. 당장 쉐비악을 잡을 수 있는 것도 아니잖아. 할 수 있는 일을 해야지."

반박할 수 없을 정도로 녀석이 말이 옳았다. 결국 본질은 변하지 않았다. 세라바체 양이 범인이 아니라는 걸 믿고 진범을 찾아내야 하는 것이다. 일주일이라는 시간 내에.

"그럼 확실한 증거들부터 다시 살펴보자. 여기 대문호의 원고가 있는데……."

내가 품에서 원고 뭉치를 꺼내 침대 위에 놓자 물끄러미 바라보던 머독이 고개를 저었다.

"일단 좀 자고 내일 아침부터. 지금 새벽 3시다."

"그럴 시간 없어!"

"충분히 수면을 취하지 않으면 머리는 제 기능을 잃는다. 오히려 손해야. 너도 꼴이 말이 아닌데 집에 돌아가 씻고 좀 자도록. 내일 아침 일찍 경시청으로 나와. 나도 갈 테니."

마음이 급했지만 머독의 말이 옳다는 걸 인정할 수밖에 없었다. 아군이 생겼다는 생각 때문인지 나도 잊고 있던 피로가 몰려왔다. 병원을 나와 한 발 한 발 떼기가 어려울 정도였다.

그렇게 간신히 손튼의 집 앞에 도착했을 때였다.

"반장님, 저기 있습니다!"

누군가의 외침과 함께 사람들이 우르르 몰려오는 소리가 들렸다. 졸음 때문에 잘 떠지지 않는 눈을 억지로 여니 그야말로 놀라운 광경이 나를 기다리고 있었다. 적어도 경시청 전체의 절반은 되어 보이는 인력이 손에 곤봉을 든 채 달려오는 광경은 내가 지금 선 채로 악몽을 꾸고 있다고 착각하기 충분했다.

"자, 잠깐만요. 대체 무슨……."

순식간에 달려든 경관들은 내 말을 듣지도 않고 나를 덮쳐 바닥에 쓰러뜨렸다. 오늘 참 땅바닥과 인연이 깊기도 하다. 그나마 흥분해서 때리는 사람이 없다는 게 다행이라면 다행일까.

그들은 내게 수갑을 채우고 다시 일으켜 주었다. 얼떨떨한 정신으로 고개를 든 나는 강력1반의 늙은 사자와 눈이 마주쳤다.

"칼레보스 반장님, 지금 대체 뭐 하시는 겁니까?"

"시끄럽다! 이 경시청의 수치 같으니, 강력3반 놈들이 다 이렇지."

가뜩이나 피곤한데 부당하게 욕을 먹은 나도 짜증이 확 치솟아 올랐다.

"이런 건 설명이나 하고 채우시죠."

"그렇게 알고 싶으면 해 주지. 자네를 세라바체 아이넨 양의 납치범으로 체포하겠다."

기가 막히고 코가 막힌다는 말은 바로 이런 때 써먹는 말이 틀림없다.

"누가 누굴 납치해요?"

"세라바체 아이넨 양. 설마 그 여자를 모른다고 할 셈은 아니겠지?"

"당연히 알지만……."

젠장, 도대체 뭐라고 말해야 돼? 내가 아니라 괴도가 납치해

갔다고?

"그녀의 아버지로부터 아까 납치 신고가 들어왔다. 극장 사람들에게 물어보니 누군가 자네가 세라바체 양의 방에서 나오는 걸 봤다더군."

쪽지를 보고 나오다 들킨 건가. 하긴 그땐 남의 눈을 신경 쓸 수 없을 만큼 제정신이 아니었다.

"저도 만나러 갔다가 방에 없어 못 만나고 나온 겁니다."

"그럼 방에 이 쪽지를 남겨 두고 온 게 네가 아니라는 말이냐?"

칼레보스가 눈앞으로 쪽지를 들이밀었다. 그건 괴도가 세라바체 양의 방에 남겨 둔 것으로, 나도 그걸 보고 대문호의 무덤으로 찾아갔었다. 아무리 정신이 없었어도 그렇지 어째서 쪽지를 치우지 않은 거지?

"전 그런 거 못 봤습니다."

그러자 칼레보스가 들고 있던 곤봉으로 내 가슴을 툭 찔렀다. 그냥 하는 행동이라고 하기엔 상당히 아팠다.

"그럼 이 꼴은 다 뭔가? 옷은 찢어지고 흙투성이에 피도 묻었군. 쪽지에 적힌 대로 무덤가에 가서 뒹굴다 오기라도 한 사람처럼."

"이건……."

칼레보스는 내 말을 듣지도 않고 경관들에게 명령했다.

"끌고 가."

오늘은 내 인생에서 가장 불운한 날임에 틀림없다.

경시청에 도착하자마자 가지고 있던 소지품을 모두 빼앗겼다. 그나마 오세이번 경의 원고는 머독의 병실에 두고 와 다행이었다. 그것마저 소지하고 있었더라면 더 큰 오해를 살 뻔했다.

강력1반으로 들어갔을 때 그사이 연락이라도 간 건지 우리 반장님이 초췌한 얼굴로 서 있었다. 새벽에 나 때문에 불려 나왔을 생각을 하니 그분 앞에서 얼굴을 들 수가 없었다. 하지만 반장님은 나를 외면한 채 늙은 사자에게 말했다.

"어깨 위에 머리 대신 근육만 달고 다니는 놈아. 이런 미친 짓을 하려고 새벽에 날 불러낸 거냐?"

"그렇게나 아끼던 부하가 저지른 짓이나 좀 보고 말하지. 이 놈이 사람을 납치했단 말이다."

"증거 있어?"

"물론, 증인도 있지."

이 말에 드디어 반장님이 나를 쳐다보았다. 그분의 눈에 떠오른 한 점 의혹을 보았을 때는 정말이지 괴도와 관련해 모든 걸 말해 버리고 싶은 심정이었다.

"제가 그런 거 아니에요."

엉겁결에 부인했지만 반장님의 표정은 떨떠름했다. 하긴 농담일지라도 어제 같이 도망쳐 버릴 거라고 내뱉었으니 그런 표정이 부당하다고는 못 하겠다.

뒤이어 누군가 요란한 소리를 내며 강력반 안으로 들어왔다. 무심코 고개를 돌렸던 나는 그의 얼굴을 보고 흠칫 놀랐다.

"이 찢어 죽일 놈!"

얼굴이 새빨갛게 달아오른 채 목과 이마에 핏대까지 선 로만 아이넨을 보는 기분이란.

"감히…… 감히 네놈이, 단지 게오르그를 추모하기 위해 온 줄 알고 쫓아내지 않았건만 이런 짓을 해? 세라는 어디 있느냐!"

"제가 그런 게 아닙니다."

나는 바보가 된 기분을 느끼며 같은 말을 반복했다. 하지만 로만의 귀엔 내 말이 들리지도 않는 것 같았다. 그가 고함을 지르며 내게 달려들자 칼레보스와 반장님이 그를 간신히 붙들었다. 가뜩이나 심란하고 피곤한데 이런 꼴을 당하니 나도 속에서 뭔가 울컥 치솟았다. 분노보다는 설움에 가까웠다.

"제가 아니라고요! 지금 세라바체 양을 제일 걱정하는 사람이 있다면 그건 저란 말입니다!"

"감히 그 이름을 입에 올리지 마라!"

우리 둘 다 씩씩거리며 서로를 노려보았다. 문득 강력반의 많은 사람들이 우리를 쳐다보고 있음을 깨달았다. 괴도가 혹시 이 중에 있을까? 이 상황을 즐기며 비웃고 있을까?

칼레보스도 보는 눈이 많아 껄끄럽다고 느꼈는지 나를 취조실로 몰아넣었다. 반장님과 로만 아이넨도 자연스레 따라 들어왔다. 로만의 얼굴에서 기회만 있으면 내 목을 졸라 버리겠다는 의지가 엿보였다.

"증거가 뭔지 내놔 봐."

반장님이 늙은 사자에게 말했다. 칼레보스는 품에서 아까 그 쪽지를 꺼냈다. 괴도가 남기고 간 것이었다.

당신의 소중한 사람을 돌려받고 싶다면 우리 모두가
사랑했던 그분의 무덤가로 나오길. 다른 누군가가
동행한다면 정말 어리석은 일이 되겠지.

서명은 없었다. 그럼에도 괴도가 쓴 것임을 한눈에 알아본 까닭은 예전에 노숙자를 붙잡아 주며 그가 남긴 메모 덕분이었다. 독특한 필체나 행을 구분하는 방식이 완전히 같았던 것이다. 그 사실을 칼레보스도 알아차릴지 궁금해졌다.

"모두가 사랑했던 그분의 무덤가라는 건 당연히 오세이번 경의 무덤을 말하는 거지. 신고를 받자마자 강력반 인원들을 모두 보내 묘지를 수색했지만 아무도 발견하지 못했어. 그러던 중 극장 직원이 레일미어가 세라바체 양의 방에서 나오는 걸 봤다고 증언했고 덕분에 체포할 수 있었던 거야."

칼레보스의 말에 반장님은 대수롭지 않다는 듯 종이쪽지를 훑어보곤 말했다.

"난 이게 어떻게 증거가 될 수 있다는 건지 잘 모르겠는데. 이 쪽지를 레일미어가 썼다는 거 증명할 수 있어? 누구라도 그 방에 들어가 이걸 남기고 올 수 있었어. 오늘 그 아가씨 방에 들어갔던 사람이 레일미어만도 아닐 테고. 그런 식으로 범인을 몰아갈 거면 오늘 그 방에 들어갔던 사람 모두를 용의자로 봐야지. 아, 거기 계신 아버님께서도 혹시 들어가신 적 있지 않습니까?"

"바보같이 굴지 마시오."

로만이 거만하게 반장님을 향해 말했다.

"이놈이 내 딸을 탐낸 건 오래전부터 모두가 알아 온 사실이오. 그리고 오늘 극장에도 왔었지. 나는 초대한 적도 없는데 말이오. 내 딸은 파티가 끝날 때까지도 멀쩡히 잘 있었소. 하지만 방에 가 보겠다고 한 뒤로 없어졌단 말이오. 그리고 딸애가 사라진 방에서 이놈이 걸어 나왔지."

"아, 그렇습니까?"

반장님은 전혀 동요하지 않는 태도로 말을 이었다.

"그거 이상하군요. 극장장님 말이 사실이라면 레일미어가 그 방에서 나올 때 혼자여서는 안 될 텐데 말이죠. 방에서 납치했다던 그 아가씨는 어디로 증발해 버린 거죠? 혹 주머니 속에 넣어 나왔다던가요?"

나도 모르게 웃음이 터지려고 했으나 그랬다간 정말로 로만 아이넨이 오늘 사람 하나를 죽일지도 몰랐다.

"이미 납치해서 어디론가 빼돌린 뒤였겠지! 증거가 될 만한 것을 남겨 두지 않기 위해 다시 그 방으로 가서……."

"증거를 처리하기 위해 들어갔던 놈이 부주의하게 누구나 다 보라고 이런 쪽지를 두고 나왔다는 말입니까? 흠, 제가 5년간 데리고 있어 본 경험을 토대로 말씀드리자면 이 녀석은 세기에 한두 명 나올까 말까 한 천재는 아닙니다만 그 정도로 머저리도 아닙니다."

"당황한 나머지 실수했나 보지! 아니면 무슨 다른 목적이라도 있었거나."

그때 칼레보스가 끼어들었다.

"이놈 옷차림을 보면 확실해. 흙투성이에 여기저기 찢어지고 상처까지 있다고. 쪽지에 쓴 대로 무덤가에 갔던 거야. 아가씨가 반항하던 중에 이런 상처가 생긴 거고."

"백번 양보해서 무덤가에 갔다고 치지. 하지만 도무지 이해가 안 가는군. 납치한 대상을 데려간 곳이 왜 하필 오세이번 경의 무덤이란 말인가? 그리고 그렇게 성공적으로 납치했다면 이 쪽지는 뭐 하러 굳이 남겨 둔 거야? 누구더러 오라고?"

칼레보스가 나를 바라보았다. 빨리 대답 안 하고 뭐 하냐는 듯했다. 그의 태도에 기막혀하는 나 대신 로만이 입을 열었다.

"나한테 보낸 거겠지. 날 협박할 셈이었을 거요. 딸을 달라거나 뭐 그런 강제적인 말들을……."

"저를 그런 놈으로 보셨다면 당신은 진짜 머저리군요. 아무리 그래도 3년간 보았는데 그 정도도 모릅니까?"

참다못해 대꾸하자 로만의 눈이 번뜩였다.

"2차전이라고 선포한 건 누구였지? 이번엔 결코 끝이 없고 포기하지도 않을 거라고!"

"그건…… 이런 방식을 말한 건 아니었습니다."

"네가 아니라면 누가 감히 내 딸을 납치한단 말이냐?"

"글쎄요. 누굴 거 같으시죠?"

로만은 나를 노려보기만 할 뿐 대답하지 않았다. 하지만 어쩔 수 없이 머릿속으로 자신의 정적들을 떠올려 보고 있으리라. 그는 놀라울 정도로 빠르게 밑바닥에서부터 지금의 자리에 올랐고 그만큼 적이 없지 않았다.

반장님이 우리 사이를 중재하듯 말했다.

"자, 내 생각은 이렇습니다. 아마 레일미어는 세라바체 양을 보러 갔다가 만나지 못하고 대신 이 쪽지를 발견했을 겁니다. 쪽지가 시킨 대로 아무한테도 말하지 않고 혼자 무덤가로 갔겠지요. 저 꼴을 보니 아마도 납치범과 조우하지 않았을까 싶군요."

나는 반장님의 냉철한 혜안에 감탄하기보단 그분의 입에서 한 마디씩 나올 때마다 심장이 내려앉는 기분이었다. 무표정을 유지하기 위해 애썼지만 지금 내가 무슨 표정을 짓고 있을지 알 수 없었다.

한동안 나를 보던 로만이 의구심 섞인 목소리로 입을 열었다.

"저 말이 사실인가? 자네가 납치범을 본 건가?"

"봤다면 잡았겠죠. 하나만 말씀드리자면 납치 사건은 무엇보다 시간과의 싸움입니다. 아직은 범인이 세라바체 양을 잘 제압하고 있을지 몰라도 그게 힘들어지면 결국 해칠 겁니다. 당신들이 애먼 사람을 붙잡은 채 시간을 낭비하는 동안 말입니다."

취조실 안에 정적이 맴돌았다. 나는 말이 좀 심했나 싶어 고개를 들어 로만을 바라보았다. 그의 얼굴에는 드물게 절망이 그대로 드러나 있었다.

"만약 그런 일이 생기면 가장 먼저 네놈부터 죽일 거다. 나로만 아이넨의 이름을 걸고 맹세하건대 반드시…… 반드시 죽일 거야."

반쯤 넋이 나간 목소리였지만 진심이라는 걸 알 수 있었다. 나는 씁쓸한 기분으로 로만을 마주 보았으나 그는 나를 외면하듯 고개를 돌리고 취조실을 나갔다. 웬일인지 칼레보스도 더 이상의 말없이 그 뒤를 따랐고 이제 반장님과 나 둘만 남았다.

반장님은 깊은 한숨과 함께 내 맞은편에 털썩 앉았다.

"왜 그랬냐, 레일미어."

"반장님! 설마 진짜 저라고 생각하시는 거예요?"

"범인이라는 게 아냐. 하지만 무덤가엔 갔었지?"

아니라고 바로 말했어야 했는데 머뭇거리는 사이 늦고 말았다.

"무슨 일이 있었는지 말해 봐. 그래야 돕든지 말든지 할 거 아니냐."

"그럴 수 없어요."

나도 믿고 싶다. 털어놓고 도와 달라고 하고 싶었다. 하지만 조금의 위험도 감수할 수 없었다. 세라바체 양의 목숨이 달린 일이니까.

"그 아가씨 만나긴 한 거냐?"

"파티장에서는요."

"범인이라고 자백하더냐?"

"부인했습니다."

"정말이냐? 혹시 자백했기 때문에…… 멀리 떠날 수 있도록 네가 보내 준 건 아니고?"

"그만하시죠, 반장님."

나로서는 최대한의 인내심을 발휘해서 대꾸한 거였다. 세라바체 양이 납치됐다는 사실과 내가 범인으로 몰린 이 기막힌 상황 때문에 도저히 제정신을 유지하기 어려웠다. 그 이상 나를 의심한다면 존경해 마지않는 반장님이라 할지라도 욕설을 퍼부을지도 몰랐다.

반장님도 내 기분을 눈치챘는지 더 이상 말하지 않고 뜻을 알 수 없는 고갯짓을 하며 취조실을 나갔다. 곧이어 경관 두 명이 나를 끌고 유치장으로 데려갔다. 거기엔 먼저 들어간 하우스만이 코를 골며 자고 있었다.

유치장 문이 열리자 몸을 일으킨 하우스만은 잠에 취한 목소리로 말했다.

"다 끝난 건가요? 전 이제 나갈 수 있는 겁니까?"

하지만 경관들은 대답 없이 나를 안으로 밀어 넣었다. 그대로 문이 닫히자 하우스만은 이게 무슨 일인지 파악해 보려는 듯 눈을 끔벅거렸다.

"다시 자요. 날 쳐다본다고 당신이 나갈 수 있는 것도 아니니."

놀랍게도 그는 정말로 다시 드러눕더니 이내 코를 골기 시작했다.

어처구니없는 기분으로 그를 바라보고 있는데 맞은편 철창에서 누군가 나를 불렀다.

"경위님이 여긴 어쩐 일입니까?"

도슨이었다. 그를 보는 순간 머리에 번개 같은 게 치는 기분이었다.

"도슨 씨! 제길, 당신이 있었군요. 당신 도움이 필요합니다."

"제 도움이라고요?"

"당신의 허위 자백 때문에 모든 게 틀어졌어요. 누가 그러라고 시킨 건지 말해 줘요. 그러지 않으면……."

그때 나를 가두고 갔던 경관이 되돌아와 눈치를 주었다.

"조용히 해 주십시오. 동료를 험하게 다루고 싶지 않습니다."

내가 입을 다물자 경관은 피곤한 얼굴로 사라졌다. 인내심을 발휘해서 한동안 조용히 있다가 철창 너머로 속삭이듯 말했다.

"세라바체 양이 납치당했어요."

내 예상과 달리 도슨은 별로 놀라는 눈치가 아니었다.

"무슨 속임수를 쓰려고 이러는 겁니까?"

"속임수가 아닙니다. 좀 전까지 바깥이 많이 시끄럽지 않던가요? 다들 세라바체 양을 찾느라 난리입니다. 로만 아이넨도 왔고요. 그들이 나를 범인으로 몰았어요."

도슨의 눈빛이 험악해졌다.

"당신이 감히 아가씨를……."

"이봐요, 그랬으면 내가 지금 당신한테 도와 달라고 하겠어요? 세라바체 양을 납치해 간 건……."

슬쩍 뒤를 돌아보았다. 하우스만은 여전히 자고 있었다. 유치장에 갇혀 있던 그가 괴도일 리 없었지만 혹시라도 지나가는 사람들에게 떠들어 댈지도 몰랐다.

"누군지 말할 수는 없지만, 납치범은 세라바체 양이 대문호를 죽였다고 생각하고 있어요."

"몇 번을 말합니까? 내가 했다고요."

"나도 그 말을 믿고 싶고 납치범에게도 그렇게 말했지만 믿지 않았습니다. 허위 자백이란 걸 눈치챘다고요."

도슨의 눈빛이 불안하게 흔들렸다. 이대로 조금만 더 자극하면 그가 진범을 말해 줄지도 몰랐다.

"일주일 내로 진짜 범인을 찾지 못하면 세라바체 양을 범인으로 단정하고 자기식대로 처단할 거라고 했습니다. 내 말 들었어요? 당신한테 허위 자백을 하라고 시킨 게 누군지 말해 줘요. 그래야 세라바체 양을 살릴 수 있다고요!"

한동안 나를 바라보던 도슨이 어둠 속으로 사라졌다. 그를 다그치고 싶었지만 간신히 참고 기다렸다. 잠시 후 어둠 속에서 차디찬 목소리가 날아왔다.

"그래요. 아까부터 경시청 사람들이 필요 이상으로 분주하게 움직이더군요. 혹시 이 모든 게 나를 위해 준비한 연극입니까? 그렇다면 유감이라고밖에 말할 수 없군요. 내가 한 자백은 허위가 아니었고 오세이번 경을 죽인 건 분명히 납니다. 그 납치가 진짜인지 아닌지는 모르겠지만 납치범한테 가서 그렇게 전하세요."

명백히 믿지 않는다는 조소가 섞여 있었다. 미칠 듯한 답답함과 아까부터 억눌러 온 분노가 터지면서 나도 모르게 고래고래 소리를 질렀다.

"이봐! 내가 지금 장난하는 걸로 보여? 세라바체 양을 잡아갔다니까! 그녀를 잡아 가뒀다고! 일주일 후면 죽을 거야! 그렇게 되면 다 네놈 때문이야, 네놈 때문이라고!"

곧바로 경관들이 달려왔다. 잠에서 깬 하우스만이 뭐라고 투덜거렸고 경관들은 나를 끄집어내 구석에 있는 독방에 가두었다. 거긴 창문도 없고 철문으로 되어 있어 빛 한 점 들어오지 않았다.

뒤늦게 내 경솔함을 후회했지만 어쩔 수 없었다. 좁고 어두운 곳에 홀로 갇히니 참을 수 없는 설움이 밀려들었다. 나는 벽을 차고 문을 차고 온갖 괴성을 지르다가 바닥에 드러누웠다. 모든 게 허무하고 허탈했다. 겨우 일주일밖에 시간이 없는데 아무것도 할 수가 없다니, 어떻게 이렇게 될 수 있는지.

다음 날 철문 열리는 소리에 번쩍 눈이 떠졌다. 드디어 나갈

수 있는 건가 싶어 몸을 일으켰지만 열린 건 문에 나 있는 조그
마한 배식구였다. 거기로 빵과 수프를 담은 식사가 들어왔다.

아무리 그래도 경시청에서 오래도록 일한 직원인데 정말로
범죄자 취급이라니. 식사를 받고 나서야 새삼 내가 납치범으로
몰려 갇혀 있다는 사실이 실감이 났다.

잘 넘어가지 않는 식사를 억지로 마쳤을 때 다시 배식구가
열리면서 누군가의 목소리가 들려왔다.

"오늘 같이 조사를 시작하자더니 이건 무슨 꼴이지?"

"머독!"

그의 목소리가 이렇게 반갑게 들릴 날이 있을 줄이야. 철문으
로 기어가 배식구 바깥을 내다보았다. 머독의 무릎 아래 정도
만 볼 수 있었다.

"이봐, 그러지 말고 면회 신청 좀 해 줘."

"내가 여긴 어떻게 들어왔다고 생각하는 거야? 이게 최선이야."

한심하다는 듯 대꾸한 머독은 철문 앞에 쪼그리고 앉았다.
그제야 겨우 얼굴이 보였다.

"다들 납치범이 너라고 말하더군."

"아닌 거 알잖아. 내가 나갈 수 있게 손 좀 써 봐."

"무슨 수로? 목격자도 증거도 분명하던데."

"그건 내 글씨체가 아니야."

"알아, 괴도의 글씨지. 하지만 사람들이 그걸 알게 되는 건 원
하지 않을 텐데?"

쉐비악은 납치에 대해 남들에게 알리지 말라고 했다. 가까운 곳에서 지켜보고 있을 거라고. 그러니 이 고생을 하고 있는 거다.

"다른 방법이 있을 거야. 여기서 못 나가면 다 끝장이야."

"반장님은 널 믿고 있어. 손튼도 마찬가지고."

그는 쥬안 양에 대해서는 특별히 언급하지 않았는데, 잊어버려서 그런 건지 그녀가 내 편을 들지 않기 때문인지 알 수 없었다.

"그보다 어제 네놈이 병원에 다녀간 후로 잠이 안 오길래 원고를 좀 살펴봤다. 좀 이상하더군. 정말 그게 오세이번 경의 원고가 맞는 건가?"

"맞아. 세라바체 양이 가지고 있던 걸 괴도가 훔쳐 왔다고 했으니까. 그런데 뭐가 이상하다는 거야?"

"간단히 말하자면 뭐, 주변에 있는 소재를 끌어다 썼다고 해야 하려나. 아무튼 대문호가 썼을 법한 글은 아니라는 얘기지."

"무슨 내용인데 그래?"

내 질문에 머독이 묘한 표정을 지었다. 입꼬리가 올라갈 듯 말 듯했다.

"그것참 공교롭다고 해야 할지. 주인공은 경시청의 말단 경관이야. 어느 극장주의 하나뿐인 딸을 사랑하지."

어라, 이거 어디서 많이 본 듯한…… 그런 비슷한 얘기가 있는 거 같은데?

"경관은 오랫동안 그녀를 쫓아다녀. 그녀가 아무리 무시하고 조롱하고, 심지어 다른 남자를 좋아해도 한결같이 그 여자만 바라보지. 그렇게 바보같이 쫓아다니다가 어느 날 많은 사람들 앞에서……."

"그만해."

내 목소리에서 어떤 낌새를 눈치챘는지 머독이 입을 다물었다. 머리가 걷잡을 수 없이 뜨거워지는 느낌이다. 그로써 오세이번 경에 대한 내 마지막 존경심은 완전히 사라졌다고 말할 수 있었다. 뒤에서 조롱한 것도 모자라 내 이야기를 대본으로 썼어? 사람들에게 공개적으로 망신이라도 주려고? 누구에게도 말 못 한 당신의 연인을 쫓아다닌 것에 대해 복수라도 하기 위해?

"진짜 대문호의 원고인지 아직 알 수 없다. 화내는 건 사실 확인부터 마친 다음에 해. 이 원고가 대문호의 것인지 알아볼 수 있을 만한 사람이 누가 있지?"

머독이 내 머릿속을 들여다보기라도 한 것처럼 말했다. 분노 때문에 머리가 타들어 가는 것 같았지만 간신히 마음을 다잡았다. 그의 말대로 대본이 대문호의 것이 맞는지부터 알아야 했다.

로만에게는 절대로 보여 줄 수 없었다. 그럼 아쉬운 대로 책을 많이 읽는 손튼이라도?

그때 철문 너머에서 누군가 악을 쓰는 소리가 들려왔다. 그동안 듣기 싫은 목소리라고 생각했지만 지금은 어떤 계시라도 들려오는 듯했다.

"하우스만! 하우스만이 저쪽에 갇혀 있어. 그에게 물어봐."

"대문호의 제자? 이 원고를 보고 나면 입을 다물지 않을 텐데 괜찮을까?"

"우리가 찾은 원고라고 하지 말고, 누군가 사라진 대문호의 원고라며 가져왔는데 아무래도 보상금을 노린 가짜 같다고 확인해 달라고 해. 은근슬쩍 이걸 알아차릴 수 있는 사람은 당신뿐이라고 띄워 주고. 그럼 좋아라고 읽어 볼 거야."

머독은 별로 탐탁지 않아 보였지만 달리 선택의 여지가 없었다. 결국 원고를 들고 하우스만이 갇혀 있는 곳으로 걸어갔다. 각도가 맞지 않아 보이진 않았지만 작게 이야기를 나누는 소리가 들려왔다. 나를 애태우기 위해 하우스만이 일부러 천천히 보는 게 아닌가 싶을 정도의 시간이 지나고 나서야 머독이 돌아왔다.

"앞에 몇 장만 보고도 아니라는군. 대문호의 원고와 분위기는 비슷하지만 그가 썼다고 하기엔 많이 어설프대. 마치 경험이 모자란 작가가 대문호를 따라 하려고 한 것처럼."

"그래? 그것 역시 가짜 원고란 말이지……."

대문호가 날 조롱한 게 아니었다니 다소 안도감이 들었다. 하지만 그럼 대체 누가 그런 내용을 썼단 말인가?

"괴도가 날 골탕 먹이려고 일부러 가짜 원고를 써서 준 걸까?"

"굳이 너 하나 속이겠다고 이런 걸 만들었을 것 같진 않은데."

"그럼 결국 괴도도 내용을 모르고 훔쳤다는 건데…… 세라바체 양은 왜 이런 원고를 가지고 있었던 거지?"

대답해 줄 사람은 곁에 없고 골똘히 생각해 봐도 답은 나오지 않았다.

머독은 다친 다리가 아팠는지 아예 바닥에 털썩 주저앉았다. 평소 그의 깔끔한 성격을 생각해 보면 놀랄 만한 일이었다.

"잠깐, 그러고 보니 새로 알게 된 사실이 있어."

세라바체 양이 납치당했다는 사실에 정신이 쏠린 나머지 까맣게 잊고 있던 일이 떠올랐다. 어제 파티장에서 엿들었던 로만과 백작의 대화 내용이었다. 그들은 함께 무슨 일인가에 연루된 듯 보였고 로만은 그 사실을 이용하여 백작에게 세라바체 양과의 결혼을 종용했었다.

대화 내용을 모두 전해 주자 머독이 심각한 표정을 지었다.

"그거 정말 수상하군. 대문호가 죽을 때 백작에게 어디 있었냐고 묻는 건 단순히 비꼬는 의미가 아니었을 거야. 어쩌면 두 사람은 주범이 아닐지라도 최소한 대문호의 죽음과 어떤 관련이 있을지도 몰라."

"나도 그렇게 생각해."

사실 어제까진 확신이 없었지만 머독이 그렇게 말하니 신빙성이 높아 보였다.

"좋아. 그럼 백작과 로만 아이넨에 대해 한번 파 보도록 하지. 쉽진 않겠지만."

"고마워, 부탁해."

머독은 그만 면회를 끝냈다. 그가 돌아가자마자 칼레보스가 찾아와 나를 다시 취조했지만 여전히 모른다는 답변으로 일관했다. 칼레보스는 내가 경시청 직원만 아니어도 벌써 완력을 썼을 것 같은 표정으로 노려본 뒤 사라졌다.

오후엔 손튼이 찾아와 한바탕 난리를 쳤다. 죄 없는 사람을 이렇게 독방에 가두면 안 된다고 어서 풀어 주라고 생떼를 썼다. 하마터면 나랑 같이 유치장에 갇힐 뻔한 뒤에야 녀석은 그만두고, 대신 다음과 같이 내게 기운을 북돋을 만한 말을 해 주었다.

"괜찮아요, 선배님. 아무리 운이 나빠 봐야 감옥에서 15년 정도밖에 더 살겠어요?"

반장님과 쥬안 양은 출근하지 않았고 답답함에 미칠 듯한 주말이 그렇게 지나갔다.

월요일. 세라바체 양을 찾기 위한 대대적인 수색이 이루어졌다. 극장 주변은 물론이고 불타 버린 로빗 부인의 하숙집과 내가 고작 하루 머물렀던 손튼의 집까지도 경관들이 들이닥쳤다. 손튼에게 너무 미안해서 고개를 들 수 없었다.

물론 세라바체 양은 찾지 못했다. 로만 아이넨이 또다시 경시청으로 찾아와 범인이 지금까지도 아무 요구도 없는 걸 보면 이미 붙잡혀 있는 것 아니겠냐고 따졌다. 칼레보스는 슬슬 로만의 참견에 인내심이 바닥난 듯 보였다.

화요일. 머독이 뱀파이어 백작을 만나러 갔었으나 거절당했단다. 그는 자기 나름대로 사람을 부려 백방으로 세라바체 양을 찾느라 너무 바쁘다고 했다. 머독은 대신 로만과 뱀파이어 백작 둘 다 알고 있는 사람들을 만나 둘의 관계가 정확히 어떤 것인지 묻고 다닌다고 했다. 나는 샹 드 델라의 포스모 씨에게도 한번 가 보라고 말해 주었다.

나에 대한 강도 높은 심문은 계속 이루어졌다. 사람이 바뀌어 가며 열두 시간 동안 비슷한 질문에 답을 해야 했다. 나중에는 나도, 강력1반 사람들도 모두 지쳐서 기진맥진이었다. 새삼 그들의 방식이 우리와 다르다는 걸 느꼈다.

수요일. 손튼이 또 한 건 해냈다. 도슨이 독을 구했다고 말한 빈민가의 상점에 가 보았지만 그런 독은 본 적도 들은 적도 없다고 상점 주인이 답했다는 것이다. 거짓일 수도 있다는 생각에 상점을 모두 수색했지만 같은 종류의 약품은 발견되지 않았다고 했다.

이로써 도슨의 자백이 허위일 가능성이 높아졌다. 저번 주까지만 해도 이 소식을 들었다면 손튼을 칭찬했겠지만 지금은 아니었다. 진범을 찾을 방법이 없어지면 결국 도슨한테 뒤집어씌울 수밖에 없다고 생각했었기 때문이다. 그러나 이젠 어려워 보였다.

다시 도슨을 추궁했으나 도슨은 가게 주인이 책임을 피하기 위해 거짓말을 하고 있는 거라며 끝까지 버텼다. 그리고 로만 아이넨이 난동을 피우는 모습을 본 뒤에야 드디어 세라바체 양이 납치됐다는 사실을 믿는 듯 보였는데, 문제는 로만처럼 도슨도 내가 납치범이라고 믿는다는 점이었다.

독방에 갇혀 있던 나는 그가 저만치에서 '내가 범인이니 그녀는 그만 놓아줘라, 이 파렴치한 놈아!'라고 외치는 소리를 들었다.

목요일. 남은 기한이 고작 이틀이었다. 여전히 나를 내보내줄 기미는 보이지 않았다. 몸속의 모든 창자가 배배 꼬이는 느낌이었다. 세라바체 양은 아직 무사할까? 쉐비악이 그녀를 친절하게 대해 주긴 할까?

독방에서 무작정 머독만 믿고 기다려야 한다니 초조함 때문에 미칠 지경이었다. 물론 기다리기만 한 건 아니고 어떤 방법 하나를 떠올리기는 했다. 내가 보기에는 완전히 미친 짓이었다. 그럼에도 불구하고 마지막의 마지막에 가서는 어떻게 될지 모르기에, 머독이 찾아왔을 때 내 생각을 설명하고 어떤지 물었다.

예상대로 그는 정신 나간 짓이라고 대답했다. 그러나 나처럼 최후의 수단으로 한번 시도해 볼 만은 하다고 결론을 내렸다. 머독은 일단 준비를 해 두겠다며 독방을 떠났다.

금요일. 강력반 내에서 조심스럽게 세라바체 양이 이미 살해 당한 게 아니냐는 이야기들이 나오는 모양이었다. 전혀 틀리다고 말할 수만은 없었다. 그녀의 목숨 기한은 고작 내일까지니까.

그리고 나는 그 귀중한 일주일 동안 아무것도 못 한 채 독방에만 갇혀 있었다. 우습게도 시간이 지날수록 증오하게 되는 건 괴도가 아닌 바로 나 자신이었다. 스스로의 무력감에 넌더리가 날 지경이었다.

그날 로만 아이넨이 나를 찾아왔다. 그도 나만큼이나 초췌해 보였다. 내 앞에서 한 번도 보인 적 없던, 아마 누구 앞에서도 해 본 적 없을 법한 애걸하는 모습으로 그가 말했다.

"자네가 무슨 짓을 했든 용서하겠네. 죄를 묻지 않겠어. 원한다면 맹세를 하든 각서를 쓰든 하겠네. 그러니 세라가 어디 있는지만 말해 주게. 부탁일세. 세라가 어디 있는지만 말해 준다면……."

나는 처음으로 그를 동정했다. 그리고 진심을 담아 말했다.

"정말로 제가 아닙니다, 아버님. 차라리 저도 저였으면 좋겠습니다."

이 대답에 그는 한참이나 내 눈을 바라보았다. 그러곤 말했다.

"정말로 자네가 아니었군."

뭐야, 이렇게 쉽게 믿어 주는 건가? 의외라는 생각에 그를 바라보자 로만이 체념 어린 말투로 덧붙였다.

"이렇게 되어서도 자네는 아직 나를 아버님이라 부르는군."

나는 내가 그랬는지도 몰랐다. 뭐라고 대답해야 할지 몰라 머뭇거리고 있는데 타이밍 좋게 머독이 면회를 왔다. 왠지 모르게 심각한 얼굴이었다. 로만 아이넨이 그를 힐끔 보더니 자리를 비켜 주려는 듯 일어섰다. 그러나 머독이 제지했다.

"극장장님도 함께 들으시는 편이 좋겠습니다."

이 말에 나는 무언가를 직감했고 로만 아이녠 또한 마찬가지였는지 제자리에서 비틀거렸다. 머독이 그를 부축하며 얼른 덧붙였다.

"세라바체 양이 잘못됐다는 뜻은 아니었습니다. 죄송합니다."

"그럼 무슨 얘기를……?"

머독은 대답하는 대신 익숙한 듯 독방 앞바닥에 털썩 앉았다. 그러더니 로만을 올려다보며 말했다.

"괜찮다면 같이 앉으시죠."

로만이 눈살을 찌푸린 채 바닥에 앉자 머독이 나를 돌아보고 말했다.

"이제 더 이상 방법이 없다. 시간도 없고. 준비는 해 됐다. 그러니 네 그 미친 계획을 한번 실행해 볼 때야."

11. 진실을 위한 마지막 연극

"나더러 지금…… 뭐라고?"

설명이 끝난 직후 로만 아이넨은 내 얼굴을 한 대 후려칠 기세였다. 하지만 나는 꿈쩍하지 않고 방금 전의 말을 반복했다.

"당신이 오세이번 경 살인 사건의 범인이라고요."

로만 아이넨은 한순간 폭발할 것처럼 보였다. 그러나 분노를 눌러 삼키듯 입을 꾹 다물었다. 잠시 후 그가 냉철함을 되찾고 물었다.

"왜 그렇게 생각하지?"

"도슨의 자백, 후에르 백작의 집에서 찾은 식물성 독 표본병, 당신과 백작 두 사람 사이에 오고 간 밀약에 대한 쉬머 자작부인의 증언."

"도대체 무슨 말인지 모르겠군. 그런 이상한 얘기를 계속할 거라면 변호사를 부르겠네."

"그러실 필요 없습니다. 그렇게 되도록 조작하자는 이야기입

니다. 이를테면 당신의 특기라고도 할 수 있는 연극을 하자는
거죠."

"연극?"

로만은 어처구니없다는 듯 반문했고 머독이 끼어들었다.

"그것까지 말할 셈이야?"

"여기까지 오게 된 이상 어쩔 수 없잖아. 우리에게 남은 시간
은 고작 하루라고."

이 대화에 로만은 우리 둘의 얼굴을 번갈아 쳐다보았다. 표정
에는 불쾌감이 가득했다.

"계속 이해할 수 없는 장난질을 할 거라면 난 그만……."

"세라바체 양을 납치해 간 건 괴도 쉐비악입니다."

내가 딱 잘라서 말했다. 말이 끝난 직후 로만의 모습은 마치
태엽이 다 돌아간 인형과도 같았다. 한참 후에야 그가 가까스
로 입을 열었다.

"괴도라고? 정말인가? 괴도가 왜?"

"세라바체 양이 오세이번 경을 죽인 범인이라고 생각하고 있
기 때문입니다. 그는 세라바체 양에게 개인적으로 복수하려는
겁니다."

로만은 다시 한참이나 말이 없었다. 나는 그가 이해하고 받
아들일 때까지 인내심 있게 기다렸다가 덧붙였다.

"칼레보스 반장님이 짐작한 대로 세라바체 양이 납치당한 그
날 저는 괴도를 뒤쫓아 오세이번 경의 무덤에 갔었습니다. 거기

서 괴도와 조우했고, 괴도는 만약 세라바체 양이 범인이 아니라면 일주일 이내에 진범을 찾으라고 요구했습니다. 찾지 못하면 자기식대로 처리할 거라면서요. 바로 내일까지입니다."

로만은 이 엄청난 사실들에 또다시 할 말을 잃은 듯했다. 그러다 잠시 후 분노 어린 표정으로 나를 노려보았다.

"그랬는데도 여태까지 말하지 않고 숨겼단 말인가?"

"어쩔 수 없었어요. 괴도는 경시청 내의 일을 샅샅이 꿰고 있습니다. 만약 다른 누군가에게 말하면 곧장 세라바체 양을 해칠 거라고 협박했다고요."

로만이 그럼 머독은 뭐냐는 듯 눈짓했다. 나는 한숨이 나오는 걸 느끼며 덧붙였다.

"머독은 제가 유일하게 괴도가 아니라고 믿을 수 있는 친구입니다. 그의 성정을 봤을 때도 그렇고, 대문호의 장례식이 있었을 때 그가 괴도를 잡기 위해 뛰어드는 걸 많은 사람들이 목격했죠."

내 말에 머독은 괜히 헛기침을 하더니 입을 열었다.

"일주일 내내 레일미어는 여기 갇혀 있었고 제가 대신 진범을 찾아다녔지만 소득이 없었습니다."

이렇게 말하며 그가 내 눈치를 슬쩍 보았는데, 로만과 뱀파이어 백작의 거래에 대해선 일단 입을 닫자는 의미로 보였다. 나는 살짝 고개를 끄덕였다.

"그러니 남은 방법은 괴도의 눈을 속이는 것뿐입니다. 지금까진 누군가가 위험에 빠질까 봐 반대해 왔었지만 이젠 세라바체 양의 목숨도 경각에 달려 있으니까요. 따라서 그녀를 위해 자기 목숨을 걸 수 있는 사람이 필요합니다."

로만은 더 이상 이해하지 못하는 표정을 짓지 않았다. 다만 결연하게 고개를 끄덕였다.

"내가 해야 하는 역할을 말해 주게."

그렇게 해서 기한이 하루 남은 금요일 밤 자정, 나와 머독은 조 마르지오 극장에 잠입해 있었다. 칼레보스가 드디어 나에 대한 의심을 접고 풀어 줬느냐고? 아니, 늙은 사자는 세라바체 양이 돌아오거나 말거나 내가 범인임을 시인할 때까지 가둬 둘 양반이다.

이번에도 머독이 도와줬다. 그러기까지의 과정은 거의 그 자신과의 싸움이었지만 말이다.

"빌어먹을, 법을 어기는 자들이 싫어서 경관이 된 건데 내가 지금 그 짓을 하고 있다니."

"사람을 살리기 위해서야."

"이건 앞으로 내 경관 인생에 영원한 오점으로 남을 거다. 승진은커녕 좌천되겠지. 바로 너 때문에."

"사람을 살리기 위해서라니까."

결국 머독의 도움으로 유치장을 빠져나왔지만 머독은 물론 내게도 무척 위험한 일이었다. 칼레보스가 이 사실을 눈치챘다면 더 큰 오해를 뒤집어쓸 게 뻔하니까. 만약 오늘 소득 없이 돌아간다면 다시는 빛 구경을 못 할 각오를 해야 했다.

로만의 방에 있는 벽장은 비좁고 갑갑했다. 예전에야 세라바체 양과 단둘이 있었기에 너무나 달콤한 시간이었지만 지금은 덩치 큰 사내놈과 같이 있다 보니 여간 짜증스러운 게 아니었다.

머독은 그러거나 말거나 벽장에 나 있는 구멍으로 바깥만 열심히 내다보고 있었다. 구멍이 하나뿐이라 우리는 번갈아 가며 지켜봤는데, 대개 로만 아이넨이 잡무를 처리하는 모습만 보였다.

표정에는 드러나 있지 않았지만 로만도 긴장한 기색이 역력한 게, 같은 서류를 한참이나 번갈아 보고 있었다. 하기야 괴도 전담반 사람들이 몇 년간 잡지 못한 밤도둑들의 왕께서 자기 목숨을 노리고 있으니 글자가 머릿속에 들어올 리 만무하겠지. 그만큼 이 계획은 너무나 위험했다.

"쉐비악이 나타날까?"

어둠 속에서 속삭이자 머독도 속삭임으로 답했다.

"그러길 바라야지."

내 계획은 사실 단순할 정도로 간단명료했다. 그동안 숨겨져 있던 대문호 살인 사건의 범인이 다름 아닌 로만 아이넨임을 공표하는 것이다. 물론 경시청 강력3반 내에서만이었다.

"어디서 새어 나가는 건지는 알 수 없지만 괴도는 강력3반의 정보를 모조리 꿰고 있어. 그렇다면 그걸 역이용해 보자."

이미 머독은 내가 엿들은 백작과 로만 아이넨과의 대화를 강력3반 사람들에게 전해 준 상태였다. 그리고 두 사람의 관계를 집중적으로 조사하러 돌아다녔고, 이틀 전에는 뭔가 알아냈다는 말을 일부러 흘렸다.

다음으로 어젯밤엔 백작의 성에 몰래 들어가 증거를 찾아왔다며 독이 든 병을 내밀었다. 백작의 성 지하에 실험실이 마련되어 있었다는 얘기도 덧붙였다.

"두 사람 모두와 친분이 있는 쉬머 자작부인이 말하길, 일전에 로만 아이넨을 만나러 왔을 때 거기 백작이 와 있었다는 겁니다. 무슨 얘기인가 나누던 사람들이 말을 멈추곤 백작이 작별 인사를 하더니 황급히 떠나더랍니다. 그리고 로만 아이넨은 아무렇지 않게 자작부인을 맞아 주면서 책상 위에 있던 걸 서랍으로 슥 집어넣었는데, 다시 생각해 보니 그게 이것과 비슷한 병 같더랍니다."

그래서 그 병과 자작부인의 증언을 가지고 도슨을 찾아가 추궁하자 그가 거짓 자백에 대한 사실을 털어놓았다는 시나리오였다. 손튼의 체포 영장에서 세라바체 양의 이름을 본 그는 우리가 세라바체 양을 범인으로 체포하려는 줄로만 알고 자기가 대신 죄를 시인했다고 고백했다.

그러나 사실 대문호를 진짜 죽인 범인의 정체는 바로 로만 아이넨이며, 그가 오랜 친구인 대문호와 딸의 밀회 관계를 알게 되자 격분하여 살해했다는 것이 사건의 전말이었다.

잠자코 내 계획을 듣고 있던 로만이 이 대목에서는 아주 불쾌해했다.

"세라와 오세이번의 밀회라니, 그건 정말 말도 안 되는 음해로군. 꼭 그런 이유를 대야겠나?"

"이미 몇몇 사람들이 그런 사실을 증언했고, 갑자기 다른 원한이 있었다고 말하는 것보다는 설득적입니다."

"으음."

로만은 여전히 마음에 들지 않는 눈치였다. 그나저나 로만 같은 사람이 코앞에서 정말로 그런 일이 벌어졌는데도 몰랐다니, 부모란 역시 자식의 일에 있어서는 눈이 머는 모양이다.

그리하여 오늘 다들 퇴근하기 직전 로만이 범인이라는 사실을 머독이 말하자 강력3반 사람들의 반응이 대단했다고 한다.

"드디어 머독이 해냈군. 난 자네가 찾아낼 줄 알았어. 당장 그 파렴치한 놈을 잡아 오도록 하지."

"하지만 그 정도의 거물은 그냥 끌고 올 수 없습니다. 내일 법원이 문을 여는 대로 정식 체포 영장을 받아오겠습니다."

"그래, 그렇게 하자고. 그리고 다들 꼭 입 다물어. 절대 강력1반 녀석들 귀에 들어가게 해선 안 돼."

그리하여 강력3반 사람들이 다들 퇴근하자 머독이 나를 탈출시킨 것이다.

"하지만 괴도가 소식을 듣고 오늘 로만을 찾아올 거라고 어떻게 장담하지?"

"내일 체포 영장을 받을 거라고 말해 뒀잖아. 오늘 자기 손으로 해치우지 않으면 로만 아이넨은 경시청으로 끌려오게 되지. 그러니 반드시 오늘 나타날 거야."

그래야만 했다. 괴도만 나타나 준다면 이 계획은 완벽했다. 물론 나와 머독, 그리고 로만 아이넨 셋이서 괴도를 제압할 수 있을 때의 이야기지만.

지금 로만 아이넨의 책상 서랍 속에는 권총이 두 자루나 들어 있고 우리도 각각 한 정씩 소유하고 있었지만, 상대가 워낙 날고 기는 존재다 보니 방심은 금물이었다. 게다가 나는 묘지에서 당한 기억도 고스란히 가지고 있었다. 그의 움직임은 보통 사람에 비할 바가 아니었다.

지리멸렬하게 시간이 흘러갔다. 밤은 너무도 조용하고 느렸다. 이 계획을 떠올린 것은 나였음에도 시간이 흐르자 조금씩 의구심이 들지 않을 수 없었다. 만약 괴도가 오늘 나타날 생각이 없다면 어쩌지? 혹은 뭔가 이상한 낌새를 눈치채고 오지 않는다면?

나는 몇 번이고 계획을 머릿속에 되새겨 보았다. 이야기가 너무 눈에 띄게 들어맞았던 것은 아닐까? 도슨이 말을 바꾸고 다 불어 버린 게 너무 갑작스럽지는 않았을까? 쉬머 자작부인이야 말로 정말 뜬금없는 등장이었는지 모른다. 하필 타이밍 좋게 그런 걸 목격할 수가 있을까?

생각하면 할수록 모조리 말이 되지 않고 작위적인 냄새가 풍기는 것 같았다. 당장이라도 머독에게 계획을 접고 철수하자고, 차라리 이 시간에 괴도로 의심받았던 사람들 집이나 찾아가 보자고 말하고 싶어 입이 근질거렸다. 하지만 머독은 돌처럼 꿈쩍하지 않고 여전히 바깥만 내다보고 있었다. 그런 녀석의 모습을 보자니 혹시 모른다는, 그래도 한번 기다려 보자는 근거 없는 믿음이 생겼다.

믿어 보는 수밖에 없다. 제발 행운이 오늘만은 우리 편이기를.

새벽 3시. 시계 종소리만 고요히 울려 퍼졌다. 지금쯤이면 극장의 불은 모두 꺼지고 오직 로만 아이넨의 방에만 불이 켜져 있을 터였다. 로만은 피로와 세라바체 양에 대한 걱정 때문인지 눈이 벌겠다. 그는 잠시 눈가를 문지르곤 기지개를 켰다. 그러곤 우리 쪽을 흘끔 보더니 자리에서 일어나 창가로 다가갔다.

불빛이 죽어 버린 도시를 내려다보며 그는 무슨 생각을 하고 있을까? 나처럼 이 계획이 허점투성이라는 걸 떠올리고 있을지도 모른다. 나는 이제 그가 우리에게 걸어와 벽장문을 열곤 '다 틀렸소'라고 말해도 이상하지 않겠다고 생각했다.

바로 그때였다. 똑똑 하고 느린 노크 소리가 들려온 것은.

머독과 나 둘 다 숨을 죽였다. 괴도일까? 하지만 괴도가 노크를 하고 찾아올 리는 만무하지 않은가. 그렇다고 이 새벽에 올 만한 다른 인물이 떠오르진 않았다.

로만 아이넨 또한 뜻밖의 일이었는지 놀란 기색으로 문을 돌아보았다. 그러더니 우리 쪽을 다시 한번 흘끔 보고 입을 열었다.

"들어오시오."

그의 목소리가 조금 떨렸다. 나는 구멍을 내다보고 싶어 미칠 지경이었지만 머독이 단호하게 나를 밀어냈다. 그래서 아무것도 보지 못하는 채로 기다려야 했다.

문이 열리는 소리가 들려왔다. 누군가 들어오는 발소리도. 하지만 로만은 아무 말이 없었다. 대체 누구기에 일상적인 인사조차 나누지 않는 걸까? 이 시간에 웬일이냐는 물음이라도 해야 하는 거 아닌가?

아무 말이 없다는 점이 나를 불안하게 또 기대하게 만들었다. 심장 박동이 조금씩 빨라지기 시작했다.

"늦은 시간에 무례를 범하는 점 미안하게 생각합니다."

나도 모르게 숨을 훅 들이켰다. 머독이 눈만 돌려 나를 노려보았다. 들킨 건가 싶어 숨을 죽였지만 다행히 구멍 밖을 내다보던 머독에게서 그 이상의 반응은 나오지 않았다.

틀림없었다. 그 목소리는 묘지에서 내가 들었던 목소리와 너무나 똑같았다.

"극장장님께서 저같이 하찮은 자의 이름을 혹 들어 보셨을지 모르겠으나, 소인은 밤도둑들의 왕 혹은 괴도라 불리는 쉐비악이라 합니다."

심장이 미칠 듯이 뛰었다. 몸이 당장이라도 제자리에서 뛰쳐나갈 듯 움찔거렸다. 그러나 내 마음을 아는 것처럼 머독이 내 팔을 꽉 붙들고 있었다. 좀 더 기다리잔 의미였다. 왜 그래야 하는지 알 수 없지만 일단 그의 말을 듣기로 했다. 대신 그를 조용히 힘주어 밀어내고 이번엔 내가 구멍 바깥을 내다보았다.

쉐비악은 무덤가에서 봤을 때와 마찬가지로 검은 옷을 입고 검은 가면을 쓰고 있었다. 두 손은 비어 있고 딱히 무기라 할 만한 것도 소지하지 않았다. 하마터면 환호성을 지를 뻔했다. 그는 이제 우리 손아귀에 있었다.

쉐비악을 보는 로만 아이녠의 얼굴에 땀이 송골송골 맺혀 있었다. 그러나 감탄할 만한 자제력으로 벽장 쪽으로는 눈길을 한 번도 주지 않았다.

"밤도둑들의 왕께서 여기 무슨 볼일이신가?"

"그 전에 먼 길을 온 손님에게 뭐라도 내주시죠. 저쪽에 있는 바에 훌륭한 음료들이 많이 보이는데요."

괴도가 우리 쪽을 쳐다봐서 순간 심장이 철렁 내려앉았다. 바가 벽장 바로 옆에 있었기 때문이다. 같이 이쪽을 보는 로만의 얼굴은 보는 사람이 괴로울 만큼 표정이 무너지는 것을 막기 위해 안간힘을 쓰고 있었다.

"그러지. 브랜디를 마시는지 모르겠군."

"좋아하죠."

로만이 발을 떼어 바 쪽으로 걸어왔다. 목소리는 태연했지만 술을 따르는 손이 가볍게 떨렸다. 괴도에게 등을 보이고 있어 다행이었다. 그는 잔 두 개를 채우곤 괴도에게 걸어가 하나를 건넸다. 자기를 죽일지도 모르는 상대에게 그처럼 거리를 가깝게 내주다니 그의 담력이 새삼 놀라웠다.

"이 새벽에 무슨 일로 여기까지 발걸음을 한 건가?"

"아, 천천히 하죠. 해가 뜨기까진 아직 두어 시간의 여유가 있고, 그때가 오기 전까진 밤은 순전히 우리의 것이니 말입니다."

"뭔가 대단한 작당이라도 하자는 말처럼 들리는군."

"작당이요? 설마요."

괴도는 웃음기 섞인 목소리로 이렇게 말하곤, 약간 몸을 틀어 시야를 차단한 채 가면을 살짝 열고 브랜디를 한 모금 마셨다.

"괜찮군요. 대문호께선 술을 혐오하셨지만 저는 그 사실을 알기 전까진 술을 무척 좋아했습니다. 그러다 그분이 술은 맑은 정신을 죽이는 독약과 다름없다 하셔서 끊었죠. 제가 다시 이걸 입에 댄 건 그분께서 돌아가신 날이었습니다."

"……오세이번을 위하여."

로만은 그렇게 말하며 잔을 들어 올리곤 단번에 쭉 들이켰다. 지금부터 할 일을 생각하면 조금 많아 보이는 양이었지만 그렇게라도 하지 않으면 침착함을 유지하기 어려웠으리라.

로만이 잔을 비우는 것을 지켜보던 쉐비악이 한마디 내뱉었다.

"자기가 죽인 옛 친구를 위해 잔을 들 때는 어떤 생각이 듭니까?"

걸려들었구나! 내가 소리 없이 쾌재를 부르는 동안 로만은 쉐비악을 바라보았다. 그러곤 술의 열기가 느껴지는 목소리로 입을 열었다.

"무슨 말인지 모르겠군."

"물론 지금부터 서로 말장난을 할 수도 있을 겁니다. 혹은 간단히 고문을 통해서 당신의 자백을 받아 낼 수도 있고요. 하지만 번거로우니 그런 건 생략하죠. 잘 들으십시오. 지금부터 사실을 부정하는 말을 할 때마다 당신 딸의 손가락이 하나씩 잘릴 겁니다."

주먹을 너무 세게 쥔 나머지 손톱이 살을 파고드는 느낌이 들었다. 로만의 얼굴에서도 긴장이 사라지고 대신 분노가 떠올랐다. 그가 특유의 얼음처럼 차가운 목소리로 말했다.

"마치 내 딸이 어디 있는지 아는 것처럼 말하는군."

"제가 데리고 있습니다. 지금 제 방에서 순한 양처럼 잠들어 있죠."

나처럼 주먹을 쥔 로만의 손이 하얗게 변했다. 이마에는 핏줄이 솟아 있었다. 그는 술잔을 내려놓고 말했다.

"감히 내 딸에게 손가락 하나라도 댔다간……."

"좋아요. 기대했던 반응입니다. 당신이 그렇게 나와 줘야 재미있죠."

명랑한 듯 그렇게 말한 쉐비악이 갑자기 목소리를 바꿔 덧붙였다.

"다른 이들에게 소중한 사람을 빼앗고도 자신에게 소중한 이는 안전할 줄 알았나?"

"할 말이 있으면 나한테 해! 내게 원한이 있다면 나에게 풀란 말이다. 왜 죄 없는 내 딸을 건드리지?"

로만의 얼굴에 일순 비웃음이 스쳤다.

"아, 결국 너도 그런 부류로군. 자기보다 강한 사람은 건드리지 못하고 오직 약자에게 화풀이하는."

서로 간에 터질 듯이 꿈틀거리는 긴장이 흘렀다. 아무 소리도 들리지 않아 오히려 귀에 이명이 들릴 지경이었다.

로만은 우리의 존재에 대해서도 까맣게 잊은 듯 보였다. 금방이라도 무슨 사달이 날 것 같아 머독에게 손짓을 했다. 머독도 알고 있는지 잠자코 품에서 총을 빼 들었다.

"약자라고? 내가 그런 인물이었으면 굳이 귀족의 것을 건드렸겠나? 훨씬 더 쉬운 표적은 널리고 널렸어."

"그래서 귀족을 괴롭히고 평민들의 추앙을 받으니 자신이 무슨 대단한 영웅이라도 된 것 같나? 피해자의 신분에 따라 그게 범죄이거나 범죄가 아닌 게 되는 건가? 뭔가 착각하고 있는데, 이러니저러니 해도 너는 그냥 허울 좋은 좀도둑놈에 불과해."

"좀도둑이라니 부당하군. 내가 이득을 위해 움직였다면 금이나 보석, 돈 같은 걸 훔쳤겠지. 하지만 그런 건 건드리지도 않았어."

"대신 그들의 소중한 추억이 깃든 물건들을 훔쳤다지? 쉬머 자작부인의 보석 상자를 예로 들어 볼까. 그녀의 어머니는 그녀가 네 살 때 병으로 죽었어. 자작부인은 어머니에 대한 기억이 거의 없지. 그 보석 상자는 유일한 유품으로 그녀가 오랫동안 소중히 간직한 거야. 그걸 네가 무슨 권리로 빼앗아 가지? 그녀가 그걸 도둑맞아도 좋을 정도로 나쁜 짓이라도 저지른 건가?"

괴도가 몸을 앞으로 기울여서 나는 곧장 나갈 태세를 취했다. 하지만 그는 제자리에서 발을 떼지 않았다.

"나는 경각심을 심어 주려고 그런 거야. 서민들은 배가 곯아 오물 가득한 거리에서 죽어 가는데, 귀족들은 저들끼리만 배불리 먹고 살찌우며 살아가니까. 이 도시에서 암묵적으로 허용되는 도박 때문에 얼마나 많은 사람들이 전 재산을 잃고 거리 밖으로 내쫓겼는지 알고 있나? 그런 말도 안 되는 법을 만든 게 누구지? 바로 그와 같은 귀족 나리들이야."

로만 아이넨은 아예 책상에 삐뚤어진 자세로 걸터앉으며 말했다.

"그러니까 너는 그 법률을 제안한 누군가가 아니라 단지 귀족 전체에게 화풀이를 하는 거로군. 그 법률을 승인한 사람이 아니라 오직 이곳 그레이힐에 살고 있는 귀족들에게 죄를 묻고 있어. 단지 귀족이라는 이유로 괴롭힘을 당하는 게 당연하다는 건가? 그건 평민으로 태어났기 때문에 가난하고 억압받는 것이 당연하다는 논리만큼이나 형편없군. 하긴 좀도둑놈의 머리에서 나올 수 있는 생각은 고작 그 정도겠지."

로만의 말 한마디 한마디에 내가 다 아슬아슬한 기분이었다.

세라바체 양이 아직 붙잡혀 있는데 저렇게 괴도를 자극해서 어쩌자는 거지?

"혼자서만 현명하고 공정한 척하지 말라고, 로만. 당신도 언제나 귀족들을 위해서 공연하지 않았던가?"

"내 극장에 귀족만 입장하도록 만든 적은 없다. 나는 최상의 배우들과 대본으로 무대를 준비해 사람들 앞에 내보일 뿐이야. 거기에 들어간 시간, 인력, 물자 모두를 충당할 수 있는 돈을 계산해 입장료를 책정하는 거고. 그 돈을 지불할 수 있는 사람만 들어오게 하는 게 뭐가 잘못됐다는 거지? 네 저열한 우월감을 채우기 위한 도둑질을 내 공정한 사업과 비교하지 마라."

여기까지 말한 로만은 팔짱을 끼곤 턱을 들어 올려 흡사 괴도를 내려다보는 것과 같은 태도로 물었다.

"서로의 가치관 차이나 논하자고 온 것은 아닐 테지. 내 딸을 무사히 돌려주는 조건이 뭔지 말해 봐라."

"단 하나 있지. 당신 목숨."

"내 목숨이 필요한 이유는?"

"끝까지 본인 입으로 말하지 않을 셈인가? 딸의 손가락을 생각하라고. 당신이 오세이번 경을 죽였다는 사실은 이미 알고 왔으니까."

로만은 괴도를 바라보며 잠시 숙고하는 듯했다. 그러다 결국 허탈한 웃음과 함께 말했다.

"그래, 내가 죽였다."

그가 마침내 인정했다.

"아무리 오랜 친구라지만 감히 내 딸을 건드리다니, 도저히 참을 수가 없어서 그렇게 했다. 하지만 결코 후회하지 않는다. 내 행동은 정당하니까."

"정당하다고? 감히 그 더러운 술수가 정당하다고!"

"그럼 자신을 가족처럼 여기던 아이를 대문호라는 유명세와 지위를 이용해 탐한 것은 죄가 아니란 말이냐? 내 딸은 그저 책을 좋아하고 문학을 사랑하는 소녀였어. 그 파렴치한 놈은 그걸 이용한 거야."

"감히 그분을 그런 식으로 말하지 마!"

두 사람이 격하게 소리치는 와중에도 나는 로만 아이넨의 연기에 감탄했다. 그는 진심으로 대문호에게 분노하는 듯 보였다. 그러나 더 이상 감상하고 있을 틈이 없었다. 쉐비악이 로만에게 달려든 것이다. 동시에 나도 문을 박차고 나갔다.

쉐비악은 로만의 목을 잡아채자마자 나를 쳐다보았다. 그가 놀라 머뭇거리는 걸 놓치지 않고 그대로 상체를 숙이며 들이받았다. 하지만 괴도는 믿을 수 없을 정도의 부드러운 몸놀림으로 그걸 피했다.

졸지에 붉은 천을 향해 달려드는 꼴이 된 나는 몇 걸음 더 가고서야 멈췄다. 불시의 습격은 빗나갔지만 덕분에 로만도 괴도의 손에서 벗어날 수 있었다. 목을 움켜쥔 채 책상 뒤로 돌아간 그가 서랍을 열고 숨겨 뒀던 총을 꺼냈다. 그대로 곧장 괴도를 겨냥하는 걸 보고 내가 다급히 외쳤다.

"아직 안 돼요! 세라바체 양이!"

거의 방아쇠를 당길 뻔한 로만이 움찔하며 멈췄다. 그렇게 괴
도가 우리에게 신경이 쏠린 사이 그의 뒤로 비밀스럽게 접근하
는 이가 있었다. 머독이었다.

나는 일부러 달려들 듯 자세를 낮춰 괴도의 시선을 끌었고,
괴도가 나를 경계하는 순간 뒤에서 머독이 그의 몸을 확 끌어
안았다. 당황한 괴도가 머독을 떨치기 위해 이리저리 몸을 움직
이는 사이 나도 달려들었고 로만도 마찬가지였다.

셋이 붙들고 늘어지니 괴도도 더 이상 어쩔 수 없었다. 그가
바닥에 쓰러지자마자 재빨리 몸을 돌려 엎드리게 하고 수갑을
채웠다. 그러곤 셋 다 자리에서 일어나 바닥에 쓰러져 있는 괴
도를 내려다보았다. 고작 그 일을 했을 뿐인데 땀이 비 오듯 쏟
아지고 있었다.

"자…… 잡은 건가?"

"그런 것 같군."

상황에 어울리지 않을 정도로 차분한 머독의 목소리를 듣고
나서야 실감이 났다.

"쉐비악을 잡았어! 우리가!"

로만은 쓰러진 괴도에게 다가가 옆구리를 발로 걷어찼다. 쉐
비악은 신음 소리 하나 내지 않았지만 상체를 홱 구부렸다. 내
가 얼른 로만을 붙잡았다.

"그만둬요. 이제 잡았으니까."

"저 자식이 하는 말 못 들었나? 감히 내 딸을 뭐 어떻게 한다고!"

그때 킥하고 웃는 소리가 들려왔다. 이 상황이 웃겨서 머독이 낸 웃음소리라고 하기엔 뭔가 좀 이상했다. 우리 모두 웃음소리가 난 방향을 바라보았다. 형편없이 바닥에 쓰러져 있는 괴도밖엔 없었다.

"뭐가 웃기다고 웃어? 자포자기로 실성했나?"

괴도는 내 질문을 무시했고 대신 머독이 대꾸했다.

"가면이나 벗겨 보자고."

괴도전담반 사람들이 보면 거품을 물 광경이겠다 생각하며 내가 그의 가면에 손을 대었을 때였다.

"아버지."

……이건 환청인가? 설마 우리가 괴도를 붙잡은 사실마저 모두 꿈인 건가? 아니라면 세라바체 양의 목소리가 지금 여기서 들릴 까닭이 없지 않은가.

우리 모두 같은 동작으로 고개를 돌려 목소리가 들려온 방향을 바라보았다. 방문 앞에 마치 신기루처럼 세라바체 양이 깨끗한 자세로 서 있었다. 일주일간 납치되어 있었다기보다 막 산책에서 돌아온 것 같은 모습이었다.

"세…… 세라?"

믿기지 않는 듯 그녀의 이름을 부르는 걸 보니 로만도 나와 비슷한 심정인 것 같았다. 나는 괴도고 뭐고 그녀에게 달려가려 했지만 로만이 먼저 앞질러 갔다. 한걸음에 달려간 그는 딸을 꽉 끌어안았다. 그러곤 몇 번이나 그녀의 얼굴을 들여다보았다.

"무사했구나! 무사했어!"

"네, 저 때문에 걱정 많으셨죠."

세라바체 양의 눈에 눈물이 가득 고여 있었다. 그제야 그녀가 무사히 돌아왔다는 걸 실감할 수 있었다. 안도와 함께 뜻 모를 한숨이 흘러나왔다.

이 와중에도 괴도는 계속 기분 나쁜 웃음을 흘리고 있었다. 세라바체 양을 무사히 돌려보내 준 건 고마운 일이지만, 굳이 여기 데려온 이유를 알 수 없었다. 설마 자기 아버지가 죽는 모습이라도 보게 하려고 한 건가?

그는 아직도 가면을 쓰고 있었다. 가면을 벗기기 위해 그쪽으로 가려는 순간 세라바체 양이 괴로운 목소리로 입을 열었다.

"하지만…… 대체 왜 그런 짓을 하신 거죠, 아버지?"

나는 놀라서 다시 그녀를 바라보았다. 로만도 딱딱하게 굳은 얼굴이었다.

"그런 짓이라니, 무슨 말을 하는 거냐?"

"두 사람의 대화, 문밖에서 모두 들었어요."

그제야 세라바체 양이 무슨 오해를 하는지 깨닫고 내가 앞으로 나섰다.

"오해입니다, 세라바체 양. 당신 아버님께선 일부러 살인범인 척한 겁니다. 그래야 괴도를 유인하고 당신을 무사히 구할 수 있었기 때문이에요."

그녀의 시선이 내게 향해서 가볍게 가슴이 뛰었다. 그러나 잠시뿐이었다. 그녀는 다시 자기 아버지를 바라보았다.

"하지만 도슨은…… 도슨은 어떻게 된 건가요?"

"도슨이라니, 세라야!"

로만이 어이없다는 웃음소리를 냈다. 그러곤 우리를 돌아보며 과장되게 어깨를 들썩였다. 마치 이 애가 지금 무슨 소릴 하는지 보란 듯한 태도였다.

"지금 그 친구가 무슨 상관이란 말이냐? 그보다 다친 데는 없느냐? 저 작자가 네게 무례하게 굴진 않았고?"

"아뇨, 쉐비악 씨는 제게 잘해 주셨어요. 그리고 제가 결백하다는 말도 모두 믿어 주었어요. 그랬기 때문에 여기 데려와 준 거예요."

세라바체 양이 결백하다는 걸 괴도가 믿어 주었다고?

어딘가 앞뒤가 맞지 않다고 생각하며 괴도 쪽을 돌아보았다가 깜짝 놀랐다. 어느새 그가 소리도 없이 자리에서 일어나 있었다. 게다가 분명 팔을 뒤로 돌려 수갑을 채웠는데 어느 틈에 두 팔을 다시 앞으로 하고 있었다. 내가 말없이 툭 건드리자 머독도 뒤를 돌아보곤 놀란 표정을 지었다.

놀랄 만한 일은 거기서 끝이 아니었다. 가면으로 두 손을 가져간 괴도는 미련 없이 그것을 벗어 던져 버렸다. 순간 나는 심장이 목구멍 바깥으로 튀어나올 만큼 놀랐다. 나와 머독이 동시에 입을 열었다.

"손튼?"

"손튼?"

가면 뒤로 드러난 얼굴은 바로 우리의 머저리 막내였다. 손튼은 예의 그 바보 같은 표정으로 웃으며 인사했다.

"안녕하세요, 선배님들."

"너, 너…… 네가……."

나는 갓 말을 뗀 아기처럼 더듬거렸고 머독은 아예 말문이 막혔는지 아무 말도 하지 않았다. 이런 우리 둘의 경악과 놀라움을 무시한 채 손튼이 태연히 말했다.

"잠깐만요. 제 얘긴 나중에 하시고, 일단 들어오세요."

손튼이 문밖을 향해 말하자 세라바체 양을 제외한 모두의 고개가 그쪽으로 돌아갔다. 또 다른 누군가가 있단 말인가?

그 사람은 머뭇거리듯 간격을 두고 모습을 드러냈다. 주눅이 든 자세였지만 눈빛만은 날카로웠고 분노가 담겨 있었다. 그 눈은 정확히 로만 아이넨에게 향하고 있었다.

"여기서 다시 뵙습니다, 극장장님."

"……도슨?"

이건 또 대체 무슨 일인가. 도슨이 어떻게 여기 있는 거지?

손튼을 돌아보자 녀석이 고개를 끄덕였다.

"제가 데려왔어요. 오늘 밤 꼭 필요한 인물이거든요."

그렇게 말한 손튼이 무척 낯선 얼굴로 덧붙였다.

"이로써 등장인물이 거의 다 모인 셈이네요. 그럼 시작해 볼까요? 어디 보자, 제목은…… 오세이번 경이 돌아가신 날의 진실, 그 정도가 좋겠네요."

잠시 침묵이 흘렀다. 오세이번 경이 돌아가신 날의 진실이라고? 손튼이 괴도였다는 사실에 여전히 어안이 벙벙할 뿐이었다. 잠깐, 그러고 보니 저 녀석이 괴도라면…….

"시작은 누구부터가 좋을까요? 역시 이번 일의 주인공이라고 할 수 있는……."

손튼이 제법 진지하게 말문을 열었으나 조용히 뒤로 다가간 나는 자비 없이 녀석의 뒤통수를 내리쳤다.

"아야, 아파요!"

"아프라고 때린 거야! 이 자식, 묘지에서 네가 날 쥐어팰 땐 이거보다 훨씬 더 아팠어."

"그, 그건 어쩔 수 없었는걸요. 선배님이 진지하게 이번 일에 임하도록 하려면……."

울컥한 나는 다시 주먹을 들어 올렸지만 손튼은 재빠른 몸놀림으로 그걸 피해 냈다.

"우리 일은 나중에 해결하자니까요."

그때 도슨이 참지 못하고 먼저 입을 열었다.

"왜 저한테 거짓말하셨습니까, 극장장님?"

손튼과 나 둘 다 행동을 멈추고 그를 바라보았다. 로만이 태연하게 대구했다.

"내가 무슨 거짓말을 했다는 건가?"

"제게 오세이번 경을 죽인 사람이 세라바체 아가씨라고 말씀하셨지 않습니까."

이건 또 무슨 소리야?

물론 로만이 도슨에게 그렇게 말함으로써 도슨이 세라바체 양을 위해 거짓 자백을 하게 되지만, 그건 어디까지나 내 각본 안에서였다. 그걸 도슨에게까지 설명한 적은 없었다.

"대체 무슨 소린가? 뜬금없이 게오르그를 죽였다고 시인한 건 자네였지 않은가."

"뭐라고요? 극장장님!"

도슨의 얼굴이 빨갛게 달아오르는 게 보였다.

"그게 다 당신 때문이었잖습니까! 아가씨가 대문호를 죽인 게 확실한데 벌써부터 의심받고 있다고, 이대로라면 체포되어 사형을 언도받을 거라고 했지 않습니까? 그래서 체포 영장을 보고 제가 대신 뒤집어쓰겠다고 한 거고요."

잠깐만, 그러니까…… 이건 지금 연기가 아닌 거지? 내 대본대로 행동하는 게 아닌 거지? 머독을 쳐다보니 그도 이 상황을 이해하기 위해 필사적으로 고개를 왔다 갔다 하고 있었다.

로만이 웃음을 터뜨리며 나를 바라보았다.

"도슨에게 그만 정신 차리라고 말해 주게. 연극은 다 끝났다고."

"그는 처음부터 여기에 참여한 적 없습니다."

내가 단호하게 답하자 로만은 나를 뭐라 형용할 수 없는 눈으로 쳐다보았다. 그러다 도슨에게 다시 고개를 돌리며 굳은 목소리로 말했다.

"이제 와 날 끌고 들어가려는 이유가 뭔지 모르겠군, 도슨. 꿈이라도 꾼 건가? 난 자네에게 그런 말을 한 적 없어. 애초에 자네와 말을 섞을 일 자체가 별로 없지."

"이럴 수가, 로만 아이넨…… 난 아가씨를 위해 목숨까지 버릴 생각이었건만, 당신은 비겁하기 짝이 없군."

한 글자 한 글자 힘주어 내뱉은 도슨이 갑자기 내 쪽으로 고개를 돌렸다.

"누가 시킨 거냐고 계속 물어보셨죠? 바로 저자입니다. 저자가 나를 속여 거짓 자백을 하게끔 만들었습니다. 초콜릿을 산 가게 이름을 말해 주고 독이 든 병도 저자가 건네줬습니다. 모두 저자의 짓입니다!"

"레일미어, 설마하니 저런 허튼소리를 믿을 거라 생각하진 않네."

두 사람이 동시에 그렇게 말하니 매우 혼란스러웠다. 도슨이 거짓 자백을 한 건 거의 확실한 일이었다. 한데 그걸 로만이 시켰다면…… 그걸 증명할 수 있는 증거가 필요한데.

"우선 손튼, 이제 세라바체 양의 결백을 믿는다고 했지. 왜 그런지 말해 줘."

"원고 때문이었어요."

손튼의 말에 머독이 품에서 꼬깃꼬깃한 원고 뭉치를 꺼냈다. 그걸 본 로만의 눈이 커졌다.

"세라바체 양이 감춰 두고 있던 대문호의 원고 말이에요. 그걸 읽는 순간 뭔가 이상하다는 걸 느꼈죠."

"그날 납치되기 전 경위님에게 설명하려던 게 그거였어요."

세라바체 양이 덧붙였다. 자연스레 사람들의 시선이 그녀에게 향했다.

"제가 숨겨야만 했던 이유가 있어요. 그건 오세이번 경의 원고가 아니기 때문이에요. 그건…… 제가 쓴 거예요."

괴도를 제외한 모든 사람들의 얼굴에 경악이 스쳐 지나갔다.

"당신이 쓴 거라고요? 당신이?"

내가 반문하자 세라바체 양이 시선을 피한 채 한 손을 꾹꾹 누르면서 대답했다.

"그분의 제자는 사람들이 아는 것과 다르게 하우스만 씨가 아니에요."

"세라?"

믿을 수 없다는 목소리가 로만의 입에서 흘러나왔다. 세라바체 양은 아버지를 어렵게 바라보며 말을 이었다.

"그분의 제자는 저였어요. 그렇기 때문에 원고를 전부 제게 남기신 거예요."

세상에, 세라바체 양이 대문호의 제자였다고?

순간 머독이 하우스만에게 원고를 보여 주고 와서 한 말이 생각났다. 대문호의 원고와 비슷한 느낌이긴 하지만 그가 썼다고 하기엔 어설프다고. 마치 경험이 모자란 작가가 대문호를 따라 하려고 한 것 같았다고.

그게 세라바체 양이었다니, 도저히 믿어지지가 않았다. 그녀가 대문호로부터 글을 배우고 써 왔단 말인가? 대체 언제부터?

"대문호께서 집필하고 있다던 대본은 사실 제 거예요. 그분은 자기 일조차 미루고 절 도와주고 계셨어요. 이번 글을 제 데뷔작으로 발표하면서 그분의 제자임을 모두에게 알릴 참이었어요. 그래서 제가 그분의 방 열쇠를 가지고 있었고 금고에 대해서도 알았던 거예요. 쉐비악 씨에게 듣고 나서야 알았지만, 그때문에 정말 터무니없는 소문이 났던 모양이더군요. 연인이라니요? 도대체."

이렇게 말하며 그녀가 나를 노려보았다. 그녀에게 대문호와 어떤 관계냐며 따져 물었던 기억이 떠올랐다. 그때 세라바체 양이 어떻게 알았냐고 반문했기 때문에 나는 두 사람이 진짜 연인 관계였다고 생각했다. 하지만 아니었다. 세라바체 양은 그때 내 질문을 두 사람이 스승과 제자 사이인지 물었던 걸로 오해한 것이다.

맙소사, 그 사실을 알고 난 지금 다른 무엇보다도 깊은 안도감이 든다. 그럴 분위기가 아닌데도 환호성을 지를 뻔했다.

"잠깐, 그러면 푸른 장미는 어떻게 된 겁니까?"

머독의 질문에 세라바체 양의 얼굴에 슬픈 기색이 떠올랐다.

"장미를 놓아둔 건 제가 맞아요. 그분께 드리는 선물이었죠. 제 열여덟 살 생일 때 오세이번 경께서 선물로 주신 동화책이 있어요. 당신도 이미 봤겠지만 거기 푸른 장미가 등장하죠. 얼마 전 후에르 백작님을 찾아뵈었다가 그 희귀한 꽃을 피워 내신 걸 봤어요. 그래서 선물로 몇 송이 받아 그중 한 송이를 금고 속에 몰래 넣어 둔 거예요. 대문호께서 열어 보고 틀림없이 좋아하실 거라 생각했어요. 하지만 아마 보지 못하고 돌아가셨겠죠……."

"그렇습니다. 바로 저자가 살해했기 때문이에요!"

도슨이 로만 아이넨을 가리키며 외쳤다. 세라바체 양이 슬픈 눈으로 도슨을 바라보았다.

"믿어 주세요, 아가씨. 당신 아버지가 얼마나 잔인한 사람인지 잘 알고 계시지 않습니까. 절 쫓아낼 때 무슨 짓을 했는지 다 보셨지 않습니까!"

"세라, 그놈과 더 이상 말 섞지 마라."

로만이 얼음장 같은 목소리로 말하곤 나를 돌아보았다.

"언제까지 이런 소용없는 말장난을 계속할 셈인가? 세라는 쉬어야 해. 나도 마찬가지고. 쉐비악을 붙잡았으니 빨리 경시청으로 데려가게. 여기 거짓말을 늘어놓는 살인범도 같이."

"잠깐만 기다려 주세요. 아직 안 끝났어요. 한 사람이 모자라거든요."

손튼이 태연히 대꾸하곤 시계를 쳐다보며 중얼거렸다.

"슬슬 올 때가 된 거 같은데."

여기서 또 누가 온다는 말인지 모르겠지만, 이렇게 된 거 나도 로만에게 궁금했던 걸 묻기로 했다.

"일주일 전에 이 방에서 후에르 백작과 나눴던 대화를 기억하고 계십니까?"

로만이 나를 쳐다보았다.

"세라바체 양을 백작과 결혼시키려고 이런 말을 했었죠. 이번 일에 연루된 이상 우리 모두 같은 선상에 있다고. 약속을 잊지 말라고. 그건 다 무슨 이야기였습니까? 세라바체 양을 백작과 결혼시키는 대가로 뭘 해 준 겁니까?"

"글쎄, 잘 기억이 나지 않는군. 혼담 얘기를 했던 건 사실이지만 대가라니, 딸을 시집보내는 조건으로 대가를 건네는 사람이 대체 어디 있단 말인가?"

로만의 뻔뻔함에 질리는 기분이었다. 대놓고 시치미를 떼겠다 이건가? 그 일에 대해 거짓말을 한다는 건 틀림없이 뭔가 숨기고 있다는 뜻이기도 했다.

"정말로 당신이 백작과 함께 대문호의 살해를 공모한 겁니까?"

내 말에 로만이 이를 꽉 물었을 때, 어디선가 귀에 익숙한 미성이 들려왔다.

"그건 터무니없는 음해로군요, 경위."

입구를 쳐다본 나는 손튼이 말한 그 인물이 드디어 등장했음을 깨달았다.

"후에르 백작."

로만이 탄식처럼 그를 불렀다. 뱀파이어 백작은 잘생긴 얼굴을 들어 로만을 쳐다보았다. 무척 부드러운 눈길이었다.

"미안하군요, 친구여. 나도 그대와의 신의를 지키고 싶지만 이 이상 오해가 커지기 전에 진실을 말하는 편이 좋을 것 같습니다."

"백작!"

로만의 부름이 조금 전보다 다급해졌다. 일말의 두려움마저 담겨 있었다.

뱀파이어 백작은 태연히 그를 외면한 채 나와 나머지 사람들을 둘러보며 말했다.

"그 독은 내가 직접 재배한 식물로 만든 것으로, 로만에게 한 병 건네준 일이 있습니다. 물론 그 독이 어디에 쓰일지 알았더라면 그런 일은 결코 하지 않았을 겁니다. 로만은 다리를 다친 말이 있어 고통 없이 보내 주고 싶다고만 말했습니다."

모두의 시선이 빠르게 로만에게 향했다. 그는 차마 형언하기 어려운 표정을 짓고 있었다.

"그로부터 얼마 후 게오르그의 죽음이 있었고, 나는 알 수 없는 불안감에 잠을 이룰 수 없었습니다. 그리고 며칠 후 사인이 심장 마비를 일으키는 독이었다는 기사를 봤습니다. 그제야 로만이 무슨 일을 저질렀는지 깨달았습니다. 곧바로 경시청을 찾아가 사실을 전하려 했지만 로만이 먼저 나를 찾아왔습니다. 독을 건네준 게 나인 이상 진실이 밝혀지면 나 또한 무사할 수 없을 거라고 말했습니다. 용서해 주기 바랍니다. 나는 그 말이 두려웠습니다. 내게 끔찍한 병이 있는 이상 잠시라도 감옥 생활을 견딜 수 없을 거라 생각했습니다. 서로 입을 다물 것을 약속하는 뜻으로 로만은 내게 이런 제안을 해 왔습니다."

그렇게 말하며 백작이 미안하다는 듯 세라바체 양을 바라보았다.

"바로 세라바체 양을 후에르 백작부인으로 맞으라는 것이었죠."

그녀는 믿을 수 없다는 듯 자기 아버지에게 눈을 돌렸다. 그 눈에는 공포와 절망이 담겨 있었다.

"사실이…… 아니죠, 아버지?"

로만이 어렵게 입을 떼었으나 후에르 백작이 먼저 다가와 세라바체 양의 어깨를 살짝 감쌌다.

"당신 아버지를 고발한 점은 미안하게 생각합니다. 하지만 사실대로 말하지 않으면 쉐비악이 당신을 해칠 거라고 했습니다. 무사히 돌아와 정말로 다행입니다, 세라바체 양. 로만과 내게는 어떤 처벌이 내려질지 모르지만 당신만큼은 내가 가진 모든 걸 동원해서라도 보호해 주도록 하겠습니다."

세라바체 양이 눈물이 잔뜩 고인 눈으로 백작을 올려다보았다. 원망하는 건지 고마워하는 건지 알 수 없었다. 그녀의 어깨에 손을 얹을 사람도, 보호해 주겠다고 말할 사람도 나서야 하는데 고작 그 모습을 지켜보기만 할 뿐이다. 달리 어쩌겠는가. 난 일개 경위이고 상대는 대영지와 작위와 재산이 있는 귀족인데.

나는 씁쓸하게 눈을 돌려 로만 아이넨을 바라보았다. 백작이 딸을 감싸고 있는 모습을 보며 그는 무슨 생각을 할까. 마침내 바라던 두 사람의 결합이 이렇게라도 이루어졌으니 기뻐할까? 대신 자신은 감옥에 가, 최악의 경우 사형을 당하더라도?

그때 로만이 고개를 돌려 나를 바라보았다. 그의 눈에는 다른 어떤 것 아닌 단지 회한이 담겨 있었다. 왜 그런 눈으로 나를 보는지 알 수 없었다. 증오해야 마땅할 텐데 말이다.

"그래, 모두 내가 한 짓임을 자백하겠다. 도슨과 백작은 죄가 없어. 이제 수갑을 채워 끌고 가라."

솔직히 이렇게 쉽게 인정할 줄 몰랐기에 놀라울 따름이었다. 내 말도, 도슨의 말도 부인했으면서 백작의 말은 부정하지 않는 까닭이 뭐란 말인가?

"아빠!"

세라바체 양이 울부짖으며 백작의 손을 뿌리치고 로만에게 달려갔다. 두 사람은 서로를 꽉 끌어안았다.

"아니잖아요, 아빠가 그러실 리 없어요. 아니라고 말해 주세요. 어서요!"

"미안하구나, 세라야. 정말로 미안하다."

잠시 지켜보던 도슨이 다가가 세라바체 양을 달랬다. 그녀는 오열하며 도슨의 품에 안겼다. 나는 착잡한 기분으로 다가가 로만에게 수갑을 채웠다. 그대로 경시청에 갈 때까지 누구도 아무 말도 하지 않았다.

동이 트기 직전의 새벽, 가장 어두운 시간이다.

너무 많은 일들이 있었고 계속 긴장한 상태여서 말도 못 하게 피곤했다. 하지만 나는 로만 아이넨과 함께 경시청에 남아 있었다. 손튼과 머독은 짧은 잠이나마 청하기 위해 집으로 돌아가서 강력3반 취조실 안에는 우리 둘뿐이었다.

"왜 안 가고 남아 있나?"

그가 어둠 속에서 중얼거렸다.

"아직 물어볼 게 남아 있어서요. 왜 그런 일을 저지른 겁니까? 당신은 세라바체 양과 대문호가 연인 관계란 소문을 믿지 않았잖아요."

로만은 입을 다물어 버렸다.

"지금 생각해 보면 역시 당신이 그 소문에 대해 몰랐을 리 없어요. 배우들도 모두 알고 있었는데 말이에요."

나는 그의 표정을 살피며 말을 이었다.

"어쩌면 당신은, 세라바체 양이 대문호의 제자라는 사실도 알았던 것 아닌가요?"

그러자 로만이 작게 코웃음 쳤다.

"자네의 기대를 저버려 미안하지만 나라고 극장에서 일어나는 모든 일을 알진 못한다네."

"그럼 도대체 이유가 뭐냐고요."

로만은 또다시 입을 다물었다. 나도 더 이상 추궁하지 않았다. 재촉한다고 해서 입을 열 사람이 아니기에. 대신 다른 방법을 시도해 보기로 했다.

"우리 반장님은 술 모으는 취미가 있으시죠. 마시지도 않으면서 말이에요. 강력반에 갖다 놓은 게 몇 있을 겁니다."

로만은 눈을 들어 나를 보다가 고개를 끄덕였다.

취조실을 나와 반장님의 책상을 뒤적거렸다. 가장 아래 서랍에 역시나 브랜디 병이 감춰져 있었다. 언젠가 누가 뇌물이라고 몰래 가져온 비싼 것이었다. 반장님은 그 사람을 곧바로 뇌물공여죄로 구속했다. 물론 병은 돌려주지 않았다.

반장님에게 속으로 사과한 뒤 병과 컵을 가지고 취조실로 돌아갔다. 로만은 조금 전보다 편한 자세로 앉아 있었다. 나는 그에게 한 잔 따라 준 뒤 내 잔에도 조금 따르고 건배했다.

"무엇을 위해 들어야 할지 모르겠군요."

"양심 없는 빌어먹을 위선자, 오세이번을 위해서라고 해도 좋겠지."

로만이 이렇게 말하곤 단숨에 잔을 쭉 들이켰다. 나는 그의 눈치를 보며 한 모금만 입에 적시고 내려놓았다.

"대문호께서 양심 없는 위선자라고요?"

"그럼 자넨 달리 그걸 무어라 표현하겠나?"

"들어 봐야 알 수 있겠죠. 이제 그만 말씀해 주세요, 극장장님."

"아버님이라고 부르는 건 관뒀나 보지?"

대꾸하지 않고 가만히 있자 그가 빈 잔을 들어 보였다. 나는 다시 잔을 채워 주었다.

"좋아, 그럼 어디 한번 이 이야기를 듣고 그 늙은이를 뭐라고 부를 건지 평해 보게."

그는 적지 않게 채운 술을 또다시 단숨에 들이켜곤 탁 소리가 나게 잔을 놓았다. 그대로 나를 바라보는 눈빛이 흡사 자신의 손으로 죽인 친구를 보고 있는 듯했다.

"자네가 간절히 바라던 게 하나 있었다고 가정해 보지. 예를 들어 자네가 극장을 운영하고 싶었다고 해 봐. 그런데 친구란 작자가 나타나 자네에게 극장을 줘 버린 거야. 이제부터 이 극장은 자네 것이라고, 어디 한번 잘 운영해 보라고. 처음에는 그게 얼마나 기뻤겠나?"

극장? 이 사단이 조 마르지오 때문에 일어난 일이란 말인가?

조바심이 났지만 그의 말을 끊지 않기 위해 가만히 있었다.

"그래서 자네는 평생을 다 바쳐 그 극장을 일궈 냈지. 많은 사람들로부터 사랑받고 찬사를 듣는 극장으로 말이야. 자네에게 낙이라곤 그것뿐이었어. 자네가 사랑하는 것도 그것뿐이었지. 한데 20여 년이 지난 뒤, 그걸 줬던 친구가 다시 나타나 극장을 돌려 달라고 말하는 거야. 그건 원래 자기 것이었다고, 잠시 자네에게 맡겼던 것에 불과하다고. 이런 일이 벌어지면 자네는 어떤 생각을 하겠나? 도대체 어떤 기분이 들겠어? 내 모든 것을 달라고 말하고 있는데!"

나는 잠시 생각해 보곤 조심스럽게 물었다.

"대문호께서 그런 짓을 했던 건가요? 조 마르지오가 원래 대문호의 것이었나요?"

"뭐? 조 마르지오? 아니, 아니지, 아니야. 내가 극장을 예로 들었다고 해서 정말로 조 마르지오라고 생각하는 건가?"

"그럼 뭐죠?"

"자네도 그 동화책을 봤을 거 아닌가."

그의 질문에 어리둥절해졌다.

"동화책이요? 대문호가 세라바체 양에게 선물한 그 동화책 말씀하시는 겁니까?"

"그래. 그걸 보고도 눈치채지 못했단 말인가?"

"대체 뭘요?"

"기만! 허구! 비열함! 그런 내용의 동화책을 세라가 성인이 되던 해에 선물했다는 건 너무나 뻔한 짓 아닌가. 파렴치한 자식 같으니!"

그러나 아무리 머리를 굴려도 동화책의 내용이 왜 그런 소리를 들을 만한지 알 수 없었다. 결국 세라바체 양은 대문호를 스승으로 생각했지만 대문호는 아니었다는 건가?

이런 내 생각을 말해도 될지 몰라 주저하고 있는데, 다행스럽게도 로만이 분을 이기지 못하고 먼저 입을 열었다.

"푸른 장미! 블루로즈! 그건 가족들만 알고 있는 세라의 미들네임이야. 오세이번이 붙여 준 거라고!"

"그랬어요?"

"그래! 참으로 고결하시게도 푸른 장미를 위해 모든 걸 희생한 눈사자는 오세이번 자신을 말하는 거지. 그리고 푸른 장미가 마지막에 눈사자라고 착각한 태양, 그녀를 기만하는 역할의 태양은 바로 나, 로만 아이넨이고!"

그게 그런 의미였단 말인가? 결말이 뭔가 이상하다고 느끼긴 했지만…….

"하지만 오세이번 경이 대체 왜 그런 내용의 동화를 쓴 거죠?"

"그건 세라가……!"

로만이 울컥하더니 말을 멈췄다. 그대로 괴로운 듯 탁자 위에 머리를 박는 모습을 보며 나도 적잖이 당황했다. 로만 아이넨이 이처럼 자기 자신을 잃어버린 모습을 보는 건 그를 안 뒤로 처음이었다. 섣불리 위로의 말조차 건넬 수 없었다.

가만히 그가 진정하길 기다렸다. 아무래도 입에 대는 것만으로는 부족한 것 같아 나도 브랜디를 한 모금 마셨다. 목구멍이 타들어 가는 듯한 느낌에 눈살을 찌푸렸을 때였다.

다시 고개를 든 로만이 새빨갛게 충혈된 눈으로 나를 바라보았다.

"그건 세라가, 바로 오세이번의 친딸이기 때문일세."

우리 사이에 한참이나 정적이 흘렀다. 너무 놀라 아무 말도 나오질 않았다. 근래 일어난 모든 일들 중에 지금만큼 놀란 적은 없었다. 방금 도대체 무슨 소릴 들은 거지? 얼굴에 열이 오르는 게 비단 술 때문만은 아닌 것 같았다. 머릿속에 빠르게 필름처럼 여러 장면들이 지나갔다.

세라바체 양의 열여덟 번째 생일 선물로 세상에 공개되지 않은 유일한 동화책을 선물해 준 대문호. 세라바체 양에게 문학적 재능이 있는지 없는지는 잘 모르겠지만, 하우스만도 외면한 채 자신의 진정한 제자로 삼았던 것. 언제나 혼자서 작업하던 분이 원고 쓰는 일도 도와주고, 다른 유가족이 아닌 세라바체 양에게 모든 원고를 남겨 준 이유는…….

그제야 모든 걸 깨닫고 온몸에 전율이 흘렀다.

"세상에…… 그게 사실이라면, 왜 당신이 세라바체 양의 아버지 행세를 한 겁니까?"

"말했지 않나. 그 늙은이가 내게 줬다고. 자식 따윈 성가시다면서, 사람들에게 알려지면 자신의 명예에 해가 될 거라면서!"

"아니, 그건…… 잠시만요. 세라바체 양은 이 사실을 모르고 있는 겁니까?"

"당연히 모르지. 자네가 그렇게나 궁금해하던, 내가 오세이번을 내 손으로 살해할 수밖에 없었던 이유, 그건 바로 이 비밀이 새어 나가는 걸 막기 위해서였으니까!"

로만의 충혈된 눈을 피해 나도 모르게 뒤로 조금 물러서고 말았다.

"빌어먹을 아이들을 좋아하고 초콜릿이나 까먹는 마음씨 놓은 노인? 그 이미지는 다 누가 만들어 줬을 것 같나? 바로 나야! 오세이번이 사람들로부터 추앙받기 시작하던 무렵 어떤 모습이었는지 알기나 해? 사람들이 생각하는 것과는 다르게 아주 추잡했어. 유명한 작가라는 지위를 내세워 순진한 여성들이란 여성들은 모두 손대려 했다고. 동시에 여러 여자를 만나는 건 물론이고 관계가 끝난 뒤 단 한 번도 그들을 책임지지 않았지. 그런 와중에 결혼도 하지 않았는데 한 여자에게 덜컥 아이가 생겨 버린 거야. 그 사실을 알고 나서 오세이번이 가장 먼저 내뱉은 말이 뭔지 아는가? 기쁘다는 것도 놀랍다는 것도 아니었어. 다만 이렇게 말했지. *아이 따위는 대체 왜 생긴 거야. 성가시게.*"

아니 대체, 항상 사람 좋은 얼굴로 허허 웃으면서 젊은이들을 다독여 주던 그 순진무구해 보이는 노인이 그랬다고? 이제 이 이야기를 어디까지 믿어야 할지 고민이 될 지경이었다.

"그 아이가 바로 세라야! 세라의 친모는 혼자서 아기를 낳고 누구의 도움도 받지 못한 채 죽어 버렸지. 그 사실이 사람들에게 알려지면 오세이번의 명예에 얼마나 치명적이었겠나? 그는 세라를 숨겨야만 했어. 하지만 그래도 핏줄이라선지, 어디 고아원 같은 곳에 보내고 싶어 하진 않았지. 그래서 고민하던 중에 나를 떠올린 거야. 마침 상처해 외로워하고 있던 유일한 자신의 친구를 말이지. 내가 얼마나 간절히 아이를 원했는지 놈도 알고 있었어. 세라를 내게 처음 데려온 순간 나는 보자마자 고민할 것도 없이 내가 맡겠다고 했네. 그 아이가, 세라가 나를 보자마자 활짝 웃었거든. 한 점 의심 없이, 낮도 가리지 않고 내게 안겨 왔단 말일세. 그래, 그랬어…… 그렇게 해서 내 딸이 된 거야."

뭐라고 말을 꺼내야 할지 알 수 없었다. 3년간 세라바체 양을 쫓아다니면서 로만이 그녀를 얼마나 아끼고 사랑하는지는 직접 보아 잘 알고 있었다.

"그렇게 애지중지…… 아니, 이 말도 너무 부족해. 나는 모든 걸 다 바쳐 그 애를 사랑했어. 그 애가 내 친딸이 아니라는 생각은 단 한순간도 해 본 적 없어. 심지어 오세이번이 그 옛날 내게 맡겼다는 사실마저 잊기도 했어. 그런데 내 딸을, 내 모든 것을 자기가 도로 데려가겠다니! 마치 맡겨 둔 것을 찾으러 온 사람처럼 아주 당당했어. 당연하다는 듯이 세라에게 진실을 말하겠다고 했다고!"

"어떻게 그럴 수가……."

"이미 전조는 시작되고 있었지. 세라가 성인이 되던 해 선물한 그 책 말이야. 두 사람은 동화책의 존재에 대해 자신들만 알고 있다고 생각했겠지만, 아니야. 난 그 동화책의 존재를 알았고 어떤 내용인지도 읽어 알고 있었어. 보고 나서 분노를 금할 수가 없었지. 그런 조악한 내용으로 돌려 말하려고 하다니, 너무나 뻔하지 않은가! 그것도 모자라 하우스만도 밀쳐 두고 세라를 제자로 삼아 글을 가르치고 있었다니, 생각하면 할수록 용서할 수 없는 늙은이가 아닌가?"

물론 대문호의 행동은 너무나 잔인하고 몰염치했다. 그렇지만······.

"차라리 그 모든 걸 세라바체 양에게 이야기해 주는 게 좋았을 겁니다. 사실을 알았다고 해도 세라바체 양은 여전히 당신을 자기 아버지로 생각했을 겁니다."

로만이 허탈한 웃음을 흘렸다.

"쉽게도 말하는군. 뭐든 당사자가 아닌 이상 쉽게 얘기할 수 있는 법이지."

"그럴지도요. 하지만 결과를 냉정하게 보세요. 세라바체 양에게 어떤 게 더 잔인할지 말입니다. 아버지라고 믿고 있던 사람이 자기 진짜 아버지를 죽였습니다. 당신은 그녀를 사랑한다고 말하면서 그녀에게 입힐 수 있는 가장 큰 상처를 준 겁니다. 이 사실을 알면 세라바체 양이 어떻게 될지 생각은 해 보셨습니까?"

로만은 내게서 병을 빼앗아 자기 잔에 차고 넘치도록 따랐다.

"상관없네. 그 아이가 진실을 듣게 되는 건 내가 죽고 난 다음 일 테니. 자네도 입을 다물어야 할 거야."

"당신도 대문호와 마찬가지로 잔인하기 짝이 없군요. 남은 사람들은 어떻게 되어도 상관없다 이겁니까? 아니 그보다, 내가 그때까지 입을 다물어 줄 거라고 믿는 근거가 뭔데요?"

"자네를 알 만큼 아니까. 내가 아니라 세라를 위해서 입을 다

물어 줄 거라고 믿네."

"그 반대입니다만. 어디 나도 같이 한번 잔인해져 보죠. 당신이 친아버지가 아니란 사실을 알면 세라바체 양도 당신의 죽음에 덜 슬퍼하지 않을까요?"

진심은 아니었다. 나도 욱해서 내뱉은 말이었다. 한데 그 말한마디에 로만의 얼굴이 무너졌다.

"정말로 그…… 그럴 생각인가, 레일미어?"

그가 신음하듯 내 이름을 불렀다. 그 얼굴을 보고 있는 게 괴로워 고개를 돌려 외면하고 말았다. 앉은 채로 숨을 몰아쉬던 로만이 잠시 후 이를 악문 채로 말했다.

"그렇다면 가기 전에 자네도 처리하는 수밖에."

수갑을 찬 채 취조실에 들어와 앉아 있으면서 하는 말이었으니 절박한 발악이나 다름없었다.

"그게 경위를 상대로 할 말입니까? 불을 지른 것만으로는 부족해서요?"

"불?"

반문한 그가 허탈한 듯 말했다.

"내가 정말로 자네를 죽이려 했다면 그런 어설픈 방법을 썼겠나?"

"당신이 한 짓이 아니라고요?"

"그건 도슨의 짓일세. 나로부터 자네가 세라를 범인으로 의심하고 있다는 말을 들은 직후였지. 하지만 자네를 해치는 데 실패하자 최후의 방법으로 자신이 대신 잡혀 들어간 거야. 도슨이라면 세라를 위해 그렇게 할 거라는 걸 알았네."

그게 도슨이었다니. 나는 절레절레 고개를 내저었다.

"당신은 그런 식으로 주변 사람들까지 마음대로 움직였군요. 내게도 원고가 사라졌다고만 말했죠. 그분의 죽음은 자연사일 거라고요. 살해당했다는 사실을 애초에 덮으려 한 거예요."

"그건 썩 성공적이지 못했지. 뭔가 알게 되면 내게 먼저 알려 달라고 의사에게도 말했건만."

"그분이 경시청에 먼저 연락한 게 다행이었죠. 만약 당신에게 먼저 갔더라면 그분도 무사하지 못했을 겁니다."

"나를 무슨 미치광이 살인마처럼 몰아가는군."

"아니라고 하실 셈인가요?"

로만은 술잔을 들어 벌컥벌컥 마셨다. 입 주위로 적지 않게 흘러내리긴 했지만 어쨌든 한 번에 마시기엔 제법 많은 양이었다. 슬슬 걱정이 되었다. 곧 반장님과 모두들 출근할 텐데 용의자를 만취 상태로 만들어 버릴 순 없으니까.

"아무래도 상관없어. 이제 남은 건 세라가 백작과 결혼하는 것뿐이니까."

"이렇게 되어서도 말입니까? 당신을 범인으로 모는 데 결정적 증언을 한 것이 다름 아닌 백작인데도요?"

"세라가 그 아름다운 성에서 백작부인으로 여생을 행복하게 살 수만 있다면, 정말로 상관없어."

그는 그것으로 모든 걸 다 내려놓은 사람처럼 의자 뒤로 편안히 기대었다.

도저히 로만을 이해할 수 없었다. 아버지로서 모든 것을 다 바쳐 세라바체 양을 사랑했다고 말하는 건 진심이지만, 어딘가 방법이 잘못되었다. 그가 사랑하는 세라바체 양은 마치 자신이 원하는 이상적인 딸의 모습에 불과한 것 같았다.

"극장장님, 당신을 동정하지만 동정하지 않습니다."

그가 이를 드러내며 웃었다.

"그거 잘됐군. 나 또한 자네를 동정하지만 동정하지 않으니까."

12. 서재에서의 고백과 두 번의 청혼

다음 날 반장님이 취조실 안을 들여다보고 까무러치게 놀란 것도 무리는 아니었다. 피곤한 나 대신 머독이 어제 일을 설명했고 그러자마자 우리 둘 다 타박을 받았다.

"어째서 항상 너희들 멋대로 하는 거냐? 도대체 나를 뭐로 보고⋯⋯."

때마침 칼레보스가 포효하며 나타났기 때문에 다행히 반장님의 타박은 거기서 끊겼다. 칼레보스는 내가 유치장 바깥으로 나와 있는 것에 대해 울분을 토하다가, 머독이 설명한 어제 일을 반장님의 입을 통해 고스란히 전달받았다.

결국 칼레보스는 우리가 받아야 할 타박을 반장님으로부터 받은 채 깨갱거리며 사라졌고, 나와 머독은 순식간에 돌변한 반장님으로부터 잘했다는 칭찬을 받았다.

그러는 동안 손튼이 도슨을 체포해 왔다. 그는 하숙집에 불을 지른 사실과 로만의 명령으로 러세스의 방을 뒤지다가 머독에게 들키자 그를 공격하고 도망친 사실도 고백했다.

"경위님들과 가엾은 노부인께는 정말로 죄송합니다. 세라바체 아가씨에게도 죄송하다고 전해 주십시오."

그가 남긴 마지막 말이었다.

손튼의 경우엔 괴도라는 사실을 경시청에 고발하느냐 마느냐의 문제가 남았는데, 녀석은 너무나 태연히 이렇게 말했다.

"괴도요? 에이, 선배님도. 당연히 아니죠. 그냥 일주일 동안 연기한 거였어요. 전 처음부터 로만 아이넨이 범인인 줄 알고 있었거든요. 그를 끌어내기 위해서 그런 거예요."

"그게 말이 되냐, 손튼? 그럼 왜 처음부터 우리한테 말하지 않고?"

"극장장님이 워낙 철두철미하고 신중한 사람이라 속이려면 우리 편부터 속여야 한다고 생각했어요. 사실 이렇게 잘 해결될 줄은 몰랐는데 어떻게 하다 보니 맞아떨어졌네요."

이렇게 말하며 녀석은 아무것도 모른다는 표정으로 해맑게 웃었는데, 더 이상 그게 해맑아 보이지가 않았다. 나는 계속 녀석이 의심스러웠지만 머독은 왠지 모르게 그 일은 덮고 지나가자는 투였다.

그렇게 일이 어느 정도 정리되자 반장님이 물었다.

"머독, 대법관님은 이미 범인에 대해 소식 들으셨지? 뭐라시더냐?"

"곤란해하십니다. 왕실에서 수도로 범인을 압송하라는 압박이 들어오는 모양입니다. 아무래도 사건이 중대하다 보니 그쪽에서 재판을 진행하려는 모양인데, 어떻게 거절할지 고민하고 계십니다."

"하긴, 높으신 양반들은 힘든 일 우리가 다 해 놓으면 느지막이 나타나 판결권이나 가져가려고 싸운단 말이지."

이런 두 사람의 대화를 들으며 뭔가 위화감을 느낀 내가 물었다.

"머독이 대법관님이라도 만나고 왔어요? 어떻게 그렇게 잘 알아요?"

"음, 이젠 말해도 되지 않을까 싶은데……."

반장님이 머독의 눈치를 슬쩍 보더니 말을 이었다.

"머독이 그분 아들이거든."

"네에?"

나와 손튼, 쥬안 양이 동시에 외쳤다. 대법관이라면 이 나라의 사법권을 총괄하는 사람인데, 이 녀석이 그런 사람의 아들이라고? 나는 무릎을 탁 쳤다. 과연, 그래서 강력3반에 그렇게 시장님이 자주 들락거리신 거였군. 어떻게든 수도 쪽에 잘 보이려고 그렇게 기를 쓰셨다는 거지? 머독이 경찰 학교도 안 나오고 경위 자리에 오른 것도…….

"역시 그럴 줄 알았어! 너 낙하산 맞지?"

내 외침에 머독이 아주 떨떠름한 얼굴로 나를 보았다. 그리고 반장님은 내 꼴을 도저히 못 보겠다는 듯 아예 눈을 가린 채 말했다.

"아니, 머독은 왕립경찰사관학교 졸업생이다. 왕궁으로 들어갈 수 있는데 여기로 온 거야. 오히려 본인이 상당히 낮춰 들어온 거라고 봐야지."

"……네?"

졸지에 머독을 가리킨 내 손가락은 갈 곳을 잃어버렸다. 그때 머독이 나를 향해 고개를 돌렸다. 그래서 나는 하마터면 '죄송합니다, 왕립사관학교 졸업생님!' 하고 외칠 뻔했다.

"밝혀진 김에 하숙집이 불타 버린 문제 말인데, 그건 내가 해결할 수 있을 것 같다."

머독의 입에서 나온 말은 전혀 뜻밖의 내용이었다.

"어떻게?"

"달갑진 않지만 아버지로부터 원조를 받는 수밖에. 화재는 내 책임이기도 하니까."

아무래도 계속 손튼에게 폐를 끼칠 순 없으니 하루빨리 머물 곳을 마련하긴 해야 했다. 하지만 머독에게만 책임을 지우자니 마음이 불편했다.

"그럼 반씩 보태는 건 어때?"

"반씩?"

"하숙집을 할 만큼 큰 집은 아니어도 방 세 개짜리 정도는 어떻게 될 거 같아. 뭐, 너도 갈 데 없으면 들어오든가."

머독은 왠지 어색한 얼굴로 나를 바라보다가 말했다.

"생각해 보도록 하지."

그나저나 대법관의 아들에다 왕립사관학교도 졸업했다면서 이런 데서 뭘 하는 거야? 아버지의 그늘에 가려지고 싶지 않다 이건가? 아니면 아버지 덕을 보는 건 자존심 상한다는 걸지도.

언젠가 녀석과 술 한잔 기울이며 그런 이야기를 할 때가 있을 거라 믿고, 이번엔 그냥 지나가기로 했다.

그리고 그동안 가둬 두었던 하우스만도 풀어 주었는데 물론 곱게 나가지는 않았다.

"당신들 모두 고발할 겁니다. 죄 없는 사람을 감금하고 모욕했다는 이유로 고발할 거라고요!"

그렇게 울분을 토해 내며 그대로 멋지게 나가는가 싶었는데, 때마침 강력3반으로 들어오던 샹 드 델라의 포스모 씨와 딱 마주치고 말았다.

"아! 마침 잘 만났습니다, 극장장님. 이들이 제 원고를 마음대로 빼앗아 가고 모욕했으니 명예 훼손으로 고발해 주시기 바랍니다. 전 당신 극장의 작가니까요."

"그래?"

포스모 씨는 만면에 웃음을 띤 채 서류 하나를 들어 보였다.

"이거 기억하나? 자네와 내가 작성한 계약서."

"네? 물론이죠."

하우스만이 대답하기 무섭게 포스모 씨가 계약서를 쫙쫙 찢어 버렸다. 입을 떡 벌린 하우스만에게 그가 말했다.

"응, 이거 무효야. 세라가 다 말해 주더군. 자네 원고를 대문호의 것으로 사칭하려고 했다며? 그런 파렴치한 놈은 내 극장에 절대로 들일 수 없어. 그리고 자네야말로 내가 직접 명예 훼손 및 사기죄로 고발할 생각이야."

"네? 잠깐만…… 네?"

"그러니 내가 미리 지급했던 계약금도 돌려주길 바라. 물론 한 푼도 빠짐없이 말이야."

하우스만은 사색이 된 채 굳었고, 포스모 씨가 그런 그의 엉덩이를 뻥 차서 강력반 바깥으로 쫓아내 버렸다.

"레일미어."

다음으로 그가 나를 쳐다봐서 나도 모르게 움찔했다. 왠지 나도 엉덩이 차일 만한 짓을 한 것 같은데.

"잠깐 걸으면서 얘기 좀 할까?"

경시청을 나와 포스모 씨와 함께 주변을 걷기 시작했다. 우리 뒤쪽으로 그의 최고급 차량이 느린 속도로 따라왔다.

"로만은 어떻게 하고 있어? 면회를 요청했지만 받아 주지 않더라고."

"지금은 아무 말도 안 합니다. 그저 대문호를 죽였다는 사실만 인정할 뿐입니다."

"사형을 면하는 건 어렵겠지?"

"아무래도……."

그러자 포스모 씨는 뭔가 결심한 사람처럼 크게 숨을 들이켜곤 말했다.

"난 로만이 왜 대문호를 죽였는지 알아."

"알고 계신다고요? 그럼 세라바체 양과 대문호의 관계도요?"

포스모 씨가 되레 놀란 눈으로 나를 쳐다보았다.

"그걸 자네가 어떻게 알고 있어?"

나는 새벽에 로만과 나눴던 이야기를 들려주었다. 듣고 난 포스모 씨는 한층 더 서글픈 표정을 지었다.

"로만은 역시 자네를 좋아했나 봐. 그 이야길 해 줬을 줄은 몰랐어. 지금까진 나만 알고 있었는데 말이야."

지금 와 생각해 보면 나도 의외다. 술 때문에 억눌러 온 감정들이 폭발했던 걸까? 어쩌면 진실이 밝혀지고 체포된 상태에서 누구에게든 털어놓지 않고서는 감당할 수 없었을지도 모른다. 대문호가 로만에게 한 짓을 결코 신사적이라 하기는 힘드니, 자신이 그럴 수밖에 없었다는 걸 이해해 달라는 심정이었을지도.

"게다가 이번 일이 촉발된 건 어떻게 보면 자네 탓이기도 한데 말이야."

"네? 저 때문이라뇨?"

"으음, 어디서부터 말해야 하려나."

포스모 씨가 고개를 위로 들더니 하늘이 참 푸르고 맑다는 표정을 지어 보였다. 조바심을 드러내고 싶지 않았지만 결국 참지 못하고 재촉했다.

"포스모 씨, 그냥 빨리 말해 주세요. 절 말려 죽이시려는 게 아니라면요."

"어, 그래그래. 그러니까 말했다시피 로만이 원래 냉혈한이긴 하지만 세라에 관한 일이라면 더없이 잔인해진다고 해야 하나. 유명한 일화는 나와 절교한 사건도 있지만 그 전에 세라가 열 살쯤 되던 해였나, 그 애를 돌봐 주던 가정 교사를 내쫓은 일이 있었지."

"도슨이군요."

"그래, 알고 있구면. 조 마르지오에서 문지기를 하는 그 청년 말이야. 흐음, 그러니까 세라가 어릴 때 그런 훈훈한 청년이 곁에 있다 보니 아무래도 소녀 같은 심정으로 잠시 좋아했던 모양이야. 아마 세라의 첫사랑쯤 될걸. 허허."

맙소사, 이 와중에도 나는 도슨에게 질투심을 느꼈다. 그게 도슨만의 짝사랑이 아니었다니.

"한데 뭐, 항상 딸을 살피는 로만이 그걸 알아 버렸지. 그날 일은…… 어휴, 말도 마. 아무튼 도슨이 그런 일을 당하고도 다시 로만 아이넨 밑으로 들어올 생각을 했다는 게 대단해."

로만이 죽을 정도로 도슨을 때렸다더니 그래서였나 보다. 과연, 하나뿐인 친구에게도 당당히 절교를 선언할 정도니.

"그러고 나서 대충 큰돈 쥐여 쫓아낸 거지. 세라도 나중에 다 크고 나서야 사실을 알게 됐어. 그게 꽤나 충격적이었던 모양이야."

이렇게 말하고 나서 포스모 씨가 갑자기 징그럽게 웃으며 나를 보았다.

"나로서는 자네가 꽤 오랫동안 무사한 게 이해가 가지 않았는데, 세라가 그만큼 대처를 잘한 거지. 자네에게 관심이라곤 요만큼도, 먼지 한 톨만큼도 없다는 걸 내내 강조했으니까. 하지만 1년 전 자네 뺨을 때린 걸 보면 그것도 아니었던 모양이야."

"그게 관심의 표현이었다고요?"

나는 거의 달려들듯 포스모 씨에게 물었다. 포스모 씨는 여전히 징그러운 미소를 띤 채 말했다.

"로만이 조용히 사람들을 불러 모으기 시작하더라고. 거기에 도슨도 포함되어 있었지. 그래서 난 '아, 시작됐구나.' 했지. 아무리 그래도 로만이 경시청 사람을 건드리진 못할 줄 알았는데 아마 한계에 다다랐던 모양이지? 아무튼 세라도 그 낌새를 알아차렸던 건지, 사람들이 다 보는 앞에서 보기 좋게 자네를 차버리더군. 달리 말하자면 다 자네를 걱정해서 그런 거라고."

그런 거였단 말인가? 정말? 내가 다칠까 봐 걱정스러워서……

"그 후로 자네가 극장에 발길을 뚝 끊자 세라의 얼굴은 하루가 다르게 침울해져 갔어. 그게 자네 때문인지는 분명치 않지만 난 그랬을 거라 생각해. 그걸 보다 못한 대문호가 결국 한마디 한 거야. 사실 그분은 진작부터 로만이 기를 쓰고 세라를 귀족에게 시집보내려는 걸 못마땅하게 생각했거든. 그보다는 세라의 행복을 생각하라고 했지. 그런다고 로만이 듣기나 하겠나.

워낙 맺힌 게 있다 보니······."

"맺힌 게 있다고요? 귀족에게 시집보내는 거요?"

"그래. 하지만 그걸 속물적으로 보면 안 돼. 로만도 다 아픈 기억이 있어서 그런 거니까. 하이고, 이걸 어디까지 말해야 하나. 뭐, 이왕 여기까지 온 거 다 말해 버리지. 로만이 일찍 잃은 아내는 조 마르지오에서 배우를 했던 여자야. 알고 있나?"

그랬다는 이야기를 세라바체 양으로부터 얼핏 들은 적이 있었다.

"네, 예쁜 신인 배우였다죠?"

"그래. 외모에 비해 연기력이 영 별로라 미래가 보이진 않았어. 그런데도 당시 조 마르지오의 잘나가는 회계사였던 로만이 덜컥 결혼을 해 버린 거지. 장담하는데 그 배우는 로만의 미래를 보고 결혼한 거야. 누가 봐도 다음 조 마르지오의 주인은 이미 실질적인 운영을 다 떠맡고 있던 로만이었으니까. 하지만 뭐, 세상일이 어디 그렇게 쉽나. 로만의 꿈은 한때 잠깐이지만 좌절됐었지."

검표원 소년부터 시작한 길이 결코 녹록지는 않았을 것이다. 로만이 회계사일 때 극장주였던 사람이 로만에게 극장을 물려줄 것처럼 이야기해 놓고 다른 사람에게 줘 버린 일이 있었다.

"로만도 절망하긴 했지만 그 부인만큼은 아니었어. 그 여잔 자기가 선택을 제대로 한 건지 의문을 품기 시작했지. 그게 후회로 바뀌기까진 얼마 걸리지 않았어. 사실 결혼할 즈음 그녀를 쫓아다니던 어디 나부랭이 준남작이 하나 있었거든. 그 무렵 지위가 올랐고 재산도 늘어났다지. 차라리 그 귀족하고 결혼했으면 지금보단 나았을 거라고 자꾸만 과거를 들춰 보기 시작한 거야. 로만을 원망하면서 그 여잔 술과 마약에 빠져들었어. 그리고 취하면 로만의 앞에서 늘 이런 말을 중얼거렸지. 차라리 그 귀족이랑 결혼할걸, 그럼 적어도 남작부인이란 소리는 들을 텐데."

그런 일이 있었던 줄 전혀 몰랐다. 세라바체 양을 무조건 귀족에게 보내려던 로만을 비난했지만, 그런 과거사를 듣고 나니 어느 정도 이해가 되는 것도 같았다.

"결국 그 여잔 준남작과 바람을 피우고 달아나다가 자동차 사고로 목숨을 잃었어. 아마 그때부터였을 거야, 자기 딸만큼은 반드시 귀족에게 시집보내리라 결심한 건. 그러지 않으면 또 자기를 원망할 거라고 생각했나 봐."

"그런 일이 있었군요."

"그러니까 너무 나쁘게 생각하지 마. 자네에게 사소하게나마 작위가 있었으면 로만은 분명 허락했을 거야. 내 말 믿어. 자네를 좋아했다니까."

내가 하도 아버님이라고 불러서 아들이 생긴 것처럼 착각할 지경이었다고 말하던 로만이 떠올랐다.

"아무튼 자네 때문에 로만과 대문호 사이에 싸움이 시작됐을 거라 난 믿어. 대문호도 뭐, 그때까지 말은 못 했지만 곁에서 세라가 그렇게 사랑스럽게 자라나는데 자기가 진짜 아버지라는 걸 얘기해 주고 싶었겠지. 로만은 그 사실을 막기 위해서라면 뭐든 했을 거고."

두 사람의 싸움이 나 때문이었을지도 모른다고 생각하니 기분이 이상했다. 그게 이미 아슬아슬하게 차 있던 잔에 더해진 마지막 한 방울이라고 해도.

얘기하며 걷다 보니 어느새 샹 드 델라 근처까지 와 있었다. 포스모 씨는 헤어지기 전 내게 이런 당부를 했다.

"레일미어, 부탁이야. 세라에게 이 일은 말하지 말아 줘. 로만이 냉정하긴 해도 쉽게 사람을 죽일 수 있는 위인은 아니야. 그럼에도 불구하고 그런 선택을 할 수밖에 없었다는 걸 조금만 이해해 줘. 용서하라는 게 아니야. 그냥…… 입을 다물고만 있어 줘. 로만이 세라에게 한 걸 생각하면 그 정도 자격은 있잖나."

마음이 복잡했다. 로만의 사정이 안됐다는 생각이 들긴 하지만, 그럼 세라바체 양은? 그녀는 진실을 알아야 하는 게 아닐까?

아직 로만이 체포됐다는 소식이 알려지지 않아서인지 조 마르지오 극장은 평온했다. 직원이나 경비들도 평소처럼 왔다 갔다 했다.

세라바체 양의 방 앞에 도착하고 나자 심장이 쿵쾅거리기 시작했다. 자주 드나들던 곳인데도 그랬다. 세라바체 양을 만나면 무슨 말을 해야 할까? 대체 어떤 얼굴을 하고 들어가야……

그런데 방 안쪽에서 그녀가 누군가와 대화를 나누는 소리가 들려왔다. 누구와 있는 거지? 호기심을 참지 못한 나는 예의가 아니라는 걸 알면서도, 늘 그래 왔던 것처럼 문에 귀를 대고 엿듣기 시작했다.

"사실이 알려지면 이곳은 더 이상 안전하지 않을 겁니다."

"그렇겠죠. 하지만 전 극장을 지켜야 해요. 아버지가 계시지 않을 때는 더더욱 말이에요."

"지금 당신이 얼마나 위험한지 인지하지 못하고 있군요. 성난 군중 앞에서 소수의 경비병들은 아무 소용이 없을 겁니다."

"알고 있어요. 하지만 그렇다고 백작님의 성으로 가진 않을 거예요."

백작이라고 말하는 걸 보니 뱀파이어 백작이 와 있는 듯했다. 하지만 지금은 낮인데? 햇빛을 보면 안 되는 병이 있음에도 불구하고 세라바체 양을 찾아왔다는 게 퍽 의미심장하게 느껴졌다.

"당신의 말이 내 마음을 아프게 하는군요. 내가 로만을 고발했기 때문입니까?"

"백작님이 그런 선택을 하실 수밖에 없었다는 건 이해해요. 그러나 머리로 이해하는 것과는 별개로 마음은 어쩔 수 없이 원망스러워요. 저는 아버지가 정말로 대문호를 해쳤을 거라고는 믿지 않아요."

"그러나 그게 사실입니다. 진실이 아무리 비극적이라 해도 받아들여야 합니다. 그리고 당신은 당신의 삶을 지속해야 합니다."

"백작님의 말씀은 너무나 냉정하군요."

"그럴지도요."

백작이 체념 섞인 어조로 인정했다.

"게오르그와 로만, 두 사람 모두 나와는 절친한 사이였습니다. 나 또한 이 일이 쉬울 거라 생각하진 말아 주시오."

"아무튼 저는 이 극장에 남아 있겠어요. 이곳이 아니더라도 백작님께 기대는 일은 없을 거예요."

"하지만……."

백작은 한참이나 뜸을 들이다가 예의 그 조심스럽기 짝이 없는 목소리로 말을 이었다.

"로만은 내게 약속했습니다. 당신을 내 부인으로 맞이하게 해 주겠다고요."

"지금 같은 상황에 꼭 그런 말씀을 하셔야 하나요? 아버지의 일 때문에 가뜩이나 마음을 추스르기 어려운데……."

"오히려 이런 때니까 이야기하는 겁니다. 당신이 기댈 수 있도록 곁에 있고 싶습니다. 물론 내가 당신이 얻을 수 있는 가장 이상적인 남편이라고는 말하지 않겠습니다. 하지만, 이 말이 잔인하게 들리겠지만 당신도 이제는 대문호를 죽인 살인자의 딸입니다. 조 마르지오는 문을 닫게 될 거고 당신도 다시는 사교계에 얼굴을 내밀 수 없을 겁니다. 아무도 당신을 아내로 맞이

하려 하지 않을 거고요."

"그래서요? 상관없어요! 그게 다 어쨌다는 거죠? 마치 제 인
생의 목표가 결혼뿐인 것처럼 말씀하지 마세요."

"내 아내가 된다면 적어도 극장은 지킬 수 있다는 말을 하려
는 겁니다. 그리고 될 수 있는 한 로만이 극형만은 피할 수 있도
록 돕겠습니다. 흘러나오는 이야기들을 들으니 그를 수도로 압
송할 거라 하더군요. 그렇게 되고 나면 늦습니다. 그레이힐에서
재판이 진행되는 동안 내가 힘을 써야 합니다. 물론 당신이 내
청혼을 받아들였을 때의 이야기지만요."

그 말을 끝으로 정적이 흘렀다. 맙소사, 백작은 청혼을 하고
있다고 하지만 저 말은 협박이나 다름없었다. 로만이 원한 게
이런 걸까? 정말로?

"백작님은 정말 잔인하시군요."

한참 만에 세라바체 양이 입을 열었다.

"백작님을 좋은 친구라고 생각했어요. 제겐 과분한 분이라
고요."

"좋은 친구로는 당신과 결혼할 수 없더군요."

백작이 씁쓸하게 중얼거렸다.

"도슨은 나 때문에 붙잡혀 갔고 백작님은 나 때문에 변하고
말았어요."

이어 덧붙이는 그녀의 목소리에는 약간의 울음기가 섞여 있
었다.

"경위님은 나 때문에 너무나 오랜 시간 괴로워했고요."

화들짝 놀라 잠시 문에서 떨어졌다. 경위라니, 지금 내 얘기를 하고 있는 건가?

"레일미어 경위를 얘기하는 겁니까?"

백작이 내가 묻고 싶은 걸 대신 물었으나 세라바체 양은 그 질문에 대답하지 않았다.

"돌아가 주세요. 저는 이 극장을 떠나지 않을 거예요."

"세라바체 양⋯⋯."

"제 서랍에 무엇이 들어 있는지 백작님께서 더 잘 알고 계실 거예요."

백작은 대답하지 않았다. 대신 발걸음소리가 들려왔다.

문에서 멀어진 나는 옆방으로 숨었다. 잠시 후 그 앞을 지나가는 백작의 모습이 보였다. 두터운 검은 옷을 입고 얼굴도 검은 천으로 가리고 있었다. 햇빛 아래 움직이려면 그렇게 해야만 하는 것 같았다. 걸음걸이도 느린 것이 왠지 모르게 위태로워 보였다.

참으로 이상한 일이다. 그에게 분노를 느껴야 마땅할 텐데, 그 모습을 보니 오히려 연민이 느껴졌다.

백작이 돌아가고 나자 조용히 방에서 나와 세라바체 양의 방문을 두드렸다.

"더 무슨 말이 남은 거죠?"

문을 열자 그녀가 나를 돌아보곤 흠칫했다. 그녀의 시선을 피해 바닥을 내려다보면서 말했다.

"내가 들어가는 걸 원치 않는다면 지금 말해요."

"……들어오세요."

당장 떠나라고 할 줄 알았는데 다행이었다. 로만을 체포한 나를 보고 싶어 하지 않을 줄 알았다.

방 안으로 들어가긴 했지만 어디 서 있어야 할지, 시선을 어디다 둬야 할지 알 수 없었다. 아무튼 그녀의 얼굴을 똑바로 쳐다볼 수가 없었다.

"아버님은 만나 봤어요?"

겨우 그렇게 말을 꺼내자마자 내 입을 저주했다. 간신히 떠올린 화제가 로만 아이넨이라니.

"아뇨, 만나 주지 않으세요."

대답하는 그녀의 목소리에 슬픔이 가득했다.

"전 이해할 수 없어요. 도대체 왜……."

사락사락하는 소리와 함께 어떤 향기가 가까워졌다. 어, 잠깐?

세라바체 양이 내 품으로 들어오며 가슴에 얼굴을 기댔다.

"아버지가 왜 그러신 거죠? 이유를 알 수 없어요. 도대체 왜요, 왜?"

다른 때 같으면 행복감에 젖었겠지만 지금은 그럴 수 없다. 이유를 알고 있음에도 그녀에게 말해 줄 수 없는 나로서는.

"나도 모르겠어요. 미안해요. 당신이 이런 일을 겪게 해서요."

간신히 그렇게만 말할 수 있었다.

"전 아직도 믿을 수가 없어요. 자신의 죄를 고백하던 아버지의 표정, 그건 틀림없이 진심이었어요. 이게 다 꿈은 아닌지⋯⋯ 어떻게 현실일 수가 있죠?"

도저히 해 줄 말이 없었다. 간신히 손을 들어 그녀의 어깨에 얹었다. 가녀린 어깨가 내 한 손 안에 들어온다. 이 기분을 무어라 설명해야 할까. 그녀가 괴로워하지만 않는다면 뭐든 할 수 있을 것 같은 기분을.

"하나 말해 줄 수 있는 건, 아버님은 당신을 정말로 사랑하셨다는 거예요."

그 말에 세라바체 양이 고개를 들어 나를 바라보았다. 눈물 가득한 눈이 마음을 적잖이 아프게 했다.

"대문호께서도 마찬가지고요. 두 분 다 당신이 슬퍼하고만 있는 걸 원하지 않을 거예요."

잠시 후 그녀는 고개를 끄덕이곤 눈물을 닦아 냈다.

"그래요, 당신 말이 맞아요. 이러고 있을 때가 아니에요. 저도 제가 할 수 있는 걸 해야죠. 결코 조 마르지오가 문을 닫는 일만큼은 없도록 하겠어요."

결심한 듯 말하는 그녀의 모습은 매우 사랑스러웠다. 나도 백작만큼이나 정신이 나가 버린 게 분명하다. 이 순간 이런 말을 하고 싶다니.

"세라바체 양, 당신에게 하고 싶은 말이 있어요."

그 말에 그녀가 나를 올려다보았을 때였다. 가슴이 내려앉을 만큼 커다란 전화벨 소리가 울렸다. 우리 둘 다 깜짝 놀라 서로에게서 떨어졌다. 잠시 우왕좌왕하던 세라바체 양은 탁자로 걸어가 전화를 받았다.

"네. 네…… 네?"

수화기에서 잠시 얼굴을 뗀 그녀가 혼란스러운 눈으로 나를 바라보았다.

"당장 여기서 나가는 게 좋을 거래요. 도대체……."

그 말에 뭔가 짚이는 게 있어 다가가 그녀로부터 수화기를 건네받았다. 하지만 이미 전화는 끊어지고 난 후였다. 어쩐지 불안한 기분이 들었다.

"그 말대로 하는 게 좋겠어요."

"하지만……."

"어서요."

허락을 구할 새도 없이 그녀의 손을 붙잡고 방에서 나갔다. 복도를 서둘러 걷다 가장 먼저 마주친 직원에게 말했다.

"극장 안에 있는 사람들 모두에게 여기서 당장 나가라고 전하십시오."

직원이 혼란스러운 표정을 짓자 세라바체 양이 덧붙였다.

"문을 모두 걸어 잠그고 배우들 전용 통로로 나가세요. 거기라면 사람들 눈에 띄지 않으니까."

그녀도 나처럼 뭔가 알아차린 게 분명했다.

배우들 통로를 통해 극장 뒤편으로 나오는 순간 멀리서 누군가 외치는 소리가 똑똑히 들려왔다.

"살인자!"

"대문호를 죽인 파렴치한 놈들!"

로만 아이넨이 오세이번 경을 죽인 범인으로 붙잡혔다는 소식이 그새 알려진 게 틀림없었다. 그런 일이 벌어지면 성난 군중을 감당할 수 없을 거라고 백작은 말했다. 어딘가로 분노를 표출하며 자신들의 손으로 직접 처단하길 원할 거라고. 머독과 달리 나는 그 고견을 새겨듣지 못했지만 말이다.

세라바체 양의 손을 붙잡고 극장을 빠져나오긴 했지만 이미 뒷길로도 사람들이 다가오고 있었다. 세라바체 양의 얼굴을 아는 사람은 얼마나 될까? 내가 그녀를 데리고 무사히 빠져나갈 수 있는 확률은?

그때 저편에서 자동차 한 대가 맹렬하게 달려오더니 우리 앞에 멈춰 섰다. 앞 좌석의 창문이 열리더니 익숙한 얼굴이 나타났다.

"타십시오."

손튼의 집사였다. 고민할 것도 없이 뒷좌석에 올라탔다. 우리를 태운 차는 사람들을 헤치며 빠져나갔다. 세라바체 양은 내품 안에 얼굴을 숨겼고 나는 그런 그녀를 안고 가만히 다독여주었다.

잠시 후 뉴리치의 한산한 거리로 나오자 그제야 둘 다 긴장이 풀렸다. 집에 도착하자 현관에 마중 나와 있는 손튼의 모습이 보였다.

"늦지 않았네요. 두 분 다 무사하셔서 다행이에요."

이렇게 말하고 녀석이 해맑게 웃었는데, 순간 가면이 필요 없을 정도로 쉐비악의 모습과 겹쳐 보였다. 나는 그제야 확신하게 되었고 동시에 막내를 용서했다.

"고마워, 손튼."

"별말씀을요. 잠잠해질 때까지 두 분 다 여기 머물도록 하세요. 집이 북적북적해져서 좋겠네요. 참, 두 분이 지낼 방은 따로 마련해 드릴까요?"

내가 재빨리 기침을 터뜨렸기에 세라바체 양은 다행히 뒷말을 듣지 못했다.

마침 저녁 식사 시간이었다. 세라바체 양과 함께 식당으로 가 보니 손튼의 말대로 북적북적한 분위기였다. 로빗 부인과 머독이 미리 와 앉아 있었으며 왜인지는 모르겠지만 쥬안 양도 한 자리를 차지하고 있었다.(머독 곁에 찰싹 붙어 있는 걸로 봐선 알 것도 같았지만.)

세라바체 양은 조금 전 극장에서 있었던 일 때문에 많이 놀란 듯했지만 손튼이 중간중간 농담으로 분위기를 풀어서 마지막 즈음엔 겨우 미소를 보였다.

식사 후 손튼과 머독, 쥬안 양이 카드 게임을 시작했다. 나는 괜히 손을 댔다가 예전 버릇이 나올까 봐 관뒀고, 세라바체 양도 그럴 기분이 아닌지 창가에 앉아 바깥만 내다보고 있었다.

중간에 집사가 들어와 손튼에게 무어라 속삭이자 손튼이 카드를 잠시 내려놓고 내게 다가왔다.

"유감이에요, 선배님. 사람들이 조 마르지오 극장에 불을 질렀대요."

놀라긴 했지만 그럴 수밖에 없겠다 싶었다.

"다친 사람은?"

"없어요. 다행히 다들 무사히 탈출했대요."

"다행이네. 네 덕분에 다들 무사한 거야."

손튼은 헤헤 웃어 보이고 다시 카드 테이블로 걸어갔다.

나는 세라바체 양에게 눈을 돌렸지만 도저히 어떻게 말을 꺼내야 할지 알 수 없었다. 어떻게든 극장만은 지키겠다고 한 그녀인데. 하지만 누군가가 소식을 전해 줘야만 한다면 그건 나밖에 없을 것 같았다.

창밖을 보고 있는 그녀에게 조용히 다가갔다. 창문에 비친 내 모습을 본 그녀가 돌아보았다. 괜히 헛기침을 한 뒤 조심스럽게 말을 꺼냈다.

"어차피 곧 알게 될 테니 미리 말할게요. 사람들이 극장에 불을 질렀어요."

"네?"

세라바체 양은 놀라 자리에서 일어나려다, 다른 사람들의 흥을 깨뜨리고 싶지 않았는지 간신히 자제했다.

"그럴 수가……."

"당분간 여기 머물도록 해요. 혹 여기가 불편하다면 샹 드 델라로 가도 돼요. 포스모 씨가 잘 돌봐 주실 거예요."

"그러다 샹 드 델라까지 위험해질 수도 있어요. 이곳도 마찬가지예요. 전 여기 있으면 안 돼요."

"여긴 괜찮아요. 아무도 당신이 여기 있다는 사실을 모르니까요."

"누군가 알고 나서는 늦어요."

세라바체 양이 자리에서 조용히 일어났다.

"다른 분들께는 말씀하지 말아 주세요. 혼자 조용히 나갈게요."

"설마 내가 보내 줄 거라고 생각하는 건 아니죠?"

"경위님은 절 막는 데 성공한 적이 없어요."

그렇게 말한 그녀가 나를 지그시 바라보았다. 그녀와 눈을 마주치면 내가 아무것도 못 한다는 걸 아는 게 분명했다. 내가 시선을 돌리자, 세라바체 양은 나를 지나쳐 응접실에서 나갔다. 다른 이들은 카드 게임을 하느라 알아차리지도 못하는 것 같았다.

그래, 그녀의 말대로 나는 그녀를 막는 데 성공한 적 없다. 거절하면 받아들였다. 원하는 대로 들어주었다.

그게 사랑이라고 믿었으니까.

복도로 뛰쳐나갔다. 세라바체 양은 정말로 현관 쪽을 향해 걸어가고 있었다. 그녀를 알게 된 후로 그때만큼 화가 난 순간은 없었다.

"거기 서요."

내 목소리를 듣고 그녀가 돌아보았다. 끓어오르는 화를 간신히 억누르고 뚜벅뚜벅 걸어갔다.

"가기 전에 당신한테 할 말이 있어요. 나한테 조금이라도 미안한 마음이 있다면, 적어도 이 말은 듣고 가요."

세라바체 양은 잠깐 망설이는 듯했지만, 고개를 끄덕였다. 나는 그녀를 옆에 있던 문으로 인도했다. 들어가 보니 서재였고 하필 집사가 책을 정리하던 중이었다.

우리를 본 그는 아무것도 묻지 않고 조용히 나갔다. 차라리 다행이었다. 그를 보고 멈칫하지 않았더라면 이성이 온전하지 않은 머리로 무슨 말을 쏟아 냈을지 알 수 없는 일이었다.

둘만 남게 되자 나는 그녀를 똑바로 바라보며 말했다.

"그래요, 난 항상 머저리같이 당신 말만 들었어요. 그렇다고 나를 진짜 머저리라고 생각하는 겁니까?"

"경위님, 난 결코……."

"그것도 모자라서 이젠 사랑하는 사람을 폭도들에게 내모는 사람으로 만들려고요?"

세라바체 양이 강하게 고개를 내저었다.

"아뇨, 나 자신을 함부로 던지겠다는 게 아니에요. 피할 곳이 있어요."

"뱀파이어 백작의 성 말입니까?"

그녀의 눈에 놀라움이 떠올랐다.

"그래요, 백작이 청혼한 걸 알고 있어요. 엿들었거든요. 내가 잘하는 짓이죠."

"그건, 그 청혼은……."

"축하해요, 세라바체 양. 아버님께서 그렇게나 간절히 바라던 귀족과 결혼하게 되었네요. 백작이라면 틀림없이 당신을 잘 지켜 줄 테죠. 대영지에, 작위에, 그토록 아름다운 성까지 가지고 있으니. 다음에 만날 땐 함부로 당신 이름을 부르지도 못하겠군요. 대신 백작부인이라고 불러야겠지요."

"제발, 그런 식으로 말하지 마요."

안다, 나도 내 행동이 부당하다는 것을. 결코 철든 사람이 할 법한 말들이 아닌 저열한 빈정거림에 불과하다는 것도. 그런데 그걸 참을 수가 없다.

내가 그토록 아끼고 염려하는데 그녀는 그걸 아무것도 아닌 양 생각한다는 게 견딜 수 없다. 내 손을 떠나 백작에게 갈지도 모른다는 사실에 극도의 초조함과 거의 공포를 느꼈다. 그래서 삐뚤어진 분노로 표출하고 있는 것이다.

"이제 더 이상 당신에게 휘둘리지 않겠어요. 가고 싶다면 가요. 그러나 기억해요. 여기서 나가는 순간 그걸로 당신과 내 인연은 끝이에요."

나는 단호하게 문을 가리켰다. 세라바체 양이 그쪽을 바라보았다. 내뱉은 말은 진심이었지만 그녀가 아무 망설임 없이 문을 열고 나갈까 봐 내심 두려움에 떨고 있었다. 내 자존심은 고작 그 두려움을 들키지 않기 위해 애쓰는 데 소모되고 있었다.

영겁처럼 느껴지는 시간 동안 문을 바라보던 세라바체 양이 마침내 고개를 저었다.

"싫어요."

순간 그녀의 말을 멍청하게 반문할 뻔했으나 간신히 냉정을 지켰다.

"그렇게 경위님 마음대로 인연을 맺고 끊어 버리지 마요. 3년 동안이나 늘 내 옆에 있다가 어느 순간 사라져 버린 것처럼, 그렇게는요."

"뭐라고요? 그게 대체 누구 때문이었는데요?"

"물론…… 그래요. 내 잘못이에요. 당신은 그 일로 영원히 날 용서하지 않겠죠."

그녀가 지친 듯 말했다. 하지만 그건 사실이 아니었다. 그녀가 같은 상처를 갖게 되었다고 말했던 날 앙금과도 같던 상처는 모두 치유되었다. 게다가 포스모 씨는 그게 나를 걱정해서 한 짓이라고 말하지 않았던가. 잔인하긴 했어도 확실한 방법이었지.

"3년간 내가 당신을 괴롭혔던 거에 비하면 그 정도는 싼 대가였죠."

"괴롭힘이라니, 그렇지 않아요. 그렇게 말하지 마요."

그녀가 문득 두 손으로 얼굴을 가렸다. 우는 건가 싶어 가슴이 철렁 내려앉았다. 그때 그녀의 두 손 사이로 목소리가 새어 나왔다.

"세드릭 경⋯⋯."

순간 나는 그녀가 이름을 착각하고 내뱉은 줄 알았다. 하지만 이내 누구의 이름인지 깨달았다. 그건 경시청 앞에 세워진 개 동상의 이름이자 세라바체 양을 처음 봤던 날 그녀가 극장 앞에서 구해 줬던 강아지의 이름이었다.

"세드릭 경이 왜요?"

"나는 그 아이를 거기 가져다 놓은 게 어쩌면 경위님일지도 모른다고 생각했어요."

그녀가 두 손을 얼굴에서 떼어 내며 말했다. 다행히 울고 있지 않았다. 안도하며 조용히 물었다.

"내가 왜 그런 짓을 한다는 거죠?"

"내게 말을 걸어 보고 싶어서 그랬을 거라고 생각했어요. 그렇지 않고서야 날 보자마자 당신이 세드릭 경 이야기부터 꺼낼 리 없잖아요."

그건 그랬다. 나야 딱히 그녀에 대해 아는 게 없으므로 할 말이 없어 꺼낸 주제에 불과했지만.

"오해할 만도 하지만 난 누군가의 관심을 끌어 보겠다고 가엾은 강아지를 도로 한가운데에 둘 정도로 냉혈한이 아닙니다. 당신이 그 개를 구해 주는 걸 우연히 보았을 뿐이에요."

그게 이 모든 일의 시작이었지. 차라리 보지 않았더라면 좋았을걸.

"알아요. 경위님을 알게 된 얼마 후 그럴 사람이 아니라는 걸 깨달았어요."

"그럼 이제 와 이 이야기를 하는 이유는 뭐죠?"

"내가 알고 있었다는 걸 말하고 싶어서요. 경위님이 따뜻한 사람이라는 걸요."

그녀의 말 한마디에 죄책감이 들었다. 그녀에게 화를 내고 부당한 짜증을 내고 있는 나를 따뜻한 사람이라고 표현할 줄은 몰랐기 때문이다.

"아빠가 그렇게까지 개를 싫어하실 줄은 저도 몰랐죠. 세드릭 경을 내쫓으라고 하셨을 때 정말로 당황스럽고 슬펐어요. 그때 경위님이 선뜻 데려가겠다고 하셨죠."

아무래도 세라바체 양은 죄책감으로 나를 할 말 없게 만들 생각임이 분명하다. 아니라면 그 개 이야기를 지금 꺼낼 리가 없다.

그녀의 말대로 개를 데려간 것은 사실이었다. 하지만 하숙집에서도 개를 키울 수는 없었다. 고민 끝에 강아지를 경시청으로 데려갔다. 그리고 경시청 앞마당이 넓으니 개가 한 마리 있으면 보안에도 보탬이 될 거라는 식으로 막무가내로 우겼다. 다행히 기르도록 허락받았다.

실제로 세드릭 경은 약 2년간 경시청에서 잘 지냈다. 사람들 모두 좋아해 줬고 잘 먹인 덕분에 경비견에 손색없을 정도로 크게 자랐다. 하지만 너무 잘 자랐고 너무 용감했다.

세드릭 경은 두 살이 되던 해 여름, 경시청 유치장을 탈출해 도망가던 남자의 다리를 붙들고 늘어졌다. 남자는 무자비하게 개를 때렸고, 도망치기는 했지만 물린 다리의 상처가 깊어 금세 붙잡혔다. 하지만 세드릭 경도 이 일로 크게 다쳤다.

수의사를 데려왔지만 소용없었다. 고통을 덜어 주는 일밖에는 할 수 없다고 했다. 동료들은 차라리 편히 보내 주는 편이 나을 거라고 설득했다. 나는 반대하고 반대했지만…… 녀석이 힘없이 끙끙거리며 나를 보았을 때는 더 이상 반대할 수가 없었다.

그렇게 세드릭 경은 숨을 거두었고, 경시청에서는 그에게 '용감한 세드릭 경'이라는 칭호와 함께 입구에 실제 크기의 동상을 세워 주었다.

세라바체 양에게 그 소식을 전해 주는 건 더욱 가슴 아픈 일이었다. 그녀는 종종 경시청으로 세드릭 경을 보러 왔다. 그때마다 나도 슬쩍 나가서 함께 시간을 보냈고 그녀가 돌아가고 나면 세드릭의 목덜미를 문질러 주며 '이 기특한 녀석.' 하고 말해 주곤 했었다.

내가 전한 소식에 그녀는 '그런가요.'라고 한마디만 하고선 돌아서서 자기 방으로 들어갔다. 나중에 러세스에게 전해 듣기론 그녀가 며칠이나 울었다고 했다.

"썩 좋은 주인은 못 됐죠. 보호해 주지 못했으니까요."

"세드릭 경은 아마 반대로 생각했을 거예요. 자기가 경위님을 보호해야 한다고 생각했을걸요."

혀를 내민 채 헥헥거리며 나를 보던 커다랗고 순박한 흰 개가 생각나 미소가 나왔다.

"그놈이라면 그랬을지도요."

"며칠이 지나 제가 우울해하는 걸 알고 화이트헤븐 해변가로 함께 나갔었죠. 거기에 어린 강아지들을 모아 놓고 파는 사람이 있었으니까요."

"하지만 당신은 사지 않겠다고 말했어요."

"네. 그건 뭐랄까…… 그렇게 빨리 다른 강아지한테 애정을 주고 싶지 않았어요. 세드릭 경을 배신하는 듯한 느낌이 들어서."

그런 이유 때문인 줄은 몰랐다. 그때 그녀는 너무도 냉정하게 지나쳤었다.

"그래서였군요."

"그리고 기억해요? 제게 처음으로 편지를 써서 가져다주었을 때요."

그녀가 왜 자꾸 과거 이야기들을 꺼내는지 알 수 없었지만, 머리를 굴려 기억을 떠올려 보았다.

"당신을 만난 지 1년쯤 되었을 때인가요. 아버님의 감시가 한층 더 심해졌었죠. 처음으로 벽을 타야 했으니까요. 하지만 당신은 무정하게도 방 안으로 들여보내 주질 않았죠. 결국 편지만 아슬아슬하게 건네주고 2층에서 추락했어요."

"2주간 병원에 누워 계셨죠?"

"조 마르지오 극장은 다른 데보다 층고가 높다고요."

왠지 모르게 나를 약하다고 말하는 것 같아 변명하듯 대꾸했다. 세라바체 양은 이제 살짝 미소까지 지어 보였다.

"병원에서 퇴원한 이후에도 바쁘다며 한동안 극장에 오지 않았죠. 한 달 정도였을 거예요. 경위님한테서 그렇게 오래 벗어나 본 적은 처음이었죠. 심지어 아빠도 '그 얼빠진 경위 녀석은 요새 왜 안 보이는 거냐?' 하고 물어보셨을 정도니까요."

솔직히 그땐 바빠서 그런 게 아니었다. 아무리 그래도 자기한테 편지를 주다가 추락했으니 한 번쯤은 병원에 병문안을 올 거라고 생각했다. 하지만 세라바체 양은 오지 않았고, 거기에 속상한 한편 화가 나서 나도 방문하지 않았던 것이다. 그러나 버텨 봐야 고작 한 달이었다. 나는 바보처럼 또 그녀를 찾아갔다.

"당신에겐 참으로 자유로운 한 달이었겠네요."

"아니요. 제 인생에 그렇게 심심한 한 달도 없었어요."

그녀의 말에 잠깐 가슴이 두근거렸다. 심심해? 설마 하는 심정이 들었지만 차마 입 밖으로 내서 물어볼 용기가 없었다. 아마도 그냥, 내 행동이 재미있고 우스웠는데 안 보여서 심심했다는 뜻이겠지.

"처음에는 이유를 몰랐어요. 날씨 탓인가 하고 혼자서 해변으로 나가도 보고, 오래간만에 친구들을 극장으로 초대해 시간을 보내기도 했죠. 그래도 나아지지 않았어요. 아빠는 저에게 왜 그리 자주 정신이 다른 곳에 가 있냐고 하셨죠. 그 따분한 시간의 대부분을 당신의 편지를 읽으면서 보냈어요."

"내 편지요?"

세라바체 양은 이번엔 소리 내어 웃었다.

"어찌나 재미있던지, 여러 번 봐도 질리지 않던걸요. 경위님과 어울리지 않는 그 간지러운 말들하며, 어느 시집이나 소설책에서 가져다 베낀 게 분명한 상투적인 문장들까지. 그런데 그게 이상하리만치 순수해 보였어요. 그런 편지를 처음 써 봤다는 걸 알 수 있었죠. 경위님이 책상에 앉아 끙끙거리며 편지를 쓰는 모습이 선명하게 떠올랐어요."

그녀의 말이 맞았다. 그것도 업무 시간에 내 책상에 앉아 그 편지를 적고 있었다. 내가 하도 힘들어하니까 동료들이 와서 이런저런 조언을 해 줬는데, 그게 시집이나 소설책에서 베낀 거였다니. 손튼을 믿은 내 잘못이지, 내 잘못이야.

"처음 쓴 건 사실이니까요. 하지만 당신은 답장을 주지 않았죠."

"썼었어요. 당신에게 주진 않았지만. 그건 거절의…… 답장이었죠."

가슴이 또 한 번 내려앉는다. 혹시나 했던 기대가 무너졌다.

"차라리 그때 건네주지 그랬나요. 그랬더라면 그렇게 오랜 시간 서로 괴롭지 않았을 겁니다."

"하지만 두려워서……."

그녀가 조심스럽게 입을 떼었다. 두렵다고? 그런 반응은 생각지 못했다.

"내가 거절을 받아들이지 않을까 봐서요?"

"당신이 더 이상 오지 않으면 그 끔찍했던 한 달이 1년이 되고, 또 평생이 될까 봐 두려웠어요."

기대하지 마. 기대하면 안 돼.

"나는 당신의 광대가 아닌데요, 세라바체 양."

"그런 뜻이……."

그녀는 눈을 질끈 감았다가 떴다.

"한 달 만에 당신이 다시 극장 앞에 나타나 내 앞에 성치 않은 무릎을 꿇으며 오늘도 아름답다며 한 아름 꽃을 안겨다 주었을 때, 나는 그 꽃을 외면하며 극장 안으로 도망쳐 들어갔었죠."

그랬던가? 그건 잘 기억나지 않았다.

"그건 나도 모르게 터져 나오는 웃음을 감추기 위해서였어요. 당신이 다시 나타난 그 순간 어찌나 안도감이 들고 또 기쁘던지."

기뻤다고?

가슴 안에 북이 울리는 것처럼 크게 날뛰기 시작했다. 입을 열면 심장이 그대로 목구멍 바깥으로 뛰쳐나갈 것 같았다. 순간의 격정을 이기지 못하고 나는 세라바체 양에게 성큼 다가갔다. 하지만 그녀는 두려운 얼굴로 얼른 물러섰다. 그래서 나도 멈춰 섰다.

그녀는 내가 두려운 게 아니라 지금 자신이 하고 있는 말들이 두려운 것 같았다. 그녀의 얼굴에는 혼란이 가득했다.

"그날 밤 잠들기 전 스스로에게 수없이 물었죠. 설마 내가 그 사람을? 솔직히 믿을 수 없고 인정하고 싶지 않았어요. 난 무능하고 게으른 사람을 제일 싫어하거든요. 일을 내팽개치고 제게 오는 경위님은 항상 그래 보였어요. 내가 경위님의 꿈을 물어봤을 때도 경위님은 그렇게 대답했죠. 딱히 없다고. 그냥 지금처럼 지내며 좋아하는 사람의 마음을 얻는 게 꿈이라고. 나는 당신에게 그보다는 좀 더 야심이 있길 바랐어요. 지금보다 더 나은 자신이 되도록 노력하는 모습을 보이길 바랐어요."

세차게 뛰던 가슴이 다시 억눌린 고통으로 바뀌었다.

"내가 무능하다는 이야기를 이렇게 길게 하고 싶었던 건가요?"

"나는, 당신이 그렇게 해서 지금보다 좀 더 발전할 수 있는 사람이라는 걸 보여 주고 허락받으려고 했던 거예요."

그녀가 내게 외쳤다. 얼굴은 상기되어 있었다.

"아빠에게 떳떳하게, 당신을 사위로 맞아 달라고 말하고 싶었던 거라고요!"

머릿속이 새하얗게 변해서 뭐라고 말해야 할지 알 수 없었다. 오랫동안 바라 온 상황일 것이다. 분명히. 한데 아무 생각이 들지 않았다. 실감이 나지 않았다.

"나를, 하지만 나를……."

그녀는 지금까지 단 한 번도 그런 기색을 내비친 적이 없었다. 저 말이 사실일지 의심스러울 정도였다.

"경위님이 내 앞에 나타나기 전까지 나는 내 삶이 무료하다는 것도 몰랐어요."

그녀가 지친 목소리로 말을 이어 갔다.

"극장에서 해야 할 나의 역할, 귀족과 결혼하길 바라는 아버지의 뜻대로 숙녀다운 몸가짐을 익히고 구혼자들을 판별하고, 아버지의 성에 차지 않으면 다 거절하고…… 나는 그게 인생의 전부인 줄 알았죠. 사람들은 누구나 다 그렇게 살아가는 줄로만 알았어요. 언젠가는 결혼을 하고 아이들을 낳고, 때가 되면 극장을 이어받아 경영하고…… 그런 일들을 떠올리면 즐거워야 하는데 그렇지 않았어요. 그냥 내가 당연히 해야 되는 일, 책임져야 하는 일 그 정도였죠. 나는 아무것도 즐겁지 않고 아무것도 하고 싶은 게 없었어요."

그녀의 말들은 놀라웠다. 말의 내용 자체가 아니라 그녀가 그런 말을 스스로 하고 있다는 것이. 내가 아는 세라바체 양은 책임감도 자존심도 무척이나 센 사람이기 때문이다.

"하지만 경위님은 아무렇지 않게 개를 껴안고 흙바닥을 뒹굴고, 술을 먹으면 세드릭 경과 진지하게 대화를 했어요. 시시때때로 무대 위로 난입해선 내가 리허설을 돕는 걸 방해하고, 내게 접근하는 남자는 누구든 결투를 신청했죠. 그 상대에게 얻어맞고 경비병들에게 끌려 나가면서도 내 이름을 부르고, 꽃한 송이를 세상 가장 진귀한 보물이라도 되는 것처럼 내게 건

넸어요. 편지 하나를 전하겠다고 벽을 기어오르고 또 기어오르고, 그러다 떨어지면 웃어 버리곤 했어요. 내가 몰랐던 화이트헤븐 모래 속의 숨겨진 사랑 이야기도 들려주었고, 아무도 감히 쉽게 마주하지 못하던 아빠에게도 마음대로 농담을 하고 장난을 쳤어요."

그녀가 묘사하고 있는 그 인물은 다른 사람이 들으면 바보 천치로 생각할 게 틀림없었다. 내가 그랬었다니 얼굴이 확확 달아올랐다.

"처음에는 신기하고 우스웠던 그 모습들이 어느 순간부터 생기 넘치는 모습으로 보였어요. 나는 무언가에 그렇게 순수하게 몰두하는 사람을 거의 본 적이 없어요. 당신이 옆에 있으면 모든 일이 재미있는 것들로 바뀌었죠. 심지어 한 레스토랑에서 식사를 마친 뒤 돈이 없다면서 배지를 맡기고 같이 도망쳤던 일까지도 즐거웠어요. 난 그런 일을 전에는 한 번도 해 본 적이 없었거든요."

어디 쥐구멍이 있다면 정말로 거기에 머리를 처박고 싶다. 그녀는 즐거웠다고 말하지만 나는 도박장에서 지배인의 다리를 부여잡았을 때만큼이나 치욕스러웠다.

"당신은 내가 처음으로 뭔가에 몰두해 보고 싶다는 생각이 들게 만들었어요. 내가 오세이번 경을 찾아가 글을 가르쳐 달라고 한 것도 그즈음이에요. 이전에도 생각은 했지만 용기가 없어 시작하지 못했던 일이지요. 하지만 어느 날 이렇게 혼잣말을 했어요. '로만 아이넨의 딸이 레스토랑에서 계산도 하지 않고 도망쳐 나왔는데 이 정도를 못 할까?' 그래서 처음으로 대본을 쓰기 시작한 거예요. 그 당시 내게 가장 놀랍고 즐거운 일이었던…… 당신의 이야기를요."

현실이라고는 믿어지지 않을 정도로 행복한 말이었다. 누군가 세상에서 가장 아름다운 이야기를 내게 들려주고 있다. 세라바체 양을 알게 된 이후 지금보다 더 그녀를 사랑한 순간은 없었다.

세라바체 양이 나와 함께한 시간이 즐거웠다고 말하고 있어. 내가 그녀를 생각하며 잠 못 이룬 그 수많은 나날 동안 그녀도 나를 생각하고 있었다고 말하고 있어.

다시 입을 열기까지는 많은 용기가 필요했다. 그런데도 어쩔 수 없이 목소리가 떨려 왔다.

"그럼에도 불구하고 그 오랜 시간을…… 냉담한 태도를 유지하며 내내 나를 대해 왔던 건가요?"

"그건, 아빠를 사랑하지만 두려워했기 때문이에요."

그녀의 표정이 다시 어두워졌다.

"아빠는 내가 철모르던 시절에 좋아한다고 말한 사람들을 모두 떠나보냈어요. 포스모 아저씨가 그랬고 도슨도 그랬어요. 아빠가 어쩔 수 없이 당신을 좋아하게 될 때까지는 내 마음을 드러내지 않는 편이 좋을 거라 여겼어요. 그래서, 그렇게 해서 당신과 함께 좀 더 오래……."

더 이상은 참을 수가 없어서 그대로 그녀를 끌어안고 길게 입을 맞추었다.

내 사랑스러운, 사랑스러운 사람.

머리카락 하나하나까지도 모두 내 것으로 하고 싶은 사람.

행복해서 죽어 버릴 것 같다는 것은 이런 기분인가 보다. 아니, 오히려 너무 행복해서 죽어 버릴까 봐 두려울 정도로 행복하다.

이제껏 살아오면서 그 어떤 일을 하면서도 이와 같은 기분을 느껴 본 적은 없었다. 완벽한 만족감? 그걸로는 턱없이 부족하다. 속절없이 그저 빨려 들어가고 빨려 들어갈 듯한 무엇. 영혼이 황금빛 물결 속에 깊이 잠겼다가 다시 솟아나는 듯하다. 다시 태어나는 듯하다.

이 순간 살아 있다는 것이 무엇보다도 감사했다. 살아 있어서 사랑할 수 있다는 것이, 이런 기분을 느낄 수 있다는 것이.

"나와 결혼해 줘요, 세라바체 양!"

벅찬 마음으로 그녀를 떼어 내며 이렇게 말했으나, 그녀의 표정이 어두워졌다.

"나도 몇 번이고 '네.'라고 대답하고 싶어요. 하지만 그럴 수 없어요. 아빠가 내게 소중한 사람을 해치고 저렇게 붙잡혀 있는데 내가 행복할 자격이 있을까요?"

"바보 같은 소리 하지 마요. 아버님이야말로 당신이 행복하길 누구보다 바라는 사람이에요. 내가 꼭 허락을 받아 낼게요. 무슨 일이 있어도 반드시 허락을 받아 내고 말겠어요. 그때까지 당신이 기다려 준다고만 약속하면요."

그녀는 조바심이 날 정도로 오랜 시간 침묵했다. 그러곤 겨우 미소를 보였다.

"그렇다면, 기다려 볼게요."

우리가 서로의 손을 잡고 다시 응접실로 돌아갔을 때 마침 우리를 찾고 있던 사람들이 놀란 것도 무리는 아니었다. 손튼이 제일 먼저 격정적으로 외쳤다.

"이럴 수가, 정말로 이루어졌다니! 당연히 비극으로 끝날 줄 알았는데!"

"정말 고맙구나, 막내야."

나는 고마운 마음을 듬뿍 담아 막내의 머리를 주먹으로 쓰다듬어 주었고 손튼은 행복한 비명을 질렀다. 머독은 무뚝뚝하게 나를 외면하며 세라바체 양에게만 축하한다는 말을 건넸다. 그리고 쥬안 양의 경우에는……

"다행이에요. 정말 잘 됐어요. 두 분 틀림없이 행복하실 거예요."

이렇게 혼자 감격한 어조로 말하더니, 느닷없이 곁에 있던 머독을 꽉 끌어안았다! 머독이 뜨악한 얼굴로 쥬안 양을 밀어냈지만 그러거나 말거나 쥬안 양은 혼자서 계속 다행이라고 중얼거리고 있었다. 나를 싫어하는 줄로만 알았는데 자기 일처럼 기뻐해 주는 그녀의 모습을 보니 진심으로 고마웠다.

이런 날을 그냥 보낼 수 없다며 손튼이 술을 내왔고 밤늦게까지 시끌벅적한 파티가 이어졌다. 세라바체 양은 아버지와 극장 일 때문인지 평소보다 과도하게 술을 마셨고, 결국 제대로 걷지 못할 만큼 취해 쥬안 양이 방까지 데려다줘야 했다. 사실 내가 데려다주려고 했지만 왠지 모르게 모두가 말렸다. 대체 내가 뭘 어쩐다고?

그대로 방에 들어와 침대에 눕는 순간 그 편안함이 어찌나 행복하던지. 어제의 세상과 오늘의 세상이 완전히 다른 것 같다. 주위에 흐르는 공기마저 달랐다. 모든 게 벅차오르고, 아찔할 만큼 평화롭고…….

이 세상에 지금 나보다 행복한 사람은 없을 것이다.

에필로그

이 세상에 지금 나보다 더 불행한 사람은 어디에도 없을 것이다!

"아버님, 정말…… 제 어디가 마음에 안 드시는 겁니까?"

"직업, 성격, 얼굴, 능력, 머리끝에서 발끝까지 하나도 빠짐없이 전부 다."

"서, 설마요. 그래도 한 군데 정도는……."

"전무."

나는 창살이 로만의 다리라도 되는 것처럼 붙잡고 매달렸다.

"이제 그만 허락해 주실 때도 됐잖아요. 이대로 둘 다 늙어 죽는 꼴을 보고 싶으신 겁니까?"

"자네라면 늙어 죽을 때까지 기다릴지도 모르겠지만 세라는 아니야. 세라는 현실적이지. 내가 절대로 허락하지 않으리란 걸 알면 그 아이는 곧 포기할 걸세. 그리고 자기한테 가장 나은 선택이 뭔지 깨닫게 되겠지."

로만의 말은 잔인하기 그지없었다.

"그건 세라바체 양을 몰라서 하시는 말씀입니다. 고집이 얼마나 센데요. 세라바체 양도 이번만큼은 절대 물러나지 않을걸요?"

내가 악에 받쳐 대꾸하자 로만이 은근슬쩍 미소를 보였다.

"그런 점이 날 닮긴 했지."

"저도 이제 1계급 특진해서 경감이라고요. 이 정도면 어디 가서 부족하다는 소리는 안 듣는단 말입니다!"

"그래? 그레이힐 대부분의 영지를 가진 백작보다? 가장 높은 곳에 잘 가꾼 고성을 가진 백작보다? 매너에 외모마저 훌륭한 백작보다 말인가?"

"어……."

"게다가 그 1계급 특진은 날 붙잡고 얻은 거 아닌가. 장인을 감옥에 잡아넣고는 뭐라는 거야, 이 쓸모없는 놈은."

결국 비 오는 날 걷어차인 강아지처럼 깨갱거리며 쭈그리고 있을 수밖에 없었다. 그 후로도 매달리고 구걸하고 사정하고 온갖 비굴한 짓은 다 했지만 로만은 꿈쩍도 하지 않았다.

"면회 시간 끝났습니다."

간수가 다가와서 나를 불쌍하다는 듯 내려다보며 말했다. 얼굴에는 '오늘도냐?'라고 쓰여 있었다. 나는 고개를 끄덕이고 자리에서 일어났다.

"그럼 돌아가 보겠습니다, 아버님. 다음 주에 또 뵙도록 하죠."

"쓸데없는 일에 시간 낭비 좀 그만하게."

"말씀은 그렇게 하시면서도 꼬박꼬박 면회 신청을 받아 주시잖아요. 속으로는 절 마음에 들어 하시는 거 다 압니다. 아버님도 지금이야 버티시지만 하루하루 늙어 가시고, 곧 이렇게 반대할 만큼 체력이 따라 주지도 않게 될 겁니다."

"그따위 악담이나 하는 놈에게 하나뿐인 딸을 주고 싶겠냐!"

로만이 뒤에서 고래고래 소리를 지르거나 말거나 나는 면회실을 빠져나왔다. 기운 빠지는 일이긴 하지만 시간은 충분하므로 포기할 수 없다. 언젠가 허락해 주지 않으면 어쩔 거야? 포스모 씨가 손주를 본 뒤로 엄청 부러워하면서.

로만 아이넨은 현재 그레이힐 감옥에 수감되어 있는데, 수도로 압송하라는 왕가의 입김을 대법관님이 버텨 냈기 때문이다. 자기 경력에 획을 그을 만한 재판인데도 아들의 경력을 위해 포기했다는 게 사실 좀 놀랍기는 했다.

혹여 더 압박이 들어오기 전에 그레이힐 법정에서는 서둘러 재판을 진행시켰다. 판결은 몇 번이나 뒤집혔다. 그래 봤자 사형과 종신형을 오갈 뿐이었지만. 세라바체 양이 내 품에서 몇 번이나 기절한 것도 무리는 아니었다.

그러던 어느 날 그레이힐의 가장 높은 언덕의 고성에서 자동차가 한 대 빠져나갔다. 후에르 백작가의 문양이 그려진 자동차는 모두가 잠든 새벽 법원 앞에 멈춰 섰다. 거기서 반 시간 정도 머물렀고, 다시 성으로 돌아갔다.

다음 날 열린 마지막 재판에서 다섯 명의 판사는 로만 아이넨에게 가석방 없는 종신형을 선고했다. 사형을 외치던 대다수의 사람들이 들고일어나려 했으나, 때마침 쉬머 자작부인이 다시 한번 듀 세비어 앞에서 끔찍한 자해 사건을 벌였다.

첫 번째 자해 사건과 다른 점이 있다면 이번엔 목을 그은 게 아니라 자신의 몸에 기름을 뿌리고 불을 붙였다는 점이다.

다행히 주변에 사람들이 있었기에 금세 달려들어 불을 껐고 그녀는 화상을 조금 입은 채 살아남았다. 그럼에도 사건이 워낙 충격적이었던 탓에 로만 아이넨에 대한 관심은 한쪽으로 밀려났다. 새로운 스캔들만큼 이전의 스캔들을 덮기에 좋은 것도 없는 것이다. 들리는 소문에는 듀 세비어도 충격으로 잠시 병원에 들어갔다 나왔다고 한다.

아무튼 그렇게 해서 로만의 재판은 끝이 났다. 그레이힐 감옥에서 여생을 살아야 할 처지가 되었지만 그로서는 최선의 결과라고 봐도 좋았다. 그래서 나는 매일같이 찾아가 결혼을 허락해 달라고 구걸해야 하는 입장이 된 것이다.

"집필은 어떻게 돼 가요?"

샹 드 델라의 작업실로 들어간 나는 한창 글쓰기에 몰두하고 있는 사람에게 물었다. 세라바체 양이 잉크로 얼룩진 고개를 들어 나를 바라보았다. 그러곤 황홀한 미소를 보여 주었다. 이제 자주 보는 표정인데도 어쩐지 적응이 되지 않아 매일같이 심장이 제자리를 벗어나는 기분을 맛보고 있다.

그녀는 이제 샹 드 델라의 보조 작가로 일하고 있다. 조 마르지오는 완전히 불에 타 극장으로서의 기능을 할 수 없게 되었다. 나의 청혼을 받아들인 다음 날, 세라바체 양은 베일을 쓴 채 극장으로 가서 불에 탄 자리를 한참이나 바라보더니 인부들에게 미련 없이 허물어 버리라고 말했다.

그러고서 곧장 맞은편 극장으로 들어가 대문호의 유작들을 샹 드 델라에서 공연하겠다는 계약을 포스모 씨와 맺었다. 조 마르지오에서 일했던 배우들과 직원들을 빠짐없이 샹 드 델라에서 고용해 주는 게 조건이었다.

포스모 씨는 물론 두 팔 벌려 환영했다.("드디어 내가 듀 세비어를 얻다니!") 어쩌면 대문호의 원고보다 그게 더 기뻤을지도 모르겠다.

몇몇 배우들과 직원들은 이 조건을 탐탁지 않아 했다. 오세이번 경을 죽인 살인자의 딸이 대문호의 대본을 가지고 공연한다는 사실을 받아들일 수 없다는 거였다.

그들의 반응을 본 세라바체 양은 심사숙고했고, 곧 관객들도 같은 반응을 보일 거란 결론을 내렸다. 그러자마자 그녀는 대문호의 극을 무대 위에 올리는 일에서 자신은 완전히 빠지겠다고 말했다. 그녀가 그렇게 나오자 거절하겠다던 이들의 원성도 사그라졌다. 그리고 그녀 자신만 샹 드 델라의 보조 작가로 다시 계약한 것이다.

그 보조 작가는 그때까지 열심히 쓰던 원고를 별안간 다 찢어 버리며 외쳤다.

"안 돼요. 다 집어치우겠어요. 그만두겠다고요! 모든 대사가 말이 안 되고 모든 지문이 엉터리예요. 난 재능도 없고 대문호의 제자라고 말할 자격도 없어요!"

그러곤 책상에 엎드려 버렸다. 이미 열두 번쯤 본 광경이다. 나는 한숨을 내쉬고 걸어가 그녀의 등 위에 손을 얹었다.

"난 벌써 세 달째 매일 아버님을 찾아가 거절당하지만 포기하지 않고 있어요. 그러니 당신도 포기하지 말아요."

내 말을 듣고 세라바체 양이 고개를 살짝 들었다.

"오늘도예요?"

"네, 오늘도요. 무능한 약혼자라서 미안해요."

세라바체 양은 잠시 생각에 잠겨 있더니, 머리를 정돈하며 자리에서 일어났다.

"잠시 바람 쐬러 나가요."

얼마 전 1계급 특진과 함께 받은 포상금으로 산 자동차를 몰고 화이트헤븐 해변 도로를 달렸다. 그녀를 바닷가로 데려가려 했지만 세라바체 양은 좀 더 언덕을 올라가길 바랐다. 한참이나 올라가 그대로 뱀파이어 백작의 성으로 가는 게 아닌가 싶을 때쯤, 그녀가 멈춰 달라고 말했다.

차를 세우고 절벽 쪽으로 한동안 걸어가고 나서야 그곳이 오세이번 경의 무덤이라는 걸 기억해 냈다.

우리는 말없이 그분의 무덤을 바라보았다. 세라바체 양이 어떤 생각을 하는지는 알 수 없었지만 자꾸만 죄책감이 드는 걸 느꼈다.

언젠가 그녀에게 말해 줘야 할 터였다. 하지만 언제, 어떻게?

그때 그녀가 걸음을 옮겨 절벽으로 좀 더 다가갔다. 더 가면 위험하겠다 싶어 말리려는 순간, 그녀가 멈춰 서서 나를 돌아보았다.

"내게는 두 분의 아버지가 있었어요."

이상한 일이다. 절벽으로 간 건 그녀인데 내가 떨어지는 기분을 맛보았다.

"알고…… 있었어요?"

"포스모 아저씨는 자기가 아는 비밀을 누군가에게 말하고 싶어 못 견디는 분이죠. 술이 들어가면 더 그렇고요."

그 양반이 정말, 나한테는 절대 말하지 말라고 그렇게 신신당부를 하더니. 아무래도 세라바체 양이 샹 드 델라에 들어간 뒤 함께 있는 시간이 많다 보니 포스모 씨도 참지 못한 모양이다.

나는 그녀를 주의 깊게 살폈다. 얼굴에는 별로 드러난 것이 없었다. 자신을 길러 준 아버지가 친아버지를 죽였다는 사실에 어떤 기분을 느껴야 할지 그녀도 알기 어렵겠지.

"미리 말하지 못해서 미안해요. 아버님께서……."

"그 사실이 내게 알려지는 걸 원치 않아서 이런 일을 벌인 거라 하셨다죠. 하지만 난 그것 때문만일 거라고 생각하지 않아요."

나도 그 점이 의문이긴 했다. 단지 세라바체 양에게 친아버지가 있다는 사실을 숨기기 위해 그 사람을 죽여 버린다는 건 너무 극단적인 방식이다. 체포된 날 새벽 나와 함께 술을 마시며 오세이번 경의 행동에 대해 고할 때도 로만은 자기 친구에 대한 분노와 경멸을 숨기지 않았다. 어쩌면 둘 사이에 우리가 아는 것보다 훨씬 더 많은 앙금이 쌓여 있었는지도.

"내 생각도 같아요. 그러니 혹시라도 당신의 탓이라는 생각은 조금도 하지 말아요."

세라바체 양은 미소 지으며 내게 걸어와 내 한 손을 붙잡았다.

"오늘 새벽 백작님이 찾아왔었어요."

순간 가슴이 살짝 내려앉았다.

"왜요?"

"음…… 그분은 아직까지 내 마음이 변함없는지 물어보셨어요."

여기까지만 말하고 나를 바라보는 그녀가 심술궂게 느껴졌다. '변함없는 거죠?'라고 나도 묻고 싶었다.

"그분은 제가 어릴 때부터 무척 잘해 주셨어요. 아버지가 사형을 언도받지 않게 도와주신 건 물론이고요. 제가 청혼을 승낙하지 않았는데도 말이에요."

어쩌면 그렇게 해서라도 마지막으로 그녀의 마음을 얻어 보려 했는지 모른다. 아니면 로만이 끝까지 독약의 출처를 밝히지 않은 게 고마워서였을지도.

어느 쪽이든 백작은 결코 내가 할 수 없는 일을 해 줬고 세라바체 양은 많이 고마워했다. 하지만 그래도, 설마.

"흠, 별로 궁금하진 않지만…… 그래서 뭐라고 대답했죠?"

내 물음에 그녀가 천진난만하게 미소 지었다.

"뭐라고 대답했을 거 같은데요?"

아이고, 정말. 확 키스해 버릴까 보다.

"당연히 변함없다고 했겠죠. 당신 약혼자는 저니까요."

"흐음?"

세라바체 양이 여전히 미소를 띤 채 고개를 갸웃거렸다. 어어, 이 아가씨 보게.

"내 청혼을 승낙했잖아요."

"승낙했던가요? 기다려 본다고는 했던 것 같은데."

나는 당황해 버렸다.

"하지만 몇 번이고 몇 번이고 '네'라고 말하고 싶다고 했잖아요."

"글쎄요, 그건 석 달도 더 지난 일인데. 사람의 변덕스러운 마음이 여태껏 변하지 않았을 거라고 어떻게 확신하죠?"

그녀는 완연히 놀리는 말투였지만 나는 행여 그 안에 진심이 조금이라도 들어 있을까 봐 안절부절못했다.

일단 그 자리에 무릎을 꿇었다. 온몸을 여기저기 뒤적였지만 준비도 안 했는데 반지 같은 게 있을 리 만무하다. 결국 말로 할 수밖에 없었다.

"세라바체 아이넨 양."

그녀가 입가를 손으로 가렸다. 하지만 눈에는 분명 기뻐하는 웃음이 담겨 있었다.

"당신 말대로 전 성급하고, 당신에게 이미 청혼했던 수많은 사람들에 비하면 한참 부족합니다. 지금껏 멋대로 당신을 쫓아 다니면서 곤란하게 만들기만 했지요. 하지만 당신 말대로 지금부터 당신에게 어울리는 사람이 될 수 있도록 최선을 다하겠어요. 내가 경감으로 승진했다는 이야기는 했죠? 네? 스무 번도 더 했다고요? 아무튼 그게 끝이 아닐 거예요. 당신 아버님한테서도 꼭 허락을 받아 내겠어요. 아마 오랜 시간과 많은 인내심이 필요하겠지만, 그래도 기다려 줄 수 있다면…… 나와 결혼해 줘요."

반지도 없는 갑작스런 청혼은 어설프고 허름하기 그지없었다. 반지 이전에 차부터 사 버린 것을 후회했다. 나는 단지 그녀를 향해 무릎 꿇고 빈손을 들어 올릴 수밖에 없었다.

터질 듯한 정적이 흐르고 내 한계를 시험할 정도의 시간이 흐른 뒤…… 마침내 그녀가 내 손 위에 자신의 손을 얹었다. 허락하는 건가? 나는 확인하기 위해 고개를 들었다. 한데 뭔가가 시선을 잡아당겼다.

내 손 위에 얹은 그녀의 왼손 네 번째 손가락에 이미 반지가 끼워져 있었다. 혼란스러워하던 나는 곧 그 반지의 모양이 어딘가 낯익다는 걸 깨달았다.

잊을 수가 없다. 6개월이나 모은 월급을 몽땅 털어 넣었으니. 행여 그녀의 마음에 들지 않을까 봐 샀다가 바꾸고, 다른 걸 샀다가 다시 바꾸고, 마침내 처음에 골랐던 것으로 돌아온 그 반지였으니.

많은 사람들 앞에서 내 뺨을 때렸던 그날 사라져 버린 반지가 지금 그녀의 손에 끼워져 있었다.

넋을 잃은 내 앞에서 손가락을 모두 펴서 반지를 바라보던 세라바체 양이 마침내 말했다.

"아빠는 엄하긴 해도 어릴 때부터 나를 정말 많이 사랑해 주셨어요. 때로는 그 방식이 삐뚤어지고 옳지 못하기도 했죠. 이번 일은 말할 것도 없고요. 아빠가 많이 원망스럽지만, 오랜 시간이 흐른 뒤에도 진심으로 미워하기는 아마 어려울 거예요. 그래서…… 내 나름대로 복수하기로 했어요."

그렇게만 말한 세라바체 양은 내게서 손을 빼내고 한가로운 태도로 절벽을 걸어 내려가기 시작했다.

허락인 건가? 반지를 꼈으니 허락이겠지? 하지만 왜 단순히 좋다는 대답이 아니라 갑자기 복수를 하겠다고 말하는 걸까?

여전히 무릎 꿇은 채 혼란스러워하는 나를 그녀가 돌아보며 황홀한 미소를 지었다.

"우선은 아빠가 열렬히 반대하지만 내가 열렬히 사랑하는 사람과 결혼하는 걸로 시작해 볼까 해요."

외전. 그날 자작부인은 왜 자신의 목을 그었나

"이것 보세요. 듀 세비어 님의 한정판 초상화예요. 라디루가 직접 그린 거지요."

소넬 부인의 말에 주위에 있던 사람들이 그쪽으로 몰려갔다. 초상화를 본 사람들은 너 나 할 것 없이 탄성을 질렀다.

"세상에, 모델이 남다르니 그림도 멋지네요."

"그분의 머리카락을 이보다 섬세하게 표현한 초상화는 없을 거예요."

"정말, 그림이 실물보다 낫다고 생각될 정도예요."

이 말에 모두가 그렇게 말한 사람을 흘겨보았다. 유세티 부인은 황급히 부채로 자신의 입을 가리며 변명하듯 말했다.

"아니 물론, 그림이 실물을 따라갈 수야 없지요. 그 정도로 잘 표현했다는 뜻이었어요."

그녀를 용서하는 미소와 그렇지 않은 미소가 뒤를 이었다. 그들의 모임에서는 조금이라도 듀 세비어를 깎아내리는 말이 허용되지 않았다.

"자, 여러분. 지금까지 우리는 듀 세비어 님의 데뷔 무대 티켓과 라디루가 그린 초상화를 구경했어요. 그 외에 듀 세비어 님과 관련된 물건을 가져오신 분 또 있으신가요?"

쉬머 부인은 바로 그 순간을 기다리고 있었다. 한데 막상 앞으로 나서려니 가슴이 떨렸다.

넌 항상 그게 문제야. 중요한 순간이 되면 망설인다니까.

그럴 때면 어김없이 그녀를 타박하는 아버지의 목소리가 들려왔다. 쉬머 부인은 저항하듯 고개를 저었다. 그러곤 손을 살짝 들어 올렸다. 따로 주목하지 않으면 누구도 알아차리지 못할 만큼 미세한 동작이었지만, 모임에 참석한 부인들은 즉각 그녀에게 시선을 모았다. 어쨌든 자작부인이라는 호칭은 어디에서나 그 정도 힘을 발휘하는 법이다.

"어머나, 쉬머 부인. 이번엔 또 어떤 놀라운 물건으로 저희를 기쁘게 해 주실 건가요? 지난번 세비어 님이 쓰시던 지팡이를 가져오셨을 때의 충격이 아직도 가시지 않았답니다."

"맞아요. 그분의 손길이 닿았던 곳을 저희도 만져 볼 수 있어 정말 영광이었어요."

쉬머 부인은 자랑스러움이 너무 드러나지 않도록 적절히 표정을 단속했다. 그러곤 가방에서 수줍게 뭔가를 꺼냈다.

"이건 그분이 무대 위에서 끼셨던 장갑이에요. 「사막에서 온 왕자」에서 말이지요."

다들 탄성을 지르며 쉬머 부인에게 몰려들었다. 서로가 가져온 물건을 최대한 조심스럽게 만져야 한다는 암묵적인 규칙이 있었음에도, 장갑을 향해 손을 뻗는 사람들의 손길에는 거침이 없었다. 쉬머 부인은 건드리면 깨질 물건을 바라보듯 안절부절못했다. 그러나 차마 만지지 말라는 말은 할 수 없었다.

옅은 재스민 향이 나던 하얀 장갑은 그렇게 여러 사람의 손을 거치고 나서야 다시 주인에게 되돌아왔다. 그걸 다시 가방에 넣으며 쉬머 부인은 왠지 모르게 장갑이 꼬깃꼬깃해졌다는, 향조차 없어진 것 같다는 우울한 생각을 지울 수가 없었다.

"역시 부인이세요. 이런 특별한 물건들을 대체 어떻게 구하시는지 모르겠다니까요."

"맞아요. 그분의 향기가 아직 제 손에 남아 있는 것 같아요."

황홀해하는 친구들을 보며 쉬머 부인은 간신히 미소를 띠었다.

"언제나처럼 자작님께서 가져다주셨어요. 오랫동안 극장을 후원하셨던 만큼 친분을 나누는 사람들이 있나 봐요. 조 마르디오에 들를 때면 이렇게 귀한 물건을 선물로 받곤 한답니다."

사실 남편의 이름만 빌렸을 뿐 조 마르지오에 필요 이상으로 많은 자금을 후원하는 건 그녀 자신이었다. 듀 세비어의 장갑 또한 선물로 받은 게 아니라 극장을 둘러보다 듀 세비어의 분장실에서 발견하고 슬쩍 가방에 넣은 것이었다. 하지만 쉬머 부인은 한 번도 그걸 도둑질이라고 생각해 본 적이 없었다.(그런 상스러운 짓을 하는 건 대체 어떤 사람들인지.)

이건 틀림없이 듀 세비어가 그녀를 위해 따로 남기고 간 선물이었다. 장갑을 챙기지 않고 잘 보이는 곳에 놔둘 이유라곤 그것밖에 없지 않은가. 공연이 끝나면 조 마르지오에서 가장 귀중한 후원자인 자신이 극장의 여기저기를 둘러본다는 건 누구나 아는 사실일 테니.

"정말 부러워요. 저도 극장장님과 친분이 있으면 얼마나 좋을까요. 하지만 조 마르지오의 극장장은, 뭐랄까……."

소넬 부인이 표현할 말을 찾지 못하고 주위를 둘러보자 다른 사람이 도와주었다.

"사람이 너무 냉정하지요."

"그래요, 빈틈이라곤 전혀 보이지 않아요. 듀 세비어 님이 오고 가는 길을 그냥 지켜보기만 하겠다는데도, 배우의 안전이 어쩌고 하며 얼마나 까다롭게 구는지."

"맞아요. 우리가 그분을 해치기라도 할 것처럼. 차라리 우리 자신이 다치고 말지 그럴 일은 결코 없는데 말이에요."

여기저기서 동의하는 목소리들이 흘러나왔다. 쉬머 부인도 열성적으로 고개를 끄덕였다. 듀 세비어의 몸에 생채기가 나는 꼴을 보느니 자신의 팔이 부러지는 게 나았다.

"그나저나 소식 들으셨어요? 친절하게도 그분이 오랜 팬들을 위한 조촐한 자리를 만드신다고……."

최근 연극계에서 듀 세비어가 데뷔한 뒤 처음으로 팬들과 자리를 갖는다는 소문이 나돌고 있었다. 물론 그게 언제 열리는지, 규모가 어느 정도 되는지, 누가 초대받는지 등에 대해서는 아무도 아는 바가 없었다. 그러나 이런 일에 상상력을 발휘할 때면 흔히 그러듯 다들 자기 의견이 사실인 것처럼 피력했다.

장소는 조 마르지오라더라, 최대한 많은 인원을 초대할 거라더라, 팬인지 아닌지 가려내기 위해 그동안 구매한 티켓을 확인한다더라, 듀 세비어가 팬들만을 위한 특별한 공연을 준비할 거라더라…….

정보가 하나씩 추가될 때마다 쉬머 부인은 정신을 차리지 못할 지경이었다. 티켓을 확인한다는 말에 금고에 따로 모아 둔 티켓들을 떠올리고 안도의 한숨을 내쉬는가 하면, 특별 공연이라는 말에 세비어가 등장하는 모습을 상상해 보고 아찔해지기도 했다. 극장장인 로넨 아이넨이 자신을 위해 가장 좋은 자리를 마련할 테니 어찌나 행복한 일인지!

"거기에 갈 수만 있다면 무얼 내줘도 아깝지 않겠어요. 아직까지도 초대 손님의 명단이 비밀이라니…… 쉬머 자작부인께서는 당연히 초대받으실 테지요."

다들 부러운 눈을 그녀를 바라보았다. 쉬머 부인은 자꾸만 위로 올라가려는 입꼬리를 누르기 위해 애써야 했다.

집으로 돌아온 그녀는 응접실에서 신문을 읽고 있던 남편과 마주쳤다.

"오브 살롱에 다녀왔어요. 오랜만에 친구들 얼굴 좀 보러요."

쉬머 자작은 신문에서 눈을 떼지 않고 시큰둥하게 대답했다.

"또 한껏 들떠서는 배우들 얘기나 했겠지요."

"배우들이라뇨. 우리가 얘기하는 사람은 듀 세비어 님 한 사람밖에 없는걸요."

"그렇소? 그것참 자랑스러우시겠구려."

쉬머 부인은 얼굴을 붉혔다.

"네, 정말 그래요. 그분에 대해서는 아무리 얘기해도 질리지 않아요. 사소한 일 하나하나 재미있고요."

"내 얘기는 그렇게 재미있게 들어 주지 않으면서, 듀 세비어는 떠올리기만 해도 그렇게 좋은가 보오."

"내가 언제 당신의 이야기를 재미있게 듣지 않았다는 거예요? 늘 집중해서 듣는걸요."

쉬머 자작은 손수건도 없이 코를 푸는 희한한 소리를 내고는 신문을 한 장 넘겼다. 남편의 그런 반응을 볼 때마다 쉬머 부인은 혼란스러웠다. 그만 응접실을 떠나 주길 바라는 걸까? 하지만 혼자 있고 싶은 거라면 대체 왜 서재에 가 있지 않고 자꾸 응접실에 내려와 있는 걸까.

"혹시 당신도 연극을 보러 가고 싶다면 말해요. 가장 좋은 박스석은 항상 우리를 위해 비워 두거든요. 극장장이 나를 배려해 준 덕분이에요."

"당신이 아니라 당신이 매년 극장에 후원하는 돈을 배려하는 거겠지요."

"로만 아이넨은 그렇게 속물적인 사람이 아니에요."

"맹세코 난 로만 아이넨보다 더 속물적인 사람을 본 적이 없소이다."

쉬머 부인은 그 말에 대꾸하는 대신 남편의 얼굴에 다정하게 입을 맞추고 자신의 방으로 올라갔다. 남편이 비난하는 사람은 항상 그녀를 위해 많은 걸 해 주었으므로 험담하는 걸 듣고 싶지 않았다.

화장대 앞에 가 앉자마자 그녀는 가장 먼저 듀 세비어의 장갑을 꺼냈다. 그러곤 하녀도 부르지 않고 직접 시간을 들여 장갑의 구겨진 부분을 하나하나 폈다. 마지막으로 냄새를 맡아보곤 아직 옅은 향기가 남아 있음에 안도했다. 장갑 주인의 손이 그 안에 들어 있다고 상상하며 자신의 얼굴을 묻는 게 마지막 순서였다.

아, 듀 세비어. 내 얼굴을 이리도 부드럽게 어루만지다니. 이 다정하고 또 다정한 사람 같으니.

"아무래도 경호원이 더 필요할 듯싶군."

"여기서 더 말입니까? 이미 차고 넘쳐 보이는데요."

"일부러 듀를 보러 여기까지 오는 사람들이지 않나. 무슨 일이 벌어질지 알 수 없어."

"걱정이 과하십니다, 극장장님. 말씀하신 대로 듀를 보러 오는 사람들인데 설마 배우를 해치기야 하려고요."

로만 아이넨은 자리에서 일어나 창가로 걸어갔다. 그의 방은 극장에서 제일 높은 곳에 위치해 있기에 내려다보이는 전망이 꽤 좋았다. 하지만 로만은 한 번도 거기서 감흥을 느껴 본 일이 없었다. 이 도시를 좋아해 본 적도.

"사랑을 표현하는 방식은 사람마다 다르지. 더러는 극단적인 경우도 있고."

"그렇게 걱정되시면 처음부터 이런 자리를 마련하지 않으시는 게 좋았을 텐데요."

"내가 하자고 했나? 듀가 원한 일이라 어쩔 수 없었네."

"러세스 같은 배우가 요구했으면 딱 잘라 거절하셨을 거면서, 극장장님은 유난히 듀에게 약하시다니까요."

로만은 미소와 함께 비서를 돌아봤다.

"그만큼 벌어 주니까. 러세스 같은 인물은 열 명을 데려와도 필요 없지."

"그 열 명을 데려와도 필요 없는 러세스 말인데요. 이번에 퍽 이상한 요구를 해 왔습니다. 극장에 자기가 머물 만한 방이 없는지 알아봐 달라고 하던데요."

"여기에? 갑자기 왜?"

"이제는 월세를 낼 돈조차 없거나 듀랑 또 한바탕한 거겠죠."

로만은 이마를 문지르며 투덜거렸다.

"당장 쫓아내도 시원치 않을 판에 방까지 내줘야 한다니……
그 자식은 듀 없는 자기가 조연 자리도 못 얻는다는 걸 언제쯤 깨달을 거지?"

"평소엔 냉철한 친구인데 듀하고만 관련되면 이상하게 자기 객관화가 부족해서요. 극장장님이 따로 언질을 주지 않는 이상 어려울 거라 보는데요."

"그런 짓을 했다간 듀가 다른 극장으로 가 버릴 거야. 별수 없군. 남는 방 있으면 하나 던져 줘. 하우스만 옆이라든지."

비서가 그의 말을 받아 적고 있을 때 노크 소리가 들려왔다. 로만이 들어오라고 이르자 문이 열리고 하얀 드레스를 입은 여성이 안으로 들어왔다. 그녀를 본 로만의 얼굴이 바로 녹아내렸다.

"왔니, 세라야."

"아빠, 정말 짜증 나 죽겠어요. 그 사람 말인데요. 이번에 또 이상한 편지를……."

잔뜩 골을 내며 들어오던 그녀는 비서가 같이 있는 걸 보고 입을 다물었다. 그러곤 언제 그랬냐는 듯 얌전한 태도로 인사했다.

"문안 인사드리러 왔어요. 아침에 늦잠을 잤는데 깨우지 않으셨더라고요."

"곤히 자길래 혼자 나왔지. 내게 할 말이 많아 보이는구나."

로만의 시선을 본 비서가 눈치 빠르게 일어나 그 방을 나가며 생각했다.

로만 아이넨이 딸 앞에서는 저런 모습이 된다는 걸 직접 보지 않으면 누가 믿을까.

"같이 좀 가자니까. 그렇게 빨리 걸으면 따라가기 어려운데."

"안 따라오면 될 거 아냐."

"이번엔 또 무슨 일로 화가 난 건데. 그냥 말로 해 주면 안 돼?"

"넌 그게 문제야, 듀. 스스로 생각해 보려고 하질 않는다고. 왜 항상 내가 모든 걸 가르쳐 줘야 하는데?"

"그야 너에 비하면 난 언제나 부족한 점이 많으니까 그렇지."

러세스는 환멸 섞인 눈으로 친구를 바라봤다. 그러거나 말거나 듀는 미소로 답했다. 말이나 못 하면, 저런 식으로 웃어넘기지나 않으면 지금보다는 덜 미울지도 모른다. 저 미소 하나에 얼마나 많은 사람들이 속아 넘어가는지! 자기가 아는 듀 세비어의 본모습이 알려진다면 팬이 반 이상 떨어져 나갈 텐데.

"그런 말 함부로 하고 다니지 마라. 옛날부터 널 알지 못했으면 비꼰다고 생각했을 거야."

"새삼스럽게 뭘. 넌 원래 매사를 비꼬아 생각하잖아."

러세스가 손을 들어 올리자 듀는 장난스럽게 피하는 시늉을 했다.

"그리고 난 네 그런 점이 좋아, 러세스."

"제발, 난 너의 이런 점이 제일 싫다고!"

듀는 그 말을 듣고도 유쾌하게 웃음을 터뜨렸다. 마치 자기가 듣고 싶었던 말을 드디어 들었다는 듯했다. 상대하지 말아야지 하고 러세스가 돌아서는 순간 마침 극장 밖으로 나오던 로만 아이넨의 비서와 마주쳤다.

"아, 러세스. 자네가 말한 방은 내가 구해 뒀어. 하우스만의 방 알지? 바로 옆이니까 쉽게 찾을 수 있을 거야."

"방이라고요?"

놀라서 반문한 쪽은 듀였다. 그러거나 말거나 러세스는 비서의 말에 얼굴을 구겼다.

"왜 하필이면 그 작자 옆이에요? 그쪽은 영 기운이 좋지 않은데."

"모르는 것 같아서 말해 주는데, 여기는 여관이 아니야. 이것도 극장장님께서 특별히 배려해 준 거니까 잔말 말고 들어가든지 따로 하숙집을 구하든지 해."

비서는 그걸로 할 말이 끝났다는 듯 손을 내저으며 가 버렸다. 투덜거리며 걸음을 옮기려던 러세스를 듀가 뒤에서 붙잡았다.

"방이라니, 방을 왜 구해? 내 집에 네 방 있잖아."

"어, 그 방에서 좀 나오려고. 지긋지긋한 너한테서 벗어나려고 그런다."

"어째서? 난 혼자 있고 싶지 않아, 러세스."

"그거야 네 사정이고. 거기 사니까 사람들이 자꾸 내가 너한테 빌……."

러세스는 하려던 말을 멈추고 혀를 쯧 하고 찼다. 이런 말을 해 봐야 눈앞의 철부지는 공감하지 못할 터였다. 처음부터 다 가진 놈들이 원래 그러니까.

"너도 이참에 혼자 있는 거에 익숙해져 봐라. 너라면 죽는 시늉까지 하는 팬들이 맨날 따라다니니니 쉽진 않겠지만."

러세스는 그때까지 자신의 팔을 붙들고 있던 친구의 손을 냉담히 떼어 내고 안으로 들어갔다.

리허설은 오후 3시부터였다. 단역들은 그보다 최소한 서너 시간은 일찍 왔고 러세스 같은 조연급은 한두 시간만 일찍 가면 되었다. 주연 배우들은 정각에 오거나 그보다 늦어도 뭐라 할 사람이 없었지만, 듀는 항상 러세스와 같은 시간에 왔다. 반면 메디아의 경우엔 이번에도 반 시간이나 늦었다. 처음에는 그래도 변명거리나마 지어내더니 이제는 그냥 뻣뻣하게 고개를 들고 들어왔다.

"급하게 오느라 바람 때문에 화장이 다 지워졌어. 다듬고 올 테니 좀 기다려 줘요."

그녀가 하녀와 함께 분장실로 사라지자 연출가는 소리 없이 한숨을 내쉬었다. 다른 사람들이 대본이나 무대를 점검하고 있을 때 러세스는 들으라는 듯 투덜거렸다.

"억울해서 나도 빨리 주연 자리를 꿰차든가 해야지. 그럼 리허설이 3시든 4시든 오고 싶을 때 올 텐데."

"그래? 그럼 말 나온 김에 네가 아노 백작의 역할을 한번 해 보는 게 어때. 어차피 메디아도 시간이 더 필요할 거 같고 말이지."

웃으며 그렇게 말한 사람은 듀였다. 러세스가 얼어붙어 있는 사이, 듀는 대답도 기다리지 않고 연출가에게 향했다.

"그래도 되죠? 어차피 제가 무대에 오르지 못할 일이 생기면 대역할 사람도 필요하고요."

"어? 그야 뭐…… 그렇긴 한데."

연출가는 떨떠름한 얼굴이었지만 듀가 말하니 뭐라 거부하지 못하는 기색이었다. 바로 이런 게 러세스가 생각하는 듀의 가장 큰 문제점이었다. 바라지도, 부탁한 적도 없는 일을 마치 호의를 베푸는 양 마음대로 저질러 버리는 거 말이다!

러세스가 한껏 일그러진 표정을 짓고 서 있었음에도 듀는 태연히 걸어와 자기 대본을 내밀었다. 주인공인 아노 백작의 대사에만 따로 표시가 되어 있는 대본이었다. 듀가 맡았던 여러 배역들 중에서 그 역할은 대체할 사람이 없다는 평을 듣는 걸로 특히 유명했다.

'본인이 제일 잘하는 배역을 일부러 시키다니. 사람들 앞에서 내게 망신을 줄 생각이군. 내가 자기 집에서 나간다고 복수하려는 거야.'

평소 같았으면 러세스도 자기처럼 비천한 배우가 어떻게 주연 자리를 대체할 수 있겠냐며 잔뜩 비꼬고 물러났을 거다. 하지만 그날따라 왠지 오기가 생겨 듀의 손에서 대본을 낚아챘다.

"까짓것 못 할 거야 없지. 메디아 양이 이렇게 훌륭한 기회를 줬으니 잘 살려야겠네."

러세스는 조명을 한 몸에 받는 무대 중앙으로 가서 섰다. 그러면서 문득 그 위치에 서는 일조차 그동안 별로 없었다는 걸 깨달았다. 무대는 동선마저 그렇게 주연을 위해 짜여 있다. 더러운 세상, 더러운 연극 무대 위 같으니라고.

아노 백작의 대사를 하나씩 읊으며 그는 곁눈질로 듀가 대본에 적어 놓은 메모들을 읽었다. 뭘 이런 것까지 적어 두나 싶을 정도로 세세한 부분도 있었다.

대사 발음에 좀 더 유의. 강세를 뒤쪽에 두라는 연출가님의
조언.
~~(오른쪽 허공을 향해 손을 뻗으며)~~ 뒤의 배우가 가려짐. 반대
방향으로.
함부로 눈물을 흘리지 말 것. 아노 백작은 유년기 시절부터
감정을 표출하지 않도록 교육받았음을 잊지 말 것.

연극계의 전설적인 명배우, 로디 세비어의 아들이라는 이유로 많은 사람들이 듀를 보고 재능을 타고났다고 말하곤 한다. 하지만 신인 시절부터 그를 알아 온 러세스는 듀가 얼마나 학구적이며 노력파인지 알고 있었다. 그렇다고 그걸 일일이 사람들에게 설명해 줄 생각은 없었지만. 또 모르지 않은가? 사실은 듀가 천재 소리를 듣고 싶어 하는지도.

"지금 뭘 하고 있지?"

러세스가 대사를 읊거나 말거나 널브러지듯 의자에 앉아 있던 연출가가 몸을 벌떡 일으켰다. 구경하던 다른 배우들도 마찬가지였다. 대체 소리도 없이 언제 들어온 건지, 객석 중앙에서 로만 아이넨이 냉담한 얼굴로 무대를 내려다보고 있었다.

"극장장님, 어…… 어쩐 일로 오셨습니까?"

"무대 준비가 어떻게 되어 가나 보러 왔네. 2주밖에 안 남은 걸로 아는데 꽤 한가해 보이는군. 연습은 다 끝난 모양이지?"

연출가가 러세스를 돌아보며 신경질적으로 내려가라는 손짓을 했다. 마치 지금 상황이 그의 탓인 양 말이다. 기분이 상한 러세스는 듀의 곁을 지나가며 대본을 픽 소리가 나게 안겨 주었다. 어쩌면 이것까지도 듀가 설계한 부분일지도 모른다는 생각이 들었다. 아니, 틀림없이 그럴 것이다.

"메디아 양이 분장을 고치러 잠시 자리를 비워서 말입니다. 배우들에게 잠깐 쉬라고 하던 참이었습니다."

"그래, 잘도 그럴 테지. 메디아는 오늘 몇 시에 왔나?"

이 대목에서 연출가는 치열하게 머리를 굴려야 했는데, 그 질문이 배우 개인의 불성실함을 파악하기 위함인지 아니면 배우를 제대로 관리하지 못한 자신을 지적하기 위함인지 판단하기 어려웠기 때문이었다.

"3시 조금 넘어서였을 겁니다. 그리 늦진 않았습니다."

그 정도쯤은 양해할 만하다는 걸 강조하기 위해 연출가는 슬쩍 미소를 곁들었다. 로만 아이넨의 얼굴이 전보다 굳어진 걸로 보아 역효과임이 분명했지만 말이다.

"주연 배우들과 따로 할 이야기가 있으니 리허설은 4시에 재개하도록 하게."

"알겠습니다."

주연 배우라는 말에 듀는 아무 부연 없이 로만을 따라갔다.
그렇게 두 사람만 무대 뒤 분장실로 향하자 나머지 사람들의
시선도 자연스레 그쪽으로 모였다.

"이번에야말로 한마디 하시겠지?"

"메디아는 그래도 싸지. 근데 왜 듀까지 데려가신 거야? 듀는
아무 잘못 없는데."

사람들이 이런저런 추측을 내놓고 있을 때 러세스가 뒤에서
혼자 중얼거렸다.

"그러게. 잘못한 건 나인데 말이야. 혼나는 것도 언제나 주연
이 먼저인가 봐."

"이래서 내가 한번 내려와 주길 바란 모양이군, 듀."

"예? 무슨 말씀이신지요."

"모르는 척하지 말게. 자네가 연출해 놓은 상황이었다는 거
알아. 차라리 연출가로 전향하지 그러나? 배우보다 그게 더 잘
어울리겠군."

듀는 여전히 무슨 말인지 모르겠다는 표정으로 웃었다. 과연
그 아비에 그 아들답다고 해야 할까. 로만은 듀의 아버지이자
전설적인 명배우 로디 세비어의 예전 모습을 떠올리며 말을 이
었다.

"나한테 그런 장면을 보여 줘 봐야 러세스에게 주연을 맡기

는 일 따위 없네. 차라리 데인을 시키면 모를까. 다른 역할도 아
니고 아노 백작이라니, 어림도 없지."

"러세스는 좋은 배우입니다. 언제나 열심이고요."

"뭐든 삐딱하게 바라보는 그 시각만 고치면 언젠가는 그렇게
될지도 모르지. 하지만 그럴 일은 없을 걸세. 사람은 생각보다
잘 바뀌지 않거든. 아니, 어떤 면에서는 전혀 바뀌지 않아."

"그런 말씀은 좀 서운한데요. 언젠가 절 보고 아버지를 닮았
다고 하셔서, 그렇게 되지 않기 위해 부단히 노력하고 있거든요."

몇 걸음 앞서 걷던 로만 아이넨은 분장실과 조금 떨어진 곳
에서 멈춰 섰다. 그러곤 듀를 돌아보며 말했다.

"데인이 그런 말을 하더군. 러세스는 냉철한 녀석인데 자네와
관련된 일에만 객관성이 부족해진다고. 그건 자네도 마찬가지
야. 친구를 도와주고 싶어 하는 마음은 알겠지만 이쯤에서 그
만두고 서로 갈 길을 가게. 마침 러세스도 자네 집에서 나와 따
로 방을 구한다더군. 그러라고 했어. 그게 자네나 러세스한테나
좋으니까."

"전……."

듀는 시선을 내려 벽 한구석을 뚫어져라 바라보았다. 열성적
인 그의 팬들이 본다면 '물에 젖은 듯 그윽한 눈빛'이라며 열광
해 마지않을 시선이었다.

"혼자인 게 정말 싫어요. 극장장님."

"그럼 결혼을 해, 결혼을. 손만 뻗으면 누구라도 붙잡을 수 있

으면서 왜 고생인가? 이런 말을 하면 잔소리나 늘어놓는 늙은이라고 생각할 거면서, 왜 자꾸 같은 말을 하게 만드느냐 말이야."

"손만 뻗으면 된다니요. 제가 극장장님의 따님과 결혼하도록 허락해 달라고 말하면 어쩌시려고요."

금세 평소대로 돌아간 듀가 장난기 어린 목소리로 말했다. 로만 아이넨은 깊은 한숨과 함께 등을 돌렸다.

"그래. 1년에 반 이상 우울감에 젖어 있는 자네일지라도 그 녀석보다는 차라리 나을지도 모르지. 감히 경시청 말단 직원으로 굴러먹는 놈이 내 딸을 넘보는 세상인데."

고개를 절레절레 저으며 로만은 메디아가 있는 분장실의 문을 두드렸다. 자신에게 볼일은 그것으로 끝난 것 같았기에 듀는 따라 들어가지 않았다. 다시 무대 방향으로 걸음을 돌리며 러세스를 무슨 말로 달래 줘야 하나 생각할 뿐이었다.

짐을 든 채 하우스만의 옆방으로 들어간 러세스는 경악을 금치 못했다. 좁아도 너무 좁았다.

'이런 데서 사람이 어떻게 살지? 아니면 처음부터 듀의 집이 너무 컸던 건가?'

간신히 다잡았던 마음이 하마터면 흔들릴 뻔했다. 그날 오후 듀가 아노 백작의 역할을 맡기며 망신을 준 일만 없었어도 분명 그의 집으로 되돌아갔을 거다. 하지만 이번 일로 분명해졌다. 더 이상 듀에게 휘둘려서는 안 된다는 걸, 자신에게 따라붙는 수많은 오명을 씻기 위해서라도 듀의 그늘에서 벗어나야 한다는 걸!

'그 녀석도 지금쯤 심심해 죽으려고 하겠지. 흥. 내가 옆에 있는 걸 늘 당연하게 여기더니, 꼴좋다.'

해가 지고 밤이 깊어 오면 듀는 항상 러세스의 방문을 두드리고 들어와 대본 연습을 하자고 조르거나 술을 마시자고 했다. 두 잔만 마셔도 벌겋게 취하는 녀석이 술은 왜 그렇게 또 찾는지, 취하면 자기 방으로 돌아가지 않고 꼭 러세스의 침대를 빼앗아 곯아떨어지곤 했다. 생각만 해도 지긋지긋한 녀석이었다.

너무 좁았던 탓일까. 얼마 지나지 않아 무료함을 느낀 러세스는 방을 나와 극장 안을 돌아다니기 시작했다. 굳이 분장실이 있는 쪽 복도를 지나간 건, 혹시라도 듀가 아직 집에 가지 않고 거기 남아 있나 확인하기 위함이 결코 아니었다. 한데, 그럼 그렇지. 듀의 분장실에 불이 켜져 있었다. 그걸 보고 반가운 기분이 들다니 어지간히도 좁은 방이 마음에 들지 않았던 모양이다.

"내 이럴 줄 알았지. 아직도 집에 안 가고 여기 처박혀서 뭐 하나?"

노크도 없이 문을 열었던 러세스는 깜짝 놀랐다. 안에는 듀가 아닌 다른 사람, 그것도 신분이 높아 보이는 여성이 있었다. 순간 러세스는 난감하게도 자신이 친구의 비밀 연애 현장을 목격했다고 생각했다. 그러나 그러기 위해 필요한 요소, 즉 당사자가 방에 없었다.

"누구십니까? 듀하고 같이 계셨나요?"

"아니, 난⋯⋯."

여성은 매우 당황하고 있었고, 심지어 손에 든 무언가를 감추려고 슬금슬금 가방을 열고 있었다. 그때 로만의 비서가 높이 사는 동시에 안타까워하는 러세스의 날카로운 직관이 빛을 발했다. 극장 문지기가 이 시간에 들여보내 줄 정도로 잘 아는 사람, 높은 신분, 게다가 듀의 분장실을 기웃거린다라.

"실례했습니다. 저희 극장의 후원자셨군요."

러세스는 미소를 띠며 고개를 숙여 인사했다. 눈으로는 그 여성이 손에 쥐었던 걸 가방 속에 넣는 모습을 똑똑히 보고 있었다.

"듀에게서 말씀 많이 들었습니다. 여길 자유로이 드나드실 분은 부인밖에 없다는 걸 진작 눈치챘어야 하는데 말입니다. 제가 아둔했습니다."

"네? 세비어 님⋯⋯ 아니, 세비어 씨가 내 이야기를 했다고요?"

"물론입니다. 지금껏 그 친구가 후원자에 대해 이야기할 때 그렇게 눈을 빛내는 모습은 본 적이 없지요. 오늘 이렇게 가까이에서 만나 뵈니 그 이유를 알겠습니다."

여성은 숨이라도 막히는 것처럼 이상한 소리를 냈다.

"무슨 이야기를 대체, 그분이 나에 대해 뭐라고 하셨는지⋯⋯."

"아, 죄송합니다. 아무리 그래도 저와 가장 친한 친구가 사적으로 한 이야기를 발설할 수야 있나요. 부인께서 들으셨다면 몹시 기뻐하셨을 거라는 말씀만 살짝 드릴 수 있겠군요."

러세스의 입에만 온통 집중하고 있던 여성의 얼굴이 놀랄 정도로 빨갛게 물들었다. 물론 러세스는 그녀의 이름도 몰랐고 듀가 언급하는 걸 들은 적도 없었다. 다만 언젠가 지나가듯 '분장실에서 자꾸 내 물건이 없어지는 것 같아. 극장 사람들을 의심하고 싶진 않지만……' 하고 듀가 말했던 걸 기억해 냈다. 오늘에서야 그 이유를 알 수 있었다.

"참, 세비어 씨의 친한 친구분인데 내가 실례했군요. 배우들의 이름을 다 기억하지 못해서 미안해요. 당신의 이름을 말해 줄 수 있나요?"

"러세스 카일입니다, 부인. 지금껏 변변찮은 역할밖에 맡은 적이 없어서 기억하지 못하시는 것도 당연하지요."

"무슨 그런 말을, 조 마르지오의 무대에 오르는 배우들은 모두 훌륭한걸요."

러세스는 이 말에 다만 미소로 답하고, 그녀를 에스코트하기 위해 한쪽 팔을 내밀었다. 부인은 순순히 그에게 손을 맡기고 따라왔다.

극장 밖으로 나가는 길을 안내하며 러세스는 그녀가 얼마나 자주 이런 식으로 극장에 침입했을지 생각해 보았다. 차림새로 보아 평판이 중요한 사람일 텐데 아랑곳하지 않고 이런 짓을 벌이다니, 그 정도로 듀를 좋아하는 걸까? 그렇다면 분명 듀의 물건만으로는 만족하지 못하게 되는 날이 올 텐데.

아, 그렇다면.

'네가 나한테 한 짓에 비하면 이 정도는 약하지.'

러세스는 속으로 비웃고 극장 문을 나서기 전 부인을 돌아보며 말했다.

"그런데 듀한테 조금 너무하시는 게 아닌지요."

"네? 너무하다…… 너무하다니요?"

그녀가 어쩔 줄 몰라 하며 자신의 가방을 만지작거렸다. 러세스는 일부러 그쪽에 한동안 시선을 둔 뒤 대답했다.

"듀가 종종 그런 말을 하던데요. 소중한 분을 위해 늘 자신의 것을 내어 주는데, 상대에게선 아직 아무것도 받지 못했다고요."

러세스는 똑똑히 보았다. 눈앞의 여성이 숨을 크게 들이쉰 채 그대로 멎는 모습을.

"참 가엾게도 말이죠. 듀에게도 뭔가, 그러니까 그분을 그리워할 만한 뭔가가 필요한 모양이던데……."

부인이 자신의 품에서 손수건을 꺼내 러세스의 손에 쥐여 준 속도는 그야말로 빛과 같았다. 날카로운 러세스의 눈으로도 채 포착하지 못했을 정도였다.

"이걸 그분께, 괜찮으시면 대신 좀……."

"물론이지요. 이런 영광을 허락해 주셔서 감사합니다, 부인."

그녀는 몹시 얼굴을 붉히며 마차에 올랐다. 그러면서 잠시 발을 헛디디는 것이 아직도 정신을 차리지 못한 듯 보였다. 러세스는 손수건을 넣은 자신의 주머니를 톡톡 두드림으로써 아주 잘 전해 받았다는 뜻을 전달했다. 부인은 고맙다는 의미로 고개를 살짝 숙여 보이더니 마차와 함께 떠났다. 세상일은 이래서 참 알 수 없다. 저런 귀부인이 자신에게 고개를 숙이는 날이 다 오다니.

"방금 떠난 저 사람, 누구인지 알아요?"

옆에서 같이 마차를 배웅하던 문지기에게 묻자 그는 익숙한 일이라는 듯 심드렁하게 대답했다.

"쉬머 자작부인이야. 듀의 오랜 팬이지. 열성적이긴 한데 좀 지나쳐. 밤마다 극장에 들어가서 뭘 하고 나오는지 모르겠다니까. 나야 저런 신분의 사람을 막을 힘이 없지, 뭐."

"극장장님은 이 사실을 모르시고요?"

"그랬다간 난 이거야."

문지기가 자신의 목을 긋는 시늉을 해 보였다. 러세스는 고개를 끄덕이고 극장 안으로 들어가며 미소를 지었다.

'여기에 방을 얻는다는 게 이렇게 즐거운 일이 될 줄 미처 몰랐는걸.'

자신을 보러 와 주고 응원해 주는 팬이 없다면 지금 하는 일이 다 무슨 소용일까. 듀는 늘 그렇게 생각했다. 같은 공연을 보기 위해 몇 번이고 입장료를 내는 사람들을 소중히 여겨야 한다고.

로만이 반대했던 팬들과의 만남은 그렇게 성사되었다. 무대에서는 긴장하는 경우가 별로 없는데 그날따라 이상하게 긴장이 되었다. 사회는 로만의 비서 데인이 맡았다. 극장을 훤히 꿰고 있는 그는 몇몇 열성적인 팬들에 대해서도 잘 알았고, 문제를 일으키지 않을 사람들로만 특별히 선별했다.

그중 쉬머 자작부인은 특히 빠뜨릴 수 없는 존재였다. 그녀가 조 마르지오에 쓰는 돈은 상상 이상으로 많았고 그게 듀 때문임을 모르는 사람은 없었다. 듀 역시 그녀에게 고마움을 느꼈지만 언제 어디에서건 자신에게서 결코 떨어지지 않는 시선이 가끔은 부담스러울 때도 있었다.

행사가 시작되자 듀는 팬들과 인사를 나누고 적당히 자신의 근황을 말해 주었다. 준비했던 1인극을 짤막하게 선보였으며 곧 있을 「펠라디아의 오후」 공연에 대한 홍보도 잊지 않았다. 마지막으로 팬들은 무대 위에서 그와 차례대로 악수하고 극장을 떠나도록 되어 있었다.

듀는 이날 입은 슈트 가슴 주머니에 행커치프를 한 상태였다. 결코 자신을 먼저 찾는 일이 없던 러세스가 어쩐 일인지 전날 보러 와서는, 오늘 행사 때 그 손수건을 사용해 달라고 말했다. 난데없이 행커치프라니. 자신을 놀리려는 게 분명했지만 지난번 일로 계속 삐쳐 있던 친구라 이 정도는 감수해야지 싶었다.

악수하기 위해 마지막까지 남아 있던 사람은 쉬머 자작부인이었다. 꿈꾸듯 몽롱한 눈빛으로 다가오는 그녀를 보며 듀는 약간 부담스러운 기분을 느꼈다. 자작부인이란 지위를 이용해 맨먼저 나올 법도 하건만 일부러 순서를 미뤘다는 게 퍽 의미심장하게 느껴졌다.

"그걸 해 줬군요. 그것도 당신의 가슴에……."

뜬금없는 그녀의 말에 듀는 어리둥절한 기분을 느꼈다. 아무튼 악수하기 위해 손을 내밀자 자작부인이 양손으로 그의 손을 덥석 잡았다. 그러곤 위험할 정도로 그녀의 가슴 가까이 가져갔다.

"오늘까지도 믿지 못했어요. 어쩌면 내가 착각했을 수 있다고 생각했지요. 아, 난 정말 행복해요. 지금 여기서 죽어도 여한이 없을 거예요."

그녀의 반응엔 다소 과장된 면이 있었지만 듀는 이런 식으로 말하는 팬들을 많이 봐 온 터였다. 그래서 다만 자신을 가까이에서 만나 감격한 거라고 생각했다.

"이런 뜻깊은 날 그런 일이 생기면 곤란하지요. 다음에 제 연극을 또 보러 오셔야 하지 않겠습니까?"

"하지만 듀, 우리가 이렇게 서로의 마음을 확인했는데 왜 나중까지 기다려야 하지요?"

그동안 쉬머 자작부인과 후원자들을 위한 파티에서 종종 마주쳤지만, 지금처럼 자신의 이름을 부른 적은 없었는지라 듀는 살짝 놀랐다.

"물론 저를 아껴 주시는 만큼 저도 팬분들을 소중히 여긴답니다. 하지만 이런 자리를 자주 마련하는 일이 그리 쉽지 않아서요. 이번에 극장장님께도 폐를 많이 끼쳤습니다."

"로만 아이넨이 대체 뭐라고요. 그 사람은 속물에 불과해요."

그녀답지 않게 극장장을 깎아내리는 말에 듀는 눈살을 찌푸렸다. 그나저나 자신의 손은 언제쯤 놓아 줄 생각인 걸까.

"언제가 좋을까요? 내가 당신의 분장실로 가면…… 난 오늘 밤이라도 좋아요."

그 말만큼은 듀도 달리 알아들을 수 없었다. 그래서 정색하며 즉시 손을 빼냈다.

"무슨 말씀을 하시는 건지 모르겠습니다. 전 행사가 끝나는 대로 집에 돌아갈 생각입니다만."

"그렇다면 집이 어디인지 내게도 알려 줘야죠. 짓궂은 구석이 있네요, 당신."

"쉬머 자작부인."

듀는 한 걸음 뒤로 물러나 할 수 있는 한 그녀를 냉담하게 바라보았다.

"실례지만 부인께서 지금 뭔가 착각을 하고 계신 것 같습니다. 부인과 제가 단둘이 만날 일은 결코 없습니다. 그래서도 안 되고요."

뭔지 모를 그녀만의 공상에서 쉬머 부인은 그제야 빠져나온 듯 보였다. 충격과 부끄러움이 뒤섞인 얼굴로 그녀가 듀의 가슴 쪽을 바라보았다. 마치 그 안에 뭐가 들어 있는지 보려는 듯이. 그러더니 흐느낌을 토해 내곤 듀의 가슴 주머니에서 허락 없이 손수건을 꺼내 가 얼굴을 가렸다. 그리고 종종걸음으로 무대를 빠져나갔다.

마지막 순서라서 극장 관계자들 말고 무대 위에 아무도 없어서 다행이었다. 다른 팬들이 이 모습을 목격했더라면 다음 날 신문 1면이 어떻게 됐을지 불 보듯 뻔한 일이었다.

"도대체 무슨 일이 있었던 거야, 듀? 쉬머 부인이 저러는 건 처음 보는데. 후원하는 금액에 비해 그동안 희한할 정도로 조용하더니, 갑자기 저돌적으로 나오시네."

"저도 모르겠습니다. 짐작조차 되지 않네요."

비서의 말에 답하며 듀도 뜻밖의 일이라고 생각했다. 이번 일에 그가 친구라고 믿고 있는 사람의 손길이 미쳤을 거라곤 조금도 상상할 수 없었다.

손수건으로 얼굴을 가린 채 뛰어가고 있었기에 쉬머 부인은 눈앞에 있는 사람을 보지 못했다. 결과적으로 상대의 품에 안기듯 뛰어들고 말았다. 깜짝 놀라 고개를 들자 일이 이렇게 되게 만든 원흉이 보였다.

"아니, 쉬머 자작부인 아니십니까? 무슨 일입니까, 왜 그런 얼

굴이시죠? 오늘 듀와의 만남이 있어 무척 기뻐하실 줄 알았는
데요."

"이름이…… 아, 카일 씨라고 했지요. 친구분에 대해 당신이
뭔가 착각했던 게 틀림없어요. 이런 짓을 저지르다니, 다시는 세
비어 님의 얼굴을 보지 못할 거예요."

"잠시만요, 부인. 진정하시고 무슨 일이 있었던 건지 좀 더 차
분히 이야기해 주십시오."

주위에선 모두 오해하지만 러세스라고 언제나 냉정하고 비틀
린 태도를 보이는 건 아니다. 마음만 먹으면 그도 얼마든지 착
하고 상냥한 사람이 될 수 있었다. 그러니까, 그래야 할 필요가
있을 때는.

난처하고 절망스러운 기분이었기에 쉬머 부인은 자신에게 내
밀어진 다정한 손을 거부하지 못했다. 그녀는 러세스가 이끄는
대로 어느 좁은 방 안으로 들어갔다. 평소의 그녀였다면 결코
그런 행동을 하지 않았겠지만, 지금은 이성적인 판단을 내릴
수 있는 상태가 아니었다.

팬들과의 모임에서 있었던 일을 짤막하게 전해 주자 러세스
는 부드럽게 웃었다.

"그러니까 그 친구가 부인의 손수건을 보란 듯 가슴에 넣고
나왔다는 말이지요."

"그래요. 그러니 내가 오해하지 않을 수 있었겠어요? 하지만
세비어 님은 딱 잘라 아니라고 하셨어요. 그렇게 말씀하실 때

의 눈빛은 정말이지…… 아, 다시는 그분의 얼굴을 볼 수 없을 거예요."

"그렇게 비관적으로 생각하지 마십시오, 부인. 그 상황에서는 듀도 그럴 수밖에 없지 않았겠습니까? 무대 위에는 그 친구 말고 극장장의 비서나 다른 스태프들이 같이 있었어요. 그러니 공개적인 장소에서 부인이 단둘이 만나겠다는 약속 같은 걸 할 수 있을 리가 없죠."

이 말에 쉬머 부인의 눈물이 뚝 멎었다. 그러곤 천천히 러세스의 말을 되새겼다.

"그런가……?"

"저는 사교계에 대해 잘 모르지만, 지위가 높으신 귀부인들이 잘생긴 가수나 배우를 애인으로 두는 경우가 많다고 들었습니다. 그럴 땐 다들 알면서도 모르는 척하는 게 관례라던가요. 아마도 듀는 부인의 증표를 살짝 보여 주는 걸로 자기 마음을 드러내고 싶었을 뿐, 부인께서 그렇게 공개적으로 말을 꺼낼 줄 몰랐을 겁니다. 당황한 만큼 차가운 태도가 나오는 것도 당연하지요."

"세상에, 정말 그렇군요. 당신 말이 맞아요. 내가 눈치 없는 짓을 했어요. 듀가 많이 실망했을 텐데…… 난 어쩌면 좋죠?"

"괜찮습니다, 부인. 얼마든지 만회하실 수 있으니까요. 듀가 먼저 자기 마음을 드러냈으니 부인께서도 부인의 마음을 보여 주시는 겁니다. 다만 오늘 같은 일이 있었으니 웬만한 방법으로는 듀의 화를 풀어 주기 어렵겠지요. 그러니 가슴에 품고 계신 만큼 분명히 보여 주셔야 해요."

가슴에 품고 있는 만큼 보여 주라는 말에 쉬머 부인의 심장이 날뛰기 시작했다. 듀를 사랑하는 그녀의 마음은 너무도 커서 손수건 같은 소극적인 방법으로는 턱없이 부족했다. 세상 사람들이 다 듣도록 광장 한복판에서 외친다면 모를까.

"나는 그분을 위해서라면 죽을 수도 있어요."

"글쎄요, 많은 이들이 사랑 앞에서 목숨 정도는 아무렇지 않게 내줄 것처럼 말하죠. 하지만 정말로 그렇게 하는 사람은 본적이 없습니다."

"진심으로 나는 그럴 수 있어요."

이 말에 러세스는 잠깐 멈칫했지만 이내 미소를 띠며 말했다.

"물론 부인의 마음을 감히 의심하는 건 아닙니다. 그 정도로 깊이 듀를 생각하신다면 틀림없이 그걸 증명할 만한 좋은 방법도 떠올리실 수 있을 겁니다. 쉽진 않겠지만, 사랑을 증명하는 일이 원래 그러니까요."

사랑을 증명하는 일이라니. 그 말이 주는 울림이 얼마나 컸던지 쉬머 부인은 거의 정신을 차릴 수 없을 지경이었다. 흥분한 그녀는 러세스에게 바싹 다가서며 물었다.

"펠라디아처럼 말인가요?"

"그래요. 「펠라디아의 오후」에서 아노 백작은 펠라디아가 그녀의 사랑을 증명해 보이기 전까지 그 마음을 믿지 못했죠. 이번에 부인께서 펠라디아의 역할을 하시는 겁니다."

듀에게 마음을 보여 준다는 생각만으로도 가슴이 터질 것 같은데 가장 좋아하는 극의 주인공 역할까지 맡는다니.

쉬머 자작부인은 그때부터 넋이 나가 있었고 러세스는 그런 그녀를 밖으로 이끌었다. 그리고 그녀를 마차로 에스코트하며 배려심 넘치게도 이런 말을 덧붙였다.

"감히 제가 조언을 하나 드리자면, 듀는 배우라는 사실을 명심하십시오. 배우들은 언제나 극적인 걸 좋아하는 법이죠."

「펠라디아의 오후」가 조 마르지오에서 상연되는 건 이번이 세 번째였다. 첫 번째는 20년 전으로 저 유명한 로디 세비어가 아노 백작의 역할을 맡아 연극계에 열풍을 일으켰었다. 그러나 초연이 끝나고 무엇이 마음에 들지 않았는지 각본가가 재연을 거부했고, 그러다 몇 년 전 대본을 대폭 수정해서 두 번째로 무대에 올렸다.

이때 대대적으로 개최한 오디션에서 로디 세비어의 아들 듀 세비어가 아노 백작 역할로 뽑혔고, 워낙 유명한 배우의 아들인지라 아버지의 역할을 잇는 것에 대해 많은 사람들이 관심과 우려를 표했다. 훌륭한 부모의 그늘 밑에서 자란 자식이 제 능력을 펼치지 못하는 경우를 종종 보아 왔기 때문이었다. 그러나 듀 세비어는 모두의 걱정과 달리 아버지 이상으로 그 역할을 해

냈고 공연은 연장에 연장을 거듭하며 성황리에 막을 내렸다.

그 후로 3년이 지나 다시 무대에 오르는 지금, 듀에게 있어 아노 백작의 역할은 친숙한 옷을 입은 것과 같았다. 처음으로 아버지를 떨쳐 냈다는 느낌을 주었기에 그에게는 의미가 깊은 역할이기도 했다. 연습 때 속을 좀 썩이긴 했지만 메디아 역시 펠라디아의 역할을 훌륭하게 소화했다. 두 사람은 적어도 무대 위에서만큼은 몇몇 열성 팬들이 질투할 정도로 호흡이 잘 맞았다. 무대 아래에서야 뭐…… 관객들이 거기까지 알 필요는 없으니까.

그날은 첫 무대였기에 극장장인 로만 아이넨이 딸과 함께 가장 좋은 자리에서 지켜보고 있었다. 쉬머 자작부인도 마찬가지였다. 팬들과의 만남 때 있었던 불미스러운 일 때문에 그녀가 오지 않을지도 모른다고 생각했지만, 다행인지 불행인지 쉬머 부인은 언제나처럼 자기 자리를 지키고 있었다.

그 일은 비서를 통해 로만 아이넨의 귀에도 들어갔는데 극장장은 듀에게 그녀를 사적으로 만나지 말라고 경고하는 것 외에 다른 조치를 취하지 않았다. 조 마르지오를 운영하는 데 있어 그녀의 자금은 너무도 중요했으니까. 어쩌면 너무 많이.

"당신을 위해 나는 오랜 친구와의 맹세도 깨고 마음을 열었는데…… 어떻게 당신이 내게 이럴 수 있습니까. 내게 했던 그 달콤한 말들은 다 거짓이었습니까?"

아노 백작이 펠라디아에게 천천히 다가가며 말했다. 그의 눈가가 젖어 들었지만 결코 눈물을 떨어뜨리지는 않았다.

"날 사랑한다는 말을 믿었습니다. 세상에 내보일 것이라곤 냉소밖에 없던 내가 처음으로 진심 어린 미소를 짓게 만들었어요. 그런데 그 모든 게 거짓이었다니……."

"거짓이라는 말을 어떻게 그리 쉽게 입에 담죠? 날 사랑한다면 내 말을 믿어야죠. 눈에 드러난 것만이 진실이 아니라는 걸 알아야죠."

처음 사랑을 하는 사람이 흔히 그렇듯 아노 백작은 앞으로 나아가는 것 외에 다른 방향은 알지 못했고, 현저하게 좁아진 시야로만 상황을 판단했다. 펠라디아가 정말 자신을 사랑한다면 한 점 의심 없이 자신을 믿고 따라야 했다. 자신이 보여 준 사랑만큼 펠라디아도 자신에게 마음을 증명해야만 했다.

"증명하라니요. 대체 사람이 자신의 감정을 무엇으로 증명하죠? 슬픔이라면 뻔한 눈물을, 행복이라면 기꺼이 웃음을 보여 드리겠죠. 그러나 사랑을 위해서는 당신에게 무엇을 보여 드려야 할까요. 어떻게 해야 날 믿을 거죠?"

극은 클라이맥스를 향해 가고 있었다. 원래 이다음에는 대사가 없고 아노 백작이 펠라디아에게 하는 행동이 수많은 팬들의 가슴을 울리곤 했다.

그런데 그날따라 무슨 이유에서인지, 아니면 세 번째로 무대에 올라오며 또다시 대본이 바뀐 건지 어디선가 이런 대사가 들려왔다.

"내가 그걸 증명할 수 있어요. 사실, 사랑을 증명하는 일은 너무나 쉬워요."

누군가 이렇게 외치며 무대 위로 올라설 때 많은 관객들은 그게 준비된 연출인 줄 알았다. 그러나 무대 밑에서 지켜보고 있던 연출가를 비롯한 극장 직원들, 무대 위의 연기자들, 2층 박스석에 있던 극장장과 그의 딸은 경악을 금치 못했다.

평소답지 않게 화려한 옷을 걸친 여성이 무대 위로 성큼성큼 올라왔다. 그러곤 아노 백작, 아니 듀 세비어의 정면으로 와 그를 마주 보고 섰다. 곁에 서 있던 메디아는 자신이 펠라디아 라는 것도 잊고 입을 떡 벌렸다. 배우를 하다 보면 온갖 희한한 일들을 겪곤 하지만 그날 벌어진 일은 정말이지 그녀에게도 놀라운 것이었다.

쉬머 자작부인은 언제부터 손에 들고 있었는지 모를 물건을 당당히 자신의 목에 가져다 대었다.

"난 당신이 내 사랑을 이렇게까지 시험할 줄 몰랐어요. 당신을 위해서라면 난 뭐든 할 수 있어요. 죽을 수도 있다는 말이에요. 거짓말 같은가요? 하긴, 얼마나 많은 사람들이 그 말을 쉽게 입에 담았겠어요. 하지만 난 진심이에요. 진심이라는 걸 보여 주겠어요."

"쉬머 자작부……."

듀가 손을 뻗었으나 이미 늦은 뒤였다. 그만큼 그녀의 행동에는 한 치의 망설임도 없었다.

모두가 보는 앞에서 쉬머 자작부인은 칼로 자신의 목을 그었다. 놀랄 만큼 새빨간 피가 조명 아래에서 자극적으로 뿜어졌다. 물론 그 피를 고스란히 뒤집어쓴 건 바로 앞에 서 있던 듀 세비어였다. 어떤 돌발 상황에서도 침착하던 그가 지금은 완전히 넋을 놓고 있었다.

　그다음으로 연출가, 스태프, 밑에서 대기하던 다른 배우들까지 한꺼번에 무대 위로 달려들었다. 지켜보던 관객들 중 절반은 비명을 지르며 자리를 떠났지만 나머지 반은 흥미진진한 눈으로 이 모습을 구경하고 있었다.

　로만 아이넨이 박스석을 벗어나 무대로 달려가며 그답지 않게 소리를 지르고 허둥거렸다는 말이 나중에 떠돌았다. 하지만 그보다 훨씬 더 많은 사람들이 쉬머 자작부인의 자해와 그녀의 남편이 보여 준 헌신, 피를 뒤집어쓴 듀 세비어에 대해 말할 것이다.

　그리고 세 번째로 조 마르지오 무대에 오른 「펠라디아의 오후」는 모든 회차가 매진을 기록했다.

　"듀 세비어는 이제 단순히 배역을 맡은 걸 넘어서서 아노 백작이라는 캐릭터가 대본 밖으로 걸어 나와 현실에 존재하는 듯하다. 또한 이번 무대에서 유달리 눈에 띄는 조연이 있는데……."

쉬머 부인은 창밖을 바라보며 남편이 신문을 읽어 주는 소리를 듣고 있었다. 그녀의 목은 붕대로 단단히 감겨 있었으며, 의사는 그녀에게 한 달 동안 절대로 말을 해서는 안 된다는 처방을 내렸다. 음식도 물처럼 묽은 수프밖에 먹을 수 없었다. 그래도 그녀는 충만한 기분을 느끼며 누워 있었다.

'난 증명해 보였어. 이번에는 망설이지 않았어.'

신문을 읽어 주던 소리가 멈추자 쉬머 부인은 남편에게 고개를 돌렸다. 자신을 보는 남편의 시선을 무어라 해석하기 어려웠다. 결혼할 때부터 그는 늘 그렇게 어려운 사람이었다.

"다음 달이면 공연이 끝난다는군요. 얼른 나아야 다시 보러 가지요."

대답을 할 수 없어 쉬머 부인은 남편을 가만히 바라보기만 했다.

"당신이 그렇게 칭찬할 땐 별로 이해가 가지 않았는데, 직접 보니 잘하긴 하더이다. 예전에 로디 세비어가 하던 모습도 본 적이 있는데 아들이 더 잘하는 것 같아요."

쉬머 부인이 남편을 향해 가만히 손짓했다. 익숙한 듯 그가 손을 내밀자 부인은 그의 손 위에 글씨를 썼다.

— 오브 살롱에서 열리는 모임에 가고 싶다면 언제든지 말해요. 그분의 팬이라면 누구든 환영이니까.

쉬머 자작은 격렬하게 기침을 터뜨릴 정도로 웃었다.

"당신을 따라 듀 세비어의 팬 모임에 가입하라는 겁니까. 이런 지경이 되어서도 여전히 좋은가 보군요. 그 친구는 당신을 한번 보러 오지도, 꽃조차 보내지 않는데."

— 그러기엔 너무 바쁜 사람이에요. 사람들이 보는 눈도 있고요.

쉬머 자작은 그녀에게서 손을 거두고 신문을 접어 옆에 놓았다.

"아노 백작은 참으로 재미있는 역할이 아닐 수 없어요. 결국 자신을 배신하게 될 여성을 끝까지 믿다니, 아니 믿어 주는 척하다니 말이에요. 지고지순함이 미덕인 시대는 오래전에 지났을 터인데, 사람들은 여전히 그런 비현실적인 사랑을 좋아하나 봅니다."

만약 남편의 손이 아직 제자리에 있었더라면 쉬머 부인은 이렇게 썼을 거다.

— 당신이 그에 가장 가깝지 않나요. 그런 일이 있었는데도 나를 버리지 않고 여전히 남아 있다니.

그때 방문을 두드리는 소리가 들리고 집사가 안으로 들어왔다. 그러곤 쉬머 자작에게만 들리도록 뭔가를 속삭였다. 자작은 약간 놀란 표정을 짓더니 부인에게 자기 손을 내밀었다.

"그 친구도 양반은 못 되는가 봅니다. 듀 세비어가 찾아왔다는군요. 만나고 싶은가요?"

쉬머 부인은 남편의 손바닥 위에 몇 번이고 동그라미를 그렸다. 자작이 자리에서 일어나려 하자 다급히 글씨를 덧붙였다.

— 이디를 먼저.

자작은 뜻 모를 웃음과 함께 고개를 끄덕이고 부인의 하녀를 불러 주었다.

듀처럼 바쁜 사람을 오래 기다리게 할 수는 없었다. 그러나 누워 있느라 헝클어진 모습 그대로 만날 수도 없었다. 쉬머 부인은 말없이 시선만으로 하녀를 채근해 최대한 매무새를 단정히 했다. 그러고 나서 잠시 후 듀가 혼자 들어왔다. 남편이 동행하지 않은 건 그 나름의 배려였으리라.

"좀 더 일찍 찾아뵈었어야 한다는 걸 압니다. 하지만 저에게나 부인에게나 시간이 조금 필요할 것 같았습니다."

쉬머 부인은 목을 움직여선 안 된다는 의사의 말도 잊고 열심히 고개를 끄덕였다.

"손을…… 가져다 드리면 대화가 가능하다고 들었습니다."

듀가 손을 내밀 때 망설이는 걸 자작부인은 똑똑히 보았다. 그래서 예전처럼 두 손으로 덥석 잡는 대신 손가락 하나만 조심스레 올려 두고 글씨를 썼다.

— 난 이제 괜찮아요. 공연 때문에 바쁠 텐데 찾아와 줘서 고마워요.

"인기가 대단히 좋아 4주 더 연장하게 되었습니다. 덕분이라고 말한다면 좀 이상하겠지만요."

듀가 살짝 미소를 띠었다. 쉬머 부인은 그런 그가 처음으로 가깝게 느껴진다고 생각했다. 후원자들을 위한 파티에서 나란히 서서 대화를 나눌 때도, 팬 모임에서 손을 잡았을 때도 그런 기분을 느끼지 못했는데.

"주제넘은 말일지도 모르겠습니다만, 전 사랑을 증명하기 위해 목숨을 걸어야 한다고는 생각하지 않습니다. 그러니 앞으로는 그런 일을 하지 않으셨으면 좋겠습니다. 가끔 전…… 주제에 비해 지나치게 과분한 사랑을 받고 있는 게 아닌가 생각합니다."

─ 주제라니, 그렇게 말하지 말아요. 당신을 사랑하는 사람들이 얼마나 많은데요. 당신은 충분히 사랑받을 만해요.

"부인께서도 그러십니다."

듀 세비어는 잠시 문 쪽을 응시했다.

"사실 이 집에 들어오면서 얼굴을 가리고 있었습니다. 자작님에게 매를 맞을지도 모른다는 생각이 들어서요. 그럴 거면 무대를 위해 얼굴만큼은 보호하려고 했지요. 하지만 자작님께선 그러지 않으시더군요. 정말 신사다운 태도로 맞아 주셨습니다."

─ 원래 그런 사람이에요.

"원래 그런 분이라고 해도, 부인을 정말로 사랑하지 않으면 못 하실 행동입니다."

쉬머 부인은 쓸 수 있는 말을 찾으려고 했지만 그러지 못했다. 그래서 듀의 손바닥을 톡톡 두드리는 걸로 대신했다.

"아무튼 무사하셔서 다행입니다. 사실 주위에선 제가 오늘 방문하는 걸 말렸습니다. 사람들이 알게 되면 또다시 이상한 소문이 퍼질 거라고요. 그래도…… 한 번은 찾아와야겠다고 생각했습니다."

— 고마워요. 그리고 미안해요. 틀림없이 당신도 내 행동 때문에 많이 놀랐을 테지요.

"놀라기는 했습니다만, 부인께서 그런 행동을 하신 데에는 어떤 이유가 있었을 거라고 생각합니다. 서로 간에 뭔가 오해가 있었을 거라고요."

분명 그렇기는 했다. 쉬머 부인은 지금도 묻고 싶었다. 정말로 자신에게 아무 마음이 없었다면 증표로 전한 손수건을 왜 그렇게 보란 듯 가슴에 달고 나왔느냐고. 그게 자신을 받아들였다는 뜻이 아니면 뭐였느냐고.

하지만 이제 와 그걸 묻는다 한들 무슨 소용일까.

— 이유가 무엇이든 처음부터 끝까지 내 잘못이에요. 진심으로 미안해요.

"그렇게 말씀해 주셔서 감사합니다. 부인께서 진심 어린 용서를 구하셨고 저는 용서해 드렸으니, 다시 무대에서 배우와 관객으로 만날 수 있기를 바라겠습니다."

듀가 인사하고 자리에서 일어났다. 그리고 떠나기 전 쉬머 부인의 머리맡에 표 두 장을 내려놓았다.

"극장장님께서 두 분을 위한 박스석은 언제나 비워 두고 있다고 전해 달라 하셨습니다. 공연이 끝나기 전에 나아서 보러 오셨으면 좋겠습니다."

듀의 손이 멀어져 있었기에 쉬머 부인은 고개를 끄덕이는 걸로 대답을 대신했다. 그러면서 대화가 너무 짧았다고 생각했다. 뮤가 그렇게 순순히 손을 내주었는데 기회를 다 허비해 버리다니.

뮤는 문 앞에서 다시 한번 정중히 고개를 숙이고 밖으로 나갔다. 문밖에서 자작과도 인사를 나누는 소리가 들려왔다. 쉬머 부인은 목을 감싼 채 자리에서 일어나 창밖을 내다보았다. 뮤가 마차에 올라타고 떠나는 모습이 보였다. 어쩌면 떠나는 마차의 뒷모습까지 저리도 근사한지.

"팬 서비스가 대단하군요. 아픈 팬의 집까지 일부러 찾아오다니, 부인의 말대로 나도 그의 팬 모임이나 가입할까 보오."

쉬머 자작이 들어오며 말했다. 쉬머 부인은 벽에 대고 '언제든 환영.'이라고 적었다. 남편이 웃음을 터뜨렸다. 쉬머 부인은 절대로 웃지 않을 것 같은 그가 웃을 때마다 왠지 모르게 뿌듯한 기분을 느꼈다.

"웬일로 나와 동행을 다 해 주셨어?"

"그야 걱정이 되니까 그렇지. 네 앞에서 자기 목을 그어 버린 사람이 더한 짓이라고 못 할까 싶어서."

"별다른 일은 없었어. 그냥 짧게 대화만 나눴는걸. 예전처럼 차분해 보이더라. 그날 무대에 올라온 모습을 봤을 때는 정말이지……"

"누가 봐도 이성적이지 않았지. 사실 난 그 칼이 본인이 아니라 너한테 향하는 줄 알았다."

"그래서 걱정했어?"

러세스는 말 같지 않은 소리를 한다고 웅얼거렸다. 듀가 웃으며 덧붙였다.

"나 없어지면 너한테는 좋은 거 아닌가. 이참에 주연 자리도 꿰찰 수 있고."

"야, 닥쳐. 누가 들으면 내가 네 자리 못 뺏어서 환장한 줄 알겠다."

"아니야?"

러세스는 그동안 듀에게 꼭 해 주고 싶었던 일을 실행으로 옮기기로 결심했다. 친구의 멱살을 붙잡은 것이다.

"아니야! 적어도 이런 방법으로는 안 해. 난 그저……."

"그저?"

듀는 장난스러운 미소를 지으며 기다렸다. 친구가 그날 있었던 일을 자기 입으로 고백하기를, 로만의 비서 데인이 직접 목격했다며 듀에게 전해 준 일에 대해 말하기를. 팬들과의 만남 때 울며 나가던 쉬머 부인을 러세스가 자기 방으로 끌어들였었다는 사실, 그리고 그 안에서 무슨 대화를 나눴는지 몰라도 밖으로 나온 쉬머 부인의 표정이 눈에 띄게 밝아졌다는 사실 등에 대해 말이다.

"몇 년 전 아노 백작 역할 오디션을 볼 때 기억나? 네 녀석은 아무 생각 없이 날 따라왔다가 눈앞에서 배역을 채 갔지. 그게 난 아직도 용서가 안 돼."

"온 김에 오디션 한번 보라고 등 떠민 건 너였잖아. 그 전까지 난 배우를 할 생각은 조금도 없었거든."

"그런 녀석이 생전 처음 본 오디션에서 주연 역할을 따내는 게 맞냐? 그게 이 세상의 부조리가 아니면 뭐야. 너처럼 잘난 아버지를 두지 못한 내 죄냐?"

"잘난 아버지라…… 그래, 그건 맞을지도. 어릴 때 아버지가 하는 연극이라면 뭐든 강제로 봐야 했거든. 그래서 그 역할이 나한테 너무 친숙했나 봐."

뭔지 모를 자기만의 기억을 떠올리며 우울감에 젖어 드는 친구의 모습을 보고 러세스는 이를 갈았다. 듀는 늘 이런 식이었다. 무슨 일을 저질렀든 자기가 먼저 불쌍해져 버리니 그를 다그치는 쪽이 악역이 된다. 이렇게 나오면 러세스도 자기가 한일에 대해 그리 미안해하지 않을 생각이었다.

"러세스, 넌 내 친구 맞지?"

어느새 자기 연민에 빠진 눈동자 대신 애정을 갈구하는, 그의 팬들이 좋아 죽는 눈빛으로 돌아간 듀가 물었다. 아직도 멱살을 잡고 있었기에 두 사람의 거리는 꽤 가까웠다. 그 상태에서 친구한테 끈적끈적한 눈빛을 받으니 러세스로서도 더 이상 버티기 어려웠다.

"지랄을 해요, 아주. 맨날 내가 나쁜 놈이지."

먹살을 놓고 물러나자 듀는 별일 없었다는 듯 툭툭 옷을 매만졌다. 그러곤 밝은 얼굴로 말했다.

"응. 그래서 말인데, 난 네가 아예 전문적으로 악역을 맡는 것도 나쁘지 않다고 생각해. 사람들은 주인공만큼이나 비극적인 악역을 좋아하잖아. 넌 그런 거 잘할 거 같아."

"그건 칭찬이냐, 아니면 이참에 날 완전히 보내 버리려는 거냐?"

"진심이야, 러세스. 내가 생각하기에 네 연기의 장점은……"

듀의 설명이 이어졌지만 러세스는 듣기 싫다는 듯 두 귀를 막았다. 그대로 창밖으로 고개를 돌리는 친구의 모습을 바라보며 듀는 천천히 중얼거렸다.

"……그래, 분명히 넌 잘 어울릴 거야."

그날 밤 쉬머 부인의 침대에는 남편 대신 두 장의 티켓이 함께하고 있었다. 티켓을 줄 생각을 하다니, 정말이지 귀여운 사람 같으니. 연 단위로 박스석 자리를 사 두는 그녀에게 이런 게 무슨 필요가 있단 말인가? 그럼에도 일부러 주고 갔다는 건 틀림없이 그럴 만한 이유가 있기 때문이다. 하긴, 편지나 메모를 건네는 건 너무 눈에 띈다. 남편이 곁에 있는데 그럴 수야 없었겠지.

그래서 그녀는 밤새 티켓을 분석하고 해독했다. 그 안에 들어 있는 모든 글자를 분해해 재조립하고 재창조했다. 너무나 머리가 아프고 또 어려운 방법이었지만…… 사랑을 증명하는 일이 원래 그렇다.

그렇게 해가 뜰 무렵이 되어서야 그녀는 간신히 두 개의 단어를 조합해 낼 수 있었다.

약속, 영원히.

마침내 그걸 발견하고 어찌나 큰 희열에 젖었던지, 기쁨이 차올랐던지! 역시 그녀가 착각한 게 아니었다. 하긴, 듀와 제일 친하다는 친구가 해 준 말이 아니라면 뭘 믿는단 말인가. 이렇게 또다시 분명하게 암시하고 있는데. 심지어 자신의 면전에 대고 '사랑받을 만하다'고 말하지 않았던가.

'당신을 위해서라면 하지 못할 일이 없어요. 또다시 내 목숨으로 사랑을 증명하라고 한다면 난 할 거야. 몇 번이고, 몇 번이고.'

그녀의 사랑은 이토록 크고 위대했다. 그걸 받는 당사자가 감히 상상도 하지 못할 만큼.

언젠가 또다시 그걸 증명할 날이 오기만을 바랄 뿐이었다.

〈끝〉

눈사자와 여름

1판 1쇄 찍음 2023년 5월 4일
1판 1쇄 펴냄 2023년 6월 16일

지은이 | 하지은
발행인 | 박근섭
편집인 | 김준혁
책임편집 | 정미리
펴낸곳 | 황금가지

출판등록 | 2009. 10. 8 (제2009-000273호)
주소 | 06027 서울 강남구 도산대로 1길 62 강남출판문화센터 5층
전화 | 영업부 515-2000 **편집부** 3446-8774 **팩시밀리** 515-2007
홈페이지 | www.goldenbough.co.kr

도서 파본 등의 이유로 반송이 필요할 경우에는 구매처에서 교환하시고
출판사 교환이 필요할 경우에는 아래 주소로 반송 사유를 적어 도서와 함께 보내주세요.
06027 서울 강남구 도산대로 1길 62 강남출판문화센터 6층 민음인 마케팅부

㈜민음인은 민음사 출판 그룹의 자회사입니다.
황금가지는 ㈜민음인의 픽션 전문 출간 브랜드입니다.